U0921678

经|典|流|芳|百|世　　文|学|滋|养|心|灵

译者简介

李玉民，首都师范大学外院教授、翻译家。从事法国纯文学翻译 20 余年，译著 50 多部。主要译作有《巴黎圣母院》《悲惨世界》《幽谷百合》《三个火枪手》《基督山伯爵》《漂亮朋友》《羊脂球》等。

精装名著系列

Les Misérables

悲惨世界（下）

［法］维克多·雨果/著　李玉民/译

江苏凤凰文艺出版社
JIANGSU PHOENIX LITERATURE AND ART PUBLISHING, LTD

图书在版编目（CIP）数据

悲惨世界：全2册 /（法）维克多·雨果著；李玉民译. — 南京：江苏凤凰文艺出版社，2019.7
（大悦读精装名著系列）
ISBN 978-7-5594-1261-4

Ⅰ.①悲…　Ⅱ.①维…②李…　Ⅲ.①长篇小说－法国－近代　Ⅳ.①I565.44

中国版本图书馆CIP数据核字（2017）第252232号

悲惨世界

（法）维克多·雨果 著　李玉民 译

出 版 人　张在健
责任编辑　傅一岑
装帧设计　煊坤博文
出版发行　江苏凤凰文艺出版社
　　　　　南京市中央路165号，邮编：210009
网　　址　http://www.jswenyi.com
印　　刷　北京市松源印刷有限公司
开　　本　880×1230毫米 1/32
印　　张　50
字　　数　1205千字
版　　次　2019年7月第1版　2019年7月第1次印刷
书　　号　ISBN 978-7-5594-1261-4
定　　价　98.00元（全2册）

第八卷　坏穷人

一　马吕斯寻觅一个戴帽子姑娘，却遇到一个戴鸭舌帽的男子

夏季和秋季相继过去，冬天来临了。无论白先生还是那姑娘，都没有再步入卢森堡公园。马吕斯心中只有一个念头：再见到那张温柔可爱的脸蛋儿。他一直寻找，到处寻找，却一无所获。曾几何时，马吕斯还是个满怀激情的梦想者，是个果断、热情而坚定的男子汉，是个头脑构筑一个个未来、向命运的大胆挑战者，是个富有种种雄图、方略、豪情、理想和志愿的有为青年，而现在却成了一条丧家之犬。他极度悲伤，眼前一片黑暗。完了。工作觉得心烦，散步觉得疲惫，独自一人又觉得无聊；曾几何时，广阔的自然还五彩缤纷，充满各种形体、光亮和声音，充满启迪、教育、远景和前途，而现在却向他展示一片空虚，仿佛这一切全都消逝了。

他还一直在思考，舍此也干不了别的事，但是思考中已无乐趣可言了。而思考不断低声向他提出的种种建议，他每次都黯然回答：有什么用呢？

他百般责备自己。为什么我要跟随她呢？当时只要看见她，我就满心欢喜啦！她不时瞧我一眼，难道这不已经很可观了吗？看她那神气是爱我，这不已经足够了吗？我还要怎么样呢？到此为止，

不会再有什么，我也太荒唐了，是我的过错，等等，诸如此类的想法。他的心事丝毫没向库费拉克吐露，这是天性使然；可是，库费拉克猜得八九不离十，这也是天性使然。起初，他祝贺马吕斯有了意中人，同时也诧为奇事，后来见马吕斯十分忧伤，就终于对他说："我看你这家伙简直是个蠢货。嘿，到郊外茅庐去走走吧。"

9月有一天，马吕斯见风和日丽，便打起了精神，让库费拉克、博须埃和格朗太尔拖到索镇舞会，期望也许能在那里找见那姑娘，真是白日做梦！自不待言，他没有见到他寻找的人。"怪事，凡是丢失的女人，都能在这儿找到啊。"格朗太尔独自咕哝道。马吕斯丢下朋友，离开舞会，步行回家去，他孤单一人，又疲倦又焦躁不安，在夜色中眼睛模糊而忧伤，身旁驶过一辆车，满载着从舞会归来的欢乐歌唱的人们，他让这喧嚣和尘土弄得头晕目眩，实在心灰意冷，只好吸着路边核桃树的刺鼻气味来清醒头脑。

他的生活又恢复旧观，越来越孤独、迷惘而沮丧，完全沉浸在内心的惶惑中，在自己的痛苦中来回徘徊，如同落入陷阱的狼，怀着一片痴情，到处搜寻那不见踪影的姑娘。

还有一次，他遇见一个人，立即产生异样的感觉。当时，他走在残废军人院大道旁边的小街上，迎面碰见一个头戴鸭舌帽、一身工人打扮的男子。马吕斯惊叹那帽下露出的几绺白发美得出奇，又注意打量那人，只见他步履迟缓，仿佛忧心忡忡，沉浸在冥思苦索中，说来也怪，他似乎认出那是白先生，同样的头发、同样的身影，只是多了一顶鸭舌帽，走路的姿势也一样，只是显得更加忧伤。可是，为什么换上这身工人装束呢？这是什么意思呢？这种乔装打扮意味什么呢？马吕斯十分诧异，等他缓过神儿来，头一个举动就是跟上去，说不定他终于能抓住他寻觅的踪迹呢？总之，应当靠近再瞧瞧那人，解开这个谜。然而，他这个念头来得太迟，那人已经不见了。马吕斯走进一条横巷，未能找见那人。这次相遇，在他脑海里萦绕了数日才消失。他心中暗道："说到底，那人很可能只是外表相像罢了。"

二 发 现

马吕斯一直住在戈尔博老屋，对谁也不留意。

当时那座破房子的住户，也的确只有他和容德雷特一家；他为那家人付了一次房租，但无论同那父亲，同那母亲，还是同那两个女儿，他都没有讲过话。其他房客不是搬走就是死了，或是因拖欠房租而被赶出去。

那年冬季的一天下午，太阳露了一下面，那是2月2日，正是古老的圣烛节，而不讲信义的太阳，却预报了六周的寒冷天气，并引发马蒂厄·朗斯堡[①]的灵感，使他写出堪称古典名句的两句诗：

大晴或小晴，
老熊回山洞。

那天，马吕斯从自己的洞里出来。夜幕降临，正是去吃晚饭的时候，唉！还得吃饭，胸怀多少理想激情的人，也有这种弱点啊！

他刚跨出门槛，就听见扫地的布贡妈讲出这段令人难忘的独白：

"现在，有什么东西便宜？全那么贵。世上只有痛苦便宜；这世上的痛苦，真是一钱不值！"

① 马蒂厄·朗斯堡：17世纪比利时列日城司铎。

马吕斯沿着大街，缓步朝城关走去，以便拐上圣雅克街。他低着头，边走边想心事。

在夜幕中，他突然感到被人撞了一下，扭头一看，却是两个衣裙褴褛的年轻姑娘，一个瘦长，一个稍矮，二人气喘吁吁，神色慌张，飞快跑过去，就好像要逃命似的。刚才她们迎面跑来，没有看见他，交叉而过时撞了他一下。在暮色中，马吕斯看见她们脸色苍白，披头散发，戴着破烂不堪的软帽，穿着破成布条的裙子，光着脚。她们边跑边说话。那个高的低声说道：

“冲子[①]来了，差点儿把我铐住！”

另一个说：“我一看见他们，就溜了，溜啊，溜啊！”

马吕斯从这种凶恶的黑话中听出，宪兵或市警差一点儿抓住那两个女孩儿，两个女孩儿还是逃脱了。

她们钻到他身后路旁的树木下面，那白色的身影，在黑暗中还依稀可见，过了一会儿才消失。

马吕斯站住望了片刻。

他正要继续往前走，忽见脚下有个灰色的小包，便俯身拾了起来，看似一个信封，里面好像还有纸。

“唔，”他自言自语，“大概是那两个不幸的女孩儿失落的！”

他掉头往回走，连声呼唤，但没有找见她们，心想她们已经走远，便揣进兜里，前去吃晚饭。

他走到穆夫塔尔街的一条小径上，看见一口儿童棺木，蒙着黑色殓布，架在三把椅子上，由一支蜡烛照亮。暮色中的两个女孩儿重又浮现在他的脑海。他想道：“可怜的母亲！还有比看见自己的孩子死去更伤心的事，那就是看着他们活受罪。”

---

① 冲子：黑话中指警察。

继而，这些令他触景伤情的影子，都离开他的头脑里，他重又沉浸在习惯的思虑中，重又想到在卢森堡公园的芳树下，那露天沐浴阳光的爱情和幸福的六个月。

“我的生活变得多么暗淡忧伤！”他心中暗道，“我的眼前总有年轻姑娘出现。不过，从前全是天使，现在全是女鬼。”

三　四面人①

晚上，他脱衣裳要睡觉时，手触到他在路上拾起放进衣兜里的小纸袋。他早已置于脑后，这时想到，应当打开看看，也许里边有那两个女孩儿的住址，如果真是她们的东西，不管是谁的，找到线索就好归还给失主。

他打开信封。信封并没有封住，里面装有四封信；也都没有封上。

每封信上都有姓名地址。

四封信都散发一股烟草的辛辣气味儿。

第一封信的姓名地址写道：“夫人收，德格吕贝雷侯爵夫人，议会对面广场第……号”。

马吕斯心想，信上很可能查到他要找的线索，况且有信没有封，看一看似无不妥。

信的内容如下：

侯爵夫人：

悲天悯（悯）人之心是更加紧密团结社会的美德。移动您的基督教徒的感情和慈悲的目光，看一看这个不辛（幸）的西

① 原文为拉丁文。

斑（班）牙人吧。他忠实于正桶（统）的神圣事业，现（献）出自己的鲜血和全部钱财，以便悍（捍）卫这一事业，结果自己糟（遭）难，如今落到一贪（贫）如洗的地步。夫人是令人敬佩的人，无移（疑）能给予救挤（济），以使一个骗（遍）体怜（鳞）伤、受教育有荣誉的军人，在及（极）度困苦中保全生在（存）。侯爵夫人，事先就似（仰）仗您满怀的人道，以及您如此不辛（幸）的国家发生的兴趣。他们的祈祷不会图（徒）劳，而他们的敢（感）机（激）之情永远保留美好的回意（忆）。

夫人，请接受在下的敬意，有此荣辛（幸）的堂·阿尔瓦雷兹，西斑（班）（牙）泡（炮）兵上尉，到法国避难的保王党人，正为祖国奈（奔）波，又因缺少经挤（济）来原（源）而奈（奔）波无法继续。

信上虽署了名，却根本没写地址，马吕斯希望能从第二封信上找到。第二封信姓名地址为“夫人收，德·蒙维尔内白（伯）爵夫人，珠宝街九号”。马吕斯念道：

白（伯）爵夫人：

写信人是一个不辛（幸）的母亲，有六个孩子，最小的才八个月。自从上次分免（娩）以来，我就一直生病，又被丈夫扔（抛）弃有五个月了，毫无经挤（济）来原（源），进入及（极）度贪（贫）困境地。

满怀深深敬意，并一心指望白（伯）爵夫人，有此荣辛（幸）的

妇人巴利扎尔

马吕斯再看第三封，还是求告信。信中写道：

巴布尔若先生，选举人，针织品批发商，圣德尼街和马蹄铁街拐角。

我贸然给您写信，请求您同晴（情），给予针（珍）贵的照顾，关心一个刚给法兰西剧院送了剧本的一个文人。那个剧本是历史提（题）材，故事发生在帝国时期的奥维涅。自（至）于风格，我认为是自然的、简练的，可能有点特色。还有四个地方的几个唱段。滑机（稽）、严肃、出人意料，再加上人物性格多样性，再加上点梁（染）全剧的浪慢（漫）主义色彩，而整个剧晴（情）又神密（秘）地进展，曲折跌当（宕），几经突变才结束。

我的主要目的，就是要满足逐渐机（激）发本世纪人的种种裕（欲）望，也就是说“时毛（髦）风上（尚）”。这是一种认（任）性古怪的风信旗，几乎总随着新刮的风变化。

尽管有这么多优点，我还是有理由担心，那些享有特权作者又疾（嫉）妒又自私，让剧院拒决（绝）采用我的剧本，因为我深知人总要让初出道者吃尽受挫的苦头。

巴布尔若先生，您是文学坐（作）家的贤明的保护人，我久闻大名，因此大胆派我女儿去向您沉（陈）述在这炎（严）冬时节，我们机（饥）寒交迫的苦状。我之所以请求您接受我把这个剧本和今后写的剧本全敬现（献）给您，就是要向您证明我多么渴望有辛（幸）得到您的屁（庇）护并用您的大名为我坐（作）品增光。如不见气（弃），多少赏我一点，我就立刻着手写一部湿（诗）剧，以表示我的敢（感）机（激）。这部湿（诗）剧，我要尽量写得完美，先成（呈）送给您，然后再编入那部历史剧的开头并般（搬）上舞台。

向巴布尔若先生和夫人志（致）以最深切的敬意。

尚弗洛　文学家

又及：哪怕只给四十苏。

请原谅派小女前去，我不能亲玲（聆）教悔（诲），唉！

说来原因真可怜，衣关（冠）难以见人……

最后，马吕斯又打开第四封信。姓名地址为："高台阶圣雅克教堂的行善先生"。内容有如下几行文字：

善人：

您若肯劳动大架（驾），陪小女来一趟，就会看到贪（贫）困的灾难场面，我也可以向您出示我的证书。

您看到这些文字，康（慷）概（慨）的灵魂一定会动侧（恻）隐之心，因为，真正的哲学家总会产生强烈的冲动。

富有同晴（情）心的人，您会承认，人到了机（饥）寒交迫不甚（堪）忍受的地步，为了得到点救挤（济），要让当局同意实在是痛苦的事，就好像我们贪（贫）困等救挤（济）的时候，连啼机（饥）号寒和饿死的自由都没有了。命运对一些人残哭（酷）无晴（情）；而对另一些人却无比康（慷）概（慨），爱护备自（至）。

我等待大架（驾）位（莅）临，或者您的捐曾（赠），如果您肯行好的话，那么我请您赏面子，真正高上（尚）的人，接受我的敬意。怀此敬意有辛（幸）做您的

十分卑微并

十分恭顺的仆人

P.法邦杜　戏剧艺术家

马吕斯看完四封信，还是不甚了了。

首先，没有一个署名人留下地址。

其次，这些信仿佛出自堂·阿尔瓦雷兹、妇人巴利扎尔、诗人尚弗洛、戏剧艺术家法邦杜这四个不同人之手，然而奇怪的是笔体一模一样。

如果说四封信不是一个人写的，那又怎么解释呢？

此外，还有一点表明这样猜测很贴近，全是同样粗糙发黄的信纸，全是同样的烟草味儿；尽管写信人明显力求变换笔调，但是同样的错别字却堂而皇之地反复出现，文学家尚弗洛和西班牙上尉，都同样未能避免。

费心猜测这一小小谜团徒劳无益。这东西如果不是拾来的，倒真像是一场捉弄人的把戏。马吕斯太忧伤，即使一个偶然的玩笑也无心凑趣，无心参加仿佛马路要同他玩的游戏。这四封信就好像在嘲笑他，同他捉迷藏。

况且，毫无迹象表明，这些信属于马吕斯在大路上碰见的那两个姑娘。总之，这显然是毫无价值的废纸。

马吕斯又把信装回信封里，整个儿扔到角落里，便上床睡觉了。

约摸早晨七点钟，他刚起床用过早饭，正要开始工作，忽听有人轻轻敲他的房门。

他一无所有，从不锁门取下钥匙，只有少数几次有急活儿才例外。而且，他即使出去，也往往把钥匙留在门上。“有人会偷您东西的。”布贡妈常说。“偷什么？”马吕斯回答。还真言中了，有一天，一双旧靴子被偷走，让布贡妈好不得意。

又敲了一下门，很轻，还像头一次那样。

“请进。”马吕斯说道。

房门打开了。

“有什么事儿，布贡妈？”马吕斯问道，但他眼睛并没有离开桌上的书稿。

回答的却不是布贡妈的声音：“对不起，先生……”

那声音低沉、微弱、哽塞而嘶哑，是个老头子喝烧酒烈酒过量的破嗓子。

马吕斯急忙回过头去，却看见一个少女。

四　贫穷一朵玫瑰花

一个非常年轻的姑娘，半打开房门站住。陋室的天窗正对着房门，惨淡的天光透进来，照到姑娘的脸上，只见她面色苍白，身子羸弱枯瘦，只穿着一件单衣和一条裙子，赤条条的躯体在里边冻得瑟瑟发抖。一根绳子当作腰带，另一根绳子就当发带；尖突的双肩从衬衣顶出来，肌肤白里透黄。好似淋巴液色，锁骨积了泥垢，双手通红，嘴半张开，黯然无色，里边牙齿不全，两眼无神，又大胆又猥贱，整个形象是个先天不足的少女，而那眼神却像个堕落的老妇人；五十岁和十五岁相混淆，这种人集软弱和可怕于一身，叫人见了不落泪就会不寒而栗。

马吕斯站起来，神情愕然，打量眼前这个人，觉得她酷似穿越他梦境的那个身影。

这个姑娘生来并不丑，却落到这种丑样，叫人见了格外痛心。她幼年时期，模样儿一定还很美。青春的光彩尚在抗拒因堕落和贫困而未老先衰的丑态。残存的美，在这十六岁的脸上奄奄一息，犹如冬天早晨的白日，就要在狰狞的云雾中消失。

这张脸并不完全陌生，马吕斯恍惚记得在什么地方见过。

“有什么事吗，小姐？”他问道。

姑娘的声音像醉鬼苦役犯：“这是给您的一封信，马吕斯先生。”

她叫出马吕斯的名字，那就无疑是找他来的；然而，这姑娘是谁？她怎么知道他的名字呢？

她未等主人发话就走进来，毫不迟疑，走进来又扫视整个房间和凌乱的床铺，那泰然自若的神态看着真叫人难受。她光着脚，裙子有大洞，露出长腿和瘦膝盖。她瑟瑟发抖。

她真的拿着一封信，递给马吕斯。

马吕斯拆信封，注意到用来封口的面包糊又宽又厚，还是湿的，信不可能从很远的地方送来。他念道：

可爱的邻居，年轻人！

我知道您为我做的好事，半年前替我付了一季度房钱。年轻人，我为您祝福。我大女儿会告诉您，进（近）两天来，我们四口人，连一快（块）面包也没有，我老半（伴）有病了。如果说我在思想上毫不决（绝）望，也是因为我相信可以指望您康（慷）概（慨）之心，您看到这种沉（陈）述，一定会有人道之举，并渴望保护我，大肚（度）布失（施）给我一点点恩会（惠）。

我向您致以人类的恩人应得的祟（崇）高的敬意。

容德雷特

又及：我女儿等待您的分（吩）付（咐），亲爱的马吕斯先生。

从昨晚起，马吕斯就陷入迷魂阵里，看了这封信，如同地窖里有了烛光，顿时全明白了。

这封信和另外四封信是同一出处：笔迹一样，风格一样，错别字一样，信纸一样，连烟草味儿也一样。

五封信，五个故事，五个名字，五种署名，却只有一个署名者。西班牙上尉堂·阿尔瓦雷兹、不幸的母亲巴利扎尔、诗剧作家尚弗洛、老戏剧家法邦杜，四个人全叫容德雷特，假如容德雷特本人真叫容德雷特的话。

马吕斯住进这栋破房子有好长一段时间了，我们说过，他极少有机会看见，乃至瞥见他那寥寥无几的邻居。他心不在焉，目光也随神思而转移。应当说，在走廊里或楼梯上，他不止一次同容德雷特家人擦肩而过；但在他眼里，那不过是些人影，他根本不注意，因而昨天晚上在大马路撞见容德雷特家姑娘，却没有认出来，那显然是她们姐儿俩，而这一个刚才进屋来，他在厌恶和怜悯中，也只是恍惚记得在什么地方见过。

现在，他一目了然了，明白他这邻居容德雷特生活艰难，就靠投机取巧，利用行善人的施舍谋生，搞来地址，用假名字给他认为有怜悯心的富人写信，让女儿冒险送去；须知这个当父亲的到了穷途末路，不惜拿女儿冒险，当作赌注，跟命运进行一场赌博。马吕斯还明白一点，从昨天傍晚她们气喘吁吁、仓皇逃窜的情景，从她们讲的黑话来判断，这两个不幸的女孩还可能干些见不得人的勾当；她们堕落到如此地步，全是这一切造成的，她们在人类的现实社会中，既不是孩子，也不是少女，也不是成年妇女，而是贫穷制造出来的又淫荡又纯洁的怪物。

可悲的生灵，无名无姓，无年龄，无性别，也无善恶之分了，走出童年，在这世上就丧失一切，既无自由，无贞操，也无责任。这灵魂，昨天才吐放，今天就枯萎，宛如失落街头的鲜花，沾满了污泥，只等车轮碾碎。

这工夫，马吕斯以惊奇而痛苦的目光注视她，而姑娘则像幽灵一样肆无忌惮，在破屋里走来走去，毫不顾忌难以蔽体的衣裙，有时，她那未扣好的破衬衫几乎滑落到腰上。她搬动椅子，弄乱放在五斗柜上的盥洗用具，还摸摸马吕斯的衣服，各个角落都搜索遍了。

“嘿！”她说道，“您还有镜子呢！”

她旁若无人，哼唱闹剧中的唱段、轻佻的小曲儿，那沙哑的喉音实在惨不忍闻。然而，这种毫无顾忌的行为，却透出一种说不出来的窘迫、不安和屈辱的意味。无耻即可耻。

看着她在屋里乱冲乱闯，或者说打转转，就好像见了阳光惊飞或折了翅膀的小鸟，这场面比什么都惨不忍睹。但是这又能让人感到，如果换一种命运，受了教育，那么，这个少女欢快活泼的举动，倒会给人以温柔可爱的印象。在动物中间，生而为白鸽，绝不会变成白尾海雕。这种情况只有在人类中间才会发生。

马吕斯这样想着，由着她做去。

姑娘走到桌前，说道：“嘿！这些书！”

她那暗淡的眼睛亮了一下，又说道：“我呀，我识字。”

她的声调表达出能炫耀点什么的那种高兴劲儿，任何人听了都不会无动于衷。

她急忙抓起在桌子上摊开的一本书，相当流利地念道：

“……博端将军接到命令，要他率所部旅的五营人马，攻占位于滑铁卢平原正中的乌戈蒙古堡……”

她停下来，说道：“啊！滑铁卢！这我知道。当年在那里打过仗。我父亲参加了。当时我父亲在军队服役。我们一家人不含糊，全是波拿巴派，真的！滑铁卢，就是打英国人。”

她放下书，又拿起笔，嚷道：“我也会写字！”

她蘸了墨水，转身对马吕斯说道：

“您想看一看吗？喏，我来写几个字给您瞧瞧。”

她未等马吕斯回答，就在桌子中央的一张白纸上写了：“冲子来了。”

写罢掷下笔，说道：“没有错别字。您可以瞧一瞧，我和妹妹，我们受过教育。我们从前可不是这个样子，天生并不是……”

她话说半截儿住了口，无神的眸子盯着马吕斯，继而又哈哈大笑，说了一声：“算啦！”那声调包含了极度恬不知耻所压抑的极度惶恐。

接着，她又开始用欢快的曲调哼唱这段歌词：

我饿呀，爸爸。
没有吃的。
我冷呀，妈妈。
没有穿的。
哆嗦吧，
小洛洛！
啼哭吧，
小雅克！

她刚唱完这一段，又马上嚷道：

“马吕斯先生，您有时去看戏吗？我呀，就常去。我有个小弟弟，他同艺术家交上朋友，时常给我门票。老实说，我不喜欢侧面的条凳座。坐在那儿别扭，不舒服，有时还很挤。那些人身上的味儿也真难闻。”

接着，她一副怪样子，端详马吕斯，对他说：

“马吕斯先生，您知道自己长得很美吗？”

二人同时想到一点上，姑娘微笑起来，马吕斯的脸却刷地红了。

她凑上来，一只手搭到马吕斯的肩上。

“您没有注意我，可我认识您，马吕斯先生。我在这儿楼梯上遇见您，还有几回，我到奥斯特利茨那边溜达，看见您走进一个叫马伯夫老爹的家里。您头发乱糟糟的，这样倒是很好看。”

她的声音有意发得十分轻柔，结果只是变得十分轻微，有些字从喉头到嘴唇的路上丢失了，如同在一个缺音的琴键上弹奏。

马吕斯微微往后退一下，以冷淡而严肃的口气说：“小姐，我这儿有一小袋东西，想必是您的，请允许我交还给您。”

说着，他把装有四封信的纸袋递给姑娘。

姑娘拍手嚷道：“我们到处找啊！”

她一把抓过纸袋，边打开边说：

“上帝的上帝！我和妹妹好找啊！哪儿知道让您捡去啦！是在马路上捡的吧？大概是在马路上吧？要知道，我们是跑的时候丢掉的。是我妹妹那死丫头干的蠢事。我们回到家里才发现不见了。我们不想挨打，打也没用，一点儿没用，绝对没用，所以我们回家就说，信全送到了，人家对我们说：‘滚蛋！’这些可怜的信，原来在这儿！您怎么看出来是我们的呢？哦，对啦！是看字体！这么说，昨天傍晚，我们跑过时撞到的是您呀。这也不奇怪。没有看见。我还对妹妹说呢：是位先生吧？我妹妹说：‘我想是位先生！’”

这工夫，她打开了一封寄给“高台阶圣雅克教堂的行善先生”的求告信。

“咦！”她说道，“这封是给去做弥撒的那个老头儿。对了，正是时候，我给他送去。也许他能给我们点儿钱吃饭。”

她又笑起来，补充道：“我们今天要是能吃上饭，您知道算什么吗？就算我们前天的午饭、前天的晚饭，也算昨天的午饭、昨天的晚饭，都留在今天上午一顿吃了。哼！少废话！狗东西，你们还不满意那就饿死！”

马吕斯听了这话，才想起不幸的姑娘来他这儿寻求什么。

他摸摸坎肩兜，什么也没有摸到。

那姑娘还讲个没完，就好像忘了马吕斯在跟前。

“有时，我晚上出去；有时干脆不回家。搬到这儿来之前，那年冬天，我们就躲在桥洞下面。大家紧紧挤在一块儿，免得冻僵。我小妹妹冻得直哭。水，多么凄凉！我想到投水淹死，可心里嘀咕：不行，那太凉了。我一个人随便乱跑，有时就在沟里睡觉。您知道吗？半夜里，我走在大马路上，看见树木像刀叉，看见漆黑的房子那么高大，就像圣母院的钟楼，在我的想象中，那白墙就是河流，我心里嘀咕：咦！那儿也是水。星星好似彩灯，仿佛冒烟，要被风吹灭，我都看呆了，耳边好像有许多马呼呼喘气；尽管大半夜了，我还听见手摇风琴的声音和纺纱机的声响，是不是我怎么知道？我以为有人向我投石子，我弄不清怎么回事，赶紧逃跑，什么东西都旋转，什么东西都旋转。人没有吃东西，就是这种鬼样子。”

她失态地注视马吕斯。

马吕斯搜索所有衣兜，挖掘好一阵，终于凑了五法郎十六苏，眼下这是他的全部财富。“够今天吃晚饭的就行了，”他心想，

“明天再说明天的。”于是，他留下十六苏，将五法郎给那姑娘。

她一把抓起钱币，说道：“嘿，出太阳啦！”

这太阳好像能融化并在她头脑里引起雪崩，她讲出一连串黑话：“五个法郎！亮晶晶的！大头币！在这破洞里！可真邪门！您是个好娃子。我可以把我这老跳掏给您。宝贝儿真棒呀！够两天吃喝的啦！吃肉的穆升啦！吃烩大马尔啦！可劲儿吃啦！穷得好舒服呀！”

她将衬衫拉上肩头，朝马吕斯深施一礼，又亲热地打了个手势，边说边朝门口走去：“您好，先生。说什么没关系。我得去见老人家了。”

她经过五斗柜，发现上面有一块在灰尘里发霉的干面包，就扑过去，抓起来边啃边说：“挺好吃嘛！真硬！要把我的牙硌坏啦！”

说着，她出去了。

五　天赐的窥视孔

五年来，马吕斯一直生活在贫穷、清苦乃至困境中，现在才发觉他根本不了解真正的贫困。真正的贫困，刚才他见到了，就是刚刚从他眼前走过的那个鬼魂。只见识过男人的贫困，其实还不算什么，应当见识一下女人的贫困；只见识过女人的贫困也不算什么，应当见识一下孩子的贫困。

一个男人到了穷途末路，那就真的一点办法也没有了。他周围那些没有自卫能力的人，也就跟着遭殃！工作、薪金、面包、炉火、勇气、善良，一下子全没有了。外面的阳光仿佛熄灭了，内心精神之光也熄灭；在一片黑暗中，男人遇到处于软弱境地的妇女儿童，便凶暴地逼迫他们去干卑鄙的勾当。

这样，什么伤天害理的事都干得出来。围住绝望的壁板又薄又脆，每一面都对着邪恶和犯罪。

健康、青春、荣誉、初长成的肉体圣洁的顾忌、心灵、童贞、廉耻，灵魂的这层护膜，全遭受这种摸索出路的行为所控制和残害，而这种摸索碰到污秽便安于其状。父母、儿女、兄弟、姊妹、男子、妇女、少女，全都聚合混杂，不分性别、亲缘、年龄，也不分卑污和纯洁，几乎像矿物结构层。他们挤作一团，蜷缩在一种命运的破巢里，面面相觑，陷入悲苦凄惶之中。那些不幸的人啊！他们脸色多么惨白！他们多么冷啊！他们好像住在离太阳比我们远的一个星球上。

在马吕斯看来，这姑娘就是从阴间派来的。

她向他宣示了黑暗世界整个丑恶的一面。

马吕斯几乎自责，不敢想入非非，陷入儿女情长，结果时至今日，连邻居都没有瞧一眼。为他们付房租，只是一种机械的举动，人人都做得到，而他马吕斯，本应做得更好。怎么！他同这些贫苦无告的人，仅有一墙之隔，他们被排斥在世人之外，在黑夜中摸索着生活，他同他们摩肩擦背，可以说是他们所接触的人类链条的最后一环，他听见他们在身边过活，更确切地说苟延残喘，而他却视若未见！隔着墙壁，每日每时他都听见他们走动，来来往往，说话，而他却闻若未闻！他们话语中有呻吟之声，而他却听也不听！他的神思飞往别处，飞向梦想，飞向不可能有的光芒，飞向虚无缥缈的爱情，飞向痴心妄想的情恋；然而有些人，他在耶稣-基督那里论称的兄弟，他在民众间的同胞兄弟，就在他身边奄奄一息！就要白白死去！他甚至也有份儿，造成他们的苦难，加剧了他们的苦难。因为，假如他们换个别的邻居，换一个少些幻想多些关心的邻居，一个好善乐施的普通人，那么显然，他们的穷困就会受到注意，他们苦难的迹象就会被发现，也许他们早就得到救济，脱离困境了。毫无疑问，看上去他们非常无耻，非常下作，非常龌龊，甚至令人憎恶，不过，他们是为数不多摔倒而未完全堕落的人；况且，不幸的人和无耻之徒到了某一点，就混淆起来，只用一个词，一个命里注定的词来称呼：丑类；这究竟是谁的过错呢？再说，跌落得越深，慈悲不是应当更大吗？

马吕斯跟所有真正诚实的人一样，碰到情况往往自我教育，责己过严，这次他一边教训自己，一边注视同容德雷特一家的隔壁墙，就好像他那充满怜悯的目光能透过墙壁，去温暖那些穷苦的人。间壁墙很薄，是钉的板条抹了灰泥，正如前所说，对面说话和每人的声音都听得一清二楚，只有像马吕斯这样驰心旁骛的人，才一直没有觉察。间壁墙无论容德雷特一边还是马吕斯一边，都没有糊纸，光秃秃看得见粗糙的墙面。马吕斯几乎下意识地察看间壁墙；梦想有时跟思想一样，也能察看，观察，审视。他猛地站起来，刚刚注意到墙上方，靠近天棚有个三角形洞眼，是三个板条构成的空隙，塞空的灰泥已经剥落。登上五斗柜，对着洞就能看见容德雷特的破屋。仁慈的心也好奇，而且应当好奇。这是现成的窥视洞。为了救助而偷看不幸是允许的。马吕斯心想："瞧瞧这家人的情况，究竟到了什么地步。"

他登上五斗柜，眼睛凑到小洞口，往里观瞧。

六　人兽窟

城市如森林，也有最凶恶最可怕的东西藏匿的洞穴；只不过城市里隐藏的东西凶残、邪恶而短小，也就是说丑恶；森林中隐藏的东西凶残、野性而伟壮，也就是说美观。同为巢穴，但是兽穴胜过人穴，岩洞优于破屋。

马吕斯见到的是一间陋室。

马吕斯贫穷，他的房间也四壁萧然，但是他人穷志不穷，室陋也洁净。然而，此刻他所目睹的破屋恶俗不堪、臭气熏天，又黑暗又肮脏。全部家具只有一把草垫椅子和一张破桌，几个破瓶烂罐，两个屋角各有一张无法描述的破床；全部光线来自挂满蜘蛛网的四块方玻璃天窗，透过来的光线恰好把人脸照成鬼面。墙壁像害了麻风病，百孔千疮，好似因恶疾破了相的一张脸，上面潮湿渗出黄脓水，还有木炭画的粗俗猥亵的图形。

马吕斯住的房间还是砖铺地面，尽管有些残破；可是，隔壁这屋既没有铺砖，也没有镶地板，人走上面直接踩在原来的灰泥地面，踏得黑乎乎的。地面高低不平，满是永驻的尘土，只有从一个角度看还是处女地，就是从未接触过扫帚；满地都是旧鞋、烂拖鞋和破布片，仿佛撒的满天星斗。屋里还有个壁炉，因而年租多要四十法郎。壁炉上应有尽有：一个炒勺、一个火锅、几块截断的木板、钉子上挂的布片、一只鸟笼、灰烬，甚至还有一点火。两块焦柴在炉膛里凄惨地冒着烟。

这屋显得格外恶俗，还有一个缘故，就是间量很大，有不少凸凹之角，有不少黑洞、斜顶、海湾和地岬。因而构成许多幽深难测的骇人角落，里边可能蜷缩着拳头大的蜘蛛、脚掌宽的鼠妇，说不准还躲藏着妖人怪物。

两张破床，一张靠门，一张靠窗，但是都有一头顶着壁炉，并且正对着马吕斯。

临近马吕斯窥视洞的一个角落，墙上挂着镶在黑木框中的一幅彩色版画，下方写着“梦境”两个大字。画上一名女子和一个孩子在睡觉，孩子枕在女子的膝上，云中一只鹰衔着一个花冠，那女子在睡梦中用手将花冠从孩子头上推开；远处拿破仑罩着光轮，背靠着一根带黄顶的蓝色大圆柱，柱上刻着这样几行字：

马伦戈

奥斯特利茨

耶拿

瓦格拉姆

埃洛特

画框下方，一个长方形的大木牌就地斜靠在墙上，好似反放的一幅画，或是反面涂坏了的画布框，抑或从墙上摘下来的一面穿衣镜，丢在那里准备再挂上去。

马吕斯望见桌上放着鹅毛管笔、墨水和纸张，旁边坐着一个六十来岁的男子，身材矮小精瘦，脸色苍白，眼神惶恐，样子狡猾、凶狠而惴惴不安，是个面目可憎的无赖。

拉瓦特尔[①]若能端详这张脸，就会看出秃鹫和检察官的混合相：猛禽和讼棍相互丑化，相互补充，讼棍让猛禽丑恶，猛禽使讼棍可怕。

那人满脸灰白长胡须，上身穿一件女衬衫，露出毛茸茸的胸脯和竖着寒毛的赤臂，下身穿一条沾满泥垢的长裤，脚上穿一双靴子，脚趾全探出来了。

他嘴上叼着一根烟斗，正吸着烟。破家里没有面包了，但是还有烟叶。

---

① 拉瓦特尔（1741—1801年）：瑞士哲学家、诗人、神学家，“相面术”的创始人。

他正在写什么，也许在写马吕斯看过的那一类信。

只见桌子一角放着不成套的一本旧书，好像一本小说，是从前租书铺的那种十二开的旧版本，淡红色封面，印着大字体书名：

《上帝、国王、荣誉和贵妇》，杜克雷·杜米尼尔著。1814年。

那人边写边高谈阔论，马吕斯听他说道：

“哼！世上就是没有平等，死了也一样！瞧瞧拉雪兹神父公墓吧！大人物，那些阔佬，全葬在上头，槐树夹护的铺石路；马车一直能驶上去。小人物，那些穷光蛋，可怜虫，没说的！全埋在下边，那里烂泥浆没到膝盖，就埋在泥坑里，埋在湿土里，埋在那里好快点儿烂掉！要去那里扫墓，就非得陷进土里不可。”

说到这里，他住了口，往桌上猛击一拳，咬牙切齿地补充一句：“哼！这世界，我恨不能一口吃掉！”

一个胖女人在壁炉边，半坐在自己的赤脚上，看样子有四十岁，也可能上百岁了。

她上身也穿一件衬衫，下身穿一条针织裙子，好几处补了旧呢布，还扎着一条粗布围裙，将裙子遮住大半。她虽然蜷缩成一团，仍看得出她身高马大，跟她丈夫一比，简直就是个巨人。她那头发黄不黄，红不红，已然花白，难看极了，她那扁平指甲的油污发亮的大手不时抬起来拢一拢。

她身边也有一本书摊在地上，同另一本版面同样大小，也许是同一部小说的一册。

马吕斯瞥见一张破床上坐着一个瘦长的小姑娘，她几乎光着身子，脸色惨白，双脚垂下去，那样子既不听说话，也不看东西，不像活人。

想必她就是刚才到他屋来的那个姑娘的妹妹。

她好像有十一二岁，但是仔细瞧一瞧，就能看出准有十五岁。她正是昨晚在大马路上说“我就溜啊！溜啊！溜啊！”的那个女孩儿。

她属于那种病态的女孩儿，长期停滞发育，然后突然猛长起来。人类植物的这种可悲状况，正是贫困造成的。这些生灵既没有童年，也没有少年。到了十五岁还像十二岁，刚过十六岁又像二十岁了。今天是少女，明天就成了少妇，就好像她们跨越年龄，要快些结束一生。

此刻，这人还是个孩子模样儿。

再者，这家庭没有任何劳作的迹象，没有织机，没有纺车，连一件工具也没有。在一个角落倒有几件废铁，难说是不是工具。整个景象，正是绝望之后坐以待毙的那种死气沉沉。

马吕斯观望半晌，这屋里比墓穴还要阴森可怖，因为让人感到有人的灵魂在晃悠，有生命在悸动。

陋室、地穴、深坑，这是一些穷苦人在社会建筑匍匐的最底层，但还不是墓穴，而是墓室的前室；世间，富人往往将最富丽堂皇的东西陈列在候见厅，而与之毗邻的阴间，死亡似乎把最破烂不堪的东西摆在前室。

那男人住了口，那女人不说话，那姑娘似乎连气儿都不喘，只听鹅毛管笔划纸的刷刷声响。

那男人不停地写，嘴里也不停地咕哝：“混蛋！混蛋！全是混蛋！”

所罗门感喟[1]的这种变体，却引起那女人的叹息，她说道：

“小朋友，消消气儿，别气坏了身子，宝贝儿。给那些人写信，你这人也太好了，老头子。”

人受穷就像挨冻一样，身子紧紧靠在一起，但是心却远离了。从整个表面看来，这个女人以仅有的爱心，一定爱过这个男人，然而，全家在巨大苦难的重压下，不免天天相互责备，因此，她心中的那点感情很可能熄灭，只剩下死灰了。不过，亲昵的称呼还往往延续。如叫他“心肝儿、小朋友、老头子”等等，只是动动口，却不动心了。

那男的又写开了。

七　战略战术

马吕斯胸口实在憋闷，正要从临时瞭望台下来，他的注意力忽被一声响动吸引过去，便留在原地未动。

刚才，破屋的房门猛然打开。

大女儿出现在门口。

她穿一双男人的大鞋，满是泥点，都溅到冻红的脚脖子上，身上披一件破烂不堪的旧斗篷；一小时前马吕斯没看见她披斗篷，也许是她要引起更大的怜悯，进屋时放在门外，出去时重又披上。这回她气喘吁吁，走进来随身带上房门，站住缓了口气，这才又得意又欢喜地嚷道：“他来啦！”

父亲扭过眼珠，老婆扭过脑袋，小姑娘一动未动。

“谁？”父亲问道。

---

① 所罗门的原话是：“虚荣，虚荣，全是虚荣！”

“那位先生啊！”

“那个慈善家吗？”

“对。”

“圣雅克教堂的那个？”

“对。”

“那个老头儿？”

“对。”

“他要来啦？”

“紧跟在我后边。”

“你有把握吗？”

“有把握。”

“是真的吗，他来啦？”

“他乘马车来的。”

“乘马车。他是银行家呀！”

父亲站起身。

“你怎么就有把握呢？他若是乘马车来，你怎么先到了呢？至少，家里地址你对他说准了吧？有没有说明白在走廊尽头右手最后一扇门？但愿他别认错门！你是教堂里找见他的吗？他看了我写的信吗？他对你说了些什么？”

“得，得，得！”女儿说，“看你这么急，老人家，问话像连珠炮！情况是这样：我走进教堂，看见他坐在老地方，就冲他施了个礼，把信交给他。他看完信，就问我：‘孩子，你家住在哪里？’我回答说：‘先生，我带您去。’他又对我说：‘不必，把你家地址告诉我。我女儿要去买东西，我叫一辆车，会跟你同时到你家的。’我就把地址告诉他了。他一听我说这栋房子，好像有点吃惊，犹豫了一下，才说：‘行吧，我去一趟。’做完弥撒，我看见他父女俩走出教堂，登上马车。我跟他说得一清二楚，是走廊尽头右手最后一个门。”

“你怎么就知道他会来呢？”

“刚才我看见那辆车到了小银行街，因此，我就急忙跑回来。”

“你怎么知道是同一辆马车呢？”

“因为我注意看了车牌号了嘛！”

“多少号？”

“440。”

“很好，你是个聪明姑娘。”

女儿理直气壮地看着他父亲，指了指她脚上穿的鞋子！

“一个聪明的姑娘，可能是这样。不过我说，我再也不穿这双鞋了，不愿意穿了，首先考虑身体，其次是清洁。这双破鞋，底子总出水，一路咕唧咕唧，比什么都叫人恼火。我宁肯打赤脚。”

“你说得对。”父亲答道，他和蔼的口气，同他女儿的粗暴声调形成鲜明对照，“不过，打赤脚，不会让你进教堂。穷人得穿着鞋。……去拜访慈悲的上帝，总不能打赤脚吧。”他尖刻地补充一句，又回到惦念的事情上，“这么说你有把握，肯定他能来啦？”

“他在我脚后就跟来了。”她答道。

那男人挺起胸，脸上简直容光焕发。

“老婆呀！”他嚷道，“你听见了。慈善家来了。快把火灭掉。”

母亲愣住了，一动不动。

父亲像要把戏的一样敏捷，从壁炉上一把抓起破水罐，往焦柴上泼水。

接着，又对大女儿说：“还有你！把椅垫的草掏出来！”

女儿根本不明白什么意思。

父亲抓起椅子，一脚踹漏椅座，连腿都进去了。

他一边往外拔腿，一边问女儿："天儿冷吗？"

"很冷。下雪了。"

父亲转过身去，对着坐在靠窗的床上的小女儿，像打雷一般吼道："快点！下床，懒蛋！一点儿事你也不干！敲碎一块玻璃！"

小姑娘哆哆嗦嗦跳下床。

"敲碎一块玻璃！"他重复道。

孩子吓呆了。

"听见我的话了吗？"父亲又说一遍，"跟你说敲碎一块玻璃！"

孩子惊恐万状，只好服从，她踮起腿，对准玻璃就是一拳。玻璃碎了，哗啦掉下来。

"很好！"父亲说道。

他神态严肃，说话生硬，目光迅速扫遍了破屋的每个角落。

他那神气，俨然一位将军，要开战时做最后布置。

母亲一直没开口，这时终于站起来，问道：

"宝贝儿，你要干什么呀？"

她的声音又缓慢又低沉，说出来的话仿佛凝固了似的。

"你上床躺下。"男人说道。

那口气不容置辩，老婆子只好顺从，大坨子沉甸甸地倒在一张破床上。

这时，一个角落里传来抽噎声。

"怎么啦？"父亲大嗓门问道。

丫头蜷缩在角落里，她没有从黑地里出来，只是伸出血淋淋的拳头。她打碎玻璃时划破了，就来到母亲床边偷偷哭泣。

这回，做娘的又坐起来，嚷道：

"瞧见了吧！你干的蠢事！你叫她砸玻璃，手都伤啦！"

"好极啦！"男人说，"早就料到了。"

"什么？好极啦？"女人重复道。

"住口！"父亲反驳道，"我取消言论自由。"

接着，他从自己穿的女人衬衫上撕下一条，当作绷带，迅速给小丫头流血的手腕缠上。

缠好之后，他又满意地瞧了瞧撕破的衬衫，说道：

"这衬衫也行了。现在全像样了。"

一阵寒风从破玻璃窗吹进来，带进户外的烟雾，好似白絮一般扩散，仿佛由无形的手指撕开。透过破玻璃窗能望见外面正下雪。昨天圣烛节的太阳预示的寒冷果然降临。

父亲扫视一下周围，仿佛要确认他什么也没有忽略。他拿起一把旧铲子，用炉灰将浇湿的焦柴完全盖上。

然后，他直起腰，靠到壁炉上，说道：

"现在，我们可以接待那位慈善家了。"

八　光明照进陋室

大丫头走过来，把手放在父亲的手上，说道："摸摸我冻得冰凉。"

"嗳！"父亲回答，"我比你这手还要凉得多。"

母亲激烈地嚷道：

"你呀，无论什么，总比别人强！就连遭的罪也一样。"

"住口！"男人说道。

母亲见盯着她的目光很凶，就不再吭声了。

陋室寂静了一会儿。大女儿满不在乎的样子，正从斗篷下摆往下抠泥巴，小女儿还在哭泣；母亲双手搂住小女儿的头，连连亲吻，同时低声对她说："我的小宝贝儿，求求你，没事儿，别哭了，要惹你爸爸发火的。"

"不！"父亲嚷道，"正相反！哭吧！哭吧！哭哭好哇。"

接着，他又对大丫头说："这通折腾，怎么，他还不到！万一他不来呢？我浇灭炉火，蹬穿了椅子，撕了衬衫，打碎了玻璃，就白折腾啦！"

"还白伤了小妹呢！"母亲咕哝道。

"你们知道吗？"父亲又说道，"这破房子鬼地方，冷得都能冻死狗！那人万一不来呢？噢！对了！他是让人恭候啊！他心里说：好吧！他们会等我的！他们待在那儿就是为了这事！——哼！我恨透了那些阔佬，恨不能把他们一个个全掐死，我心里才痛快，才满意！那些所谓的善人，装作特别虔诚，去做弥撒，迷信耍嘴皮子的狗教士，迷信那些装神弄鬼的家伙，还自以为高我们一等，前来侮辱我们，说是给我们送衣服来，说得好听！还不是一钱不值的破烂儿，还送什么面包！这帮恶棍！我要的不是这些东西，而是要钱！哼！要钱！没门儿！他们说什么我们拿了钱就去喝酒，我们是酒鬼，是懒汉！可是他们呢？究竟是什么东西，从前是干什么的呢？是盗贼！不偷不盗他们发不了财！哼！就像揪住台布四角那样，把整个社会往空中一抛，全都摔个稀巴烂，有这种可能，但至少人人都成了穷光蛋，这样也算划得来！——真的，你那行善的牛嘴巴先生，他究竟干什么呢？到底来不来？那畜生也许把地址忘啦！我敢打赌，那老牲口……"

这时，有人轻轻敲了一下门；这个人急忙冲过去，将门打开，连连深鞠躬，万分敬仰地满脸堆笑，高声说道：

"请进，先生！我的尊敬的恩人，以及这位可爱的小姐，光临寒舍，屈尊请进。”

破屋门口出现一个年迈的男人和一个年轻姑娘。

马吕斯没有离开他窥视的位置，此刻他的感受难以言传。

那是“她”呀。

爱过的人都知道，这简单的一个“她”字，包含多少光辉灿烂的意思。

的确是她。马吕斯眼里立时浮起亮晶晶的水雾，看不太清楚，勉强辨出那是久违的意中人，是照耀他六个月的那颗星，是那对明眸、那个额头、那张嘴，是走了便留下黑夜的那张消失的俏脸。幻象隐没之后又重现啦！

她重现在这昏暗中，在这陋室里，在这畸形丑恶的破屋里，在这不是人待的地方！

马吕斯止不住浑身颤抖。怎么！是她！心怦怦狂跳，害得他眼睛发花，感到眼泪就要涌出来了。怎么！寻找了这么久，终于又见到她的面！他仿佛又招回了迷魂。

她的容颜依旧，只是脸色略显苍白，清秀的脸蛋儿镶嵌在一顶紫色帽子里，腰身则掩藏在黑缎斗篷中，只见长袍下方露出穿着紧帮缎靴的一双纤足。

她仍由白先生陪伴。

她往屋里走了几步，将一个挺大的包裹放到桌上。

容德雷特家大姑娘退到门后，以阴沉的目光注视这顶丝绒帽、这件缎斗篷，以及这张可爱幸福的脸。

九　容德雷特几乎挤出眼泪

这破屋十分昏暗，从外面乍一走进来，就会以为下到地窖里。

两位新客看不清周围模糊的形体，脚步难免有点迟疑，而住在这里的人，眼睛早已习惯昏暗，看得清清楚楚，自然就仔细打量他们。

白先生眼神和善而忧郁，走到男当家的容德雷特跟前，说道：

“先生，这包里装了几件日常穿的衣服，是新的，还有袜子和毛毯，请您收下。”

“我们天使般的恩人，对我们关心备至，”容德雷特说着一躬到地，他又趁着两位客人观察这破烂不堪的家居，急忙俯过身去，悄声对他大女儿补充道：

“嗯？刚才我怎么说的？破衣裳！不给钱。他们全是一路货色！对了，给这个老笨蛋的信签的什么名？”

“法邦杜。”女儿回答。

“戏剧艺术家，对！”

容德雷特问得真及时，恰好这时，白先生转身对他说话，那神情好像在回想对方的名字：

“看来……先生，你们的生活状况真令人同情……先生……”

“法邦杜。”容德雷特急忙应道。

“法邦杜先生，对，正是，我想起来了。”

“戏剧艺术家，先生，还颇有成就。”

说到这里，容德雷特认为，抓住这个“慈善家”的时机显然到了，于是他操起集市上要把戏的那种大言不惭，以及大道旁行乞的那种苦苦哀求的混合腔调，提高嗓门说道：

“是塔尔马的弟子，先生！我是塔尔马的弟子！从前，我也有过走运的时候。唉！现在却倒运啦。您瞧瞧，我的恩人，没有面包，没有火。两个可怜的丫头没有火！只有一张椅子也坐穿啦！坏了一块窗玻璃！正赶上这种天气！我的妻子病了，卧床不起！”

“可怜的女人！”白先生叹道。

“我的孩子也受了伤！”容德雷特补充道。

那孩子见来了外人，便分了心，停止哭泣，端详起那位“小姐”。

“你倒是哭啊！嚎啊！”容德雷特低声道。

他说着，就掐了一把她那只受伤的手，这一系列动作显出扒手的本领。

小姑娘疼得哭号起来。

那个光彩照人的姑娘，即马吕斯私心里称为他的“玉秀儿”，急忙走上前去，说道：“可爱的孩子真可怜！”

“您瞧，美丽的小姐，”容德雷特继续说道，“她的腕子还流血呢！为了每天挣六苏钱，她在机器下面干活，结果出了事故。再这样干下去，说不定胳膊要给切掉！”

“真的吗？”老先生惊慌地问道。

小姑娘信以为真，哭得越发厉害了。

“唉！对呀，我的恩人！”那父亲回答。

这阵工夫，容德雷特注视“慈善家”，神情有点异常，他一边说话，一边仔细打量对方，就好像在搜索记忆。他趁来客关切地询问伤了手的小姑娘的时机，突然走到床前，对他那样子颓丧迟钝的老婆，低声快速地说了一句：“留心看那个男的！”

随即他又转向白先生，接着诉苦：

“您瞧，先生！我只穿一件衬衫，还是我妻子的！全撕烂啦！又到了隆冬季节。我没有衣服，连门都出不去。但凡有点衣服穿，我就会去拜访马尔斯小姐，她认识我，也非常喜欢我。她不是一直住在夫人塔街吗？我们曾经一同到外省演过戏，您知道吗，先生？她获得桂冠，也有我的一份儿功劳。赛丽曼娜[①]会来救助我的，先

---

① 赛丽曼娜：莫里哀《厌世者》剧中女主角，以此泛指演主角的女演员。

生！艾耳密尔也会向贝利塞尔[1]施舍的。可是不然，什么也没有！家里一个铜子也没有！我妻子病了，一个铜子也没有！我女儿受了伤，很危险，一个铜子也没有！我妻子呼吸困难，有时气闷，是年纪关系，神经系统也有毛病。她需要救护，我女儿也一样！可是，请大夫！可是，去抓药！怎么付钱呢？连一文钱也没有！先生，对着一个大钱，我情愿下跪！艺术贬低到什么地步呀！我的迷人的小姐，还有您，我的慷慨的保护人，你们体现美德和慈善，给那座教堂带去芬芳，你们知道吗，我可怜的女儿也去祈祷；天天看见你们？……因为，先生，我培养女儿信教，不愿意让她们去演戏。噢！女孩子呀，让我看着她们失足！我呀，可不是开玩笑！我总向她们灌输荣誉、道德、操行这些观念！问问她们就明白了。人要走正路。她们有父亲，而不是那种苦命的女孩儿，早早就没了家，结果就嫁给了大众；没名没姓的姑娘，又成为"众人"太太。当然啦！法邦杜家绝没有这种事！我要教育她们懂得廉耻，正经做人，要文雅，要信奉上帝！活见鬼！……然而，先生，我尊贵的先生，您知道明天会出现什么情况吗？明天，是2月4日，是要命的日子，是房东给我的最后期限，如果今晚我交不上房钱，那么明天，我大女儿、我本人、我这发烧的妻子、受伤的小女儿，我们四个人就要从这里给赶出去，赶到大街上，赶到大马路上，冒着雨雪，没有避身的地方。情况就是这样，先生。我欠了四个季度，整整一年的房租！也就是说六十法郎。"

容德雷特说谎。四个季度房租只有四十法郎，而且，他也不可能欠上四个季度，马吕斯替他付了两个季度，这事过去还不到

---

① 艾耳密尔：莫里哀《伪君子》剧中的角色，男主人公奥尔贡的续弦，此处泛指富有同情心的女人。贝利塞尔（500—565年）：东罗马帝国名将，屡建战功，为皇帝所妒，流落为乞丐。

半年。

白先生从兜里掏出五法郎，放到桌上。

容德雷特抓住这个空隙，又对着大女儿的耳朵咕哝一句：

“无赖！他给这五法郎让我干什么呢？还不够赔我的椅子和玻璃钱呢！一定得把本钱捞回来！”

这时，白先生脱下套在蓝色礼服上面的棕色大衣，搭在椅背上。

“法邦杜先生，”他说道，“我身上只有这五法郎了；不过，我把女儿送回家，今天傍晚再来一趟；今晚您一定得付房租，对不对？”

容德雷特的脸豁然开朗，现出一种奇特的表情。他忙不迭地回答：“对，我尊敬的先生。八点钟，我就得去见房东。”

“我六点钟到这儿，给您带来六十法郎。”

“真是我的大恩人！”容德雷特无比激动地高声说道。

紧接着，他又悄声补充一句：“老婆，仔细看看他！”

白先生挽上那美丽姑娘的手臂，朝房门走去，说道：“今晚见，朋友们。”

“六点钟吧？”容德雷特问道。

“六点整。”

这时，放在椅背上的大衣引起容德雷特大女儿的注意。

“先生，”她说道，“您忘了穿大衣了。”

容德雷特狠狠瞪女儿一眼，同时狠命地耸了耸肩。

白先生转过身，微笑着回答：“我没有忘，是留下的。”

“啊，我的保护人，”容德雷特说道，“我的崇高恩人，我真是感激涕零！请允许我一直送您上车。”

“您若是出去，”白先生又说道，“就把这件大衣穿上吧。天气确实冷得很。”

容德雷特不等人说第二次，急忙穿上棕色大衣。

他们三人一道出去，容德雷特给两位客人带路。

十　包车每小时两法郎

这一场景的始末，马吕斯全看在眼里，而实际上却又什么也没有看见，眼睛只顾盯住那姑娘，也可以说他那颗心，从姑娘一走进破屋，就将她抓住并整个儿裹起来。在姑娘停留的这一段时间，他完全陶醉了，感官知觉停顿，整个灵魂扑在一点上。他瞻仰的不是那个姑娘，而是披缎斗篷戴丝绒帽的一团光辉。就是天狼星进入这屋子，也不会令他如此目眩神摇。

当时，姑娘打开包裹，摊开衣服和毛毯，又和蔼地询问那母亲的病情，怜爱地询问那小姑娘的伤势，那一举一动他全窥见，那一言一语他也凝神聆听。他熟悉她的眼睛、额头，她的容貌、身材和举止，但是还不了解她的声音。有一回在卢森堡公园，他隐约捕捉到她讲的几句话，可又不十分真切。如能听见她的声音，心灵上如能留下一点这种音乐，就是减寿十年他也在所不惜。然而，她的话语，完全淹没在容德雷特的诉苦和怪叫声中了，真叫马吕斯又欣喜又恼火。他贪婪地看着姑娘，不敢想象在这破烂不堪的房子里，在这帮恶俗不堪的人中间，他所见到的真是这个天仙一样的姑娘。

等姑娘离去，他只有一个念头，要紧紧跟踪，直到弄清她的住址才放手，至少在如此巧遇之后，绝不能再失去她。他跳下五斗柜，戴上帽子，伸手拉门闩，正要出门，忽一转念，又停下来。走廊很长，楼梯极陡，容德雷特话又多，白先生恐怕还没有上车；万一在走廊里，或在楼梯上，或在车门口，白先生回过头来，瞧见他马吕斯住在这所房子里，那会警觉起来，设法再次摆脱他，那么事情就又搞糟了。怎么办呢？稍等片刻？可是在这工夫，马车可能走了。马吕斯一时左右为难，最后心一横，冒险走出房间。

走廊里阒无一人。他跑到楼梯，也不见人影，于是跑下楼，来到大街，刚好望见一辆马车在小银行家街拐弯，驶回巴黎市区。

马吕斯朝那个方向追过去，到了大马路的拐角，又望见那辆马车沿着穆夫塔尔街下坡路疾驶，已经跑得很远了，根本追不上。怎么办？跟在马车后边跑？那不行，况且，从车上肯定能看见有人拼命追赶，那老头儿会认出他来。只有一个办法，登上旁边这辆车去追赶另一辆。这样非常稳妥，既有效又无危险。

马吕斯向车夫招手停车，冲他喊道："按钟点包车！"

马吕斯没有打领带。穿的是少纽扣的旧工作服，衬衣大襟打褶处还撕破一条。

车夫停下车，挤了挤眼睛，向马吕斯伸出左手，轻轻搓着大拇指和食指。

"什么意思？"马吕斯问道。

"先付钱。"车夫说道。

"多少钱？"他又问道。

"四十苏。"

马吕斯这才想起他身上只有十六苏。

"我回来再付。"

车夫不屑回答，吹起《拉帕利斯》小调，并且冲马抽了一鞭。

马吕斯愣愣地望着马车驶远。只差二十四苏，他就丧失了欢乐、幸福和爱情！他重又跌进黑夜中！刚见光明，重又变成盲人！他冥思苦索，老实说，他万分后悔，那五法郎，早上真不该送给那个穷丫头。有那五法郎，他就能得救，就能再生，就能走出迷惘和黑暗，摆脱孤独和忧伤，结束单身汉的生活；可是，那条美丽的金线在他眼前飘动，未待他重新结上他那命运的黑线，就再次断了。他痛不欲生，回到陋室。

按说他应该想到，白先生答应傍晚还来一趟，这回只要准备好跟踪就是了；然而，当时他看出神了，几乎没有听见那句话。

马吕斯正要上楼，忽见容德雷特在大马路的另一头：他身上裹着那位“慈善家”的大衣，沿着戈伯兰城关街那堵人迹罕至的墙根，正同一个面目不善的人交谈；那种人可以称作“城关盗贼”，面目可疑，言语晦涩，一副存心不良的样子，往往白天睡觉，这就意味黑夜行动。

那两个人冒着鹅毛飞雪，站在那里谈话；那样一伙人，城区警察见了准会注意，而马吕斯却不大留心。

不过，他再怎么黯然神伤，也还是不禁想到，同容德雷特说话的那个城关盗贼，好像一个叫邦灼的人；那人外号叫春生儿，又叫比格纳伊，有一回库费拉克指着那人让他瞧，说那家伙相当危险，夜间常在这一带出没。这个人的名字，在上一卷见过。这个有春生儿和比格纳伊两个绰号的邦灼，后来屡次犯罪，作恶多端，成为名闻遐迩的歹徒。如今，他在盗匪圈子里已成为传奇人物，大约在前朝末期创立新派。傍晚天要黑下来的时候，在强力监狱的狮子沟里，犯人三五成群，低声交谈，往往谈论他。监狱有一条排粪便阴沟，从巡逻道下面通到外边，1843年那起越狱大案，大白天三十名犯人逃走，就是从粪沟出去的；盖粪沟的石板上面能看到“邦灼”的名字，那是有一次他企图越狱时，大胆刻在墙上的。1832年，他还没有正式出道，就有警察密切注视了。

十一　穷苦为痛苦效劳

马吕斯缓步登上老屋的楼梯，正要回到自己的独居室，忽见容德雷特家大姑娘从走廊跟过来。在他眼里，那姑娘十分讨厌，正是她拿走了他的五法郎，再向她讨还已为时太晚，要租的轻便马车走了，要追的那辆轿车早已驶远。况且，她也不会还钱。至于刚才来的那二人的地址，问她也没用，显然她不知道，因为签署法邦杜的那封信上写的是："高台阶圣雅克教堂行善先生收"。

马吕斯走进屋，回手关门。

门却关不上，他回头一看，只见有一只手顶住半开的房门。

"怎么回事？"他问道，"是谁呀？"

正是容德雷特家大姑娘。

"是您？"马吕斯几乎气势汹汹，又问道，"您总缠着！要干什么？"

她似乎若有所思，未予回答。早上那副泰然自若的神态不见了，她站在走廊的暗地里，并不进屋，马吕斯只能从门缝瞧见她。

"啊，怎么不回答？"马吕斯说道，"您要干什么？"

姑娘冲他抬起无神的目光，眼里仿佛隐隐闪现一点光芒，她说道："马吕斯先生，看您伤心的样子，有什么心事吧？"

"我！"马吕斯重复道。

"对，是您。"

"我没什么。"

"不对！"

"是没什么。"

"跟您说不对！"

"让我安静点吧！"

马吕斯又要把门推上，可她仍然顶住。

“喏，”姑娘说道，“您不该这样。您虽然不是有钱人，但今天早上非常和善；现在，您还是和善点儿吧。您给了我吃饭的钱，现在告诉我您有什么事。您这样伤心，这一眼就能看出来。我不愿意看您伤心。怎么做就好了呢？我能帮上忙吗？要我干什么就说吧。我并不问您的秘密，您也不必告诉我，总之，我可能帮上忙。我完全可以帮帮您，既然我能帮父亲干事。送个信啦，去到什么人家啦，挨门打听啦，找谁的住址啦，跟踪哪个人啦，这些事我全能干。怎么样，有什么事尽可告诉我，我把话传给那人家。有时候让人捎个话，他们就知道了，事情也就全解决了。您就吩咐吧。”

这时，马吕斯灵机一动，有了个主意。一个人觉得要掉下去的时候，抓住哪根树枝还有挑拣吗？

他往前凑了凑，对容德雷特家姑娘说：“你听着……”

姑娘眼里闪现喜悦的光芒，打断他的话。

“哦！这就对了，您和我说话，就称‘你’吧！这样我更喜欢。”

“好吧，”马吕斯接着说，“是你把那位老先生父女带到这儿的……”

“对。”

“你知道他们的住址吗？”

“不知道。”

“替我找到。”

容德雷特姑娘的眼神，刚才由暗淡转为喜悦，现在又由喜悦转为阴沉。

“您就想知道这个？”她问道。

“对。”

“您认识他们吗？”

“不认识。”

“这就是说，”她急忙接口说，“您不认识她，但是想要认识。”

将“他们”改为“她”，这其中有一种说不出来的苦涩，意味深长。

“到底行不行？”马吕斯问道。

“替您找到那位漂亮小姐的住址吗？”

“漂亮小姐”这种说法，又有令马吕斯不自在的意味。他又说道：“怎么说都无所谓！父亲和女儿的住址。有什么，他们的住址嘛！”

姑娘定睛看着他。

“您拿什么回报我呢？”

“你要干什么都行！”

“我要什么都行吗？”

“对。”

“我准能给您搞到住址。”

她垂下头，继而突然一下将门拉上。

马吕斯又独自一人了。

他仰身倒在椅子上，头和双肘则放在床沿儿上，沉浸到纷乱的思绪中，头晕目眩，什么也抓不住。从今天早晨起所发生的种种情况，那位天使突然出现，又突然消失，这个姑娘刚才对他说的话，无限失望中又漂浮一线希望之光，这一切乱纷纷充斥他的头脑。

他正自胡思乱想，突然又猛醒过来。

他听见容德雷特那凶狠的大嗓门讲了一句话，对他具有极特殊的利害关系：“跟你说，没错儿，我认出他了。”

容德雷特讲的是谁？他认出谁啦？认出白先生吗？他的“玉秀儿”的父亲？怎么！难道容德雷特认识他？难道就这样突如其来，情况就要全部明了，免得他马吕斯稀里糊涂过一辈子吗？难道他终于要知道他爱的人是谁，那姑娘是谁，她父亲是谁吗？遮掩他们的极度浓厚的阴影，已经到了清朗起来的时候啦？幕布就要撕开了吗？天啊！

他急不可待，不是爬上，而是纵身跳上五斗柜，又回到隔墙窥视的小洞的位置。

他又看见容德雷特的破家。

十二　白先生那五法郎的用场

那家里的样子毫无变化，只是那母女三人分光了包里的东西，穿上了袜子和毛线衣，将两条毛毯扔到两张床上。

容德雷特呼吸还急促，显然刚刚从户外归来。两个女儿坐在靠壁炉的地上，姐姐在给妹妹包扎手。那女人好像瘫在挨壁炉的破床上，满脸惊诧的神色。容德雷特在破屋里大步走来走去，两眼神色异常。

在丈夫面前，那女人仿佛惊呆了，有点胆怯，试探着说道：

“怎么，真的吗？你有把握吗？”

“有把握！那是八年前的事儿啦！不过我认出他啦！哈！我认出他啦！我一眼就认出他来！怎么，你就没有看出来？”

“没有。”

“我不是跟你说了嘛：注意瞧瞧！还是那个头，还是那张脸，没怎么见老，有些人就是不老，不知道他们是怎么搞的，说话还是那嗓音。只有一点，他穿得好些罢啦！哼！老家伙，神秘的鬼东西，好了，我抓住你啦！”

他停下脚步，对两个女儿说：“你们两个，给我滚开！——真怪了，你就没有看出来。”

两个女儿挺听话，赶忙站起来。

做母亲的讷讷地说：“她的手不是受伤了吗？”

“冷空气对她有好处，”容德雷特说道，“走吧。”

显而易见，这个人在家里说一不二。两个女儿出去了。

就在她们出门的时候，父亲一把拉住大丫头的胳膊，以特别的声调说道：“你们准五点钟回这儿。两个都回来。我要用你们。”

马吕斯更加注意了。

屋里只剩下容德雷特和他老婆了，他又开始走起来，转了两三圈没有吭声，接着花了几分钟，往裤腰里掖他那件女人衬衫的下摆。

他猛地转向他女人，叉起双臂，高声说道：

“有件事儿要我告诉你吗？那小姐……”

“哦，怎么！”他女人接口说，“那小姐？”

马吕斯确信，他们说的准是她。他心急火燎，侧耳细听，全部精力都集中到耳朵上。

然而，容德雷特却俯下身，低声对他女人说了几句话，最后直起腰，才高声说道：“就是她！”

“那东西？”女人说。

“是那东西！”丈夫说。

那母亲一句“那东西”的意味，任何语言都难以表达。其中有惊讶、气恼、仇恨、愤怒，混杂而成为一种恶狠狠的声调。丈夫在她耳边说了点什么，无疑说出了名字，那肥胖女人就从昏昏沉沉的状态中醒来，从丑相变为凶相了。

“不可能！”她嚷道，“我女儿打着赤脚，连一件衣裙都穿不上，我一想到这一点，怎么！她又是披缎斗篷，又是戴丝绒帽，又是穿缎子靴，行头齐全！要置办得二百多法郎！简直像个贵妇人！不可能，你看错啦！先从长相说，那一个是丑八怪，而这一个却不赖！长得真不赖！不可能是她！”

“跟你说准是她。你就等着瞧吧。”

如此坚信不疑，容德雷特婆娘一听，就仰起那张又红又黄的大宽脸，注视天花板，那神态丑极了；此刻在马吕斯看来，她比她丈夫还吓人，那是虎视眈眈的一头母猪。

“什么！”她又嚷道，“那个讨厌的漂亮小姐，用可怜的样子看着我的丫头，她竟然是那个小叫花子！哼！我真想一鞋跟儿将她的肠子给踹出来！”

她跳下床，只见她头发蓬乱，鼻孔鼓张，嘴半咧开，握紧的两个拳头抛到身后，这样站了一会儿，又一仰倒在破床上了。那男的走来走去，根本不注意他女人。

沉默了一阵之后，容德雷特又走到他女人跟前站住，像刚才那样叉起胳膊。

“还要我告诉你一件事吗？”

“什么事？”女人问道。

他低声干脆地回答：“我发了一笔财。”

婆娘凝视他，那眼神分明表示：跟我说话的这个人难道疯啦？

他继续说道：

“天打五雷轰！在这个‘有火会冻死——有面包也会饿死的教区’里，我当教民的时间已经够长的啦！穷日子也过够啦！我活受罪，别人也受罪！不开玩笑了，我不再觉得这有趣了，游戏玩够了，老天爷呀！别再捉弄人了，永恒的天父！吃饭我要吃个够，喝酒我要喝个痛快！足吃足睡！什么也不干！嘿，也该轮到我享享福！在一命呜呼之前，我要尝尝百万富翁的滋味儿！”

他在破屋里兜了一圈，又补充一句：“跟别人一样。”

“你想说什么呀？”他老婆问道。

他摇头晃脑，挤挤眼睛，提高嗓门，像街头卖艺人要表演似的：“我想说什么？听好！”

“嘘！”容德雷特婆娘咕哝道，“别嚷嚷！要是那种事儿，就不能让人听见！”

“唉！谁听见？那个邻居？刚才我看见他出去了。再说了，那个大傻瓜，他听得见吗？话又说回来，告诉你，我眼见他出去的。”

不过，容德雷特出于本能，还是放低了声音，然而马吕斯尚能听得见，他听清了整个谈话，还多亏一个有利的情况，就是马路上积雪减轻了过往车辆的声响。

马吕斯听到这样的对话：

“听清楚了。逮住他了，那个阔佬！就等于逮住了。这事板上钉钉了，全都安排妥当。我见了几个人。今晚六点钟他会来，送那六十法郎，老混蛋！我瞧见了，我那六十法郎、房东、2月4号的日期，我是怎么给你们诌出来的！这可不是一个季度！傻不傻！这样，他六点钟就到。那时候，邻居正好去吃晚饭，布贡妈也正好进城去洗杯盘。这房子里没人了。邻居十二点之前从不回来。两个丫头放风。你也可以下手帮我们。他会就范的。”

“他要是不就范呢？”女人问道。

容德雷特险恶地劈了一下手，说道：“那就打发他。”

说着，他哈哈大笑。

这是马吕斯头一回看见他笑，那笑声冷森森而平稳，叫人不寒而栗。

容德雷特打开壁炉旁边的壁橱，取出一顶旧鸭舌帽，用衣袖擦了擦，便扣在头上。

“现在，我出去一趟，”他说道，“我还要见几个人。几个好把式。等着瞧吧，这事准能得手。我尽快赶回来。这是一桩好买卖。你看好家。”

说罢，他把两个拳头插进裤兜里。站着想了一会儿，又大声说道：“你知道吗，也亏了他没认出我来！他若是认出我，就不会再来，就会从我们手中溜掉！是我这胡子救了我！我这浪漫派的山羊胡子！我这漂亮的浪漫派小山羊胡子！”

他又笑起来。

他走到窗前。雪下个不停，涂掉了天空的灰色。

“什么鬼天气！”他说道。

说着，他抿起大衣。

“这大衣太肥了。不过没关系。”他又补充说，“那老混蛋，把大衣留给我，还真干了一件大好事！没它我出不了门，这桩买卖也就做不成！鬼使神差，天下的事也真怪！”说罢，他将帽舌拉到眼皮上，出门去了。

他出去没走几步，房门忽又开了，门缝里又探进来他那猛兽般狡狯的身影。

“忘了件事，”他说道，“你准备一炉子煤。”

接着，他把“慈善家”给他的五法郎，扔到女人的围裙里。

“一炉子煤？”婆娘问道。

“对。”

“买几斗煤？”

“两满斗。”

“那得三十苏。剩下的钱还够我买东西做晚饭。”

“见鬼，那不行。”

“干吗不行？”

“这钱不能花。”

“干吗不能花？”

“我还要买东西。”

“买什么？”

“买点儿东西！”

“要花多少钱？”

“这附近有五金店吗？”

“穆夫塔尔街上有。”

“哦，对了，就在同另一条街的拐角，那店铺我有印象。”

“你买东西要花多少钱，总可以告诉我吧？”

“五十苏到三法郎。”

“给晚饭剩下的可就不多了。”

“今天谈不上吃饭。还有更好的事要干。”

“也将就了，我的宝贝。”

他婆娘说完这话，容德雷特又带上房门，这回，马吕斯听见他的脚步声越来越远，先穿过老屋走廊，又快速下楼。

这时，圣梅达尔教堂正打一点钟。

十三　在僻静地方单独相对，想必他们不会念“天父”[①]

马吕斯尽管总好沉思默想，但是正如我们指出的，他的性格既坚强又刚毅。独自思索的习惯，发展了他的同情心和怜悯心，与

① 原文为拉丁文。

此同时，也许消磨了他好动肝火的性情，却毫未减损他那见义勇为的气概。他既有婆罗门教徒的善心，又有法官的严厉。他不忍伤害一只蛤蟆，但是能踏死一条毒蛇。而他现在窥视的，正是一个毒蛇洞，眼前正是一个魔窟。

“这帮无赖，应当踏上一只脚。”他心中暗道。

他期望弄清的谜团，非但一个也没有解开，也许神秘层反而加厚了；他并没有进一步了解卢森堡公园邂逅的那个美丽的女孩儿，以及他称作白先生的那个男人，只知道容德雷特认识他们。他听到的话十分晦涩，只能听出一件事，就是这里正在设置陷阱，设置一个隐秘而凶险的陷阱，他们父女二人面临巨大危险，也许她能免遭于难，但她父亲要遭毒手，一定要搭救他们，挫败容德雷特一家人的阴谋诡计，扯断这些蜘蛛结的网。

他又观察一会儿，只见容德雷特婆娘从角落里拖出一个旧铁炉子，又在废铁堆里翻找什么。

马吕斯轻手轻脚，从五斗柜下来，尽量不弄出一点声响。

他看出策划的这场阴谋，心中不免惶恐，对容德雷特一家人深恶痛绝，但是想到在这样事情上，也许他能为他所爱的人帮上忙，又不禁感到一阵喜悦。

然而，怎么办呢？给两个受到威胁的人通风报信吗？但是到哪儿去找他们呢？他不知道他们的住址。他们在他眼前重现了片刻，随即又沉入巴黎的汪洋大海里。傍晚六点在门口守候，等白先生一到就告诉他有埋伏吗？可是，容德雷特及其同伙一定会发现他，这地方僻静无人，他们比他健壮，有办法抓住他，或者把他赶走，那么他要救的人也就性命难保。一点的钟声刚刚敲过，他们六点钟下手，马吕斯还有五个小时。

只有一个办法。

他穿上还看得过去的衣服，往脖颈上结了一条领巾，又戴上帽子，悄悄溜出去，毫无响动，就好像赤脚走在青苔上。

他出了楼门，便走上小银行家街。

这条街中段路边有一道矮墙，有几处人能跨越，墙里是一片空地。马吕斯心中有事，走得很慢，踏着雪地也没有什么声音；忽然，他听见身边有人谈话，便扭头瞧瞧，寂静的街道不见一个人影，现在又是大白天，然而，他却清清楚楚听见了人语。

于是，他想到探头瞧瞧墙里面。

果然有两个人，靠墙坐在雪中，低声交谈。

那两张面孔他从未见过：一个汉子满脸胡须，身穿罩衣，头戴希腊式圆帽；另一个汉子衣衫褴褛，没戴帽子，长头发里落了雪花。

马吕斯再往里探探，在他们的头上方能听见谈话。

长发汉子用臂肘捅捅对方，说道："跟咪老板干，不可能失手。"

"你这么看？"络腮胡子说道。

长发汉子又说："每人得五百法郎的一张票子，就是触霉头，大不了五年，六年，顶多十年！"

另一个颇为迟疑，手伸进希腊帽子搔头发，答道：

"这件事倒实实在在，碰到这种事总不会背过身去。"

"跟你说嘛，这事儿失不了手，"长发汉子又说道，"老家伙的两轮车会套上牲口的。"

接着，他们又谈起昨晚他们在娱乐剧院看的音乐剧。

马吕斯继续往前走。

他觉得那两个人好奇怪，躲在墙后，蜷缩在雪地里，讲些莫名其妙的话，恐怕跟容德雷特的罪恶计划不无关系。也许就是"那桩买卖”。

他走向圣马尔索城郊区，一碰到店铺就打听哪有警察派出所。

人家告诉他在蓬图瓦街14号。

马吕斯赶往那条街。

他经过一家面包铺时，买了两苏面包吃，估计晚饭吃不上了。

他边走边感谢上天，心想他那五法郎，早上如不给容德雷特家姑娘，他就能乘车跟踪白先生，因而无从了解这一切，也就无从阻止容德雷特的阴谋，白先生必然遇害，他女儿也难幸免。

十四　警察给律师两个“拳头”

马吕斯来到蓬图瓦街14号，上了二楼，请求见派出所所长。

“所长先生不在，”一个办事员回答，“有位探长代替他工作。您要跟探长谈谈吗？有急事吗？”

“有急事。”马吕斯说道。

于是，办事员将他带进所长办公室。一道铁栅里面，有个身材高大的人靠炉子站着，他身穿三叠领的大外套，双手提着外套的下摆。那人方脸盘，嘴唇薄而坚毅，花白颊髯浓密而凶悍，那目光能搜遍人的衣兜，可以说，那目光只能搜索，不能洞彻。

那人凶恶可怕的样子，并不怎么逊于容德雷特；有时见到恶狗，几乎跟遇见狼一样，叫人心惊胆战。

“您有什么事？”他对马吕斯说，连句先生也不称。

“所长先生吗？”

“他不在，我替他办公。”

“我要谈一件很机密的事。”

“那就谈吧。”

“非常紧急。”

“那就快点儿谈。”

这人又冷静又生硬，叫人见了又害怕又放心。他能让人产生畏惧和信赖。马吕斯向他叙述了这个意外事件，说有个男子，他只见过面而不相识，当晚要遭毒手，而他本人，马吕斯·彭迈西，身为律师，就住在那魔窟的隔壁，隔墙听到了全部阴谋；设置陷阱的主谋，是个叫容德雷特的家伙，他有同谋，大概是城关的盗贼，其中有个叫邦灼的，外号春生儿，又叫比格纳伊；容德雷特的女儿在外面放风；根本无法通知那个生命受到威胁的人，因为连他的姓名都不知道；总之，这起图财害命的案犯要在当晚六点钟下手，那济贫院大道最僻静的地点，在50-52号那栋房子里。

探长听到这个门牌号，便抬起头，冷冷地说：“就在那栋房子走廊的最里端喽？”

“正是。”马吕斯说道，他又问一句，“您熟悉那栋房子？”

探长沉默了片刻，接着，他把靴子后跟举到炉口烤火，答道：“有点儿印象。”

他继续从牙缝里咕哝，主要不是对马吕斯，而是对他自己的领带说话：“那里面恐怕有咪老板的行迹。”

马吕斯听了这话很惊讶，说道：“咪老板，我的确听他们提过这个名字。”

于是，他向探长讲述了在小银行家街墙后的雪地里，那个长发汉子和那个络腮胡子的话。

探长咕哝道：“那长发一定是勃吕戎，那络腮胡子一定是半文钱，外号二十亿。”

他又垂下眼帘思考：“至于那老东西，我也能猜出个大概。哎呀，我这外套烤煳了。这该死的炉子，火总是太旺。50-52号，从前是戈尔博的房子。”

接着，他又注视马吕斯。

“您只见过络腮胡子和长头发吗？”

“还见过邦灼。”

“您没看见一个花花公子模样的小魔头，在那儿转悠吗？”

“没有。”

“也没看见一个又高又壮，跟植物园大象似的大块头吗？”

“没有。”

“也没看见像过去红辫子小丑那样一个滑头吗？”

“没有。”

“至于第四个，谁也见不到，就连他的打手、伙计和爪牙也见不到。您没有发现他，倒不足为怪。”

“没见到。那些家伙是干什么的？”马吕斯问道。

探长则答道：“不过，现在还不是他们活动的时候。”

他默然片刻，才接着说道：“50-52号，那房子我了解。我们藏到里面，没法躲过那些艺术家的眼睛。一有情况，他们就停止演戏。他们谦虚到了极点，见了观众就不自在！这样不成，这样不成。我要听他们歌唱，让他们跳舞。”

一段独白之后，他又转过身，定睛凝视马吕斯，问道：“您害怕吗？”

“怕什么？”马吕斯问道。

“怕那些人吗？”

“也超不过怕您！”马吕斯生硬地回了一句，因为他开始注意到，这名警探还没有称过他一声先生呢。

这时，警探更加目不转睛地盯住马吕斯，以训导式的庄严口气又说道：“听您这话，像个有胆量的人，也像个诚实人。勇气不畏罪恶，而诚实也不畏官家。”

马吕斯截口说道：“是啊，那么您打算怎么办呢？”

探长仅仅这样回答：“那栋房子的住户都有万能钥匙，夜间回家开门用。您也应当有一把。”

“有一把。”马吕斯说道。

“带在身上吗？”

“带在身上。”

“交给我吧。”探长说道。

马吕斯从坎肩兜里掏出钥匙，交给探长，又叮嘱一句：

“您若是相信我的话，就多带几个人手去。”

探长瞥了马吕斯一眼，那神色，就像伏尔泰瞧一个向他建议一处韵脚的外省学士院院士；他两只大手一下子插进外套特大号的兜里，掏出两支人称“拳头”的小钢枪，递给马吕斯，急促而干脆地说道：

“拿着这个，您回家去，就藏在房间里，要让人以为您出去了。枪都上了子弹，每支上两颗。您要注意观察。您对我说过，墙上有个洞。等那些人到了，就让他们多少行动一下。您判断等了一定火候，应当制止了，就开一枪。不能过早。接下来的事情由我管。朝空中开一枪，对着天花板，对着什么地方都行。千万注意不能过早。要等到他们开始行动之后，您是律师，明白为什么要这样。”

马吕斯接过两支手枪，塞进外衣旁边的兜里。

“这样鼓鼓囊囊，太明显了，”探长说道，“还是放在坎肩兜里吧。”

马吕斯将手枪分别藏在坎肩的两个兜里。

“现在，”探长接着说道，“谁都不能再耽误一分钟了。几点钟啦？两点半。他们预定七点钟动手吗？”

“六点钟。”马吕斯说道。

“还有时间，”探长又说道，“不过，时间刚好。我对您说的话，一句也不要忘了。砰！开一枪。”

“放心吧。”马吕斯答道。

马吕斯抓住门闩正要出去，探长又冲他嚷道：“还有，事发之前，您要是需要我，亲自来还是派个人来，说一声要找沙威探长就行了。”

十五　容德雷特采购

过了一会儿，将近三点钟，库费拉克由博须埃陪同，偶然经过穆夫塔尔街。大雪满天，下得更紧了。博须埃正在对库费拉克说：“瞧着这一团团雪降落，真像漫天飞舞的白蝴蝶……”博须埃忽然望见马吕斯样子古怪，顺着这条街朝城关走去。

“咦！马吕斯！”博须埃嚷道。

“我看见了，”库费拉克说道，“不要叫他。”

“为什么？”

“他忙着呢。”

“忙什么？”

“他那副神态你没看见吗？”

“什么神态？”

“他那样子就像跟踪什么人。”

“那倒是。”博须埃说道。

“瞧他那双眼睛！”库费拉克又说道。

“见鬼，他跟踪谁呢？”

“跟踪哪个花花一帽子一咪咪一小妞儿吧！他恋爱呢。”

“可是，”博须埃指出，“这街上，我没有看见什么咪咪，什么小妞儿，也没看见什么花花帽子。一个女人也没有。”

库费拉克望了望，又嚷道：“他跟踪一个男人！”

那确是个男人，头戴鸭舌帽，走在马吕斯前边二十来步远，虽然背向，却能看出他那花白胡须。

那人穿一件过分肥大的崭新大衣、一条沾满泥点而破烂不堪的长裤。

博须埃哈哈大笑。

“那是个什么人？”

“那个吗？”库费拉克接口说，“是个诗人吧。诗人就爱穿兔皮贩子卖的旧裤、法兰西元老院元老的大礼服。”

“瞧瞧马吕斯去哪儿，”博须埃说道，“瞧瞧那人去哪儿，跟踪他们，好吗？”

“博须埃呀！”库费拉高声说，“莫城的鹰！你真是天下第一糊涂蛋。跟踪一个跟踪另一个男人的男人！”

他们掉头往回走。

刚才，马吕斯确实看见容德雷特经过穆夫塔尔街，于是盯梢窥伺。

容德雷特只顾往前走，没料到被人盯上了。

马吕斯望见他离开穆夫塔尔街，走进优雅街一栋极其破烂的房子，停留有一刻钟，又回到穆夫塔尔街，走进当年在皮埃尔-龙巴尔街拐角开设的五金店，几分钟后从店铺里出来，拿着一把白木柄的冷錾，并藏掖在大衣里，走到小尚蒂伊街往左拐，急匆匆走上小银行家街。天色渐渐黑下来，雪停了一会儿又下起来了。小银行家街一向僻静无人，马吕斯就躲在拐角，没有往前跟踪，幸而如此，否则就坏事了；因为，容德雷特走到刚才马吕斯听到长头发和络腮胡子谈话的墙根，忽然回头张望，看看是否有人跟踪，确定身后无人，这才跨过墙头不见了。

墙里那片荒地通向一家旧出租车行的后院，那个业主名声不好，已经破产，但是车库里还有几辆破车。

马吕斯忽然想到，趁容德雷特不在，最好赶紧回家；再说，时间也不早了，每天傍晚，布贡妈都进城去洗杯盘，黄昏时分走时，照习惯总锁上楼门。马吕斯已将钥匙交给了警探，因此要赶快回去。

夜幕降临，暮色几乎弥合，唯独寥廓的天边还有太阳照亮的一点，那便是月亮。

红红的月亮，从妇女救济院的矮圆顶后面升起。

马吕斯大步流星赶回50–52号，到达时楼门还开着。他踮起脚上楼，顺着走廊墙根溜回房间。大家还记得，走廊两侧的破屋当时全空着，没有租出去；布贡妈通常总让房门敞着。马吕斯经过一扇房门时，仿佛看见空屋里待着不动的人头，让透进天窗的残照余光映得隐隐发白。马吕斯怕被人瞧见，不便细察，悄无声息回到房间，没有让人发现。回来得正是时候，不大工夫，他就听见布贡妈离开，并锁上楼门。

十六　又听见套用 1832 年英国流行曲调的一首歌

马吕斯坐到床上，现在约摸五点半，再有半小时他们就动手了。他听见自己脉管怦怦直跳，就像黑暗中听见怀表的滴答声响，联想到此刻，两种行动正分头并进：罪恶从一个方向逼近，法律则从另一个方向赶来。他并不害怕，但是一想即将发生的事情，就难免不寒而栗。正如遭受意外事件突袭的人那样，他经历这一整天，仿佛做了一场梦，而且为了证实自己不在梦魇中，他需要感受一下兜里两支钢枪的凉意。

雪不下了，月亮穿破暮霭，越来越明亮，那清光同雪色相辉映，给房间增添一种黄昏的景象。

容德雷特那巢穴里有亮光，从那墙洞射过来，马吕斯看那红光就像血色。

那样的红光，实际上不可能由一支蜡烛发出来。况且，容德雷特家里毫无动静，没人走动，也没人说话，连点声息都没有，一片冷寂沉静，若是没有那亮光，真像同坟墓为邻。

他轻轻脱掉靴子，推到床底下。

过了几分钟，马吕斯听见下面楼门开启的声响，接着，沉重的脚步急速上楼，穿过走廊，隔壁破屋咣当一声拉起门闩，是容德雷特回来了。

立即响起好几个人的声音，原来全家人全在破窝，不过当家的不在，都一声不吭，如同老狼出去时的一窝狼崽子。

“是我。”容德雷特说。

“晚上好，老爸！”两个女儿尖叫。

“怎么样？”妈妈问道。

“爸爸一切顺利，”容德雷特答道，“可是，我的脚要冻僵了。好，就这样，你换了花衣服。这样也好让人家放心。”

“全准备好了，说走就走。”

“我教你的话，一句也没忘吧？你全能照办吗？”

“你就放心吧。”

“要知道……”容德雷特说道，但是话未说完。

马吕斯听见一件重东西撂在桌上，大概是买的那把冷錾。

“唉，你们吃了点儿东西吗？”容德雷特又问道。

“吃了，”那母亲答道，“有三个大土豆，加点盐吃了。就这炉火烤熟的。”

“好，”容德雷特又说道，“明天，我带你们下馆子，要整只鸭子和配菜。你们可以像查理十世那样大吃大喝。一切顺利！”

接着，他压低点声音补充道：“捕鼠笼子打开了。猫儿全到了。”

他再压低点声音说道：“把这放进炉火里。”

马吕斯听见用火钳或铁器捅煤块的声响。容德雷特继续说：

“房门折页涂上油了吧？别让门出声音。”

“涂上了。”那母亲回答。

“几点钟啦？”

“快六点了。”圣梅达尔教堂已经敲过半点的钟声。

“见鬼！”容德雷特说道，“两个小丫头该去放风了。你们俩过来，听我说。”

接着一阵耳语之声。

容德雷特又提高嗓门：

“布贡妈走了吗？”

“走了。”那母亲回答。

“你有把握隔壁没人吗？”

“他一整天没回来，你也清楚这是他吃晚饭的时间。”

“你有把握？”

“有把握。”

“不管怎么说，到他屋看看他在不在，总没什么坏处。”容德雷特又说道，“大丫头，拿着蜡烛，过去瞧瞧。”

马吕斯赶紧趴下，手膝并用，悄悄爬到床下。

他刚蜷缩在床底下，就看见门缝里射进光亮。

“爸爸，”一个声音喊道，“他出去了。”

他听出是那大姑娘的声音。

“你进屋了吗？”父亲问道。

“没有，”女儿回答，“这不钥匙在门上，他肯定出去了。”

父亲喊道：

“还是进去瞧瞧。”

房门推开了，马吕斯看见容德雷特大姑娘端着蜡烛走进来。她还是早晨那模样，不过烛光一照显得更吓人了。

她径直朝床铺走来，马吕斯惶恐之状难以描摹；其实，床旁边墙上挂了一面镜子，她是奔镜子去的。她踮起脚，对着镜子顾盼。隔壁房间传来翻破铜烂铁的声响。

她用手掌抚平自己的乱发，冲着镜子微笑，同时用那阴森可怕的破嗓门哼唱：

我们的情爱，持续整一周，
幸福的时刻，该有多短暂！
相爱八昼夜，人生欲何求！
情恋的时间，应当到永远！
应当到永远！应当到永远！

这工夫，马吕斯抖得厉害，他觉得那姑娘不可能听不到他的喘息声。

她走向窗口，朝外张望，同时拿出她那疯疯癫癫的样子高声说话。

“巴黎穿上白衣衫，该有多丑啊！”她说道。

她回到镜子前，又忸怩作态，从正面，再从两个侧面，接连自我欣赏。

“怎么样！”父亲喊道，“你在那儿干什么呢？”

“我在看床下，桌椅下边，”她一边回答，一边继续拢头发，“哪儿都没人。”

“笨丫头！”父亲吼道，“还不快回来！别在那儿磨蹭了。”

“这就回去！这就回去！”她说道，“在这破家里，干什么都没时间！”

她又哼唱：

你就离开我，要去建功业，

可怜我的心，随你走天涯。

她对着镜子又最后望了一眼，这才出去，随手带上房门。

过了一会儿，马吕斯听见走廊里两个姑娘赤脚的声响，以及容德雷特冲她们的喊叫：

“千万留心！一个在城关那边，一个守在小银行家街拐角。紧紧盯住这个楼门，一眼也不要放松，发现一点点情况，就赶紧跑回来！三步并作两步！你们带上一把进楼门的钥匙。”

大女儿咕哝道：“光着脚，站在雪地里放哨！”

“明天，你们就有闪光缎子靴穿啦！”父亲说道。

她们走下楼梯，几秒钟之后，下边的楼门咣的一声关上，这表明她们出去了。

现在，这栋房子里只剩下马吕斯和容德雷特夫妇了；也许还有那几个神秘人物，刚才在昏暗中，马吕斯瞥见他们躲在一间空屋的门后。

十七　马吕斯那五法郎的用场

马吕斯认为到了重新观察的时候，便凭着年轻人的敏捷，一眨眼跳上观望台，凑近墙壁的小洞。

他往里张望。

容德雷特家中景象异常，马吕斯这才看清刚才引起他注意的奇特的亮光。一个生了铜锈的烛台上点着一支蜡烛，然而照亮整个破屋的并不是烛光，而是炉火的反光。一个相当大的铁皮炉子，正是容德雷特婆娘早上准备的那个，挪到壁炉里，满炉煤火烧得正旺，铁皮全红了，蓝色火焰在欢跳，看得见容德雷特在皮埃尔-龙巴尔街买来的那把钢錾，深插在烈火中烧红的形状。还看见靠门的角落有两堆东西，好像一堆铁器和一堆绳子，仿佛有用场特意放在那儿的。一个根本不了解这场阴谋的人，看到这种情景，思想会漂浮于非常凶险和非常简单的两种念头之间。这个巢穴让炉火一照，像个地狱口，更像个铁匠炉，然而，容德雷特映着那火光，样子三分像铁匠，七分倒像魔鬼。

炉火温度极高，桌子上那支蜡烛烤化了半边，结果呈斜面燃烧。

壁炉上放一盏有遮光罩的旧铜灯，配得上变成卡尔图什的第欧根尼。

铁炉放在壁炉膛里，挨着几根将熄的焦柴，煤烟从壁炉烟囱冒出去，并没有散出气味。

月亮有清辉，从四块窗玻璃射进红光闪耀的破屋，即使在这要行动的时刻，马吕斯头脑里也还是充满诗情，联想到这情景好似天空来参与大地的梦魇。

冷风从打碎玻璃的窗口吹进来，既驱散了煤烟味，也掩饰了火炉。

读者若是还记得前面介绍戈尔博老屋的情况，就会明白容德雷特选择这个巢穴作案，是再合适不过了。这个房间位于最孤立房子的最里端，又地处巴黎最偏僻的大街。即或还未有过绑票的案例，这里也会发明出来。

这栋房子往里延长很深，因此，这巢穴由许多空房间同大道隔开，而唯一的窗户又对着有围墙和栅栏的大片空场。

容德雷特已点着烟斗，坐在草垫破了的椅子上吸烟。他老婆低声跟他说话。

若不是马吕斯，而换了库费拉克，也就是，换了在生活中随时随地都能发现笑料的人，一看到容德雷特婆娘那副打扮，肯定要哈哈大笑。她头上戴着那顶插羽翎的帽子，颇像查理十世祝圣大典上武士的军帽，身上穿的那条针织裙子上边，又扎了一条格子花呢的特大围巾，脚下穿的那双男鞋，正是早上她女儿不屑穿的那双。就是这身穿戴引出容德雷特一句称赞："好！你换了衣服！做得对，这样也好让人家放心！"

至于容德雷特，他没有脱下白先生给他的那件过分肥大的新大衣，还保持新大衣和破裤子所形成的鲜明对照，也正是在库费拉克眼中所谓诗人的典型。

突然，容德雷特提高嗓门儿：

"对啦！我想起来了。这样天气，他会乘车来的。你点上灯笼，提到楼下去，守在门后。一听到停车声，你就立刻开门，给他照亮上楼，穿过走廊；等他一进这屋，你再赶紧下楼，付了车钱，将出租马车打发走。"

"拿什么付车钱？"那婆娘反问道。

容德雷特搜索裤兜，掏出五法郎给她。

"这是哪儿来的？"她高声问道。

容德雷特神气十足地回答："就是今儿早上邻居给的那个银币。"

他又补充道："知道吗？这儿需要两张椅子。"

"干什么？"

"坐呀。"

"成啊！我把隔壁的给你搬过来。"容德雷特婆娘平静地说道。

马吕斯听了这话，脊背一阵冒凉气。那婆娘动作很快，打开破家的门，就冲到走廊。

马吕斯纵有天大的本事，也来不及跳下五斗柜，钻进床底下躲起来。

"拿着蜡烛！"容德雷特嚷道。

"不用，"她说道，"拿着还碍事，我要搬两张椅子呢，有月亮光就行了。"

马吕斯听见容德雷特婆娘那只笨重的手，在黑暗中摸索找他的钥匙。房门打开了。他惊呆了，定在原地。

容德雷特婆娘走进来。

天窗射进一束月光，夹在两大片黑影之间。马吕斯背靠的墙壁正巧笼罩着一片黑影，因而他隐没在里边了。

容德雷特婆娘抬起眼睛，却没有看见马吕斯，她操起马吕斯仅有的两把椅子走了，随手重重地带上房门。

她回到破家：

"两把椅子拿来了。"

"给你灯笼，"她丈夫说道，"快点儿下去。"

她急忙照办，屋里只剩下容德雷特了。

容德雷特将两把椅子摆到桌子两侧，又翻了翻炉火中的钢錾，搬一道旧屏风来，放到壁炉前遮住火炉，然后又走到放了一堆绳子的角落，弯下腰仿佛察看什么。马吕斯这才看清刚才以为的一堆烂绳子，原来是一条结得很好的软梯，有一根根木横伻儿和两个搭钩。

这副软梯和几件地道的大头铁棒的大家伙，胡乱放在门后的废铁堆上，今天早晨还没有见到，显然是在下午马吕斯外出时，搬进容德雷特这里的。

“那是铁匠用的家什。”马吕斯想道。

马吕斯在这方面若是稍微多点见识，就会看出他认作的铁匠家什中，有些是撬锁开门的工具，还有些砍杀的工具；这两类凶器，盗贼分别称为“小兄弟”和“收割器”。

壁炉、桌子和那两把椅子，正对着马吕斯。火炉遮住了，照亮屋子的就只有蜡烛了；桌上或壁炉上一点点破瓶烂罐，都映出巨大的影子。一个豁嘴水罐的影子就占了半面墙壁。屋里的平静气氛却有一种难以名状的险恶，令人感到即将发生骇人听闻的事情。

容德雷特又回到原座，烟斗熄灭他也不管，这是他专心想事的重大标志。在烛光中，他那张脸凶狠狡猾的棱角显得十分突出，紧皱着眉头，右手掌猛地张开，就好像他心中暗自盘算，最后拿定主意。他这样反复盘算着，有一回忽然拉开桌子的抽屉，取出藏在里边的一把长长的厨刀，在手指甲上试了试锋刃，然后又放回去，关上抽屉。

马吕斯这边也一把抓住放在坎肩右兜里的手枪，抽出来将子弹推上膛。

子弹上膛发出一个清脆的声响。

容德雷特惊抖一下，从椅子上欠起身。

“谁呀？”他喊道。

马吕斯屏住呼吸。容德雷特侧耳听了片刻，继而笑起来，说道：“我怎么糊涂啦！是隔壁墙迸裂的声音。”

马吕斯仍握着手枪。

十八 马吕斯的两把椅子相对摆着

忽然，远处传来令人惆怅的钟声，震动了窗玻璃。圣梅达尔教堂敲起六点钟。

容德雷特点头数着钟点，等第六响一敲过，他就用手指掐灭烛芯。

然后，他开始在屋里踱步，走几步，听听走廊的动静，又走几步，又听听，嘴里咕哝道：“但愿他来！”继而，他回到坐椅。

他刚坐下，房门就打开了。

容德雷特婆娘推开门，但是还停留在走廊里，提灯一个洞透出的光亮，从下面照出她脸上做出的狰狞媚态。

“请进，先生。”她说道。

“请进，我的恩人。”容德雷特急忙起身重复道。

白先生出现在门口。

他神态安详，格外显得令人敬重。

他把四枚路易金币搁在桌上。

“法邦杜先生，”他说道，“这钱您先用来付房费和应急，下一步再说。”

“上帝保佑您，我的慷慨的恩人！”容德雷特说着，急忙凑近他老婆：“把出租马车打发走！”

她趁着丈夫一再点头哈腰，给白先生让座的工夫，就赶紧溜掉，不大工夫又回来，对着丈夫的耳朵悄悄说：

“行了。”

从早晨起雪就未停，积了很厚，没人听见马车来去的声响。

这时，白先生已经落座。

容德雷特则占了白先生对面的那张椅子。

现在，要想对即将发生的场面有个概念，读者就必须想象一个严寒的夜晚，妇女救济院那一带偏僻的地方覆盖了雪，在月光下一片惨白，好似巨幅的殓尸布，路灯点点红光，映照着凄凉的大道和黝黑的长排榆树，方圆一公里大概也没有一个行人，戈尔博老屋更是岑寂、黑暗而可怖到了极点，而在这老屋里，在这僻静的地方，在这昏黑的环境中，只有容德雷特这间大屋子点着蜡烛，这间破屋里有两个男人坐在桌子两边，白先生神态安详，容德雷特满脸堆笑而面目可憎，他的老婆那条母狼则待在角落里，而马吕斯则隐身在隔壁墙后，站着不动，手里握着枪；眼睛注视隔壁房间，不漏掉一句话，也不漏掉一点举动。

马吕斯毫不畏惧，只感到一种强烈的憎恶。他紧握手枪柄，就像吃了定心丸。“这个坏蛋，我随时都可以阻止他。”他心中暗道。

他也感到，警察就埋伏在附近，只等一发信号就动手。

此外，他还希望，容德雷特和白先生的这场冲突，能透露出点情况，有助于他了解他所感兴趣的一切。

十九　心系暗处

白先生刚坐下，目光便移向那两张空了的破床。

“那可怜的小姑娘受了伤，现在怎么样啦？”他问道。

“不好，”容德雷特又伤心又感激地笑了笑，回答，“很不好，尊敬的先生。她姐姐带她上淤泥街医院包扎去了。她们过一会儿就回来，您能见到。”

白先生瞧了瞧身穿奇装异服的容德雷特女人，只见她站在他和房门之间，仿佛守住出口，摆出一副威胁的、近乎要搏斗的架势，紧紧盯着他，于是又问道：“看样子，法邦杜太太身体好多啦？”

“她就剩下最后一口气了，”容德雷特答道，“可是，有什么办法呢，先生？这个女人呀，干起事来不要命！她哪儿是个女人，简直是头公牛。”

容德雷特婆娘受到称赞深为感动，像妖魔受到爱抚一样怪叫道：“你对我总是好得过头，容德雷特先生！”

“容德雷特！”白先生说道，“我还以为您叫法邦杜呢！”

“法邦杜，又称容德雷特，”丈夫急忙接口说，“艺术家的别号！”

同时，他朝老婆耸了一下肩膀，但是没让白先生瞧见，接着又拿出夸张而动听的声调，继续说道：

“哦！没的说，这个可怜的人和我，我们总是非常和睦！我们若是没有这种情分，还剩下什么呢！我可敬的先生，我们太不幸啦！人家有胳膊有腿儿的，就是没活儿干！人家有勇气，就是没有工作！我不知道政府如何解决这个问题，但是讲老实话，先生，我不是雅各宾派，先生，也不是民主派，我不想攻击政府，不过，假如我是大臣，我以最神圣的东西发誓，局面肯定不一样。喏，比方说，我本想让两个女儿去学糊纸盒的手艺。您会对我说：什么！学手艺？对呀！一门手艺！一门简单的手艺！挣口面包吃！沦落到什么地步，我的恩人！跟我们从前的状况比较，降低到什么层次啦！唉！当年我们兴旺的时期，什么也没有留下来！只剩下一样东西，是一幅油画，我特别珍视，但又不得不割舍，人总得活下去！还是这句话，人总得活下去！”

容德雷特显然语无伦次，但毫未损减他那面目的审慎和精明的表情。在他东拉西扯的时候，马吕斯抬起目光，忽然发现屋子里端有个人，是他没有见过的。那汉子刚进来，而且开门极轻，谁也没有听见响动；他穿着紫色针织旧坎肩，又破又脏，每一条皱褶都张着口，下身穿一条肥大的棉绒裤，脚下穿一双垫木屐的鞋套，没有穿衬衣，脖颈裸露，两条赤臂文了图案，满脸抹了黑灰。他叉着手臂，坐在靠近的那张床上一声不响，正好在容德雷特婆娘身后，因而仅仅隐约可见。

直觉具有磁性，往往能警告视觉，白先生几乎跟马吕斯同时扭过头去，不禁惊抖一下，这没有逃过容德雷特的眼睛。

"哦！我明白！"容德雷特一副殷勤姿态，边解纽扣边说，"您是瞧您这大衣吧？我穿着挺合身！真的，我穿着挺合身！"

"那人是谁？"白先生问道。

"他吗？"容德雷特答道，"是个邻居，不要管他。"

那邻居样子很怪。不过，圣马尔索城郊区有不少化工厂，许多工人的面孔都可能熏黑。况且，白先生整个人儿都体现出一种憨厚而无畏的信赖。他又说道：

"对不起，刚才您对我说什么来着，法邦杜先生？"

"刚才我对您说，先生，我亲爱的保护人，"容德雷特接着说道，同时双肘撑在桌上，用蟒蛇似的温和而凝注的眼睛盯住白先生，"刚才我对您说，我有一幅画要出手。"

房门轻微响了一下，又进来一个汉子，坐到容德雷特婆娘身后的床上。他跟头一个人一样，也赤裸着手臂，脸上涂了墨或者抹了烟灰。

那人虽是溜进屋，却没法避开白先生的目光。

"您不必理睬，"容德雷特说道，"他们都是这里的房客。

刚才说，我还剩下一幅画，一幅珍贵的画……就是这个，先生，您瞧瞧。”

他起身走过去，把我们提过的戳在墙根的那个画板翻个面，仍戳在那里。烛光多少照见一点儿，那确实像一幅油画。但是，有容德雷特在中间挡着，马吕斯根本看不清楚，只隐约望见那粗劣的画面：一个主要人物色彩刺眼，类似集市上兜售的画或屏风上的绘画。

“这是什么呀？”白先生问道。

容德雷特赞叹道：

“这是大师的绘画，一件价值极高的作品，我的恩人！我就像对待两个女儿一样珍视它，它能唤起我许多往事！但是，我跟您说过了，说过就不改口，我的命太苦了，不能不把它卖掉！”

也许是偶然，也许是开始戒惧了，白先生看着看着画，目光又移向屋子另一端。现在已经有四条汉子了，三人坐在床上，一个立在门框旁边，四个全都赤臂，一动不动，全都抹成了黑脸。坐在床上的三人中，有一个合目靠着墙，好像睡着了。那是个老家伙，白发耷拉在黑脸上，形象十分可怕。另外两个显得年轻，一个胡子拉碴，一个长头发。谁都没有穿鞋，不是穿鞋套，就是光着脚。

容德雷特注意到，白先生目不转睛，看着那些人。

“他们是朋友，是邻居。”他说道，“他们的脸那么黑，是因为整天在煤堆里干活。他们是通烟囱的，您不必管他们，我的恩人，还是买我的画吧。可怜可怜吧，我这么穷苦。我不会向您卖高价。您估一估，多少钱？”

“嗳！”白先生说道，他直视容德雷特的眼睛，好像进入戒备状态的人，“这是客栈的招牌呀，也就值三法郎。”

容德雷特和气地答道：

“钱包您带了吧？我只要一千银币。”

白先生站起来，背靠墙壁，目光迅速扫视整个房间，左侧靠窗户一边有容德雷特，右侧靠门一边有容德雷特婆娘和那条汉子。那四人没有动弹，甚至就像没有看见他；容德雷特又诉起苦来，那眼神极为迷惘，那声调极为凄惨，白先生简直以为，眼前这个人只不过是穷得发了疯。

“亲爱的恩人，如果您不买我的画，那么我就没路了，只好跳河自杀。”容德雷特说道，“我早就想让两个女儿学糊半精致的纸盒，就是逢年过节的那种礼盒。想想那么容易啊？要有设备，先得在屋子里端放一张桌案，要带一块挡板，免得玻璃东西掉到地下；还得有个特制的炉子，一个里面有三格的钵子，好装三种黏度不同的糨糊，分别用来糊木面、纸面和绸面；此外，还得有一把裁纸板刀、一个校正的模子、一把钉铁皮的锤子，还有刷子，还要什么鬼玩意儿，我怎么知道？摆这么一大摊子，只为每天挣四苏钱！还得干十四个钟点！每个盒子在女工手里要经过十三道工序！把纸弄湿，又不准弄上脏点！还得用热糨糊，不能冷掉！跟您说，真是鬼差使！每天挣四苏，让人怎么活呀？”

容德雷特这样唠叨，眼睛并不看白先生。白先生定眼看着他，而他的眼睛却盯着房门。马吕斯一颗心悬着，目光来回注视他二人。白先生仿佛在考虑：难道这是个白痴吗？容德雷特则变换声调，有气无力地哀求，重复两三遍：“我只好投河自杀了，有一天，在奥斯特利茨桥附近，我朝水里走下三个台阶！”

他那暗淡的眼神突然亮起来，射出凶光，这矮个子男人挺起胸膛，变得气势汹汹，朝白先生逼进一步，雷鸣般的声音冲他喊道：

“这些全不着边！您认出我来了吗？”

二十　陷　阱

破屋的门猛地打开，出现三条汉子。他们身穿粗布蓝罩衫，脸戴黑纸面具：头一个精瘦，手操一根包铁皮的长木棒；第二个彪形大汉，手握斧柄中间，倒提一把屠牛斧；第三个膀阔腰圆，不像头一个那么瘦，也不像第二个那么高大，手中攥一把大钥匙，不知是从哪个监狱偷来的。

看来，容德雷特就等着这几个人，他同拿木棒的那个瘦子迅速地对了几句话。

“全准备好啦？”容德雷特问道。

“好啦。”那瘦子回答。

“怎么不见蒙巴纳斯？”

“小伙子停在那儿，跟你闺女聊天呢。”

“哪一个？”

“大闺女。”

“楼下有出租马车吗？”

“有。”

“那辆车套好牲口了吗？”

“套好了。”

“两匹好马？”

“棒极了。”

“是在我指定的地点等着吗？”

“对。”

“很好。”容德雷特说道。

白先生面无血色，显然他明白自己落到什么境地，便注意整个屋里的动静，头在脖颈上缓缓扭动，注视他周围的一颗颗脑袋，那神情又专注又诧异，但并无畏惧之色。他把桌子当作临时防御工事；这人，刚才还是一副和善老人的样子，却赫然变成一个威武斗士，粗大有力的拳头放在椅背上，那姿势着实令人胆战心惊。

这老人面临巨大危险，仍然如此坚定而勇敢，仿佛天性如此：勇敢和善良一样，都是那么自然而然的。我们爱一个女子，绝不会把她父亲视为路人；同样，马吕斯也为这个尚未结识的人感到骄傲。

容德雷特称为“通烟囱的”那三个赤臂汉子，也都从废铁堆里操起家伙：一个拿了一把大剪刀，另一个拣了一根铁杠杆，第三个挑了一把大锤；他们全都一声不吭，挡住出门的路。那老家伙仍坐在床上，只略睁一下眼睛。容德雷特婆娘坐在他旁边。

马吕斯心想，再过几秒钟，就该是他干预的时候了，他举起右手，枪口指向靠走廊一侧的天棚，随时准备开火。

容德雷特同那个拿包铁皮棒子的人对完话，又转向白先生，伴随他那低沉、克制而又可怕的笑声，重复问道：“您认不出我了吗？”

白先生面对面瞧着他。答道：“不认识了。”

于是，容德雷特一直走到桌子前，俯身凑到蜡烛上面，叉起双臂，那棱角突出的凶狠的下巴，伸向白先生那张平静的脸，尽量逼近，但没有吓退白先生，他就保持猛兽要捕食的这种姿势，吼道：

“我不叫法邦杜，也不叫容德雷特，我叫德纳第！就是蒙菲郿的那客栈老板！听清楚了吧？德纳第！现在，您认出我了吧？”

白先生额头掠过一丝难以捕捉的红晕，他的声音既不发抖，也没有提高，仍像平时那样沉着地回答：“还是认不出来。”

马吕斯没有听见这句回答。此刻，谁若是瞧见，就会发现他在黑暗中那么惊愕、怔忡而震悚。当容德雷特说“我叫德纳第”的时候，马吕斯浑身抖起来，只觉一阵心寒，仿佛利剑刺进去，他赶紧靠在墙上，准备开枪打信号的右臂也缓缓放下，当容德雷特重复“听清楚了吧？德纳第！”的时候，马吕斯手指一软，手枪险些失落。容德雷特揭示自己的身份，并没有触动白先生，却大大震动了马吕斯。德纳第这个姓名，白先生似乎不认识，马吕斯却认识。让我们回想一下，这名字对他究竟意味什么！这名字，写在他父亲的遗嘱里，更铭刻在他的心上！这名字，他铭刻在思想深处，记忆深处，在这神圣的遗嘱中：“一个名叫德纳第的人救了我的命。吾儿若遇见他，望尽力报答。”我们记得，这名字是他灵魂的一个敬仰，同他父亲的名字并列受他崇拜。怎么！这人就是德纳第，这人就是他久寻不见的蒙菲郿那个客栈老板！现在终于找到了，怎么会是这样！他父亲的救命恩人竟然是个强盗！马吕斯渴望效命的这个人，竟然是个魔鬼！彭迈西上校的这个搭救者正在行凶，虽然马吕斯还看不清楚是什么方式，但是很像要谋财害命。天主啊，要害谁的命呀！真是劫数啊！命运的嘲弄多么惨苦啊！父亲在棺木里命令他全力报答德纳第，而且四年来，他也一心想偿清父亲的这笔债，讵料，他正要协助法律逮捕一个行凶的强盗时，命运却向他大喝一声：这是德纳第！在滑铁卢的英勇战场上，人家把他父亲从枪林弹雨中救出来，他终于能够报答了，却报答人家一个断头台！他曾许下心愿，一旦找见那个德纳第，他一定要跪拜，而现在果然找到了，却要把人家交给刽子手！父亲对他说：“要救助德纳第！”而他却要毁掉德纳第，以这种行为来回答那至爱神圣的声音！这个人冒着生命危险，把他父亲从死亡中抢出来，他马吕斯却告发父亲托付给他的人，让父亲从坟墓里观赏将这人押赴圣雅克广场受刑！多少年来，他心中牢记父亲写下的遗愿，现在却背道而驰，这该有多么荒唐可笑啊！然而，从另一方面说，目睹发生一场命案而不加以制止！什么，坐视不管有人受害，让凶手逍遥法外！对这样一个歹徒，难道还能一味知恩图报吗？马吕斯四年来的全部念头，仿佛被这意外的打击彻底搅乱了。他浑身战栗，全取决于他了。眼前这些气势汹汹的人，却不知道全控制在他手里，他一开枪，白先生就会得救，德纳第就完蛋了；如不开枪，白先生就要遭殃，而德纳第，谁知道呢？也许会逃之夭夭。抛弃这一个，还是让另一个倒下？左右为难，都要受良心的责备。怎么办呢？何去何从呢？背弃刻骨铭心的记忆，背弃从内心深处许下的诺言，背弃最神圣的职责，背弃最为珍视的遗书！违背父亲的遗嘱，还是纵容犯罪？两难之间，他仿佛听见这边他的“玉秀儿”为她父亲恳求他，那边上校则叮嘱他照顾德纳第。他感到自己要发疯了，两条腿发软，站立不稳。眼前的事态直转急下，根本不容他仔细斟酌。这真像一场旋风，他自以为处于主动，却身不由己裹卷而去，眼看就要昏倒了。

这工夫，德纳第——此后我们不再用别的名字称呼他了——在桌子前走来走去，神态失常，得意到了疯狂的程度。

他一把操起烛台，啪地往壁炉上一撂，用力极猛，烛芯差点震灭，蜡油也溅到墙上。

随即一转身，面目狰狞，冲白先生狂叫：

“火烧的！烟熏的！千刀万剐！扒皮抽筋！”

接着，他又走起来，同时大肆发泄，如雷吼道：

“哼！我总算找到你了，慈善家先生！穿破衣烂衫的百万富翁！送布娃娃的好先生！老傻瓜！哼？你认不出我来啦！怎么，八年前，1823年圣诞节那天晚上，不就是你到蒙菲郿，到我的客栈吗？不就是你从我家带走芳汀的孩子云雀的吗？不就是你穿一件黄外套？不是吗？手里还拎一大包破烂衣裳，就像今天早晨一样到我家来！你说说，老婆子！看来，他有这口瘾，到别人家去，总带着装满毛线袜子的包裹！老慈善家，算啦！难道你是开衣帽袜店的吗，百万富翁先生？你这圣徒，专门把店底货送给穷人！真会耍把戏！哼！你认不出我啦？好吧，我却认出你，我呀，一见你这牛鼻子伸进这里，我当即就认出你来。哼！这回瞧瞧吧，就这样随便闯进别人家里，不是什么好事，借口那是客栈，穿着破衣烂衫，装出一副穷相，好像让人给一个铜子钱也是好的，瞒骗人家，再摆出慷慨的派头，把人家饭碗夺走，还在树林子里威胁人，赖着这笔账，等人家破落了，才送来一件肥大的大衣、两条医院病床用的破毯子，老无赖，拐骗儿童的老贼！”

他停下来，一时仿佛自言自语，火气也消了，就好像罗讷河水流进地洞里；继而，他又像要高声讲完他低声自语的事情，一拳击在桌子上，嚷道：

“还摆出一副老好人的样子！”

他指着白先生，又说道：

“当然喽，从前你耍了我！你是我这全部苦难的根源。你花了一千五百法郎，把在我那儿的一个女孩带走；她肯定是有钱人家的孩子，当时已经给我挣来不少钱，本来我可以靠她过一辈子；那姑娘本来可以把我开店赔的钱全捞回来。在我那可恶的大车店里，别人大吃大喝，我却像个傻瓜，把全部家当吃进去了！哼！但愿他们在我店里喝的全是毒药！算了，没关系！说说看，当初你把云雀带走，一定觉得我很可笑吧！那时在树林子里，你拿一根短木棍，可以逞凶。现在一报还一报，王牌攥在我手里啦！你完蛋了，我的老儿！哈，今天该我笑了，真的，我要开怀大笑！这回他可落入圈套啦！我跟你说，我是演戏的，我叫法邦杜，曾经跟马尔斯小姐、穆什小姐同台演出，我说明天2月4日，房东要收我房租，你却一点也没有看出来，是1月8日，而不是2月4日到一个季度！愚蠢透顶！

给我送来这可怜巴巴的四枚金币！恶棍！心肠真狠，连一百法郎都不肯凑足！我那一阵恭维，还真把他给迷惑住了！叫我好不开心。我心里想：傻瓜蛋！嘿，这回让我逮住了。今天早晨，我舔你的爪子，今天晚上，我就要啃你的心！”

德纳第住了口，他气喘吁吁，那狭小的胸膛呼哧呼哧像拉风箱。他的眼神充满了下流的喜悦，表现出怯懦而凶残的小人终于能击败自己所畏惧的人，终于能凌辱自己所恭维的人了，那是侏儒站到巨人头顶的喜悦，也是豺狗遇到一头病得不能自卫、但还有口气儿能感知疼痛的公牛，开始撕咬时的喜悦。

白先生没有打断他的话，等他住了口才对他说：“我不明白您要说什么。您认错人了，我是个很穷的人，根本不是什么百万富翁。我不认识您。您把我当成另外一个人了。”

“哼！胡扯！”德纳第嘶哑的嗓子嚷道。“这场玩笑你还要开下去！老兄，你还垂死挣扎！嗯！你想不起来啦？你看不出我是谁！”

“对不起，先生，”白先生回答，那礼貌的口吻在此刻显得既有力又特别，“我看出您是个强盗。”

众所周知，丑类也有触怒的地方，魔怪也有怕痒的部位。听到“强盗”这个字眼，德纳第婆娘腾地跳下床；德纳第也一把抓住椅子，好像要把它弄个稀巴烂。“别动，你！”他冲老婆喊道，然后又转向白先生：

“强盗！对，我知道，富有的先生们，你们就这样称呼我们！嘿！不错，我破了产，躲藏起来，没有面包，身上连一个铜子也没有，我是个强盗！我一连三天没吃饭了，我是个强盗！哼！你们那些人，脚上穿得暖暖的，穿萨哥斯基制造的薄底皮鞋，像大主教那样穿着棉大衣，你们住在有门房的楼房的二楼，你们吃块菰，一月吃四十法郎一把的芦笋，吃豌豆，总之你们肥吃肥喝，而你们要想知道天气冷不冷，还得看报上登的舍瓦利埃[①]工程师的寒暑表记录。我们呀！我们本身就是寒暑表！我们就用不着跑到河滨路的钟楼脚下，看看冷了多少度；我们觉得出身上的血液凝结了，冰块钻进心里，于是我们说：这世界没有上帝！现在，你来到我们的洞穴，对，来到我们的洞穴，管我们叫强盗！好吧，我们要吃掉你！好吧，我们这些穷小子，要把你吞下去！百万富翁先生！告诉你一个情况：当初我是有经营的人，也有执照，也是选民，也是个绅士，我！可你呢，很可能就不是！”

德纳第说到这里，朝守住门口的那几个跨了一步，颤抖着补充一句：“一想到他跑到这儿来，竟敢像对待补鞋匠的那种口气跟我讲话！”

随即他又转向白先生，倍加狂暴地说：

“慈善家先生！你还应当了解这一点：我不是个形迹可疑的人，我！我不是个没名没姓、拐人家小孩的人！我是个法兰西老军人，本应该荣获勋章！我呀，参加了滑铁卢战役！在战斗中，我还救了一个叫什么伯爵的将军！他倒是向我报了名字，但那鬼声音太微弱，我没有听清楚，只听见“美谢”。谢不谢没关系，我宁愿知道他的姓名，好能找到他。你看见的这幅画，是大卫在布鲁克塞尔[②]画的，你知道画的是谁吗？画的是我。大卫打算让这一功绩流芳百世。我背这个将军，穿过枪林弹雨。事情的经过就是这样。那个将军，按说什么也没有为我做，他也不比别的将军强什么！可是，我照样冒着生命危险救了他一命，我口袋里装满了这类证件。我是滑

---

① 舍瓦利埃：巴黎钟表河滨路的光学技师，著有《论玻璃物理仪器的艺术和技师》。

② 即布鲁塞尔。

铁卢的一个士兵，上帝他祖宗的！我好心把情况全告诉你了，现在就把这事了结，我要钱，要很多钱，要一大笔钱，不给钱，就要你的命，我以天雷发誓！”

马吕斯焦虑的情绪稍能控制住了，他侧耳细听，心中最后一点疑云消散了：此人确是遗嘱所说的那个德纳第。听他谴责父亲忘恩负义，马吕斯不禁浑身颤抖，真觉得责无旁贷，应当承认人家言之有理。他越发首鼠两端，不知如何是好了。再说，有一种像罪恶一样可憎、像真情一样揪心的东西，体现在德纳第的每句话里，体现在他那声调、手势和使字字迸出火花的眼神里，体现在那种火爆性子一吐为快的喷发中，体现在那种大吹大擂和卑鄙下流、高傲和渺小、狂怒和愚妄的混杂中，体现在真怨恨和假感情的糅合里，体现在一个恶人品尝肆虐快感的那种粗鄙中、一颗丑恶灵魂的那种无耻暴露中，体现在全部痛苦和全部仇恨交织的竞相宣泄中。

读者已然猜出，他要卖给白先生的那幅所谓名作，大卫的绘画，只不过是他那车马店的招牌，我们还记得是他自己画的，也是他在蒙菲郿破产后唯一保留下来的残物。

这时，德纳第不再遮挡马吕斯的视线，马吕斯可以仔细观赏那涂抹的东西，还真看出画的是战场，背景硝烟弥漫，画上一个男人背着另一个男人。那二人正是德纳第和彭迈西，救命恩人中士和被救者上校。一时间，马吕斯仿佛喝醉了，觉得他父亲在画上活了，那不再是蒙菲郿客栈的招牌，而是复活的场面，一座坟墓裂开，一个幽灵从墓穴里站起来。马吕斯听见太阳穴上脉搏的跳动，耳畔回响着滑铁卢的炮声，他父亲满身鲜血，模模糊糊画在这凶险的画板上；令他胆战心寒，那丑陋的身影仿佛定睛凝视他。

德纳第缓过气来，那双血红的眼睛又盯住白先生，低声而干脆地对他说：“在我们把你灌醉之前，你有什么要说的吗？”

白先生沉默不语。在这寂静中，走廊里响起一个破锣嗓子，开了这样一句瘆人的玩笑话：“要劈木头，看我的！”

是那个手持屠牛斧的汉子在寻开心。

话音未落，门口出现一张黑不溜秋、毛发竖起的大宽脸，笑口咧得吓人，露出满嘴獠牙。

这正是手持着牛斧那汉子的嘴脸。

“你干吗拿下假面具？”德纳第怒气冲冲地对他嚷道。

“笑起来痛快。”那人回答。

有一阵工夫，白先生似乎密切注视德纳第的一举一动，而德纳第却被自己的狂怒弄得头晕目眩，在那巢穴里走来走去，觉得稳操胜券：房门有人把守，他们有家伙，逮住一个手无寸铁的人，而且九个对付一个，假如德纳第婆娘也算一个人的话。德纳第转身呵斥手持大斧的人，正好背对着白先生。

白先生抓住这个时机，一脚踢开椅子，又一拳推开桌子，身形敏捷得出奇，不待德纳第转身，一个箭步就蹿到窗口，打开窗户，跳上窗台，跨到窗外，只用一秒钟的工夫；半截身子已经去了，却又被六只有力的大手揪住，硬把他拖回破屋里。扑上去抓住他的人，是那三个“通烟囱的”。德纳第婆娘也同时上去揪住他的头发。

其他强盗听到蹿动声，纷纷从走廊跑来。那个坐在破床上仿佛喝醉酒的老家伙，也跳下床，手持养路工用的铁锤赶到。

烛光正好照见一个“通烟囱的”，那张脸虽然抹黑了，马吕斯还是认出他是邦灼，外号春生儿，又叫比格纳伊；那人拿着铁棒两端安铅球的双头锤，举在白先生的头顶。

这场景马吕斯不忍看下去，他心中暗道：“父亲啊，宽恕我吧！”同时他的手指摸向手枪扳机，正要开枪时，忽听德纳第又喊了一声："不要伤着他！"

受害者这种绝望的挣扎，非但没有激怒德纳第，反而令他平静下来。他身上有两个人，一个凶残，一个精明。直到这一刻，面对束手就擒的猎物，他得意忘形，是凶残的人得了逞；而他看到受害者要拼死一搏，身上那个精明人又出来占了上风。

"不要伤着他！"他重复道。可他却没有想到，这话的头一个效果，就是制止了欲发的一枪，喝住了马吕斯。马吕斯觉得，紧急情况已过，出现新局面，再观望一下也未尝不可；况且谁知道呢？也许会出现转机，把他从两难境地解脱出来，不必眼睁睁看着"玉秀儿"的父亲遇害，也不必毁掉上校的救命恩人。

这时，展开了一场恶斗。白先生当胸一拳，把那老家伙送到屋子中央打滚，随即又反手两掌，将另外两个袭击者打倒在地，两个膝头各按住一个，像石磨盘一般，压得两个坏蛋喘不上气来；然而，其余四个家伙抓住这令人生畏的老人臂膀和脖颈，把他压在两个倒地的"通烟囱的"身上。这样一来，白先生既制人又为人所制，把人压在身下，而身上又被人死死压住，使尽全身力气也摆脱不掉，完全让一帮可怕的强盗给糊住了，就像一头野猪被一群狂吠的猎犬糊住一样。

他们终于把他拖到靠窗户的那张床上，掀翻了按住。德纳第婆娘揪住他的头发不放。

"你呀，别掺和了，"德纳第说道，"你的围巾要撕破了。"

德纳第婆娘服从了，嘴里还咕哝两句，就像母狼服从公狼一样。

"你们几个，搜搜他的身。"德纳第又说道。

白先生似乎放弃反抗。众人上下搜他全身，只搜出一条手绢、一个仅装六法郎的皮钱袋。

德纳第将那条手绢揣进自己兜里。

“什么！没有钱包吗？”他问道。

“连怀表也没有。”一个“通烟囱的”答道。

“也没什么关系，”那个戴面具手拿大钥匙的人，用腹部发音咕哝道，“这是个老滑头！”

德纳第走到门后角落，拿起一盘绳子，扔给他们。

“把他捆到床脚上。”他说道。继而，他瞧见挨了白先生一拳躺在屋中间不动的老家伙，又问道：“布拉驴儿死了怎么的？”

“死倒没死，他喝醉了。”比格纳伊回答。

“把他扫到角落去。”德纳第又说道。

两个“通烟囱的”用脚把醉鬼踢到废铁堆边上。

“巴伯，干吗带这么多人手来？”德纳第低声问手持木棒的汉子，“没必要。”

“有什么办法呢？”手持木棒的汉子回答，“他们都要入伙。现在是淡季，没什么生意。”

白先生刚才被掀倒在床上，现在任他们摆布。那是医院用的破木床，四条粗腿几乎没有怎么加工；强盗们让他站在地下，把他牢牢捆在离窗口最远、靠壁炉最近的床腿上。

等最后一个结打好，德纳第搬来一把椅子，几乎面对着白先生坐下。转瞬间，德纳第变了个人，那副面孔由气势汹汹转为温和狡猾，刚才还唾沫横飞、近乎野兽的那张嘴上，忽然浮现办公室人员那种礼貌的微笑，马吕斯简直认不出了，他注视这种令人不安的幻变，心中骇然，那种感觉就像目睹一只猛虎摇身一变而为律师。

“先生……”德纳第开口了。

他摆了摆手，将几个揪住白先生的强盗挥退。

“你们站远点儿，让我跟这位先生谈谈。”

众人退向门口。他接着说道：

"先生，您错打主意了，不该跳窗户，那会摔断腿的。现在，您若是允许的话，咱们就心平气和地聊聊。首先我要告诉您，我注意到一个情况，就是您一声也没有叫喊。"

德纳第说得对，情况的确如此，只是马吕斯心慌意乱，没有看出来。白先生仅仅说了几句话，并未提高嗓门，甚至在窗口同六名强盗搏斗时，他也一声不吭，实在怪得很。

德纳第继续说道：

"上帝呀！您本来可以喊一两嗓子'捉贼呀'，我认为没有什么不妥！在这种情况下，就是喊：'抓凶手啊！'在我看来，也绝不是无理取闹。谁落到信不过的一帮人当中，都要叫喊一阵，这是非常自然的事儿。您若是喊起来，不会有人制止，甚至不会把您的嘴堵上。让我来告诉您为什么吧。这间屋非常隔音，它只有这一点好处，但好处终归是好处。这是个地窖，哪怕丢一颗炸弹，离这里最近的巡警也会以为是醉鬼打鼾。在这里，大炮也只是噗的一下，打雷也不过嘭的一声。这住房很实用。总而言之，您没有叫喊，这样很好，令我敬佩；我也要告诉您，我从中得出的结论：亲爱的先生，您一叫喊，会喊来谁呢？喊来警察。跟随警察而来的呢？是司法。而您没有喊，可见您跟我一样，也不想看到司法警察前来。可见，这一点我早有觉察，您要隐藏什么，这对您挺重要。就我们而言也同样重要。因此，咱们能够谈得拢。"

德纳第嘴上这么说，眼睛则紧紧盯住白先生，眸子里仿佛射出两支利箭，要穿透他这俘虏的意识。再者，他使用的语言，也涂了一层险诈放肆的色彩，但很有分寸，几乎字斟句酌，让人感到这坏蛋刚才还是一副强盗的嘴脸，现在完全像个"受过教育要当神父的人"了。

这个被擒获的人保持沉默，有生命危险也不喊叫，采取了一种谨慎的态度，抵制本能的反应，我们应当指出，马吕斯一注意到这种情景，就感到不对头，又惊讶又难以接受。这个由库费拉克抛给绰号的白先生，是个严肃而奇特的人，本来就藏匿在厚厚的神秘中，又经德纳第指出这一确凿的事实，在马吕斯看来，他就更加神秘莫测了。然而，不管他是什么人，现在他被绳索绑缚，又陷于刽子手的重围，可以说半截身子陷入坑中，每时每刻都往下沉，但是面对德纳第咆哮也好，和颜悦色也罢，他始终毫不动容，在这种时刻，那张面孔还神情忧郁，仪态非凡，不能不令马吕斯暗中赞叹。

显而易见，这样一颗灵魂不会恐惧，也不知惊慌失措为何物。这种人善于驾驭出乎意料的绝境。形势再怎么危急，灾难再怎么不可避免，他也绝不像要淹死的人那样，在水下睁开惶恐万状的眼睛。

德纳第这回毫不做作，起身走向壁炉，挪开挡板，把它立在一旁的破床边上，显示一铁炉子旺火，而被绑缚的人也能清清楚楚地看到，火中有一根钢錾烧到白热化，周围散布点点小红星。

然后，德纳第又回到白先生对面坐下。

“我接着讲。”他说道，“咱们能谈得拢。和和气气把这事解决了。刚才我不该发火，一时犯糊涂，未免过分，说了过头的话。例如，因为您是百万富翁，我就说向您要钱，要许多钱，要大笔钱。这样讲不合情理。我的上帝，您有钱也不行，还有负担呢，哪个人没有负担呢？我并不想把您搞得倾家荡产。说到底，我不是个贪得无厌的人，也不是那种得势不让人而显得可笑的人。喏，我让一让，从我这方面做出点儿牺牲。我只要二十万法郎。”

白先生还是一声不吭。德纳第继续说道：

“您瞧，我这酒里掺了不少水了。我不了解您的财产状况，但是我知道您不在乎钱，况且，像您这样一位慈善家，拿出二十万法郎，给一个境况不好的户主，是完全可以的。不用说，您也是个通情达理的人，我像今天这样劳神，组织晚上这件事，而且这些先生会一致同意安排得很好，费了这么大劲，您总不会认为是要向您讨点小钱，好去德奴瓦耶店，喝喝十五法郎一瓶的红葡萄酒，吃吃小牛肉吧。二十万法郎，值这个数。这点小意思，只要从您口袋里掏出来，我向您保证完事儿，您不必担心谁碰您一根毫毛。您会对我说：可是，我身上没带二十万法郎啊。唔！我可不是没有分寸的人。我没有要求这样，只要求您一件事：劳驾照我说的写下来就成了。”

说到这里，德纳第顿了顿，朝小火炉抛了个笑脸，一字字加重语气说道：

“先告诉您，我不能允许您说不会写字。”

宗教裁判所大法官见了他那笑脸，也要艳羡不已。

德纳第把桌子推到白先生跟前，又拉开抽屉，拿出一个墨水瓶、一支笔和一张纸，让抽屉半敞着，露出一把雪亮的长尖刀。

他将纸放到白先生面前，说道：“写吧。”

被捆住的人终于开口了：“这么捆着，您叫我怎么写呀？”

“不错，对不起！”德纳第说道，“您说得太对了。”

他随即转向比格纳伊：“给先生的右胳膊松绑。”

邦灼，外号春生儿，又叫比格纳伊，执行了德纳第的命令。等捆住的人右臂解开之后，德纳第便拿起笔，蘸了墨水递给他，说道：

“仔细看清楚了，先生，您由我们掌握，由我们支配，完全由我们支配，任何人力都不能把您从这里救走，要是逼得我们采取极端的行动，造成不愉快，那我们的确非常遗憾。我不知道您的姓名，也不知道您的住址；不过我要事先告诉您，派去送您这封信的人不回来，绝不会给您松绑。现在，请写吧。”

“写什么？”被绑的人间道。

“我说您写。”

白先生拿起笔。

德纳第开始口授：“我的女儿……”

被缚的人浑身一抖，抬眼看看德纳第。

“写上‘我亲爱的女儿’吧。”德纳第说道。白先生照写了。德纳第继续口授：“你马上来一趟……”

他停下来，问道：“平时您是以‘你’称呼她的，对吧？”

“谁？”白先生问道。

“还用问！”德纳第说道，“那小姑娘，云雀呀。”

白先生毫不动容，答道：“我不明白您的意思。”

“您就往下写吧。”德纳第说着，又继续口授：“您马上来一趟，缺你不可。送这便函的人，是我派去接你的。我等着你。放心来吧。”

白先生写完，德纳第又说道：“哦！划掉‘放心来吧！’，这句话可能让人猜想事情不简单，还可能产生戒心。”

白先生便划掉这四个字。

“现在，请签名吧！”德纳第接着说。

被缚的人放下笔，问道：“这信是送给谁的？”

“您完全清楚，”德纳第答道，“送给小姑娘的。刚才不是跟您说了嘛。”

显然，德纳第故意不讲出那姑娘的名字，他只说‘云雀’，只说‘小姑娘’，就是不提名字。这是机灵人的谨慎，在同谋面前保守秘密；一讲出名字，就等于把“整桩买卖”交给他们，告诉他们不该了解的事情。

他又说道：“签字吧。您叫什么名？”

“玉尔班·法伯尔。”被缚人答道。

德纳第像猫一样，一伸爪子，从兜里掏出刚才从白先生身上搜来的手绢，寻找标志，凑近烛光。

“是U.F.，正对。玉尔班·法伯尔。好吧，签上U.F.吧。”

被缚人签了名。

“折信得用两只手，还是由我代劳吧。”

德纳第折好信，又说道：

“写上地址。法伯尔小姐，您家的地址。我知道您的家离这儿不远，在高台阶圣雅克教堂那一带，既然您每天都去那里做弥撒，但我不清楚在哪条街。看来您明白自己的处境，在名字上没有说谎，想必也不会说个假地址。还是您自己写上吧。”

被缚人想了一下，才拿起笔来写道：

“圣多米尼克-唐斐街17号，玉尔班·法伯尔先生寓所，法伯尔小姐收。”

德纳第好像急不可待，一把抓过那封信，喊了一声：“老婆子！”

德纳第婆娘赶紧跑来。

“给你信。你知道该怎么办。楼下有马车，快去快回。”

他又转向手持大斧的人：“你呢，既然取下了面罩，那就陪老板娘去一趟。你上去站在车后面。车停在哪儿你知道吗？”

“知道。”那人回答。

他将大斧放在一个角落，便跟德纳第婆娘往外走。

等他们出去，德纳第又从门缝儿探出头，冲走廊喊道：

“千万别把信丢啦！别忘了，你身上带着二十万法郎！”

德纳第婆娘的沙哑声音回答：“放心吧，我把信放进肚子里了。”

还未过一分钟，便传来鞭声，而且声音渐弱，很快就听不见了。

“很好！”德纳第咕哝道，“他们走得好快，照这样赶路，只要三刻钟，老板娘就能返回。”

他搬一把椅子，挨壁炉坐下，叉起胳膊，朝铁炉子伸出两只带泥的靴子。

“我脚冷了。”他说道。

这破屋里只剩下德纳第和被缚人以及五名强盗。这几个人脸上戴着面具，或者抹了黑胶，装扮成煤炭工、黑人或者鬼怪，借以吓人，然而他们那种样子，又迟钝又没精神，让人感到他们做案犯罪就像干活计，不紧不慢，既不气愤也不怜悯，只是有点儿无聊。他们挤在一个角落里，一声不吭，好似一群没开化的人。德纳第在烤脚。被缚者重又陷入沉默。这间破屋刚才喧哗鼓噪，沸反盈天，现在忽然平静凄清了。

烛芯结了个大烛花，炉火也暗淡了，昏光难以照亮空荡荡的破屋子，墙壁和天花板上映出那些魔头鬼脑的怪影。

没有一点儿响动，唯闻熟睡的那老醉鬼平和的呼吸。

马吕斯等待着，这里发生的一切，无不加剧他的焦灼心情。这个谜团更加解不开了。那个“小姑娘”，德纳第还称为“云雀”，究竟是谁呢？难道是他的“玉秀儿”吗？被缚的人听到“云雀”这称呼，似乎毫不动容，而是极其自然地回答一句：我不明白您的意思。另一方面，U.F.这两个字母有了解释，是玉尔班·法伯尔的简写，“玉秀儿”不叫玉秀儿了。只有这一点，马吕斯看得最清楚了。他观察俯瞰整个场面，受到极大的迷惑，钉在原地不动，仿佛看到眼前的恶行，精神一时极度沮丧，几乎失去了思考和行动的能力，根本集中不起来思想，茫然失措，只是立在那里等待，企盼发生点儿情况，无论发生点儿什么情况也好。

“不管怎样，”他心中暗道，“如果云雀就是她，反正德纳第那老婆子一会儿就会把她带来，我马上就能弄清楚；到那时候，如果有必要，我献出鲜血和生命，也一定要把她救出去！什么也阻挡不了我。”

就这样约摸过了半小时。德纳第仿佛沉浸在晦暗的思索中。被缚者一动不动。然而，有好一阵工夫，马吕斯似乎断断续续听见轻微的窸窣声，是从被缚者那边传来的。

突然，德纳第呵斥被缚者：

“法伯尔先生，听着，干脆现在就向您挑明了吧。”

这句话好像开场白，接着要澄清事情了。马吕斯倾耳细听。德纳第继续说道：

“我老婆快回来了，您不要着急。我想，云雀真的是您的女儿，您把她留在身边，我也认为是极其自然的。不过，听我说两句。我老婆带着您的亲笔信，一定能找到她。我早就告诉老婆换上衣裳，这您也看到了，好让您家小姐不难跟她走。她们二人登上出租马车，那后边有我的伙计。在城关外不远处，还停一辆套两匹好马的双轮小马车。您家小姐乘车到了那儿，就下车，同我那伙计上小马车，我老婆回到这儿，对我们说一声：办好了。至于您家小姐，不会有人伤害她的，双轮马车把她带到地方，就让她安安稳稳待在那儿；等您一把区区二十万法郎交到我手，我们就把她还给您。您要是让人抓我，我那伙计就会动那云雀一手指头。情况就是这样。”

被缚者一句话也不讲。德纳第停了一下，又继续说道：

“您瞧，就是这么简单。您不想出事，就不会有事。我都交代给您，事先说明白，好让您心中有数。”

他住口了，但被缚者仍不打破沉默，德纳第接着说道：

“等我老婆一回来，跟我说一声：云雀上路了，我们就放了您，您可以随便回家睡觉。您瞧，我们并没有恶意。”

马吕斯脑海中掠过一幕幕可怖的景象。什么！那位姑娘，他们要劫走，而不是带到这儿来？这些魔鬼中有一个要把她劫持到阴暗的角落？何处？……万一就是她呢！显而易见，那肯定是她！马吕斯感到心停止跳动了。怎么办呢？开枪示警吗？将所有这些恶棍绳之以法吗？可是，拿板斧的那个悍匪挟持那姑娘，还照样逍遥法外。马吕斯想到德纳第讲的这句话，觉出其血腥意味：“您要是让人抓我，我那伙计就会动那云雀一手指头。”

马吕斯感到，现在阻止他行动的，不仅是上校的遗嘱，还有他的恋情，以及他的意中人所面临的危险。

这样险恶的形势已经持续了一个多小时，而且变幻莫测。但是，马吕斯仍有勇气，做出种种撕肝裂胆的推测，绞尽脑汁，也看不到一线希望。他脑海中的喧腾同这魔窟的死寂，恰成鲜明的对比。

在这寂静中，忽听楼门开闭的声响。

被缚人在绳索中动了一下。

“老板娘回来了！”德纳第说道。

他的话音未落，德纳第婆娘果然冲进屋，她气喘如牛，满脸涨红，两眼冒火，用两只肥大的手掌同时拍着大腿根，嚷道：“假地址！”

她带去的那个强盗也跟着进来，过去又操起板斧。

“假地址？”德纳第重复道。

她又说道：“一个人也没有！圣多米尼克街17号，根本就没有玉尔班·法伯尔先生！人家不知道他是谁。”

她停了一下，缓了口气，才又说道：

“德纳第先生！这老家伙让你白等啦！你心肠太好了，知道吧！要是换了我，我先就把他那张嘴撕成四瓣！他要是再逞凶，我就活活把他煮熟！他必须讲出来，说他女儿在哪儿，那猴子在哪儿！换了我，就这么干啦！怪不得有人说，男人比女人蠢呢！一个人影也没有！17号！那是一道通车的大门！圣多米尼克街，根本没有法伯尔先生这个人！赶这趟快车，给车夫小费，还有全部花销！我问了门房夫妇，那女的倒长得又结实又漂亮，他们都不认识这个人！”

马吕斯长出一口气。她，“玉秀儿”或“云雀”，不知该怎么称呼的姑娘，还是脱险了。

就在他老婆气急败坏，大喊大叫的时候，德纳第坐到桌子上，摇荡着右腿，一副粗野的沉思神态望着火炉，半晌没有讲一句话。

终于，他慢悠悠地，声调特别恶毒地对被缚者说：“给个假地址？你想得到什么？”

“争取时间！”被缚者声音洪亮地嚷道。

同时，他抖开已然割断的绳索，唯有一条腿还绑在床脚腿上了。

那七人还未省过神儿来扑上去阻挡，他已经俯过身去，手伸向壁炉中的火炉，接着又直起身；这下子，德纳第和他女人，以及那七名歹徒，全都吓得退向破屋里边，惊愕地望着他，只见他几乎挣脱，将一根烧红而凶光逼人的钢錾举在头顶，那姿势好不吓人。

后来法院调查戈尔博老屋谋财害命案，就记录了警察进入现场之后，在床上发现半片经过特殊加工的大铜钱。那是一种精巧的奇物，是在苦役监狱黑暗中，耐心磨制出来的，为了在黑暗中使用，不过是越狱的工具。那种奇异的艺术品，又丑恶又精致，放到珠宝店里，犹如黑话隐语纳入诗歌。在苦役监狱中有邦伏努托·塞利尼[①]之辈，同样，文坛上也有维庸[②]一类人。狱中不幸的囚犯渴望自

---

① 邦伏努托·塞利尼（1500—1571年）：意大利雕塑家，金银首饰匠。

② 维庸（1431—1463年）：法国流浪汉诗人，好同贩夫窃贼混于酒肆。

由，便千方百计，用木柄小刀或旧砍刀，有时根本没有工具，把一枚大铜钱锯成两个薄片，将中间挖空，但毫不损坏币面的花纹，两片钱币的边沿又刻上螺纹，可以随意旋扭、扣合和开启，成为一个小盒，小盒里藏一条怀表的弹簧，而弹簧加了工，能锯断铁链环和铁条。别人以为这个不幸者不过拥有一个大铜钱；其实不然，他拥有自由。事发后警察检查现场，在那巢穴靠窗的破床下，找到两片这样的大铜钱。他们还发现一根蓝钢小锯条，能藏在铜钱里面。估计当时情况是这样：那帮歹徒搜身时，受害者暗中将身上的大铜钱握在手中；后来，他的右手松了绑，就乘机拧开铜钱，取出锯条，割断绑缚的绳索，正是这个缘故，才有窸窣的声响和不易觉察的动作，引起马吕斯的注意。

当时，被缚者怕暴露，不敢弯腰，也就没有割断左腿上的绳索。

几个强盗起初惊慌失措，现在又镇定下来。

“放心吧。”比格纳伊对德纳第说，“他有一条腿还绑着哪，跑不掉。我敢打保票，那蹄子是我给绑上的。”

这时，被缚者朗声说道：

“你们都是穷苦人，其实我的命也一样，保不保不吃劲。你们以为一动硬的，就能逼我说话，就能逼我写我不愿意写的，说我不愿意说的话……”

他撸起左衣袖，补充一句：“你们瞧。”

说着，他伸出左手臂，右手握着木柄，将灼热的钢錾压到赤臂的肉上。

只听肉烙得吱吱响，破屋里登时弥漫刑拷室的气味。马吕斯唬得魂飞魄散，站立不稳，歹徒们也都不寒而栗，只见红錾嵌进肉中，而那怪老头儿若无其事，一副凛然的神态，脸上的肌肉仅仅微微抽搐，那双并不噙恨的秀目，紧紧盯住德纳第，痛苦完全化入威严肃穆的神色中了。

在天生伟大而崇高的人身上，肉体和感官因疼痛而产生的反应，往往促使灵魂显露在眉宇间，如同士兵哗变迫使军官出面一样。

“你们这些可怜虫，”他说道，“我不怕你们，你们也不必怕我。”

他随即将钢錾从伤口拔出来，挥臂抛出敞着的窗口；那烧红而骇人的工具翻了几个筋斗，消失在夜色中，远远落在雪地上熄火了。

被缚者又说道：“你们随便怎么处置我吧。”

他放弃了武器。

“抓住他！”德纳第嚷道。

两名强盗按住他的肩膀，戴面具并用腹声说话的那个人，冲到他面前，等他动一动，就用大钥匙敲碎他的脑壳。

这时，马吕斯听见在他下方墙根窃窃私语，但因靠隔壁墙太近而看不见，只听他们说道：“只有一个办法了。”

“把他劈两半！”

“就这么干。”

是那对夫妇在商量。

德纳第缓步走向桌子，拉开抽屉，取出尖刀。

马吕斯攥紧了手枪圆柄，为难到了极点。两种声音在他头脑里萦绕了一小时，一个吩咐他遵从父亲的遗嘱，另一个呼吁他救那被缚的人。两个声音争斗不休，将他置于极度苦恼的境地。他一直隐隐抱着一线希望，能找到两全其美的办法，却没有出现一点可能性。然而，现在千钧一发，观望已经超过极限，德纳第手持尖刀在考虑，离被缚者只有几步远。

马吕斯六神无主，眼睛四面扫扫，这种机械动作是人在绝望时的最后一招。

他突然一抖。

圆月的一束亮光，正好射在他脚旁边的桌子上，似乎照见一张纸，上面有德纳第家大姑娘早晨写的几个大字：冲子来啦。

马吕斯心头一亮，有主意了，这正是他要寻找的办法，解决一直折磨他的这个难题：既姑息凶手，又搭救受害者。他跪到五斗柜上，伸手臂抓起那张纸，又从夹壁墙上轻轻剥下一个小灰泥块，裹在纸里，从墙洞投到隔壁破屋中央。

真玄啊。德纳第已经克服了最后的恐惧或顾虑，正朝那被缚者走去。

“什么东西掉下来啦！”德纳第婆娘嚷道。

“是什么？”她丈夫问道。

那女人冲过去，拾起纸包的灰泥块。

她回头将纸包交给丈夫。

“是从哪儿来的？”德纳第问道。

“见鬼！”他女人说，“你说能从哪进来呢？是从窗口飞来的。”

“从我眼前飞过。”比格纳伊附和道。

德纳第急忙把纸打开，凑到烛光下。

“这是爱波妮的字。见鬼啦！”

他打了个手势，老婆赶忙过去，他指着纸上写的那行字给老婆看，又低声补充道：

“快！准备软梯！把肥肉留在老鼠笼子里，咱们快溜吧！”

“不割了这家伙的脖子啦？”德纳第婆娘问道。

“来不及了。”

“从哪儿溜？”比格纳伊也问道。

“走窗户，”德纳第答道，“既然爱波妮从窗口丢进这石块，这就表明房子那面没人围着。”

戴面具并用腹音说话的那个人，把大钥匙往上一扔，朝空中举起双臂，一句话不讲，双手迅速合拢三下。这好比向海员发出起航的信号。按住被缚者的那两个歹徒，也都放开手；眨眼间，软梯就从窗口放下去，由两个铁钩牢牢卡在窗台上。

被缚者并不注意周围发生的情况，他仿佛在遐想或祈祷。

软梯一固定，德纳第就嚷道：“走！老板娘！”

他立刻冲向窗口。

他刚要跨上去，比格纳伊就一把狠狠揪住他的衣领。

“别急，嗳，老滑头！让我们先走！”

“让我们先走！”那帮强盗吼道。

“你们耍小孩子脾气，”德纳第说道，“我们这是耽误工夫，冤家对头跟上来了。”

“好吧，”一个强盗说，“咱们抽签，看谁头一个下。”

德纳第呵斥道：“你们疯啦！神经出毛病啦！真是一帮蠢货！白耽误工夫，对不对？抽签，对不对？猜手指头！抽草茎！写上我们的名字！放进帽子里……”

“要用我的帽子吗？”有人在门口喊道。

众人回头看去：沙威来了。

他手拿帽子，微笑着举过去。

二十一　还应先捉受害人

夜幕降临时，沙威已布置好了人手，他本人则守在大马路另一边，躲在戈尔博老屋对面戈伯兰城关街的树后。他一上来就“敞开口袋”，要把在巢穴外围放风的两个姑娘兜进去，但是仅仅捉住阿兹玛。爱波妮不在岗位上，溜号了，因而没有被他擒住。随后，沙威便埋伏下来，侧耳等待约定的信号。他看到那辆出租马车往返行驶，心中七上八下，实在耐不住性子，“算定那儿有个巢穴，是一笔大买卖”，也认出进去的一些歹徒的面孔，终于决定不等枪声就上楼去。

我们还记得，他拿着马吕斯那把万能钥匙。

正在节骨眼儿上，他赶到了。

匪徒们惊慌失措，又纷纷抓起要逃跑时丢在各个角落的凶器。不到一秒钟的工夫，七条汉子聚在一起，摆出抗拒的架势，一个手持屠牛斧，一个手举大钥匙，另一个手握铅头棍，其余的则操起钢凿、铁钳和锤子，德纳第还握着那把尖刀，张牙舞爪十分吓人。德纳第婆娘在窗口脚下，就顺势搬起平时给女儿当凳子坐的一大块铺路石。

沙威又戴上帽子，朝屋里跨了两步，叉起胳膊，剑不出鞘，手杖也夹在腋下。

“不许动！”他说道，“你们不要跳窗户，还是从房门出去，这样危险小些。你们七个，我们十五个。咱们别像大老粗那样动手，大家客气一点儿吧。”

比格纳伊抽出藏在罩衫里的手枪，塞进德纳第手里，对着他耳朵说：

“他是沙威。我不敢朝这个人开枪。你敢吗？”

“当然敢啦！”德纳第答道。

“那就开枪吧。”

德纳第接过手枪，对准沙威。

沙威只离三步远，定睛注视他，仅仅说了一句：

“算了，别开枪！你打不中。”

德纳第扣动扳机，一枪打飞了。

“我有言在先啊！”沙威说道。

比格纳伊将铅头棍丢在沙威脚下。

“你是魔鬼的皇帝！我投降。”

“你们呢？”沙威问其他匪徒。

他们答道：“我们也投降。”

沙威又平静地说道：“对了，这样才好，我不是说了嘛，大家要客气点儿。”

“我只要求一件事，”比格纳伊又说道，“关在那里的时候，要给我烟叶抽。”

“同意。”沙威应道。

他回头冲身后喊道：“现在，你们进来吧。”

一小队人，持剑的宪兵和拿着警棍大头棒的警察，听到沙威招呼，就一拥而入。他们将匪徒绑起来。烛光昏暗，这一大群人拥进魔窟，黑压压一片。

“把他们全铐上！”沙威喊道。

“你们上来试试！”有人吼道，那不是男人的声音，但也不能说是女人的声音。

德纳第婆娘退守到窗口一角，这一吼声正是她发出来的。

宪兵警察纷纷后退。

她还戴着帽子，但已甩掉围巾；丈夫蜷缩在她身后，几乎让脱落的围巾盖住；她用身体护住丈夫，双手将铺路石举过头顶，猛力一晃，赛似要抛掷山石的女巨人。

“小心！”她喊道。

众人退向走廊。破屋中间空出一大块地方。德纳第婆娘朝束手就擒的一帮强盗瞥了一眼，用沙哑的喉音骂了一句：“胆小鬼！”

沙威笑容可掬，走到空地，而德纳第婆娘两个眼珠子则瞪着那地方。

“别上来，滚开，”她嚷道，“要不我就砸扁了你！”

“好一个榴弹大兵！”沙威说道，“老大妈，你像男人一样长胡子，我也跟女人一样有利爪。”

他继续往前走。

德纳第婆娘头发披散，气势汹汹，叉开两条腿，身子往后一仰，用尽全力将路石朝沙威的头抛去。沙威一弯腰，大石块从头顶飞过，撞到对面墙上，撞下一大块墙皮，又弹回来，从一个角落滚到另一个角落，幸而这破屋人几乎躲空，最后滚到沙威脚前不动了。

这工夫，沙威已赶到德纳第夫妇面前，两只大手掌一只抓住那妇人的肩膀，另一只按住那丈夫的脑袋。

“铐起来！”他喊道。

警察又蜂拥进来，转瞬间就执行完沙威的命令。

德纳第婆娘气力耗尽，望望自己和丈夫的手全铐住了，便一屁股坐到地上，号啕大哭，嘴里还嚷着：“我那两个闺女啊！”

“全看起来了。”沙威说道。

这时，警察看见在门后酣睡的醉鬼，就上前用力摇他。他醒来，结结巴巴问道：“完事了吗，容德雷特？”

“完事了。”沙威答道。

六名双手铐起的歹徒站开，他们还保持鬼怪的模样：三个抹黑脸，三个戴面具。

“戴着面具吧。”沙威说道。

接着，他以弗雷德里克二世在波茨坦阅兵的目光，检阅一遍，对三个“通烟囱的”说：

“你好，比格纳伊。你好，勃吕戎。你好，二十亿。”

继而又转向三个戴面具的人，他对刚才手持屠牛斧的汉子说：“你好，海口。”

又对刚才拿铅头棍的人说：“你好，巴伯。”

又对用腹音说话的人说：“嘿，囚底。”

这时，他发现了受害者；自从警察进来之后，让歹徒绑起来的那个人总低着头，一句话也没有讲。

“给这位先生松绑！”沙威说道，“谁也不准出去。”

说罢，他傲然端坐到桌子前，桌上已有烛光和写字用品，他就从兜里掏出一张公文纸，开始写报告。

他写完头几行套话之后，抬起眼睛，说道：

“把这些先生刚才捆绑的那位先生带上来。”

警察四下张望。

“怎么，”沙威问道，“他人哪？”

歹徒们抓到的人，那位白先生，玉尔班·法伯尔先生，玉秀儿或者云雀的父亲，人忽然不见了。

房门有人把守，但是窗口没人注意。受害者一见给自己松了绑，沙威正在写报告，屋里烛光昏暗，人员拥挤，喧闹混乱，一时没人盯着他，他就趁机跳窗逃走了。

一名警察跑到窗口察看，外面不见人影。

那副软梯还在轻微晃动。

“见鬼！”沙威咕哝道，“跑掉的也许是个大家伙！”

二十二　在第三卷啼叫的孩子[①]

在救济院大道那栋老屋出了上述事件，次日，有个男孩，仿佛从奥斯特利茨桥那边过来，顺着大道右侧的平行便道，朝枫丹白露城关走去。天色已黑，那孩子面无血色，骨瘦如柴，身上衣裳破成烂布条，2月里还穿一条布单裤，但他却声嘶力竭地唱歌。

他走到小银行家街的拐角，撞到借路灯光弯腰翻垃圾堆的一个老太婆，就边后退边嚷道：

“咦！我还以为是老大个儿，老大个儿的一条狗呢！”

他重复“老大个儿”的那种挖苦刻薄的声调，只有用大号黑字体才能表达出几分：老大个儿，老大个儿一条狗！

老太婆直起腰，火冒三丈。

“该死的小鬼！”她骂道，“我要不是弯着腰，看我不找准地方给你一脚。”

可是，那孩子已经走开。

“哎呀呀！哎呀呀！”他说道，“还别说，刚才我也许没有看错。”

老太婆气急败坏，完全直起腰，那张青灰脸正好迎着发红的路灯光，只见布满棱角和皱纹，沟壑纵横，眼角的鱼尾纹连到嘴角。她整个身子隐没在黑暗中，只露出一个脑袋，真好像在黑夜中一道光切下来的衰老形象的面具。那孩子打量她，说道：“夫人，这样的绝色不合我的眼光。”

他继续赶路，重又放声歌唱：

---

① 本书初版每部有两卷。此处的第三卷，即第二部《珂赛特》中的第三卷《蒙菲郿的用水问题》。

国王“炮蹶子”，
有幸去打猎，
要去猎乌鸦……

刚唱三句，歌声就中断了，他到了50–52号门前，一看楼门紧闭，便用脚踹，踹得又响又凶，但是那猛劲儿发自他那双大人鞋，而非来自他那两只孩子脚。

他在小银行家街拐角撞见的那个老太婆，这工夫，在后面追上来，她连声喊叫，双手拼命地挥舞。

“干什么？干什么？上帝救世主啊！要砸破门啦！要砸破房子啦！”

小孩子照旧踹门。

老太婆扯破嗓子喊叫。

“如今，就是这样照料房子的吗？”

老太婆戛然住口，她认出了那孩子。

“怎么！是你这个小魔头！”

“咦，是老人家呀！”孩子说，“你好，布贡老妈妈。我来瞧瞧我那两位老人家。”

老太婆做了个鬼脸，表情十分复杂，是借助衰朽和丑陋所即兴表示的仇恨，非常精彩，可惜让黑暗给埋没了，她答道：

“一个人也没了，小牛犊子。”

“哦！”孩子又说，“我老爸在哪儿？”

“在强力监狱。”

“咦！那我老娘呢？”

“在圣拉扎尔监狱。”

“嗬！那我两个姐姐呢？”

“在玛德洛奈特监狱。”

那孩子搔搔耳根，瞧了瞧布贡妈，说了一声：“噢！”

他旋即掉头走了，门前台阶上只剩老太婆一人；过了一会儿，只听他那年少清亮的歌声，从在冬夜寒风中抖瑟的黝黑榆树下传来：

国王“尥蹶子”，
有兴去打猎，
要去猎乌鸦，
踩着高跷子。
要从胯下钻，
两苏买路钱。

第四部
普吕梅街牧歌和圣德尼街史诗

第一卷　几页历史

一　善　始

紧接着七月革命的1831年和1832年这两年，是历史上最特殊也最惊人的一个时期。这两年好似两座高山，耸立在前前后后那数年之间，显示革命的高峻，悬崖峭壁赫然可见。各种体制、狂热信仰和理论风云变幻，文明基础的社会民众、利害相关并依存的牢固群体、法兰西古老结构的旧貌，在这期间随时忽现忽隐。这类显现和隐没，都被称为抗拒和运动。不过，时而也能看见真理闪光，看见人类灵魂的这颗太阳放射光芒。

这个令人瞩目的阶段相当短，过去已有一段时间，现在我们再回顾反思，就能抓住主要脉络了。

我们试论之。

王朝复辟时期是个过渡阶段，难于下定义，其间有疲惫、怨艾、物议、沉睡、喧扰，这仅仅表明一个伟大民族赶完一段路程。这类阶段非常独特，往往让那些想从中渔利的政客上当。开头，整个民族只有一种要求：休息；大家只有一种渴望：安定；大家只有一种野心：当小百姓；换句话说，就是过安稳日子。大事件、大机遇、大冒险、大人物，谢天谢地，这些见得多了，已经烦透了。人们宁愿舍弃恺撒，而要普吕西亚斯[1]，宁愿舍弃拿破仑，而要伊夫托国王[2]。“那个小国王多好啊！”从天亮就赶路，艰难跋涉了一整天，一直走到天黑：头一程跟随米拉博，第二程跟随罗伯斯庇尔，第三程跟随波拿巴，人人疲惫不堪，都想要一张床。

献身精神已疲软，英雄主义已衰老，野心餍足壮志已酬，富贵荣华已到手，那么还寻求，索求，恳求，乞求什么呢？一个安乐窝。这东西得到了，拥有了安定、宁静和闲适，也就心满意足了。然而，与此同时，有些事实又冒出头，也开始敲门，要求得到公认。这些事实从革命和战争中产生出来，是活生生的存在，有权在社会上定位，而且在社会上安顿下来了；但这些事实通常是中士和先行官的角色，只为各种原则准备住处。

于是，政治哲学家们面前就出现这种情况：

疲惫的人们要求休息，同时，既成事实也要求得到保证。保证之对于事实，正如休息之对于人民，可以说是一码事。

这是英国在护国公[3]之后，对斯图亚特王朝的要求，这也是法国在帝国之后，对波旁王朝的要求。

这种保证是时代的需要，非同意不可。这种保证，表面上由王公们“赐予”，而其实，乃是事物的力量所给予的。这一条富有教益的深刻真理，斯图亚特王室在1660年浑然不觉，而波旁王室在1814年甚至一无所见。

拿破仑垮台时，返回法国的那个命定的家族，不幸天真到极点，竟认为是它赐予的，而且可以收回它所赐予的东西；它还认为

---

① 普吕西亚斯：俾提尼亚国王，公元前183年，他要把兵败来投奔他的汉尼拔引渡给罗马人，汉尼拔被逼自杀。

② 伊夫托国王：法国童话中的滑稽人物。

③ 护国公：英国17世纪共和国时期执政者克伦威尔的称号。

波旁王室拥有神圣的权利，而法兰西则一无所有；路易十八宪章中让出的政治权利，不过是那神圣权利的一根枝杈，由波旁家族折下来，恩赐给人民，直到有朝一日，国王心血来潮就夺回去。按说，波旁王室在赠予时既感不快，就应当意识到这并不是它的赠予。

到了19世纪，波旁王室便一副怄气相了，每逢全民族兴高采烈，它就怒形于色。我们在这里用一个粗俗的字眼儿，即通俗而实在的字眼儿，它总呱嗒着脸。人民早就看出来了。

它自以为强大，只因帝国像舞台上一个布景，从它面前给搬走了，殊不知它本身也是那样给搬来的。它没有看到，它也握在搬开拿破仑的那只手掌里。

它是过去的东西，也就自认为有根基，其实不然；它是过去的一部分，而整个过去是法兰西。法国社会的根须绝没有深入波旁家族里，而是长在民族当中。这些看不见而又生机勃勃的根须，绝不构成一个家族的权利，而构成一国人民的历史。这些根须四处伸延，唯独不到王座下面。

对法兰西而言，波旁家族只是它历史上的血腥突出的节疤，已不是它命运的主要因素和它政治的必要基础了。人们可以抛开波旁家族，而且抛开了二十二年，持续的问题已经解决，波旁家族却没有意识到这一点；他们在热月9日还想象路易十七当政，在马伦戈大捷那天还想象路易十八在统治，怎么可能意识到这一点呢？有史以来，王公们还从来没有如此无视事实，无视事实所包含并颁布的那部分神圣权威。所谓国王权利的这种下界的妄念，还从来没有如此否认上天的权利。

天大的谬误，导致这个家族又伸手取回1814年“赐予”的保证，取回他们所称之为的让步。实在可悲！他们所说的他们的让步，正是我们赢得的成果；他们所谓的我们的侵占，也正是我们的权利。

复辟王朝自以为战胜了波拿巴，在全国有根基，也就是说自认为力量强大，根深蒂固，觉得时机一到，就突然打定主意，孤注一掷了。一天早晨，它挺立在法兰西面前，提高嗓门，否认集体的名分和个人的名分，否认人民的主权和公民的自由。换句话说，它否认了人民之所以为人民，公民之所以为公民的原本。

这就是七月敕令的臭名昭著法案的实质。

复辟王朝垮了。

它垮得合情合理。然而应当指出，它并不是绝对敌视一切形式的进步。但是，重大事件发生的时候，它却袖手旁观。

王朝复辟时期，全国习惯了心平气和地讨论，这是共和时期所缺乏的；全国也习惯了在和平中求强盛，这也是帝国所缺乏的。自由而强盛的法兰西，成为鼓舞欧洲各国人民的景象。在罗伯斯庇尔统治时期，革命有了发言权；在波拿巴统治时期，大炮有了发言权；在路易十八和查理十世统治时期，就轮到才智发言了。大风止息，火炬重又燃起；只见宁静的顶峰上，闪烁着思想的纯洁之光。那美妙的景象，又有益又迷人。这十五年间可以看到，在法律面前人人平等，信仰自由，言论自由，新闻自由，任人唯贤等，这些对思想家已十分陈旧、而对政治家却极为新鲜的伟大原则，在和平环境并在公开场合发挥作用了。这种局面一直延续到1830年。波旁家族不过是文明的一个工具，在上天的手中折断了。

波旁家族下台时气度恢宏，但不是他们，而是人民表现出来的。他们离开宝座时神态严肃，但已丧失威望了。他们步入黑夜，并不是那种隆重的引退，而能给历史留下巨大的伤怀，既不像查理一世那样保持幽灵般平静，也不像拿破仑那样发出雄鹰般长啸。他们离开了，仅此而已。他们放下王冠，也没有保住光环。他们神气十足，却毫无威仪。在一定程度上，他们违背了遭逢厄运时所应有的庄严。查理十世在去瑟堡的途中，命人将一张圆桌改成方桌，看来，他特别关心别坏了礼仪，而不在乎要倾覆的君主制。这种萎缩退化，足令热爱他们本人的那些效忠者伤心，也足令赞赏他们家族的严肃者伤心。人民，却是值得钦佩的。忽然一天早晨，国民遭到王室叛乱的武装袭击，但国民感到无比强大，并没有动怒。他们自卫，而且有节制，让事物各归其位，将政府置于法律的轨道，将波旁家族置于流放的路上，可惜呀！到此就止步了。他们把老王路易十世从遮蔽过路易十四的华盖下拉出来，却轻轻地放在地上。他们触到王族成员的躯体小心翼翼，心中唯有悲凄。当年，在街垒巷战那日[①]之后，纪尧姆·德·维尔说："那些惯于博得大人物欢心的人，那些像从一根树枝跳到另一树枝的鸟儿，从厄运跳到旺运的人，要显示胆量，反对处于逆境中的君王，是非常容易的事；然而在我看来，君王的命运，尤其遭难的君王的命运，始终应当受到敬重。"忆起这番话并在全世界面前付诸实践的，似乎不是一个人，也不是几个人，而是法兰西，整个法兰西，胜利了并陶醉在胜利中的法兰西。

波旁家族带走了尊敬而不是惋惜。正如刚才讲的，他们的不幸大于他们本身。他们在地平线上消失了。

七月革命伊始，在全世界敌友就分明了。有些人欢欣鼓舞，前来投奔，另一些人则转过身去，这要由各自的天性而定。在这一拂晓的最初时刻，欧洲的君主们又惊诧又伤了自尊心，好似猫头鹰闭上眼睛；等再睁开便射出凶光了。惊惧可以理解，气恼也情有可原。这场奇异的革命只引起轻微的震动，连视为敌人并使其流血的

① 1588年5月12日，巴黎下层市民起义，筑街垒巷战。纪尧姆·德·维尔是政治活动家，在事件后发表演说。1589年，波旁家族的亨利四世登上王位。

那份光荣，都没有给予战败的王朝。专制政府总希望自由力量自我谤毁，认为七月革命不该来势那么猛，进行得又那么温和。况且，也没有发生任何企图破坏这场革命的事件。最不满的人、最恼火的人、最害怕的人，最后也都欢迎这场革命。我们不管有多大私心和怨恨，在这场事变中也能感到，有个合作者在人之上效力，不能不油然而生一种神秘的敬意。

七月革命是人权击垮事实的胜利。这真是光辉灿烂的事物。

人权击垮事实。正因为如此，1830年革命放射光芒，也正因为如此，革命显示了宽容。获胜的人权，根本不需要使用暴力。

人权，就是正义和真理。

人权的特性，就是永葆美好和纯洁。既成事实，如果极少包含或者根本不包含人权，那么即使表面上最为需要，即使最为当代人所接受，随着时间的延伸，也必定要变成畸形的、丑恶的，甚至怪诞的。要想一下子就验证，既成事实能达到何等丑恶的程度，只需隔着几世纪，看一看马基雅弗利就够了。马基雅弗利绝不是个凶神恶煞，不是魔鬼，也不是无耻下流的作家，他仅仅是个事实而已。不仅仅是意大利的事实，还是欧洲的事实，16世纪的事实。他似乎十分可憎，以19世纪的道德观念来看的确如此。

人权和事实的这种斗争，从人类社会之初延续至今。结束决斗，让纯洁思想和人类实际相融合，以和平方式让人权和事实相互渗透，这就是贤哲的工作。

二　不善终

然而，贤哲的工作是一回事，机灵者的工作是另一回事。

1830年革命很快就止步了。

革命一旦搁浅，机灵者就来拆毁沉船。

在本世纪，机灵者自封为政治家；结果用来用去，政治家一词就多少染上点行话的色彩。的确不应忘记，哪里只讲机灵，哪里必行小气。机灵者，庸人之所谓也。

同样，政治家，有时也是民贼之所谓。

照机灵者的说法，像七月革命那样的革命，是割断的动脉管，必须赶紧接上。人权，如要求过高，就会引起社会动荡。因此，人权一经确认，就应当巩固国家。自由一有保障，就应当为政权着想。

事情到这里，贤哲还没有同机灵者分家，但是开始有了警觉。政权，就算这样吧。然而先得明确，政权是什么呢？其次要明确，政权从何而来？

机灵者似乎没有听见低声的异议，还继续他们的勾当。

这些政客善于给自己的图谋戴上必要性的面具，他们声称一场革命之后，如果是在君主制国度里，人民最迫切的需要，就是找到一支王族。据他们说，这样，人民革命之后生活就能安定，也就是说，有时间包扎伤口和修缮房舍。王朝保存了脚手架，庇护了野战医院的医务人员。

然而，找到一支王族并非总是易事。

必要时，任何一个有才能的人，抑或任何一个有钱财的人都可以当国王。头一种情况如波拿巴，后一种情况如伊图尔维德①。

不过，并非任何一个家族都可以成为王族，必须是年代悠久的世族才行，而几个世纪的皱纹不是一日之工。

如果站在“政治家”的观点上看问题，当然不管其对错与否，

---

① 伊图尔维德：墨西哥将军，1821年称帝，1823年被赶下台，次年被枪毙。

那么一切革命之后，从中产生出来的国王应当具备哪些品质呢？他可以是而且最好是革命派，不管是亲身参加还是插手革命，不管是给革命抹黑还是增光，也不管使用的是大斧还是利剑。

一个王族应当具备哪些品质呢？它应当是全国性的，也就是说，对革命不即不离，不采取行动，仅接受思想。它应由过去构成，有历史渊源，也就由未来构成，有一副讨人喜欢的面孔。

这一切说明了为什么早期革命只要找到一个人，克伦威尔或者拿破仑就行了，而后来的革命则非要寻求一个家族不可，勃兰斯维克家族或者奥尔良家族。

这类王族类似印度的无花果树，那种树枝条垂到地面就能扎根，长出幼树。每一枝都能变成一支王族。唯一的条件就是俯向人民。

这就是机灵者的理论。

伟大的艺术也正在于此：给胜利多少配上一点灾难的声响，以便让获利的人世心有余悸，每走一步都散布点儿畏惧情绪，拉长过渡时期的弧度，直到进步稳慢下来，淡化曙光的色彩，揭露并削减热情的激烈度，削掉棱角和尖爪，往胜利中絮棉花，给人权穿上暖和舒服的衣裳，给高大的人民套上法兰绒装，赶紧扶持他们睡下，规定精力过旺的人节食，给大汉安排初愈病人的饮食，将事件纳入权宜之计的轨道，请那些渴望远大理想的人喝些甜酒加药茶，采取种种措施防止扩大战果，给革命安上遮光罩。

这种理论，1688年在英国实施过，1830年又采用了。

1830年那场革命，到半山腰停止。半拉子进步，近似之人权。然而，逻辑可不管什么差不多，绝似太阳无视蜡烛。

是谁让历次革命停在半山腰呢？资产阶级。

为什么呢？

因为资产阶级就是得到满足的利益。昨天挨饿，今天吃饱，明天餍足。

1814年拿破仑之后的现象，到1830年查理十世下台之后又重演了。

其实，不该把资产阶级当成一个阶级。所谓资产阶级，无非是民众之间得到满足的那部分人。所谓资产者，就是现在有时间闲坐的人。一张椅子并不是一个社会等级。

然而，急于要坐下，人类的步伐就可能停下。这往往是资产阶级的过错。

不能因为共同犯了一个错误，就可以成为一个阶级。利己主义，也不是用以划分出来的一个社会阶层。

再说，即使对待利己主义，也应当公正；人民中间称为资产阶级的那部分，经历了1830年的震荡之后，所渴望的状态，既不是掺杂冷漠和懒惰，并包含一点惭愧的那种委顿，也不是进入梦乡暂忘现实的那种休眠，而是立定。

立定这个字眼有双重意思，既奇特又颇为矛盾：部队行进，也就是运动；停歇下来，也就是休息。

立定，就是休整队伍，就是武装警惕着的休息，就是布置岗哨而又处于戒备状态的既成事实。立定意味昨天的战斗和明天的战斗。

这是1830年和1848年的间隙。

我们这里所说的战斗，也可以叫做进步。

因此，无论资产阶级还是政治活动家，都需要有一个人出来喊这个口令：立定。一个“应时而生”的人。一个具有双重性的人，既代表革命，又代表稳定，换言之，能明显地协调过去和未来，从而巩固现在的一个人。

这个人是“现成”的，他叫路易-菲力浦·德·奥尔良。

二百二十一人将路易-菲力浦抬上王位。拉法耶特主持了加冕典礼，称他是“最好的共和国”。巴黎市政厅取代了兰斯大教堂。

半王位替代全王位，这就是“1830年的业绩”。

等机灵者大功一告成，他们这种解决方式的大弊病也就显露出来。这一切，是在排除绝对人权的情况下完成的。绝对人权高喊一声：“我抗议！”接着，事情真可怕，人权又回到黑暗中。

三　路易－菲力浦

革命有威猛的胳臂和幸运的手；革命打得狠，选得好。即使不彻底，即使串种儿而不纯了，像1830年革命那样降到次等革命的地位，革命也几乎无一例外，总有上天的保佑，能保持足够的清醒，而不至于成为不速之客。革命一时黯然失色，但绝不会退位。

当然，我们也不要过分吹嘘。革命同样会出错，而且出过严重错误。

话题还是回到1830年吧。1830年虽然偏离，但还是幸运的。那场革命突然中止，随后建立起来所谓秩序，在那机构中，国王超过王位，胜任有余。路易-菲力浦是个不可多得的人。

他父子二人，一个备受指责，一个备受尊敬，当然，历史会向他父亲提供减轻罪责的情节，而他则有全部私德和好几种公德。路易-菲力浦关注自己的健康、自己的前程、自己的形象、自己的事业；他了解一分钟的价值，有时却认不清一年的价值；他为人审慎、安详、平和、宽容，是好好先生，也是好好王爷；跟妻子同房，王府中专有仆人引导有产者参观他们夫妇的卧榻，在当年长房炫耀淫靡生活之后，这样展示正经的私生活就变得有益了；他会欧洲各种语言，尤为难能可贵的是，他懂得并会讲各种利益的话；他是“中产阶级”的杰出代表，而且超越这个阶级，至少比这个阶级伟大；他珍视自己的血统，但又极为明智，特别倚重自身价值，即使在血统问题上，他也表现得十分特别，自称奥尔良系，而非波旁系，他还仅仅是尊贵的殿下的时候，就俨然以正统大王爷自居，一旦成为国王陛下，他反而像个厚道的市民，在大庭广众说话啰里啰唆，在亲随密友中间说话却简洁明了；他有吝啬的名声，但未经证实，其实，他既节俭，又为豪兴或职责而轻易挥霍；他有文学修养，但对文学没有多大兴趣；他有贵族气派，却没有骑士精神；他朴实、沉静，又很坚强，受到家人和族人的爱戴；他的言谈特别吸引人；他是个憬悟的政治家，内心冷漠，遵从眼前利益，事必躬亲，既不报恩也不结怨，用平庸琐事无情地消磨高才俊杰，善于利用议会的多数，批驳在王座下面神秘而一致的隐隐怨声；他感情外露，外露有时则失慎，但是失慎中又蕴含绝妙的灵巧；他点子多，脸变得快，脸谱也多，常借欧洲恫吓法国，又借法国恫吓欧洲；毫无疑问他爱国，但他更爱家；他视治理重于威权，视威权重于尊严，这种倾向有糟糕的一面：凡事务求成功，有时就不择手段，也不绝对摈斥卑劣行径，但也有顶用的一面：避免政治激烈冲突，国家分裂和社会灾难；他还特别细致、准确、警惕、关注、精明，而且不知疲倦，有时自相矛盾，自己违令负约；他在安科纳①大胆地反对奥地利，在西班牙顽强对抗英国，还炮轰安特卫普②，赔偿普里查德③，充满信念高唱马赛曲；他从不沮丧，从不疲倦，喜欢美好和

① 1832年，法国派一支远征部队，到意大利的安科纳抗击奥地利。

② 1832年，法军赶走拒绝将安特卫普交还比利时的荷兰军。

③ 普里查德（1796—1883年）：英国传教士，在法国支持新教反对法国，1844年被法国当局逮捕。同年，在英国政府抗议下，法国政府赔偿普里查德25000法郎。

理想、大胆的豪迈，喜欢乌托邦、幻想，也爱愤怒、虚荣和恐惧，具有坚忍不拔的全部个人素质，在瓦尔密当将军，在热马普又当士兵，八次险遭毒手，脸上笑容常驻，勇敢赛似榴弹兵，胆量比得上思想家，仅仅担心欧洲可能发生动荡，绝不在政治上大冒风险，随时准备牺牲生命，但绝不放弃自己的事业；常把自己的意志化为影响，以便让人服从一个聪明人。而不是服从国王；善于观察，却不善于预测；不大注意才智，却有知人之明，也就是说见到人才下结论；感觉敏锐洞彻，明智务实，能言善辩，记忆力惊人，不断汲取这种记忆，他唯独这一点像恺撒、亚历山大和拿破仑；了解事实、详情、日期、人名地名，却无视趋势、热情、民众的各种才能、内心的憧憬、灵魂隐藏不露的悸动，总之，无视可以称作意识潜流的一切；为表层所接受，但与底层的法兰西不甚融洽；能巧妙机变，但管理有余而统治不足；委任自己当内阁总理，擅长利用现实的小东西阻挡思想的潮流；在文明、秩序和组织方面的真正创新才能中，掺杂莫名其妙的讲求程序和吹毛求疵的精神；一个王朝的创始人兼代理人，某点像查理大帝，某点又像公证人；总之，形象高大而特殊，为王不顾法兰西的不安而能确立政权，不顾欧洲的忌妒而能求强盛。因此，路易-菲力浦将划入末世纪杰出人物之列，而且，他若是稍微喜爱点儿荣名，若是对实用和伟大一视同仁，那就可能跻身历史上最著名的统治者之列。

路易-菲力浦年轻时很英俊，老来依然风度翩翩，虽不能说总得到全国人的称许，但总能受到大多数人的赞赏。他就是讨人喜欢，有这种天赋：魅力。威仪，他倒是缺乏；身为国王而不戴王冠，人已老迈却无白发。他保持旧朝的举止，却有新朝的习惯，是贵族和资产阶级的杂种，正合乎1830年，代表过渡政权；他保留了法语的古代发音和书法，拿来为现代思想服务；他喜爱波兰和匈牙利，但是他写成“波利人”，说成“匈牙兰人”。他像查理十世那样，穿一身国民警卫队军装；又像拿破仑那样，佩戴一条荣誉团勋章绶带。

他很少去礼拜堂，根本不去打猎，也从不光顾歌剧院，绝不受神职人员、养狗官和舞女的腐蚀，因此在资产阶级中深孚众望。他根本没有扈从，出门腋下就夹把雨伞；在相当长的一段时间里，那把雨伞就是他的光环。他懂点儿泥瓦匠活儿，也懂点儿园艺，还懂点儿医道，给一个从马上摔下来的马夫放血。路易-菲力浦身上总带着一把手术刀，正如亨利三世总带着匕首那样。保王派常常讥讽这个可笑的国王；而他却是头一个以放血方式治病的人。

历史对路易-菲力浦的问罪，要扣除一部分。指控王国，指控政府，指控国王，这三笔账各有一个总数。民主权利被剥夺，发展进步退居第二位，上街抗议遭粗暴弹压，起义被武装镇压下去，暴乱也以武力平息，特朗斯诺南街事件①，军事委员会问题，真正的国家为合法国家所吞没，政府同三十万特权人物均摊盈亏，这些算在王国的账上；拒绝比利时，强行征服阿尔及利亚，跟英国人征服印度一样，手段野蛮的程度大于文明的程度，对阿布德-埃勒-卡迪尔失信②，收买德茨③，赔偿普里查德，这些算在政府的账上；偏重于家庭式而不是国家式的政治，这要算在国王的账上。

可见这样一算细账，国王的责任就减轻了。

他的大错则是，代表法国时太谦虚了。

这个错误是怎么铸成的呢？

---

① 1834年4月14日，巴黎居民在特朗斯诺南街起义，遭政府军屠杀。

② 阿布德-埃勒-卡迪尔（1808—1883年）：阿拉伯酋长，曾抗击法国征服阿尔及利亚的殖民军，1848年被迫投降，押往法国囚禁，1852年退隐到大马士革。

③ 1832年，西蒙·德茨为10万法郎赏金，将贝里公爵夫人出卖给政府。

不妨谈一谈。

路易-菲力浦身为国王，还摆脱不了当父亲的形象。一个家族通过孵化而成为一个王朝，总是前怕狼后怕虎，不敢轻举妄动，因而处处过分畏怯，这就惹恼了既有7月14日的民权传统，又有奥斯特利茨军事传统的人民。

不过，若是抛开应当首先履行的公职不谈，路易-菲力浦对家庭一往情深，那家庭也受之无愧。他那家人很出色，德才兼备。他的一个女儿，玛丽·德·奥尔良，将族名打进艺术家圈子里，正如查理·德·奥尔良将族名捧上诗坛一样。她将自己的灵魂雕成一尊大理石像，由她命名为贞德。路易-菲力浦的儿子，有两个赢得梅特涅这样一句颇具煽动性的恭维话：

“这是两个不可多得的青年，也是两个得不到的王子。”

这就是路易-菲力浦的真实情况，毫不减损也毫不夸大。

充当平等君王，本身就载负复辟王朝和革命之间的矛盾，具有身为革命者令人不安，而身为统治者又变得令人心安的这种因素，因此在1830年，路易-菲力浦适逢其时；人和时势从来没有像这样一拍即合，彼此交融，浑然一体。路易-菲力浦，这是1830年造出的人物。此外还有一个条件，王座非他莫属，就是流亡。当年他被放逐，一贫如洗，四处流浪，要靠自己的劳动过活。法国这个拥有最富饶采邑的王公，在瑞士要卖掉老马好填饱肚子。在赖谢瑙，他给人上数学课，而他妹妹阿黛拉伊德则刺绣和缝纫。一位国王的这种经历，特别鼓舞资产阶级。他亲手拆毁圣米歇尔山最后那个铁笼子；那是路易十一下令造的，路易十五还使用过。他是迪穆里埃的伙伴，是拉法耶特的朋友；他参加过雅各宾俱乐部；米拉博拍过他的肩膀，丹东叫过他：年轻人！1793年时他二十四岁，叫德·沙特尔先生，曾坐在国民公会一个幽暗的小隔间里，目睹审判那个让人十分恰当地称为“可怜的暴君”的路易十六。革命盲目的远见，要在国王身上摧毁君主制，也将国王随同君主制一并摧毁，几乎没有注意处于思想狂暴碾轧中的那个人，风暴席卷审判厅全场，公众愤怒质问，卡佩无言以对，这个国王的头无比惊愕，剧烈摇晃，眼看要被这阴风吹掉，而在这场灾难中，无论判决者和被判决者，所有人都相对清白，这些情况，路易-菲力浦见到了，他观望了这些惊心动魄的场景，看到几个世纪押到国民公会的案前受审，看到从路易十六身后，从这个替罪羊身后的黑暗中，挺立起骇人的被告：君主政体；因而，他灵魂中始终保存一种敬畏情绪，敬畏几乎跟天道一样不问是谁的那种人民的普遍裁决。

革命在他心上留下的痕迹是不可思议的。他的记忆仿佛是那伟大年代每分钟的活的标记。有一个见证人是无可怀疑的，有一天，他当着那人的面，仅凭记忆纠正了制宪议会以A字母开头的名单。

路易-菲力浦是明如白昼的国王。他统治时期，有新闻自由、集会自由、信仰和言论自由。9月的法律①是宽松的。他虽然知道阳光对特权的侵蚀力，还是将王座放在阳光之下。他这种诚实态度，历史会有公论。

如同所有退出舞台的历史人物，路易-菲力浦今天也接受人类良心的审判。他的案子还仅仅是一审。

历史以令人肃然起敬的自由声调说话的时刻，对他来说还未到来；时候未到，还不能对这位国王宣布最后判决；严厉而出色的历史学家路易·勃朗，近来就缓和了他最初的判词；路易-菲力浦是由所谓221和1830这两个半拉子选出来的，也就是由半拉子议会和半拉子革命选出来的；不管怎样，从哲学所应处的高度来看，我们今天

---

① 1836年9月颁布的刑事法规。

评价他，必须根据绝对民主的原则有所保留，正如读者在上文所见的那样；从绝对的度看，首先是人权，其次是民权。除此而外，任何权利都是僭越；不过，有了这些保留之后，我们今天所能讲的，总括起来说，不管从哪方面观察，不管从他本人还是从人类善良的角度看，拿旧历史的老话来说，路易-菲力浦都将是历代最好的一个君王。

有什么可指责他的呢？无非是王位。去掉国王这一名号，路易-菲力浦就只是个人，而他这个人是好的，有时好得令人赞叹。就是在最严重的忧虑困扰中，同大陆的整个外交使团斗争了一天之后，晚上回到房间，疲惫不堪，又十分困倦，他做什么呢？他往往拿起一份卷宗，连夜复查一桩刑事案件，认为同欧洲抗衡固然重要，但是从刽子手那里夺回一条人命更重要。他常常固执己见，同司法大臣争辩，同检察长争夺断头台前每寸地盘，而且叫他们“这些法律的长舌头”。有时桌案上堆满了卷宗，他总一一审阅，如果丢弃那些被判决的可怜人，他会深感不安。有一天，他对上面刚提到的那个见证人说：“昨天夜晚，我赢得了七颗头。”在他统治的头几年，死刑几乎废除了，而重新建起的断头台，是针对国王的一种暴力。河滩法场随同王族长房消失了，资产阶级的河滩法场又建起来，称为圣雅克城关法场；“务实的人”感到需要一个大致合法的断头台，这是资产阶级阵营中，代表狭隘派的卡西米尔·佩里埃[①]，对代表自由派的路易-菲力浦的一个胜利。路易-菲力浦亲手注释过贝卡里亚[②]的著作。在破获菲埃斯齐[③]的爆炸装置之后，路易-菲力

① 卡西米尔·佩里埃（1777—1832年）：法国银行家、政治家，1831年任内阁总理。

② 贝卡里亚（1738—1794年）：意大利经济学家、刑法学家。

③ 菲埃斯齐（1790—1836年）：科西嘉阴谋分子，1835年企图暗杀路易-菲力浦未遂。

浦高声叹道："这回没伤到我还真遗憾，否则，我就可以赦免那个人了。"还有一次，关于我们时代一个最侠义的人，一个被判决的政治犯①，路易-菲力浦针对内阁的阻力写道："同意赦免，只待我去争取了。"路易-菲力浦跟路易九世一样温和，跟亨利四世一样善良。

在历史中，善良是稀有的珍珠，因而在我们看来，善良的人几乎总要排在伟大的人前面。

路易-菲力浦受到的评价，有的很严厉，有的也许很生硬，而一个认识这位国王、如今已成为游魂的人②，来到历史面前为他作证，也是很自然的事情。

显而易见，这一证词无论怎样，首先是无私的；已亡人写的墓志铭自应坦率；一个亡魂可以安慰另一个亡魂；同在冥府，便有权称颂；不必害怕有人指着流亡中的两座坟墓说：这个吹捧了那个。

四　基础下的裂缝

路易-菲力浦统治初期，险恶的乌云阵阵笼罩，而本书叙述的故事即将钻进那样一片乌云的时候，就不能含混，必须表明对这位国王的看法。

路易-菲力浦登上王位，既没有使用暴力，也没有直接争取，而是革命的一种转折的结果，显然同革命的真正目的大相径庭；但是在这中间，他身为奥尔良公爵，的确没有任何主动的行为。他生为王公，也自认为是选定的国王。他绝没有给自己加上这一称号，绝

---

① 巴贝斯（1809—1870年）：法国政治家，激进共和党人，1839年被判处死刑，赦免后又屡次被捕并囚禁，后来流亡国外。

② 作者自谓，其时雨果流亡国外，自比游魂和已亡人。

不是攫取，是别人授予他的，他就接受了，而且确信，当然错误地确信，授予符合权利，接受也符合义务。因此，他柄国出于诚意，我们也由衷地说，路易-菲力浦善意柄国，民主派抨击也出于善意，社会斗争所产生的种种惊骇，既不能怪罪国王，也不能怪罪民主派。原则的冲突犹如物质的冲突。海洋保卫水，狂风保卫空气，国王保卫王国，民主保卫人民；君主制这个相对的东西，要抵御共和制这个绝对的东西；社会在这种冲突中流血，不过，今天社会所受的痛苦，日后将转化为社会安定；不管怎样，在这里绝不应谴责那些相斗的人；两派中显然有一派错了；人权并不像罗得岛的巨人①那样横跨两岸，一只脚踏在共和制一方，一只脚踏在君主制一方；其实，人权不能分割，必须整个儿站在一边；不过，那些错了的人，错了也不失真诚；盲人看不见不是罪过，正如旺岱人那种行为不算土匪一样。因此，这种剧烈的冲突，只能归咎于事物的必然性。不管这些风暴多么猛烈，人卷入其中并无责任。

结束这一论述吧。

1830年的政府立即碰到艰难的生活。它昨天刚刚诞生，今天就要战斗。

七月的国家机器还刚刚安装，尚不牢固，就已经感到四处蠢蠢欲动了。

阻力第二天出现了，也许昨天就已生成。

敌意逐月增长，暗斗化为明争。

前面说过，七月革命，外国各君王不接受，法国内部又有不同的理解。

上帝的意志是鲜明的，但通过事件向人宣示，就是神秘语言写

① 公元前280年，希腊罗得岛上树起一尊巨大的太阳神像，脚踏港湾两岸，后毁于大地震。

成的天书。人们当场解释，未免草率，失真，充满错误、纰漏和反义。极少人能懂得神的语言。最聪明的人、最冷静的人、最深邃的人，能慢慢地辨读；可是，等他们拿出诠释来，事情早成定局，广场上已经有二十几种解释了。每种解释产生一个党，每种反义产生一个派别；而且，每个党都认为掌握了唯一正确的阐述，每个派别也都认为拥有真理。

政权本身，也往往是一个派别。

在革命洪流中，有人逆水游泳，那是旧党派。

旧党自恃奉天承运，把住继承权不放，认为革命既然是由反抗的权利产生出来的，那么人们就有权反抗革命。大谬不然。须知在革命中，反抗者不是人民，而是国王。革命恰恰是反抗的反面。任何革命只要正常完成，本身就包含了合法性；革命，有时会被假革命者玷污，尽管玷污，也要坚持到底，尽管沾了鲜血，也要生存下去。革命不是偶然现象，而是应时而生的。一场革命就是由伪归真。有革命，因为革命乃必有。

正统的旧党从错误的论证出发，不遗余力地猛烈攻击革命。谬误是绝好的炮弹，能灵巧地打击革命的要害，打击它的铠甲的薄弱处，打击它不合逻辑的地方；正统派恰恰抓住王位问题攻击这场革命。他们冲革命吼道：“革命，要这国王干什么？”派别是瞎子，却能瞄准。

共和派也同样发出这种吼声。但是从他们口里喊出来就合逻辑了。在正统派那边表现为盲目，在民主派这边就表现为明见了。1830年令民众破产。民主派义愤填膺，要责问它这一点。

七月政权，处于过去和未来两面夹击，只好苦苦经营；它仅仅体现这一短暂时刻，后有几百年的君主制，前有千秋万代的人权。

此外，1830年既然不复为革命，而变成君主制，那么在对外，就不得不同欧洲步伐一致。局面尤为复杂的是，还要保持和平。逆方向寻求和睦，往往比进行一场战争还要靡费。这种暗斗总要忍气吞声，又总愤愤不平，由此产生出来全副武装的和平，无异于饮鸩止渴，连文明都怀疑起自身了。七月王朝套进欧洲各国内阁的车辕里，只能徒然地蹦跳，而梅特涅很想用皮带将它捆住。七月王朝，在法国受进步的推动，在欧洲又推动君主国那些缓慢的爬行动物：一方面被拖着，一方面又拖着后面的。

这期间，国内贫穷、无产阶级、工资、教育、刑罚、卖淫、妇女的命运、财富、苦难、生产、消费、分配、交换、货币、信贷、资本的权利、劳工的权利，所有这些问题，在社会上层出不穷，险象环生。

除了名副其实的政党，还显出一种动向：哲学的沸腾，同民主的沸腾相呼应。精英同民众一样，都感到惶惑不安，虽然表现形式不同，但是同样强烈。

一些思想家在思考，而人民大众这片土壤，经过革命洪流的冲击，在下面还莫名其妙地狂震乱颤。思考者有的单干，有的聚为门户，几乎结社，冷静而深入地探讨社会问题，而地表下面的人却不为所动，静静地挖掘坑道，推进到一座火山的深层，不大在乎隐隐欲发的震动和依稀可辨的烈焰。

在这动荡的时期，这种相对平靖，也不失为壮观的景象。

下层人将各种权利问题留给政党，只是一心解决幸福问题。

人的福利，才是他们要从社会中提取的东西。

他们把物质问题，把农业、工业、商业等问题，提高到宗教那样神圣的地位。文明的形成，上帝的意志少，人为的成分多，各种利益根据一条活跃的法则，相互聚拢，凝结并混杂，从而形成一种真正坚硬的岩石；须知这条法则，早由政治上的地质学家——那些经济学家精心研究过了。

这些人组成团体，取了各种名称，但可以总称为社会主义者，他们力图凿穿这岩石，让人类幸福的泉水喷射出来。

他们的工程包容一切，从断头台问题直到战争问题。在法兰西革命所宣告的人权上，他们又增添了妇女的权利和儿童的权利。

由于种种原因，我们在这里，还不能从理论上深入探讨社会主义提出的问题，这也不足为怪。我们只限于指出这些问题。

社会主义者向自己提出的全部问题，抛开宇观幻象、梦想和神秘主义，可以概括为两个主要问题：

第一个问题：

生产财富。

第二个问题：

分配财富。

第一个问题包含劳动问题。

第二个问题包含工资问题。

第一个问题涉及劳力的使用。

第二个问题涉及福利的分配。

合理使用劳力，国家才有权力。

合理分配福利，个人才有幸福。

所谓合理分配，并不是平均分配，而是公平分配。首要的平等，是公平合理。

外有国家权力，内有个人幸福，两者结合便出现社会繁荣。

社会繁荣就意味人人幸福，公民自由，国家强大。

这两个问题，英国解决了头一个，创造了财富，令人赞叹，然而分配不当。这种解决办法只完成一个方面，就必然导致两个极端：极富和极穷。少数人享受应有尽有，其他人，即人民受穷一无所有。特权、例外、垄断、封建制正是从劳动中产生出来的。国家权力建立在个人穷困上，国家强大扎根于个人痛苦中，这种形势既虚假又危险。强大，但是结构很糟，全是物质因素，毫无精神因素。

共产主义和土地法旨在解决第二个问题。大谬不然。那种分配扼杀生产。均等平分便消除竞争。从而也消除劳动。这是屠夫式先分后宰的分配办法。因此，这种所谓的解决方式是行不通的。扼杀财富不等于分配财富。

这两个问题要解决得好，必须一同解决；解决方式要合二而一。

两个问题如果只解决头一个，你就会成为威尼斯，你就会成为英格兰。你会像威尼斯那样徒具人为的强盛，或者像英格兰那样徒具物质的强盛；你将是为富不仁。你要像威尼斯夭亡那样死于非命，或者像英格兰垮台那样毁于破产。大众会袖手旁观，任由你毙命和垮掉，因为，只图私利的东西，不能代表人类一种美德或一种思想的东西，要垮掉要毙命，大众一概不予理睬。

自不待言，这里用威尼斯、英格兰等字眼，不是指人民，而是指社会结构；不是指民族，而是指附在民族上面的寡头政治集团。那些民族，始终赢得我们的敬意和好感。人民的威尼斯必将复活，贵族的英格兰必将垮台；然而，作为民族的英格兰，则是永生的。申明了这一点，我们继续往下谈。

解决上述两个问题，鼓励富人，保护穷人，消灭贫穷，制止强者不公正地剥削弱者，煞住半路上的人对到达者邪恶的忌妒，以手足之情精确地调准劳动工资，根据儿童的成长实行免费义务教育，让成年人具有科学基础，使用手臂的同时发展智力，要成为强大的人民，同时又是幸福人的家庭，财产所有制要民主化，不是废除，而是普及，让每个公民毫无例外都成为有产者，这比人们想象的要容易，总之，要善于生产财富，也要善于分配财富；那样一来，你们就兼有物质上的伟大和精神上的伟大，就不愧称为法兰西。

这就是在走入迷途的宗派之外，宗派之上的社会主义所讲的；这就是社会主义在实际中探索，在思想上规划的。

令人赞叹的努力！神圣的尝试！

然而，路易-菲力浦忧虑的事情太多了，例如这些学说、这些理论、这些阻力，作为政治家有时意外需要重视哲学家，有些事情看似明显而又模糊混乱，要制定新政策，既顺着旧社会，又不太违反革命思想，要应付必须用拉法耶特来保护波利尼亚克①的局面，对暴乱中透出的进步要有预感，既考虑议会又考虑街头，平衡他周围力量的竞争，还有他对革命的信念，也许是一种说不清的顺应，隐隐接受一种最高的权利，同时又绝不背离自己的血统，保持家庭观念，真诚地尊敬民众，表明自己的诚实和善良，这一切萦绕于心，路易-菲力浦未免苦恼，他再怎么坚强，再怎么勇气十足，也深感做国王之难，简直不胜其负。

他感到脚下要分崩离析，但又绝不会土崩瓦解，因为法兰西比已往更加法兰西了。

天边布满大块大块乌云，奇异的阴影越逼越近，渐渐遮住人、物和思想，那是各种愤怒和各种派系的阴影。一切被匆忙遏制的东西，又都蠢蠢欲动，开始活跃了。这种诡辩和真理混杂的空气令人窒息，这诚实人的良心有时不得不喘息一下。社会惶惶不安，人心浮动，好似暴风雨前的树叶。电压极强，有时不知什么人一个闪光，突然显现一下，继而又一片昏黑。隆隆的闷雷声不时传来，可

---

① 波利尼亚克（1780—1847年）：法国政治家，1829年任查理十世的内阁总理，他在1830年7月25日签发的法令，导致了七月革命，革命后被判处终身监禁，1836年被赦。

以判断出乌云中饱蓄了雷电。

七月革命刚过去二十个月，1832年伊始，形势便一触即发。人民生活在水深火热之中，劳动者没有面包，最后一个孔代亲王命赴黄泉[①]，布鲁塞尔驱逐了拿骚家族[②]，就像巴黎赶走了波旁家族一样，比利时要奉一位法兰西王公为君主，最终还是交给了一位英格兰王公，尼古拉统治的俄罗斯恨之入骨，我们身后还站着两个南方魔鬼：西班牙的费迪南德[③]和葡萄牙的米盖尔，意大利发生地震，梅特涅将手伸向博洛尼亚[④]，法兰西在安科纳粗暴对待奥地利，北方传来将波兰钉入棺木的特别瘆人的钉子声，整个欧洲怒目窥视法兰西，靠不住的盟友英格兰随时准备推波助澜、趁火打劫，贵族院拿贝卡里亚作挡箭牌，拒绝向法律交出四颗人头，百合花图案从御辇上刮掉了，十字架也从圣母院强行取走，拉法耶特[⑤]收缩了，拉斐特破产了，邦雅曼·贡斯唐[⑥]饿死了，卡西米尔·佩里埃[⑦]累死了；王国的思想都市和劳动都市双双害病，一个害了政治病，一个害了社会病；巴黎发生内战，里昂发生奴役战；两座城市都像熔炉，冒出同样的火光；百姓额头上显现火山爆发前的紫光；南部狂热，西部

① 孔代是波旁家族的支系，1830年，最后一个孔代亲王被吊死在郊野。

② 拿骚家族：12世纪前，在拿骚附近建立领地的家族，其孙曾为德意志王、荷兰国王等，为显赫家族。

③ 费迪南德七世（1784—1833年）：西班牙国王（1808—1833年在位）。

④ 博洛尼亚和安科纳都是意大利的地区。

⑤ 拉法耶特（1757—1834年）：1830年为国民卫队司令，倒向革命，成为七月王朝的创始人之一，但很快同路易-菲力浦分道扬镳。

⑥ 邦雅曼·贡斯唐（1767—1830年）：法国政治家、作家。

⑦ 卡西米尔·佩里埃（1777—1832年）：法国银行家、政治家。1831年任内阁总理，镇压了巴黎和里昂人民起义，帮助比利时驱逐拿骚，出兵安科纳阻击奥地利远征军。

混乱，德·贝里公爵夫人[①]去了旺岱地区，阴谋、谋反、起义、霍乱，这一切又给汹汹的思潮增添了纷纷的事变。

五　历史经历而又无视的事实

将近4月底，整个局势恶化了。发酵转为沸腾。从1830年起，零星发生过局部小暴动，迅速弹压，但压而复起，这是暗流大汇合的信号，酝酿社会大乱。一场可能爆发的革命，虽然轮廓还不清晰，但已隐约可见了。法兰西注视巴黎，巴黎注视圣安托万区。

圣安托万区底火很旺，就要沸腾起来了。

夏龙街上那些酒馆的气氛，可以说又严肃又激荡，尽管连用这两个词形容酒馆显得有些怪。

在那些酒馆里，政府根本不在话下，大家公开讨论“究竟是大干一场还是老实待着的问题”。在店铺后间，有人组织工人宣誓：“一听见警报的喊声，立刻上街投入战斗，不管有多少敌人。”宣誓完了，坐在酒店角落的一个男人“嗓门洪亮”，说道：“你理解啦！你宣誓啦！”有时还上二楼，到一个房门紧关的房间，那里有近似秘密组织的场景，让新加入的人明誓：“要像对待家长那样效力。”这是套话。

在楼下餐厅，大家阅读“颠覆性”小册子。“他们抨击政府”，当时一份密报上这样说。

在那里常能听见这样的话：“我不知道头儿的名字。我们这些人，只能提前两小时知道行动的日期。”一名工人说：“我们有三百人，每人就算出十苏钱，也能凑一百五十法郎，用来制造子弹

---

① 德·贝里公爵夫人（1798—1870年）：1832年在旺岱鼓动起事反对路易-菲力浦未遂。

火药。”另一名工人说：“我不要求半年，两个月也不要，两周之内，我们就能跟政府分庭抗礼了。有两万五千人，就可以跟政府较量较量了。”还有一名工人说：“我觉都不睡了，要连夜赶制子弹。”有时，一些“衣着漂亮的绅士打扮”的人走来，“装腔作势”，摆出一副“指挥”的样子，同“最重要的人物”握握手，随即又走掉，逗留从来不超过十分钟。大家低声交谈，说出来的话意味深长：“密谋万事俱备，这回盼到头了。”引用当时一个在场的人原话说：“那里所有人议论纷纷，全都这么讲。”群情激昂到了极点，甚至有一天，一名工人冲满店的顾客嚷道：“我们没有武器！”他的一个同伙回答：“士兵那里有啊！”这话颇为滑稽，无意中模仿了波拿巴告意大利军团书。还有一份报告补充说明：“他们更秘密的事情，就不在那里传递了。”旁人听了他们说的话，还不大明白话里隐藏着什么。

那些聚会往往是定期的。有些聚会从不超过八个到十个人，而且总是原来那几个。另外一些集会随便参加，大厅里人太多，不得不站着；来的人有些是出于满腔激情和狂热，有些是上班路过。革命时期，酒馆里有些爱国妇女，她们拥抱新来参加会的人。

还有一些生动的事例。一个人进了一家酒馆，喝完酒说了一句：“酒家，欠多少账，革命会付的。”

在夏龙街对面一家酒馆，大家还推选革命委员，鸭舌帽就当投票箱。

有些工人去科特街一位剑术师家聚会。那位剑术师收徒传艺，厅里陈列各式各样武器：木剑、棍棒、花剑。有一天，他们脱下套子试花剑，后来有个工人提起：“我们是二十五人，但他们把我看成笨蛋，指望不上。”那个笨蛋，就是后来的喀尼赛。

随便酝酿的事情，不知怎的渐渐传得神乎其神。一个打扫门口的女人对另一个女人说："他们早就拼命赶制枪弹。"大街能看见告各省革命卫队书。有一份呼吁书上签名是："酒商，布尔托。"

有一天，在勒努瓦市场一家酒店门前，一个留络腮胡子的汉子登上街角石，操着意大利口音，宣读一份似乎由秘密权力发布的奇特文告。一群人围住他，给他鼓掌。有人搜集记录了最激动人心的片段："我们的学说受阻，我们的公告被撕毁，我们张贴公告的人受监视，被投进监狱………""棉布市场的混乱现象，将好多中间派推到我们这边。""………创造人民的未来，还要在我们这默默无闻的行列中进行。""态度要明确：行动还是反动，革命还是反革命。要知道，在我们这个时代，再也不相信有什么无为状态或停滞状态。拥护还是反对人民，问题就在这里。没有别的问题了。""……等到有一天，我们不再合乎你们的要求，那就把我击垮，不过，在那之前，还是帮助我们向前进。"这些话，全是在光天化日之下讲的。

还有一些事例更为大胆，惟其太胆大，反而引起民众的戒心。1832年4月4日，一个行人登上圣玛格丽特街的街角石，嚷道："我是巴贝夫主义者！"然而，民众从巴贝夫的字眼中嗅出吉斯凯的气味[①]。

那人讲了一大通，其中有这么一段：

"打倒私有制！左派反对这一点，又卑鄙又口是心非。他们要表现自己正确的时候，就宣扬革命。他们怕被打倒的时候，就自称是民主派；不想战斗的时候，又摇身一变为保王派。共和主义者是带羽毛的动物。你们要当心共和派，劳动者公民。"

"闭嘴，密探公民！"一名工人喝道。

这一声喝断了那人的演讲。

还发生一些颇为神秘的情况。

---

① 吉斯凯：1831年至1836年任警察局局长。

傍黑的时候，在运河附近，一名工人同“一个穿戴讲究的人”相遇。那人问：“你去哪儿，公民？”“先生，”工人回答，“我没有这份儿荣幸认识您。”“可我认识你，”那人又说，“不要怕，我是委员会委员。有人怀疑你靠不住。你也知道，你要是走漏消息，别人就会盯住你。”说罢，他同工人握了握手，分开时说了一句：“很快我们就会再见面。”

警察不仅在酒馆，而且在街上偷听，搜集一些奇特的对话：

“你快点儿让人吸收进去吧。”一名纺织工对木器工说。

“为什么？”

“要开火啦！”

两个衣衫褴褛的行人，讲了这样几句明显富有雅克团[①]意味的精彩话：

“谁统治我们？”

“菲力浦先生。”

“不对，是资产阶级。”

这里使用“雅克团意味”的字眼，谁若是认为含有贬义，那就错了。雅克，当时是穷人。而饿肚子的人是有权利行动的。

还有一回，有两个人走过，只听一个对另一个人说：“我们有一个巧妙的进攻计划。”

宝座城关圆盘道的一个土坑里，蹲着四个人密谋，有人只听见这么一句：“要想方设法，再也不让他在巴黎散步了。”

“他”，谁呀？这费解的话杀气腾腾。

城郊街区常说的“主要头头”避开这类聚会。据说，他们常在圣厄斯塔什角附近一家酒馆相聚，商讨问题。一个叫欧格的人，是

---

① 雅克团：1358年法国农民大起义。

蒙德图尔街缝纫互助社社长，他似乎是主要联络员，来往于那些头头和圣安托万区之间。然而，那些头头却总是非常隐蔽，后来一个被告在元老院受审时，没有任何确凿的事实，能驳倒这句回答的特别傲慢的口气：

“你们的首领是谁？”

“首领，一个我也不认识，一个我也认不出来。”

这些还不过是听似明白、实则模糊的片言只语，也有些空泛之论、道听途说。此外，还有一些蛛丝马迹。

一名木工在勒伊街建房工地周围钉木栅栏时，拾到撕毁信件的一个残片，只见上面写有这样几行字：

“……委员会应立即采取措施，阻止派别组织从各分部招募成员……”

还有附言：

“我们获悉，城郊鱼市街乙五号有个武器商人，庭院里存放五六千件武器，而我们分部却手无寸铁。”

在相隔几步远的地方，那木工又拾到一张纸片，看了更为惊奇，便给同伴们看：那也是撕毁的纸片，上面的文字更是意味深长，这种奇特的材料有历史价值，不妨原样复制出来：

Q	C	D	E	这个名单熟记心中，然后撕毁。接纳人员，一旦接受了你们传达的指示，也应照此处理。兄弟般地敬礼 u og a' fe　L。

拾到这张秘密表格的人，后来才弄清那四个大写字母的含义：Q为五人队长，C为百人队长，D为十人队长，E为侦察队；u og al fe这些字母则表示日期，为1832年4月15日。每个大写字母的下面，都登记了姓名及其特殊的说明。例如：Q. 巴纳雷尔。步枪8支，子弹83发。人可靠。——C. 布比埃尔。手枪一支，子弹40发。——D. 罗莱。花剑一把，手枪一支，火药一斤。——E. 泰西埃。战刀一把，子弹盒一个。准时。——特雷尔。步枪8支，勇敢，等等。

那个木工在同一工地还拾到第三张纸，纸上用铅笔十分清楚地列出这样奇妙的单子：

团结。勃朗夏尔。干树。6。

巴拉。苏瓦兹。伯爵厅。

柯丘斯科。欧伯里屠夫？

J.J.R。

加伊乌斯·格拉库斯。

审核权。杜峰。富尔。

吉伦特党垮台。德尔巴克。莫布埃。

华盛顿。潘松。手枪一支，子弹86发。

马赛曲。

人民主权。米歇尔。干岗普瓦。战刀。

奥什。

马尔索。柏拉图。干树。

华沙。梯利，《人民报》报贩。

保存这张单子的那个老实的市民，本来知道其中的含义。这似乎是人权社第四区各分部的总单，标明分部头儿的姓名和住址。所有这些湮没了的事实，如今完全成为历史了，不妨公布出来。要说明一点，人权社成立的日期，似乎在发现这张单子之后。也许这只是一份草稿。

当然，在那些道听途说之后，在发现那些字迹之后，有些行迹也开始显露出来了。

在波班库尔街一家旧货店里，从五斗柜的抽屉里搜出七张灰色纸，都同样叠成四折，下面压着同样灰纸裁成的二十六张四方块，并卷成子弹壳的形状；另外还有一张卡片，上面写着：

硝石　　12两。
硫黄　　2两。
炭　　2两5。
水　　2两。

调查报告还指出，抽屉散发刺鼻的火药味。

一名瓦工下工回家，将一个小包遗失在奥斯特利茨桥旁边的长椅上。小包让人捡到送交警卫所，打开一看，里面有拉奥杰尔署名的两份印刷的对话录、一首《工人们，组织起来》的歌曲，还有一个装满子弹的白铁盒。

一名工人让一起喝酒的伙伴摸摸他身上有多热，那伙伴就摸到他外套里别着一把手枪。

拉雪兹神父公墓和宝座城关之间那条大道，有一段最为僻静无人，一群孩子就在那路边沟里嬉戏，在一堆刨花和垃圾下面发现一个口袋，只见里面装着一个子弹模子、一个做子弹壳的木芯棒、一只还剩有猎枪火药末的木碗，以及一口小生铁锅，锅里明显有化铅水的痕迹。

凌晨五点钟，几名警察突然冲进一个叫帕尔东的人家里，碰见他站在床边，手里拿着几个正在做的子弹壳；那人后来参加了梅里街垒国民卫队，在1834年4月起义中牺牲了。

工人快休息的时候，看见皮克普斯城关和夏朗东城关之间有两个人，到门前有暹罗游戏柱的一家酒馆附近，在两堵墙中间的巡逻小道上碰头。其中一个从罩衣里面掏出一支手枪，要交给另外一个人，在过手的当儿他发现，胸口的汗气将火药弄潮了，就试了试打火，又往药池里添了点儿火药。然后，那二人就分手了。

一个叫加莱的人，常夸口他家有七百发子弹和二十四粒火石；后来在四月事件中，他在博堡街丧命。

有一天，政府得到情报，城郊区刚刚分发了武器和二十万发子弹。过了一周又分发了三万发子弹。值得注意的是，警察未能破获，连一发子弹也没有搜出来。一封被截获的信上说："日子不远了，八万爱国者四小时之内就全拿起武器。"

酝酿起事的活动全部公开，几乎可以说平静地进行。即将举事，却当着政府的面，从容不迫地酝酿一场风暴。这场危机虽然潜行待发，但已显露征兆，可以说无奇不有。市民坦然地问工人准备的情况。有人就这样问："暴动怎么样啦？"那口气就像说："尊夫人怎么样？"

莫罗街一个家具店老板问道："喂，你们什么时候进攻啊？"

另一家店铺老板说道：

"很快就要进攻了。这情况我知道。一个月前，你们还是一万五千人，现在就有两万人。"他献出自己的步枪，一位邻居有支小手枪，本想卖七法郎，也献出去了。

总之，革命情绪高涨，无论巴黎还是全法国，没有一处例外。大动脉处处跳动。正如人体炎症生成薄膜那样，秘密组织的网开始向全国各地伸延。从又公开又秘密的人民之友社产生出来的人权社，在它一份议事日程上注明这样日期："共和四十年雨月"。人权社不顾重罪法庭勒令解散的判决，仍继续活动，并给各分部起了意味深长的名称，诸如：

长矛。

警钟。

警炮。

弗里吉亚帽。

1月21[①]。

穷鬼。

流浪汉。

前进。

罗伯斯庇尔。

水平仪。

没问题[②]。

人权社又产生行动社。那是激进分子，脱离出来跑到前面去。还有一些社团极力从大型母社团中拉人。那些成员抱怨让人四下拉扯。例如高卢社和市镇组织委员会。又如：争取新闻自由会、争取个人自由会、争取人民教育会、反对间接税会。还有工人平等社，内部分成平等派、共产派、改革派等各派。还有巴士底军，是一种按军事编制的队伍，四人由下士率领，十人由中士率领，二十人由少尉率领，四十人由中尉率领；内部相识的从来不超过五个人。这

① 1793年1月21日，法国国王路易十六判处死刑。

② 《没问题》是法国1789年革命时期的一首歌曲。

是一种谨慎和大胆相结合的创造，似乎带有威尼斯才华的特色。为首的中央委员会有两条手臂：行动社和巴士底军。正统派有一个团体，名为忠心骑士团，在共和派这些组织之间活动，后来被揭穿而驱逐了。

巴黎社团在各大城市建立了分部。里昂、南特、里尔和马赛，都有人权社、烧炭党、自由人会。艾克斯有一个革命社团，名叫库古尔德会，前面我们已经提过。

在巴黎城郊，马尔索区闹腾的程度，不亚于圣安托万区，而学校激动的程度，也不亚于城郊各区。圣雅三特街的一家咖啡馆、马图兰-圣雅克街的七球台酒店，是大学生们的联络地点。ABC朋友会跟昂热城的互助社以及艾克斯城的库克尔德会结盟；前边我们见过，朋友会的人常在穆赞咖啡馆聚会；这些年轻人也时常去蒙德图尔街附近，在一家名叫科林斯的酒楼相聚。那类聚会秘密进行，另一些聚会却尽量公开；从后来一次审讯记录的片断，也可以判断出他们多么大胆："那次会议在哪里举行的？""在和平街。""在谁家里？""在大街上。""几个分部参加？""只有一个分部。""哪一个？""手工分部。""谁是头儿？""我。""你太年轻了，一个人做不出向政府进攻的决定。你接受哪儿的指令？""中央委员会。"

军队和民众一样内部挖空了，贝尔福、吕内维尔和埃皮纳勒等地后来发生的运动，都证明了这一点。人们对五十二团、五团、八团、三十八团和第二十轻骑团特别寄予希望。在勃艮第地区和南方城市中，都植了"自由树"，即给旗杆戴上一顶革命红帽。

形势就是这样。

一开始我们就说过，圣安托万区民众的情绪，比其他任何区都更激烈，也使这种形势更为敏感和紧张。这是病痛症结所在。

这个老区居民稠密得像个蚂蚁窝，勤劳、勇敢而愤怒又像一窝蜂，在躁动中等待和盼望一次大动荡。一片扰攘嚣嚣，但是没有停止劳作。这种又活跃又沉郁的面貌，什么言语也无法描摹。这个区阁楼的屋顶下，隐藏多少辛酸和苦难，同时也掩盖多少火热而罕见的聪明才智。苦难和聪明才智达到极点，两极一旦相遇，情况就尤为危险。

圣安托万区骚动还有别的原因，与政治大动荡相关的商业危机、实业倒闭、罢工、失业等，都要在这里产生反响。革命时期，穷困同时为因果。穷困的打击往往返回自身。这些百姓，身上满是高傲的品德，潜伏的热力能达到最高点，随时准备拿起武器，他们愤怒，深沉，仿佛装满了炸药，只待落下一点火星儿，就会突然爆炸。每逢星星之火让事变之风吹逐，飘浮在天边，人们就不由得想到圣安托万区，这个充满苦难和思潮的火药库，想到是什么鬼使神差，将它置于巴黎的大门口。

圣安托万区那些酒馆，前面已经多次描述过，在历史上相当有名。在动荡的岁月，人们去那里不仅畅饮，更要畅谈。那里流动着预见的精神和未来的气息，既激荡人心，又提高人的胆识。圣安托万区的酒馆，好似阿文蒂诺山上的酒家：那些酒家建在女巫洞穴上面，与灵气暗暗相通，那里的餐桌几乎全是三条腿，人们饮用恩尼乌斯①所称的预言女巫酒。

圣安托万区是一座积蓄民众的水库，革命的震动造成裂缝，民众的主权便流出来。这种主权可能为害，也像任何主权那样会出错；然而，它即使偏离正道，仍不失其伟大，可以喻为独眼巨神安

① 恩尼乌斯（公元前239—前169年）：拉丁诗人。

根斯[1]。

在1793年，从圣安托万区时而开出野蛮的军团，时而开出英雄的部队，这要视当时的思潮是好是坏，当日是狂热还是热忱而定。

用“野蛮”一词，这里说明一下。在破天荒的革命大混乱的日子里，这些人毛发倒竖，衣衫褴褛，扬起铁锤，高举长矛，一个个凶相毕露，呐喊着冲向魂飞魄散的老巴黎，他们要干什么呢？他们要结束压迫，结束暴政，结束战争，他们要求男人有工作，儿童受教育，妇女有社会温暖，要求自由、平等、博爱，要求人人有面包，人人有思想，要建成人间天堂，要进步；他们忍无可忍，怒不可遏，半裸着身子，手持棍棒，大吼大叫，要争取的就是这种神圣、美好而甜蜜的东西：进步。不错，他们是野蛮人，然而却是文明的野蛮人。

他们怒气冲天宣布人权，不惜引起惊抖和恐怖，也要逼使人类登上天堂。他们貌似蛮人，实则是人类的救星。他们戴着黑夜的面具要求光明。

我们承认，这些人看样子又粗野又凶恶，然而是为了争取善而粗野凶恶的；比起这些人来，还有另一类人，他们总是笑容满面，浑身锦衣绣服，金饰彩绶，珠光宝气，脚穿丝织袜，头插白羽毛，戴着黄手套，皮鞋油光锃亮，手臂支在大理石壁炉旁的丝绒罩桌子上，温文尔雅地坚持维护和保存过去的东西：中世纪、神权、宗教狂热、愚昧、奴隶制、死刑、战争，他们慢声细语而又彬彬有礼地颂扬战刀、火刑柴堆和断头台。至于我们，在这些文明的野蛮人和野蛮的文明人之间，假如一定要作出选择的话，那么我们宁愿选择野蛮人。

---

① 安根斯：出自维吉尔的长诗《伊尼德》，原意为“巨大的”，形容可怕的魔怪，即指独眼巨神波吕斐摩斯。

不过，谢天谢地，还有别种选择的可能性。无论向前还是向后，都不必从陡壁跳下去。既不要专制主义，也不要恐怖主义。我们需要的是缓坡的进步。上帝提供了。缓缓的坡路，这就是上帝的全部政策。

六　安灼拉及其副手

临近这个时期，安灼拉为了应付可能发生的事变，暗中开始清理队伍了。

全体成员在穆赞咖啡馆秘密聚会。

安灼拉发言，用了一些玄妙的，但有深意的隐喻。他说道：

“现在应当摸清局势如何，什么人靠得住。若是需要战士，就必须培养。拥有打击力量。有备无患。行人在路上碰见牛，总比碰不见牛挨牛顶的机会多。因此，我们给牛群点点数，总共有多少？这事不能留待明天去做。革命者任何时候都要争分夺秒；进步，绝不能拖时间。我们要应付意外情况，到时候免得措手不及。现在就必须检查一下，看看我们缝制的活计是否结实。这件事，今天就必须摸底。库费拉克，你去瞧瞧综合工科学院的学生。现在是他们的假日。今天星期三，弗伊，对不对？你去瞧瞧冰库那儿的人。公白飞已经答应去皮克普斯。那里有好大一股可动员的力量。巴奥雷去察看吊刑台。普鲁维尔，那些泥瓦匠情绪有点冷了；你去格雷奈勒-圣奥诺雷街，把那里共济会支部的情况带回来。若李，你到杜普伊特朗医院去一趟，摸摸医学校的动态。博须埃到法院转转，同那些见习生聊聊。我呢，负责库古尔德。”

“全安排妥当。”库费拉克说道。

“不妥。”

“还有什么事？”

“一件非常重要的事。”

“什么事？”公白飞问道。

“曼恩城关。”安灼拉答道。

安灼拉停了一下，仿佛凝思，然后又说道：

“曼恩城关那里，大理石匠、油漆匠、雕刻场的粗坯工，是个热情很高的大家庭，但往往忽冷忽热。不知道他们近来怎么了，心思转到别的事情上，好像心灰意冷，在骨牌桌上消磨时间。赶紧去同他们谈谈，口气要坚决。他们常常在里什弗店聚会，从中午到一点在那儿能见到他们。必须给那堆火灰吹吹风。这件事，我本来打算让马吕斯去干，他那人还是不错的，就是魂不守舍，也不来了。我得有个人去曼恩城关，可眼下派不出了。”

“还有我呢？”格朗太尔说道，“有我在呀。”

“你呀？”

“我呀。”

“就你，去教导共和党人？就你，以原理的名义去温暖冷却的心？”

“有何不可？”

“你还能干点正事吗？”

“这点儿雄心，模模糊糊我还有吧。”格朗太尔答道。

“你一点信仰也没有。”

“我信仰你呀。”

“格朗太尔，你能帮我个忙吗？”

“干什么都行，给你擦皮鞋也干。”

“那好，别掺和我们的事，去喝你的苦艾酒吧。”

“你真没良心，安灼拉。”

“你这个人，能适合派往曼恩城关？你能胜任？”

“我能到砂岩街，穿过圣米歇尔广场，从亲王街斜插过去，取道伏吉拉尔街，过了加尔默罗会修道院，拐进阿萨街，到寻午街，把军事法庭抛在后面，大步走过老瓦窑街，踏上大道，沿着曼恩大道，再过城关，就走进里什弗店。这一趟路我能胜任。我的鞋也能胜任。”

“里什弗店那里的同志，你多少还熟悉吗？”

“不太熟。我们只是你我相称罢了。”

“你打算跟他们谈什么呢？”

“这还用问，跟他们谈罗伯斯庇尔，谈丹东，谈主义原则。”

“就你？”

“就我呀。真的，对我也太不公道了。我一旦动手，那可不得了。我读过《普吕多姆》[①]。我了解《社会契约》，还能背出共和二年这部宪法。‘公民自由终止，便是另一个公民自由的起始。’怎么，你把我当成蛮人啦？我的抽屉里还有一张旧国家证券呢。人权、人民主权，活见鬼！我甚至带点儿埃贝尔派[②]的色彩。我手里拿着表，讲上六个钟头，能说得天花乱坠。”

“正经点儿。”安灼拉说道。

“都把我说急了。”格朗太尔答道。

安灼拉斟酌了几秒钟，像做出决定那样打了个手势。

“格朗太尔，”他郑重其事地说，“我同意让你试一试。你到曼恩城关走一趟吧。”

格朗太尔就住在穆赞咖啡馆旁边，是带家具的出租房。他出去五分钟就回来了，回家换上了罗伯斯庇尔式坎肩。

---

① 法国作家、漫画家亨利·莫尼埃（1799—1877年）塑造的庸俗小市民的典型。

② 埃贝尔派：法国1789年革命雅各宾派的左翼。

“红色。”他走进来，眼睛盯着安灼拉说道。

接着，他一只有力的手掌，一下将猩红坎肩的两个角按在胸上。

他走上前，对着安灼拉的耳朵说：“放心吧。”

他毅然决然，帽子往头上一扣就走了。

过了一刻钟，穆赞咖啡馆后间人就走空了。ABC朋友会分头去执行任务。安灼拉将库古尔德留给自己，最后一个离开。

艾克斯的库古尔德会在巴黎的成员，常在伊西平原一处废弃的采石场聚会；巴黎那一边有不少那类废弃的采石场。

安灼拉前往那个聚会地点，边走边回顾整个形势。事态显然很严重。那些事件，潜伏期的社会病所呈现的症状，笨重地移动，稍有并发症就会受阻而紊乱。这就是纷纷崩溃和纷纷再生的现象。安灼拉展望未来，隐约看见黑幕脚下拱起一点微光。谁说得准呢？时机也许临近。人民要重获权利，多么美好的景象！革命要再度庄严地掌握法兰西，并向世界宣布？看明天的吧！安灼拉越想越高兴。炉火旺起来。就在这种时刻，他的几个朋友带着火药分赴巴黎各处，算来有公白飞透辟的哲学雄辩、弗伊世界主义的热忱、库费拉克的激情、巴奥雷的欢笑、若望·普鲁维尔的忧郁、若李的才能、博须埃的嘲讽，这一切，在他头脑里构成一种电火花，能在各处同时点燃大火。全体出动。大家努力，肯定会有成效。情况很好。他不免又想起格朗太尔，心中暗道：“对了，经过曼恩城关也不怎么绕脚，何不往里什弗店走一趟呢？去看看格朗太尔在干什么，事情办得如何。”

伏吉拉尔钟楼敲一点钟时，安灼拉到达里什弗烟店，推门进去，叉起双臂，让两个门扇反弹到他肩上，他扫视烟雾笼罩的挤满餐桌和人的大厅。

烟雾中响起一个人的声音，又突然被另一个人的声音打断。那是格朗太尔同他的对手交锋。

格朗太尔和另一张面孔同桌，面对面坐着；圣安娜大理石面桌上有麸皮面包渣儿和骨牌，格朗太尔敲着大理石桌面，安灼拉听到如下对话：

“双六。”

“四点。”

“猪！我全光了。”

“你死了。两点。”

“六点。”

“三点。”

“老幺。”

“该我出牌。”

“四点。”

“难办。”

“该你了。”

“我出了个大错。”

“你还不赖。”

“十五点。”

“再加七点。”

“这样我就二十二点了。（若有所思）二十二点！”

“这双六出乎你意料。一开头我若是就打这张牌，这一局就完全不同。”

“还是两点。”

“老幺。”

“老幺！那好，五点。”

“光了。”

“刚才是你出的牌，对吧？”

“对。”

“白点。”

“他运气真好！嘿！你还有一次机会！（沉思半晌）两点。”

“老幺。”

“五点不成，老幺也不成。你麻烦了。”

“赢了。”

“活见鬼！”

第二卷　爱波妮

一　云雀场

马吕斯将那次图财害命的线索告诉沙威，并目击了出乎意料的结局，可是等沙威一离开破屋，将俘获的罪犯押上三辆马车，他也从老屋溜走了。当时刚到晚上九点钟，马吕斯去找库费拉克。库费拉克已不是拉丁区坚定的居民了，鉴于“政治原因”，他早就搬到玻璃厂街，那是当时容易发生暴动的一个街区。马吕斯对库费拉克说：“我到你这儿来过夜。”库费拉克将床上两条褥垫抽出一条，铺到地上，说道：“就睡在这儿吧。”

第二天一大早，刚七点钟，马吕斯就返回老屋，向布贡妈付了房钱，雇来一辆手推车，将他的书籍、床、桌子、五斗柜和两把椅子全装上车，没有留下新住址就离去，等沙威上午再来向马吕斯了解昨晚的情况，就只见到布贡妈，只得到她一声回答：“搬走啦！”

布贡妈深信，马吕斯跟昨晚抓住的那些强盗有点儿牵连，她去找本街的那些看门女人，嚷道：“谁料得到呢？一个小伙子，看上去还像个大姑娘呢！”

马吕斯匆匆搬走，有两个原因。首先，他在那里看到了为恶的穷人，也许比为富不仁还可憎的一种社会丑恶。看到这种无比可恨、无比凶残的丑恶在他眼前展示全过程，因此，现在他十分憎恶那老屋。其次，他不想卷入任何诉讼里，否则就很可能被迫出庭作证，不利于德纳第。

沙威没有记住这个年轻人的姓名，认为他怕事避开了，抑或在那些人作案时，他根本没有回家。不过，沙威还是设法寻找，但终未找到。

一个月过去，接着又过了一个月。马吕斯一直住在库费拉克那里。他从常去法院接待室的一名见习律师那里得知，德纳第关进了监狱。每一星期马吕斯都去强力监狱管理处，托人将五法郎转交给德纳第。

马吕斯没钱了，每次都向库费拉克借五法郎。有生以来，他这是头一回向人借钱。这定期的五法郎，对出钱的库费拉克和收钱的德纳第双方都是个谜。库费拉克常琢磨："这钱是给谁的呢？"德纳第也常纳闷："这钱是谁给的呢？"

而马吕斯则十分伤心。眼前重又一片黑暗，什么也看不见了；他的生活重又陷入这片迷雾中，只好摸索彷徨。不久前，他所爱的那位年轻姑娘、约摸是她父亲的那位老人，在这世上他唯一关心并寄予希望的两个陌生人，从黑暗中倏忽再现一下，而且近在眼前，他正以为要抓住他们的时候，一阵风又将两个身影吹走了。甚至这次惊心动魄的冲突，也没有迸发出一点儿能照亮真情实况的火星。根本无法推测。连他原以为知道的名字，现在也不知道了。可以肯定她不叫玉秀儿，云雀也只是个绰号。又该怎么看那位老人呢？难道他真的躲避警察吗？马吕斯脑海里又浮现他在残废军人院附近碰见的白发工人，现在想来，那工人和白先生可能就是一个人。难道他乔装打扮吗？这人，既有大义凛然的一面，又有暧昧可疑的一面。为什么他不呼救呢？为什么他逃跑了呢？他究竟是不是那姑娘的父亲？说到底，他真的是德纳第以为认出的那个人吗？德纳第有可能认错了。这么多疑问找不到答案。然而这一切，却丝毫无损于卢森堡公园那姑娘天使般的魅力。真是柔肠百转，马吕斯心中一片痴情，眼前却一片黑暗。他被一股力量推着，牵拉，却又无法移动。除了爱情，一切都化为泡影；即使爱情，对他来说也丧失了能激发本能反应和灵悟的动力。爱情这种火焰，通常能燃烧我们的心，多少照亮我们的眼睛，往外射出一点有益的光芒。可是，就连痴情这种暗中的导引，马吕斯也听不见了。他从来没有这样盘算过：我去那儿看看怎么样？我这么试试怎么样？他不能再称为玉秀儿的那个姑娘，显然还住在什么地方，但是毫无线索，马吕斯不知往哪儿去寻找。现在，他的全部生活可以概括为一句话：在茫茫迷雾中完全无所适从。重新找见她，他始终这么渴望，却不抱这种希望了。

更糟的是，贫困又来了。这股寒气，他感到逼近了，从身后袭来。他沉浸在忧思苦恼中，长时间中断工作，而中断工作比什么都危险：丧失一种习惯。习惯，丧失容易恢复难。

一定程度的幻想有益处，如同适量的麻醉剂，能够抑制活动中的神志兴奋乃至过度兴奋，让头脑产生一种轻柔舒爽的雾气，用以抹平纯理念的过于分明的轮廓，填补各处的空隙和裂缝，将各个部分弥合起来，抹掉思想的棱角。然而，幻想过分就要沉溺。脑力工作者，让整个脑子沉溺于幻想就糟啦！他认为沉下去还容易浮上来，心想归根结底，这两者是一码事。大错特错！

思想是智慧的活动，幻想是欲念的活动。用幻想取代思想，无异于将毒物当成食物。

我们记得，马吕斯就是从这一点开始的。爱情一产生便狂热，将他推入没有目标又无底的幻想中。现在他出门，只为了去胡思乱想。滋生懒惰。喧闹而停滞的深渊。工作减少，需求则增加。这是一条规律。人处于梦想的状态，自然无所顾忌而又怠惰，精神松弛，就承受不了紧张的生活。这种生活方式好坏参半，萎靡不振固然有害，慷慨大度却有益于健康。不过，穷人徒然慷慨而高尚，如不劳动就注定完蛋。生活来源枯竭，而需求却涌现。

这是灾难的斜坡，最诚实最坚定的人，也像最邪恶最软弱的人一样滑下去，一直跌进两个深坑中的一个：自杀或者犯罪。

一个人经常出门去胡思乱想，总有一天出门要去投水。

想入非非，就会步艾斯库斯和利勃拉①的后尘。

马吕斯眼睛盯着那个望不见的姑娘，顺着这斜坡慢慢滑下去。我们这样描述，看似怪异，实则千真万确。思念一个不在眼前的人，就会在内心一片漆黑中点燃光亮；那人越无踪影，就越放射光芒；黝暗而绝望的灵魂，能望见那天边的亮光：内心夜空的明星。她，就是马吕斯的全部念头，心中再也没有别的事情。他隐约感到那身旧装无法穿了，那身新装也变成旧装，衬衣破烂了，帽子破烂了，靴子也破烂了，这就是说他的生命全破烂了，他心中暗道："死之前哪怕再见她一面也好啊！"

他只留下一个甜美的念头，就是她爱过他，她那眼神告诉他了，她不知道他的姓名，却了解他的心，而现在，她在那地方，不管那地方多么神秘，也许她还爱他呢。说不准她在思念他，正如他思念她一样吧？每颗爱恋的心都会经历无法解释的时刻，本来只有理由痛苦，却隐隐感到一种喜悦的战栗；马吕斯有几次逢这种时刻，就不禁想到："是她的思念传到我这里！"接着他又补充一句，"我的思念也许同样传到她那里。"

---

① 艾斯库斯和利勃拉是巴黎的两个青年诗人。1831年，艾斯库斯18岁，就创作两部诗剧并演出成功。1832年，两个朋友合作写出剧本《雷蒙》，演出失败就自杀了。

这种幻想，过后他虽然摇头，却终于有一束时而类似希望的光芒，射进他的灵魂。他不时提笔，尤其在最令思念者惆怅的夜晚，在只做这种用途的白纸簿上，写下他头脑里灌满的爱情最纯洁、最浮泛、最理想的幻梦。他称这是“给她写信”。

不要以为他理智混乱了。恰恰相反。他固然丧失了工作的能力，不能朝一个确定目标坚定地前进，但是他比以往更清醒，判断更准确了。现在，马吕斯则以冷静而实际、又很奇特的目光，观察眼前发生的事情，观察最不关痛痒的事件和人；无论什么他都能给予中肯的评价，显出一个诚实而天真的人虽然消沉却又无私的态度。他的判断，几乎弃绝希望，便能够高瞻远瞩。

他处于这种精神状态，任何事都逃不过他的眼睛，什么也骗不过他；每时每刻，他都洞见人生、人类和命运的底蕴。一个人由上帝赋予一颗充满爱情又饱受苦难的灵魂，即使在忧心如焚中，也还是快乐的呀！谁没有凭借这两种光照观察过世事和人心，谁就没有看到一点真实的东西，也就一无所知。

爱恋而痛苦的灵魂，总达到崇高的境界。

话又说回来，一天天过去，却没有发现一点点新情况，他只是觉得余下要他穿越的黑暗空间日益缩小，分明望见了那无底深渊的边缘。

“什么！”他心中常常念叨，“难道在那之前，我就不能再见她一面？”

行人沿着圣雅克街上坡，从城关旁边过去，再往左拐，走一段老内马路，便到健康街，往前便是冰库，离戈伯兰小溪不远，就会看到一片空场，那是巴黎又长又单调的环城大道内，唯一能吸引雷斯达尔[①]坐下来的地方。

---

① 雷斯达尔（1628或1629—1682年）：荷兰风景画家。

那地方不知怎的溢出清新的生趣，一片青草地上拉了几根绳子，迎风晾着破衣烂衫，菜农的一座古老房舍，建于路易十三时代，大屋顶上怪模怪样钻出几个顶楼窗，木栅栏已经残破，白杨树之间有个小水塘，几个女人，欢声笑语；远处望得见先贤祠、聋哑院的树木、恩惠谷医院那黝黑低矮、怪诞有趣的出色建筑，更远处则是圣母院钟楼肃穆的方顶。

正因为那地方值得一看，才没有人前往。每隔一刻钟，难得有一辆小车或一辆大板车经过。

马吕斯独自漫步，有一次信步走到那里的小水塘附近。那天，千载难逢，大道上有一个行人。那地方有几分野趣，马吕斯见了不禁怦然心动，便问那行人："这地方叫什么名字？"

那行人回答："叫云雀场。"

接着，他又补充一句："就是在这里，于尔巴克杀害了伊弗里的牧羊女。"

然而，一听到"云雀"这两个字，马吕斯就再什么也听不见了。有时一句话，就足以使梦幻状态突然凝固；整个神思，蓦地聚集在一个念头的周围，再也感受不到别种事物了。云雀这个名称，在马吕斯忧伤的内心深处，早已取代了玉秀儿。"嘿，"他自言自语，处于痴迷状态就好讲这种没头没脑的话，"这是她的场地。我一定能在这里找到她的住所。"

这个念头很荒唐，但是无法抗拒。

此后，他天天去云雀场。

二　监狱孵化中的罪恶胚胎

沙威在戈尔博老屋仿佛大获全胜，其实不然。

首先，这也是沙威主要忧虑的一点，他没有俘获那个被俘的人。那个潜逃的受害者比凶手更可疑：那个人物，既然被匪徒视为肥肉，很可能也是当局的好猎物。

其次，蒙巴纳斯也逃脱了沙威的手掌。

还得另找机会抓住那个“花花公子小魔头”。当时，蒙巴纳斯遇见在大道旁树下放风的爱波妮，就把她带走了，他还是愿意跟姑娘充当情侣，不想去跟那老爸充当好汉。算他走运，仍逍遥法外。至于爱波妮，沙威派人把她“逮捕归案”。爱波妮关进玛德洛奈特监狱。同阿兹玛会合了。

还有，从戈尔博老屋押往强力监狱的途中抓住的要犯之一囚底不见了。大家弄不清是怎么回事，警察和宪兵都莫名其妙。他化成一股气，从手铐里滑出来，从车缝间流走了，马车确实有裂缝，让他逃脱了，谁也无法解释，只知道抵达监狱时，囚底不见了。这里边有魔法或者警察手脚。囚底能像雪团融化在水中一样，融化在黑夜中了吗？这其中有没有警察暗中配合呢？这人是不是有双重秘密身份，既属于混乱又属于秩序呢？难道他是犯法和执法两个圈子共有的中心点吗？这只狮身人面兽是不是前爪插在罪恶中，后爪立在政权上呢？沙威绝不容忍这种手段，他看到这种勾结会怒发冲冠；殊不知在他的队伍里，还有些警探，虽是他的下属，也许比他更了解警察局的秘密，而囚底这种恶棍，很可能成为得力的警探。运用变脸术同黑暗势力保持密切关系，匪徒一方得利，警方也受益。这些无赖，有的就是阴阳脸。不管怎么说，囚底逃掉，再也没有抓回来。对此沙威虽然诧异，但是更为恼火。

至于马吕斯，“那个傻小子律师很可能怕事”，沙威没放在心上，连他的姓名都忘了。况且，一个律师算什么，随时都能找到。不过，那小子真的是律师吗？

此案已开始预审了。

预审法官想得到点儿口风，认为有必要将咪老板匪帮的人留下一个，不投入监狱。留下的人是勃吕戎，小银行家街的那个长发。他们将他放在查理大帝庭院，而监视他的人都睁大了眼睛。

勃吕戎这个名字也是强力监狱的一个纪念。监狱所谓新楼那个丑恶不堪的院子，管理处称为圣贝尔纳院，盗贼们则叫做狮子院，院子有一道锈了的旧铁门，通向已改为牢房的原强力公爵府礼拜堂，门左侧耸立一堵与屋顶齐高的垣墙，布满麻麻癞癞的斑痕，十二年前还能见到一个堡垒图形，是用铁钉粗糙刻在墙石上，下方有这样的签字：

勃吕戎，1811。

1811年那个勃吕戎，是1832年这个勃吕戎的父亲。

这个勃吕戎，在戈尔博老屋作案中仅露了一面，他是个十分狡猾、十分机灵的小伙子，但是样子却又痴痴呆呆、可怜巴巴的。预审法官正是看他痴呆的样子，才放了他，认为把他关进大牢，还不如放在查理大帝院里。

这些盗匪并不因为落入法网就停止活动，他们绝不会为了这点儿小麻烦就收敛。犯罪坐牢，并不妨碍再行犯罪。艺术家有一幅画挂在展厅，还照样在画室里创作一幅新作品。

勃吕戎仿佛让大牢吓傻了，有时看见他在查理大帝院里，像个白痴一样站在小卖部窗口旁边，眼睛盯着那块肮脏的价目牌，从第一项：“大蒜，62生丁”，直看到最后一项：“雪茄，5生丁”。再不然，他就浑身发抖，牙齿打战，说他发了高烧，问病房里那二十八张病床是否有空位。

1832年2月下半月，人们突然发现，勃吕戎这个整天迷迷糊糊的人，居然通过狱中几个杂役办了三件事，不是以他的名义，而是以他三个伙伴的名义，总共花了他五十苏；这样巨大的开销引起监狱警卫队长的注意。

经过调查，并核对张贴在囚犯会见室中的办事计费表，终于弄清五十苏分为三笔委托送信费：一封信送至先贤祠，十苏；一封信送至恩惠谷，十五苏；还有一封送至格雷奈勒城关，二十五苏，在计费表上数额最高。须知先贤祠、恩惠谷和格雷奈勒城关，正是三个城关恶徒住的地方：一个叫克吕铜钱，外号怪罗；一个叫光荣汉，是个刑满释放的苦役犯；另一个叫煞车杠；这次事件，就把警察的目光引到他们身上。据估计，这三个人参加了咪老板的匪帮，而两个匪首，巴伯和海口刚刚落网。勃吕戎的信件并不按地址送交，而是交给在街上等候的人，从而可以猜测信中可能秘密联络，阴谋准备作案。警方还掌握一些别的线索，于是逮捕了这三个匪徒，以为这样就挫败了勃吕戎的任何诡计。

采取了这些措施之后，大约过了一周，有天夜晚，一名巡夜的看守检查新楼的楼下牢房；当时有一种办法，能查明看守是否严格执勤，就是每小时都要往钉在牢门的箱里投个执勤牌；这个看守正要投牌的时候，从勃吕戎号子的窥视孔，忽然看见他坐在床上，正借着壁灯光写什么。看守冲进去，但是没能搜出他写的东西，便罚他关了一个月黑牢。警方也没有进一步查明情况。

不过，有一个情况确切无疑：次日，一个“驿站车夫”从查理大帝院抛过六层大楼，落到另一边的狮子坑。

囚犯所说的“驿站车夫”，就是巧妙揉的一个面包团，送到“爱尔兰”，也就是说越过监狱的房顶，从一个院落抛到另一个院落。照词源学解释：越过英格兰，从一块陆地到另一块陆地，到达

“爱尔兰”。面包团落到另一个院子里，拾到的人就掰开，发现裹在里面的字条，是给这个院里某个囚犯的。拾到的人若是个囚犯，就会送到地方；若是个看守，或是暗中被收买的囚犯，即狱中所说的绵羊，黑牢里所说的狐狸，就会把字条送交管理处，转给警察局。

这一次，“驿站车夫”到达了目的地，尽管收件人正“隔离”关押。那收件人不是别人，正是巴伯，咪老板的四巨头之一。

“驿站车夫”裹着一个纸卷，上面只有两行字：

“巴伯。普吕梅街有一笔买卖。对着花园的一道铁栅门。”

这就是那天夜晚勃吕戎写的东西。

尽管要通过男女搜查人员的一道道关，巴伯还是设法将字条从强力监狱传到妇女监狱，交给关在那里的一个“相好”的手里。那姑娘又把字条转给她认识的一个女人。那女人叫玛侬，受到警察的密切注意，但还没有被逮捕。玛侬这个名字读者见过，她跟德纳第一家人有关系，等以后再说明；她去探望爱波妮，就能在硝石库妇女监狱和玛德洛内特监狱起桥梁作用。

恰好在这时候，在预审德纳第的案子中，由于缺乏足够的证据，他的两个女儿爱波妮和阿兹玛就放出来了。

爱波妮出狱时，玛侬就守候在玛德洛奈特监狱门外，把勃吕戎写给巴伯的字条交给她，派她去“侦察”那桩买卖。

爱波妮前往普吕梅街，找到铁栅门和花园，观察那栋房子，守望窥伺了几天，这才去钟孔街，交给玛侬一块饼干，玛侬又把饼干送到硝石库监狱，转给巴伯的相好。在监狱的暗号中，一块饼干就意味：“毫无办法”。

因此，事情不过一周，巴伯和勃吕戎，一个去接受“审讯”，一个受“审讯”回来，在巡逻道上相遇，勃吕戎问了一句：“普街，怎么样？”巴伯回答：“饼干。”

勃吕戎在强力监狱里孕育的罪胎，就这样流产了。

然而，这次流产却产生后果，但与勃吕戎的计划已毫不相干。后面我们会看到。

常常有这种情况：我们以为结一条线，却连上了另一条线。

三　马伯夫老头儿见了鬼

马吕斯再也不拜访任何人，只是时而见见马伯夫老头儿。

马吕斯从凄惨的阶梯缓步走下去，马伯夫先生那边也同样往下走：这种凄惨的阶梯可以称作地窖台阶，通向不见天日的地方，在那里能听见头上幸福者的脚步声。

《科特雷地区植物志》根本卖不出去了。奥斯特利茨的那座小园子阳光不足，试种靛青也毫无成绩。马伯夫先生在那里只能栽些爱阴暗潮湿的稀有植物。他并不气馁，又在植物园弄到一角光照好的园地，“自费”试种靛青。为此，他将《植物志》的铜版全送进当铺。他把早餐也缩减为两个鸡蛋，一个给他年迈的女用人吃，他已有十五个月没付工钱了。时常他一天就吃这一顿饭。他再也没有那种稚气的笑声，而是整天愁眉苦脸，也不接待朋友了。好在马吕斯也不想去。马伯夫先生去植物园，这一老一少有时在济贫院大道上相遇。他们彼此并不说话，只是凄苦地点点头。这情景真叫人心酸：穷困能一时让人疏远。往日朋友，如今形同路人。

书商鲁瓦约尔已经故去。现在，马伯夫先生只认他的书籍、园子和靛青，这是体现他的幸福、乐趣和希望的三种形式。有这些，他就能活下去。他心里常常这样想：“等我做成蓝色染料球，我就有钱了，要把铜版从当铺里赎回来，还要敲起大鼓，在报上登广告，大吹大擂，大肆推销我的《植物志》；还有，我要买一本彼得·德·梅丁的《航海艺术》，我知道哪儿能买到带木刻插图的1559年版本。”他心中这样盼望，白天侍弄靛青园，傍晚回家浇自己的园子，然后看书。马伯夫先生这时年近八旬了。

一天傍晚，他见了鬼。

那天，他回到家里，天色还大亮。女用人普卢塔克大妈身体违和，病倒在床。晚饭他只啃了还挂点肉的一根骨头，吃了从厨房桌子上找到的一片面包，便到园子里，坐在当长凳的一条横放的界石上。

按照老式果园的布局，长凳旁边有一个大立柜，隔条和木板已经残破，底层为兔子窝，上层是果子架。窝里没有兔子，架上却还有几个苹果，这是仅余的过冬食物。

马伯夫先生戴着眼镜，翻阅两本书。这两本书令他入迷，而且令他心神不宁，这后一点，对他这样年纪的人来说尤为严重。他天生怯懦，在一定程度上接受了迷信思想。他这两本书，一本是德朗克尔会长的名著：《论魔鬼的幻变》①，另一本《关于沃维尔的鬼怪和比埃夫尔的精灵》②，是穆托尔·德·拉吕博迪耶的四开本。他这园子从前是精灵出没的地方，因而他对第二本书更感兴趣。暮色开始将景物上面照白，下面染黑。马伯夫老头儿一边看书，目光一边越过手中的书本，端详他的花草，其中一株鲜艳的杜鹃花尤其是他的安慰；然而，一连干旱了四天，风吹日晒，没下一滴雨，枝头垂下，花蕾蔫了，叶子也脱落，都需要浇水了，尤其那株杜鹃花，样子十分可怜。马伯夫老头儿这种人，认为草木也有灵魂。老人在靛青园干了一整天，累得筋疲力尽，但他还是站起来，把书放在石凳上，佝偻着腰，脚步踉踉跄跄，一直走到井边，伸手抓住铁链，可

① 1612年在巴黎出版，全称为《恶天使和魔鬼幻变图》。

② 据传，中世纪时期，巴黎沃维尔公馆闹鬼，故有俗谚“去见沃维尔魔鬼去吧”。比埃夫尔也是巴黎的街区名。

是想把它从挂钩摘下来的气力都不够了。他只好转过身，惶恐不安地举目望望满天星斗。

夜晚静穆的气氛，用一种莫名的阴森而永恒的快乐，来压抑人的痛苦。看来，这一夜又要跟白天一样干燥。

“满天星星！”老人想道，“不见一丝云彩！不会下一滴雨！”

他的头仰了一会儿，又垂到胸前。

继而，他又抬起头，望着夜空，喃喃说道：

“下点儿露水吧！可怜可怜吧！”

他又试了试，想把井链摘下来，可是徒然。

这时，他忽然听见一个声音说：

“马伯夫老爹，要我替您浇园子好吗？”

话音未落，就传来野兽钻篱笆的声响，老人看见一个姑娘模样的人，瘦高挑儿，立到他面前，大胆地注视他。这身形倒三分像人，七分像黄昏显形的精灵。

我们说过，马伯夫老头儿胆儿特别小，动不动就吓得心惊肉跳，这次还未容他回答一个字，那精灵就一把摘下井索，放下吊桶，又提上来，将喷壶灌满，那动作在昏暗中显得突兀而怪异；老人看见那精灵赤着双脚，穿一条破裙子，在花坛之间奔忙，向周围散发生命。水喷到叶子上的声响，让马伯夫老人的灵魂充满欢欣。他仿佛感到，杜鹃花现在幸福了。

第一桶浇完，那姑娘又提第二桶，然后又是第三桶，整个园子她都浇遍了。

她在小径上来来往往，身影黑黝黝的，撕成条的破披肩，随着两条瘦骨嶙峋的长胳臂飘动，看上去不知为什么，真有点像一只蝙蝠。

等她浇完园子，马伯夫老人热泪盈眶，走上前去，将手掌放到她额头上，说道：

“上帝保佑您，您这样爱惜花儿，真是个天使。”

“不，”她回答，“我是魔鬼，其实，是什么我都不在乎。”

老人没等她回答，也没听见她回答，高声说道：

“真可惜，我这么不幸，这么穷，一点儿也帮助不了您。”

“您能帮上忙。”她说道。

“帮什么忙？”

“告诉我马吕斯先生住在哪儿。”

老人根本没听懂。

“哪个马吕斯先生？”

他抬起无神的眼睛，仿佛追索消逝的事情。

“一个年轻人，早先常来这儿。”

这工夫，马伯夫先生搜索了记忆，大声说道：

“哦！对……我明白您的意思了。等一等！马吕斯先生……瞧我，马吕斯·彭迈西男爵呀！他住在……不如说他已不住在……哎呀，我不记得了。”

他边说边弯下腰，去扶一根杜鹃花枝，接着又说道：

“对了，现在我想起来了。他常常经过那条大道，朝冰库那个方向走去。落须街。云雀场。到那里去找吧，不难遇见他。”

等马伯夫先生又直起腰，人已经没了，那姑娘无影无踪。

他着实有点儿怕。

“老实说，”他想道，“如果园子没有浇水，我真会以为见了鬼。”一小时之后，他躺在床上，脑海又浮现刚才的情景，在要入睡的时刻，神思朦胧，好似寓言中化为鱼好渡海的那只鸟，也渐渐化为梦好穿越睡眠，他含混地自言自语：

“真的，这情景，特别像拉吕搏迪耶讲述的精灵的故事。也许是个精灵吧？”

四　马吕斯见了鬼

一个“鬼”拜访了马伯夫老爹之后，过了几天，在一天早晨——是个星期一，是马吕斯向库费拉克借五法郎，给德纳第送去的日子，马吕斯将五法郎揣进兜里，送交监狱管理处之前，先去“散散步”，希望回来好有精神头儿干点儿事。况且，他每次都是这么期望。他一起床，就面对一本书和一张纸坐下，要草草翻译几段；这段时间，他的工作就是将德国人的一场著名的论战，甘斯和萨维尼①的争论译成法文；他看看萨维尼，又看看甘斯，读了四行，试着写上一行，可是写不出来，总看见他和那张纸之间有一颗星，于是他离开座位，说道：“出去走走，回来就有精神了。”

他去了云雀场。

到了那里，在他眼前那颗星越发明亮，而萨维尼和甘斯越发模糊了。

他回到住处，想重新捡起工作，可是根本办不到，头脑里的思路全断了，一条也连不起来，于是他又说：“明天我不出去了，出去会妨碍我工作。”——然而，他还是天天出门。

他住在库费拉克的家，不如说住在云雀场；真正的住址是这样：健康路，过了落须街第七棵树。

这天早晨，他离开第七棵树，走到戈伯兰溪边，坐在栏杆上。一束快活的阳光，透过欣欣向荣的树叶射下来。

他在思念“她”，而思念又转为自责；他沉痛地想道，自己渐

① 爱德华·甘斯和弗雷德里克—查理·德·萨维尼：德国法学家。

渐被灵魂麻痹症——懒惰所控制，渐渐走进这黑夜，甚至连阳光都看不见了。

他的内心活动已极度削弱，连自怨自艾的气力都没有了，往外发泄模糊的意念，甚至形不成自言自语；然而，通过这种艰难的发泄，通过这种忧伤的凝神专注，他还是感受到了外界，听见戈伯兰溪两岸洗衣妇的捣衣声，从他身后，从他下边传来，还听见头上榆树枝头鸟雀叽叽喳喳的鸣唱。一边是自由的声音，是无忧无虑和长了翅膀的自得其乐的声音；另一边是劳作的声音。这两种快乐的声音，令他遐想，几乎令他深长思之。

他正在冥思苦索，忽然听见一个熟悉的声音说："嘿！他在这儿呢！"

他抬眼望去，认出是德纳第家大姑娘爱波妮，一天早晨闯进他屋的那个可怜女孩。事情也怪，她越穷困越漂亮了，这是同时迈出的两步，好像她根本不可能做到。她实现了双重的进步，既走向光明又走向苦难。她赤着双脚，衣不蔽体，还是那天毅然闯进他屋里的那副样子，只不过这身破衣烂衫多穿了两个月，破洞更大，布片更脏了。还是那副嘶哑的嗓音，还是那个因风吹日晒雨黧黑多皱纹的额头，还是那种放任、迷惘而闪忽不定的目光。经历了这次牢狱生活，她那饱受苦难的面容上，又添了一种难以描摹的凄惶哀婉的神情。

她头发沾了麦秸和草屑，倒不是像莪菲丽娅那样，受哈姆雷疯症的传染而发了疯，而是因为在哪个马厩的草堆上睡过觉。

尽管如此，她还是美丽的。啊！青春，你是多么灿烂的明星！

这时，她来到马吕斯跟前站住，苍白的脸上浮现一点喜色，还恍惚浮现一点笑意。

她停了半晌，仿佛说不出话来。

“这回可找见您啦！”她终于说道，“马伯夫老头说得对，就在这条大道上！真叫我好找啊！您哪儿知道啊！您知道吗？我给关押了。十五天呀！他们把我放啦！因为在我身上找不出什么毛病，况且，我还不到判断事物的年龄。还差两个月。噢！您让我好找啊！有六个星期了。您不住在那儿了吧？”

“不了。”马吕斯回答。

“哦！我明白了。就因为那件事。那样胡闹是够烦人的。您搬走了。咦！您干吗戴这样旧帽子呀？像您这样的青年，应当穿上漂亮的衣服。您知道吗，马吕斯先生？马伯夫老爹管您叫马吕斯什么男爵。您不会是什么男爵吧？男爵，都是那些老家伙，喜欢去卢森堡公园，待在宫殿前边，阳光最好的地方，还看一苏一份的《日报》。有一回我去送信，就到了这样一个男爵家。他有上百岁了。告诉我，您现在住在哪儿？”

马吕斯沉默不答。

“唉！”她继续说道，“您衬衣破了个洞，我得给您补上。”

她神色渐渐黯然了，又说道：

“看您这样子，见到我不高兴吧？”

马吕斯仍然沉默；她也不说了，停了一会儿，又大声说道：

“哼，我要是愿意，准能叫您高兴起来！”

“什么？”马吕斯问道，“您这话是什么意思？”

“哦！您原先跟我说话，可是称‘你’！”她又说道。

“好吧，你这话是什么意思？”

她咬住嘴唇，仿佛内心在斗争，还犹豫不决。最后，她好像拿定了主意：

“算了，反正都一样。您一副伤心的样子，我要让您高兴起来。您得答应我，一定要笑一笑。我要看见您笑起来，听见您说：

真好，棒极了。可怜的马吕斯先生！您知道呀！您原先答应过我，我要什么您都给……”

“对！你倒是说呀！”

她白了马吕斯一眼，对他说：

“我有了地址。”

马吕斯脸刷地白了，他周身的血液全涌入心房。

“什么地址？”

“您要我找的那个地址呀！”

她好像十分勉强，又补充一句：

“那个……地址，您完全清楚吧？”

“是，清楚！”马吕斯结结巴巴地说。

“那位小姐的！”

说出这个词，她深深叹了一口气。

马吕斯从他坐的栏杆上跳下来，狠命抓住她的手：

“哈！太好啦！带我去吧！告诉我！随你向我要什么都行！在什么地方？”

“跟我去吧。”她回答，“我弄不清是什么街，门牌多少号；完全在另一边，不过，那房子我认识，我这就带您去。”

她把手抽回来，又说了一句：“嗬！瞧您这高兴的样子！”

她说话的声调，能令一个旁观者伤心，却丝毫没有触动如醉如痴的马吕斯。

马吕斯的额头掠过一片云影，他抓住爱波妮的手臂。

“向我发个誓！”

“发誓？”她说道，“这是什么意思？咦！您要我发誓？”

她咯咯笑起来。

“关于你父亲！答应我，爱波妮，向我发誓，你不把这地址告诉你父亲！”

她朝他转过脸，一副惊愕的神情，问道：

“爱波妮！您怎么知道我叫爱波妮？”

“答应我的要求！”

然而，她好像没听见他的话似的：

“这样真好！您叫了我一声爱波妮！”

马吕斯同时抓住她两条胳膊：

“倒是回答我的话呀，看在上天份儿上！注意听我对你说的话，向我发誓，不把你知道的那个地址告诉你父亲！”

“我父亲吗？”她说道，“哦，对了，我父亲！您就放心吧，他关在大牢里呢。再说，我才不管我父亲呢！”

“你还是没有答应我！”马吕斯大声说。

“您倒是放开我呀！”她说着咯咯大笑，“瞧您这么用劲摇晃我！好吧！好吧！我答应您！我向您发誓！这算什么呢？我不把那地址告诉我父亲。好啦！满意吗？这样行吗？”

“也不告诉任何人？”马吕斯说道。

“也不告诉任何人。”

“现在，带我去吧。”马吕斯又说道。

“马上走？”

“马上走。”

“走吧。——嗬！瞧他多高兴啊！”她说道。

走了几步，她又停下来：

“您跟得太近了，马吕斯先生。让我在前边走，您就这样跟着，别太显眼。不要让人看出您这样一个体面的青年，跟我这样一个女人一道走。”

任何语言都无法表述，这女孩儿嘴里说出的“女人”的全部含义。

她走了十来步，又站住了，等马吕斯跟上来，就冲身边说话，但是并不把脸转向他：

“对了，您还记得答应过我什么事吧？”

马吕斯伸手摸兜，他在这世上仅有的财富，就是要给德纳第的五法郎，现在掏出来，放到爱波妮手上。

她张开手指，让钱币落到地上，神色怏怏地看着他，说道：“我不要您的钱。”

第三卷 普吕梅街的宅院

一 幽 室

在上世纪中叶，巴黎高等法院一位戴法帽的院长，私下养了个情妇，要知道，那时大贵族炫耀自己的情妇，而资产阶级则金屋藏娇，因此，他在圣日耳曼城郊区所谓的“斗兽场”附近，僻静的布洛梅街，即今天的普吕梅街①，建了一座“小宅院”。

那是一座两层小楼：楼下两间厅室，楼上两间卧室；此外，楼下有厨房，楼上有起居室，顶层还有阁楼。小楼面对花园，临街隔一道铁栅大门。园子面积约1阿尔旁②。这就是过路人所能望见的整个宅院；可是，小楼后身还有一个小院落，院子里端又有两间带地窖的平房，以备不时之需，可以藏匿一个孩子和一名乳母。房后有一扇伪装的暗门，连着一个狭长的露天通道，地面铺了石板，弯弯曲曲，夹在两堵高墙中间，隐蔽得极为巧妙，在各家园子菜地之间拐弯抹角地穿行，由两边的藩篱遮护，伸延足有一公里，通到另一道同样的暗门，出去便是巴比伦街僻静的尾端，几乎到另一个街区了。

院长先生就是从这道暗门进去，哪怕监视并跟踪的人发现，院长先生形迹诡秘，天天去什么地方，也绝想不到去巴比伦街就是去

---

① 现在称乌迪诺街，位于巴黎七区。

② 旧时土地面积单位，1阿尔旁约合20—50公亩。

布洛梅街。这个精明的法官通过巧妙的办法收购土地，才能营建这条秘密通道，因建在私地上而无人查问。后来，他将通道两侧的园地分成小块抛售，而两侧园地的主人哪儿会想到，他们的花园和果园之间有两堵墙，夹着长长一条斗折蛇行的石板通道。唯有飞鸟能望见这一奇观。上世纪的黄莺和山雀叽叽喳喳，大概没少议论这位院长先生。

石砌小楼是按照芒萨尔①风格建造的，而内装修的护壁和陈设，则是华托②的格调，内里为洛可可式的华丽，外观为古典建筑风格，有三道花篱围护，显得又矜持，又风雅，又庄重，恰恰符合法官的艳遇。

小楼和通道，十五六年前还有，如今已不复存在。1793年，有个锅炉厂主买下这栋房子，准备拆毁，但未能如期付款，就被国家宣告破产，结果这座房子反而拆毁了厂主。从那以后，这座宅院一直没住人，也就渐渐毁坏了。楼内仍保留那套老家具，终年出售或招租，每年经过普吕梅街的那十来个人，从1810年以来，就看见庭园铁栅门上，挂着一块字迹模糊的发黄广告牌。

到了复辟王朝末年，那些过路人忽然发现牌子不见了，楼上的窗板甚至打开了。小楼确实有人住进去。窗上拉着小窗帘，表明楼里有个女人。

1829年10月份，一个上了年纪的男子出面交涉，原封不动地租下小楼，当然也包括后院的平房和通向巴比伦街的小道。他又雇人将通道两端的两扇暗门修好。我们说过，楼内陈设大致还是那位院长的原套家具，新房客只是雇人稍微修理一下，零星添点缺少的东西，庭院重新铺好路石，室内重新铺好方砖，楼梯修好阶级，地板

---

① 弗朗索瓦·芒萨尔（1598—1666年）：法国建筑师。

② 华托（1684—1721年）：法国画家。

镶补木板条，窗户也上好玻璃，这样修缮好了，他才悄无声息，带着一个年轻姑娘和一名老保姆进住，不像迁入新居，倒像是溜进去的。邻居并没有饶舌，因为根本就没有邻居。

这个敛声屏息的房客就是冉阿让，年轻姑娘就是珂赛特。保姆是个老处女，名叫都圣，是冉阿让从济贫院和苦难中救出来的，年纪又老，又是外地人，说话又口吃，正是这三点长处，才促使冉阿让收留了她。他以割风先生这姓名，吃年息者的身份租下宅院。看了上文的叙述，想必读者认出了冉阿让，不会落在德纳第的后边。

冉阿让为何要离开小皮克普斯修道院呢？究竟出了什么事儿呢？

什么事儿也没有出。

我们记得，冉阿让在修道院里生活很幸福，甚至幸福过分，良心反而不安起来。他每天见到珂赛特，感到内心里产生父爱，并且日益增长，他一心扑在这孩子身上，心想这孩子属于他，谁也休想把她夺走，这样生活会无限期进行下去，在修道院这种环境中，每天耳濡目染，她一定会出家当修女，这里就是他们二人的整个天地，他在这里衰老，孩子在这里长大，随后也要衰老，而他就在这里死去，总而言之，令人神往的希望，绝不可能分离。这事儿他反复思索，忽然又困惑起来。他扪心自问，审视这种幸福是否完全属于他个人，是否也有被他这个老人拐带来的孩子的一份儿，这其中是否一点也没有窃取的意味呢？他常常思忖，这孩子放弃人生之前，也有权认识人生，如果以使她免遭人间的风雨为由，也不同她商量，就先行斩断她和一切欢乐的联系，利用她蒙昧无知和孤苦伶仃，就引导她萌发献身修道的志向，那就违反人的天性，也欺骗上帝。况且，谁敢说不会有那么一天，她恍然大悟，后悔当了修女，就要转而怨恨他呢？最后这个念头，基本上也出于私心，虽然不如其他念头光明正大，但是却令他寝食不安。于是，他决定离开修道院。

他一做出这个决定，就伤心地承认非如此不可。要说碍难，却没有什么。他在这四堵墙里住了五年，已然销声匿迹，足以消除或驱散忧惧的因素。他可以放心回到人间了。他也老了，完全变了样，现在，谁还能认出他来呢？即使往最坏处想，也只是他本身有危险，总不能因为他被判过刑，送进苦役犯监狱，他就有权把珂赛特关在修道院。况且，在职责面前，危险又算什么呢？归根结底，他尽可以谨慎从事，处处当心，这样做毫无阻碍。

至于珂赛特的教育，也差不多完成，可以结业了。

一旦下了决心，他就等待时机了。不久时机来临，老割风去世。

冉阿让请求院长接见，说明他哥哥临死留下一小笔遗产，今后他不用干活就能过日子了，打算辞掉修道院的差使，并把女儿带走；不过，珂赛特没有发愿，免费接受教育也不公道，因此，他恳请院长俯允，他向修道院捐赠五千法郎，作为珂赛特在修道院五年的赔偿。

就这样，冉阿让离开了永敬会修道院。

他离开修道院时，那只小提箱夹在自己腋下，不交给任何搬运工，钥匙也总放在自己身上。箱子里逸出一股香料味，引起珂赛特的极大兴趣。

现在就交代清楚，此后，这只箱子他再也不放手，总搁在自己房间里。每次搬家，这是他要携带的头一件，有时是唯一的一件东西。珂赛特拿这当笑谈，称这箱子为“形影不离的朋友”，还说：“真叫我忌妒。”

冉阿让虽然回到自由的空气中，但内心还惴惴不安。

他发现了普吕梅街那座宅院，便到那里蜷伏，此后也用于尔梯姆·割风这个名字。

与此同时，他在巴黎还另外租了两处房子，免得总待在同一街区惹人注意，稍有一点情况就可以换个地方，不至于像那天夜晚那样措手不及，只是奇迹般逃脱了沙威的追捕。那两套公寓房相当简陋，外观也很破旧，位于两个相隔很远的街区，一处在西街，一处在武人街。

他不时带着珂赛特，或去西街，或去武人街，住上一个月或一个半月，只让都圣看家。在公寓小住时，他请门房干些杂事，自称靠年息生活，住在郊区，在市区有个落脚点。这位品德高尚的人为了逃避警察，在巴黎有三处住所。

二　冉阿让加入国民卫队

确切地说，他还是住在普吕梅街，生活做了如下安排：

珂赛特跟保姆住在小楼，她占油漆护壁的大卧室，使用有漆金线角的起居室，当年院长用的有地毯和壁毯并配有大圆椅的客厅，她还拥有花园。冉阿让给珂赛特的卧室安的大床，配有带天盖的三色旧锦缎幔帐，铺的古老而美丽的波斯地毯，是从圣保罗无花果树街戈歇大妈的铺子买来的。不过，为了冲淡这种精美的古董所造成的肃穆气氛，他又配置了适于少女的各种各样明快秀美的小用具：多宝槅、书橱和金边书籍、文具、吸墨纸、镶嵌螺钿的案台、镀金的针线银盒、日本瓷的梳妆台。楼上垂挂的长窗帘，三色深红花锦，跟床帷幔一样；楼下则挂着毛织窗帘。整个冬季，珂赛特的小楼上下都生了火。而他呢，则住在后院的一个下房里，只有一张铺草垫的帆布床、一张白木桌、两把草垫椅子、一个陶瓷水罐，以及放在木板上的几本旧书，他那只宝贝箱子放在墙角，屋里从来不生火。他跟珂赛特一起吃饭，餐桌上专门给他摆一块黑面包。当初都圣一进家门，他就对她说过："家里的主人是小姐。""那么，您呢，先……先生？"都圣十分诧异，反问道。"我嘛，比主人高多了，我是父亲。"

珂赛特在修道院学会了持家，她管理为数不多的花销。每天，冉阿让都挽着珂赛特的手臂，带她去散步，带她到卢森堡公园，走在游人罕至的小径上。每逢礼拜天，他们都去做弥撒，而且总去高台阶圣雅克教堂，只因为那儿离家很远。教堂坐落在一个贫困街区，他就大量施舍，在教堂里总被穷苦人围住，因此，德纳第在信中称他为："高台阶圣雅克教堂的行善先生。"他爱带珂赛特去探望穷人和病人。普吕梅街这座宅院没有生人进去过。都圣采购食物，冉阿让亲自去附近大道旁一个水龙头打水。木柴和葡萄酒存放在半地下室里，这个半地下室，靠近巴比伦街那道门，壁面镶嵌了石块贝壳，是当年院长先生当石窟用的；因为在游戏场和精神病院那个时代，没有石窟就谈不上爱情。

在巴比伦街那道独扇大门上，挂着一个储钱罐式的信报箱；不过，普吕梅街这座小楼的三个居民既没有收到过报纸，也没有收到过信件；这个箱子，从前是艳情的媒介，是一位风流法官的知己，现在全部用途，只收收催税单和卫队的通知书了。要知道，割风先生，年金收入者，参加了国民卫队。1831年那次人口普查网眼很密，也没有漏掉他。市府调查人员一直深入到小皮克普斯修道院，而冉阿让从那穿不透的神圣云雾中出来，在区政府看来就是值得尊敬的人，当然有资格派班站岗。

每年总有那么三四次，冉阿让穿上军装去站岗，而且，他打心眼儿里愿意，对他来说，这是一种正当的乔装打扮，既能跻身于大众之间，又能独来独往。冉阿让刚满六十岁，这是法定的免役年龄，可是他的外貌还像个五十以内的人；再说，他无意躲避那位上士，也不想同洛博伯爵较劲。他没有公民身份，隐瞒自己的姓名、自己的真实身份、自己的年龄，什么都隐瞒了；不过，正如我们说的，他是个诚心服役的国民卫队队员。他的全部志向，就是像一个普通纳税人。这个人心中的理想是天使，身外的表率是资产者。

有个细节应当指出。冉阿让带珂赛特出门的时候，他的衣着打扮，如我们所见，有几分像旧军官。可是，他单独外出的时候，通常要等天黑之后，他总是一身工人打扮，换上短外套和长裤，低低地戴着一顶鸭舌帽，把脸遮起来。这究竟是谨慎，还是自卑呢？两者兼备。珂赛特早已习惯了自己命运神秘的一面，也就不大注意父亲的奇特行为。至于都圣，她对冉阿让敬若神明，觉得他做什么都是正当的。卖肉的老板见过冉阿让，有一天他对都圣说："他是个怪人。"都圣回答说："他是个圣人。"

无论冉阿让、珂赛特还是都圣，出来进去只走巴比伦街那道门。除非隔着花园的栅门看到他们，否则很难猜到他们住在普吕梅街。

那道铁栅门始终关着。冉阿让有意抛荒，不管理花园，以免引人注目。

然而，他这样想也许错了。

三　叶茂枝繁[①]

这座园子荒废了半个多世纪，变得非同一般，别有一番美妙的景象。四十年前，打这条街经过的人，常常驻足观赏，却想不到葱翠深深所掩藏的秘密。两根霉绿的柱子中间，立着一道上了锁的古

---

① 原文为拉丁文。

老铁栅门，铁条已扭曲，摇摇晃晃，门楣上的阿拉伯装饰图案也已模糊不清；当年漫步遐想的人走到门前，不止一个从铁柱之间向里张望，神思贸然深入进去探幽。

花园一角有一张石椅、两三尊青苔被覆的雕像，还有几个葡萄架，年深日久钉子脱落了，倾颓在墙上腐烂；整个园子已不辨路径，也没有草坪，到处长满了绊脚草。园艺离开，大自然回来。杂草闯入这块可怜的园地，纷纷争奇斗艳。桂竹香花会，色彩绚烂。园中万物繁盛，神圣的勃勃生机毫无阻难，欣欣向荣如在家园。树梢俯下来接近荆棘，荆棘往上拔节去够树枝，藤蔓攀援上去，枝条垂下来，匍匐在地上的去会见在空中开放的，而迎风招展的则俯就在青苔间爬行的；树干、枝丫、叶子、纤维、花簇草丛、蜷须、嫩枝、荆棘，全都穿插纠缠，结织错乱；这块三百尺见方的园地，在造物主满意的目光下，植物深情地紧紧抱在一起，庆祝完成了它们神秘的友爱，并象征人类的友爱。这花园不复为花园，赫然成了一片榛莽之地，可以说，难以穿越如丛林，密密麻麻如城市，瑟瑟抖动如鸟巢，幽邃阴暗如教堂，独立孤寂如坟茔，生趣盎然如众生。

到了花开季节，这一大片榛莽，在铁栅门里和四面围墙之间，无拘无束，进入发情期，暗中普遍奋发蕃息，在阳光下激动，几乎像一只野兽，嗅到了天地间求爱的气息，感到4月的汁液在脉管里升腾，于是扬起头来，迎风抖动浓密纷披的绿发，向湿润的地面、剥蚀的雕像、楼前颓毁的台阶，乃至僻静街道的路石，撒下繁星般鲜花、珍珠般露珠，撒下繁丰、美丽、生命、喜悦、芬芳。中午，千百只白蝴蝶躲进园中，在绿阴丛间漫舞飞旋，宛如有了生命的夏雪，那景象真是神仙境界。在那里，在绿阴快活的幽暗中，一群天真的声音，向灵魂软语倾诉，而啾啾鸟语遗漏，则由嗡嗡虫声弥补。夜晚，园中飘逸出梦幻似的水蒸气，笼罩全园，仿佛覆盖了雾气织成的殓布，覆盖了清绝静谧的惆怅；忍冬和牵牛花各处飘香，令人醉倒，好似无比醇美的毒酒；你能听见旋木雀和鹡鸰在枝叶下入睡时最后几声呼唤，你能感到鸟雀和树木那种神圣的亲密无间；白天，鸟的翅膀娱悦树叶，夜晚，树叶保护鸟的翅膀。

到了冬天，荆丛变黑了，湿漉漉的，枝条横斜散乱，临风抖瑟，那栋小楼也就隐约可见了。现在满目所见，已不是枝头的繁花、花间的清露，而是在由黄叶铺成的又冷又厚的地毯上，鼻涕虫留下的长长银带。不过，无论什么景象，也无论春夏秋冬哪个季节，这块小小的园地总透出伤感、沉思、孤寂、悠闲，总不见人影，而唯有上帝；那道锈迹斑斑的老铁栅门，仿佛在说：这园子是我的。

尽管这一带周围全是巴黎的铺石马路，尽管瓦雷纳街古雅豪华的府邸仅隔两步路，残废军人院的圆顶近在咫尺，众议院也相去不远，尽管勃艮第街和圣多米尼克街车水马龙，炫耀排场，黄色、褐色、白色、红色公共马车，也在下一个十字路口往来如梭，可是，僻静冷清仍然盘踞在普吕梅街；旧时的房主早已故去，又经历一场革命，豪门世家衰微破败，人去楼空，遗忘、抛弃并闲置达四十年之久，这足以使这块风流宝地重又长满了蕨草、毒鱼草、毒芹、蓍草、毛地黄、长茅草，以及叶子硕大浅绿、茎秆凸凹生纹的高大植物，还有蜥蜴、金龟子等警觉快速的昆虫；这也足以使一种难以描摹的蛮荒的物景，从深深的地下破土而出，在四堵墙里再现壮观的气象；足以使大自然——一贯打乱人为的狗苟蝇营，既可附在蝼蚁身上也可附在鹰身上，随意全面扩展的大自然——终于在巴黎一个鄙陋的小园里焕发神采，既犷悍又壮伟，俨然在新大陆的原始森林。

信然，什么都不是渺小的；善于深入大自然探幽的人，全明白这一点。虽然在确定前因还是在限定后果方面，哲学根本得不到完满的解决，但是鉴于各种分解的力量总要复归一统，沉思者仍不免陷入无止境的冥想。一切都为一个整体运行。

代数可以运用于云层，日光有利于玫瑰，哪个思想家也不敢断言，山楂的芳香对星体毫无益处。谁又能计算出一个分子的行程呢？我们怎么能知道星体不是陨落的沙粒形成的呢？谁又能够了解无限大和无限小相反相成，始因在物体的深渊中回响，以及宇宙形成时的大崩溃呢？一条小虫也不容忽视，小即大，大即小；在必然性中，一切都处于平衡状态；对思维来说，真是骇人的幻象。在生物和物体之间，有奇异的关系；在这永不穷尽的整体中，从太阳到蚜虫，谁也不能藐视谁，彼此都相互依存；阳光不会糊里糊涂将地上的芳香带上碧空，夜色也将星体的精华散发给睡眠中的花朵。飞鸟的爪子无不系着无限世界的绳索。万物化育，会因为一颗流星的出现、乳燕的破壳而变得复杂，并同样导引一条蚯蚓的出生和苏格拉底的问世。望远镜丧失效力之处，显微镜则开始起作用。哪一种视野最广呢？选择吧。一个霉点就是一束鲜花；一片星云就是一个星体的蚁穴。精神的东西和实体的现象同样错综复杂，甚至有过之而无不及。元素和法则彼此混杂、交融、结合，相益相长，结果产生同样光明的物质世界和精神世界。现象永远返归自身。在天体广泛的交汇中，宇宙生命呈未知数量，往来如梭，将一切卷入各种气息的无形神秘中，并且利用一切，连一次睡眠的一场梦也不放过，在这里播下一个微小动物，又在那里粉碎一个星球，摇摇晃晃，斗折蛇行，将光化为力，将思想化为元素，到处扩散又无形无影，分解一切，独有“我”这个几何点例外；还将一切引回到原子灵魂，让一切在上帝身上焕发异彩，还将一切活动，从最高级到最低级，交织在一种炫目的机制的昏蒙中，将一只昆虫的飞行系于地球的运转上，将彗星在天宇的运行纳入，谁知道呢？哪怕是由于法律的同一性吧，纳入纤毛虫在一滴水中的旋转。精神构成的机体。无比巨大的齿轮传动系统，其最初动力是小蝇，而最末的齿轮是黄道。

四　换了铁栅门

这园子，当初建成放荡秘事的掩蔽所，后来似乎改变，适于用来庇护纯洁的秘事了。庭园中，摇篮、草坪、花棚、石窟，都已不复存在，唯见一片葱茏，枝蔓扶疏纷披，好似各处垂下的帷幔。帕福斯①重又恢复伊甸园。但不知是什么悔恨净化了这处幽居。这个卖花女，现在向灵魂献花了。这座风流园，从前名声很坏，现在又回到处子贞洁的状态。一位法院院长由一名园丁当帮手，后来一个家伙自认为接过拉姆瓦尼翁②的衣钵，而另一个家伙也自认为是勒诺特尔③的继承人，他们都整理这园子，剪枝，扭曲，修饰，打扮，只为博得美人儿的欢心；可是，大自然又把它夺回来，满园撒下绿阴花影，布置成爱的圣地。

这座幽园里，也有一颗准备好的心，只待爱前来相见。这里有一座寺庙，由绿树、青草、苔藓、鸟的叹息、缠绵的幽暗、摇曳的树枝建造而成；这里也有一颗灵魂，由柔情、信念、纯真、希望、憧憬和幻想构筑而成。

珂赛特离开修道院时，几乎还是个孩子；她才十四岁过一点儿，正处于“青春期”；我们说过，除了那双眼睛，她那模样不仅

---

① 帕福斯：位于塞浦路斯，维纳斯之城。

② 吉约姆·德·拉姆瓦尼翁（1617—1677年）：法国司法官，曾任巴黎高等法院首席院长。

③ 勒诺特尔（1613—1700年）：法国园林设计画家和建筑师。

算不上美，反而有点丑，倒不是说五官不端正，只是显得笨拙，瘦弱，既不大方，又毛手毛脚，总之是个大女孩儿。

她的教育已然完成，也就是说，接受了宗教，尤其是虔诚的教育；还学了“历史”，即修道院里这样称呼的东西，地理、语法、分词、法兰西国王，学一点儿音乐，学画一个鼻子等，其余的一无所知，这样既是可爱之处，又包含一种危险。一个少女的心灵，不能让它蒙昧无知，否则以后会产生过分突然而强烈的幻景，如同久在黑屋子里那样。它应当逐渐地、谨慎地接触光亮，先接触现实生活的反光，而不是直接刺眼的光芒。有益的朦胧之光，肃穆而优美，能消除幼稚的恐惧，并防止失足跌跤。唯有慈母的本能，包容处女时的回忆和婚后的经验那种卓绝的直觉，才知道如何并用什么发出这种朦胧之光。什么也取代不了这种本能。要培育一个少女的心灵，世间所有修女加起来，也抵不上一位母亲。

珂赛特长这么大没有母亲，只有许许多多的嬷嬷。

至于冉阿让，他心里充满无限慈爱、无限关怀，但他毕竟是个根本不懂的老人。

要让一个女性做好迎接人生的思想准备，这是一种教育事业，是一种严肃的事情，需要多少真知灼见，来同所谓的天真，那种莫大的愚昧作斗争啊！

让一名少女酝酿痴情的地方，莫过于修道院。修道院把人思想引向未知世界。一颗心退守封闭，无法扩展，便向内挖掘，不能开放，便往深进取。从而产生种种幻象、种种臆想、种种推测，从而构思离奇的故事，盼望冒险奇遇，这些光怪陆离的营造，这些在内心深处黑暗中建起的海市蜃楼，全是隐秘的幽居，一旦铁栅门打开，狂热的情欲就会进驻。修道院是一种压制，要压服人心，就必须终生保持压力。

珂赛特离开修道院，搬到普吕梅街，再也找不到比这适意，也更危险的住所了。这是孤寂的继续，又是自由的起始；一座幽闭的园子，却有茂盛鲜美、醉人心魄的自然景物；依然是在修道院中的那些梦想，却能瞥见青年男子的身影；虽有一道铁栅门，却又临街。

然而，再重复一遍，她初到这里，还是个孩子。冉阿让将这座荒园交给她，说道："你在这里愿干什么就干什么。"珂赛特非常开心，她拨开所有草丛，翻动所有石块，要找"虫子"；她喜欢这园子，眼下因为能在脚下杂草中找见昆虫，以后就要因为举头能从树枝间望见星光了。

此外，她一心爱她父亲，就是说爱冉阿让；她出于天真的子女亲情，把老人当作一个可心而又可爱的伴侣。我们还记得，马德兰先生看书很多，冉阿让则继续阅读，结果也就善于言谈；他是个谦虚而实在的聪明人，通过自学提高了文化素养，蕴蓄了丰富的知识，说话头头是道。他还保留了几分粗鲁，足以中和他的厚道；他这个人看似粗犷，内心却很善良。在卢森堡公园里，爷儿俩促膝交谈；他总能从阅读的书籍和苦难经历中汲取知识，向她娓娓讲解各种各样问题。珂赛特一边倾听，一边游目四望。

这个淳朴的人能满足珂赛特的思想，正如这座荒园能满足她的嬉戏。她追够了蝴蝶，气喘吁吁跑到他跟前，说道："噢！再也跑不动啦！"这时，他便亲一亲她的额头。

珂赛特爱戴这位老人，总如影随形跟在身后。冉阿让在哪里，哪里就给人舒服之感。他既不住在小楼，也不待在园子里，因此，珂赛特虽有开满鲜花的园子，却更爱去那铺石地面的后院，她虽有镶了壁毯、摆着软垫圆椅的大客厅，却更爱去那间只有两张草垫椅的小屋。有时，冉阿让被她纠缠得好不惬意，就笑呵呵地嗔怪道：

“还不回你自己屋去！让我一个人清静一会儿！”

女儿也要起娇来，憨态十分可爱，反而柔声责怪父亲：

“爸，我在您这儿冻得要死，屋里为什么不铺块地毯，安个火炉呀？”

“亲爱的孩子，多少人比我强多了，头上连一块瓦都没有呢。”

“那么，我屋里为什么生火，什么也不缺呀？”

“因为你是女的，还是个孩子。”

“唉！男的就该挨冻受苦吗？”

“有些男人就该这样。”

“好吧，那我就总来这儿，就叫您非生起火不可。”

珂赛特还问他：

“爸，为什么您吃这样差劲的面包？”

“不为什么，孩子。”

“那好，您吃我也吃。”

这样，为了不让珂赛特吃黑面包，冉阿让也吃白面包了。

珂赛特只是模模糊糊记得一点童年生活。她早晚都为她不认识的母亲祈祷。在记忆中，德纳第夫妇好似梦里见到的两张狰狞面孔。她还能想起“有一天夜晚”，她去树林里打水。她以为那地方离巴黎很远。她恍惚从前生活在地洞里，是冉阿让把她从洞里拉出去的。童年在她的印象中，是她身边爬满蜈蚣、蜘蛛和蛇的时期。她不大明白怎么会是冉阿让的女儿，他又怎么会是她父亲，晚上入睡之前，她就想这事，想象是她母亲的灵魂附在这老人身上，来跟她待在一起的。

在他坐着的时候，珂赛特常把脸贴在他那白发上，悄悄掉下一滴眼泪，心中暗道：这男人，也许就是我母亲吧！

还有一点，说起来尽管很怪：珂赛特是在修道院长大的姑娘，什么也不懂，而在童贞时期，也绝难理解母性，结果就想象她几乎等于没有母亲。那位母亲，她连名字都不知道，每次她问起她母亲叫什么，冉阿让总是默不作声。她若是再问一遍，他就笑而不答。有一次，她非要追问到底不可，逼得没法儿，那微笑就终于化作一滴泪水。

冉阿让守口如瓶，用夜幕将芳汀罩住了。

在珂赛特小时候，冉阿让总爱跟她谈她母亲；现在长成大姑娘，就不能那样做了，他觉得再难张口了。是顾忌珂赛特吗？还是顾忌芳汀呢？他产生一种宗教式的敬畏，不敢让这阴魂进入珂赛特的头脑，不敢让这死者作为第三者进入他们的命运。在他心目中，这幽灵越是神圣，就越显得可怕。他一想起芳汀，就感到压抑得只能缄口。他仿佛看见黑暗中有什么东西，像是一根按在嘴唇上的手指。芳汀身上的整个廉耻心，在她生前负气而去，难道在她死后又回到她身上，悲愤地守护死者的安宁，警惕地守护她的坟墓吗？冉阿让不知不觉中，是不是受到这种压力呢？我们相信鬼魂，因此不会拒绝这种神秘的解释。这就是为什么，即使在珂赛特面前，也不能提芳汀这名字。

有一天，珂赛特对他说：

“爸，昨晚我做梦，看见我母亲了。她有两只大翅膀。我母亲生前，应当达到圣女的品级了。”

“通过殉难达到的。”冉阿让回答。

珂赛特同他一道出门时，总爱偎依着他的胳臂，又自豪又幸福，感到心满意足。冉阿让看出这温情的种种表示，仅仅对他一个人，十分可心，就感到自己的思想融入幸福之中了。可怜的人沉浸在天使般的快乐中，乐得浑身颤抖；能这样度过一生，他喜不自胜，心想他所受的苦难，而不配得到如此美好的幸福；因此，他由衷地感谢上帝，感谢上帝让他这个微不足道的人，得到这个天真孩子的热爱。

五　玫瑰发现自己是武器

有一天，珂赛特偶然照照镜子，诧异了一声："咦！"她几乎觉得模样挺美，心里顿时产生一种特别的烦恼。直到现在，她根本就没想过自己的脸蛋儿。她照镜子也不瞧自己。况且，她常听人说她长得丑；只有冉阿让轻声说：不对！不对！不管怎样，珂赛特一直认为自己长得丑，丑就丑吧，小时候也不在乎，她就带着这种念头长大。不料现在，镜子也像冉阿让那样，突然对她说：不对！她这一夜没睡着觉。"我长得美又怎么样呢？"她心中暗道，"真滑稽，我也会长得美！"于是，想起她伙伴中长得好看的，在修道院里就引人注意，不禁思忖道："怎么！难道我也像某某小姐那样！"

次日，她又照镜子，这回可不是偶然举动，但是怀疑起来："我犯傻啦？"她说道，"不，我长得丑。"其实很简单，她没睡好觉，眼睛有了黑圈，脸色也苍白了。前一天，她认为自己美，也没有怎么兴高采烈，可是不这样看了，倒有点伤心。她不再照镜子，一连两个多星期，她竭力背对着镜子梳头。

晚上吃过饭之后，她多半在客厅里做绒绣，或者做点儿从修道院学来的针线活儿，冉阿让在一旁看书。有一次，她从活计上偶尔抬起眼睛，发现父亲看她的那种不安神色，不禁大吃一惊。

另一次，她在街上走，分明听见后面说的话，但没有看见说话的人："这女人好漂亮，可惜穿得差劲。"她心中暗道："唉！不是说我。我穿得像样，长得不好。"

还有一天，她在园子里，听见可怜的都圣大妈说："先生，小姐越长越漂亮，您注意到了吗？”珂赛特没听见父亲回答什么，但是，都圣的话好像震动了她，她当即逃出花园，上楼回房间，跑向三个月没照面的镜子，惊叫了一声。她自己都感到光艳照人。

她又美丽又清秀，不能不同意都圣和镜子的看法。她的身段成型了，肌肤白净，头发光润，蓝眼珠里燃起从未有过的神采。一时间，她对自己的美貌深信不疑了，如同太阳放射的耀眼光芒；而且，别人也注意到了，都圣说了出来，街上那个行人显然也是指她而言，这一点再也无可怀疑了。她又下楼回到园子里，俨然以王后自居。听鸟儿歌唱，虽然时值冬令，她望着金灿灿的天空、树木之间的阳光、荆丛里的花朵，不禁心花怒放，心情说不出来有多欢畅。

然而，冉阿让那边，却抓心搔肝，心情说不出来有多沉重。

事出有因，一段时间以来，他怀着恐惧的心理，注视珂赛特可爱的脸蛋儿上，这种美貌日益焕发夺目的光彩。这曙光，在所有人看来都明媚可喜，在他看来却凄惨可悲。

珂赛特觉察之前，容貌早就变美了。这出乎意料的阳光缓缓升起，逐渐被覆这少女的全身；殊不知从第一天起，这道阳光就刺痛了冉阿让忧郁的眼睛。他感到这是幸福中的一种变化。生活太幸福了，他一动也不敢动，生怕打乱了什么。这人一生饱受苦难，创巨痛深，至今还涔涔流血，从前几乎堕落成恶人，现在几乎变为圣徒，他在苦役犯牢中拖曳锁链之后，现在又拖曳着无名耻辱的无形但沉重的锁链；对这个人，法律并没有松懈，随时可能抓住他，把他从他德行的黑暗中拉出来，重新投到公开羞辱的光天化日之下；这个人接受一切，原谅一切，宽恕一切，祝福一切，善待一切，而他向老天，向世人，向法律，向社会，向大自然，向世界，只要求一件事：让珂赛特爱他！

让珂赛特继续爱他！上帝不要阻止这孩子的心向他，留在他身边！得到珂赛特的爱，他就会感到治愈、康复、平静、满足，得到报偿，胜似做国王。得到珂赛特的爱，他就觉得很好！此外别无他求。假如有人问他：你还要更好吗？他一定回答：不要。假如上帝问他：你要上天堂吗？他一定回答：得不偿失！

凡有可能触及这种现状，即使擦擦表面的东西，他就心惊胆战，以为另一种东西冒头了。他始终不大了解一个女人的美貌是怎么回事，但他通过本能知道那非常可怕。

这女孩天真而又令人生畏的额头，就在他身边，就在他眼前，越来越焕发光彩夺目的美，而他却蜷缩在自己的丑陋、年迈、烦恼、抵触和颓丧的深处，瞪着惊恐的眼睛注视。

他心中暗道："她多美啊！而我呢，会变成什么样子？"

这正是他的爱和母爱之间的差异。他见了便惶恐不安的东西，母亲见了会心中欢喜。

初期征兆不久就显现出来。

"毫无疑问，我长得美！"从她这样自言自语的第二天起，珂赛特就留心打扮了。她想起街上行人的那句话："漂亮，可惜穿得差劲。"这话好似神风，从她身边吹过，虽然消失得无影无踪，却已在她心上播下要占据女人一生的两颗种子之一，即爱俏。另一颗则是爱情。

对自己的美貌一旦有了信心，女性的整个灵魂就会焕发出异彩。珂赛特厌恶了粗呢衣裙，戴绒帽也觉得丢人了。父亲从来没有拒绝过她任何要求。她也一下子就掌握了选择帽子、衣裙、短斗篷、皮靴、袖套、合适布料、适当颜色等一整套学问，也正是这套学问将巴黎女人变成极为迷人、极为深奥，又极为危险的尤物。"勾魂女人"这个词，就是为巴黎女人造出来的。

还不到一个月，小珂赛特虽然隐居在巴比伦街，却不但跻身巴黎最漂亮的女人之列，这已实属不易，而且进入巴黎“穿得最好”的女人之列，这尤为难得了。她真希望再碰见“当初那个行人”，看他还有什么可说的，也“好教训教训他”！事实上，她仪容修美，无处不曼妙迷人；就连是热拉尔帽店还是埃尔博帽店的帽子，她都分辨得清清楚楚。

冉阿让惶恐不安地注视这种千娇百媚。他感到自己只配在地上爬行，顶多立起来走路，可是，他却眼看珂赛特长出翅膀了。

不过，一个女人只要稍微瞧一瞧珂赛特的装束，就会看出她没有母亲。一些小规矩，一些特殊习惯，珂赛特就没有遵照。母亲若在跟前，就会告诉她，一个女孩子不能穿锦缎。

珂赛特穿上黑花缎衣裙，披上黑花缎披肩，戴上白皱呢帽子，头一天出门，上前挽住冉阿让的胳臂，真是兴高采烈，神采飞扬。“爸，”她问道，“我这么打扮，您觉得怎么样？”冉阿让答道：“真美！”但声调却像眼红的人那样酸溜溜的。他们还像往常一样散步，回到家里，他又问珂赛特：

“你不想再穿那件衣裙，再戴那顶帽子了吗？你知道我指的什么。”

这话是在珂赛特房间讲的。珂赛特转向挂她那身寄读学生服的衣橱。

“这身怪衣裳！”她答道，“爸，您怎么想得出来？哦！当然不了，这样难看的东西，我绝不再穿了。这玩意儿扣在头上，我就成了疯狗太太了。”

冉阿让长叹一声。

从这时候起，他注意到珂赛特总张罗出门了；而从前，她总要待在家里，总说：“爸，我同您在这儿更开心。”是该出去，如果不显示，那么长一张漂亮脸蛋，有一身高雅的打扮又有什么用呢？

他还发现，珂赛特也不再那么喜欢后院了。现在，她爱待在花园里，还有兴致在铁栅门那儿走来走去。冉阿让怕见人，就不踏进花园，像狗一样待在后院。

珂赛特一意识到自己漂亮，便丧失了那种浑然不觉的美妙情态，因为，美丽再由天真增色，就美不胜收了；一位天真少女光彩照人，手里拿着钥匙走向天堂还不知道，这比什么都更可爱。不过，她丧失的天真情态，又从深沉的柔媚补回来。她整个人儿洋溢着青春、纯洁和貌美的欢乐，又流露出一种令人销魂的忧郁。

隔了六个月，正是到这个阶段，马吕斯又在卢森堡公园遇见她了。

六　开　战

珂赛特也像马吕斯那样，幽独自守，但是心里一团火，一触即发了。命运总是那么从容不迫，神秘莫测而又无法抗拒，现在将两个人慢慢拉近，这两个人都满负激情的暴风雨雷电而倦慵，这两颗灵魂都负载着爱情，如同两块乌云负载着雷电，只需一道目光，就像乌云中一道闪电，便会接触而扭结在一起。

爱情小说中把目光写得太滥，结果没有分量了，现在不大敢说两个人一见钟情了。然而，人就是这样，也仅仅是这样相爱的。此外就是此外，是随后发生的事儿。两颗灵魂交换这种闪光时，给予对方的强烈震撼，比什么都真实可信。

正是在这种时刻，珂赛特有了这种能让马吕斯神魂颠倒的目光，自己却不知道，马吕斯同样没有意识到，自己也有了能让珂赛特神魂颠倒的目光。

他给她造成同样的烦恼和同样的欣慰。

珂赛特早就看见他了，并且端详他，不过，姑娘观察人总像若不经意。还在马吕斯觉得珂赛特是个丑姑娘的时候，珂赛特就觉得马吕斯好看了。但是，那个青年根本不注意她，因此在她眼里也就无所谓了。

然而，她心里总不免琢磨，认为他头发美，眼睛美，牙齿美，听他跟同学谈话，觉得他声音也美妙，如果真要挑毛病的话，那么他走路的姿势不好看，但是有自己的风致，一点也不显得蠢笨，他整个人儿体现出高尚、温柔、朴实和自豪，看样子贫寒，但举止不俗。

到了这一天，二人的目光相遇，终于用目语，突然相互传递了模糊而难以言传的最初感觉，但是，珂赛特并没有一下就明白，回到西街住宅还若有所思；当时冉阿让正按照习惯来西街住六个星期。次日醒来，珂赛特又想起这事儿，想到那个陌生的青年多久以来，态度一直冷漠，视若未见。现在似乎注意她了，但是，这种注意丝毫也没有给她带来愉快，心里甚至有点恼火，怪那个英俊青年瞧不起人，于是内心蠢蠢欲动，要较量一番，觉得终于有机会报复了，从而感到一种还未脱孩子气的欣喜。

她知道自己美，就感到有了一件武器，尽管这种意识还不十分明晰。女人玩弄自己的美貌，正如孩子舞刀弄枪，迟早要伤了自己。

我们还记得，马吕斯迟迟疑疑，躲躲闪闪，战战兢兢，总坐在长椅上，不肯靠近。珂赛特对此又气又恼，有一天她对冉阿让说："爸，咱们往那边走走吧。"她见马吕斯不过来，自己就干脆过去。碰到这种情况，每个女人都像穆罕默德那样[①]。说来也怪，真正

① 穆罕默德不能把一座山唤来，就朝山走去。

爱情的最初征兆，小伙子往往变得胆怯，而姑娘则往往显得大胆。这令人惊诧，其实道理非常简单：两性相互接近时，采纳对方的品格了。

那天，珂赛特一个秋波，就让马吕斯发狂，而马吕斯一瞥，也令珂赛特发抖。马吕斯满怀信心走了，而珂赛特心里却七上八下。从那天起，他们俩就相爱了。

珂赛特首先产生的感觉，就是一阵惶惑而深沉的忧伤。她觉得自己的灵魂一天天变黑，连自己都辨认不出了。少女灵魂的洁白，是由冷淡和喜悦构成的，跟雪一样，一照见它的太阳——爱情，就融化了。

珂赛特还不知道爱情是什么。她从来没有听人按照世俗的意义讲这个词。在修道院采用的世俗音乐教材里，“爱情”一词用“鼓声”或“大兵”代替。这就成了谜语，锻炼那些大姑娘的想象力，例如：“啊！鼓声多么惬意！”或者：“怜悯不是大兵！”不过，珂赛特离开修道院时年龄尚小，还没有怎么关心“鼓声”。因此，她现在感受到的东西却叫不上名称。难道不晓得病名就不害那种病了吗？

她爱而不懂，也就爱得更加炽热。她不知道这是好事还是坏事，有益还是有害，必要还是致命，长久还是短暂，允许还是禁止；她在爱，仅此而已。假如有人对她说：“您睡不着觉吗？这样可不准啊！您吃不下饭吗？这样可不好啊！您感到胸闷心跳吗？这样可不成啊！您望见绿阴小道那端出现一个穿黑衣服的人，脸就红一阵白一阵吗？这样可丢人啊！”她听了会感到奇怪，莫名其妙，很可能要这样回答：“这样一件事，我无能为力，又根本不懂，怎么能怪到我头上呢？”

呈现在她面前的爱，又恰好最适合她的心态。那是一种远距离的崇拜、一种默默的仰慕、一个陌生人的神化。那是青春对青春的幻象，是化为传奇又止于梦乡的夜晚之梦，是久盼而终于有了血肉之躯的幽灵，但是还没有名称；没有过错，没有污点，没有要求，也没有缺陷；总之，是一个遥远的、停留在理想中的情人、一种有了形体的幻想。珂赛特还半没在修道院弥漫出来的迷雾中，在这发蒙时期，任何更具体、更贴近的接触，准会把她吓跑。女孩的各种担心和修女的各种担心，在她身上交织起来。她受修道院精神熏陶了五年，这种精神还从她周身慢慢往外释放，使她周围的一切都颤抖不已。在这种情况下，她所需要的不是情人，甚至不是恋人，而是一种幻象。她开始崇拜马吕斯，只是把他当作迷人的、光灿的、不能获取的东西。

极度天真总是邻近极度卖俏，珂赛特向他微笑，心里却十分坦然。

每天她都焦急等待去散步的时刻，在那里见到马吕斯，便感到一种说不出来的欣悦；她对冉阿让这样说，就以为坦率地表达了自己的全部思想："卢森堡这座公园多美妙啊！"

马吕斯和珂赛特彼此还茫然无知。他们不交谈，不打招呼，只是相望，如同遥隔千万里的星辰，在相望中生存。

珂赛特就这样逐渐成长，长成一个美丽多情的女人，她意识到自己的美貌，却不明了自己的爱情。由于天真，她尤其喜欢卖俏。

七　你愁我更愁

任何情况都有本能反应。古老而永恒的大自然母亲暗暗警告冉阿让，让他注意马吕斯的出现。冉阿让在内心最深处惊悸。他什么也看不见，什么也不了解，可是，他却顽固地注意观察他黑暗的周围，就好像感到一方面有什么东西在形成，另一方面又有什么东西在瓦解。由于慈悲上帝的深奥法则，马吕斯同样得到大自然母亲的警示，要尽量避开“父亲”。尽管如此，冉阿让有几次还是看见他了。马吕斯小心起来鬼鬼祟祟，大胆起来又笨手笨脚。他不再像从前那样走近，而是坐在远处出神；手中倒是捧着一本书，假装阅读，但他装样子给谁看呢？从前，他来公园穿一身旧衣裳，现在却天天换上新衣服，他烫没烫发也很难说，眼神显得很古怪，还戴上了手套；总而言之，冉阿让从内心深处讨厌这个年轻人。

珂赛特却讳莫如深。她摸不准自己的心事，但明确感到这事非同小可，必须隐瞒起来。

珂赛特喜欢打扮了，那个陌生青年也改了习惯穿起新衣服，同时发生这两种情况，使冉阿让很不痛快。也许这是巧合，没错儿，肯定是巧合，但凶多吉少。

他从不开口向珂赛特提起那陌生青年，然而有一天，他实在憋不住了，隐约怀着绝望的心情，忽然要探一探自己不幸的深度，就对她说：“瞧那个青年，一脸书呆子相！”

如果在一年前，珂赛特还是个无动于衷的小姑娘，就会这样回答：“不嘛，他很讨人喜欢。”如果十年之后，她心里怀着马吕斯的爱，又会这样回答：“书呆子相，真没法儿看！让您说对啦！”可是，她在现实生活和感情的支配下，表情十分平静，仅仅说了一句：

“就是那个青年？”

就好像她头一次举目看他。

“我真蠢！”冉阿让想道，“她还没有注意到那人，我却指给她看了。”

啊，老人的单纯！孩子的深沉！

这又是一条法则：少年初识痛苦和忧愁的滋味儿，初恋中同初遇的障碍进行激烈的斗争，姑娘就绝不上当，而小伙子则有当必上。冉阿让暗中向马吕斯开战了，而马吕斯蠢到了家，毫无觉察，表现出他这年龄热恋的特点。冉阿让给他设下许多陷阱：改时间，换坐椅，遗落手帕，单独来卢森堡公园；马吕斯低着脑袋，钻进了所有圈套。冉阿让在他路上立了一块块问号牌，他都天真地回答：是的。而这期间，珂赛特表面上无忧无虑，泰然自若，掩饰得密不透风，致使冉阿让得出这样的结论：那傻瓜热恋珂赛特是单相思，珂赛特根本就不知道有他那么个人。

尽管如此，冉阿让的心还是痛苦而震颤。珂赛特爱的时刻随时会到来。开头不全是无动于衷吗？

珂赛特只失误了一次，把他吓得够呛。他们在长椅上坐了三小时，他起身要走，珂赛特却说了一句："已经该走啦？"

冉阿让没有中止去卢森堡公园散步，他不想有任何异样的举动，尤其怕促使珂赛特醒悟。一对恋人享受这无比温馨的时刻，珂赛特向马吕斯送去微笑，马吕斯则心醉神迷，在这世界已眼无余物，现在只有心上人那张神采飞扬的脸，而冉阿让却眼睛冒火，狠狠盯着马吕斯。他早以为自己再也不会产生恶念了，然而他看着马吕斯在那里，就觉得自己又恢复野蛮和凶残，感到昔日积满怒火的心灵重又张开，要向那青年喷出旧恨宿怨。他心上恍若又形成一座座陌生的火山口。

什么！那个人，就在这儿！他来干什么？他来这儿转悠，东闻闻西嗅嗅，又察看，又试探！他分明在说：哼，有何不可呢？打着鬼主意，到他冉阿让的生活周围转悠，到他的幸福周围转悠，妄想夺走！

冉阿让心中还想道："对，准是这样！他来寻找什么？来寻乐子！他要干什么呢？要风流一下！风流一下！那么我呢？什么！我起初是最穷困的人，后来又成为最不幸的人。跪着生活六十年，受尽了人间的痛苦，没有青春人就老了；一辈子没有家庭，没有亲人，没有朋友，没有妻子，没有儿女；鲜血洒在所有石头上，所有荆棘上，所有路碑上，所有墙壁上；别人对我凶狠，我还要温顺，别人对我凶残，我还要和善；我不顾一切，要改邪归正，当个好人；我痛悔自己做的恶，也宽恕别人对我做的恶，我终于得到好报，终于熬到头，快要达到目的，得到我渴望的东西了，是啊，这很好，我付出了代价，终于得到了。可是，这一切又要飞走，这一切又要消失，我要失去珂赛特，我要失去我的生命、我的快乐、我的灵魂，就因为一个大傻瓜一时高兴，跑到卢森堡公园来游荡！”

转念至此，他的眸子充满异样的凶光。这情景，已不再是一个男人怒视一个男人，不再是一个仇敌怒视一个仇敌，而是一条看家狗怒视一个盗贼。

后来发生的事，我们已然知道。马吕斯没头没脑，继续乱闯，有一天尾随珂赛特到西街，还有一天向门房打听。门房又把话告诉了冉阿让，并且问他："先生，一个好奇的小伙子打听您，他是干什么的？"第二天，冉阿让就狠狠瞪了马吕斯一眼，马吕斯总算看到了。一周之后，冉阿让便搬了家，暗暗发誓再也不跨进卢森堡公园一步，再也不去西街了。他回到普吕梅街。

珂赛特没有发一声怨言，什么也没有说，什么也没有问，也根本没想了解为什么；她已经到了心事怕人猜破，怕流露出来的人生阶段。对于这类隐秘，冉阿让毫无体验，而这正是唯一美妙的，他唯一没感受过的隐秘；因此，他根本不理解珂赛特沉默的重大含义，仅仅注意到她变得忧伤了，而他也变得郁闷了。双方较量，却都没有经验。

有一回，他试探一下，问珂赛特：

“去卢森堡公园走走好吗？”

珂赛特苍白的脸顿时开朗了。

他们去了公园。这已经是三个月之后的事了。马吕斯已不去那里。马吕斯不在公园。

次日。冉阿让又问珂赛特：

“去卢森堡公园走走好吗？”

她忧伤而温顺地回答：

“不想去了。”

冉阿让见她这么忧伤不免诧异，见她这么温顺又不免伤心。

这小脑袋瓜究竟怎么了，小小年龄就这么令人难以捉摸？脑袋瓜里究竟在想什么呢？珂赛特的灵魂究竟出了什么事？冉阿让有时不睡觉，就坐在破床旁边，双手捧着头，整夜整夜地冥思苦索：珂赛特的头脑究竟产生了什么念头？他竭力想珂赛特可能想的东西。

噢！在这种时刻，他以多么痛苦的目光，回顾那修道院，那贞洁的高峰，那天使的仙境，那高不可攀的美德冰山！他怀着多么痛惜的心情，出神地观赏那修道院的园子，那满园人所不知的鲜花、与世隔绝的处女，全部芳香和所有灵魂，都径直飞上天空！他多么迷恋那永远关闭的伊甸园，而他却自愿离开，昏头昏脑地滑下来！他多么后悔克己为人，糊涂透顶，竟然把珂赛特带入尘世，做出自我牺牲的可怜英雄，反为自己的慷慨精神所误，进退维谷！他反反复复地想：“我干的是什么事？”

不过，这一切没有向珂赛特透露半分。既没有发脾气，也没有变得严厉，始终保持那张安详和善的面孔。而且，冉阿让的态度，显得格外温和，格外慈祥了。如果有什么东西能令人猜出少了几分快乐，那就是他多了几分宽厚。

而珂赛特却整天无精打采。当初能见到马吕斯，她就满心欢喜，现在见不到面，就黯然神伤，尤其是说不准究竟怎么回事儿。当时，冉阿让一反往常，不带她去散步了，女性的本能从心底向她暗示，不要显得过分看重卢森堡公园的散步，如果装作无所谓，那么父亲还会带她去。然而，一天天过去，几周、几个月过去了。冉阿让默默接受了珂赛特的默许。她后悔了，但悔之已晚。她重新回到卢森堡公园那天，马吕斯不在了。马吕斯已经消失；全完了，怎么办呢？还能再找见他吗？她感到一阵阵揪心，而且日甚一日，无法排遣；再也不管是冬还是夏，是晴还是雨，不管鸟儿是否鸣唱，是大丽花还是雏菊的开花季节，卢森堡公园是否比土伊勒里公园更宜人，洗衣工送回的衣服床单浆得太板还是不够，都圣“采购”的食品好不好；她从早到晚心灰意懒，怔怔地出神，只注意一个念头，目光失神而又专注，就好像夜里凝视一个鬼魂忽然隐没的黑洞洞的地方。

不过，她除了苍白的面容，同样也没有让冉阿让看出什么，在他面前仍保持一副甜甜的笑脸。

然而，这张苍白的面孔就足以让冉阿让操透了心。有时他问珂赛特：

“你怎么啦？”

她回答说：“没什么。”

双方沉默了片刻，她猜出他心里同样愁苦，就问道：

“您呢，爸，您有什么不高兴的事儿吗？”

“我吗？没什么。”他答道。

这两个人多少年来相依为命，彼此倾注了全部爱心，情深意长令人感佩，可是现在，虽然还厮守在一起，却各怀苦衷，都因对方而愁肠百结，双方相互隐忍不谈，毫无怨艾，还总是强颜欢笑。

八 锁 链

他们二人最苦恼的还是冉阿让。青年人，即使伤心，自身总还有几个亮点。

有时候，冉阿让忧闷到了极点，就变得幼稚起来。这正是痛苦的特点，能让成年人重现童稚的一面。他不由自主，总感到珂赛特要从他身边逃走。他很想搏斗，留住她，用身外闪光的东西振奋起她的精神。刚才说过，这种想法很幼稚，同时也是老糊涂，但是正因为带着孩子气，他通过这种念头比较准确地认识到，花边饰物对少女想象力的影响。有一回，他看见一位全副武装的将军、巴黎卫戍司令库塔尔伯爵，骑马从街上走过，他羡慕那个服饰金光闪闪的人，心想那身军装真是无可挑剔，自己若是能穿上该有多神气，珂赛特准会看花了眼，他再和珂赛特挽着胳臂，一同从土伊勒里宫铁栅门前经过，接受卫兵举枪致敬，这样一来，珂赛特也就会满足，不想把目光移向那些青年男子了。

思想本来就很凄苦了，不料又受到一次震撼。

他们过着孤寂的生活，自从搬到普吕梅街之后，就养成一种习惯，时常出去游玩看日出，这种恬然自乐，恰恰适合刚刚进入人生和行将离开人生的人。

一大早起来散步，对于爱独来独往的人来说，不但等于夜间散步，还有大自然的野趣。街道空荡荡的，鸟雀鸣唱。珂赛特本来就是一只小鸟，愿意早早起来。头一天就准备好清晨的郊游。冉阿让提议，珂赛特接受。好像合谋干什么事情，天不亮就动身，每一次珂赛特都兴致勃勃。这种无伤大雅的古怪行为，最投青年人的口味。

我们知道，冉阿让爱去人迹罕至的地方、偏僻的角落、被遗忘的场所。巴黎城关一带有些贫瘠的田地，几乎同市区犬牙交错，那里夏天长着瘦弱的麦子，秋收之后，空荡荡不像收割完，而像剃光一样。冉阿让喜欢光顾那种地方，珂赛特也一点不觉得无聊。他爱其僻静，而她则求得自由。一到那里，她又变成小姑娘，可以乱跑，几乎可以随便玩耍，她还摘掉帽子，放到冉阿让的双膝上，跑去采野花。她看着花上的蝴蝶，但并不去捉：随着爱情会产生宽厚怜惜之心，这姑娘心中有个抖瑟而脆弱的理想，就怜惜起蝴蝶的翅膀。她用虞美人编成花冠，戴到头上，阳光透进去映得火红，就好像她那粉红鲜艳的脸蛋儿上顶着一盆炭火。

即使生活变得愁苦之后，他们仍然保留清晨散步的习惯。

且说1831年10月的一天早晨，他们受到秋高气爽的天气诱惑，又出门游玩了，天蒙蒙亮就走到曼恩城关附近。刚刚拂晓，还没有曙光满天，是美妙的迷蒙时刻。泛白的深邃天空还有几颗星辰，大地一片漆黑，而天空一片白，野草微微抖瑟，在晨曦中无处不在神秘地震颤。一只云雀仿佛飞到星际之间，凌虚歌唱，那小生命对无限的颂歌，似乎使广宇宁静下来。在东方，惠恩谷黝黑的巨大身影，由铜色的天边衬出；耀眼的金星从那圆顶后面升起，就像从一座黑魆魆的建筑物中逃逸出来的灵魂。

一切都平和静谧，街道上没有一个行人；两侧小道上隐约有几个赶去上班的工人。

冉阿让坐在侧道工地门口堆放的房架上，脸朝大道，背对着曙光，把要升起的太阳置于脑后，完全沉浸在冥想中；这种冥想集中全部神思，相当于四堵墙，连目光都给围住了。有些凝思可以说是垂直的：一直深入到底之后，需要一定时间才能返回地面。当时，冉阿让就是陷入这样的冥思苦索中。他想到珂赛特，想到如果没有什么插到他们中间，就可能享有的幸福，想到她用以充实的生活的这种光明，他的灵魂赖以呼吸的光明。他在这种沉思中几乎感到幸福。珂赛特站在他身边，望着渐渐呈现玫瑰色的云霞。

珂赛特突然高声说道："爸，那边好像有人来了。"冉阿让举目张望。

珂赛特没有看错。

大家知道，这条街道通向曼恩老城关，是塞夫尔街的延续部分，由内环马路垂直切断。就从这条街道和内环路的拐角，也就是分岔的地方，传来这种时刻很难解释的声响，而且出现一团模模糊糊的东西，说不出是什么形状，刚从内环路拐进这条街道。

那东西越来越大，仿佛有秩序地移动，浑身长满了刺，微微颤抖，看似一辆大车，但是看不清车上装着什么。有马匹、车轮、喊叫和鞭响。那东西虽然还隐没在黑暗中，轮廓却逐渐分明了。果然是一辆大车，刚从内环马路拐进这条街道，朝着离冉阿让不远的城关驶来。随后第二辆，而且一模一样，接着第三辆、第四辆，总共七辆大车，陆续拐进这条街，马头接车尾连成一长串。车上人影攒动，点点闪光在晨曦中依稀可见，好像出了鞘的战刀，还传来哗啦哗啦的声响，仿佛牵动锁链，那长列向前行进，声响渐渐大起来，真是触目惊心，恍若从魔窟中钻出来的。

那长列越来越近，形状也清晰了，从树后出来，像鬼魂一样青灰色，继而渐渐发白，天色也越来越亮，照见那一大群人不人、鬼不鬼的东西，只见身影上面的脑袋变成一张张死尸的面孔。实际情况如下：

街道上一溜儿七辆车向前行驶。头六辆构造奇特，好像运酒桶的长车，是两个车轮上安了长梯，梯杆的前端便是辕木。每辆车，说得准确些，每道长梯，由排成一长串的四匹马拉着。长梯上拖着人，也排成奇特的长串。晨光熹微，只能猜出是人，还看不真切。每辆车上有二十四名，每边各十二名，背靠背，脸对着行人，双腿悬空耷拉着。那些人就是这样赶路；他们背后有哗啦哗啦响的东西，那是铁锁链，脖子上有闪亮的东西，那是枷锁。枷锁每人各有一个，锁链则是共有的。因此，二十四人若是下车行走，就不得不一致行动，那情景就像一条大蜈蚣，以锁链为脊椎在地上爬行。每辆车前后各站着一个挎枪的人，脚踏着锁链的一端。枷锁是方形的。第七辆是安了车栏的大货车，但是没有篷，有四个轮子，套着六匹马，车上装了一大堆颠得直响的熟铁锅、生铁锅、铁炉子和锁链，乱东西堆里还躺着几个人，全捆绑着，看样子是病号。那辆车虽有栅栏，却支离破碎，好像是老式囚车。

车队行驶在马路中间，两侧各有两行恶俗不堪的押解卫队，头戴高筒三角帽，好似督政府时期的士兵，帽子满是污痕破洞，肮脏极了，全身是花子装：残废军人的制服和掘墓工的长裤，半灰半蓝，几乎破成布条，还戴着红肩章，挎着黄背带，配备砍菜刀、步枪和木棍，真像一帮随军仆役。这些打手，似乎兼有乞丐的卑劣和刽子手的专横。那个队长模样的人，手里挥着长马鞭。所有这些细节，在熹微的晨光中本来模模糊糊，随着天色渐亮才越来越清晰。车队的前头和末尾，有一些骑马的宪兵，他们手握马刀，神情冷峻。

这支队伍拉得很长，第一辆车驶到城关，最后一辆才刚从内环路拐过来。

不知从哪儿来了一大群人，转瞬间蜂拥而至，挤在街道两侧看热闹，这是巴黎常有的事。附近街巷里人声相呼，此起彼伏，菜农跑来看热闹，木鞋嗒嗒响成一片。

堆在车上的那些人任凭颠簸，全都一声不吭，在清晨的寒气中脸色灰白。他们穿着粗布裤，光脚穿着木鞋。至于衣裳帽子之类，无不穷凑合，有啥算啥，五花八门，又怪诞又丑陋，再也没有比这种烂布片的百衲衣更凄惨的了。透了顶的破毡帽、油污的鸭舌帽、不成样子的毛绒帽，同短褂和臂肘磨穿的黑礼服搭配；还有一些戴着女帽或柳条筐；衣不蔽体，露出毛乎乎的胸脯、文身的图案；爱神庙、火焰心、丘比特等，还露出疮疤和红斑。有两三个人将草绳系在车的横木上，在下面兜住脚，就像踩着马镫一样。他们中间有一个人，拿着一块黑石头似的东西送进嘴去啃，那就是他们吃的面包。那一双双眼睛枯涩无神，或者放射凶光。押解队一路骂骂咧咧，囚犯们则敛声屏息；时而听见棍棒打在肩胛或脑袋上的声响；他们当中有几人打哈欠；一个个破衣烂衫，双脚垂在半空，肩膀不停摇晃，脑袋相撞，锁链哗哗响，眼里冒着怒火，手握成拳头或者像死人那样张开不动；车队后面尾随一帮哄笑的儿童。

不管怎么说，这支车队惨不忍睹。显然，到明天，或者过一小时，就可能下一场暴雨，紧接着一场又一场，他们这些破衣烂衫就会淋透，衣服一湿就再也干不了，身子一冻僵就再也暖和不过来，湿漉漉的粗布裤会粘在骨头上，木鞋里也会灌满水，鞭子抽下来，也阻止不了他们牙齿打战，他们的脖颈仍要戴着枷锁，双脚仍要垂在半空。这些人被锁住，在秋天凄冷的乌云下，像树木石头一样，任凭风吹雨打，任凭狂飙袭击，谁目睹这情景都要不寒而栗。

棍棒击打，即使躺在第七辆车上的病号也不能幸免；他们手脚捆住动弹不得，丢在那里，就像装满苦难的麻袋包。

太阳突然出来，从东方射出万道光芒，就好像把这些粗野人的头烧着了。舌头又能活动了。顿时爆发一阵嬉笑怒骂和歌声，如同熊熊燃起大火。一大片平射的阳光将整个队列截成两半，照亮了头和上身，而把脚和车轮留在黑暗中。每张脸上又出现了思想活动；这一时刻实在可怖：一群魔鬼原形毕露，一群恶鬼赤条条现形。即使在阳光下，这帮人也阴惨惨的。有几个情绪很快活，嘴上叼着鹅毛管，将一条条蛆吹向围观的人，特别瞄准妇女；在朝霞中，阴影部分更黑，这些凄惨的形貌也就更加鲜明；他们无一不被深重的苦难压成了畸形，而且怪异到极点，就好像将日光变成电闪。打头那辆车上的人扯着嗓门，以粗野欢快的声调，拼命唱起德索吉埃的《贞女》，当时一首非常出名的集成曲；树木都为之凄然抖瑟，而站在路边小道上的有产者一脸呆相，都津津有味地听这种鬼哭狼嚎的淫歌秽曲。

这乱哄哄的队列呈现所有苦难，那里有各种野兽的面孔：老人、青少年、秃脑壳、花白胡子、狰狞的怪样、含怒的隐忍相、咧开大嘴的笑脸、疯癫的狂态、戴着鸭舌帽的猪拱脸、鬓角垂着螺旋形鬈发的女儿脸、尤为可怕的娃娃脸、仅余一口气的骷髅头。头一辆车上有个黑人，可能当过奴隶，那样子比得上锁链。降到最底层，这些人的额头都打上了耻辱的烙印；屈辱到了这种地步，在最深层全都发生最深刻的变化；变为呆痴的愚昧无知，就等于化为绝望的聪明睿智。这些人被视为渣滓中的精华，不可能再筛选了。这个龌龊的队列，无论哪个军官押解，显然都不会把他们分成三六九等。这些人全拴在一起，排列混杂，也许没有按照字母顺序，胡乱装上车的。不过，丑恶的东西聚在一起，总要产生一种合力；不管多少不幸的人，加起来就有一个总和；每条长链都出现一颗共同的灵魂，每一车人都有一个共同的面貌。有一车人爱唱，旁边那车人爱叫嚷，第三辆车人向人乞讨，还有一车人全咬牙切齿，另一车人威胁行人，还有一车人诅咒上帝，而最后一车则死寂如坟墓。但丁见了，会以为七层地狱在行进。

这是从判刑走向行刑，队列阴森可怕，尤为凄惨的是，他们没有坐《启示录》所说的电光大战车，而是坐着游行示众的囚车。

押解的士兵中，有一个手持尖端带钩的木棍，不时挥舞威胁这一堆堆人类的残渣余孽。围观的人群里有个老太婆，指着让一个五岁的男孩看，对他说："小坏蛋，看你还学不学好！"

歌声和咒骂声越来越大，那个押解队长模样的人啪地打了一声响鞭，这信号一发出，一阵猛烈的棍棒，也不问青红皂白，兜头盖脑朝这七车人打下去，噼里啪啦跟下冰雹似的；许多人怒吼狂叫；那些像逐臭苍蝇的野孩子，就更加兴高采烈。

冉阿让的眼睛变得可怖了，那已不是眼珠儿，而是在某些不幸者身上代替眸子的深邃玻璃，仿佛视而不见现实，却映现恐怖和灾难的强烈反光。他看到的不是眼前的景象，而是一种幻象。他想站起来，跑开，逃掉，却一步也迈不动。有时，我们会被眼前的东西吓住，动弹不得，他就是一时愣住，定在原地，好似木雕泥塑一般，心中有说不出来的惶恐，弄不清这惨绝人寰的迫害究竟意味什么，这追逐他的乱舞的群魔是从哪儿来的。他猛地抬手按住额头，这是人恍然忆起往事的习惯动作，他想起这里的确是必经之路，要走通往枫丹白露的大路可能惊动王驾，照例得绕这段弯路，而三十五年前，他也是经过了这道城关。

珂赛特也同样惊恐，但情况有所不同。她不理解是怎么回事儿，一时不敢出大气，只觉得眼前的景象不可能是真的，她终于大声问道："爸！那车上装的是什么呀？"

冉阿让答道："苦役犯。"

"他们去哪儿？"

"去苦役场。"

这工夫，一百多根棍棒打得越发起劲，还杂以刀背的砍击，形成鞭抽棍打的风暴；苦役犯全俯首了，酷刑压服的一种丑恶场面，他们全住了声，但那眼神却像锁住的恶狼。珂赛特浑身颤抖，又问道："爸，他们还算人吗？"

"有时还算吧。"这不幸的人答道。

那一批押解的犯人，天亮之前就从比塞特出发，走勒芒大道，以便避开国王去游玩的枫丹白露。这样一改道，可怕的旅程就要多走三四天；不过，为了不让国王看到这一惨景，多走几天路也不算什么。

冉阿让回到家里，情绪十分沮丧。遇到这种事是沉重打击，留下的印象类似巨大的震撼。

冉阿让带珂赛特回巴比伦街，一路上根本没有注意她又问起刚才看到的情景，也许他精神过于颓丧，无心旁顾，听不见她说的话，也无从回答。不过到了晚上，珂赛特离开他要去睡觉，嘴里嘀咕的话让他听见了："我在生活的道路上，若是遇到那样一个人，哪怕近前看一眼，我也觉得自己非吓死不可！"

幸好，在那凄惨一天的次日，正赶上国家庆典，记不清是什么节日了，巴黎组织庆祝活动：演武场上阅兵，塞纳河上比武，香榭丽舍大街上唱大戏，星形广场上放焰火，处处悬灯结彩，冉阿让狠了狠心，打破自己的习惯，带着珂赛特去开开心，以此冲淡前一天给她留下的印象，用全巴黎欢乐热闹的场面，抹掉在她眼前发生的那一幕惨剧。用阅兵仪式点缀这次节庆，街上自然有许多戎装的军人来来往往；冉阿让也换上他那套国民警卫队制服，但心里隐约总有一种避难的感觉。总的来说，这次游逛似乎达到了目的。珂赛特投父亲所好，这已是她的行为准绳，况且她看什么场景都新鲜，因而欣然同意出去看热闹，显示青年人随意轻松的情致，而且面对所谓公共节日的那种俗而又俗的欢乐，也没有嗤之以鼻，结果冉阿让真以为一举成功，消除了那可怕幻视的痕迹。

过了几天，在一个阳光明媚的早晨，他们二人都在对着花园的台阶上，这又是一次破例：冉阿让违反了自定的规则，珂赛特则打破了因忧伤而爱待在屋里的习惯。珂赛特穿着浴衣站在那里，少女裹着晨衣好似云霞拥着太阳，一副美妙的情态，头沐浴在阳光里，因睡了好觉而面色红润，接受老人怜爱的温柔目光。她在一片一片揪一朵雏菊的花瓣，但她不知道这迷人的口诀："我爱你，爱一点儿，热恋……"然而谁能教给她呢？她出于本能，天真地揉搓这朵花，并没有意识到揪一朵雏菊的花瓣，就是剥露一颗心。如果有第四位美惠女神，名为"忧伤仙女"，并微微含笑，那么她就是这仙女的模样儿。冉阿让呆呆望着这朵花上的小手指，一时心醉神迷，在这少女的光艳中将一切置之脑后。一只红喉雀在旁边的荆丛中啁啾。片片白云欢快地掠过天空，就好像自由放飞了似的。珂赛特还在聚精会神地扯花瓣，仿佛想什么事儿，不过想的一定是美事儿。忽然，她以天鹅似的优美姿态，慢悠悠地转过头来，对冉阿让说：

"爸，苦役场是怎么回事儿呀？"

第四卷　人助也许是天助

一　外伤内愈

他们的生活就这样日益暗淡下来。

只剩下一种消遣方式，也就是从前一种幸福的事儿：给挨饿的人送面包，给受冻的人送衣服。珂赛特常陪冉阿让去访贫问苦，从中能找回一点儿他们往日的情感交流。有时，一天下来很有成绩，帮助了不少穷人，温饱了不少小孩儿，到了晚上，珂赛特的情绪就快活一些。正是在这一时期，他们走访了容德雷特的那间破屋。

走访的次日早晨，冉阿让来到小楼，还和往常一样平静，可是左臂膀却有一大块创伤，红肿得厉害，相当严重，像是烧伤，他随便解释了一句。这次受伤，他发烧长达一个月，不再出门，也不肯请医生，有时珂赛特催得急了，他就说："找个狗大夫来吧。"

珂赛特早晚给他包扎，神态那么超凡，能为他尽力而流露莫大的欣慰，冉阿让深有所感，觉得自己的担心和惶恐烟消云散，往日的快乐又全部回到心头，他凝望着珂赛特，常说道："嘿！伤得好啊！嘿！疼得好啊！"

珂赛特见父亲病了，就抛弃小楼，又爱待在小屋和后院了，几乎每天守在冉阿让身边，给他念他挑选的书，主要是游记。冉阿让恢复了生趣，他的幸福重又焕发异彩；什么卢森堡公园、那个在周围转悠的陌生青年、珂赛特变得冷淡的态度，这些乌云全从他心头消散。他有时就想：“那一切，全是我想象出来的。我真是个老疯子！”

他感到无比幸福，就连在容德雷特的破屋，意外遭遇德纳第那样险事，也可以说从他身上滑过去了。他逃脱了，而且甩掉了跟踪，余下的事儿，就无所谓啦！他再想起来，只觉得那帮歹徒可怜，心想他们关进大牢，此后再也不能为非作歹，不过那家人陷入绝境，未免太悲惨了。

至于在曼恩城关那惨不忍睹的一幕，珂赛特再也没有提起。

在修道院时，珂赛特上过圣梅蒂德嬷嬷的音乐课，她天生一副黄莺似的好嗓子，富有感情，到了晚上，在这受伤的老人小屋里，她有时就唱起忧伤的歌曲，大大娱悦了冉阿让。

春天来临，每年到这个季节，园中景色十分迷人，冉阿让就对珂赛特说：“你总不去园子了，我要你去走走。”珂赛特回答：“听您的就是了，爸。”

她顺从父亲的意思，又恢复到园中散步的习惯，但多半独自一人，我们指出过其中的缘故：冉阿让几乎从不去花园，大概是怕铁栅门外有人瞧见。

冉阿让的创伤，倒为他消愁解闷了。

珂赛特见父亲痛苦减轻，创伤渐渐平复，似乎有了喜色，她的心情也就欢畅了，但自己并没有注意到，因为这种心境来得十分舒缓而自然。继而进入3月份，白天逐渐延长，冬季离去，而且总带走我们的一部分感伤；接着便到4月，这是夏季的黎明，像每天拂晓一样清爽，像每个童年一样欢快，有时也像初生婴儿一样啼哭。在这一月里，大自然将明媚的春光，从天空，从云彩，从树木，从草地，从鲜花传入人心。

珂赛特还太年轻，不能不让同她相仿的4月的喜悦沁人心脾。不知不觉中，连她自己都没意识到，她头脑中的黑影消失了。忧伤的心灵在春天也敞亮，正如地窖在正午也明亮一样。珂赛特也如此，已经不那么忧郁了。这是实际情况，但她没有觉察出来。每天吃过早饭，将近十点钟，她搀着父亲受伤的手臂，拉他到台阶前的花园里，在阳光下走一刻钟，这工夫她动不动就咯咯笑起来，显得非常快活，而自己却丝毫也不觉得。

冉阿让见她脸色又变得红润鲜艳，心中也喜不自胜。

“嘿！伤得好哇！”他低声重复道。

他甚至感激德纳第夫妇。

伤治好之后，他又恢复夜间独自散步的习惯。

独自到巴黎无人居住的地段散步，如果以为不会碰到意外，那就想错了。

二　普卢塔克大妈自有说法

一天晚上，小伽弗洛什没有吃东西，他还记得昨天晚饭就没有吃，总这样下去可受不了，就决定去找顿夜宵，便到妇女救济院那一带，在人迹罕至的地方转悠；在那里会有意外收获：没有人的地方往往能找到东西。他一直走到几户人家聚居点，好像是奥斯特利茨村。

他来这儿游荡过，有一次就注意到有一座老园子，只有一个老头和一个老太婆出没，园中那棵苹果树还说得过去；苹果树旁边有个关不严实的鲜果箱，从里边也许能掏出个苹果来。一个苹果，就是一顿晚餐；一个苹果，就能救人一命。害了亚当的东西，也许能救了伽弗洛什。园子隔着一道篱笆便是小街，小街没有铺路石，两边杂草丛生。

伽弗洛什朝园子走去，找到小街，认出那棵苹果树，看到那个鲜果箱，察看了一下篱笆：一道篱笆，抬腿就能跨过去。天色黑下来，小街连只猫都不见，正是好时候。伽弗洛什刚要起跳，猛地又停下。园中有人说话。伽弗洛什从篱笆缝儿往里窥视。

那边的篱笆脚下，离他两步远，恰好在他打算跨过豁口的着地点，平放着当凳子坐的一块条石，园中的那个老头儿坐在上边，对面站着那个老太婆。老太婆絮絮叨叨。伽弗洛什也不管那一套，偷听起他们的谈话。

“马伯夫先生！”老太婆说道。

“马伯夫！”伽弗洛什想道，“这名字好滑稽。”①

被呼唤的老头儿一动不动。老太婆又叫了一声：

“马伯夫先生！”

老头儿眼睛没有离地，终于决定应声：

“什么事儿，普卢塔克大妈？”

“普卢塔克大妈！”伽弗洛什想道，“又一个滑稽的名字。”②

普卢塔克大妈又说下去，老头儿却勉强答话。

“房东不高兴了。”

“为什么？”

“欠了人家三个季度房租。”

“再过三个月，就欠四个季度了。”

“他说要把您赶到街上睡。”

“走就走。”

“果品店老板娘也要付账，她不肯再赊给木柴了。今年冬天您

---

① 马伯夫的法语发音类似“我的牛”。

② 普卢塔克（约50—125年）：原是古希腊作家，这里借用。

拿什么取暖？我们一点木柴都没有了。”

“有太阳呢。”

“肉店老板也不肯赊账，不愿卖给肉了。”

“不卖正好。吃肉我消化不良。太腻了。”

“那吃什么呢？”

“吃面包。”

“面包铺老板也要清账，他说不拿现钱不卖面包。”

“好吧。”

“那您吃什么？”

“我们这棵树上还有苹果。”

“可是，先生，没有钱，往下没法儿活呀。”

“我没钱。”

老太婆走了，老头儿独自留下，他开始考虑。伽弗洛什也考虑起来。天几乎全黑了。

伽弗洛什考虑的头一个结果，就是蹲在篱笆脚下，不想跨过去了。绿篱脚下枝条稀薄一点儿。

“咦，”伽弗洛什心中惊叹道，“一个小窝！”于是他蜷缩进去，后背几乎靠到马伯夫老爹的石凳。他听到那八旬老人的呼吸。

就这样，他想用睡觉代替晚餐。

猫儿睡觉，只闭一只眼。伽弗洛什一边打盹儿，一边窥伺。

暮晚天空的白光照白了大地，在两排幽暗的荆棘之间，小街呈现出一条灰白线。

忽然，在灰白带上出现两个身影，一前一后，相隔不远。

“来了两个人。”伽弗洛什咕哝道。

头一个身影像个老市民，弓背低头沉思，衣着十分简朴，因上年纪而步履缓慢，披着星光夜游。

第二个是细高挑儿，身子挺拔，正按前边那个人调整自己的步伐，有意放慢速度，但能让人感到他的动作灵活敏捷。不知为什么，这个身影显得凶险而令人不安，他整个仪表正是当时所谓的时髦青年：帽子是好式样，紧身燕尾服剪裁得体，大概是上等料子的。他的头高扬，既健壮又高雅；那顶帽子下面，少年的一张苍白侧脸，在暮色中隐约可见。那侧脸嘴上叼着一朵玫瑰。第二个身影伽弗洛什熟识，那就是蒙巴纳斯。

关于另外那个人，伽弗洛什只看出是个老头儿，此外一无所知。

伽弗洛什立即注意观察。

这两个行人，显然有一个要对另一个图谋不轨。伽弗洛什处于有利位置，便于观察事态的发展。这个小窝恰好成了掩蔽体。

蒙巴纳斯在这样时刻，到这种地方打猎，那是非常危险的。伽弗洛什这个流浪儿感到心生怜悯，暗暗为那老人叫苦。

怎么办？插手吗？一个弱小去救助一个老弱！那只能让蒙巴纳斯笑掉大牙！伽弗洛什明明知道，那个十八岁的强盗特别凶残，那一老、这一小，两口就会让他吞掉。

伽弗洛什这边心里还在犯合计，那边已经开始凶猛的袭击。那是猛虎袭击野驴，蜘蛛袭击苍蝇。蒙巴纳斯一下吐掉那朵玫瑰，扑向老人，揪住他的衣领，狠狠掐住他的脖子，伽弗洛什差点儿喊出声来。过了一会儿，一个就把另一个压在下面，用坚如石头的膝盖顶住胸口，下面那个拼命挣扎，但是已经气短力竭。不过，情况完全不像伽弗洛什预料的那样。被打倒在地的，是蒙巴纳斯；压在上面的，是那个老头儿。

这一场面，就发生在离伽弗洛什几步远的地方。

老人受袭击，立刻还击，而还击之猛烈，转瞬间，攻击者和被攻击者就掉换了位置。

“好一个勇猛的老将！”伽弗洛什心中赞道。

他不由得鼓起掌来，但是掌声单弱，传不到相搏的两个人那里：二人气喘吁吁，正全力拼搏，听不见周围的动静了。

那场面戛然静止了。蒙巴纳斯不再挣扎。伽弗洛什不免嘀咕一句：

“他死了吧？”

那老人一句话未讲，一声也未喊，他直起身来，伽弗洛什听他对蒙巴纳斯说：

“起来。”

蒙巴纳斯爬了起来，但仍被老人揪住，他又羞又恼，那狼狈样子，恰似被绵羊咬住的一条狼。

伽弗洛什瞪大眼睛，竖起耳朵，尽量用听力加强视力，他觉得开心极了。

作为旁观者，他的担心得到了报偿，能捕捉住他们的对话；而这场对话借助于黑暗，具有一种难以形容的悲剧腔调。老人盘问，蒙巴纳斯回答：

“你多大年龄？”

“十九岁。”

“你有力气，身体又好，为什么不干活呢？”

“我觉得无聊。”

“你是干什么营生的？”

“游手好闲。”

“说话正经点儿。能帮你什么忙吗？你想做什么？”

“做强盗。”

二人沉默片刻。老人仿佛在沉思，他一动不动，但是没有放开蒙巴纳斯。

那年轻的歹徒又健壮又敏捷，像一只被捕兽器夹住的野兽，不时乱蹦几下。这时，他猛然一挣，来个勾脚，双手拼命扭动想挣脱。老人全然不觉，只用一只手抓住他的两个手腕，就像掌握了一种绝对力量那样毫不在意。

老人凝思了片刻，眼睛又盯住蒙巴纳斯，在这昏天黑地，他声调和蔼，语重心长地规劝一番，字字都传入伽弗洛什的耳中：

“我的孩子，你因为懒惰，就进入了最辛苦劳累的生涯。唉！你说你游手好闲！那还是准备劳动吧。有一种可怕的机器，你见过吗？那叫轧机。要特别当心，那可是个险恶的东西，它只要咬住你的衣襟儿，你整个人就会搅进去。那种机器，就叫无所事事。止步吧，趁现在还来得及，赶紧逃开！要不然，就完蛋了，不用多久，你就会给搅进齿轮里，一旦卷进去，就没救了。那就要把你累个死，懒骨头！再也没有停歇的时候。苦役的无情铁手死死抓住你。还是自谋生路，找一份活儿干，履行一种职责，你不愿意！像别人那样，你觉得无聊！那好吧！你就要成为另外一种样子。劳动是法则。谁厌烦推开劳动，谁就要受劳动的刑罚。你不愿意当工人，那就得当奴隶。劳动从这一端放开你，只为了从另一端抓住你；你不肯当它的朋友，那就要当它的黑奴。哼！你不愿意要老实人的疲劳，那就得下地狱去流汗。在别人唱歌的地方，你只能哀号哭泣。你在底层远远望见别人劳动，就觉得他们是在休息。耕地的人、收割的人、水手、铁匠，都在光明里，在你看来就像天堂中快乐的人。铁砧放射多美妙的光芒！扶犁，捆麦子，又是多么快乐。船在风中自由行驶，该有多么痛快！而你，懒家伙，你就刨吧，拖吧，滚吧，行进吧！戴上你的笼头，你成了地狱里拉重载的牲口！哼！什么也不干，这就是你的目的。好吧！你就要每一周，每一天，每一小时都累得精疲力竭。你搬起什么东西都要战战兢兢。熬过的每一分钟，都会让你的筋骨咯咯作响。对别人轻如羽毛的东西，对你就要重如岩石。最简单的事情，就要变得比登天还难。你周围的生活将变成恶魔。走一步路，喘一口气，无不变成沉重的劳动。你就觉得自己的肺承受百斤重负。走这边还是走那边，也要变成极难解决的问题。任何人想出去，推一下门就行了，跨出门槛就到了户外。而你呢，若想出去，你就得在墙壁凿开洞。要想上街，大家都怎么办呢？走下楼梯就行了；而你，还得撕开床单，一段一段拧成绳子，再从窗口下去，你抓住绳子吊在深渊上面，还要在黑夜里，趁着狂风暴雨，飞沙走石的天气，万一那根绳子太短，你就只有一个办法下去，松手往下掉，盲目掉进深渊，究竟有多深，究竟掉在什么上面？反正掉在下面，掉在未知的东西上。要不然，你从烟囱爬出去，冒着烧死的危险，或者从排粪沟爬出去，冒着淹死的危险。我还要告诉你，挖出的洞必须掩盖起来，洞口的石头，每天不知有多少回取下再安上，挖出的灰土要藏在草垫里。门上有一道锁，市民兜里有锁匠给打的钥匙。可是你呢，若想通过，就不得不造出一件惊人的杰作；你得弄一个大铜钱，剖成两个薄片，用什么工具呢？你自己发明去吧，这是你的事儿。然后，你将两片的里面挖空，要小心别损坏表面，再把周边刻出螺纹，两片合起来能严丝合缝，就跟盒底盒盖一样。上下两片拧紧，谁也看不出来。你虽然受监视，但是看守会以为是枚大铜钱，而对你来说却是个小盒。盒里装什么呢？装一小段钢条。怀表的一段发条，你已经在上面凿了许多齿，成为一把小钢锯，有别针那么长，藏在铜钱里，可以用来锯断锁舌、门插销、挂锁的梁、你窗上的铁条、你脚上的锁链。这件杰作完成了，这件奇物造出来了，在艺术、技巧、灵活、耐心方面显示这么多奇迹，可是一旦让人发现是你干的，你会得到什么报酬呢？关进地牢。这就是前途。懒惰，追求享乐，多么凶险的悬崖峭壁！无所事事，就是要自讨苦吃，你知道吗？依赖社会物质，游手好闲地生活！做个无用的人，也就是有害的人！那只能把人直接引到悲惨的绝境。要当寄生虫，就要遭大难！就要成为蛆。哼！你不喜欢干活！哼！你只有一个念头：吃好，喝好，睡好。到那时你只能喝凉水，吃黑面包，睡木板，手脚还要戴上锁链，让你夜晚皮肉感到冰凉！你要挣断锁链，要逃跑，那很好。可是，你得在荆棘丛中爬行，像森林野人一样吃草，最后还要被抓回去。那样一来，就要把你投进地牢关几年，用铁链拴在墙上，你得摸黑找水罐喝水，啃一块连狗都不吃的恶心的黑面包，吃那种虫蛀的蚕豆。你变成地窖里的甲虫！唉！可怜你自己吧，不幸的孩子，小小年纪，断奶还不到二十年，母亲一定还活着！我劝你，听听我的话。你要穿优质黑呢子衣服，穿薄底皮鞋，要烫头发，给鬈发涂上香喷喷的发蜡，要讨女人喜欢，要英俊漂亮。可是到那时，你就得剃成光头，戴红囚帽，穿木鞋。这会儿你要戴戒指，到那时你脖子上得戴枷锁。你若是瞧一眼女人，就得挨一棒子。你二十岁进去，五十岁才能出来。你进去时非常年轻，面色红润，皮肤细嫩，眼睛炯炯有神，牙齿雪白，一头少年的美发；可是出来的时候，人垮了，背驼了，皮肤皱了，牙齿掉了，头发白了，样子难看极了！唉！我可怜的孩子，你走错了路，懒惰给你出了坏主意；最艰苦的劳动，就是抢劫。相信我，不要干当懒汉那种苦差使。成为一个坏蛋，并不怎么舒服，还不如做诚实人那么自在。现在你走吧，想一想我对你说的这番话。对了，刚才你要我什么东西？我的钱袋，给你吧。”

老人放开蒙巴纳斯，将钱袋放在他手上。蒙巴纳斯托在手上掂了掂，然后像偷来似的，以机械的动作，小心翼翼地揣进燕尾服的后兜。

老人说完这番话，又做完这件事，便转过身去，继续悠然地散步。

“老傻瓜！”蒙巴纳斯咕哝一声。

那老人是谁？想必读者已经猜到。

蒙巴纳斯怔怔地望着他消失在暮色中。他这一呆望又倒霉了。

老人那边走远，伽弗洛什这边却凑近了。

伽弗洛什往旁边瞧了一眼，看清马伯夫仍坐在石凳上，大概睡着了，他就从荆丛窝里钻出来，沿着黑地朝愣着不动的蒙巴纳斯背后爬去，爬到身边，蒙巴纳斯没有看到，也没有听见；于是，流浪儿伸手，悄悄探进那优质黑呢礼服的后兜，抓住钱袋，抽回手来，又爬开了，像游蛇一样溜进黑暗中。蒙巴纳斯毫无理由警惕周围，而且有生以来，这是他头一回思考问题，也就一点也没有发觉。伽弗洛什回到马伯夫老爹旁边，从篱笆上边把钱袋扔过去，撒腿跑掉了。

钱袋落到马伯夫老爹脚下，把他惊醒了。他俯下身拾起钱袋，一时莫名其妙，便打开看看。那钱袋分为两格，一边有点零钱，另一边有六枚拿破仑金币。

马伯夫先生大吃一惊，赶紧送给老保姆。

“这是天上掉下来的。”普卢塔克大妈说道。

第五卷　结局不像开端

一　荒园和兵营相结合

四五个月前，珂赛特还心痛欲碎，黯然神伤，不知不觉中，她的心情平静下来了。大自然、春天、青春，对父亲的爱、鸟儿和鲜花的喜悦，不知把什么类似遗忘的情绪，一天一天，一点一点，一滴一滴，注入这颗贞洁而年少的灵魂。在这颗灵魂中，火完全熄灭了吗？还是仅仅覆上一层灰烬呢？反正她几乎没有忧心如焚的感觉了，这也是实际情况。

一天，她忽然想起马吕斯，自言言语道："怪啦！我不再想他了。"

就在那个星期，她发现一名英俊的枪骑兵军官从园子铁栅门前走过，只见那人蜂腰身段，军装十分标致，头戴漆布军帽，手臂下一把战刀，脸蛋像姑娘，胡须上了蜡油，再看那金黄色头发、金鱼眼睛、圆圆的脸，那副样子又庸俗，又放肆，又漂亮，正是马吕斯的反面形象。他嘴里还叼根雪茄烟。珂赛特心想：那军官一定是驻扎在巴比伦街部队的。

次日，她又望见那军官经过，并留心注意时间。

从那时起，她几乎天天看他经过，难道这是偶然的吗？

那军官的伙伴也发现，在那难看的老式铁栅门里，"管理不佳”的花园中，有一个漂亮妞儿，每当英俊的中尉经过时，几乎总待在那地方。那名中尉，读者并不陌生，他就是特奥杜勒·吉诺曼。

“嘿！”他们对他说，“那儿有个小妞儿，向你飞眼呢，瞧瞧啊。”

“凡是看我的姑娘，都让我瞧瞧，我有那个工夫吗？”枪骑兵军官回答。

正是在这种时候，马吕斯心灰意冷，走到死亡的边缘，嘴上反复念叨：“死之前哪怕再见她一面也好啊！”他的意愿若是实现，他若是看见在这种时刻，珂赛特正瞄准一个枪骑兵，那他就会哑口无言，痛苦而死。

这是谁的过错呢？谁也没有错。

马吕斯这种性情，陷入苦恼就不能自拔，而珂赛特沉下去却能浮上来。

再说，珂赛特正经历一段危险时期，即女性耽于梦想而易失足的阶段；在这种时候，一个孤寂的少女的心，好似葡萄藤的卷须，不管遇到的是大理石柱头，还是酒馆的木柱，都同样会攀附。这一稍纵即逝的严峻时刻，对任何没有双亲的孤女，无论其贫富，都是具有决定性的关头，因为富有并不能防止错误的选择。错误的结合往往发生在社会上层，而真正的错误结合是灵魂的错误结合。多少默默无闻的青年，出身微贱，没有名望，也没有财产，却是大理石柱头，能支撑一座伟大感情和伟大思想的庙宇；反之，一个上流社会的男人，踌躇满志，腰缠万贯，穿的靴子油光锃亮，说的话光滑流利，然而，如果不看他外表，而看他内心，即他给妻子保留什么，那就不难看出他不过是个蠢物，心里装满卑污狂妄的淫欲邪念，是酒馆的一根木柱。

珂赛特灵魂里有了什么呢？有平静下来或入睡的痴情；处于漂浮状态的爱；表面清澈明亮，在一定深度混浊，到深底幽暗的某种东西。那英俊军官司的形象映现在表面。深处有没有一种记忆呢？——幽底呢？——也许吧。珂赛特并不知道。

这期间，突然出了一件怪事。

二　珂赛特的恐惧

4月份的前半个月，冉阿让出了一趟门。我们知道，每隔很长一段时间，他就要旅行，离家一两天，顶多三天。他去哪里呢？任何人，甚至连珂赛特也不知道。不过有一次他出门，珂赛特乘出租马车一直送到一条死巷口，看见角上的牌子：小板巷。他在那里下车，让马车把珂赛特送回巴比伦街。冉阿让这种短期旅行，往往安排在家里缺钱的时候。

晚上，珂赛特独自一人待在客厅。为了解解闷，她揭开管风琴盖，边弹边唱，弹唱的是《厄里安特》[①]中《迷失在森林中的猎人》，这也许是整个音乐中最美的乐段。她弹唱完了，就坐在那儿想心事。

忽然，她仿佛听见园子里有脚步声。

不会是她父亲，父亲出门了；也不会是都圣，都圣睡下了。已是晚上十点钟。

她走过去，耳朵贴到客厅关好的窗板倾听。

仿佛是男人的脚步，但是走路极轻。

她急忙上楼回卧室，打开窗板上的小气窗，张望花园。正值望

---

① 《厄里安特》：卡斯蒂尔—布拉兹的歌剧，韦伯作曲，创作于1831年。

月，园里明如白昼。

花园没有人影。

她打开窗户。园中寂静无声，街上也同往常一样阒无一人。

珂赛特心想自己听错了，原以为听见脚步声，那只是韦伯那段阴森怪异的合唱曲所引起的幻觉。那乐曲向人的思想展示幽邃可怕的意境，犹如骇人的密林震撼视觉，仿佛听见猎人在苍茫的暮色中不安地徘徊，踏得枯枝咯咯作响。

她不再想这事儿了。

况且，珂赛特天生就不大知道害怕，她的脉管中流淌着光脚闯荡的吉卜赛女人的血液。不要忘记，她是云雀，而不是白鸽。她的秉性粗犷而勇敢。

第二天，没有那么晚，天刚黑下来，她在园中散步，心里正胡思乱想，仿佛又间歇听见昨晚那种声响，就像离她不远的树下幽暗中有人走动，不过她想，两根摇曳的树枝相摩擦，比什么都像草丛里的脚步声，于是不再注意了。况且，她什么也没有看到。

她从“荆丛”里走出来，再穿过一小块绿草坪，就能回到楼前台阶。月亮从她身后升起，在她走出树丛时，将她的身影投射在面前的草地上。

珂赛特恐怖地站住。

在她影子旁边的草地上，月光又清晰地投下一个特别瘆人、特别可怖的影子，一个戴圆帽的影子。

好像是个男人的影子；那人在珂赛特身后几步远，站在树丛边上。

她一时说不出话，叫不出也喊不出来，动不了也回不过头去。

终于，她鼓起全部勇气，毅然决然转过身去。

一个人也没有。

她再瞧瞧地上，那影子也消失了。

她又回到树丛，壮着胆子搜寻每个角落，一直到铁栅门，但什么也没有找到。

她真感到脊背冒凉气。难道又是错觉？什么！连续两天？一次错觉，也就罢了，还会产生两次错觉？令人不安的是，那肯定不是鬼影。鬼魂一般不戴圆帽。

次日，冉阿让回来了。珂赛特向他讲了她以为听到和看到的，本以为父亲会耸耸肩膀，让她放心，会对她说：你真是个小疯丫头！

不料，冉阿让却忧虑起来。

“难说没有什么事儿。”他说道。

他找了个借口走开，到园子去了。珂赛特望见他仔细检查铁栅门。

珂赛特半夜醒来，这回没错儿，她听得清清楚楚，窗下台阶附近有人走动。她跑过去，打开小气窗，果然看见园中有个人，手持一根粗木棒。她正要喊叫，又瞧见月光照亮那人的侧影，原来是她父亲。

她又睡下，思忖道：他确实很担心啊！

冉阿让一夜待在园中，随后又连守了两夜。珂赛特从小气窗看见他。

第三天夜晚，月亮由圆到缺，升起的时间也迟了，约摸半夜一点钟，珂赛特忽听有人哈哈大笑，又听见父亲喊她的声音：“珂赛特！”

她跳下床，穿上便袍，去打开窗户。

她父亲站在下边的草坪上。

“我把你叫醒，是要让你放心，”他说道，“瞧，这就是你说的戴圆帽的影子。”

他指着月光投射在草坪上的影子让她看，那确实像戴圆帽之人的鬼影，却是邻居屋顶一个戴帽子的铁皮烟囱的投影。

珂赛特也笑起来，所有不祥的推测不攻自破，次日她同父亲吃早饭时，还当笑话说起铁烟囱称影子闹鬼的园子。

冉阿让的心情又完全平静下来。至于珂赛特，她也不大注意，那铁烟囱是否在她看到或以为看到的影子的方位，月亮是否在天空的同一点上。她心中也丝毫没有产生疑问，那铁烟囱怎么那样古怪，还怕被当场捉到，一有人瞧它的影子，就赶紧缩回去了，因为那天晚上，珂赛特转身的工夫，那影子就消失了，对此她觉得很有把握。珂赛特完全放心了：这种解释很圆满，说什么傍晚或半夜园子里有人走动，这完全是她的臆想。

然而又过了几天，又发生了一件怪事。

三　都圣添枝加叶

那园子临街铁栅门旁边，有一条石凳，由一道绿篱挡住好奇者的视线；不过，过路的人要从栏杆和绿篱缝儿伸进手臂，还真能摸到石凳。

还是这个4月份的一天傍晚，冉阿让出去了；日落之后，珂赛特坐在石凳上。树木间清风习习，珂赛特在想心事，一种无名的忧伤逐渐袭上心头，暮晚的愁绪无以排遣，谁知道呢？也许是这种时刻半开的坟墓一种神秘力量引起的吧。

芳汀也许就在这昏暗中。

珂赛特起身，绕园子漫步，踏着缀满露水的青草，仿佛梦游人，忧伤地自言自语：“真的，这个时辰在园子里走，非得穿木鞋不可。容易感冒。”

她又回到石凳。

她正要坐下，忽然发现座位上放了一个大石块，明明刚才是没有的。

珂赛特凝视这块石头，一时莫名其妙。她猛然想到，石头不会自己跳上石凳，是有人放上的，刚才肯定有一条胳膊从铁柱之间探进来。一产生这个念头，她就害怕了，这回可真怕了。无可怀疑，石块就摆在面前；她没有碰，赶紧逃开，也不敢回头看一眼，一直逃回房间，立刻关上台阶上面的窗板和落地窗，插上闩，上了锁。

她问都圣："我父亲回来了吗？"

"还没有，小姐。"

（都圣口吃，我们已经指出，就不再赘述了。请允许我们不再强调这一点，我们讨厌将人的一种缺陷录成乐谱。）

冉阿让是个爱沉思和夜游的人，往往深夜才回家。

"都圣，"珂赛特又说道，"晚上您可要仔细关好窗板，至少园子那边插好，将小铁件插进铁环里，关严实了，好吗？"

"好！放心吧，小姐。"

都圣不会马虎，珂赛特完全清楚这一点，但她还是忍不住补充一句："这地方太偏僻了！"

"这话不错，"都圣说道，"在这要是遇害，恐怕连哼一声都来不及！而且，先生还不住在楼里。不过，您一点儿也不要害怕，小姐，我把窗户关好，就像堡垒一样。只住两个女人！真叫人提心吊胆！您能想象出来吗？半夜里，看见几个男人闯进您房间，对您说：不许出声！他们上前割您脖子。死倒不怕，死就死呗，谁都清楚反正得死，可是，感到那些男人碰您，那太可恶了。还有，他们那些刀子，肯定割起来也不痛快！上帝啊！"

"别说啦，"珂赛特说道，"门窗全关好！"

珂赛特让都圣即兴的惨剧台词吓破了胆，也许又想起上星期见鬼的事，因此她都不敢对保姆说：“您倒是去瞧瞧有人放到石凳上的石头！”就怕再一打开对着园子的那扇楼门，会让“那些男人”闯进来。她让都圣仔细关严所有门窗，让她把整个小楼，从地窖到阁楼全检查一遍；她回到卧室，插好房门，又瞧了瞧床底下，这才上床，还是睡不安稳。一整夜，她都看见那块石头像座大山，到处是“洞穴”。

次日太阳升起，——日出的特点，就是令我们对夜晚的种种恐惧哑然失笑，失笑的程度又往往同有过的恐惧成正比，——太阳升起，珂赛特也醒来，一场虚惊，仿佛做了一场噩梦，心中想道：“我想到哪儿去啦？又像上周那样，半夜三更，以为听见园子里有脚步声！又像上次那样，看到的是铁烟囱的投影！现在，我快要变成胆小鬼了吧？”阳光从窗板缝儿射进来将花缎窗帘映成紫红色，她完全放下心来，那些胡思乱想，就连那块石头，都从她脑海里烟消云散。

“石凳上不会有石块，正如园里没有戴圆帽的男人一样；石块和别的东西，全是我梦见的。”

她穿好衣裳，下楼来到花园，跑到石凳跟前，不禁出了一身冷汗。石块还在那儿。

这不过是一瞬间的反应。夜晚的恐惧，到白天就变成好奇心了。

“怕什么！”她说道，“瞧瞧看。”

石块相当大，她搬起来，看见下面有样东西，好像是一封信。

那是个白纸信封，珂赛特拿起来一看，正面没有写姓名地址，背面也没有火漆封印。信封虽然敞着口，却不是空的，里面露出几张纸。

珂赛特伸进手去掏。她感到的已不是恐惧，也不是好奇，而是有些惶惑了。

珂赛特从信封里抽出一小叠纸，每页标了号，写了几行字，她心想，字迹很娟秀。

珂赛特找了半天，不见一个名字，也没有署名。是写给谁的呢？大概是寄给她的，既然有一只手将信放到她坐过的凳子上。是谁写来的呢？她受到极大的诱惑，无法抗拒，几页信纸在手里发抖，想移开目光，望望天空，望望街道，又望望沐浴在阳光中的刺槐、邻家房顶上飞旋的鸽子，继而，目光又蓦地垂到手书上，心想应当看看信中写了什么。

信的内容如下——

四　石头下面一颗心

将宇宙缩小到唯一的人，将唯一的人扩展到上帝，这便是爱。

爱，就是天使向星辰膜拜。

灵魂若为爱而忧伤，该是何等忧伤！

不见那独自就填满世界的人，该是何等空虚！啊！心爱的人变为上帝，该是何等真实！不难理解上帝也会嫉妒，假如万物之父不是显然为灵魂而创造出世界，为爱而创造出灵魂。

只要远远望见紫飘带绉纱白帽下的粲然一笑，就足以让灵魂进入梦幻的宫殿。

上帝在万物的后面，万物掩蔽上帝。事物是黑色的，人也不透明。爱一个人，就是使其透明。

某些思想就是祈祷。有时，不管身体姿势如何，灵魂却在下跪。

相爱而分离的人，能凭借千百种虚幻而真实的事物相见。有人阻止他们见面，也不准相互写信；但是，他们能找到无数神秘的办法互通音信。他们互送鸟儿的鸣唱、鲜花的芳香、孩子的欢笑、太阳的光芒、清风的叹息、星辰的闪光，互送天地万物。有何不可呢？上帝创造出来的东西全是为爱服务的。爱有足够能量委托大自然传递信息。

春天啊，你就是我给她写的一封信。

未来还主要属于心灵而不是思想。爱，是唯一能占据并充满永恒的东西。只有永不枯竭，才能满足无限。

爱，具有灵魂的特质。两者本质相同。同灵魂一样，爱也是神的火花，同灵魂一样，爱也不可腐蚀，不能分割，不会干涸。爱，是我们身上的火点，永生永世，无穷无尽，任何东西也不能熄灭，任何东西也不能局限。我们感到它一直燃到骨髓，看见它的光芒直达天际。

爱哟！崇拜！两情相悦，两心相契，两副目光相渗透！幸福哟，你会到我这儿来，对吧！二人并肩在僻静无人的地方散步！幸福灿烂的日子！有时我梦见，时间脱离天使的生活，来到凡尘度过人的命运。

上帝若给相爱的人增添幸福，别无他法，只能给他们无穷无尽的岁月。爱的一生之后，便是爱的永生，这的确是一种增长；不过，若想从此生开始，就要从强度上增加爱给予灵魂的那种难以描摹的幸福，这是不可能的，甚至上帝也办不到。上帝，是上天的饱和；爱，是人的饱和。

你仰望一颗星，有两种动机，因为星既明亮，又参悟不透。你身边有一种更柔和的光辉和一种更大的神秘：女人。

无论是谁，我们全有可供呼吸的东西；如果缺少，就像缺少空气一样，我们就会窒息，从而死去。因缺少爱而死，尤为惨烈。灵魂的窒息症！

爱一旦将两个人融合为一个天使般的神圣体，他们便找到生活的真谛，他们便成了同一命运的两端，同一神灵的两翼。爱吧，翱翔吧！

一个光彩照人的女子，从你面前走过，从那一天起，你就完了。你就爱了。你别无选择，只有一件事好做：集中精神想她，结果驱使她也想你。

爱开始做的事，只能由上帝去完成。

真正的爱，能为丢失一只手套而伤心，或为找回一只手帕而欢喜；爱要把忠诚和希望寄托于永生永世。爱既由无限大、又由无限小构成。

你若是石头，就做磁石吧；你若是草木，就做含羞草吧；你若是人，就做痴情人吧。

什么也不能满足爱。有了幸福，又想乐园；有了乐园，又想天堂。

你哟，不管你爱谁，这一切都在爱中。你要善于在爱中找到。爱有上天所有：凝望；爱有上天所无：情欢。

“她还会来卢森堡公园吗？”“不会来了，先生。”“她是在这座教堂做弥撒，对吧？”“现在她不来了。”“她一直住在这楼房里吗？”“她搬走了。”“她搬哪儿去住了呢？”“她没有讲。”

不知道自己灵魂的居所，多么惨苦啊！

爱有稚气的一面，其他狂热的感情有渺小的一面。可耻啊，把人变得渺小的情感！光荣啊，把人变成孩子的情感！

这是件怪事，你知道吗？我处于黑夜中。因为一个人走了，带走了天空。

噢！并排躺在同一个墓穴里，手拉着手，在黑暗中，不时相互轻轻抚摩一下手指，这就足以维持我的永生。

你因为爱而痛苦，还要加倍爱吧。因爱而死，就是为爱而生。

爱吧！在幽幽的星光中，这种折磨伴随着脱胎换骨。垂死中的心醉神迷。

鸟雀欢乐啊！因为鸟雀有窝有歌。

爱就是呼吸天堂的圣洁空气。

深邃的心灵啊、明智的思想啊，接受上帝所创造的生命吧。这是长久的考验，是为未知的命运所做的不可理喻的准备。这种命运，真正的命运，人从跨进坟墓的第一步就开始了。于是，他眼前会出现某种东西，他开始分辨出恒定。恒定，想一想这个词。活着的人能望见无限；而恒定，只有死者才看得见。大限之前，还是爱并忍受痛苦吧，还是希望并憧憬吧。不幸啊！只爱躯壳、形体、表象的人，唉！死亡，会把这一切夺走！尽心尽意爱灵魂吧，将来你还能再见到。

我在街上遇见一个非常穷苦的青年。他在爱，他的帽子破旧，衣服破损，臂肘磨出洞；水能透进他的鞋底，但星光也射进他的灵魂。

被人爱，这是多么重大的事情！爱人，是多么更为重大的事情！心充满激情而变得英勇无畏。这颗心除了纯洁什么也不容纳了，除了高尚和伟大什么也不依赖了。邪恶之念再也不能在这颗心上萌发，正如冰山上不能长荨麻。高尚而宁静的灵魂，超脱了凡俗的情欲和冲动，俯瞰人间的乌云和黑影、疯狂和谎言、仇恨和虚荣、狗苟蝇营，高踞青天之上，只能感到来自命运深层的撼动。就像山峰感知地震一样。

如果没有人在爱，太阳就会熄灭。

五　珂赛特看信之后

珂赛特读着信，渐渐进入梦想，看到手稿最后一行，她抬起眼睛，恰是那位英俊的军官从铁栅门前经过的时刻，她望见他那得意洋洋的样子，觉得俗不可耐。

她重又品味这手稿。字体非常秀美，珂赛特心想，出自同一个人的手笔，但墨迹不同，有地方很浓，有地方浅淡，好像墨水瓶里掺了水，可见写的日期不一样。这是有感而发，记下一声声感叹，没有筛选，纷乱无序，也没有目标，是随笔式的。珂赛特从来没有看过这类文字。这份手稿并不晦涩，她大多看明白了，给她的印象好似门微启的一座圣殿。这神妙的文字，每一句都放射耀眼的光芒，使她的心沐浴在奇异的光辉里。从前受的教育，总是向她谈论灵魂，但从来没有提过爱，近乎只讲炽炭而绝口不提火焰。这十五页手稿娓娓讲述全部爱、痛苦、命运、生命、永恒、初始和终了，一下子全向她揭示出来。仿佛有一只手猛地张开，朝她抛来一大把阳光。从这数行文字中，她感觉到一种深挚、火热、豪迈而善良的性情，一种巨大的痛苦和巨大的希望，一颗缠绵悱恻的心，一种心醉神迷的憧憬。这手稿是什么呢？是一封信。信上却没有地址，没有收信人姓名，没有日期，没有署名，情词恳切而又无所希冀，是由句句真话组成的谜语，是由天使传递给贞女看的情书，是定在世外的幽会，是孤魂写给野鬼的爱语。仿佛是一个衰惫已极的男人，从容地要到死亡中避难，给远方的女子寄去命运的奥秘、生命的钥匙、爱情。这是脚踏进坟墓里，手指高举在天空上写出来的。这一行行落在纸上，可以称作点点滴滴的灵魂。

现在要问，这手书来自何人？是出自谁的手笔？

珂赛特毫不犹豫。只有那一个人。

是他。

她心中豁然开朗。当初的情景，全又浮现在眼前。她感到一阵前所未有的喜悦和一种深深的焦虑。是他！是他写给她的！他来啦！是他的手臂从铁栅中间探进来！就在她把他渐渐遗忘的时候，他又找到她啦！不过，难道她真把他忘了吗？没有！绝没有忘！她一时昏了头，才这么以为。她始终爱他。始终仰慕他。在一段时间，这心中的火覆盖了一层灰，但她看得很清楚，是往深处蔓延，现在又燃烧起来，将她团团围住了。这份手书好似一点火星，从另一颗心灵落入她的心灵，于是她感到又要燃起熊熊大火。手稿一字一句拨动她的心弦。“正是啊！”她说道，“这一切我多么熟悉呀！这一切，我都从他眼中阅读过。”

她第三遍看完手书的时候，特奥杜勒中尉又从铁栅门前经过，踏着铺石街道，弄得马刺啪啪响。珂赛特不得不抬头望一眼，只觉得他俗气、愚蠢、笨拙、无用，还自命不凡，不识进退，放肆无礼，而且面目可憎。那军官认为应当冲她笑一笑。可是她却扭过头去，心中又羞愧又恼怒，真想抓起什么东西朝他头上砸过去。

她逃回房间，关起门来，要反复阅读手稿，好能背下来，以便仔细思考。她看完了，又吻了吻，将手稿塞进胸衣里。

这下子完了，珂赛特又坠入深挚而纯洁的爱情中。伊甸园的深渊又洞开了。

一整天，她都处于陶醉状态，思绪纷乱如麻，考虑不了什么问题，也猜测不了什么情况，只是在颤抖中期望，期望什么呢？她不敢向自己许诺什么，也不敢拒绝什么。她的脸色一阵阵发白，身体一阵阵战栗，有时恍若步入幻境，心中提出疑问："这是真的吗？"于是摸摸衣裙里边的心爱的手稿，并紧紧按在胸口，感到纸角刺着肌肤，眼神流溢出前所未有的喜悦的光彩，不禁想道："对呀！正是他！这是他给我送来的！"在这种时刻，冉阿让若是见到她这种快乐神情，一定会不寒而栗。

珂赛特心想，把他还给我，这是天意，是天使相助。

爱情的美化哟！奇思异想哟！所谓天意，所谓天使相助，不过是那个面包团，由一名盗匪从查理大帝院子抛过强力监狱的房顶，扔给狮子坑的另一名盗匪。

六　老人往往走得好

黄昏时分，冉阿让出门了。珂赛特开始梳妆打扮，她把头发梳成最合自身的式样，又换上一件衣裙。这件衣裙的领口多裁了一剪子，能露出颈窝，照姑娘的说法"有点不正经"；其实根本谈不上正经不正经，只不过比原先更漂亮了。她这样打扮起来，却不知道为什么。

她要出门吗？不是。

她要接待客人吗？也不是。

天黑下来，她下楼到园子里。都圣正在厨房干活，而厨房对着后院。

她从树下走过去，有些枝杈很低，不时要用手拨开。

她来到石凳跟前。

那块石头仍在原地。

她坐下来，将又白又嫩的手放到石头上，仿佛要爱抚并感谢它。

忽然，她有一种难以名状的感觉，虽然看不见，却能觉出背后站着一个人。

她转过头去，随即站起来。

正是他。

他光着头，脸色显得苍白，人消瘦了。几乎分辨不出他的衣裳是黑的。暮色中，他那俊美的额头映得发青，眼睛蒙上黑影。他身披无比柔和的雾纱，真有点儿像夜间出没的亡魂。他的脸上残留白昼熄灭的余晖和魂魄临走的一念。

他那形象尚未成鬼，但已非人了。

他的帽子扔在几步远的杂草中。

珂赛特站立不稳，但是没有叫一声，只觉得受他吸引，便缓缓后退。而他却一动不动。她看不见他的眼睛，却能感到那目光，感到包围过来的难以名状的忧伤情绪。

珂赛特往后退，碰到一棵树，赶紧靠住，否则就要瘫倒了。

这时，她听见他的声音，这种声音，她确实从来没有听到过，是窃窃私语，比树叶微颤的声响大不了多少：

“请原谅我来这儿。我的心难受极了，再像这样活不下去，就来到这里。我放在凳子这儿的东西，您看了吧？您认出我一点儿了吧？不要怕我。您还记得您望我一眼的那天吗？已有很久了，那是在卢森堡公园里，在角斗士雕像附近。还记得您从我面前走过的那天吗？那是6月16日和7月2日。过去快有一年了。有很长时间我见不到您的面了。我问过公园出租椅子的那个老妇人，她说也见不到您了。当时您住在西街的一栋新楼里，是临街四楼上，您瞧我知道吧？我呀，跟随您来着。我能有什么办法呢？后来，您又消失了。有一回，我在奥德翁剧院柱廊下看报，忽然瞧见您走过，赶紧追上去，一看不对，是一个跟您戴同样帽子的人。夜晚我到这儿来，别害怕，谁也没有看见我。我走近您的窗户观望。我的脚步很轻。不让您听见，您听见也许会害怕。有一天晚上，我站在您身后，等您回过头来，我就逃走了。还有一次，我听见您唱歌，心里高兴极了。我隔着窗板听见您唱歌，对您有什么妨碍吗？对您一点儿妨碍也没有。没有吧，对不对？要知道，您是我的天使，让我来看您来吧。我觉得自己快要死了。您哪儿知道啊！我呀，多么崇拜您！请原谅，我跟您说话，却不知所云，也许我惹您生气了，我惹您生气了吗？”

“噢！母亲啊！”珂赛特说道。

她说着身子一软，仿佛要死去。

他急忙上前搀扶，见她身子瘫软下去，就干脆抱住，搂得紧紧的，却没有意识到自己在做什么。他抱住她，自己身子却摇摇晃晃，头脑也晕晕乎乎；一道道闪光从他睫毛之间射出，而意念全都化为乌有；仿佛自己要完成一项宗教仪式，反而犯了亵渎神灵之罪。不过，他胸口感到这美妙女郎的形体，心中没有一点欲念。他爱到了心醉神迷的程度。

珂赛特抓住他一只手，把它按在她的心口窝儿上。他感到放在里面的那叠纸，便结结巴巴地说：“看来您爱我啦？”

她回答的声音极低，好似一股清风，几乎听不见：

“别问啦！你明明知道！”

她羞红的脸，赶紧埋在这个得意而陶醉的青年怀里。

他身子一沉，坐到石凳上，她挨着坐下。二人再也不说话了。天上的星斗开始闪闪发光。他们的嘴唇是如何相遇的呢？鸟雀如何鸣唱起来，冰雪如何融化了，玫瑰如何开放了，5月如何呈现万紫千红的景象，曙光又如何在萧瑟的丘岗上黝暗树木后边泛白的呢？

一吻，一切都迎刃而解。

两个人都浑身战栗，他们明亮的眼睛在昏暗中对视。夜凉，石凳冷，泥土潮湿，青草也湿漉漉的，他们都浑然不觉，只顾四目相对，心中千言万语。他们早已手拉着手，同样浑然不觉。

珂赛特没有问他，连想都没有想问他是从哪儿进来的，是怎么闯进这园子里的，她觉得他到这儿来是极其自然的事情！

马吕斯的膝盖不时触碰到珂赛特的膝盖，两个人都颤抖了一下。

隔一会儿，珂赛特就讷讷说一句话。她的灵魂在唇边颤动，宛如花朵上的一滴露珠。

他们慢慢交谈起来。体现心满意足的沉默过后，又开始倾吐衷肠了。头上的夜空静谧而灿烂。这两个像精魂一样纯洁的人，现在畅所欲言，彼此谈了美梦、陶醉、思念、幻想，以及心慌意乱，谈了他们如何遥相渴慕，如何遥相祝愿，见不到面之后又如何痛不欲生。他们推心置腹，亲密无间到了无以复加的理想程度，各自将内心最隐蔽最秘密的东西，也都和盘托出。他们怀着在幻想中所具有的天真的信念，相互讲述爱情、青春和几分孩子气使他们产生的种种念头。这两颗心彼此倾注交流，仅过了一小时，小伙子就有了姑娘的灵魂，姑娘也有了小伙子的灵魂。他们彼此渗透，彼此诱惑，彼此迷恋了。

他们倾诉完了，全都讲出来了，她就把头偎在他的肩头，问他一句："您叫什么名字呀？"

"我叫马吕斯。"他回答，"您呢？"

"我叫珂赛特。"

第六卷　小伽弗洛什

一　风的恶作剧

从1823年起，蒙菲郿客栈渐渐败落，虽未跌进破产的深渊，却陷入一笔笔小额债务的泥坑里。在这期间，德纳第夫妇又添了两个孩子，全是男孩。这样，总共有五个了，三男两女，未免太多了。

两个晚生的还很小的时候，德纳第婆娘就把他们抛弃了，心里觉得特别松快。

用“抛弃”这个字眼很恰当。这个女人天性残缺，不过，这种现象也并非只此一例。德纳第婆娘同德·拉莫特-乌当库尔元帅夫人[①]一样，做母亲只限于爱自己的女儿。她的母爱在女儿身上竭尽了，而她对人类仇恨则从儿子身上开始。冲儿子那一面，她的狠毒是陡直的，她的心在此处形成一道阴森的绝壁。正如我们所见，她讨厌大小子；她也憎恶另外两个儿子。为什么呢？不为什么。最可怕的缘由和最无可争辩的回答，就是：“不为什么。”

“我可不想养活一大窝孩子。”这个母亲如是说。

德纳第夫妇如何甩掉两个小儿子，甚至从中捞点好处，现在来解释一下。

---

① 德·拉莫特-乌当库尔元帅夫人（1623—1709年）：法兰西儿童会总管，有三个女儿，均为公爵夫人。

在前几页中，我们提过一个叫马侬的姑娘，她从吉诺曼老头那里争得了两个孩子的抚养费。当时她住在切莱斯廷河滨路小麝香老街拐角：那条街已竭尽全力，要将自己的臭名声变成香气[①]。大家还记得三十五年前，塞纳河沿岸街区流行白喉，医学界还利用那次机会，大规模试验明矾喷雾剂的疗效；后来，那种疗法由更为有效的外用碘酒所取代。就在那场传染病流行期间，马侬姑娘两个男孩年龄很小，早晨一个傍晚一个，一天当中就全死了。这是一次沉重打击。两个孩子是母亲的宝贝，他们代表每月八十法郎的收益。那八十法郎按时领取，由吉诺曼先生的年息代理人，住在西西里王街的退休公证人巴尔日先生付给。两个孩子一死，抚养费也就随之埋葬了。马侬姑娘得赶紧想法子。她所在的邪恶的黑社会中，大家什么都知道，但又相互保密，而且相互援助。马侬姑娘急需两个孩子，德纳第婆娘恰好有两个。都是男孩，年龄又一样。这一边好交代，那一边也好安置。两个小德纳第就成了两个小马侬。马侬姑娘从切莱斯廷河滨路搬到钟孔街。在巴黎，一个人从一条街迁到另一条街，身份也就改变了。

民政部门没有接到任何申报，也无从干预，冒名顶替便一举成功。只有德纳第提出要求，出借孩子每月收十法郎费用，马侬姑娘接受了，并按期付钱。自不待言，吉诺曼先生继续尽抚养义务，每半年来看看孩子，没有觉察出有什么变化。“先生，他们长得多么像您！”马侬每次都这么说。

德纳第也不难更名改姓，他趁此机会摇身一变，成了容德雷特。关于他两个女儿和小伽弗洛什，几乎没有工夫注意还有两个小弟弟。人穷困到了一定程度，相互就十分冷漠，视同游魂野鬼，就

① 那条街原名为“暗娼街”，作者故而调侃。

连自己最亲近的人，也往往成了朦胧的影子，在生活模糊的背景中难以分辨，容易同无形的东西混淆起来。

德纳第婆娘原本就想永远抛弃两个小儿子，可是交付给马侬姑娘的当天晚上，她忽然顾虑起来，或者故意装样子。她对丈夫说："这么干，可就是遗弃孩子呀！"德纳第却大言不惭，用这种话打消她的顾虑："让-雅克·卢梭干得更绝！"做母亲的人从顾虑转为不安，她说道："警察若是来找麻烦怎么办？德纳第先生，你说说看，我们这么干，能允许吗？"德纳第则回答："干什么都允许。谁看这事儿，都会觉得跟天空一样明朗。再说了，对这种身无分文的孩子，谁也没有兴趣上前关心一下。"

马侬姑娘是犯罪集团中的漂亮妞儿，很爱打扮，家中的陈设既矫饰又寒酸。跟她合居的一个法籍英国姑娘，是一个非常高明的女贼，和一些富贵人家来往，颇有口碑，同图书馆勋章和马尔斯小姐的钻石首饰失窃有极为密切的关系，后来在刑事罪犯档案中相当有名。大家都叫她"密斯姐儿"。

两个孩子落到马侬姑娘手中，却一点也不委屈。他们有八十法郎的保举，就像任何可供盘剥的东西一样，自然受到照顾，穿得一点儿不坏，吃得也一点儿不糟，几乎被当成"小先生"一样侍敬，跟假母亲比跟真母亲过的日子好多了。马侬姑娘也总摆出贵妇的派头，在孩子面前不讲黑话。

他们就这样过了几年。德纳第还真有预见性。有一天，马侬姑娘来付十法郎的月钱，他就对她说："当'父亲的'应当给他们点教育。"

两个可怜的孩子，甚至受到厄运的保护，一直得到温饱，不料猛丁给抛进人生，不得不自谋生路了。

像在容德雷特贼窝那样大批逮捕歹徒，必然导致一连串搜捕和拘留。这是一场名副其实的灾难，降临到秘密生活在公共社会下面的丑恶的反社会；犹如一场狂风骇浪，冲垮了这个黑暗世界的许多地方。德纳第的灾难，也殃及了马依姑娘。

关于普吕梅街的那张字条，由马依姑娘交给爱波妮不久，有一天，钟孔街突然来了一帮警察，抓走了马依姑娘和密斯姐儿，整栋楼里形迹可疑的人也都一网打尽。当时，两个小男孩正在后院玩耍，根本没有看到这场洗劫；到了要回家的时候，他们才发现家门封了，整栋楼房都空了。对面铺子的一个补鞋匠招呼他们，将“他们母亲”留下的一张字条交给他们。纸上有个地址：“西西里王街8号，年息代理人巴尔日先生。”补鞋匠对他们说：“你们不住在这儿了。去那儿吧。路很近。左边的第一条街就是。拿着这张字条，问问路就行了。”

两个孩子手里拿着引路的字条，大的牵着小的走了。天气很冷，小手冻僵了，字条也抓不紧，走到钟孔街拐角的时候，让一阵风给吹跑了，天又黑下来，没法儿找到了。

他们就这样流落到街头。

二　小伽弗洛什借了拿破仑大帝的光

巴黎春天常刮起凛冽的寒风，吹在人身上不完全是寒冷，而是冰冻。这种寒风能给晴朗的天气陡增凄冷的气氛，恰如从不严实的门窗缝里吹进暖室的冷空气。冬季那扇阴森的门仿佛还半开着，一阵阵风吹进来。本世纪欧洲第一场大规模流行病，就是在1832年春天爆发的：那年春寒料峭，凛凛寒风格外刺骨，那扇门比冬季半开的门还要寒冷，简直就是一道墓门。人们感到那种寒风挟着霍乱的气息。

从气象学角度看，这种寒风还有一种特点，就是丝毫也不排除强电压。这个季节常起大风暴，伴随着疾雷闪电。

一天晚上，这种寒风吹得更起劲，仿佛又回到了一月份，有钱的人重又穿上大衣；而小伽弗洛什还穿着那身破布片，立在一家理发店门前出神，冻得愉快地打着哆嗦。他当作围巾围在脖子上的，不知是从哪儿弄来的一条女式羊毛披肩。小伽弗洛什那副样子，好像在由衷地欣赏橱窗里的一个蜡人新娘，看那新娘敞胸露怀，头戴橘花冠，在两盏灯之间旋转，向行人投来微笑，而其实，小家伙眼睛瞄着店铺，看看能不能顺手牵羊，从柜台“摸走”一块香皂，好拿到郊区理发店那里卖一苏钱。他时常靠一块香皂吃顿饭。这种活计他挺拿手，说是“给理发师刮胡子”。

他眼睛一边欣赏新娘，一边瞟着那块香皂，嘴里还一边咕哝：“星期二……不是星期二……是星期二吗？……也许是星期二……对，就是星期二。”

谁也没有弄明白过，这种自言自语究竟是什么意思。

这种自言自语，也许偶然涉及他最后那顿饭的日期，那就意味着三天没吃饭了，因为这天已是星期五。

店里有一炉旺火，暖烘烘的，理发师正给一名顾客刮脸，他不时瞥过一眼，瞧瞧那个敌手，那个冻得发抖、双手插兜、心里显然在打鬼主意的没脸皮的野孩子。

伽弗洛什正端详新娘、橱窗和温德索香皂的时候，忽然来了两个穿戴相当整齐的孩子，他们一高一低，比他个头儿还矮，看样子一个有七岁，一个有五岁，胆怯地拧动门把手，走进店铺，不知道问什么事儿，也许是请求施舍，说话哼哼唧唧的，不像祈求倒像呻吟。他们两个同时开口，话又讲不清楚，小的抽抽搭搭语不成句，大的又冻得牙齿咯咯打战。理发师转过身，满脸怒气，右手还举着剃刀，左手推着大的，用膝盖顶着小的，将两个孩子赶到街上，关上店门，恨道：

“闲着没事儿，来把人家屋子都倒腾冷啦！”

那两个孩子一边哭一边往前走。这时，天上吹来一片乌云，淅淅沥沥下起雨来。

小伽弗洛什追上去，招呼他们说：“你们怎么啦，小鬼？”

“我们没有地方睡觉。”大的回答。

“就为这个？”伽弗洛什说道，“这可不得了。这也值得哭鼻子吗？两个都是傻瓜怎么的！”

伽弗洛什一副略带嘲笑的高傲态度，以怜惜的权威口吻、柔和爱护的声调说：“小娃娃，跟我来。”

“是，先生。”大的说道。

于是，两个孩子跟他走了，就像跟随大主教似的。他们不再哭了。

伽弗洛什领着他们，沿圣安托万街朝巴士底广场方向走去。

伽弗洛什边走边回头，狠狠瞪那家理发店一眼。

“那条老鲭鱼①，简直没长人心，”他咕哝道，“他是个美国佬。”

伽弗洛什打头，他们三人鱼贯而行；一个姑娘见了咯咯大笑起来，未免对这一伙人失敬了。

“你好，公共马车姐儿。”伽弗洛什回敬她一句。

过了一会儿，他又想起那个理发师，改口说道：

“那畜生我叫错了，他不是鲭鱼，而是一条蛇。理发匠，等着吧，我去找个锁匠师傅，给你的尾巴安上一个铃铛。”

---

① 理发师绰号“鲭鱼”。

他跟那个理发师怄气，见什么都发火。他跨过一条水沟时，碰见一个长了胡须的看门婆，看她拖着扫把那样子，真够资格上布罗肯峰[1]去会浮士德，于是，他就吆喝一句："夫人，您这是骑马出门啊？"

话音刚落，他又一脚踏下去，将泥水溅到一个过路人的亮皮靴上。

"小坏蛋！"那过路人十分恼火，嚷了一声。

伽弗洛什鼻子从围巾里抬起来，问道："先生要告状吗？"

"告你！"过路人说。

"衙门关门，我不接案子了。"伽弗洛什答道。

然后，他沿着这条大街继续往前走，瞧见一个大门洞下有个十三四岁的女叫花子，浑身冻僵了，衣裙太缺，双膝都露在外面。小女孩开始长大，腿不该露出来。年岁增长往往这样捉弄人，恰恰到了赤裸显得不雅观的时候，裙子变短了。

"可怜的姑娘！"伽弗洛什说，"恐怕连条裤衩都没得穿。接着，先围上这个吧。"

他说着，将暖呼呼围在脖子上的羊毛围巾解下来，扔到女叫花子冻紫了的瘦肩头上；这样，围巾又变回去，成了披肩。

女孩怔忡地望着他，接受披肩却未吭一声，人穷苦到了一定份儿上，往往麻木迟钝了，受苦不再呻吟，受惠也不再道谢了。

这样一来："嘚嘚嘚嘚！"伽弗洛什发出声来，抖得比圣马尔丹更厉害：圣马尔丹至少还留下半件大衣[2]。

他这一"嘚嘚"，阵雨越发恼火，下得更凶了。这种天太坏，还惩罚善行。

---

① 布罗肯峰：德国哈茨山最高峰，相传每年4月30日至5月1日的夜晚，巫婆在那峰上聚会。歌德在《浮士德》中有描述。

② 圣马尔丹（约315—397年）：图尔主教。据传他将大衣分一半给一个穷人。

“真可恶！”伽弗洛什嚷道，“这是什么意思？雨又下起来啦！仁慈的上帝呀，再这样下下去，我可要回娘胎里了。”

他又往前走。

“左右都一样，”他说着，望了一眼蜷缩在披肩下面的女叫花子，“她那身大衣还不赖呢。”

他抬头望了望乌云，嚷了一声：“没辙啦！”

两个孩子亦步亦趋地跟在他身后。

他们经过安了密实铁丝网的橱窗，显见是面包铺，因为面包和金子一样，要用铁栏保护起来，伽弗洛什转过身：

“对了，小娃娃，晚饭吃了吗？”

“先生，”大的回答，“早饭之后，到现在没吃东西了。”

“你们没有父亲，也没有母亲怎么的？”伽弗洛什郑重其事地又问道。

“先生不要乱说，我们有爸爸妈妈，只是我们不知道他们住在哪儿。”

“有时候，知道还不如不知道。”伽弗洛什说道，表明他很有头脑。

“我们走了有两个钟头了，”大的接着说，“我们找过好多墙角旮旯，可是什么东西也没有找到。”

“我知道，”伽弗洛什又说，“全让狗给吃光了。”

他沉默了一会儿，又说道：

“嘿！我们把自身的作者丢了。我们都不知道把他们怎么着了。这样不应该呀，孩子们。把老一辈人给弄丢了，这也太糊涂了。哎呀，对啦！总得吃点儿什么呀。”

此外，他再也没有向他们提什么问题。无家可归，这再明白不过了。

两个孩子中那个大点儿的变得也快，几乎又完全恢复童年那种无忧无虑，他惊叹道：

“说起来真怪。妈妈还说过，到了圣枝主日那天，她带我们去拿祝福过的黄杨枝呢。”

“神经。”伽弗洛什应了一声。

“妈妈是位夫人，”大的又说，“跟密斯姐儿住在一起。”

“好家伙。”伽弗洛什又应了一声。

这工夫他站住了，搜索身上破衣烂衫的每个角落，摸了好半天。

他终于抬起头，那神情本来只想表示满意，而实际却得意洋洋了。

“放心吧，娃娃。这不有了，够三个人吃晚饭了。”

说着，他从一个兜里掏出一苏硬币。

他没容两个孩子惊得目瞪口呆，就推着他们进了面包铺，将一苏钱往柜台上一放，喊道：“伙计！五生丁面包。”

面包师傅本人就是店铺老板，他拿起一个面包和一把刀。

“切成三块，伙计！”伽弗洛什又说道，接着又郑重其事地补充一句：“我们是三个人。”

面包师打量完三个吃晚饭的人，便操起一个黑面包；伽弗洛什见此情景，就把一根手指深深插进鼻孔里，猛然吸气，仿佛指尖有一小撮弗雷德里克大帝的鼻烟，冲面包师的脸气愤地嚷了一句：“克斯克啥？”

伽弗洛什冲面包师嚷的这句话，我们读者中如果有人以为是俄语或波兰语，甚或以为约维斯人和博托库多人[①]在荒江隔岸相呼的蛮声，我们就应当指出，这是他们（我们的读者）每天讲的一句话，

① 约维斯人和博托库多人：美洲印第安人部族。

即：“这是个什么？”面包师完全听懂了，他回答说：“怎么！这是面包呀，极好的二等面包。”

“您是说粗拉通[①]吧，”伽弗洛什镇定而轻蔑地反驳道，“要白面包，伙计！要细拉通！我请客。”

面包师不禁微微一笑，他一边切白面包，一边以怜悯的目光打量他们，这又冒犯了伽弗洛什。

“喂，小伙计！”他说道，“您干吗呀，这样丈量我们？”

其实，他们三个叠起来，也不到一丈高。

面包师切好面包，收了钱，伽弗洛什就对两个孩子说：“磨吧。”

两个小男孩都愣住了，瞪眼看他。

伽弗洛什笑起来：“哦！真的，还听不懂，人还太嫩了点儿！”

他又改口说：“吃吧。”

他说着，递给他们每人一块面包。

他又想到，这个大点儿的似乎更有资格同他交谈，值得另眼看待，应当多吃点儿，于是他克服犹豫的心理，拣了最大的一块面包递给他，又补充一句：“这个，塞进你的枪筒里。”

他把最小的一块留给自己。

包括伽弗洛什在内，几个可怜的孩子真饿极了，大口大口咬面包；他们既已付了钱，再待在面包铺里就显得碍事，得不到面包师的好脸色了。

“咱们回街上去。”伽弗洛什说道。

他们又朝巴士底广场方向走去。

他们不时碰到有灯光的店铺，那个小的每次都停下，拿起用绳

---

① 黑面包。——雨果原注。

子套在颈上的铅表，瞧瞧钟点。

“真是个小活宝。”伽弗洛什说道。

接着，他若有所思，又喃喃说道：

“不管怎么说，我若是有孩子，准比这照看得好多了。”

他们吃完面包，正走到阴惨的芭蕾舞街的拐角，能望见小街尽头强力监狱那道低矮吓人的边门。

“嘿，是你呀，伽弗洛什？”一个人说。

“哦，是你呀，蒙巴纳斯？”伽弗洛什应道。

招呼这个流浪儿的是个男人，戴了一副蓝色夹鼻眼镜，伽弗洛什一眼就认出来，正是化了装的蒙巴纳斯。

“好家伙，”伽弗洛什继续说，“你披了一身麻籽酱色的皮，又像大夫一样戴着蓝眼镜，老实说，真够派头呀！”

“嘘，别这么嚷嚷！”蒙巴纳斯说道。

他急忙将伽弗洛什拖出店铺的亮地儿。

两个小孩手拉着手，不由自主地跟在后面。

他们走进通车的黑乎乎的拱顶门洞里，人看不见，雨浇不着了。

“你知道我要去哪儿吗？”蒙巴纳斯问道。

“去不愿登修道院①。”伽弗洛什说。

“耍贫嘴！”

蒙巴纳斯接着说道：“我要去会巴伯。”

“哦！”伽弗洛什说，“那女郎叫巴伯。”

蒙巴纳斯压低声音：“不是女的，是男的。”

“唔！巴伯呀！”

“对，是巴伯。”

---

① 断头台。——雨果原注。

“他不是给关起来了吗？”

“他又打开了。”蒙巴纳斯答道。

他简要地对这流浪儿讲了事情的经过：当天上午，巴伯被押往附属监狱的路上，经过“预审走廊”，本应向右拐，他却溜向左边跑掉了。

伽弗洛什十分赞赏这个机灵劲儿。

“真是老滑头！”他赞道。

蒙巴纳斯讲巴伯如何越狱，又补充了几个细节，最后来了一句：“唔！还有好戏看呢。”

伽弗洛什一边听，一边抓住蒙巴纳斯拿着的手杖，下意识地抽出上半截，只见露出匕首的利刃。

“嗬！”他说着，赶紧插回去，“你还带着便衣警察。”

蒙巴纳斯眨了眨眼睛。

“哎呀！”伽弗洛什又说道，“你要跟冲子交手啊？”

“难说，”蒙巴纳斯满不在乎地回答，“身上带根别针总没坏处。”

伽弗洛什又追问一句：“今儿晚，你到底要干什么呀？”

蒙巴纳斯又拨动低音弦，含混答道：“干点事儿。”

他突然改变话题：“对啦！”

“怎么啦？”

“几天前发生的一件怪事儿。想想看，我遇到一个有钱的主儿，他赏给我一顿教诲和他的钱袋。我把钱袋放进兜里；过了一会儿，我摸摸衣兜，什么也没有了。”

“只剩下教诲了。”伽弗洛什接口说道。

“你呢，”蒙巴纳斯又说，“你这是去哪儿？”

伽弗洛什指着受他保护的两个孩子，说道：

“我带孩子去睡觉。”

“睡觉，睡哪儿？”

“睡我家里。”

“你家在哪儿？”

“在我家里。”

“你有住处啦？”

“对，有住处了。”

“住在哪儿？”

“大象肚子里。”伽弗洛什答道。

蒙巴纳斯天生不爱大惊小怪，这回也不免惊叹：

“大象肚子里！”

“对呀，没错儿，大象肚子里！”伽弗洛什又说道，“克克啥啊？”

这又是一句谁也不这么写，但人人都这么讲的话，意思就是：这有什么啊？

流浪儿深刻的指责，又把蒙巴纳斯拉回到平静的常理上。他对伽弗洛什的住处，似乎有了更好的体认。

“可不是嘛！”他说道，“对，大象……住在那里舒服吗？”

“很舒服，”伽弗洛什答道，“在那里，真的，顶呱呱，不像在桥洞下，没有穿堂风。”

“你怎么进去呢？”

“就那么进去。”

“有洞口啊？”蒙巴纳斯问道。

“还用问！这可不能说出去啊。是在前腿中间。那些拷壳[①]没

① 密探，警察。——雨果原注。

看到。”

“你要爬上去喽？不错，我明白了。”

“一搭手的工夫，克利，克拉，行了，人影也不见了。”

伽弗洛什停了一下，又补充一句：

“这两个娃娃，我得弄一个梯子。”

蒙巴纳斯笑起来：

“见鬼，你是从哪儿弄来的小崽子？”

伽弗洛什随口答道：

“两个小宝宝，是一个理发师赠送给我的。”

这时，蒙巴纳斯有了心事。

“刚才，你不费劲儿就认出我来。”他咕哝道。

他从兜里掏出两件小东西，是裹了棉花的两根鹅翎管，往每个鼻孔塞了一根，鼻子就完全变样了。

“你模样变了，”伽弗洛什说道，“不那么丑了，这玩意儿应当总放在里边。”

蒙巴纳斯是个美少年，可是伽弗洛什就爱嘲笑人。“别开玩笑，”蒙巴纳斯问道，“现在你觉得我怎么样？”

说话的声音也完全变了。转瞬之间，蒙巴纳斯变得叫人认不出了。

“嘿！给我们演一场木偶戏吧！”伽弗洛什嚷道。

那两个小孩只顾用手指掏鼻孔，一直没有注意听他们说什么，现在一听说木偶戏，就赶忙凑上来，看着蒙巴纳斯那样子，脸上开始流露出喜悦和赞赏的神色。

可惜蒙巴纳斯这会儿心事重重。

他将手掌按在伽弗洛什的肩上，一字一句加重语气对他说：

“听我说，孩子，假如我在广场上，带着我的道格、我的达格和我的地格，假如你们递给我十个苏钱，我倒不会拒绝耍个把场，但现在不是过狂欢节。”

这句怪诞的话，对这个流浪儿产生奇特的效果。他急忙转身，两只明亮的小眼睛凝神搜索周围，发现只离几步远的地方，有一名警察的背影。伽弗洛什“哎呀！”一声刚出口，又立刻憋回去，他摇了摇蒙巴纳斯的手，说道：

“好吧，晚安，我带着小乖乖去见我的大象。万一哪天夜晚你用得着我，就到那儿去找。我住在一、二楼中间的夹层，没有门房，你找伽弗洛什先生就行了。”

“好吧。”蒙巴纳斯说道。

他们分了手，蒙巴纳斯朝河滩广场走去，伽弗洛什则前往巴士底广场。伽弗洛什和大小兄弟俩，一个拉着一个；五岁的小弟几次回头，望那走远的“木偶”。

蒙巴纳斯发现警察；用黑话通知伽弗洛什，也并没有什么奇妙的，只是运用“狄格”的半谐音，变法儿重复五六遍。“狄格”这两个音不是孤立地发出来，而是巧妙地嵌在一句话里，表示：“当心，不能随便说话。”此外，蒙巴纳斯这句话还有一种文学美，超出伽弗洛什的理解：“我的道格、我的达格和我的地格”，在神庙街区一带的黑话中意味“我的狗、我的刀和我的女人”；须知在莫里哀创作和卡洛绘画的那个伟大世纪，小丑和红尾巴[①]圈子里常讲这种话。

在巴士底广场东南角，靠近沿古狱堡护城壕挖掘的运河码头，曾有一个奇特的建筑物，二十年前还能见到，如今已从巴黎人的记忆中消失，但是值得在那里留下一点痕迹，因为，那是“科学院院

---

① 指小丑。小丑戴的假发尾上系着红缎带。

士、埃及远征军总司令”的构想。

虽说只是一个模型，我们还是称作建筑物。作为拿破仑一个意念的巨大遗体，这个模型本身就是个庞然大物。连续经过两三场狂暴，它越来越远离我们，变成历史的遗迹，一反当初临时性构筑的形象，具有某种说不出来的永久性了。那头大象有四丈来高，木架和灰泥结构，背上驮着一座塔，好似一座房舍，当年由泥瓦匠刷成绿色，现在已由天空、风雨和时间涂成黑色了。广场那一角空旷萧飒，而那巨兽宽额、长鼻、巨牙、高塔、宽大的臀部、圆柱似的四条腿，身影映在星光闪烁的夜空，的确惊魂动魄。一般人不知道那意味什么。那是民众力量的一种象征。黝暗、神秘而壮伟。不知那是什么具有神力的有形魂体，耸立在巴士底广场无形幽灵的旁边。

极少有外来人参观这一建筑，行人也不望一眼。它渐渐倾圮，一年四季都有灰泥从腹部剥落，伤痕累累，不堪入目。文雅行话中所谓“市政大员”，从1814年起就把它遗忘了。它始终待在那个角落，病恹恹的，摇摇欲坠，四周圈的木栅栏也已朽烂，随时受到醉醺醺的车夫的糟蹋。它的腹部龟裂，尾巴上支出一根木条，腿之间杂草丛生；由于大城市地面总在不知不觉中逐渐升高，而它周围广场的地势，三十年来也高出许多，它就好像陷入凹地中，地基下沉了似的。它那样子恶俗不堪，受人轻蔑和厌恶，但是又卓然独立，有产者觉得丑陋，思想者看着忧伤。它近乎要清除掉的一堆垃圾，又类似要被斩首的一位君王。

前面说过，夜晚景象就变了。夜晚是一切黝暗东西的真正归宿。夜幕一降临，那头老象就焕然一新；在黑暗的一片静穆中。它换上一副沉稳而凶猛的神态。它属于过去，因此属于黑夜；夜色同它的魁伟相得益彰。

这座建筑粗陋、矮壮、笨重、凶猛、冷峻，形体几乎怪异，然而确实庄严，凛凛然有几分雄伟和狂野，如今已不复存在，好让一个烟囱高耸的巨型火炉①君临清平世界，取代阴森森的九塔楼堡垒，颇为类似资产阶级取代封建制度。用一个火炉来象征锅炉容涵力量的时代，是极其自然的事情。这个时代行将过去，也已开始过去了；人们开始明白，如果说锅炉能产生能量，那能量也只能是在头脑中产生出来的；换言之，带动世界前进的，不是火车头，而是思想。把火车头套在思想的列车上，固然很好，但是不要将马当作骑手。

扯回话题，不管怎么说，在巴士底广场上，用灰泥建造大象的建筑师，成功地表现了伟大；而建造火炉烟囱的建筑师，却用青铜塑造出渺小。

这个火炉烟囱还起了个响亮的名字，叫做七月圆柱，这是流了产的一场革命的拙劣纪念碑，直到1832年，非常遗憾还被覆着巨大的构架，围着一大圈木板栅栏，彻底孤立了那头大象。

流浪儿带领两个娃娃，正是走向由远处一盏路灯微光照见的这个广场角落。

请允许我们在此打断一下，提醒一句，我们讲述的完全是事实，二十年前，轻罪法庭根据禁止流浪和破坏公共建筑的法令，就抓到并判处一个睡在巴士底广场大象里的儿童。

交代了这一史实，我们继续往下谈。

到了大象跟前，伽弗洛什看出无限大对无限小产生的影响，就说道："小乖乖！不要怕。"

说着，他从一处豁口儿跳进大象的栅栏里，又扶着两个孩子跨进去。两个孩子有点儿害怕，跟着伽弗洛什一声不响，完全信赖

① 路易-菲力浦政府为纪念七月革命，在巴士底广场上建起圆形铜柱，高50米，柱顶有自由女神像。

这个衣衫破烂的小保护人，只因他给他们面包吃，又答应给他们住处。

有一条梯子靠着木栅栏倒放在地上，那是附近工地的工人白天用的。伽弗洛什以罕见的力量搬起梯子，竖到大象的一条前腿上。只见梯子顶端正好靠近巨兽肚子的一个黑洞。

伽弗洛什指着梯子和洞口，对两个客人说："爬上去，进去吧。"

两个小男孩恐惧地面面相觑。

"你们害怕呀，小乖乖！"伽弗洛什高声说。

随即他又补充一句："你们瞧我的。"

他不屑用梯子，双手抱住粗糙的象腿，眨眼间爬到破洞口，好似游蛇钻了进去；不大工夫，两个孩子隐约望见黑洞口探出他的头，仿佛一个白里透青的形体。

"喂，"他喊道，"小家伙，倒是爬上来呀！上来一看就知道，这儿有多舒服！"他又对着那个大的说："上来，你！我拉你一把。"

两个孩子用肩头相互推着，流浪儿又是吓唬又是劝勉，再说，雨也下得很大。大的冒险往上爬。小的见哥哥爬上去，独自一个留在巨兽的大腿之间，想哭又不敢哭。

大的摇摇晃晃，一磴一磴往上攀登。伽弗洛什一路给他鼓劲儿，像武术教练教徒弟，或老骡夫赶骡子那样吆喝："别怕！"

"就这样！"

"接着上！"

"脚放在那儿！"

"把手给我！"

"大胆点儿！"

等他能够得着了，就猛地一把抓住，拉着胳臂，一使劲将孩子拉上去。

“真棒！”他说道。

那孩子钻进豁口儿。

“现在，等我一下，”伽弗洛什说道，“请坐吧，先生。”

他像先头钻进去那样，又从洞口钻出来，顺着象腿溜下去，跟猕猴一样轻捷，等双腿一着草地，就拦腰抱起那五岁的孩子，送到梯子正中，跟在后面往上爬，一边喊那个大的：

“我往上推，你往上拉他。”

转瞬间，小家伙让人又推又拉，又送又拖，上了梯子，还没弄清怎么回事，就给塞进洞里，随后伽弗洛什也跟进来，又一脚将梯子踢翻在草地上，拍起巴掌嚷道：

“我们到啦！拉法耶特将军万岁！”

他欢呼完了，又补充一句：

“小家伙，你们到我家了。”

伽弗洛什的确到家了。

无用东西的意外用途啊！庞大事物的慈悲啊！巨人的善良啊！这个巨大的建筑原是拿破仑皇帝一念的产物，现在成了一个流浪儿的栖身之所。巨人收养并庇护一个孩童。盛装打扮的有产者，经过巴士底广场，瞪着金鱼眼睛，轻蔑地打量那头大象，往往抛出一句：“那东西有什么用？”它就用来让一个无父无母、无衣无食又无家的小孩，免遭寒风冷雨、霜雪冰雹的袭击，使他避免睡在泥地里而发烧，避免睡在雪地里而冻死。它就用来收容被社会所抛弃的无辜者。它就用来减轻公众的错误。这就是敞开的洞穴，接纳处处吃闭门羹的人。这头老象惨不忍睹，摇摇欲坠，被人抛弃、判决和遗忘了，还被虫豸侵害，遍体鳞伤，满身尽是疮痍霉斑，好似一个巨人乞丐，立在十字街头，徒然祈求行人抛来和善的目光，可是它却反而可怜另一个乞丐，可怜这个脚下无鞋，头上无房顶的穷小子。巴士底广场大象就有这种用场。拿破仑的这一构想，为人类所鄙弃，却为上帝所拾取。原本只想建成显赫辉煌的东西，却变为令人肃然起敬的东西了。要实现皇帝的构想，就得使用斑岩、青铜、铁和金子、大理石；要实现上帝的意图，用老式办法，将木板、木条和灰泥拼凑起来就足够了。皇帝产生一个天才的梦想，建造一头无比巨大、无比神奇的大象，高扬着鼻子，全身披挂，驮着宝塔，四周围着活跃欢快的喷泉，要用这样一头大象来象征人民；上帝却把它变成更伟大的东西，给一个儿童栖身。

伽弗洛什出入的那个豁口儿，前面说过，隐蔽在象肚子下，从外面几乎看不见，而且极窄，只有猫儿和小孩能勉强通过。

“先要嘱咐门房，就说我们不在家。”伽弗洛什说道。

他就像熟悉自己的房间的人那样，胸有成竹，钻进黑暗中取来一块木板，堵上了洞口。

伽弗洛什又钻进黑暗中。两个孩子听见火柴插进磷瓶中吱啦的响声。当时还没有化学火柴，代表那个时代进步的是福马德打火机①。

突然出现光亮，晃得他们直眨眼。伽弗洛什点着一根火绳；这种浸了松脂的火绳叫做地窖老鼠，点起来亮小烟多，只能隐隐约约照见大象里面。

伽弗洛什的两位客人瞧瞧四周，他们的感觉有点像装进海德堡大酒桶里的一个人，说得更准确点儿，好似《圣经》所说吞进鲸鱼肚里的约纳斯。眼前赫然出现一副巨大骨骼，将他们包围起来。上

---

① 福马德发明的打火机，里面装硫酸，拿化学火柴往里蘸。

面一条褐色大梁很长，每隔一段距离，就连下来两根弓形粗木肋条，这就构成了脊柱和肋骨；石膏流成钟乳石状，犹如内脏垂悬在那里；巨大的蜘蛛网从一端拉到另一端，成为挂满灰尘的横膈膜。只见各个角落一团团黑乎乎的东西，仿佛是活物，仓皇地窜来窜去。

从大象后背腔落到腹部的灰泥填平了凹面，走在上边就像铺了地板。

那个小的靠着哥哥，悄声说道："这么黑呀。"

这话把伽弗洛什惹火了。两个孩子神情沮丧，必须振作一下。

"你们胡说些什么呀？"他嚷道，"要开玩笑吗？要摆出什么都看不上眼的架子吗？非得住土伊勒里宫不成吗？说说看，难道你们是傻瓜蛋？我可先告诉你们，别把我算在傻瓜堆里。难道你们是哪个大老爷的孩子吗？"

在惶恐不安的情绪中，粗鲁一点儿有好处，能稳住局面。两个孩子又向伽弗洛什靠拢了。

伽弗洛什受到如此信赖，像当父亲似的心软了，口气由"严厉转为和蔼"，对那个小的说：

"小傻瓜，"他用爱抚的声调加重这句骂人话的语气，"外面才黑呢。外面下雨，这里不下雨；外面冷得很，这里一点风也没有；外面人很多，这里一个外人没有；外面连一点月光也不见，我这儿有蜡烛，真见鬼！"

两个孩子再看这房子，就不那么恐惧了，不过，伽弗洛什也不容他们仔细观赏。

"快。"他说了一声。

紧接着，他就推着他们，走向我们非常高兴能称作内室的地方。

那里摆着他的床铺。

伽弗洛什的床铺应有尽有，也就是有床垫、被子，以及拉着帷幔的凹室。

床垫是草席，被子是一条大幅灰色粗羊毛毯，很暖和，有七八成新。凹室的情况如下：

三根长木杆稳稳插在地上灰渣里，即插在大象的肚皮上，前边两根，后边一根，顶端用绳子捆在一起，成为三角支架；上面罩了一面黄铜丝网，和铁丝巧妙地扎牢，这就把三脚架包得严严实实，周围贴地面的网边，又用大石块压住，什么也钻不进去了。这个网罩，不过是动物园里蒙鸟栏的一块铜丝网，伽弗洛什的床铺也就像放在鸟笼子里。整个网架类似爱斯基摩人的帐篷。

正是这网罩充当帷幔。

伽弗洛什搬开压在前面的几块石头，掀开两片重叠的纱网，说道：

"小家伙，爬进去吧。"

他小心翼翼地把两位客人送进笼子里，自己也跟着爬进去，再合上幔帐，搬回石头压严实了。

他们三人躺在草席上。

他们尽管都很矮，可是在凹室里谁也站不直身子。伽弗洛什始终拿着那根火绳。

"现在睡吧！"他说道，"我要熄灭蜡烛了。"

"先生，"那个大的指着铜纱网罩，问伽弗洛什，"这是什么东西呀？"

"这个嘛，"伽弗洛什一本正经地答道，"这是防耗子的。睡吧！"

不过，他觉得应当多说几句，指点指点这两个黄口小儿，又说道：

“这是植物园里的东西，是给野兽用的。满满一库房。只要翻过一道墙，爬进一扇窗户，再从下面钻过一道门，那就要多少有多少。”

他边说边给那个小的裹上一角毯子，那小的喃喃说道：

“唔！真好！真暖和！”

伽弗洛什满意地凝视毯子。

“这也是从植物园弄来的，”他说，“我是从猴子那里拿来的。

他又指了指身下手工精细的厚厚草席，又对大的说道：

“这玩意儿，原先是给长颈鹿用的。”

他停了一下，接着说道：

“这些东西，野兽全有，让我给抄来了，也没有惹它们发火。我对它们说：这可是大象要用。”

他又停了一下，才接着说道：

“翻过墙头，根本不理睬政府的规定。就是这样。”

两个孩子又敬畏又愕然，望着这个无所畏惧而又足智多谋的人，他同他们一样流浪，一样孤苦伶仃，一样枯瘦羸弱，但是虽然穷苦，却显得无所不能，仿佛是超人，他像老江湖那样满脸怪相，又总挂着极天真极可爱的笑容。

“先生，”那个大的怯生生地问道，“您就不怕警察吗？”

伽弗洛什只是这么回答一句：

“娃子！我们不说警察，而说‘冲子’。”

那个小的瞪着眼睛，但是一声不吭。他躺在草席边上，他哥在中间，伽弗洛什像母亲那样，给他掖好被子，又拿一团破布垫在头部的草席底下，给他当枕头，然后才扭头对大的说：

“怎么样？这里舒服得很吧！”

“是啊！”大的答道，眼睛注视伽弗洛什，那表情真像得救的天使。

两个可怜的孩子全身湿透，身子现在才开始暖和了。

“对了，”伽弗洛什又问道，“刚才你们干吗哭鼻子？”

他指指小的，对大的说：

“这么大点儿的娃娃，我没什么说的；可是，像你这么大了，还哭鼻子，也太傻了，就像个小牛犊子。”

“唉，”那孩子说，“那会儿，我们没住所了，不知道去哪儿。”

“小家伙！”伽弗洛什又说道，“我们不讲住所，而是讲‘飘来’。”

“再说，我们也害怕，黑夜里只有我们两个人。”

“我们也不讲黑夜，而是讲‘锁哥儿’。”

“谢谢，先生。”那孩子说道。

“听我说，”伽弗洛什接着说道，“往后，不要动不动就这样哭哭咧咧的。我会照顾你们。你会明白该有多开心。夏天，我们和萝卜，我的一个伙伴，一起去冰库，去码头洗澡，到奥斯特利茨桥旁边，我们光屁股在驳船上跑，逗那些洗衣服的娘儿们发火。她们怒冲冲，大喊大叫，瞧她们那才好笑呢！我们还要去看骨骼人。他还活着，在香榭丽舍。那个教民，瘦得皮包骨头。还有，我要带你们去看戏，带你们去见弗雷德里克-勒迈特尔。我能弄到门票，我认识不少演员，有一回我还上场演出了。我们全是这么高的小鬼，在大布下面跑来跑去，就像海上波浪。我可以吸收你们加入我的剧院。我们还要去看野人。那些野人不是真的。他们穿着肉色的紧身衣，一动就起皱纹，胳膊肘也能看出白线缝的缝儿。看完野人，我们再去歌剧院，跟捧场队一起进去。歌剧院那儿的捧场队组织得特别好。我不会跟大街上捧场的人混在一起。想想看，在歌剧院，有些人肯给二十苏，不过，那是些傻瓜蛋，都管他们叫洗碗布。……还有，我们去看处决人。我让你们瞧瞧那个刽子手，桑松先生，住在沼泽街，他家门上有一个信箱。嘿！那个开心呀，痛快极啦！”

这时，一滴蜡油掉在伽弗洛什的手指上，使他回到现实生活中。

“见鬼！”他说道，“这捻儿烧得真快，注意啦！我的照亮钱，每月不能超过一苏。躺到床上，就应当睡觉，我们可没有时间看什么保罗·德·柯克①先生的小说。再说，灯光会从大门缝儿透出去，冲子一眼就能发现。”

“还有呢，”那个大的胆怯地指出，唯独他还敢搭腔，跟伽弗洛什交谈，“火星儿可能掉到草席上，小心别把房子给烧了。”

“我们不说烧房子，”伽弗洛什指出，“而是说‘火折碎矿机’。”

外面风雨更紧了，在滚滚雷声之间，能听见暴雨击打巨兽后背的声响。

“大雨呀，冲吧！”伽弗洛什说道，“瓶子满了，水从房子的大腿淌下去，让我听着特别开心。冬天是个笨蛋，白往外甩货，白费那个劲儿，浇不湿我们了，让它赌气去吧，这个送水老倌！”

伽弗洛什以19世纪哲人的态度，接受雷雨的全部后果，他提到雷电的话音未落，只见强光刺眼的闪电从裂缝透进象肚子里，紧接着咔嚓一声，打了个响雷，吓得两个孩子惊叫一声，猛地坐起来，差点儿撞开网罩；可是，伽弗洛什脸上了无惧色，转向他们，借着雷声大笑起来。

“镇静，孩子们。别把屋子撞翻了。不错，这雷打得真漂亮！

---

① 保罗·德·柯克（1794—1871年）：法国多产小说家。

不是眨眨眼睛的那种雷电。真棒呀，仁慈的上帝！见鬼！跟杂剧院差不多啦！”

说罢，他把网罩整理好，轻轻地把两个孩子推到床头，再按他们的膝盖，让他们身子躺直，又高声说道：

“既然仁慈的上帝点亮了他的蜡烛，我这支就可以吹灭了。孩子嘛，就应当睡觉，我的小伙子呀。不睡觉就太不像话了。这样你就会‘先令走廊’了，或者按照上流社会的说法，就是口臭。快把被子盖严实了，我可要熄灯了。好了吗？”

“好了，”大的喃喃说道，“我这儿很舒服，脑袋就好像枕着鸭绒枕头。”

“我们不讲脑袋，而讲圆木头。”伽弗洛什高声纠正。

两个孩子紧紧靠在一起，伽弗洛什最后让他们睡在草席上，把毯子一直拉到他们耳边，又第三次用圣事语言命令道：“睡吧。”

同时，他吹灭了火绳。

光亮刚熄灭，罩住三个孩子睡觉的纱网就出奇地震动起来，是无数窸窣的摩擦发出的金属声音，仿佛爪子在抓，牙齿在咬铜丝，同时伴随各种轻微尖叫声。

五岁那孩子听见头上一片喧扰，吓得魂不附体，就用胳膊肘捅他哥哥，可是，他哥哥已经按伽弗洛什的指令睡了。小孩吓得实在受不了，才胆敢叫伽弗洛什，但是屏住呼吸，声音很小：“先生？”

“嗯！”伽弗洛什刚闭上眼睛，答应一声。

“这是什么声响？”

“是耗子。”伽弗洛什回答。

他抬起的头又放回草席上。

大象的躯壳区确实繁衍了成千上万的老鼠，正是先头我们提到的黑乎乎的斑点，有光亮的时候，它们还老实一点儿，烛光一熄，这黑洞便是它们的城池了，它们闻到了杰出的童话家贝洛所说的“鲜嫩肉味”，便蜂拥扑向伽弗洛什的帐篷，一直爬到顶上，嗑这铜丝网，势必要穿透这新型的玩意儿。

然而，那小的睡不着。

“先生！”他又叫道。

“嗯！”伽弗洛什应了一声。

“耗子是什么东西？”

“就是小老鼠。”

听了这种解释，孩子稍许放点心。他在生活中见过小白鼠，并没有害怕。可是，他又提高嗓门叫道：“先生！”

“嗯？”伽弗洛什又应了一声。

“您怎么没养猫呢？”

“养过一只，”伽弗洛什回答，“我抱来一只，可是让它们给吃了。”

这第二个解释又破坏了第一个解释的效果，那小孩浑身又发抖了。他和伽弗洛什又进入第四轮对话：

“先生！”

“嗯？”

“是谁给吃掉了呀？”

“猫啊。”

“是谁把猫给吃了呀？”

“耗子。”

“小老鼠吗？”

“对，耗子。”

小孩惊讶不已，小老鼠居然把猫吃了，他又问道：

“先生，那些小老鼠，会把我们吃掉吗？”

“当然啦！”伽弗洛什答道。

孩子恐惧到了极点。不过，伽弗洛什又补充说道：

“别怕！它们进不来。有我在这儿呢！喏，抓住我的手，别吱声了，睡吧。”

说话的同时，伽弗洛什在那哥哥身上抓住那孩子的手。孩子把他的手紧紧搂在怀里，心中感到踏实多了。勇气和力量也能像这样神秘地传递。耗子被他们说话的声音吓跑，周围又静下来；过了几分钟，它们再回来闹翻天也不妨事，三个孩子酣然入睡，什么也听不见了。

夜晚的时辰流逝。空旷的巴士底广场一片昏黑，寒风冷雨一阵阵袭来，巡逻队各处察看门户、便道、园地、暗角，寻找夜间活动的流浪汉，他们悄声从大象跟前走过去；而这怪兽却屹立不动，在黑暗中睁着眼睛，一副沉思的神态，仿佛行了善事而心满意足，庇护进入梦乡的三个可怜孩子，免遭风雨和人的袭击。

为了弄清随后发生的事情，这里要提醒一句，在那个时期，巴士底守卫队设在广场的另一头，因此，大象附近有什么情况，那边岗哨既望不见，也听不到。

就在拂晓前的时刻，有个人从圣安托万街走出来，穿过广场，又沿着七月纪念柱大围栅走去，溜进大象围栏里，一直到大象肚子下面。假如这时有光亮照在那人身上，从他那浑身湿透的样子，我们不难看出他淋了一夜雨。他走到大象下面，便发出一种怪异的呼叫；这种呼叫不属于任何人类语言，唯独鹦鹉才可能仿效。他连续叫了两遍，下面不过是近似的文字记录：

“叽里叽叽呜！”

喊第二遍的时候，一个清亮欢快的少年声音，从大象肚子里答应：“来啦。”

几乎同时，堵洞的那块木板移开了，一个孩子抱着象腿滑下来，轻捷地在那汉子身边着地。下来的正是伽弗洛什，那汉子正是蒙巴纳斯。

至于“叽里叽叽呜”的叫声，一定表示这孩子先头所说的：“你找伽弗洛什先生就行了。”

伽弗洛什听见喊声，立刻惊醒，掀开一角网罩，从他“凹室”爬出来，再把网罩仔细合上，然后打开洞口，滑了下来。

在夜色中，那人和孩子相互默认之后，蒙巴纳斯只说了一句话：“我们需要你，去帮我们一把。”

流浪儿也不问什么事。

“走吧。”他说道。

二人又沿蒙巴纳斯来的原路走向圣安托万街，步履匆匆，正遇见赶早市的一长串运菜车，他们左拐右拐从中间穿过去。

菜农都蜷缩在车上的蔬菜堆里，半睡半醒，又由于大雨滂沱，他们的大罩衣连眼睛都遮住了，连看也没有看一眼两个奇怪的行人。

三　越狱的波折

同一天晚上，强力监狱里发生了这种情况：

巴伯、勃吕戎、海口商量好越狱；德纳第虽然关在单人囚室，但也参与其谋。巴伯当天就办完自己分内的事；通过蒙巴纳斯向伽弗洛什的叙述，读者已然了解了这一点。

蒙巴纳斯则是他们的外援。

勃吕戎受惩罚，禁闭了一个月，他利用这段时间做了两件事：

一是编好了一根绳子，二是考虑成熟一个计划。从前监狱惩罚囚犯，就是把他们单独关起来，那种严酷的地方叫“地牢”，由四堵石墙构成，上面石顶棚，下面石板地，放一张帆布床，只有一扇小铁窗通气，却安了两道铁门；普遍认为地牢太残酷，现在改为禁闭室，有一道铁门、一扇铁窗、一张帆布床、石板地、石屋顶、四堵石墙，快到中午能透进一点阳光。禁闭室不叫地牢了，但有一点不便之处，就是让本来应当干活的人去动脑筋。

勃吕戎动了脑筋，带了一根绳子出了禁闭室。查理大帝庭院公认他是个非常危险的人物，于是把他送进新楼牢房。他到新楼发现的第一样东西是海口，第二样东西是一根钉子。海口意味犯罪，钉子意味自由。

关于勃吕戎其人，应当有个完整印象了。他看上去弱不禁风，一副沉思忧郁的神态，是个彬彬有礼、聪明而狡黠的年轻人，那眼神温柔，而笑容却残忍。眼神是他意志的窗口，微笑则是他本性的流露。他最先研习的技艺就是上房顶，运用所谓“处理牛百叶”之法，大大发展了掀掉铅皮房盖和流水槽的技巧。

当时越狱是个有利时机，那一阵，屋面工正给监狱一部分房顶翻新青石瓦。这样，圣贝纳尔庭院，同查理大帝庭院和圣路易庭院，就不再完全隔绝了。房顶上有不少木架和梯子，换句话说，有了通往自由的桥梁和楼梯。

新楼是整个监狱的薄弱点，到处都是裂纹，破旧到了无以复加的程度，墙壁被硝酸严重腐蚀，囚室棚顶不得不加了一层保护板，因为拱顶时有石块脱落，砸着在床上睡觉的囚犯。监狱管理处错就错在，新楼已然破旧不堪，还关那些最好闹事的囚犯，照监狱的语言说，关那些“重罪犯人”。

新楼上下有四层囚室，还有一个叫做气爽楼的阁楼、一个大烟囱。大烟囱可能通当年强力公爵的厨房，从底层建起，好似一根扁平的立柱，纵穿上边四层，将每层囚室分隔为二，并且从房顶冒出去。

海口和勃吕戎分在同一囚室。为谨慎起见，把他们俩安排在二楼。他们的床头恰巧抵着壁炉的烟囱。

德纳第又恰巧在他们的头顶，关在那间叫做气爽楼的阁楼里。

行人走过消防队营房，沿圣卡特琳园地街[1]走到浴池的大门前站住，就能望见摆满盆栽花木的院子，院子里端有一个带两翼的白色小圆亭，镶着绿色窗板，富有让-雅克田园梦幻的情调。还不过十年前，那圆亭背靠着一堵高高耸立的黑墙；那光秃秃难看的高墙，正是强力监狱的围墙巡逻道。

圆亭背后那道围墙，好似贝尔干身后的弥尔顿[2]。

尽管那道围墙很高，但是从外面仍能望见更黑的房顶越过墙头，那便是新楼的房顶。上面四扇铁窗清晰可见，那便是气爽楼的窗户。一根烟囱从楼顶冒出来，那便是贯穿几层楼囚室的烟囱。

气爽楼建在新楼的房顶，是一大间顶楼，安了三道铁栅门，还有包了铁皮并用大铆钉铆住的重木门。从北面进去，左首便是那四扇铁窗，右首对着铁窗，有四个方形大铁笼，由狭窄的过道隔开。铁笼下半截是齐胸高的砌墙，上半截粗铁条直连屋顶。

从2月3日夜间起，德纳第就单独关在一个铁笼里。后来始终未能查明，他同谁勾结，如何弄到一瓶麻醉药酒。据说由德吕发明的那种药酒，因“迷魂”匪帮使用而出名了。

好多监狱都有吃里爬外、半官半匪的狱吏，他们协助囚犯越

---

① 如今的德·塞维尼街。

② 阿尔诺·贝尔干（1747—1791年）：法国诗人。约翰·弥尔顿（1608—1674年）：英国诗人。

狱，又向警方报告假情况，既邀功又捞油水。

就在小伽弗洛什收留两个流浪儿的那天夜晚，勃吕戎和海口已得知，巴伯在那天上午逃走，要同蒙巴纳斯在大街上接应，他们就悄悄起床，用勃吕戎拾到的铁钉挖通靠床头的烟囱，让灰渣落在勃吕戎的床上，以免人听见动静。这工夫，雷电交加，雨骤风狂，监狱中的门扇户枢震得噼啪山响，真是天助。惊醒的囚犯也都佯装重新入睡，任凭海口和勃吕戎干去。勃吕戎灵活，海口有力气。狱卒就睡在同牢房隔一道铁栅门的寝室里，还未等他听见一点声响，两个悍匪就打穿侧壁，从烟囱里爬上去，捅开烟囱口的铁丝网，来到房顶。风雨越发猛烈，房顶很滑。

“这是抽筋儿多好的锁哥儿呀！”①勃吕戎说道。

他们和巡逻墙道之间，横隔一道六尺宽、八十尺深的鸿沟。他们往沟底望去，只见一个岗哨的枪支在黑暗中闪光。他们将勃吕戎在地牢里编的绳子，一头拴在烟囱口上刚被他们折弯的铁条上，另一头从巡逻墙道上面抛过去，抓住绳子一跃越过鸿沟，双手抓住围墙边，先后滑落到连着浴池房的一个小屋顶，再抽回绳子，跳到地上，穿过浴池房大院，推开门房室门上的小窗，伸进手去拉一下门绳，便打开大门，来到街上了。

他们在黑暗中，手里拿着铁钉，脑袋装着一个计划，从起床到越狱，还不到三刻钟。

不大工夫，他们便会合了在附近游荡的巴伯和蒙巴纳斯。

他们那根绳子抽回时拉断了，还留一段拴在楼顶烟囱口上。他们手掌皮几乎全磨掉了，除此之外再也没有受伤。

这天夜晚，德纳第没有睡，他已得到通知，但是通过什么方

---

① “这是越狱的多好夜晚呀！”——雨果原注。

式，狱吏却未能查明。

将近凌晨一点钟，夜一片漆黑，他从铁笼对面的天窗望出去，狂风暴雨击打楼顶，忽见闪过两个人影，其中一个在窗口还略微停了一下，但只是一眨眼的工夫。那是勃吕戎。德纳第认出他来，当即就明白了。这就足够了。

德纳第被指控为黑夜行凶杀人的强盗，受到监视囚禁。铁笼前总有一名值勤士兵，荷枪实弹走来走去，每两小时换一班。气爽楼里照明，只有一盏壁灯。囚犯脚腕儿还锁着五十斤重的一对铁球。每天下午四点钟，一名狱卒带两条獒犬，还按当时的办法来到囚笼，在他床前放下两斤重的面包、一罐凉水、一满碗漂着几粒蚕豆的清汤，然后检查脚镣，再敲敲囚笼的铁条。到夜晚，此人带着獒犬还要来视察两次。

德纳第曾得到允许，给他留下一根铁扦子，一头插着他的面包，一头插进墙缝里，说是“要防耗子给吃了”。既然有人时刻监视他，那么留下铁扦子就没有什么不妥。后来大家才想起，当时有个狱卒就说过：“给他留根木扦子恐怕更好些。”

凌晨两点钟换班，一名新兵换走了一名老兵。过了一会儿，那个狱吏带狗来巡视，觉得那个“丘八”太嫩，又“土里土气”，除此并没有什么异常情况，也就离去。过了两小时，到了凌晨四点钟，来换班的人发现那个新兵倒在德纳第的铁笼旁边，像石头一样睡得死死的，而德纳第却不知去向，方砖地上丢着他那折断的脚镣。囚笼的顶端有个破洞，上面屋顶也有个破洞。他的一块床板撬掉，不翼而飞，再也没有找到，想必被他带走了。在牢房里还找到半瓶迷魂药酒，那士兵被药酒麻醉，他的刺刀也不见了。

发现这种情况的时候，大家都以为德纳第已经逃之夭夭；殊不知他逃出新楼，还处于非常危险的境地，越狱远没有得逞。

德纳第到了新楼的房顶，发现勃吕戎拴在烟囱顶罩上的那半段绳子，可惜太短，他不能像勃吕戎和海口那样，越过巡逻墙道逃出去。

从芭蕾舞街拐进西西里王街，几乎立刻就能看到右首有一块肮脏不堪的洼地。上世纪那里有一栋楼房，现在只残留一堵后墙，有四层楼高，立在其他楼房之间，确是破楼的危墙。那道残垣断壁不难辨识，上面有两扇大方窗户，如今还能望见；中间靠右山墙那一扇，上面有一条虫蛀了的方木横梁。从前，透过那些窗口能望见一道阴森森的高墙，那正是强力监狱的一段巡逻墙道。

那楼房拆毁之后，临街留下一块空地，只有半边围着木栅栏。栅栏由五根石柱扶撑，木板已朽烂，中间开了一道门，几年前还只插了一根木门栓。栅栏里紧靠危墙脚，隐蔽着一间小木棚。

凌晨三点过后不久，德纳第就是到了那围墙顶上。

他是如何到了那上面呢？谁也不理解，也无法解释。看来，闪电对他既有妨碍，又有帮助。也许他利用铺瓦工的那些梯子和木架，从一个房顶到另一个房顶，从一道围墙到另一道围墙，从一个院落到另一个院落，大概从查理大帝院楼房到圣路易院楼房，再到巡逻墙道，从那里移到西西里王街那道断壁上的吧？然而，这样一条路线，中间有几处不可能连起来。也许他用床板搭成桥，从气爽楼到巡逻道墙头，再沿墙头绕着强力监狱爬行，直到那断壁上的吧？然而，强力监狱巡逻道边墙筑有雉堞，而且起伏不平，邻近消防队营房那一段低下去，到浴池房的那一段又高起来，一路有几处还被建筑物隔断，靠拉姆瓦尼翁府邸那一段和对着石路街那一段，高度就不一样，处处可遇陡坡和直角；况且，那些岗哨也会看到逃犯的黑影，因此，德纳第走这条路线，几乎同样说不通。这两种逃跑的方式都不可能。德纳第极度渴望自由，也就情急智生，将深渊化为浅沟，铁栅化为柳篱，双腿残疾化为运动健将，足痛风患者化为飞鸟，迟钝化为本能，本能化为智慧，智慧化为天才，他是否灵机一动，发明了第三种方法泥？这事儿一直是个谜。

越狱的奇迹，不可能都弄得清楚。再重复一遍，一个人要逃脱绝境，就有灵感。在越狱的神秘闪念中，往往有星光和闪电；奋力求生和振翅向崇高，都同样令人惊讶；人们谈起一个越狱的匪徒，就会说：“他怎么翻过那个屋顶的呢？”同样，人们谈到高乃依，也会说：“他怎么想出‘让他死忘吧’这句妙语呢？”

不管怎么说，德纳第逃到那里，照孩子们形象的说法，伏在那堵危墙的“刃儿”上，他大汗淋漓，浑身被雨浇透，手掌擦破了皮，臂肘流血，双膝也磨破了，已然筋疲力尽，同铺石街面还隔着四层楼高的峭壁。

他身上带的那根绳子太短了。

他面如死灰，气力耗尽，满怀的希望也破灭了，只好在那里等待，眼下还有夜色掩蔽，可是心想很快就要天亮，就要听到附近圣保罗教堂报四点的钟声，监狱里换岗的人就要发现那哨兵在酣睡，屋顶捅了个大窟窿，德纳第转念至此，不禁惊恐万状，再借着昏暗的灯光往下瞧，高度骇人，更是吓得魂不附体，那湿漉漉黑乎乎的铺石街道，既渴望又可怕，既意味自由，又意味送命。

他心中嘀咕，那三个同谋越狱是否成功，是否在等他，会不会来搭救他。他倾听周围的动静。自从他到了那上面，除了过去一个巡逻队，街上就再也没见一个行人。从蒙特伊、夏罗讷、万森和贝尔西来赶早市的菜农菜贩，几乎全走圣安托万街。

报四时的钟声响了。德纳第胆战心寒。不大工夫，监狱里就乱了套，发现有囚犯越狱所必然爆发的惊慌失措的喧闹，牢门开开关关响成一片，铁栅门吱咯尖叫，看守乱作一团，狱卒嘶哑的嗓门呼唤，枪托撞击庭院的石板地，嘈杂的声响一直传到他的耳畔。灯火在牢房铁窗上下移动，一支火把在新楼房顶奔跑，隔壁消防队员也调来了，火光映照他们的头盔冒雨在房顶来来往往。与此同时，德纳第又望见巴士底广场那个方向，阴惨惨的天边开始泛白了。

而他呢，趴在十寸宽的高墙上，背后浇着大雨，身下左右两侧都是深渊，动弹不得，害怕头一晕就可能摔下去，又恐惧肯定要被抓回去，他的神思就像钟锤，在两个念头之间摆来摆去：掉下去就没命，待在这儿就要被逮住。

街道还一片漆黑，德纳第正自万分惶恐，忽然看见一个人从石路街过来，溜着墙根儿，走到德纳第悬空的下边空地站住。随后跟上来一个人，走路同样十分小心，接着又来第三个，第四个人。四个人会齐之后，其中一个拉开栅栏门闩，一齐走进有木棚的栏圈里，正巧停在德纳第的下方。他们选择这块空地来谈话，显然是要避开行人和几步之外强力监狱边门岗哨的耳目。应当交代一句，这时哨兵正躲在岗亭里避雨。德纳第看不清他们的面孔，但侧耳细听，这个自知要完蛋的可怜家伙，在绝望中特别注意他们的谈话。

那些人讲的是黑话，德纳第听了，眼前仿佛闪现一线希望。

第一个人声音很低，但是清楚地说道：

“蹽吧。咱们在这里个化什么妆？”①

第二个回答道：“老天哭得连鬼火都要浇灭了。再说，色狼要过来，那边有个老憨儿在卖呆儿。咱们别在这里卡让人给打包了。”②

“这里个”和“这里卡”，是“这儿”的两种说法，前一种

---

① “我们走吧。我们待在这儿干什么呀？”——雨果原注。

② “这雨下得能把鬼火给浇灭。再说，警察要过来，那边有个士兵在站岗，我们别在这里让人给抓住。”——雨果原注。

是城关一带黑话，后一种是神庙街一带黑话，这对于德纳第来说，等于两道光亮。听“这里个”，他认出城关一带的飞贼勃吕戎；听“这里卡”，他认出巴伯：巴伯什么行当都干过，曾在神庙街一带卖过旧货。

十七世纪的古老黑话，只有神庙街区还有人讲讲，甚至可以说，唯独巴伯还能讲得地道。他要是没讲“这里卡”，德纳第也绝认不出来，因为他完全改变了声调。

这时，第三个人接口道：

“急什么，再等一等。怎么能断定他不需要我们呢？”

这句话是正常的法语，德纳第听出是蒙巴纳斯讲的：此人高雅之处，就是能听懂各种黑话，而他却不讲任何一种。

第四个人没有开口，但是那宽阔的双肩却将他暴露了，德纳第一眼就看出那是海口。

勃吕戎始终压低声音，但是有几分激烈地反驳道：

“你跟我们胡嘞什么？地毯商很可能没有抽好筋。这行道他不懂，怎么的！扯鼻涕虫，割安扒肤，好改编一条麻筋，给重门订脚手洞。接连法票，改编豆荚，割硬家伙，将麻筋吊到外面去，隐身，变脸，必须抽一点儿！老家伙干不来，他不懂这一套！”①

巴伯始终像蒲拉叶和卡尔图什那样，讲一口规范的古典黑话，而勃吕戎则大胆突破创新，使用一种色彩鲜明的新奇黑话，两者的差异，就好像拉辛的语言同安德烈·舍尼埃的语言相比。巴伯补充道：

---

① “你跟我们说什么呀？那客栈老板很可能没有逃出来。他不懂行，怎么的！撕开衬衣，裁床单，好编一条绳子，把牢门打穿洞，制作假证件，配制假钥匙，砸断脚镣，拴牢绳子吊到外面，要躲藏，化装，必须有个机灵劲儿！那老家伙干不了，他不会干！”——雨果原注。

“你那个地毯商在楼梯就炒了栗子。非得有点道行不可。他还是小把戏。他让人套上笼头了，上了老警的当，甚至上了套乡亲的小探的当。竖起配搭儿，蒙巴纳斯，学校里哗哗的罗筛，你听见了吧？那些枝条你也看见了。算了，他跌了跤。要拉二十条缰绳才能了事。我并不塌，我可不是塌夫，这谁都鸽派。现在只能晒太阳，要不就得受人摆弄了。别埋怨了，跟我们格走吧，一道去抿一瓶老窖。”①

“朋友有难，总不能丢下不管。”蒙巴纳斯咕哝道。

“我跟你吹他病啦！”勃吕戎又说道，“敲这个点儿的时候，那个地毯商不值一根钉子了！咱们也毫无办法。还是开溜吧。我觉得随时会来个冲子，一把抓住我。”②

蒙巴纳斯只是有气无力地坚持了。事实上，这些匪徒相互绝不抛弃，他们四人怀着这种忠实的态度，不顾任何危险，在强力监狱周围转悠了一整夜，期望看见德纳第从一处墙头出现。然而，这个夜晚变得实在太美好了，大雨滂沱，把街道浇得空无一人，他们也透心儿凉，成了落汤鸡，衣裳湿透，鞋底洞穿，而且，监狱里闹腾起来，叫人惶恐不安，时间一分一秒过去，又撞到一伙伙巡逻队，希望渐渐消逝，恐惧却渐渐返回，这种种情况，都迫使他们撤退。蒙巴纳斯也许多少算点儿德纳第的女婿，连他也退让了。再过一会儿，他们就全走掉了。德纳第趴在墙头气喘吁吁，就像美狄斯号船海难者站在木排上那样，望着一条船渐渐消失在天际。

---

① “你那个客栈老板也许让人当场抓住了。非得有点机灵劲儿不可。他还是个小学徒。也许他上了警察的当，甚至上了一个冒充同伙的密探的当。听听，蒙巴纳斯，监狱一片喊声，你听见了吧？那些烛光你也看见了。算了，他又被抓住了！坐二十年牢才能把他放出来。我并不怕，我可不是胆小鬼，这谁都知道。现在什么忙也帮不上了，要不走，就得让人牵着鼻子走。别生气，跟我们走吧，一道去喝一瓶酒吧。”——雨果原注。

② “我跟你说他又给逮住了。到了这种时候，那个客栈老板一钱不值了。我们也毫无办法。还是离开吧。我觉得随时会来个警察，一把抓住我。”——雨果原注。

他不敢呼叫，叫声让人听见就全完了，在危急关头，他眼睛一亮，有了个主意，也是最后一招儿了；他从衣兜里掏出勃吕戎拴在新楼烟囱上的那截绳子，投到栅栏里边。

绳子正巧落到他们跟前。

“一个寡妇。”[①]巴伯说道。

“是我的麻筋。”[②]勃吕戎也说道。

“客栈老板在上面呢。”蒙巴纳斯接口道。

他们抬头望去，而德纳第也把脑袋探出来一点儿。

“快！”蒙巴纳斯说道，“另一截子还在你身上吗，勃吕戎？”

“还在。”

“将两截绳子接起来抛上去，他拴在墙上，还够长，能下来。”

德纳第冒险提高嗓门说：“我冻僵了。”

“会给你暖和过来的。”

“我动不了。”

“你顺着滑下来，有我们接住。”

“我两手都木了。”

“把绳子绑在墙上总归行吧。”

“不行。”

“我们得有个人上去。”蒙巴纳斯说道。

“四层楼高！”勃吕戎来了一句。

从前木棚里生火炉，有一根灰泥烟囱，贴着那堵墙砌上去，接近德纳第所在的墙头，烟囱灰泥早已脱落，还看得出痕迹，管道满是裂纹开缝，里面相当狭窄。

“可以从那里上去。”蒙巴纳斯说。

---

① 一条绳子（神庙区黑话）。——雨果原注。

② 我的绳子（城关黑话）。——雨果原注。

“钻那烟筒？”巴伯高声说，“一架管风琴[1]！没门儿！需要一个米瓮[2]。”

“需要一个馍母[3]。”勃吕戎说道。

“到哪儿去找个小孩？”海口接口道。

“等一等，”蒙巴纳斯说，“我有办法。”

他轻轻把栅栏门推开一条缝儿，看清街上没有行人，就悄悄出去，回手带上门，撒腿朝巴士底广场方向跑去。

七八分钟过去了，对德纳第来说真像过了八千个世纪，巴伯、勃吕戎和海口都紧咬牙关；栅栏终于又打开了，蒙巴纳斯气喘吁吁，带着伽弗洛什进来了。雨还下个不停，街上阒无一人。

小伽弗洛什走进栅栏，从容地打量这几个匪徒的面孔，雨水从他头发往下淌。海口先同他打招呼：

“娃娃，你是条汉子吗？”

伽弗洛什耸了耸肩膀，答道：

“像俺自格这样一个馍母，就是一架管风琴，像你们札伊这些管风琴，就全是馍母[4]。”

“这米瓮真会耍痰盂[5]！”巴伯高声说道。

“庞丹的馍母，可不是肥兰丝装扮起来的。”[6]勃吕戎附和道。

“你们找我什么事儿？”伽弗洛什问道。

---

① 一个汉子。——雨果原注。

② 一个孩子（神庙区黑话）。——雨果原注。

③ 一个孩子（城关黑话）。——雨果原注。

④ “像我这样一个孩子，就是条汉子，像你们这些汉子，就全是孩子。”——雨果原注。

⑤ “这孩子嘴皮子真厉害！”——雨果原注。

⑥ “巴黎的孩子不是湿草编的。”——雨果原注。

蒙巴纳斯答道："从这烟筒里爬上去。"

"带着这个寡妇。"巴伯说道。

"将这麻筋拴在上边。"勃吕戎接口说。

"拴在攀登骑上。"[1]巴伯跟着说。

"拴在风档木上。"[2]勃吕戎补充道。

"还有呢？"伽弗洛什问道。

"就这些。"海口回答。

流浪儿瞧了瞧绳子、烟囱、墙壁和窗户，嘴唇噗噗噗发出难以言传的轻蔑声响，分明表示："就这点事儿！"

"那上边有个人，要你救下来。"蒙巴纳斯又说道。

"行吗？"勃吕戎问道。

"傻瓜！"孩子回了一句，就好像他从未听到这种问题；他随即脱掉鞋子。

海口抓住伽弗洛什，一只胳膊就把他举到木棚顶上，再把勃吕戎趁蒙巴纳斯去找人时结好的绳子递上去。孩子脚下虫蛀的棚顶板弯下去，他一步步走向那烟囱，而烟囱挨棚顶处有一个大豁口儿，钻进去很容易。这工夫，德纳第看见来了救星，又有了生路，脑袋便探出墙头，初现的曙光照见他那汗水淋漓的额头、灰白色的颧颊、细长野蛮的鼻子、扎煞散乱的花白胡子；伽弗洛什正要钻进豁儿往上爬，抬头望了望，一眼便认出他来：

"咦！"他诧异道，"是我那老爸！……唉！管他是谁呢。"

他用牙齿咬住绳子，毅然决然地开始攀登。

他爬到顶，便骑在那老墙头上，将绳子牢牢系在窗户上面横木上。

---

① "拴在墙头。"——雨果原注。

② "拴在窗户横木上。"——雨果原注。

过了一会儿，德纳第便回到街面。

他双脚一沾铺石路面，一感到自己脱离了危险，疲惫之意就顿消，浑身也不再麻木战抖了；他所经历的凶险，刚一脱身，就烟消云散了；他那怪异而残忍的整个聪智一苏醒，一站立起来，得到自由，就准备进取了。此人开口头句话就是：

“现在，我们要去吃谁呢？”

这个极为透明的字眼无需解释，同时意味凶杀、谋害和抢劫。“吃”，真正的词义：“吞噬”。

“咱们聚拢点儿，”勃吕戎说道，“三两句话就解决问题，然后就立即分手。普吕梅街好像有一桩好买卖，那条街冷冷清清，孤零零一栋房子，花园有一道朽了的古老铁栅门，孤孤单单住着女人。”

“好哇！为何不干一把呢？”德纳第问道。

“你那仙女[①]爱波妮，已经到现场看过。”巴伯回答。

“她给马依送去一块饼干，”海口补充说，“那儿没有什么可改装的了[②]。”

“仙女可不落夫[③]，”德纳第说道，“然而，还是应当瞧瞧去。”

“对，对，应当瞧瞧去。”勃吕戎附和道。

这工夫，几个大人似乎谁也不注意伽弗洛什了。伽弗洛什靠坐在栅栏的一根支撑石柱上，看着他们谈话，等了一会儿，也许等他父亲朝他回过身来，继而，他又穿上鞋子，说道：

“事儿完了吧？你们这些大人，你们的事儿解决了，用不着我

---

① 你女儿。——雨果原注。

② 那儿没有什么搞头。——雨果原注。

③ 女儿可不傻。——雨果原注。

了吧？那我就走了，还得去叫我那两个娃娃起来呢。”

说罢，他就走了。

五条汉子也鱼贯走出木栅栏。

伽弗洛什拐进芭蕾舞街不见了，这时，巴伯把德纳第拉到一旁，问道：

“你注意看那个孩子了吗？”

“哪个孩子？”

“就是爬上墙头、给你送绳子的那个孩子。”

“没怎么留意。”

“对了，我也说不好，那好像是你儿子。”

“唉！你这么认为？”德纳第说道。

说罢，他也走了。

第七卷 黑 话

一 源

Pigritia[①]是一个可怕的词。

这个词孕育出一个世界，la pègre[②]意味“盗窃”和一个地狱，lapégrenne意味“饥饿”。

因此，懒惰是母亲。

她有一个儿子，叫盗窃，有一个女儿，叫饥饿。

此刻我们谈到哪儿啦？谈到黑话了。

黑话是什么？既是民族又是方言，是人民和语言这两方面的盗窃。

这个悲惨而沉重的故事的叙述者，三十四年前，在同一主旨写的另一本书中[③]，曾描述过一个讲黑话的强盗，当时引起一片哗然！——“怎么！干什么！黑话多么丑恶呀！这种话是囚犯讲的，是在苦役牢中，监狱里，社会上最卑劣的人讲的！”如此等等，不一而足。

我们始终不理解这类异议。

---

① 原文为拉丁文，意为“懒惰”。

② 盗贼的总称。

③ 《一个死囚的末日》。——雨果原注。

后来，两位笔力遒劲的小说家，巴尔扎克和欧仁·苏，一个是人心的深刻观察者，一个是人民的大无畏的朋友，他们也像1828年《一个死囚的末日》的作者那样，在各自的作品中让盗匪自然讲话，这又引起同样的指责。那些人重复道：“这些作家，使用令人作呕的土话，究竟要干什么呢？黑话太丑恶啦！黑话叫人毛骨悚然！”

谁否认呢？毫无疑问。

要检查一个伤口，要探测一个深渊或一个社会，从什么时候起，又有谁说过，下去太深，探到底是错误的呢？我们倒始终认为，追本穷源往往是一种勇敢的行为，至少也是一种朴实而有益之举，同尽职尽责一样值得称许。不彻底探索，不彻底研究，半途而废，为什么呢？停顿是探测的特点，而不是探测者的作风。

自不待言，深入社会秩序的底层，深入实土结束而污泥开始的地方搜寻，进入那稠乎乎的浊流中探索，捕捉那流着烂泥汤的恶俗不堪的话语，捕捉那字字像暗角阴沟的虫豸一节节难看的躯体那样、脓血模糊的词汇，抓出来，活生生抛在阳光下的大街上，这既不是一件吸引人，也不是一件容易的任务。在思想的光照下，这样观看赤裸裸的黑话闹腾攒动，比什么景象都更凄惨。那确实像从污水坑捞出的一只夜间活动的怪物，仿佛一团活了的可怕荆棘在抖瑟，蠕动，摇晃，要奔回暗处，气势汹汹看着周围。这个词像一只利爪，那个词像一只流血的瞎眼，某句话又像蟹夹一般开合。这一些赖以生存的，正是在无序中组合的那些事物的丑恶生命力。

现在我们要问，从何时起，丑恶的事物排除了研究呢？从何时起，疾病驱逐医生呢？一名自然科学家，拒绝研究毒蛇、蝙蝠、蝎子、蜈蚣、蜘蛛，见着就扔回黑暗中去，并且说：“哼！太丑啦！”能想象有这种自然科学家吗？思想家不理睬黑话，犹如一名外科医生不治脓疮或肿瘤；又好比一位语文学家不肯研究语言的一种实况，一位哲学家不肯探究人类的一种实况。因为，必须告诉不明真相的人，黑话既是一种文学现象，又是一个社会产物。确切地说，黑话是什么呢？黑话是穷苦的语言。

说到这里，有人会打断我们，会推而广之，虽然这样做有时要冲淡这种事实；他们会对我们说，各行各业，一切职业，等级社会中的各个阶层、智力的各种表现形式，几乎无一例外，都有各自的行话，也就是黑话。商人说："蒙佩利埃备用；马赛优质。"证券经纪人说："延期交割，溢价，本月底。"赌博的人说："全不理睬，黑桃重开。"诺曼底岛屿的执达吏说："在扣押财产放弃人的不动产期间，接收地产者不得要求收获成果。"通俗笑剧作家说："观众把熊给逗了。"[①]喜剧演员说："我砸锅了。"哲学家说："现象三重性。"猎人说："雾哇西阿来，雾哇西逃走。"骨相家说："性和善，性好斗，性诡秘。"步兵说："我的单簧管。"[②]骑兵说："我的小火鸡。"[③]剑术师说："三式，四式，后撤。"排字工人说："说说巴条。"所有这些人，排字工人、剑术师、骑兵、步兵、骨相家、猎人、哲学家、喜剧演员、通俗笑剧作家、执达吏、赌客、证券经纪人、商人，全都讲黑话。画家说："我的艺徒。"公证人说："我的跑腿的"。[④]理发师说："我的伙计。"鞋商说："我的呢压夫。"[⑤]等等，他们也在讲黑话。严格来说，如果非要这样的话，表示左右的不同说法，如海员所说的"左舷"和"右舷"，舞台布景工所说的"庭院侧"和"花园侧"，教堂执

① 观众给剧本喝了倒彩。——雨果原注。

② 我的步枪。

③ 我的马。

④ 公证事务所的年轻送信员。

⑤ 我的鞋匠。

事所说的“圣徒侧”和“福音侧”，全是黑话。从前有女才子的黑话，如今有矫揉造作的女郎的黑话。郎布耶府邸靠近奇迹宫[1]。公爵夫人之间有黑话，例如，复辟王朝时期，一位非常高贵非常美丽的夫人，在一封情书中写了这样一句话：“您在这些泼天中，能找出诸多说明我放纵的理由。”外交数字和密码也是黑话：教廷掌玺大臣称罗马为26号，称使臣为grkztnt-gzyal，称德·莫代讷公爵为abfxustgrnogrkzutuXI，讲的是黑话。中世纪医生称胡萝卜、小红萝卜和白萝卜，就说“卡夫他没药、卜夫萝吃努末、匍匐他木丝、龙卡托利苦末、安琪萝鲁末、后末膏鲁末”，这些讲的也是黑话。糖厂老板说“细条糖、大头糖、透明糖、巴掌糖、清糖、蜜糖、小圆糖、大众糖、焦糖、块糖”，这位诚实的厂主讲的是黑话。二十年前，文学批评界就有一派人这样说：“半个莎士比亚是文字游戏。”讲的是黑话。如果德·蒙莫朗西先生不懂诗和雕塑，那么诗人和艺术家就会称他为“一个市侩”，讲的也是黑话。古典派的学士院院士称鲜花为“福罗拉”，称果为“波莫那”，称海为“尼普顿”，称爱情为“烈火”，称美貌为“诱惑”，称马为“坐骑”，称白色或三色帽徽为“柏洛娜的玫瑰”[2]，称三角帽为“马尔斯的三角”，这些古典派的院士讲的全是黑话。代数、医学、植物学，各自都有黑话。航船上所使用的语言，若望·巴尔、杜凯斯纳、苏夫朗和杜佩雷讲过的那种极其完整、极其生动的出色语言，伴随着帆索的呼啸、传声筒的喊叫、拢岸钩斧的撞击，伴随着船身的摇摆、狂风的怒吼、大炮的轰鸣，那完全是英勇而响亮的黑话，比起鬼蜮的粗野黑话来，则有雄狮和豺狼之别。

---

① 巴黎丐帮的老巢。

② 在罗马神话中，福罗拉是花神，波莫那是果树女神，尼普顿为海神，柏洛娜为女战神。

这些毋庸置疑。然而，不管怎么说，这样理解黑话是推而广之，不是人人都能接受的。至于我们，还要保留这个词明确、限定、确指的旧有涵义，把黑话限定在黑话的范围里。真正的黑话，纯粹的黑话，假如可以搭配这两个修饰语，从远古以来就自成一个王国的黑话，我们再重复一遍，无非是苦难的语言，无非是丑恶、疑惑、阴险、奸诈、歹毒、残忍、晦涩、卑劣、深奥而致命的语言。堕落和苦难到了极端，就会起而反抗，铤而抗争，从总体反对美满的事物和统治的权利。这种斗争十分残酷，时而诡诈，时而猛烈，既阴险又凶残，既用邪恶的毒针骚扰，又用犯罪的重棒打击社会秩序。为了这种斗争的需要，苦难就创造了黑话这种战斗的语言。

人类说过的任何一种语言，即组成文明或使之繁丰的一种因素，无论其好坏，哪怕濒临湮灭，已然残缺不全，只要它浮在遗忘的深渊之上，存留下去，那就是扩展了观察社会的资料，就是为文明本身效力。普劳图斯有意无意中效过力，让两名迦太基士兵讲腓尼基语；莫里哀也效过力，让他剧中的许多人物讲东方语言和各种方言。说到这里，有人又要提出异议：腓尼基语，妙极啦！东方语，也好哇！甚至方言，也还说得过去！这些总归是某些民族或某些省份的语言。然而，黑话呢？有什么必要保留黑话呢？有什么必要让黑话“存留下去”呢？

对此，我们只回答一句话。一个民族或一个省份使用的语言，固然值得重视，但是还有更值得重视和研究的东西，那就是受苦受难的人所讲的语言。

举例来说，这种语言在法国就讲了四百多年，讲这种语言的不止一个穷苦阶层，而是整个穷苦阶层，人类之中可能有的整个穷苦阶层。

况且，我们还要强调指出，研究社会的畸形和残疾，揭示出来加以治疗，这种工作根本不容选择。比起记述重大事件的历史学家，记述风俗和思想观念的历史学家所负的使命同样严肃。前者浮在文明的表层，描写王位之争、王子的诞生、国王的婚姻、战事、议会、名人、阳光下的革命，描写整个表象。后者却深入内部，深入底层，描写受苦受难并翘首以待的劳动人民、饱受折磨的妇女、奄奄待毙的儿童、人与人的暗斗、隐秘的暴行、成见、约定俗成的不公道、法律在地下的反响、心灵的秘密演变、民众的细微惊悸、饿殍、赤足者、裸臂者、无依无靠的人、孤儿、不幸者和卑贱者，描写所有在黑暗中游荡的孤魂野鬼。这样的历史学家要满怀同情心，抱着严肃的态度，一直下到密不透风的暗道秘穴，以兄弟和法官的身份，去接近那些流血的人和行凶的人，那些哭泣的人和诅咒的人，那些挨饿的人和大口吞噬的人，那些逆来顺受的人和胡作非为的人，总之，去接近乱哄哄在那里爬行的所有人。记述心灵的这些历史学家，难道不如记述外部事件的历史学家责任重大吗？但丁所要表述的事情，难道比马基雅弗利少吗？文明的底层，难道因为太深太幽暗，就不如表层重要吗？不了解山洞，能很好认识高山吗？

顺便指出，从上面几句话能推断出两类历史学家，而这种截然划分，在我们思想上并不存在。研究明显可见的、有目共睹的人民大众生活的历史学家，如果不在一定程度上，也谙熟他们深藏隐秘的生活，就不算一个优秀的历史学家；同样，内在事物的历史学家，如果在需要的时候不能成为表象事物的历史学家，也不能算一个优秀的历史学家。习俗和思想观念的历史，渗透到大事件的历史中，反之亦然。这两类不同的事实此呼彼应，始终相互关联，还经常互为因果。上天在一个国家表面上划出的所有线条，在深层无不有对应的平行线，虽然暗淡却很分明；反之，深层的任何动荡。也必然引起表面的波动。真正的历史既然涉及一切，那么真正的历史学家也要关注一切。

人不只是一个中心的圆圈，而是有两个中心的椭圆形。一个中心点是事实，另一个中心点是思想。

黑话无非是语言要干坏事时的化妆室。语言在这化妆室里戴上语词的假面具，穿上隐喻的破衣烂衫。

这样，语言就变得面目可憎了。

人们几乎辨认不出来了。难道这真是法兰西语言，人类的伟大语言吗？它要粉墨登场，陪同罪行排练台词，而且在罪恶剧目中适于扮演各种角色。它再也不正常走路，而是要一瘸一拐的，架着奇迹宫的拐杖，架着那随时变成大头棒的拐杖，自称丐帮。所有魑魅魍魉都是它的服装员，把它打扮成奇形怪状；它时而爬行，时而挺立起来，具有蛇的这样两种姿态。作伪者把它装成斜眼，下毒者给它染上铜绿，放火者给它抹上黑灰，杀人犯给它涂上胭脂，从此它就能扮演各种角色了。

诚实这边的人站在社会门口，就能听见外面人的对话，能分辨出一些问话和答话，捕捉到刺耳的叽咕声而不懂，听来颇似人声，但近乎嗥叫而不像说话。这就是黑话。词语全都扭曲变形，有一种说不出来的声调，仿佛是怪兽发出来的，让人以为听见九头蛇怪在说话。

这是黑暗中不可理解的鬼声，吱吱聒噪，沙沙作响，给扑朔迷离的暮色添上谜一般的色彩。在苦难中，天昏地暗；在罪恶中，更是昏天黑地。两种昏黑相混杂，便构成黑话。氛围昏暗，行为昏暗，语声昏暗。穷苦人的正午，迷雾茫茫，饱含阴雨、黑夜、饥饿、邪恶、谎言、不公、赤裸、窒息和严冬，而可怖的癞蛤蟆语言，在这片迷雾中往来蹿跳和爬行，吐着唾沫，疯狂地躁动。

要同情受惩罚的人。唉！我们本身又是什么人呢？此刻我同你们说话；你们听我说话，而我是什么人，你们又是什么人呢？我们从何而来？谁能肯定我们出世之前什么也没有干过呢？地球同监狱也不是毫无相似之处。谁能说人就不是天庭的累犯呢？

仔细观察一下人生吧。人生这种状况，让人感到处处受惩罚。

你是人们所说的一个幸福者吗？好吧，然而，你天天都要犯愁，每天都有大忧伤或小烦恼。昨天，你为一个亲人的健康发抖，今天为自己的健康担心，明天又要为钱财忧虑，后天可能遭人诽谤，大后天又可能得知一位朋友的不幸消息；往后的日子，不是什么物品打破了，就是丢失了，寻一点欢乐，不是良心不安，就是身子受损，继而，还会出现公事进展的问题，且不说内心的种种苦恼。如此等等，不一而足。一片乌云散去，又形成一片乌云。一百天当中，难得有一天能充满欢乐和阳光。而你还属于少数幸福的人！至于其他人，头顶就总压着漫漫长夜。

善于思索的人，很少用幸福者和不幸者这种说法。尘世显然是另一世界的门厅，这里没有幸福的人。

真正划分人类，应为光明人和黑暗人。

减少黑暗人的数量，增加光明人的数量，这就是目的。这也就是为什么我们要呼吁：教育！科学！学识字，就是点亮灯光；读出一个音节，就迸发一点火星。

不过，光明并不一定意味快乐。人在光明中仍会痛苦；光过分强烈会烧灼。火焰与翅膀为敌。翅膀燃烧还不停飞翔，那是神奇的事情。

你一旦明了事理，有了爱心，还会有痛苦。曙光在一片泪水中出现。哪怕仅仅为黑暗人，光明人也要泫然泪下。

二　根

黑话是黑暗人的语言。

思想往往从最幽深之处开始涌动，而面对备遭蹂躏、又总顽抗的谜一般的方言，社会哲学不得不极为沉痛地思考。这种方言明显受了刑罚，每个音节都留下了烙印。通常语言的词语在这里一出现，就仿佛让刽子手的红烙铁烫得皱缩了；有些好像还在冒烟。有的句子给你的感觉，酷似一名盗匪突然脱光衣服而露出有百合花烙印的肩膀。思想几乎拒绝用这种罪犯词语来表述。这里面运用的隐喻极为厚颜无耻，让人觉得是上过刑枷的。

然而，尽管如此，也正因为如此，这种奇特的语言也像锈铜币和金奖章那样，有权在人称文学的这个公正的巨大收藏柜里，占据一格的位置。这黑话，不管你认同与否，自有它的句法和诗意。这也是一种语言。一些词语呈现畸形，固然能让人认出是经过了芒德兰①的咀嚼，但是一些借代所放射的光彩也能让人感到维庸讲过这种语言。

这行十分美妙的名句：

往年积雪今安在？②

就是一句黑话诗。Antan来自ante annum，是图讷地方黑话的一个词，原意为“去年”，引申意思为“往年”。就在三十五年前，1827年那次押解大批犯人的时期，在比赛特监狱的一间牢房里，还能看见判处去服苦役的图讷王用钉子刻在墙上的名言：Les dabs

① 芒德兰（1724—1755年）：法国著名的匪首。

② 法国诗人维庸（1431—1489年）的诗《遗憾》中的名句。

d’antan trimaient siempre pour la pierre du Coësre。这句话的意思是：“从前，国王无不前往接受加冕。”在这一王者的思想里，加冕，就是服苦役。

Décarade这个词，表示重载车辆开始奔驰的意思，据说是来源于维庸，两者倒也相配。这个气势磅礴的拟声词，让马的四只铁蹄迸出火花，也概括地表达了拉封丹的这行杰出的诗句：

> 六匹骏马拉着一辆旅行车。

从纯文学角度看，也很少有比黑话的研究课题更加妙趣横生了。这是语言中的一整套语言，是一种瘿瘤，一种生出赘疣的不良嫁接，是一种寄生植物，根须扎在高卢老树干中，而狰狞的枝叶爬满法语的整整一面。这可以说是黑话的初识的面目，即通俗面目。然而，对于以研究语言为己任，像地质学家研究地球那样的人来说，黑话的确像一片冲积层，往下挖掘，就能在黑话中发现古老的法兰西民众语言，再往下又会发现普罗旺斯语、西班牙语、意大利语、东方语，即沿地中海各港口的语言，罗曼语的三个分支：法兰西罗曼语、意大利罗曼语、罗曼罗曼语，再往下会发现拉丁语，最后则有巴斯克语和克尔特语。深邃而奇特的结构。所有受苦受难的人共同营造的地下建筑。每一个受诅咒的种类都投放自己的一层，每一种苦难都丢下自己的一块石头，每颗心都添上自己的砂石。无数邪恶、卑鄙或愤怒的灵魂度过了人生并永远寂灭，但又几乎全部留下来，凭借一个怪词儿的形式隐约可见。

要谈谈西班牙语吗？西班牙语中也麇集大量的古老哥特语黑话。例如：风箱一词boffette，来源于bofeton；而窗户一词，先为vantane，后为vanterne，则来源于vantana；猫一词gat，来源于gato；

油一词acite，来源于aceyte。要谈谈意大利语吗？例如：剑一词spade，来源于spada；船一词carvel，来源于caravella。要谈谈英语吗？例如：主教一词bichot，来源于bishop；间谍一词raille，来源于rascal，rascalion，意为混蛋；盒子一词pilche，则来源于pilcher，意为鞘或套子。要谈谈德语吗？例如：侍者一词caleur，来源于kellner；主人一词hers，来源于herzog（公爵）。要谈谈拉丁语吗？例如：打破一词frangir，来源于frangere；偷盗一词affurer，来源于fur；链子一词cadène，来源于catena。有一个词表现出强大的力量和神秘的权威，出现在欧洲大陆的各种语言中，就是magnus这个词：苏格兰语用来构成mac一词，意为族长，如Mac-Farlane、Mac-Callum-more，即大Farlane、大Callummore[①]；黑话用来构成meck，后来又演变为meg，即上帝。要谈谈巴斯克语吗？例如：gahisto鬼一词，来源于gaïztoa，意为坏的；sorgabon晚安一词，来源于gabon，意为晚上好。要谈谈克尔特语吗？例如：blavin手帕一词，来源于blavet，意为喷泉；ménese女人一词（贬义），来源于meinec，意为满身宝石；barant溪流一词，来源于baranton，意为泉水；goffeur锁匠一词，来源于goff，意为铁匠；guédouze死神一词，来源于guenn-du，意为白和黑。还要谈谈历史吗？黑话称埃居钱币为maltaises，是回忆在马耳他服苦役的桨帆船上流通的钱币。

上述种种，是黑话的语言学方面的来源，此外还有更为自然的根源，可以说直接来自人的意识。

首先是直接造词，这是语言的一种神秘现象。用来描述事物的词，不知怎么又为什么有那种形象。这是人类任何言语的原始基础，不妨称为花岗岩。黑话中充斥这类词：这类词不拘材料直接构

① 应当指出在克尔特语中，mac意为儿子。——雨果原注。

成，不知从哪儿又是由谁造出来的，没有词源，没有类语，也没有派生词，孤零零的，野腔粗调，有时丑陋不堪，却有一种特殊的表现力和生命力。例如：刽子手，Te taule；森林，le sabri；恐惧，逃跑，taf；仆人，le larbin；将军，省长，部长，pharos；魔鬼，le rabouin。既掩饰又表露，再也没有什么比这类词更奇特的了。有些词，例如le rabouin，又粗俗又可怕，真像魔怪做的一个鬼脸。

其次是隐喻。一种语言既要全部表达又要全部遮掩，其特点就是大量运用修辞。隐喻就是一种谜语，是阴谋逞凶的盗匪、企图越狱的囚犯的掩避所。黑话比任何方言都更富于隐喻。Dévisser le coco①，扭断脖子；tortiller②，吃；être gerbé③，受审判；un rat④，一个偷面包贼；illansquine，下雨，这是非常形象的古老修辞，多少带有当年的烙印，将斜雨长线比作倾斜林立的雇佣兵的长矛，一个词就包容了“下刀子”这一通俗借代法语句。有时，黑话从初期进入第二阶段，有些词也从原始野蛮状态转化为隐喻的意义。魔鬼不再是le rabouin，而变成leboulanger⑤，即往烤炉里送东西的人。这样更精妙一些，但气势减弱了，颇似高乃依之后的拉辛，埃斯库罗斯之后的欧里庇得斯。黑话中有些语句，体现两个时期的特点，兼有野蛮性和隐喻性，就类似魔术幻影。——Les sorgueurs vont solliciter des galls à la lune（贼黑夜将去盗马）。这就像鬼影在头脑里飘过，不知所见是什么东西。

第三是权宜之计。黑话凭借语言生存，便随意利用，信手拈来，必要时干脆简单粗暴地加以歪曲。这样改变形体的常用词来杂

---

① 本意为“拧下椰子”。

② 本意为“扭来绞去”。

③ 本意为“像（麦、稻）一样捆起来”。

④ 本意为“耗子”。

⑤ 本意为“面包师”。

纯黑话词，有时就构成一些生动鲜明的短语，让人感到是上述直接创造和隐喻这两种因素的混杂：——Le cab jaspine，je marronne que la roulotte de Pantin trime dans le sabri（狗汪汪叫，我猜想巴黎的驿车正通过树林子）。——Le danb est sinve，la dabuge est merloussiere，la fée est bative（老板愚蠢，老板狡猾，姑娘漂亮）。为了迷惑视听，最常用的办法，黑话不加选择，给所有词加上aille，orgue，inergue，或者uche这样难听的词尾。例如：Vousiergue trouvaille bonorgue ce gig otmuche（您觉得这羊腿可口吗）？这句话是匪首卡尔图什对监狱边门的看守讲的，问他对帮助越狱的好处费是否满意。添加mar这样的词尾，则是近年来的事情。

黑话是腐蚀性的方言，自身也就很快腐蚀。此外，黑话总是极力掩饰，一旦觉得让人识破，就立刻改头换面。它一接触阳光就死亡，同植物恰恰相反。因此，黑话一直不断地破败并重新组合，这种变化既隐秘又迅捷，从未停止过。它十年所走的路，比正常语言十个世纪所走的路还长。就这样，larton[①]变成lartif; gail[②]变成gaye；fertanche[③]变成fertille；momignard[④]变成momacque; siques[⑤]变成frusques; chiqne[⑥]变成égrugeoir；colabre[⑦]变成colasc。魔鬼，起初为gahistro，继而为rabouin，后来又变成boulanger；教士起初为ratichon，继而变为sanglier[⑧]：匕首起初为vingt-deux（二十二），继而为surin（野生苹果幼树），后来又变成lin-gre；警察起初为

① 面包。——雨果原注。
② 马。——雨果原注。
③ 麦秸。——雨果原注。
④ 小孩。
⑤ 破烂衣服。——雨果原注。
⑥ 教堂。——雨果原注。
⑦ 脖子。——雨果原注。
⑧ 野猪。

railles，继而为roussins（战马），后变为rousses（棕发女人），再变为marchands de lacet（卖鞋带的小贩），又变为coqueurs，接着又变为cognes（冲子）；刽子手起初为taule，继而为Charlot，再变为atigeur，又变为becquillard。在17世纪，斗殴是se donner du tabac（互敬鼻烟），到19世纪则成为se chiquer la gueule（互敬口嚼烟），在这两种极端之间，还有过二十来种变异的说法。在拉斯奈尔听来，卡尔图什讲的是希伯来语。这种语言的所有词语，跟讲这些词语的人一样，总是无休无止地逃避。

然而，由于变来变去，古老的黑话不时会再现。翻旧成新了。黑话有保存自己的据点。神庙街区保存了17世纪的黑话；比赛特还是监狱的时期，保存了图讷黑话，在这种黑话里，还能听到古代图讷人讲话用的字尾：anche。Boyanches-tu？（你喝吗）il croyanche（他相信）。尽管如此，永无休止的变动仍是一条法则。

一位哲学家如能固定一段时间，观察这种不断消失的语言，就会陷入痛苦而有益的深思。再也没有任何研究比这更富有教益了。黑话中每个隐喻、每个词源，无不蕴涵一堂课。那些人交谈，“打”表示“假装”，说他“打”病；他们的力量在于狡诈。

在他们看来。人的概念和黑暗的概念分不开。sorgue表示黑夜，orgue表示人。人是夜的派生词。

他们早已习惯把社会视为屠戮他们的一种氛围，残害他们的一种力量。他们谈论自己的自由，就像别人谈论自己的健康。一个被捕的人是一个“病人”，一个判了刑的人是一个“死人”。

囚犯埋葬在四堵石壁中，最怕的莫过于那种冷冰冰的贞洁，他们称地牢为castus[①]。在那种阴森可怕的地方，外界生活总是以

① 拉丁语，意为“贞洁”。

最欢乐的面目出现。囚犯拖着脚镣，也许你以为他在想别人用脚走路吧？不对，他在想别人用脚跳舞；因此，他一锯断脚镣，头一个念头就是，现在他能跳舞了，而他管小钢锯叫“小酒店舞厅”。一个“名称”便是一个“中心”，两者深深地同化了。强盗有两颗脑袋：一颗脑袋思索，终生引导他行动，另一颗脑袋长在肩上，为赴刑那天准备的；唆使他犯罪的那颗脑袋，他称作“索邦神学院”，为他抵罪的那颗脑袋，他称作“圆木头”。一个人身上只剩下破衣衫，心中只剩下恶念，从物质和精神两方面，都已堕落到“无赖”一词的双重含义，他也就到了犯罪的边缘；他成了一把锋利的刀，而且有双刃儿：穷困和凶恶；因此，黑话中不讲“一个无赖”，而是一个reguise[①]。苦役牢是什么呢？是地狱，是炼狱的火坑，苦役犯则叫做“柴捆”。最后，歹徒给监狱起了什么名字呢？叫“学府”。一整套惩罚可以从这个词里产生出来。

盗贼也有炮灰，即可以窃取的物质：你、我、任何人都行；le pantre（pan，所有人）。

苦役犯大部分歌曲，在特殊词汇中称为lirlonfa的那种叠歌，要知道是从哪儿唱起来的吗？请听我讲讲下面的情况。

巴黎夏特莱堡有一个长长的大地牢。地牢紧挨着塞纳河，比水面低八尺，既没有窗户，也没有通风孔，唯一的通口就是门，人能进去，空气却进不去。上面是石砌的拱顶。地下有六寸深的稀泥；地面当初铺了石板，但是让水浸糟了，处处龟裂。离地面八尺高有一根粗大的长梁，纵贯整个地牢。横梁每隔一段距离，就垂下一根三尺长的铁链，吊着一副刑枷。判了刑的苦役犯在押往土伦之前，就关在这座地牢里。囚犯被推到横梁下面，黑暗中每人都在摇摆着

① 谐音“重新磨锋利的”。

等待他的铁链铁枷。铁链是垂下的胳膊，铁枷是张开的手掌，掐住这些不幸者的脖子。刑枷一铆住，就把他们丢在那里。铁链太短，他们无法躺下睡觉。他们一动不动，待在地牢里，待在这黑夜中，几乎被吊在横梁上，要用尽全身力气才够得着面包和水罐，头上压着石拱顶，下面稀泥没到半截腿，粪便就顺着双腿流下去，累得浑身散了架，要休息一下，就得屈膝沉胯，双手抓住铁链，只能站着睡觉，又时时被刑枷卡醒，而有的人再也醒不过来了。要吃东西，就得用脚跟将丢在烂泥中的面包够过来，顺着大腿推送到手中。他们在这种状态中要等待多久呢？一个月，两个月，有时可能半年，有一个甚至待了一年。这里是苦役桨帆船的门厅。偷猎王家一只野兔，就要给投进来。他们在这坟墓地狱中干什么呢？在坟墓中所能干的，就是等死，在地狱中所能干的，就是唱歌。须知凡是绝境就必有歌声。在马耳他海域上，有桨帆船驶来，总是先闻歌声后听到桨声的。那个可怜的偷猎者苏尔万桑，就在夏特莱堡地牢里关押过，他说："当时是曲调帮我撑下来。"诗歌无用。曲调又有什么用呢？几乎所有黑话歌曲，都是在这地牢里产生的。蒙戈梅里桨帆船上那忧伤的叠歌：Timaloumisaine timoulamisort，就来自巴黎夏特莱大堡的地牢。这些歌多半悲切凄惨，只有几支欢快的，也有一首温柔的：

这里卡伊是舞台，
小射箭手上台来①

你枉费心机，消灭不了永存人心的爱。

---

① 小射箭手，指丘比特。——雨果原注。

在这行为隐秘的世界里，人人都保守秘密。秘密，这是所有人的东西。对这些受苦受难的人来说，秘密就是一致，是用来团结的基础。泄露秘密，无异于从这个凶恶的共同体每个成员身上夺走一点东西。用黑话有力的表达，“告发”说成“吃那块儿”。就好像告发者夺取共有的一点东西据为己有，吃了每人身上一块肉。

挨耳光是什么滋味呢？通俗的隐喻回答说：“看见六十六支烛光。”而黑话则说道：Chandelle，camoufle。这样，日常用语就把camouflet当作耳光soufflet的同义词。也正是这样，黑话借助隐喻这条无法估量的轨道，自下而上渗透，由岩洞上升到学士院。普拉耶就说：“我点着我的camoufle（蜡烛）；”伏尔泰也写下：“朗勒维勒·拉·博迈勒该挨一百个camouflets（耳光）。”

发掘黑话，步步会有发现。深入探究这种奇特的方言，就会步步走向正常社会和受诅咒社会的神秘交点。

黑话，就是变成苦役犯的语言。

人的思维要素竟然被压制到那么低下，竟然让命数的黑暗暴力拖到那里捆住，竟然让莫名的绳索系在那深渊里，这确实令人骇怪。

苦难的人们可怜的思想啊！

唉！难道谁也不肯来拯救这黑暗中人的灵魂吗？它的命运，难道就是永远在黑暗中等待吗？等待神灵、解放者、骑着飞马和鹰马的天神、鼓翅从天而降身披朝霞的斗士、代表未来的光彩炫目的骑士吗？它向理想之光呼救，难道永远徒劳吗？难道它永远打入黑暗的深渊中吗？在深渊中，惶怖地听见恶魔逼过来，隐约望见那魔头张牙舞爪，口吐白沫，鼓胀的环身在浊水中游动，越逼越近吗？

难道它就注定待在那里，没有一线光明，也没有一线希望，隐约嗅到魔怪气势汹汹地逼进，只能坐以待毙，就像凄惨的安德洛墨达[1]那样，洁白的身子赤裸在黑暗中，心惊胆战，头发蓬乱，双臂拼命地挣扎，永远锁在幽冥的岩石上！

三　哭的黑话和笑的黑话

看来整个黑话，无论是四百年前还是今天的黑话，都渗透了晦涩的象征精神，那些词时而神态忧郁，时而面目狰狞。从中我们能感到，当年那些乞丐在奇迹宫打纸牌时愤怒而忧伤的情绪。纸牌是他们独创的，有几副保存至今。例如那张梅花八，画了一棵大树，有八大片梅花瓣叶，树脚下，三只野兔抬着叉了一个猎人的铁叉在火堆上烧烤，树后还有一堆火，上面吊着一口热气腾腾的锅里露出狗头。纸牌画上火烧走私者和水煮伪币制造者，这种报复方式比什么都更阴森可怕。在黑话王国里，思想无论采取什么不同形式，即使唱歌，即使嘲笑，即使威胁，也无不具有这种无可奈何的颓丧特点。所有歌曲都低声下气，悲悲切切，往往催人泪下，其中有些曲调收集保存下来了。强人匪类称为"可怜的强人匪类"，总像要躲藏的野兔，要逃窜的老鼠，要惊飞的鸟儿。刚要抱怨，便又克制住，转为叹息；我们就听到这样一句哀吟："我真不明白，人类的父亲，上帝，怎么能这样折磨他的子孙，怎么能听他们呼号而不痛苦呢？"[2]穷苦人每当有工夫思考，在法律面前总矮半截，在社会面前也总心虚气短，总是五体投地哀求，转而乞怜，让人感到他自知理亏。

---

① 安德洛墨达：希腊神话中埃塞俄比亚公主，因她母亲夸她比海中仙女还美，触怒仙女，她们请海神波塞冬发洪水淹没全国，提出只有把她献祭给海怪，灾难才能解除，她父母只好把她绑在海边岩石上，碰巧珀耳修斯经过，杀死要吞噬她的海怪。

② 原文为黑话，雨果有注释，现将雨果原注的译文移入正文。

约莫上个世纪中叶，情况就变了。牢狱的歌曲，盗匪唱的老调，可以说摆出一种放肆而欢快的姿态。拉黑夫拉曲，取代了哀怨的摩吕雷曲。18世纪那些桨帆船歌曲、苦役场和监狱歌曲，几乎都有一种类似的疯狂喜悦。听到这样尖厉跳跃的叠歌，就好像闪着磷光，是由吹木笛的鬼火扔在森林里的：

密尔拉把臂，苏尔拉把抱，
　　密尔力查洞，乐蹦乐摆特，
苏尔拉把臂，密尔拉把抱，
　　密尔力查洞，乐蹦又乐抱。

在地窖或密林里掐死人的时候，就要唱这种歌。

症状严重。这些悲苦阶级的古老忧伤，到了18世纪就消解了。他们开始笑了，开始嘲笑上帝和国王。举路易十五来说，他们把这位法兰西国王叫“庞丹侯爵”[①]。他们几乎快活起来。一道微光从这些悲惨的人中间透出来，就好像他们良心上没有重负了。生活在黑暗中的这些凄苦的氏族，不仅在行动上有视死如归的胆量，而且在精神上也有了无所顾忌的胆量。这表明他们丧失了罪恶感，觉得从一些思想家和空想家那里，得到某种说不清的不自觉的支持。这也表明偷盗和抢劫的行径进入某些学说和诡辩术的论题，略减一点儿本身的丑恶，却给那些诡辩术和学说增加不少丑恶。这还表明，这种情绪如果得不到排遣，那么不久就会猛烈爆发出来。

稍停一下。我们在此指控谁呢？18世纪吗？它的哲学吗？18世纪的事业是健康的，也是好的。以狄德罗为首的百科全书派、以

① 相当于“巴黎公墓侯爵”。庞丹为巴黎公墓。

杜尔哥为首的重农学派、以伏尔泰为首的哲学家，以及以卢梭为首的空想主义者，组成了四支神圣大军。人类长足走向光明，应当归功于他们。他们是人类走向进步的四个主要目标的四路先锋：狄德罗趋向美，杜尔哥趋向功利，伏尔泰趋向真理，卢梭趋向正义。然而，这些哲学家的旁边和下面，还有诡辩派，那是混杂在香花中的毒草，原始林中的毒芹。一方面，刽子手在法院的主楼梯上，焚毁那个世纪宣扬解放的伟大书籍；另一方面，今天被遗忘的一些作家得到国王的特许，发表莫名其妙的作品，具有特殊的破坏性，供穷苦人如饥似渴地阅读。说来也怪，这类作品有些还受一位王爷的保护，收藏在“秘密图书馆”里。这些情况深奥隐晦，又鲜为人知，在浮面上是看不到的。一件事实的危险性，往往就在于鲜为人知。鲜为人知，是因为发生在地下暗处。所有这些作家，在民众之间挖掘最有害地道的一个，也许要算雷斯蒂夫·德·拉勃列东[①]。

这种作用波及全欧洲，在德国所造成的危害，比其他任何地方都更严重。在德国，由席勒在他名剧《海盗》中概括的那个时期，偷盗和抢劫的行为充当起抗议的角色，反对财产和劳动，并且吸收某些最简单的、似是而非的思想，用这些表面正确实则荒谬的思想包装起来，几乎不露痕迹，取一个抽象的名称，进入理论范畴，以这种方式在厚道的劳苦大众之中广为流传，甚至瞒过不慎配制这种混合剂的化学家，甚至瞒过接受这种东西的民众。这种情况每次发生都很严重。苦难孕育愤怒。富贵阶级盲目乐观，高枕无忧，总之闭上眼睛，而穷苦阶级却接触在角落里梦想的忧伤或险恶的意识，点燃仇恨的火把，开始审视社会。仇恨一开始审视，那确实可怕！

如果时逢多事之秋，就要发生从前所谓的雅克团那样的大动

① 雷斯蒂夫·德·拉勃列东（1734—1806年）：法国作家，著有《尼古拉先生》和《狡诈的农民》。

乱，比起这种大动乱，纯政治性的动荡不过是儿戏，那已不是受压迫者反对压迫者的斗争，而是困穷反对殷富的暴动。那样就会同归于尽。

雅克团是民众的大地震。

将近18世纪末年，这种危险在欧洲也许迫在眉睫，却被法国革命这一惊天动地的义举阻断了。

法国革命无非是用利剑武装起来的理想，它挺立猛然一击，既关闭了恶门又打开了善门。

法国革命排除了问题，宣布了真理，驱散了疫气，净化了世纪，给人民加冕了。

可以说，法国革命再次创造了人类，赋予人类以第二颗灵魂，即人权。

十九世纪继承并利用其成果，到了今天，我们刚才指出的那种社会灾难，根本不会发生了。只有瞎子才会惊呼大难临头！只有傻子才会惶惶不可终日！革命是预防雅克团的疫苗。

幸而爆发这场革命，社会状况才有所改观。我们的血液里清除了封建君主制的病毒，我们的肌体也排掉了中世纪。当今时代，再也不会天下汹汹，糜沸蚁动了，再也听不到脚下滚滚的暗流，再也见不到文明表层突起鼹鼠地道的踪迹，再也见不到地面龟裂，岩穴顶端洞开，突然探出妖魔鬼怪的脑袋。

革命观就是一种道德观。人权感一经发扬，就能发扬义务感。全民的法律，就是自由；根据罗伯斯庇尔令人叹服的定义：自由止于他人自由的起始。自从1789年以来，全体人民以崇高化的个体成长壮大。穷人无不因为有了人权而有了理智；快要饿死的人也怀有对法兰西的忠诚；公民的尊严是内心的盔甲；谁有自由，谁就审慎；谁有选举权，谁就是统治者。由此而产生拒腐蚀性，因此而窒息利欲贪心，面对诱惑，人的眼睛就要英勇地垂下去。革命的净化作用成效极佳，例如7月14日，例如8月10日，一朝解放，就再也没有贱民了。陡然感悟而变得伟大的群众，第一声呼喊就是：处死盗贼！进步是体面者，理想和绝对真理不容鸡鸣狗盗的勾当。1848年，运载土伊勒里宫财宝的那些货车，是由什么人押送的呢？是由圣安托万城郊区那些捡破烂儿的人押送的。破烂儿给财宝当警卫。那些衣衫褴褛的人，有了品德就焕发光彩。货车上的箱子有些没有关严，有的甚至半敞着口，在许多金光耀眼的珠宝匣中间，有那顶古老的法兰西王冠，王冠镶满钻石，额头那颗代表王权和摄政的红宝石价值三千万。他们赤着脚，守卫着那顶王冠。

可见，再也不会有雅克团了。我为那些机灵人深表遗憾。往昔的恐惧也就是最后一次起点作用，此后就退出政治舞台了。吓人的红发鬼的大弹簧断了。现在已经众所周知，吓人的玩意儿再也吓唬不了人了。鸟儿同稻草人已经混熟，稻草人上的鸟粪生了虫子，市民都当作笑谈。

四　两种责任：关注和期望

这样说来，社会危险完全消除了吗？当然没有，但绝不会再发生雅克团暴动了。这一方面，社会可以放心，血液不会冲上头脑而发怒；不过，社会必须调整呼吸。不必担心中风，但是肺痨还未治愈。社会肺痨就是贫穷。

慢性病侵害和急症突发，同样致人以死命。

我们要不厌其烦地反复强调，首先要想到一贫如洗的劳苦大众，减轻他们的痛苦，给他们空气和光明，爱护他们，为他们扩大光明灿烂的视野，通过各种各样的形式向他们大量提供受教育的机会，为他们树立劳动的典范，绝不提供游手好闲的榜样，减轻个人的重负，以便加强他们对总目标的认识，限制穷困而不限制财富，创造人民共同活动的广阔天地，像布里亚柔斯[①]那样，一百只手伸向四面八方，救助弱者和饥寒交迫的人，发挥集体力量来履行这一重大责任，即为所有的劳动手臂开设工厂，为各种天分的人开办学校，为各种聪明才智设立实验室，还要增加工资，减轻刑罚，保持收支平衡，换句话说，要调整福利和劳动之间，温饱和需求之间的比重，总而言之，要开动社会机器，为受苦和无知的人发更多的光，提供更多的福利，但愿富有同情心的人不要忘记，这是人类博爱的首要义务，但愿自私自利的人也了解，这是政治上的第一需要。

还应指出，这一切不过是开端。真正的问题在于：劳动不作为一种权利，也就不可能成为一条法则。

这里不是探讨这个问题的地方，我们就不详谈了。

如果说大自然称作天意，那么社会就应当称作先见之明。

提高才智和精神，同改善物质生活一样，都是不可或缺的。知识是人生旅途的食粮，思想是第一需要，真理是养料，如同小麦。一个人的理性，如果缺乏科学和智慧的营养，就会消瘦下去。精神跟肠胃一样，不吃东西实在可怜。濒临饿死的躯体惨不忍睹，如果说还有更加惨不忍睹的事，那就是要死于见不到光明的灵魂。

进步的总趋势是解决问题。有朝一日，人们会诧为奇事。既然人类往高处走，那么处于深层的人将走出苦难的区域，也是极其自然的。仅仅由于整体水平提高，贫穷就消灭了。

这种妥善的解决办法，有人若怀疑那就错了。

---

① 布里亚柔斯：希腊神话中的百手巨人，是天神和地神的儿子。

诚然，过去的势力，至今还很强大，还要卷土重来。一具僵尸焕发青春，确实令人吃惊。它向前挺进，俨然一个胜利者；这具僵尸是个征服者，它率领迷信军团，挥舞专制主义利剑，高举愚昧无知大旗，开到这里；近来，它打了十次胜仗。它气势汹汹，向前挺进，它狂笑着，来到我们门口。至于我们，不要气馁。干脆卖掉汉尼拔扎营的营地。

我们有信念，还怕什么呢？

江河不会倒流，同样，思想也不能倒退。

不想争取未来的人们，可要好好考虑一下。他们不要进步，判决的绝不是未来，而是他们自身。他们染上暗疾，给自己接种了“过去”这个疫苗。只有一种办法可以拒绝明天，那就是呜呼哀哉。

然而，任何死亡都不好，躯体的死亡尽量推迟，灵魂永远也不要死，这才是我们的愿望。

不错，谜底终将揭示，斯芬克司终将开口，问题终将解决。不错，人民，由18世纪粗制出来，将由19世纪加工完成。对此白痴才会怀疑！普天下的温饱生活，在将来，不久的将来就会成为现实，这是天经地义的事情。

众志成城，共同推动人类的各种事物，在一定时间内，全部推向合乎逻辑的状态，即达到平衡，达到公正。一种天地合成的力量产生于人类，并统治着人类；这种力量最能创造奇迹，无论起伏跌宕的剧情，还是美妙的结局，它都能轻而易举地安排。它借助于来自人世的科学和来自上天的事变，从容面对庸人感到无法解决的各种问题所呈现的矛盾，既善于比较各种思想而找出解决问题的方法，又善于比较各种事态而得到教益；这种进步的神秘力量，可以令人期望一切，甚至有一天，能让东方和西方在幽深的墓穴中相逢，能让伊斯兰教国家君主和波拿巴在大金字塔里对话。

然而目前，在思想的滚滚洪流中，不要止步，不要游移，也不要停歇。社会哲学主要还是国泰民安的科学，其目的和追求的效果，就是通过研究对立面而消弭愤怒。它在研究，探索，分析，然后重新组合。它以削减的办法解决问题，消除全部仇恨。

一个社会在降临到人民头上的风暴中崩溃，这种情况屡见不鲜：历史上多少人民和国家遭到灭顶之灾；习俗、法律、宗教，一日之间，就被骤然袭来的飓风吹得无影无踪。印度、迦勒底、波斯、亚述、埃及等文明，都一个接着一个消失了。为什么？我们不得而知。这些灾难是怎么引起的呢？我们并不了解。当年，那些社会有可能保住吗？是它们自身的过错吗？它们是不是陷入邪恶中不能自拔，结果自取灭亡呢？一个国家和一个种族暴亡，自杀的因素占多大比重呢？种种疑问都没有答案。阴影遮盖了这些覆灭的文明。它们既然沉下去，就化作水了，再也没有什么可说的了。回顾以往，实在惊心动魄：那一艘艘船，诸如巴比伦、尼尼微、塔尔苏斯、底比斯、罗马，经不住黑暗张开巨口吹出的恶风，沉没到人称为过去的大海中，沉没到世纪岁月的滔天骇浪之下。然而，那里黑暗，这里却光明。我们不知道古文明所患的病症，但是了解现代文明的残疾。我们有权让它处处见到阳光，欣赏它的美丽，也暴露它的丑恶。它哪里有病痛，我们就诊断，病症一旦诊断清楚，研究病因就好对症下药了。我们的文明是二十个世纪的成果，它既鬼模怪样，又超群绝伦，值得救治，也一定能救治好。减轻它的病痛，就相当不错，启发它就更好了。现代社会哲学全部研究，都应当集中到这个目标上。如今，思想家一项重大职责，就是给文明诊断。

我们再强调一遍，这种诊断起鼓舞作用；我们也正是强调这种鼓舞，来结束一个悲惨故事的这几页严肃的插入语。我们可以感到，社会必死无疑，而人类却不会灭亡。譬如地球，虽有火山喷发的那种伤口，虽有硫气喷射的那种癣疥，也绝不会死掉。疾病要不了人民的命。

话虽如此，谁诊断社会都会不时地摇头。最坚强的人、最温柔的人、最讲逻辑的人，也有气馁的时候。

未来真能到来吗？眼前一片可怖的黑暗的时候，人似乎总要产生这样的疑问。自私者和穷苦人面面相觑，那情景实在可悲。自私者那方面有种种偏见，受发财致富的教育而蒙昧无知，贪婪的胃口越来越大，沉迷于荣华富贵而浑浑噩噩，有的害怕受苦竟到了憎恶受苦人的地步，不择手段地满足自己欲望，自我膨胀到极点而闭塞了灵魂；而贫苦人这方面，看着别人享乐，又垂涎，又眼红，又仇视，人身上的兽性蠢蠢欲动以求满足，心中迷雾弥漫，充满优伤、需求、命数、不洁而单纯的无知。

还要继续仰望天空吗？清晰可辨的那个光点，是不是趋于熄灭的一个星体呢？理想，在深邃的天穹，孤零零的幽微缥缈，闪闪发光，但周围如山堆积狰狞的黑影，望去情势十分凶险，然而并不比乌云口中的一颗星的处境更危险。

第八卷　销魂与忧伤

一　充满阳光

读者已经明白，爱波妮受马侬的派遣，去普吕梅街，透过铁栅门认出住在那里的姑娘，首先转移那些匪徒的目标，再把马吕斯带去；马吕斯神魂颠倒，在铁栅门前张望几天之后，就像铁块受磁石吸引一样，这个恋人也被心上人所住的石楼吸引过去，终于钻进珂赛特的园子，恰似罗密欧进入朱丽叶的园子。当年，罗密欧要翻越一道围墙才能进去，而马吕斯却省劲多了，铁栅门年久锈坏，铁条松动摇晃，就跟老年人的牙齿一样，他一用力就拉开一根，瘦长的身子很容易挤进去了。

这条街没有行人，况且，马吕斯直到夜晚才钻进园子，不可能被人瞧见。

两颗灵魂一吻订了婚，从那幸福而神圣的时刻起，马吕斯便每晚必到。珂赛特经历生活的这一阶段，如果爱上了一个轻率行事的浪荡男人，也就肯定失足了，须知雅量高致的女子容易委身，而珂赛特正属于这种天性。女子宽宏大量的一种表现，就是退让顺随。爱到绝对高度时，就不知怎的多了一层超凡入圣的色彩，盲目地保持贞操。然而，心灵高尚的人啊，你们要冒多大危险啊！你奉献的是一颗心，而别人索取的往往是肉体。你的心留下来，而你干看着它在暗地战栗。爱情绝无第三种结果：不是福就是祸。人的整个命运就是这样非此即彼。任何方面的命数都不像爱情这样，最严酷地遵循这种非福即祸的规律。爱情，不是生就是死；既是摇篮，也是棺木。同一种感情，在人心中可以说是，也可以说否。上帝创造的万物中，唯有人心最能施放光明，可惜！也最能制造黑夜。

上帝保佑，珂赛特所遇到的，是一种福佑的爱。

1832年整个5月份，在这野趣盎然的小园子里，在这日益芬芳繁茂的荆丛，每天夜晚，总有两个人在黑暗中彼此发光照亮；他们无比贞洁，又无比天真，心中洋溢天大的幸福，简直飘飘欲仙，他们显得那么清纯，那么笃厚，满面春风，陶醉在情爱之中。珂赛特看马吕斯仿佛戴了一顶王冠，而马吕斯看珂赛特就像罩在光环里。他们相互抚摩，四目相对，手拉着手，偎依在一起，然而，他们中间有一段距离没有超越，并不是多么遵守，而是不知道有这样一段距离。马吕斯感到有一道屏障，即珂赛特的贞洁；珂赛特也感到有所依赖，即马吕斯的忠诚。头一吻也是最后一吻。从那以后，马吕斯只限于用嘴唇拂拂珂赛特的手、她的围巾或发卷。在他看来，珂赛特是一股香气，而不是一个女子。他只是呼吸她这香气。她无所拒绝，他也别无所求。珂赛特喜不自胜，马吕斯也心满意足。他们处于销魂的状态，这种状态可以称为迷魂，两颗灵魂相互迷惑。这是两个童贞在理想中永世不忘的初次拥抱。两只天鹅在少女峰上相逢。

在这相爱的时刻，陶醉显示巨大威力，欲念也就绝对缄默了，马吕斯，纯洁高尚的马吕斯，就是去找一个青楼女子，也绝不肯把珂赛特的长裙撩到脚腕上边。有一回在月光下，珂赛特弯腰去拾地下一个什么东西，领口裂开一点儿，露出颈窝，马吕斯就立刻移开目光。

这二人之间发生了什么事呢？什么事也没有。他们倾心相恋。

夜晚他们在一起的时候，这园子就成了生意盎然的圣地，周围鲜花怒放，送给他们阵阵芳香；他们也敞开灵魂，流溢到花间。草木情意浓浓，汁液饱满而生机勃勃，围着这两个谈情说爱的天真人儿，也不免醉意醺醺，微微战栗。

他们讲什么话呢？不过是些气息。仅此而已。但是这种气息就足令整个这片景物激动不已。这种谈话好似轻烟薄雾，让枝叶下的风吹散，如果是在书本上读到，很难理解这话语的巨大魔力。从这对恋人的窃窃私语中，如果去掉像竖琴伴奏一样发自心灵的韵律，那就只剩下一团模糊的阴影了。你会怪道：什么！不过如此！不错，就是一些孩子话，说了又说，无来由的欢笑，就是一些废话、傻话，但又是人间最崇高最深刻的东西！是唯一值得讲一讲，也值得听一听的东西！

这种傻里傻气的话，这种平淡无奇的话，谁从来没有听过，也从来没有讲过，那必是个蠢货和恶人。

珂赛特对马吕斯说：

“你知道吗？……”

（他俩满怀超凡脱俗的童贞，在谈话中，谁也说不清不知怎的又你我相称了。）

“你知道吗？我叫欧福拉吉。”

“欧福拉吉？不对，你叫珂赛特。”

“噢！珂赛特这名字好难听，是我小时候别人随便给起的。其实，我的真名叫欧福拉吉。欧福拉吉这名字，你不喜欢吗？”

“怎么不喜欢……可是，珂赛特并不难听？”

“你觉得比欧福拉吉好吗？”

“嗯……对。”

“那我也更喜欢珂赛特。真的，珂赛特，挺美的。你就叫我珂赛特吧。”

这种对话再伴随她那粲然的笑容，真比得上天国林苑的牧歌。

还有一次，她定睛看着他，高声说道：

“先生，你生得美，长得漂亮，人又聪明，一点儿也不笨，您的学问比我高多了，然而，要说‘我爱你’这句话，我可敢跟您比一比！”

马吕斯正神游太空，真以为听到一颗星唱的情歌。

再譬如，他咳嗽了一声，她就轻轻拍他一下，说道：

“请不要咳嗽，先生。没有我的同意，在我这里不准咳嗽。咳嗽非常不好，还叫我担心。我希望你身体健康，因为，你身体若是不好，首先我就非常痛苦。你叫我怎么办呢？”

这种话语只应天上才能听到。

有一次，马吕斯对珂赛特说：

“想想看，有一段时间，我还以为你叫玉秀儿呢。”

他俩为这事儿笑了一个晚上。

在另一次交谈中，他忽然高声说：

“哈！有一天，在卢森堡公园，我真想把一个残废老兵的脑袋砸烂！”

不过，他又戛然住口，没有说下去。要说就得向珂赛特提起吊袜带，这是他绝难启齿的。这涉及一个陌生的领域：肉体，而这个无比痴情的天真恋人，一涉及这个问题，就怀着一种神圣的畏惧而退却了。

马吕斯想象同珂赛特一起生活就是这样，没有别的事情，每天晚上来到普吕梅街，移开法院院长那扇铁栅门上一根成人之美的旧铁条，并排坐在这张石凳上，透过枝叶仰望入夜闪烁的星空，自己膝部的裤子褶纹跟珂赛特肥大的衣裾同居，抚摩她拇指的指甲，跟她说话以你相称，二人轮流闻一朵鲜花，就这样地久天长，永无尽期。在这种时刻，云彩从他们头上飘过。每一阵风吹走天上的云彩，也吹走更多的人世幻梦。

这一贞洁的爱情近乎朴拙，绝不是毫无殷勤献媚的表现。“恭维奉承”自己所爱的女人，是爱抚的最初方式，是五分胆量的试探。奉承，颇似隔着面纱亲吻。欲念藏匿其间，伸出温柔的指尖。为了更好地爱，心在欲念面前退却了。马吕斯的甜言蜜语充满了幻想，可以说是天蓝色的。天上的飞鸟同天使比翼时，可能听见这种话。然而，话里话外也有生活、人情，以及马吕斯的整个务实方面。这是在岩洞里讲的话，是卧室中情话的前奏曲；这是内心柔情的抒发，歌与诗的混杂，斑鸠咕咕声的亲热夸张，热恋崇拜的锦心绣口插成的一束花，吐放沁人心脾的天香，也是唧唧哝哝的两颗心难以描摹的二重唱。

“啊！”马吕斯喃喃说道，“你真美！我都不敢看你了，只能瞻仰。你是一位美惠女神。也不知道我怎么了，只要看见你的衣裙下露出鞋尖儿，我就心慌意乱。再有，你的思想一微微开启，就放射出多么迷人的光芒！你讲道理令人惊奇。有时我觉得你是梦幻里的人。说话呀，我听你说，我赞赏你。珂赛特啊！多么奇特，又多么迷人，我真的如痴如狂了。小姐，您令人爱慕。我观察研究你的脚要用显微镜，观察研究你的灵魂要用望远镜。”

珂赛特听了就答道：

“从今天早晨起到现在，每过一刻，我就多爱你一分。”

这种交谈随意问答，但是总能达到爱情的契合，如同钉住的接骨木小雕像。

珂赛特整个人儿，完全体现了天真、纯朴、透明、洁白、率直、光亮。可以说珂赛特就是明媚的，给人的感觉如见四月春光，如见拂晨曙色。她眼睛里有晶莹的露珠。珂赛特是曙光凝聚而成的女人形体。

马吕斯崇拜赞赏她，是极其自然的。况且事实上，这个刚从修道院磨炼出来的小寄宿生，说起话来确实微妙而有穿透力，无论说什么话，往往又真实又美妙，谈话充满天真幼稚的絮语。她看得准，无论什么事都不会弄错。女子感觉和说话，凭着一颗心温柔的本能，总是万无一失。谁也不如一位女子那样，说话既温柔又深刻。温柔和深刻，这就是整个女性，这就是整个王国。

在这种销魂的时刻，他们随时都会流泪。一只踩死的金龟子、从鸟巢掉下的一片羽毛、折断了的一根山楂树枝，他们见了就要伤心，沉浸到微微的惆怅中，那出神的情态真好像要潸然泪下。爱情极度的症状，就是容易触景伤情，往往控制不住。

所有这些矛盾现象，不过是爱情的闪电游戏，除此而外，他们倒是动不动就哭起来，那种无拘无束的样子十分可爱，有时又那么亲密无间，几乎像两个小男孩。然而，尽管两颗心沉醉在贞洁中，不容忘记的天性却始终存在。天性就在身上，带着它那又粗野又崇高的目的；即使在这种最顾羞耻的厮守中，两颗灵魂再怎么天真无邪，也能让人感到有一种令人赞叹的神秘差异，能区别一对情侣和两个朋友。

他们相互敬若神明。

永恒不变的东西依然存在。二人相爱，相视而笑，相对大哭，还噘起嘴唇，相互做出娇嗔之态，手指相互勾在一起，而且你我相称，这些并不妨碍永恒。两个情人躲进夜晚，躲进暮色中，躲进看不见的地方，同鸟儿相伴，同玫瑰相伴，心意深情倾注在眼神里，在幽暗中彼此吸引迷惑，他们唧唧哝哝，窃窃私语；就在这段时间，巨大摇曳的星体充斥太空。

二　美满幸福醉倒人

他们处于幸福的痴迷状态，恍恍惚惚地生活，甚至没有发觉那个月正在巴黎肆虐的霍乱。他们尽量讲些体己话，但是并没有怎么超越各自的身世。马吕斯对珂赛特说，他是孤儿，名叫马吕斯·彭迈西，当律师，靠给书商写东西生活，父亲是上校，而且是个英雄，而他马吕斯，却同他那位富有的外祖父闹翻了。他也透露一句他是男爵，不过，这话丝毫没有引起珂赛特的反应。马吕斯男爵？她不明白，不知道这个词是什么意思。马吕斯就是马吕斯。珂赛特也告诉马吕斯，她是在小皮克普斯修道院培养起来的，同他一样，母亲早已去世，父亲叫割风先生，是个大好人，向穷人大量施舍，而他本人也很穷。自己省吃俭用，却什么也不让她缺着。

说来也怪，自从见到珂赛特之后，马吕斯就生活在一种交响乐中，过去的事情，甚至刚过去的事情，都变得十分模糊而遥远，他听到珂赛特的讲述就心满意足了。他甚至没有想到向她提起，那天晚上在德纳第破屋里发生的凶险，她父亲如何烙伤臂膀，态度如何怪，又如何奇特地逃走。这一切，马吕斯都暂时忘记了，就连早晨做的事，午饭在哪儿吃的，有谁跟他说过话，到晚上就想不起来了；他耳朵里只有情歌，其他思想一概听不见，唯有见到珂赛特的时候，他才存在。他的神思既然在天上，自然也就忘了尘世。非物质快感的重负，压得他们二人终日精神恹恹的。人称为恋人的这些梦游者，就是这样生活的。

唉！所有这些情景，谁没有感受过呢？为什么到了一定时候，要离开那蓝天呢，此后为什么生活还要继续下去呢？

爱几乎替代了思想。爱情特别健忘，忘掉周围的一切。你问问狂热的爱情有什么逻辑吧。宇宙结构中没有完美的几何图形，同样，人心中没有绝对的逻辑联系。在珂赛特和马吕斯看来，世上除了马吕斯和珂赛特，什么也不存在了。他们周围的宇宙已经掉进黑洞里。他们生活在黄金一刻。无论在此之前还是在此之后，什么也没有了。马吕斯几乎没有想珂赛特还有父亲，他头脑里一片耀眼辉光，把什么都抹掉了。这对情侣，究竟谈些什么呢？上文已经看到了，他们谈花，谈燕子，谈落下去的夕阳，谈升起来的月亮，谈所有重要的事情。他们一切都谈了，又什么也没有谈。情侣的一切，就是目空一切。不错，那个父亲、那些事实、那间破屋、那帮匪徒、那场惊险，何必再提呢？就那么肯定这场噩梦确有其事吗？他们两个人，相亲相爱，只有这一点是真的，其余任何事情都不存在。我们一进入天堂，身后的地狱很可能就自然消失了。谁又见过魔鬼呢？真有魔鬼吗？曾经发过抖吗？曾经受过苦吗？全都置之度外了。那上面只有一朵玫瑰色彩云。

他们二人就生活在这种状态，飘然高举，仿佛脱离尘世了；既不在天底，也不在天顶，位于世人和大天使之间，在污泥之上，清虚之下，在云端流连；已经过分高洁，难以在尘世路上行走，但是人情味儿还太浓，难以融入碧空，犹如原子沉落之前的那种悬浮状态；表面上看似超越了命运，不知有昨天、今天、明天这样的常规；又惊又喜，昏昏然，飘飘然；有时轻盈得要逃向无限之中，几乎随时要永远飞逝。

他们俩睁着眼睛，睡在这温柔梦乡中。销魂迷性的昏睡哟，现实已被理想所压服！

不管珂赛特有多么美，马吕斯在她面前有时也闭上眼睛。合目是注视灵魂的最好方法。

马吕斯和珂赛特都没有想过，这样会把他们引向何处；他们自以为到了归宿。要让爱情引向什么地方，这是人的一种奇特的奢望。

三　阴影初现

冉阿让却毫无觉察。

珂赛特不像马吕斯那样迷醉，那样神不守舍，只是显得喜气洋洋，这就足令冉阿让感到幸福了。珂赛特虽有心事，思想总萦念这份恋情，灵魂为马吕斯的形象所占据，但这无损于她那无比纯洁的形象：美丽的额头仍然那么贞洁而开朗。她正在青春妙龄，正是处女孕育爱情、天使怀抱百合花的年龄。因此，冉阿让尽可放心。况且，一对恋人只要默契融洽，就总能一帆风顺，采取所有情侣惯用的一些谨慎的小手段，就能完全蒙蔽有可能惊扰他们爱情的第三者。珂赛特就是这样，在冉阿让面前从不提出异议。他要出去散步吗？好，我的小爸爸。他要待在家里吗？很好。晚上睡觉前这段时间，他要在珂赛特身边度过吗？那她高兴极了。由于一到十点钟他准回去睡觉，每逢这种时候，马吕斯就等到十点之后，在街上听见珂赛特打开台阶上的落地窗门，才进园子里。自不待言，马吕斯白天绝不露面。冉阿让连想都不想世上还有个马吕斯。只有一次，一天早晨，他对珂赛特说：“咦！你背上蹭了这么多白灰！”那是因为头天晚上，马吕斯一时冲动，将珂赛特紧紧挤在墙上。

老女仆都圣睡得早，一干完活儿就想睡觉，她跟冉阿让一样蒙在鼓里。

马吕斯从不进屋，他和珂赛特一起的时候，就躲在台阶旁边一个凹角里，免得让街上的行人瞧见或听见。他们坐在那里，眼望着树枝，每分钟相互握手不下二十次，就算是交谈了。在这种时刻，一个人的梦想凝神专注，深深潜入另一个人的梦想中，就是三十步远落下一个霹雳，也不会惊动他们。

清澈透明的纯洁，完全洁白的时辰，几乎全都一模一样。这种爱情就是百合花瓣和白鸽羽毛的收集品。

他们和街道之间隔着整个一座园子。马吕斯每次进出，总要细心将铁栅门那根铁条安好，看不出一点移动的痕迹。

他通常待到将近午夜十二点才离开，回到库费拉克的住所。库费拉克对巴奥雷说：

“你信不信？现在，马吕斯要到凌晨一点钟才回来！”

巴奥雷则回答：

“有什么办法呢？就是一名修士，也总要干点儿荒唐事嘛。”

有时，库费拉克叉起手臂，正色对马吕斯说：

“小伙子，您可够能折腾的！”

库费拉克是个讲求实际的人，看不惯无形的天堂在马吕斯身上的反光，也看不惯这种从未见过的热恋，他有点不耐烦了，不时规劝几句，要把马吕斯拉回到现实中。

一天早晨，他又这样告诫马吕斯：

“亲爱的，瞧你现在这副样子，真像置身在月亮上，那可是梦想的王国，虚幻的国度，肥皂泡京城啊。说说看，要乖一点儿，她叫什么名字？”

然而，根本无法“撬开”马吕斯的口。就是拔出他的全部指甲，也逼不出“珂赛特”这神圣名字的一个字来。爱情跟拂晓一样明亮，跟坟墓一样沉寂。不过，库费拉克还是看出，马吕斯有所变化：沉默中透过一团喜气。

在这明媚的5月间，马吕斯和珂赛特尝到了这种无限的幸福：

争执并以“您”相称，过后只能更加亲热；

花好多时间，详详细细地谈论与他们毫不相干的人，这一点再次表明，在人称爱情的这出美妙歌剧中，脚本是无足轻重的；

马吕斯就是听珂赛特谈衣饰；

珂赛特就是听马吕斯谈政治；

二人促膝倾听马车驶过巴比伦街道；

观赏天上同一颗星辰，或者草丛同一只萤火虫；

相对默默无语，比交谈还要甜美；

等等，等等。

这期间，各种麻烦事儿也悄悄逼近。

一天晚上，马吕斯去赴约会，走在残废军人院大街，他走路总低着头，正要拐进普吕梅街时，忽听有人在身边叫他：

“晚上好，马吕斯先生。”

马吕斯抬起头，认出是爱波妮。

这使他产生一种奇特的感觉。是这姑娘把他引到普吕梅街的，从那天起，他一次也没有想起她，也没有再见到她，已经完全把她置于脑后，对她唯有感激之情。多亏了她才有他今天的幸福，可是碰见她又颇不自在。

有一种误解，认为幸福纯洁的爱情能把人带进完美的境界，其实不然，正如我们看到的，这种爱情只能把人带进遗忘的境界。人进入这种境界，既忘记干坏事，也忘记做好事了。感激之情、责任感、纠缠不休的主要回忆，都烟消云散了。换别种时候，马吕斯对待爱波妮会大不一样。现在，他的心思全放在珂赛特身上，甚至没有明确意识到，这个爱波妮姓德纳第，而这个姓氏写在他父亲的遗嘱中，正是几个月前他还十分感念的。我们如实地描述马吕斯。此刻，他的爱情光辉灿烂，就连他父亲的形象，在他心中也多少淡漠了。

他颇为尴尬地答应：“哦！是您吗，爱波妮？”

“您对我为什么又称起‘您’啦？我有什么事招惹您了吗？”

“没有。”他答道。

毫无疑问，他对爱波妮毫无不满之处。远非这个缘故。不过他感到，现在他对珂赛特称“你”，对爱波妮就别无他法，只能称“您”了。

爱波妮见他沉默不语，就高声说：“您倒是说呀……”

她又戛然住口，仿佛一时语塞，而从前，这姑娘多么随便，多么大胆。她想强颜笑一笑，可是笑不出来，只好又说道：

“怎么的？……”

她随即又住了口，垂下眼睛待了一会儿。“晚安，马吕斯先生。”她突然说了一句，就匆匆离去。

四　Cab①，英语是滚，黑话是叫

次日是6月3日，即1832年6月3日，这个日期应当指明，因为这个时期像乌云压城那样，严重的事变垂悬在巴黎的天际。这天傍黑儿，马吕斯沿着头天晚上所走的路线，心中同样喜不自胜；忽见爱波妮从大街旁的树木之间朝他走来。接连两天，未免太过分了。他猛然转身离开大街，改变路线，取道亲王街前往普吕梅街。

可是，爱波妮一直跟到普吕梅街，她还从来没有这样干过。在此之前，她只是在他经过大马路的地方守望，甚至不想上前打个招呼。直到昨天傍晚，她才试图同他讲话。

---

① 英语是驾驶座在后面的双轮马车。

爱波妮跟在后边，没有让他发觉，看见他拉开铁栅门的一根铁条，钻进园子里。

“咦！”她咕哝道，“他进人家里啦！”

她也走到门口，逐根摇撼门上的铁条，不难找到马吕斯移动的那根。

她凄惶地低声说道：“别这样，珂赛特！”

于是，她坐到铁栅门的石基上，仿佛在旁边守卫那根铁条；那正是铁栅门和邻墙相接处，爱波妮完全隐身在那个幽暗的角落里。

普吕梅街一天也只有三两个行人，将近晚上十点钟，一个迟归的老市民步履匆匆，经过这个僻静而声名狼藉的地段，走到铁栅门和围墙构成的角落时，听见一个低哑的声音恨恨说道：

“说他每晚都来我也不奇怪。”

那行人游目四望，不见有人，又不敢瞧那黑暗的角落，就加快了脚步。

那过路人幸而赶快走开，因为不大工夫，就来了六个人，他们一个跟一个，前后隔一段距离，顺着墙根儿走进普吕梅街，真像一组夜间巡逻队。

打头的走到园子的铁栅门就止步了，等候其余几个人，转瞬间，六个人就会齐了。

他们开始低声交谈。

“正是这里卡伊。”其中一人说道。

“园子里有cab[①]吗？”另一个人问道。

“不知道。没关系，我拾起[②]一个面团，扔给它磨光[③]就

① 狗。——雨果原注。

② 带来。从西班牙语演变而来。——雨果原注。

③ 吃。——雨果原注。

行了。”

“你有敲玻璃的油灰[①]吗？”

“有。”

“铁栅门很旧了。”第五个人用腹音说道。

“好极了。”刚才第二个说话的人又说道，“这种门在家伙[②]下，不会筛[③]得那么凶，也不难收割[④]。”

第六个人还未开口，他开始察看铁栅门，就像一小时之前爱波妮所做的那样，逐根抓住铁条，小心地摇撼，到了马吕斯移动过的那根，正要抓住，不料黑暗中突然伸出一只手，击中他的胳臂，他还感到让人当胸猛推了一把，同时听到一个嘶哑的声音压低来冲他喝道：“有狗。”

与此同时，他看见一个面孔苍白的姑娘站在面前。

事出意外，那人不免一惊，立刻毛发倒竖，丑态毕露；猛兽受惊的样子最为可怕，那副惊恐之态特别吓人。他倒退一步，结结巴巴地说道：“哪儿来个怪娘们儿？”

“是您女儿。”

那正是爱波妮同德纳第说话。

爱波妮一出现，其余五人，即囚底、海口、巴伯、蒙巴纳斯和勃吕戎，都一齐围上来，他们悄无声响，不慌不忙，一句话也不讲，显示这些夜间行动的人阴鸷而沉稳的特点。

只见他们手持凶器，但不知为何物。海口拿着盗匪称为包头巾的一把弯嘴铁钳。

---

① 用油灰贴住的办法敲碎窗玻璃，能吸住碎片并防止发出声响。——雨果原注。

② 锯。——雨果原注。

③ 叫。——雨果原注。

④ 截断。——雨果原注。

“哦，怎么，你在这儿干什么？你来捣什么乱？疯了吗？”德纳第尽量压低声音吼道，“您干吗跑来碍我们的事儿呢？”

爱波妮笑起来，扑上去搂住他的脖子。

“我的小爸爸，我在这儿就是我在这儿。怎么，现在不准人家坐在石头上啦？倒是你们不该到这里来。你们知道这是块饼干，还来干什么？我早就告诉过马侬了。这儿没什么可干的。唉，您倒是亲亲我呀，我的小爸爸，好爸爸！多久没有见到您啦！这么说，您出来啦？”

德纳第要挣脱爱波妮的手臂，咕哝道：

“好了，你亲过我了。不错，我出来了，已经不在里边了。现在，走开吧。”

可是，爱波妮还不放手，反而搂得更紧了。

“我的小爸爸，您是怎么出来的？您一定费尽心机，才能从那儿出来。说给我听听呀！还有我妈呢？我妈在哪儿？把我妈的情况告诉我。”

德纳第答道：

“她还好，我不知道。别缠我，跟你说，走开吧。”

“我就是不愿意走开，”爱波妮说道，像惯坏的孩子一样撒娇，“有四个月没见着了，刚刚亲您一下，就要赶我走。”

她又搂住父亲的脖子。

“怎么这样呢？犯什么傻！”巴伯说道。

“快点儿！”海口说，“色狼[①]可能要来了。”

那个用腹音说话的人念了这两句诗：

① 黑话：警察。

没到新年先别忙，

不要吻爹又吻娘。

爱波妮转向五个匪徒，说道：

“哟，是勃吕戎先生啊。——您好，巴伯先生。您好，囚底先生。——怎么，海口先生，您不认得我了吗？您也好吗，蒙巴纳斯？”

“唉，都认出你啦！”德纳第说道，“您好，晚安，说完就走吧！让我们安静点儿。”

“这是狐狸活动，而不是母鸡活动的时间。”蒙巴纳斯说道。

“你明明看到，我们在这里格要干事安[①]。”巴伯也说道。

爱波妮抓住蒙巴纳斯的手。

“当心！”蒙巴纳斯说道，“你别割着手，我拿着一把开单[②]。”

“我的小蒙巴纳斯，”爱波妮柔声细语地回答，“要信得过人。也许，我是我父亲的女儿吧。巴伯先生，海口先生，本来是派我侦察这桩买卖的。”

显而易见，爱波妮没讲黑话。自从认识马吕斯之后，她就觉得，这种丑恶的语言说不出口了。

她那枯骨一般瘦弱的小手，紧紧握住海口又粗又硬的手指，接着说道：

“您非常清楚，我不是个蠢货。平常，我说什么大家都信。我给你们办了不少事儿。这回，我也调查过了，要知道，你们没必要白白冒这个险。我敢保证，这个住宅里没什么油水可捞。”

---

① 在这里要干事。——雨果原注。

② 刀。——雨果原注。

“这儿只住着女人。”海口说道。

“没人了，都搬走了。”

“蜡烛可没搬走，绝没搬走！”巴伯说道。

他指给爱波妮看，透过树梢儿，只见一点亮光在小楼的阁楼上移动。那是都圣在夜晚晾衣服床单。

爱波妮最后还要争一下。

“就算没搬走，”她说道，“可是那些人很穷，那破房子里没有钱。”

“见鬼去吧！”德纳第嚷道，“等我们把那房子翻个个儿，把地窖翻上来，阁楼翻下去，我们再告诉你，那里有圆圆、板板，还是钉钉[①]。”

他推开爱波妮，要冲过去。

“我的好朋友蒙巴纳斯先生，”爱波妮说道，“求求您了，您可是好孩子，不要进去！”

“当心啊，别割破你的指头！”蒙巴纳斯回敬一句。

德纳第又拿出他惯有的断然的声调：

“滚开，小妖精，别妨碍男人的事儿。”

爱波妮本来又抓住蒙巴纳斯的手，现在放开，又问道：

“你们一定要进那房子里？”

“有那么点儿意思！”用腹音说话的人冷笑着说道。

于是，她背靠到铁栅门，面对六个武装到牙齿、由夜色给挂上鬼脸的强盗，低声而坚决地说：

“可是，我，我不愿意。”

六个强盗全愣住了。这工夫，用腹音说话的人也不冷笑了。爱

① 法郎、苏，还是里亚（法国古铜币名，合四分之一苏）。——雨果原注。

波妮接着说道：

“朋友们！听我说。不是这么回事儿，现在我说说。首先，你们胆敢闯进这园子，胆敢碰一碰这扇门，我就叫喊，我就砸门，把人都叫醒，叫来巡逻警察，把你们六个全逮住。”

“她干得出来。”德纳第悄声对勃吕戎和用腹音说话的人说道。

爱波妮摇晃脑袋，又补充一句：“头一个就逮我父亲。”

德纳第靠上来。

“别靠这么近，老头儿！”她喝道。

德纳第往后退，嘴里咕哝道：“她到底怎么啦？”接着又骂了一句，“母狗！”

爱波妮狞笑起来。

“随你们怎么说，反正你们不能进去。要知道，我不是狗的女儿，而是狼的女儿。你们六个人，又能把我怎么样呢？你们都是男子汉。哼，我是个女人，算啦，你们吓唬不了我。告诉你们，你们就是不能进这宅院，因为我不愿意。你们一靠近，我就狂叫，跟你们说了，狗，就是我。我才不管你们那一套呢。快走你们的路，你们把我惹烦啦！你们去哪儿都成，就是别到这儿来，我不准许！你们要动刀子，我就抡鞋底，我豁出去了，你们就上吧！”

她朝那伙匪徒逼进一步，样子凶极了，她又哈哈大笑：

“哼，当真！我不怕。今年夏天，我要挨饿，冬天，我要受冻。这些蠢男人，开什么玩笑，以为能吓唬住一个姑娘！怕！怕什么？走呀，怕得要命！就因为你们供养的泼妇，听你们一吼叫就钻到床下去，不就是这码事儿吗？哼，我什么也不怕！”

她定睛注视着德纳第，又说道：“连你也不怕！”

她那幽灵似的血红眼睛又扫视几个匪徒：

“我让父亲用刀戳死，明天在普吕梅的铺石马路上，有人给我收尸，还是一年以后，在圣克卢或天鹅洲河段，有人用网捞起的一堆烂瓶和死狗中，发现我的尸体，这对我又有什么区别呢！”

她一阵干咳，不得不住口，那狭小瘦弱的胸膛呼噜呼噜喘着粗气。

继而她又说道：“只要我一喊叫，人就来了，噼里啪啦！你们有六个人，而我呢，有所有的人。”

德纳第朝她移动一下。

“别靠近！”她大喝一声。

德纳第立刻停下，和颜悦色地对她说：

“没，没有，我不靠近，可你说话也别这么大声呀。我的女儿，你要阻止我们干活吗？我们总得挣口饭吃呀。你对你爸爸就一点交情也不讲啦？”

“我讨厌你。”爱波妮说道。

“我们总得活呀，总得吃饭呀……”

“饿死活该。”

说罢，她又坐到铁栅门的石基上，哼唱起来：

> 我的胳臂胖乎乎，
> 双腿长得人羡慕，
> 可惜岁月已空度[1]。

她的臂肘撑在膝上，用手抚着下颏儿，满不在乎地摇着一只脚。她的衣裙破了洞，露出干瘦的锁骨。附近的路灯照见她的侧影

① 引自贝朗瑞的歌谣：《我的祖母》。

和姿态，那神情异常坚决，异常惊人。

让一个姑娘给搅了，六名歹徒束手无策，哭丧着脸，走到路灯下的暗影里，一边商量一边耸肩膀，真是又羞又恼。

这工夫，爱波妮神态平静，目光凶狠地盯着他们。

“她一定有什么事儿，”巴伯说，“事出有因。难道她爱上了这里的狗啦？就这样落空，实在太可惜。这儿只有两个女人，一个老头儿住在后院；挂的窗帘还真不错。估计那老家伙是个机拿儿[①]。我认为是一笔好买卖。”

“那好，你们就进去吧，”蒙巴纳斯高声说道，“去干吧，我留下看着这姑娘，她敢动一动……”

他从袖口里抽出刀来，往路灯光下亮了亮。

德纳第一言不发，仿佛要随大流。

勃吕戎有几分权威，我们知道，“买卖是他提供的”，他还没有开口，好像在考虑。大家知道，什么也吓不退他，有一天，只是为了充好汉，他就洗劫了一个警察派出所。此外，他还写诗编歌，这极大地提高了他的威望。

巴伯问他：“勃吕戎，你什么也不说？”

勃吕戎依然沉默了一会儿，继而，他以不同的姿势摇晃脑袋，终于决定开口了：“是这样：今天早晨，我看见两只麻雀打架；今天晚上，我又撞上一个找茬儿吵架的女人。这是坏兆头。咱们走吧。”

他们离去。

蒙巴纳斯边走边咕哝：“大家愿意，我无所谓；我本可以动她一指头。”

---

① 犹太人。——雨果原注。

巴伯回敬道："我不干。我不跟女人斗。"

他们走到街角又站住，像打哑谜一般低声交谈：

"今晚咱们去哪儿睡觉？"

"庞丹[①]底下。"

"你带了铁栅门的钥匙吗，德纳第？"

"当然了。"

爱波妮目不转睛，望着他们沿原路走了。她又站起身，顺着墙根和房舍匍匐向前，一直尾随到大马路，看见那六条汉子在那里分手，渐渐隐没，仿佛融化在夜色中了。

五　夜间之物

匪徒走后，普吕梅街又恢复夜晚平静的景象。

这条街刚才发生的一幕，在森林中并不稀奇。那些参天大树、茂密的灌木林、荆丛、交织错杂的枝条、高高的野草，全都幽幽生存；麇集的野生物，在那里能瞥见无形者的突然显现；在人之下者，在那里透过迷雾，能分辨在人之外者；我们在世所不了解的东西，夜间在那里相见比照。鬣毛倒竖的野兽，感到超自然物接近就会胆战心惊。黑暗中的各种力量相识相知，相互之间达到神秘的平衡。利齿和利爪惧怕捕捉不到的东西。嗜血的兽性、寻觅猎物的饿鬼般的食欲、只为果腹而长了利爪牙齿的本能，惴惴不安地窥视并嗅着那幽魂鬼影，只见它穿着抖瑟的衣裙伫立，披着白殓布游荡，形影朦胧，十分可怖，仿佛厉鬼闯到人间。这些纯物质的野蛮粗暴的东西，隐约害怕接触由无边的黑暗凝集而成的未知体。一个黑影

① 庞丹：巴黎公墓。——雨果原注。

挡住去路，猛兽就会突然站住。从坟墓里出来的东西，能让洞穴里出来的东西胆怯和惶怖；残暴者惧怕阴险者；狼碰见吸血女鬼，也要连连后退。

六　马吕斯回到现实，住址给了珂赛特

这个人面母狗守住铁栅门，一个姑娘吓退了六名强盗，而在这工夫，马吕斯则守在珂赛特身边。

这天晚上，星空格外灿烂，格外迷人，树木格外震颤激动，青草芳香格外沁人心脾，睡在枝头的鸟儿的啁啾格外甜美，整个天宇静谧和谐，也格外应和了爱情心声的音乐；马吕斯也格外痴情，格外幸福，格外陶醉，可是，他却发现珂赛特神色忧伤。珂赛特哭过，眼睛还发红。

在这场美梦中，这是第一片乌云。

马吕斯头一句话就问道："你怎么啦？"

珂赛特却回答："没怎么。"

接着，她坐到台阶旁边的长凳上，等马吕斯浑身颤抖着挨她坐下，她才继续说道：

"今天早晨，我父亲要我做好准备，他说要去办事，我们也许就要走了。"

马吕斯从头到脚一阵战栗。

人的生命要完结的时候，死就叫做走；人在刚开始生活的时候，说走，就表明死。

六周以来，马吕斯一点一点，缓缓地，逐步地，日益拥有了珂赛特。这种拥有纯属理想的，但又刻骨铭心。我们已经讲过，初恋时，人先取灵魂而后要肉体；到后来，就先要肉体而后取灵魂，

有时干脆不顾灵魂了。弗布拉斯[1]和普吕多姆之流甚至还补充说："因为不存在灵魂"；幸而这种论调是一种亵渎。因此，马吕斯拥有珂赛特，就像精灵那样占有，他用自己的整个灵魂将她裹住，以难以置信的信念，万分小心地抓住她。他拥有她的微笑、她的气息、她的芳香、她那蓝色眸子的幽深光芒，他触摸她手时也拥有她肌肤的温馨，还拥有她脖颈上可爱的斑记、她的全部思想。他俩曾经约定，睡觉时必须梦见对方，而且还真信守诺言。这样，他也拥有珂赛特的每场梦。珂赛特颈后有几根短发，他往往目不转睛地观赏，有时用气儿吹拂，并声称每一根都属于他马吕斯。他也赞赏并喜爱她的穿戴服饰：缎带花结、手套、套袖、短筒靴，自认为是这些神圣物品的主人。他常想，他就是她插在头发上那把美丽的玳瑁梳的主子老爷，心里甚至还念叨——这是情欲初动时含含糊糊的嗫嚅——她衣裙上的每条线、袜子上的每个网眼、内衣上的每个皱褶，无一不是属于他的。他待在珂赛特的身边，就感到他是在自己财产的旁边，在自己物品的旁边，在自己的君主和奴隶的旁边。他们二人的灵魂似乎完全交混在一起，若取回来都难以辨认了。"这灵魂是我的。""不对，是我的。""我敢说你弄错了。肯定是我。""唉，你把我当成你了。"马吕斯成了珂赛特的组成部分，而珂赛特也成了马吕斯的组成部分。马吕斯感到，珂赛特就生活在他身上。拥有珂赛特，占有珂赛特，这对他来说，跟呼吸没有什么分别。他在这种信念中正自陶醉，正自耽于这种闻所未闻的绝对贞洁的占有，耽于这种绝对权力，忽然听到抛来这几个字："我们要走了"，如同听到现实粗暴的声音冲他喊："珂赛特不是你的！"

马吕斯惊醒了。我们说过，六周以来，马吕斯脱离了生活；

① 弗布拉斯：卢维·德·库夫雷的小说《弗布拉斯骑士的爱情》中的主人公。

走！这个词又狠狠地把他拉回来。

他无言以对。不过，珂赛特觉得他的手冰凉，反过来问他：

“你怎么啦？”

他答话的声音极小，珂赛特几乎听不见：

“我不明白你说的话。”

珂赛特又说道：

“今天早晨，我父亲要我收拾日常衣物，准备妥当，他要把他的衣服交给我，好装进箱子里，还说必须出一趟远门儿，不久我们就动身，要给我弄一只大箱子，给他弄一只小的，一周之内全准备好，也许我们要去英国。”

“哎呀，这太可怕啦！”马吕斯大声说道。

此刻在马吕斯的头脑里，任何滥用权力的行为，任何暴力，最大的暴君的任何恶行，布西里斯[①]、提比略或亨利八世的任何举动，无疑都比不上这件事残忍：割风先生要办事，就带女儿去英国。

他有气无力地问道：

“你什么时候动身？”

“他没有说什么时候。”

“你什么时候回来？”

“他没有说什么时候。”

马吕斯站起身，又冷淡地问道：

“珂赛特，您去吗？”

珂赛特一双秀目转向他，神色惶惶不安，失态地答道：

“去哪儿？”

“英国吧？您去吗？”

---

① 布西里斯：古埃及传说人物。

"为什么你又用'您'称呼我？"

"我问您去不去？"

"我有什么办法？"她合拢手掌说道。

"这么说您要去啦？"

"如果我父亲要去呢？"

"这么说您要去啦？"

珂赛特没有回答，抓起马吕斯一只手，紧紧握住。

"好吧，"马吕斯说，"那我就去别的地方。"

珂赛特没听明白，但是感觉到这句话的含义。她大惊失色，在黑暗中脸顿时惨白。她讷讷问道：

"你这话是什么意思？"

马吕斯看看她，然后慢慢举目仰望天空，答道："没什么。"

他垂下目光时，看见珂赛特冲他微笑。心爱女子的微笑能发光，黑夜里瞧得见。

"我们多傻！马吕斯，我有个主意。"

"什么主意？"

"我们走，你也走啊！回头我告诉你什么地方，你去那里找我呀！"

现在，马吕斯完全清醒了。他又跌回现实中，高声对珂赛特说道：

"同你们一道走？你疯了吗？那得有钱啊，可是我没有。去英国？现在我还欠人家钱呢，不知道多少，欠库费拉克少说十路易金币，那是我一个朋友，你不认识。喏，我有一顶旧帽子，值不上三法郎，这件外衣前边纽扣还掉了，衬衣破烂不堪，袖肘都磨出了洞，靴子底下进水。这六个星期，我不想这个了，也没有对你讲。珂赛特！我是个穷光蛋。你只是在夜间看见我，把你的爱给了我；

假如是在白天，你见了我会给一个铜子儿的！去英国！唉！连办护照的费用我都付不起！”

他扑向旁边的一棵树，双臂抱住头，脑门儿顶在树皮上，既感觉不到树干擦破皮肤，也感觉不到血冲击太阳穴怦怦狂跳，立在那里一动不动，犹如一尊绝望的雕像，随时会翻倒在地。

他这样待了许久。坠入这种深渊，很可能永无出头之日。他听见身后一阵伤心的细微的饮泣声，终于转过身去。

是珂赛特在哭泣。

她哭了有两个多小时了，而马吕斯一直在旁边冥思苦索。

马吕斯走到她跟前，跪下来，又慢慢俯下身子，抓住她探出裙摆的脚尖亲吻。

她默默地由他做去。有时，女子就像一位忧郁隐忍的女神，接受爱的膜拜。

“别哭了。”马吕斯劝道。

珂赛特抽泣着说：“我可能要走，而你又不能一道去！”

他又问道：“你爱我吗？”

她边抽泣边回答，而这句天堂丽语只有透过眼泪才无比美妙：“我崇拜你！”

他以无法形容的一种爱抚声调继续说：“别哭了。唉，你能为了我不哭吗？”

“你呢，你爱我吗？”她也问道。

他拉起姑娘的手：

“珂赛特，我害怕发誓，也从未向任何人发过誓言。我觉得我父亲就在我身边。好，现在我向你发下最神圣的誓言：如果你走了，我就一死。”

他讲这话的声调忧伤，但十分庄严而沉静，珂赛特听了不寒而栗，感到就像真有一个阴魂经过时带来的寒气。她这样一恐惧，就不再哭了。

“现在，听我说，”马吕斯说道，“明天你不要等我了。”

“为什么？”

“后天再等我吧。”

“噢！为什么呀？”

“到时候就明白了。”

“一整天见不到你！这可不能。”

“我们就舍掉一天吧，也许能换来一辈子呢。”

马吕斯又喃喃自语：

“这个人绝不会改变习惯，天黑才接待客人，绝不破例。”

“你说的哪个人啊？”珂赛特问道。

“问我吗？我什么也没有说。”

“你到底有什么指望呢？”

“等后天再说吧。”

“你一定要这样？”

“对，珂赛特。”

珂赛特用双手抱住他的头，踮起脚好同他齐高，想从他眼神里看出有什么希望。

马吕斯接着说：

“对了，我想，应当把我的住址告诉你，可能出现意外情况，很难说，我住在一个叫库费拉克的朋友那里，在玻璃厂街十六号。”

他摸摸衣兜，掏出一把折叠小刀，用刀尖在石灰墙皮上刻了“玻璃厂街十六号”。

这工夫，珂赛特重又注视他的眼睛。

“告诉我，你有什么想法。马吕斯，你有个想法，告诉我吧。哎！告诉我呀，好让我睡个安稳觉！”

“我的想法，是这样：上帝不可能要拆开我们。后天，你等着我吧。”

“在那之前，我怎么办呢？”珂赛特说道，“你呢，在外面，东奔西走。男人该有多幸福啊！而我呢，独自一个人待在家里。唉！我会多么伤心啊！明天你做什么，说呀？”

“一件事儿，我要去试试。”

“那我就祈求上帝，在这段时间想着你，盼望你成功。既然你不愿意，我就不再问了。你是我的主人。明天晚上，我就唱《欧里安特》曲，这是你爱听的，有一天夜晚你在我的窗板外面听我唱过。不过到后天，你要早点来。晚上九点钟我准时等你，事先可告诉你了。上帝呀！天这么长，真愁死人啦！听明白了吧，九点钟，我准时到园子里。”

“我也准时来。”

两个人虽然没有言明，但是受到同一思想的推动，受到促使情人不断交流的那种电流的牵引，甚至在痛苦时还陶醉在爱情的快感中，相互拥抱在一起，不知不觉地嘴唇接触了，眼睛满噙泪水，仰望星空，一时心醉神迷。

马吕斯出去时，街上阒无一人；当时，爱波妮正尾随那伙强盗，一直跟到大马路。

马吕斯头抵树干冥思苦索那工夫，脑海里闪过一个念头；一个念头，唉！连他自己都认为荒唐而不可能。他还是决定贸然走一趟。

七　年老心和年轻心开诚相见

这年，吉诺曼外公已满九十一岁。他同大女儿一直住在受难会修女街六号自家的老房。我们还记得，他是个老古董，高龄压不弯，忧伤也折不断，直挺挺地立着等死。

然而近来，他女儿却说：我父亲矮下去了。他不再打女佣的耳光；巴斯克迟迟不来开门时，他用手杖戳楼道，也没有当初那种猛劲儿了。七月革命激起他的怒火，也仅仅持续六个月就消下去了。在《政府公报》上，他看到“韩伯洛-孔代先生，元老院元老”这种搭配，也几乎无动于衷了。其实，这老人已经意志消沉。他从不屈服，从不退让，在天生的体质和精神上都能做到这一点，然而，他感到自己心力开始衰竭了。四年来，他等马吕斯浪子回头，可以说毫不动摇，深信迟早有一天，这个混账小子会来敲门；现在，他黯然神伤的时候，心里甚至念叨，马吕斯再迟迟不来……他无法忍受的并不是死亡，而是恐难再见到马吕斯的这个念头。在此之前，再也见不到马吕斯的这个念头，片刻也没有进入他的头脑，现在却出现在他面前，令他胆战心寒。忘恩负义的孩子轻易离家出走，外公见不到他，对他的爱只能增加，自然而真挚的感情往往如此。在气温降到十度的12月份夜晚，就特别想念太阳。尤其吉诺曼先生作为长辈，不能或者自认为不能向外孙迈出一步。“宁死我也不干。”他说道。他觉得自己一点错也没有，然而，他思念马吕斯，确实像一个行将就木的老人那样，怀着深情的怜悯和无言的绝望。

他的牙齿开始脱落，忧伤的心情又加重了几分。

吉诺曼先生心中却不肯承认，其实他爱哪个情妇，也不如爱马吕斯，想起来他会怒不可遏，又羞愧难当。

他让人在他卧室床头挂了一幅画像，醒来好头一眼就能看到，那是他另一个女儿十八岁时的旧画像，即死了的那个彭迈西夫人。他总看不够，有一天看着画像，随口说了一句：

“我觉得他长得像她。”

“像我妹妹吗？”吉诺曼小姐接口说道，“可不是像嘛。”

老人补充一句：“也很像他。”

有一次，他双膝并拢，眼睛微闭，一副颓丧的姿势坐在那里，他女儿大着胆子对他说：

“父亲，您还总这么怨恨吗？……”

她住了口，没敢说下去。

“怨恨谁？”他问道。

“怨恨可怜的马吕斯吗？”

他抬起苍老的头，枯瘦皱巴的拳头砸在桌子上，狂怒厉声吼道：

“可怜的马吕斯，您说的！那位先生是个怪人，是个无赖，是个爱虚荣、没心肝的小子，是个没灵魂、目中无人的恶棍。”

他随即扭过头去，免得让女儿瞧见他眼里滚动的泪珠。

到了第四天头，他缄默了四小时，突然开了口，劈面对他女儿说：“我早就荣幸地请求过吉诺曼小姐，永远也不要向我提起他。”

吉诺曼姨妈完全放弃了努力，并作出这样深刻的判断：“自从我妹妹干了那件蠢事，父亲就一直不太爱她了；显然他憎恶马吕斯。”

所谓“自从干了那件蠢事”，就是指自从她嫁给了上校。

此外，大家也猜测到了，吉诺曼小姐要让她的宠儿，那个枪骑兵军官顶替马吕斯，这种企图已告失败。顶替者特奥杜勒根本没有得手。吉诺曼先生不接受冒牌货：心中的空位置，绝不让人来滥竽充数。而特奥杜勒本人，虽然嗅到遗产，但是也厌恶讨人欢心的这种苦差使。枪骑兵见老头儿就心烦，老头儿见枪骑兵也看不顺眼。特奥杜勒中尉固然是个快活的家伙，但是好耍贫嘴，为人浮浪、庸俗；他固然是个随和的人，但是交了些狐朋狗友；他有不少情妇，这不错，而且还大谈特谈，这也不错，但是谈得实在糟糕。他的每一个长处，无不同缺陷相抵消。他讲述在巴比伦街兵营周围的各种艳遇，唠唠叨叨，听得吉诺曼先生厌烦极了。而且，特奥杜勒中尉前来探望，有时还穿着军装，戴上三色绶带，这就更糟，让人无法容忍了。吉诺曼先生终于对女儿说："特奥杜勒让我厌烦了。你乐意就接待他。在和平时期，我不大赏识军人。我不知道比起挎战刀的人，我是否更不喜欢挥舞战刀的人。不过，战场上兵刃砍杀声，听起来终究不像战刀鞘拖在街道上的声响那么可怜。况且，挺起胸膛像个勇猛的斗士，腰身又扎得像个小娘们儿，铠甲里面穿件女人紧身衣，这就倍加可笑了。一个男子汉要把握住自己，既不愣充好汉，也不忸怩作态，既不逞强好胜，也不甜言蜜语。把那特奥杜勒留给你自己吧。"

他女儿还白费唇舌，说什么："他毕竟是您的侄孙呀。"殊不知吉诺曼先生做外祖父做到了家，根本做不来叔祖父了。

其实，吉诺曼先生是个聪明人，他做了比较，特奥杜勒所起的作用，只能令他更加痛惜失去马吕斯。

一天晚上，那是6月4日，吉诺曼先生还照样有一炉好火，他已打发女儿到隔壁房间做针线活，独自待在糊了牧羊图壁纸的房间里，双脚搭在壁炉柴架上，身后围着半圈科罗曼德尔制造的九折大屏风，整个人儿深深仰在锦缎面的太师椅中，臂肘支在桌子上，桌上点着两支有绿色灯罩的蜡烛，手里拿着一本书，但并不阅读。他按照自己的方式，穿着奇装异服，酷似加拉[①]的旧肖像。他若是这样上街，身后准会跟一群人，因此，他女儿总给他罩一件主教式肥袍。他在家中，除了早晚起床和上床，一向不穿睡袍。“穿睡袍显老。”他常这么说。

吉诺曼外公满怀深情和苦涩想念马吕斯，往往苦涩的味儿更重些。他那变得苦涩的深情，到头来总要沸腾，并转化为恼恨。到这一步，他只能死了这条心，接受撕肝裂胆的痛苦。他开始明白了，时至今日，再也没有理由指望了，马吕斯要回来早该回来了，不能再盼了，应当尽量习惯于这种想法：事情无可挽回，到死也不会再见到“那位先生”了。然而，他的整个天性却起而抗争，他那古老的亲情也不肯罢休。“怎么！”他常说，这已成为他痛苦时的口头禅，“他不会回来啦！”说罢，他的秃头就垂到胸前，失神地凝视炉膛里的灰烬，眼神凄迷而忧愤。

他正沉浸在这种幽思中，老仆人巴斯克忽然进来禀报：

“先生能接见马吕斯先生吗？”

老人猛地直起身，脸色灰白，好似受电击而挺起的尸体；周身血液涌入心房，他结结巴巴地问道：

“马吕斯先生贵姓？”

“不知道，”巴斯克见主人那神情深感意外，胆怯地回答，“我没有见到人；是妮科莱特刚告诉我的，她说，有个年轻人求见，您就说是马吕斯先生。”

吉诺曼外公讷讷说了一句：“请他进来吧。”

他保持原来的姿势，脑袋微微摇动，眼睛盯住房门。房门重又打开，走进一个年轻人，正是马吕斯。

---

① 加拉（1749—1833年）：处决路易十六时任司法部长。督政府时期（1795—1799年），他是衣着奇特的风云人物。因此，雨果说吉诺曼与他相像。

他衣衫褴褛，幸而烛光让灯罩遮住，昏暗中看不出来，只能分辨他那张平静而严肃，但又异常忧伤的面孔。

吉诺曼外公又惊又喜，一时愣住，半晌只看见一团光亮，就仿佛碰见了鬼神。他几乎要昏倒，是透过炫目的光芒才看见马吕斯的。那正是他，正是马吕斯！

终于盼来啦！已经四年啦！这回算抓住他了，可以说一眼就完全把他抓住了。他觉得他英俊、高贵、人品出众，长大了，也成人了，仪态端庄，样子十分可爱。他真想张开手臂，招呼他，起身冲上去，他的五脏六腑都融化在喜悦中，亲热的话语涨满胸膛，要流溢出来；总之，这一片慈爱之心萌发了，已经到了唇边，然而禀性难移，从他口里出来的反而是一句狠话。他口气生硬地问道："您到这儿来干什么？"

马吕斯尴尬地答道："先生……"

吉诺曼先生真希望马吕斯投入他的怀抱。他对马吕斯不满，也对他自己不满。他感到自己的态度太生硬，马吕斯的态度太冷淡。这老人感到内心充满了温情和哀怨，而表面又只能显得那么冷酷，这真叫他气恼和难以忍受。苦涩的滋味又上来了。他口气粗暴地打断马吕斯的话：

"您到底为什么还来这儿？"

"到底"这个字眼儿表明："如果您不是来拥抱我的话"。马吕斯望着老外公，只见他脸色苍白，好似大理石雕成。

"先生……"

老人又以严厉的声音说：

"您是来请求我原谅的吗？您已经认识了自己的过错吗？"

他以为这样指点一下，马吕斯这"孩子"就屈服了。马吕斯浑身一抖：这是要求他否认自己的父亲。他垂下眼睛回答：

“不是，先生。”

“既然不是，您又来找我干什么？”老人心如刀绞，义愤填膺，疾言厉色地说道。

马吕斯合拢双手，跨上前一步，声音微弱而颤抖地说：

“先生，可怜可怜我。”

这话触动了吉诺曼先生，如果早点儿说，就能让他心软下来，可惜说得太迟了。老外公立起身，双手扶着手杖，嘴唇没了血色，额头颤动，但是他个头儿高，可以俯视躬身低头的马吕斯。

“可怜您，先生！一个青年，却要一个九十一岁的老头儿可怜！您走进人生，我就要退出去了；您去看戏，去跳舞，去咖啡馆，去打弹子，您有才华，能讨女人喜欢，您是个俊俏的小伙子，而我呢，大夏天对着炉火吐痰；您富有，拥有世间唯一的财富，而我穷苦，拥有老年的全部穷苦：疾病、孤独；您有三十二颗牙齿、一副好肠胃、一双明亮的眼睛，您有力气，有胃口，身体健康，整天喜气洋洋，还有满头浓密的黑发，而我呢，甚至连白发也没了，我的牙齿掉了，腿走不动了，记忆力也丧失了，有三条街名我总弄混：夏洛街、寿姆街和圣克洛德街，我落到这种地步了；您的前途充满灿烂的阳光，而我已经深入黑夜，什么也看不见了；您喜欢追女人，这是自然的，而我在世上没人爱，您却求我可怜！不用说，莫里哀都没想到这一点。律师先生们，你们在法庭上若是开这种玩笑，我就由衷地祝贺你们。你们也太怪了。”

接着，九旬老人又声色俱厉地问道：

“说说看，您找我到底有什么事？”

“先生，”马吕斯说道，“我知道您见到我就不高兴，不过，我来只是求您一件事，说完马上就走。”

“您真是个糊涂虫！”老人说道，“谁说要您走啦？”

这话表明他内心的这句温情话："快请我原谅啊！快来搂住我的脖子啊！"吉诺曼先生感到再过一会儿，马吕斯就要离开他，是他不欢迎的态度令马吕斯气馁，是他冷酷无情把他赶走，他心中想到这一切，痛苦又增添几分，而痛苦随即又化为愤怒，他就更加显得冷酷无情了。他多么希望马吕斯领会他的心意，可是马吕斯又偏偏不理解，这就让老人心头火起。他又说道：

"您让我，让您这外公想念，您离开我家，不知跑到什么地方去，您让您那姨妈多伤心啊！可以想象得出来，您是去过单身汉生活，这就方便多了，当个花花公子，要什么钟点回家都行，可以吃喝玩乐。可是，您连信儿也不给我捎来点儿，欠了债也不让我偿还，您就是要胡闹，当个砸人家玻璃的捣蛋鬼。过了四年，您才回来找我，没别的话，只求我一件事儿！"

用这种粗暴的方式来感化外孙，只能说得马吕斯哑口无言。吉诺曼先生叉起胳臂，他做出这种姿势显得特别蛮横，冲马吕斯喝道：

"赶快了结！您来求我什么事，这是您说的吧？到底什么事？什么呀？说吧。"

"先生，"马吕斯说，他那眼神真像要从绝壁掉下去的人，"我来请您允许我结婚。"

吉诺曼先生拉了拉铃，巴斯克应声推开房门。

"让我女儿来一下。"

不大工夫，房门重又打开，吉诺曼小姐出现在门口，但是没有进屋。马吕斯垂着手臂，立在那里一声不吭，一副犯了罪的样子；吉诺曼先生在屋里踱来踱去。他转身对女儿说：

"没事儿。这是马吕斯先生。您向他问声好。先生要结婚。就这事儿，您走吧。"

老人的声音短促而嘶哑，说明他气愤到了极点。姨妈惶恐地看了看马吕斯，仿佛不大认识了，她没有打一个手势，也没有讲一句话，让她父亲一口气吹走，比狂风吹一根麦秸还快。

这时，吉诺曼外公转回去，背靠着壁炉，说道：

“您要结婚！年仅二十一岁！您都安排好啦！就差请求允许啦！只是一个程序。请坐吧，先生。自从我无幸同您见面以来，你们搞了一场革命。雅各宾派占了上风。您一定很得意。您当上男爵的同时，不是也成了共和派吗？这方面您很会调和，用共和给男爵头衔当调料。七月革命您得了勋章吗？卢浮宫那里您也走动走动吧，先生？就离这儿不远，在诺南-狄埃尔街对面的圣安托万街，有一颗圆炮弹嵌入一栋房子的四楼墙上，题铭为：1830年7月28日。您不妨去开开眼，特别长见识。哼！您那帮朋友，他们干的好事！对了，他们在贝里公爵先生的纪念碑原址，不是建了一座喷泉[①]吗？这么说，您要结婚啦？同谁结婚？问问对方是谁，恐怕不算冒昧吧？”

他住了口，但是不容马吕斯回答，又粗暴地补充一句：“这么说，您有了职业啦？也挣了份财产？您干律师这行挣多少钱呢？”

“一文钱也不挣。”马吕斯坚决而干脆，几乎粗鲁地答道。

“一文钱也不挣？您只靠我给的那一千二百利弗尔生活喽？”

马吕斯缄口不答，吉诺曼先生接着问道：

“唔，我明白了，是因为那姑娘富有吧？”

“她同我一样。”

“怎么！没有嫁妆？”

---

① 贝里公爵在歌剧院前黎塞留广场（现在的卢乌瓦广场）被杀，复辟王朝给他立了个赎罪碑，后来拆毁，由维斯孔蒂设计建了喷泉，但那是1844年的事，而非雨果所叙述的时间。

“没有。”

“有望继承财产喽？”

“我认为不见得。”

“赤条条！那么，她父亲是干什么的？”

“不知道。”

“她怎么称呼？”

“割风小姐。”

“割什么？”

“割风。”

“哎呀呀！”老人说道。

“先生！”马吕斯叫了一声。

吉诺曼先生打断马吕斯的话，但他的口气又像自言自语：

“正是这样，二十一岁，无职无业，每年一千二百利弗尔，彭迈西男爵夫人要去摊儿上买两苏的香芹。”

“先生，”马吕斯又说道，他见最后一线希望要破灭，不禁惊慌失措，“我恳求您！看在上天的份儿上，我合拢手掌祈求您，先生，我跪到您脚下，请允许我娶她吧。”

老人哈哈大笑，透过尖厉而瘆人的笑声，他边咳嗽边说：

“哈！哈！哈！您在心里一定这么念叨：没错儿！我去找那个老古董，找那个老糊涂虫去！真可惜我还不满二十五岁！否则的话，看我怎么抛给他一份措辞恭敬的催告书！看我怎么摆脱他！管他呢，我会对他说：老蠢货，你能见到我，应该乐疯了，我打算结婚，打算娶随便哪个小姐，随便什么先生的女儿，我没有鞋穿，她没有衬衣，没关系，我的事业、前途、青春、我这一生，全投进水中；我情愿脖子上拴个女人，一头扎进苦海里，这是我打定的主意，你必须赞成！而老化石一定赞成。好吧，我的孩子，随你便，把石头系在你脖子上，娶你那个什么吹风，你那个什么砍风……绝不行，先生！绝不行！”

“外公！”

“绝不行！”

听他说“绝不行”的声调，马吕斯明白毫无希望了，他垂着头，身子摇摇晃晃，缓步穿过房间要离去，但是更像要死去的人。吉诺曼先生眼睛盯着他，就在马吕斯打开房门要出去的当儿，他不顾高龄，显出骄横惯了的老人那种急躁，几步跨上去，一把揪住马吕斯的衣领，用劲把他拉回房间，扔到扶手椅上，对他说道：

“这事儿，你跟我聊聊吧！”

这种突变，仅仅是马吕斯脱口而出的“外公”这个称呼引起的。马吕斯目瞪口呆，怔怔地望着老人。吉诺曼先生那张变幻无常的脸，现在完全是一副难以描摹的朴拙和善的神态。严厉的老祖宗变成慈祥的外祖父。

“来吧，聊聊，说说看，把你那风流事儿说给我听听，侃一侃，全讲出来！活见鬼！年轻人简直太傻啦！”

“外公！”马吕斯又叫了一声。

老人那张脸豁然开朗，露出难以形容的喜悦的神采。

“好，这就对啦！叫我外公，回头你就瞧好吧！”

同样还是粗声大气，可是现在却让人感到那么和善，那么温纯，那么坦率，那么慈祥，而马吕斯本已灰心丧气，忽又有了希望，这种转变来得太突然，他一时晕头转向，又激动万分。他坐到桌子旁边，烛光正巧照见他那身破衣烂衫，吉诺曼老头儿诧异地端详。

“好吧，外公。”马吕斯说道。

“怎么这副样子。”吉诺曼先生截口说，“您真的一贫如洗啦？你这身穿戴像个小偷。”

他立刻翻抽屉，掏出一个钱袋，放在桌上：

“喏，这是一百金币，拿去买顶帽子吧。”

“外公，”马吕斯继续说道，“我的好外公，您哪儿知道，我多爱她呀！您想象不出，我同她初次相遇，是在卢森堡公园，她常去那里；起初我没大注意，后来不知怎么回事儿，我就爱上她了。唉！这下子把我弄得好痛苦啊！现在行了，每天见面，我去她家，她父亲还不知道，您想想，他们要启程走了，我们是夜晚在花园里见面，不料，她父亲要带她去英国，于是我心里就合计：我得去见见外公，把事情跟他说说。他们若是真走了，首先我就要发疯，我会死的，我会一病不起，也会投水自尽。无论如何我得娶她，否则我就要发疯。这就是全部事实，原原本本，我想没有什么遗漏。她住在一座花园里，有一道铁栅门，是普吕梅街，靠近残废军人院。”

吉诺曼老头儿坐到马吕斯身边，现在他眉开眼笑，边听边品味马吕斯的声调，同时也深深品味一撮鼻烟。他听到普吕梅街的名字，就停止嗅鼻烟，余下的烟屑撒落在膝上。

“普吕梅街！你是说普吕梅街吗？……让我想想……那附近不是有一座兵营吗？……不错，正是那儿。你表哥特奥杜勒向我提过。就是那个枪骑兵，那个军官。……一个小姑娘，我的好朋友，那是个小姑娘呀！……没错儿，是普吕梅街，从前叫布洛梅街。……现在想起来了。普吕梅街那道铁栅门里的小姑娘，我听说过。在一座花园里。是一个帕梅拉。你的品味不错。据说她生得白白净净的。咱们私下讲，枪骑兵那个傻小子，还有那么点意思追过她呢。我不清楚事情到了什么程度。反正无所谓。再说，也不能相信他的话。他就爱吹牛。马吕斯！你这样一个青年爱上个姑娘，我觉得是件大好事。在你这年龄非常自然。我情愿你恋爱，也别去当雅各宾派。我情愿你爱上一条短裙子，哪怕爱上二十条，也别爱上罗伯斯庇尔先生。平心而论，在不穿短裤的人中[①]，我一向只爱女人。美丽的姑娘终究是美丽的姑娘，见鬼！这没有什么可说的。至于这个小姑娘，她瞒着爸爸接待你，这也是正常的。我也一样，有过类似的艳遇。不止一次。你知道怎么办吗？不要操之过急，不要闹出事儿来，也不要订婚，去见什么挎绶带的市长先生。表面上傻乎乎的，其实是个聪明的小伙子。头脑保持清醒。世人啊，要一划而过，不要结婚。来找外公就对了，其实外公是个好好先生，在老抽屉里总有几卷路易；只要对他说一声：外公，是这码事儿。外公就会说：这还不简单。青春要过，老年要折。我有过青春，你也会老。去吧，我的孩子，将来你把这话教给你孙子。这是二百皮斯托尔[②]，痛快玩去吧，小子！这再好不过！事情就是应当这样进行。绝不结婚，但这不碍事，该怎么玩就怎么玩。你明白我的意思吗？”

马吕斯呆若木鸡，直摇头，一句话也讲不出来。

老头儿放声大笑，挤了挤老眼，拍他膝盖一下，直视他的眼睛，神情诡秘而又得意洋洋，极温柔地耸着肩膀说道：

“傻小子！让她做你的情妇吧。”

马吕斯脸刷地白了。刚才，他根本没有听懂外公讲的那一套。什么布洛梅街、帕梅拉、兵营、枪骑兵，唠唠叨叨，一件件像幻影一般，从马吕斯眼前掠过。珂赛特是百合花，同这些一件也连不上。老人在胡诌八扯。然而一阵胡诌八扯，最后落到一句话，这回马吕斯听明白了，认为这是对珂赛特的极大侮辱。“让她做你的情

---

① 法语sans—culotte指不穿短外裤的穷人，通常译作“长裤汉”。这里是文字游戏，不穿短外裤者也包括女人，故有这句俏皮话。

② 皮斯托尔：法国古币名，1皮斯托尔相当于10利弗尔。

妇吧”，这句话如同一把利剑，刺进这个严肃的青年的心中。

他站起来，从地上拾起自己的帽子，步子沉稳而坚定地走向房门，到了门口转过身，向外公深施一礼，然后扬起头说道：

“五年前，您侮辱了我的父亲；今天，您又侮辱了我爱的女人。我再也不求您什么事了，先生。永别了。”

吉诺曼外公惊呆了，他张开嘴，伸出手臂，想站起来，一句话还未讲出口，房门已经重又关上，马吕斯不见了。

老头儿仿佛遭了雷击，半晌未动弹，既说不出话，也喘不上来气，就好像有个拳头卡住喉咙。终于，他挣扎离开坐椅，这个九十一岁的老人以他最快速度冲向门口，开了门喊道：“救命啊！救命啊！”

他女儿闻声赶来，用人也都来了。他声音嘶哑，又凄怆地说道：

“快追他去！把他追回来！我怎么招惹他啦？他疯啦！他走啦！噢！上帝啊！噢！上帝啊！这次，他再也不会回来啦！”

他跑过去，用颤抖的双手打开临街的窗户，大半个身子探出去，巴斯克和妮科莱特只好从后边拉住，他连声喊叫：

“马吕斯！马吕斯！马吕斯！马吕斯！”

可是，马吕斯听不见了，此刻他已拐进圣路易街。

九旬老人神情惶恐不安，连续两三回双手举到太阳穴，踉跄着后退，瘫到一张扶手椅上，没了脉息，没有声音，没了眼泪，只是晃着头，翕动着嘴唇，一副痴呆的样子，眼里和心里全空了，只剩下类似黑夜的黝暗而深邃的东西。

第九卷　他们去哪里

一　冉阿让

就在同一天下午，将近四点钟的时候，冉阿让来到演兵场，独自坐在一条最清静的斜坡背面。近来，他不大同珂赛特一道出门，也许这是出于谨慎，或者想静心思考，也许是每人生活中都不知不觉发生的习惯逐渐改变的缘故。他穿一件工装外衣、一条灰色粗布裤，戴一顶遮住面孔的长舌帽。现在，他对珂赛特倒是放心并满意了，一度引起他忧惧和苦恼的情况已然消失；然而，他又产生了另一种性质的疑虑。一天，他在大马路上散步，忽然发现德纳第，幸亏他化了装，没让德纳第认出来；不料此后又多次遇见，现在他可以肯定，德纳第总在这个街区转悠，这就足以令他拿定一个大主意。德纳第一来，这儿就危机四伏。

此外，巴黎的局势也不平静，政治混乱给隐瞒身世的人带来麻烦：警察变得特别戒忌而多疑，他们追捕佩潘或莫雷[①]那种人，很可能发现冉阿让这样一个人。

从这几方面考虑，冉阿让都不免忧心忡忡。

---

① 佩潘是圣安托万城郊区店铺老板，莫雷是马具商，二人参加了费耶斯齐在1835年暗杀路易-菲力浦的行动，后被捕处决。不过，在1832年，雨果叙述的这个时期，他们不可能被警察追捕。

最后，刚发生一件费解的事，他十分诧异，一直悬挂在心，也更加警觉起来。就在这天早晨，全家唯独他起床，珂赛特的窗板还未打开，他在花园里散步，突然发现墙上有一行字，大概是用钉子刻的：

玻璃厂街十六号

显然是新刻上的，老墙皮早已发黑，而刻出的字是白色的。墙脚一簇荨麻叶上还有新落的细白粉末。很可能是昨天夜晚刻的。是什么意思呢？是个地址吗？是给别人留的暗号吗？是给他发的警告吗？无论怎样，这园子有人闯进来，不知什么人摸进来过。他还记得不久前惊扰这所房子的怪事。他的思想总往这个牛角尖里钻，因此，他怕唬着珂赛特，就绝口不提有人用钉子往墙上刻字的事。

冉阿让反复斟酌权衡之后，决定离开巴黎，甚至离开法国，干脆到英国去。他让珂赛特有个准备，打算一周之内启程。他坐在演兵场的斜坡上，头脑里思绪万千：德纳第、警察、刻在墙上的那行奇特的字、这次远行，以及办护照的困难。

他正陷入这种思虑，忽见太阳从背后把刚上坡顶的一个人影子投射过来，正要回头瞧一瞧，又有四折的一张纸落到膝上，就好像是由一只手从他头顶扔下来的。他拾起纸，展开一看，只见上面用粗铅笔写的大字：

快搬家。

冉阿让急忙站起来，土坡上一个人也没有；他四面张望，只见一个人比孩子稍高，又比成年人稍矮，穿一件灰布外衣和一条泥土色灯芯绒裤子，正跨过栏杆，滑进演兵场的护沟里。

冉阿让立刻回家，一直心事重重。

二　马吕斯

马吕斯离开吉诺曼先生的家，心中十分懊丧。他进门时抱着极小的希望，带出来的却是极大的失望。

不过，什么枪骑兵、军官、傻小子、特奥杜勒表哥，在他思想上没有留下一点阴影。丝毫没有。观察过人心初状的人，能够理解他这一点。剧作诗人看到外公突然向外孙透露的情况，就可能追求表面效果，编造出一些复杂情节。然而，戏剧性增加，真实性就受损。在马吕斯这个年龄，根本不相信人会作恶，以后到了一定年龄，才会相信人什么都干得出来。猜疑就像皱纹，青少年时没有。搅乱奥赛罗的心的事，触动不了老实人[①]。怀疑珂赛特！对马吕斯来说，大量犯罪还容易些，绝不能怀疑珂赛特。

他开始在街上游逛，这是排遣苦恼的办法。他能回忆起来的事情一概不想。凌晨两点钟，回到库费拉克的住所，他和衣倒在床上，直到日上三竿，才昏昏沉沉睡过去，但思绪在头脑里仍然穿梭往来。醒来睁眼一看，只见库费拉克、安灼拉、弗伊和公白飞站在屋里，都戴着帽子，正准备上街，显得很匆忙。

库费拉克对他说："给拉马克将军送葬，你去不去？"

他仿佛听库费拉克在讲中国话。

他们走后不久，他也出门了。他一直留着2月3日那次事件沙威交给他的两支手枪，还上着子弹，这次出门揣在兜里。很难说他带

① 伏尔泰同名小说中的主人公。

上枪，心里有什么隐秘的打算。

他在街上游荡了一整天，却不知身在何处，有时下雨也全然不觉；他进面包铺，花一苏钱买一根小长面包作晚餐，揣进兜里就忘了。他恍惚在塞纳河里洗了个澡，但是毫无印象了。有时，脑壳下面就像生了个火炉。马吕斯又面临这种时刻，他再也不抱什么希望，再也不惧怕什么了；从昨晚起，他就跨出了这一步。他心急火燎等待天黑，只有一个清晰的念头：九点钟同珂赛特见面。现在，他的整个前途就是最后这点欢乐了，此外一片黝暗。他走在最僻静的大马路上，不时恍若听见市区传来奇特的喧嚣，于是从冥想中探出头来，不禁说道："莫不是打起来啦？"

他按照答应珂赛特的话，在夜幕刚刚降临，九点钟准时到达普吕梅街，一走近铁栅门，就把一切置于脑后。已有四十八小时未同珂赛特见面，现在又要见到她，其他念头一概消失，只有一种闻所未闻的由衷的喜悦了。这几分钟恍若度过几个世纪，总有至高无上而又美不胜收的意味，每逢这种时刻，整个心灵就全投进去了。

马吕斯挪开那根铁条，急忙钻进花园，珂赛特却不在她往常等他的地方。他穿过繁枝密草，走向台阶旁边的凹角，心想："她在那儿等我呢。"那里也不见珂赛特。他举目望望，只见小楼的窗板全关上了。他在园中转了一圈，园子寂无一人。于是，他又回到楼前，因爱情简直发了狂，像醉了一般，又因痛苦和不安而惊慌失措，气急败坏，好似回家时候不当的主人那样，拼命敲窗板，敲了这扇敲那扇，敲了又敲，也不怕看见窗户打开，那个父亲探出阴沉的面孔问他：您要干什么？不过，比起他隐约看到的情景，这根本不算什么。他敲过之后，又高声呼叫珂赛特。"珂赛特！"他喊叫。"珂赛特！"他越喊越凶。可是没人答应。完了。园子里无人，房子里也无人。

马吕斯失望的眼睛盯着这阴森的房子，觉得它跟坟墓一样黝黑和岑寂，而且更加空荡荡的。他看了看石凳，他曾坐在石凳上，在珂赛特身边度过多少美好的时辰。继而，他坐到台阶上，心中充满温情和决心，在思想深处为他的爱祝福，默默说道：既然珂赛特走了，他就只有一死。忽然，他听见有人喊他，喊声好像从街上穿过树木传来："马吕斯先生！"

他站起来，应了一声："唉？"

"马吕斯先生，您在那儿吗？"

"在这儿。"

"马吕斯先生，"那声音又说，"您那些朋友在麻厂街的街垒那儿等您呢。"

马吕斯听那声音并不完全陌生，像是爱波妮那沙哑而粗鲁的声音。马吕斯跑向铁栅门，移开活动的铁条，脑袋钻出去，看见一个人跑开，像个小伙子，很快消失在夜色中。

三　马伯夫先生

冉阿让的钱袋，对马伯夫先生毫无助益。马伯夫先生严于律己近乎稚气，但十分可敬，他绝不接受星辰的礼物，也绝不允许一颗星能铸造路易金币。他没有猜出，从天上掉下来的东西是来自伽弗洛什。他把钱袋送交本区派出所，当作失物让人认领。那钱袋还真的成了失物。不用说无人去认领，但也根本没有救济马伯夫先生。

就这样，马伯夫先生还继续走下坡路。

靛青的试验栽培，无论在他那奥斯特利茨园子还是植物园，都没有取得成效。上一年，他的女佣的工资还欠着，现在房租又欠了几个季度。《植物志》铜版当了十三个月，就被当铺拍卖，由锅匠买去当料做平底锅了。《植物志》还有不成册的印张，现在铜版没了，也就无法补印配齐了；那些插图和散页，只好当作废纸便宜处理给了旧书贩子。他毕生的著作，至此也就荡然无存了。他靠卖残册的钱生活，发现这点微薄的收入很快就枯竭了，便放弃了园子，任其荒芜了。从前，很久以前，他隔三差五还能吃上两个鸡蛋和一块牛肉，后来也放弃了，只吃面包和土豆。最后几件家具也卖掉了，接下来，床单被褥和衣服，凡有双份儿的，以及植物标本和版画，全都变卖了；不过，他还保留最宝贵的藏书，其中有一些珍本，诸如：1560年版的《圣经历史故事四行诗》①，彼得·德·贝斯著的《圣经名词索引》②，约翰·德·拉艾伊著的《玛格丽特的菊花》，并有赠给纳瓦尔王后的亲笔题词，德·维利埃-奥曼著的《论使臣的任务和尊严》③，1644年版的《犹太诗选》，一本1657年版的提布卢斯④的作品，并印有“威尼斯，马奴丘出版”的著名文字，还有一本1644年在里昂印行的拉埃尔特的第欧根尼⑤作品，这个版本收录了13世纪梵蒂冈411号手抄本的著名异文，以及威尼斯393号和394号两种手抄本的著名异文，全由亨利·艾蒂安卓有成效地校阅过，书中还收录了用多利安方言写的所有段落，这只有在那不勒斯图书馆12世纪的有名手抄本上才能查到。马伯夫先生的房间从不生火，他日落就上床睡觉，以免点蜡烛。他似乎连邻居也没有了，发觉他出门时，人家总避开他。一个孩子受穷，能引起一个当母亲的

① 译自意大利，作者莱翁·德·弗郎西亚。

② 1610—1611年在巴黎印行。

③ 1603—1604年在巴黎印行。

④ 提布卢斯（约公元前50—前19或18年）：拉丁诗人，著有三部《哀歌》。马奴丘家族是15世纪和16世纪威尼斯的著名印书商。

⑤ 拉埃尔特的第欧根尼：公元3世纪希腊作家，他搜集了不少古代佚文。但此处雨果可能弄混版本。

同情；一个小伙子受穷，能引起一个年轻姑娘的同情；而一个老人受穷，却得不到任何人同情。这是各种穷困中最凄凉的境况。然而，马伯夫老爹并没有完全丧失孩子特有的宁静，他注视自己藏书的时候，眼睛就明亮快活起来，一欣赏第欧根尼的孤本，脸上就泛起笑容。他那镶玻璃的书柜，是他必不可少的物品之外保留下来的唯一家具。

一天，普卢塔克大妈对他说：

“没钱买东西做晚饭了。”

她所说的晚饭，就是一个面包和四五个土豆。

“赊账呢？”马伯夫先生答道。

“您知道人家不肯赊给我。”

于是，马伯夫先生打开书柜，就像一位父亲被迫要交出一个孩子去砍头，不知挑哪个好似的，他一本一本端详全部藏书，久久不决，最后狠心抄出一本，夹在腋下出去了。两小时之后回来，腋下的书不见了，他把三十苏硬币往桌上一放，说道：“拿去买东西做晚饭吧。”

从这时候起，普卢塔克大妈看出，老人那张憨厚的脸罩上了阴影，宛如放下的面纱再也不掀起来了。

第二天，第三天，每天都得重演一遍。马伯夫先生带一本书出去，带一枚银币回来。旧书商见他非卖书不可，就只出二十苏收购他当初花二十法郎买的书。有时，卖出又收购是同一个书商。一本接一本，整个书柜就倒腾空了。有时他咕哝道：“我可是八十岁的人了。”言下之意，仿佛要说他的时日会在他的藏书之前完结。他越来越忧伤了。不过，他也乐了一次。他带一本罗贝尔·艾蒂安①版的书出门，在马拉凯河滨路卖了三十五苏，又在河滩街花四十苏买

① 罗贝尔·艾蒂安（1503—1559年）：法国人文学家的出版商。

了阿尔多[1]版的书回家。“我还欠五苏呢。”他兴高采烈地对普卢塔克大妈说。这天，他没有吃上饭。

他是园艺学会的成员，有的会员了解他穷苦的境况。会长来看望，表示要把他的情况向农业和贸易大臣谈谈，而且言出必行。“怎么会这样！”大臣提高声音说道，“我认为应该！一位老学者！一位植物学家！一位与世无争的老人！应该帮帮他！”次日，马伯夫先生收到一份大臣邀他吃饭的请柬。他乐得发抖，拿请柬给普卢塔克大妈看，说道：“我们有救啦！”到了日子，他前往大臣府上。他发觉自己破布条似的领带、过分肥大的旧礼服、用鸡蛋清擦亮的皮鞋，叫那些听差见了十分诧异。没人跟他说话，连大臣也没有理睬他。将近晚上十点钟，他还一直等人家跟他说句话，忽听那位大臣夫人，令他敬而远之的一位袒胸露背的美妇问道：“那位老先生是什么人啊？”他半夜冒雨徒步回家。他为了乘马车去赴宴，卖掉了一本埃勒泽维尔[2]版的书。

他已养成习惯，每天晚上睡觉之前，总拿起拉埃尔特的第欧根尼著作看几页。他相当精通希腊文，能品味出他拥有的这个文本的妙处。现在，他再也没有别的乐趣了。就这样又过了几周。有一天，普卢塔克大妈忽然病倒。比没钱买面包更可悲的事，就是没钱抓药。一天傍晚，大夫开了一剂很贵的药。而且病情恶化了，需要找一名看护。马伯夫先生打开书柜，里面空空如也，最后一册书也拿走了，只剩下他那部拉埃尔特的第欧根尼著作。

他把这个孤本夹在腋下出门了，这天是1832年6月4日，他去圣雅克门罗约尔书局的继承人那里，带回来一百法郎。他将一摞五法

---

① 阿尔多：威尼斯出版世家马奴丘创始人名字的简称，全称为特奥巴尔多·马奴丘。

② 埃勒泽维尔：16、17世纪荷兰出版世家，其版本以字体秀美著称。

郎的银币往老用人的床头柜上一放，一言未发就回自己屋了。

次日天刚亮，他就进园子里，坐到翻在地上的路石上，从绿篱上面可以望见，整整一上午，他坐在那里纹丝不动，额头低垂，眼睛失神地凝视着凋残的花坛。有时下一阵雨，老人似乎全然不觉。到了下午，巴黎市区爆发出异乎寻常的喧嚣，听来好像枪声和人众的呼噪。

马伯夫老爹抬起头，瞧见一个园丁经过，便问道：“出什么事啦？”

那园丁背了一把铁锹，以极为平静的口气答道：“暴动了。”

“什么！暴动啦？”

“对。两边干起来了。”

“为什么要干起来呢？”

“噢！天晓得！”园丁说道。

“是在哪一带？”马伯夫先生又问道。

“在军火库那边。”

马伯夫老爹回屋戴上帽子，又下意识地要抓本书夹在腋下，却没有找到，便说了一句：“哦！对了！”随即懵懵懂懂出门去了。

第十卷　1832年6月5日

一　问题的表象

暴动包含什么呢？什么也没有，又什么都有。有一点点施放的电、猛然喷出的火焰、飘游的一种力、刮过的一阵风。这阵风遇到思考的头脑、幻想的神智、痛苦的灵魂、燃烧的激情、呼号的苦难，都一并席卷而走。

去哪里？

漫无目的。穿越政府，穿越法律，穿越他人的奢华和狂傲。

激怒的信念、挫伤的热忱、激起的义愤、压抑的好斗本能、狂热的青年勇气、侠义的盲目性、好奇心、见异思迁的倾向、期待意外事件的心理，以及爱看新戏报，爱听剧院布景工哨子声的情趣；还有种种无名的恼恨积怨、种种失意、认为命运舛错的虚荣、种种苦恼、想入非非、危机四伏的野心、在崩摧中寻觅出路者；在最底层，还有泥炭，这种能燃烧的污泥，凡此种种，都是暴动的成分。

最伟大的和最渺小的、在一切之外游荡并等待时机的人、居无定所的人、无业游民、街头流浪汉、夜晚睡在人家稀少的地段、只以寒云冷雾为屋顶的人、每天乞讨面包而不肯劳动的人、贫苦无告和身无长物的人、赤臂赤足者，这些都属于暴动。

任何人在心中蠢蠢欲动，要起而反抗国家、生活或命运的某件事，都贴近暴动，一旦出现这种情况，就激动得开始发抖，感到自身被旋风卷起来。

暴动是社会大气的一种龙卷风，它是在一定的气温条件下突然形成的，旋转着升腾奔驰，隆隆作响，无论碰到庞大的还是细弱的自然物、坚强的人还是意志薄弱的人、大树干还是小草茎，都要卷起来，一扫而光，摧毁，连根拔起，一齐带走。

它卷走的人，它碰到的人，无不遭殃！它会让他们相互撞击而粉身碎骨。

不知它把什么特殊的威力传给它抓住的人，让随便什么人充满力量去造时势。它把什么都变成投掷物，把砾石变成炮弹，把脚夫变成将军。

如果相信阴谋政治的某些断言，从政权角度来说，发生一点暴动倒是好事。推论是：暴动只要推翻不了政府，就能巩固政权。暴动能考验军队，凝聚资产阶级，拉动警察的肌肉，检视社会构架的坚固程度。这是一种体操锻炼，几乎是一种清洁运动。政权经过暴动，就像人体经过按摩一样，会更加健康。

每件事都有一种自诩“通情达理”的理论；费兰特反对阿尔赛斯特[①]；在真理和谬误之间进行调解；解释，训诫，打折扣还显示点高姿态，因为混杂了谴责和谅解，就自以为十分高明，往往是不折不扣的迂腐之见。标榜不偏不倚的任何政治学派，都是从这里派生的。在冷水和热水之间，还有温水党派。这种学派貌似精深，实则浅薄，只剖析后果，不追究起因，站在半科学的高度，一味斥责广场上的骚乱。据这种学派称：“暴动给1830年的事件添乱，削减了几分这一伟大事件的纯洁性。七月革命是民众的一阵好风，刮过

---

① 莫里哀剧作《愤世者》中两个人物。阿尔赛斯特爱憎分明，费兰特则极力调和。

之后，天空骤然晴朗。然而，暴动又使天空阴云密布，这场一致拥护的革命本来十分出色，结果在争吵中大为减色了。七月革命同任何急促的进步一样，筋骨多处受了内伤，一经暴动触碰就疼痛难忍了。人们可以说：‘噢！这处断裂了。’七月革命之后，人们只感到解放了；暴动之后，人们则感到灾难。

“每逢暴动，店铺就关门，资金就减少，证券交易就萧条，生意就中止，企业就停顿，结果纷纷破产，现金短缺，私人财产受到威胁，国家信贷动摇了，工业生产紊乱，资本紧缩，工资降低，各地人心惶惶，殃及到每一座城市。这样，全国就危机四伏。有人计算过，暴动每一天，法国损耗两千万，第二天四千万，第三天六千万。持续三天的暴动，就损失一亿两千万，也就是说，仅从财政后果来看，就等于一场大灾难，即洪水泛滥，或者吃一次大败仗，一支拥有六十艘战舰的舰队被歼灭。

“当然，从历史角度而言，暴动自有它的美，论场面宏伟和悲壮，石垒战并不逊于丛林战；一种有森林的灵魂，另一种有城市的心灵；一种有约翰·朱安，另一种有贞德。暴动将巴黎性格的最突出特质：慷慨、忠勇、乐观和豪放，映得通红，显得十分壮观，照见表明勇敢是智慧的一部分的大学生、毫不动摇的国民卫队、店铺商贩的野营、流浪儿的堡垒、藐视死亡的行人。学校和宪兵团相冲突。双方的战士之间，归根结底只有年龄的差异；他们是同一种类，全是坚忍不拔的人，二十岁为理想而牺牲，四十岁则为家庭而死。在内战中，军队总是愁眉不展，以谨慎克制对付英勇果敢。暴动既显示了民众的大无畏精神，也训练了中产阶级的勇气。

“这固然不错。可是，这一切就值得流血吗？岂止流血，前途也暗淡了，进步受到损害，最善良的人惴惴不安，正直的自由派失望了，外国专制主义看到革命自我伤害便幸灾乐祸，而1830年的战败者又神气起来，说什么：‘我们早就有言在先！’还有，巴黎也许扩大了，但是法国肯定缩小了。还有，干脆把话说透，自由变得疯狂，维护秩序的力量则变得野蛮凶残，往往大肆屠杀，虽然战胜了自由，却也染上了不光彩的血污。总而言之，暴动总是祸国殃民。”

那些近乎明智的人士这样讲，而中产阶级，那些近乎民众的人，也乐得吃这颗定心丸。

至于我们，我们要摈弃“暴动”一词：这个词意思太宽泛，使用也太随便。我们要区分一场民众运动和另一场民众运动。且不说一次暴动的耗费是否超过一场战役。首先要问一问：为什么要打仗？这里就提出了战争的问题。战争这种祸患，难道就比暴动这种灾难轻吗？7月14日革命，即使耗费一亿两千万，那又怎么样呢？让菲力浦五世[①]在西班牙登基，法国耗资二十亿。即使代价一样，我们也宁愿用在7月14日上。况且，我们也排除这些数字：数字貌似论据，其实只是空话。既然是一次暴动，那么我们就剖析暴动本身。上述这套空论式的异议，也只谈及后果，而我们却要追究起因。

我们阐明如下。

二　问题的实质

有暴动，还有起义，这是两种愤怒：一种不当，另一种正当。唯一建立在公正上的民主政体，有时也会发生一小撮人篡权的情况，于是全体起而攻之，要讨回权利，必要时还拿起武器。凡是属于集体主权的问题，全体对部分的战争是起义，部分对全体的进攻

① 菲力浦五世（1683—1746年）：西班牙国王（1700—1746年），他是法国国王路易十四的孙子，由路易十四扶持继承西班牙王位，从而引发同英国、奥地利、荷兰等国的战争。

是暴乱；要看土伊勒里宫容纳的是国王还是国民公会，才能决定对它的进攻是正义的还是非正义的。同一门瞄准人众的大炮，在8月10日[①]是错的，在葡月14日[②]则是对的。表象类似，本质不同；瑞士雇佣军保卫错误的东西，波拿巴则保卫正确的东西。全体在自由和主权的情况下决定的一切，不能由街头暴乱来改变。纯属文明的事物也是如此；民众的本能，昨天清醒，明天又可能混乱。同样的愤怒，反对特雷[③]就是正当的，反对杜尔哥[④]就是荒谬的。破坏机器，抢劫仓库，拆毁铁路，捣毁船坞，聚众闹事，不公正地对待进步的人民，学生杀害拉缪[⑤]，有人用石头将卢梭赶出瑞士[⑥]，这些行为就是暴乱。以色列反对摩西，雅典反对福基翁[⑦]，罗马反对西庇阿[⑧]，巴黎反对巴士底狱，这些都是起义。士兵反对亚历山大，海员反对哥伦布，都是同样的反抗，大逆不道的反抗。为什么呢？因为亚历山大用剑为亚洲所做的事，正是哥伦布用指南针为美洲所做的事；亚历山大同哥伦布一样，发现了一个世界。将一个世界赠送给

---

① 1792年8月10日，巴黎公社领导的人民武装进攻国王路易十六所在的土伊勒里宫，瑞士雇佣军保卫王宫，向群众开枪。

② 应是共和四年葡月13日，即1795年10月5日，保王党人在巴黎暴动，向国民公会所在地土伊勒里宫进攻，拿破仑指挥革命部队粉碎了保王党人的图谋。

③ 特雷是路易十六的财政总监，任期为1769—1774年；1774年由杜尔哥接任，直至1776年。雨果的观点很明确：特雷维护特权，杜尔哥力求改革。

④ 杜尔哥是路易十六的财政总监，任期为1774—1776年。雨果的观点很明确：特雷维护特权，杜尔哥力求改革。

⑤ 拉缪（1515—1572年）：人文学者，在圣巴泰勒米惨案中，即1572年8月23—24日夜间被杀害。

⑥ 1765年，卢梭遭石块袭击，但不是把他赶出瑞士，只是把他赶出斜谷。卢梭从斜谷迁往圣彼得岛。

⑦ 福基翁（约公元前402—前318年）：雅典将军、政治家，因主张和平政策而被处死。

⑧ 西庇阿：有大西皮阿（公元前235—前183年）和西皮阿（公元前185或前184—前129年），二人均任过罗马执政官。

人类文明，这在多大程度上增加了光明，因此任何抗拒都是犯罪。有时，人民就曲解对自我的忠诚。群众背叛人民。例如：私盐贩子不惜流血长期抗争，为正当利益长期反抗，可是到了关键时候，到了得救的日子，即人民胜利的时刻，他们却投靠王室，转变为朱安党，从反抗王室的起义转为拥护王室的暴动，这岂非咄咄怪事！愚昧无知的可悲杰作！私盐贩子逃脱了王朝的绞刑架，脖领上还套着一段绳索，就戴上白徽章。“打倒盐税局”的口号却生出“国王万岁”的口号。圣巴泰勒米节惨案的杀手、九月惨案的凶手、阿维尼翁惨案的刽子手；杀害科利尼的凶手、杀害德·朗巴勒夫人的凶手、杀害勃吕讷的凶手①；米克莱②、绿徽章③、辫子兵④、热愚帮⑤、袖章骑士⑥，这些全是暴乱。旺岱是天主教的一次大暴乱。

人权行动的声响可以辨识，并不一定总是发自骚乱群众的颤抖；有疯狂的愤怒，有破裂的铜钟；不见得警钟都能发出青铜之音。狂热和无知的骚动，绝非进步的震荡。“起来”，这没错儿，但是要为了成长壮大。指给我看看你要走的方向。只有向前才算起义。任何别种“起来”都不好。凡是猛然倒退就是暴乱；倒退，就是反对人类的一种暴行。起义就是真理的震怒。起义掀起的马路石块，迸发出人权的火花。这些路石只给暴乱留下烂泥。丹东反对路

---

① 列举六条，后三条重申前三条，即在这三个惨案中，各举出一个著名的受害者。

② 米克莱：西班牙匪帮，1808年由拿破仑改编成法军米克莱，用以对付西班牙游击队。

③ 绿徽章：保王党集团戴绿徽章，1794年7月27日热月政变之后和第二次波旁王朝复辟初期，在南方肆虐，实行白色恐怖。

④ 辫子兵：原为留发辫的榴弹兵和轻骑兵，1794年热月政变后，发辫成为年轻的保王党的时髦。

⑤ 热愚帮：热月政变后，在法国南方猖獗活动的反革命团体。

⑥ 袖章骑士：1814年，昂古莱姆公爵进入波尔多城，扈从贵族左臂戴绿袖章。雨果给予他们这一讽刺性称呼。

易十六是起义；埃贝尔反对丹东则是暴乱。

由此可见，正如拉法耶特所讲的，在一定条件下，如果说起义可能是最神圣的义务，那么暴动就可能是滔天大罪。

热量的程度也有差异：起义往往是火山，暴动往往是草火。

我们说过，反抗有时出现在政权内部。波利尼亚克是暴乱者；卡米尔·德穆兰是治理者。

有时，起义即起死回生。

一切问题由全民公决，这完全是现代方式；在此之前四千年的历史，充满了人权遭践踏、人民受苦难的事实，每个时期都附有可行的抗议。在专制君主统治时期，没有起义，却有尤维纳利斯[①]。“愤怒”[②]接替了格拉库斯[③]兄弟。

在专制君主统治下，有发往赛伊尼的流放者[④]，也有写《编年史》的人物[⑤]。

且不说帕特莫斯的那个巨大的流放者[⑥]，他也同样，以理想世界的名义，强烈抗议现实世界，将幻觉化为一种惊天动地的讽刺，将世界末日的烈焰反光投向罗马-尼尼微、罗马-巴比伦、罗马-塞多姆[⑦]。

---

① 尤维纳利斯（约60—约120年）：拉丁诗人，著有《讽刺诗集》，抨击罗马的腐化风俗。

② 原文为拉丁文，引自尤维纳利斯的一句诗：“缺少天赋，愤怒也能作诗。”

③ 格拉库斯兄弟是罗马著名法官，主张土地改革，于公元前133年和前121年先后被大地主势力杀害。

④ 据不可靠的传说，尤维纳利斯被放逐到埃及的赛伊尼，即现称的阿斯旺地区。

⑤ 指塔西陀。参照夏多布里盎《墓外回忆录》中引录的1807年的文章：“尼禄徒然如日中天，塔西陀已经在帝国出生了。”塔西陀（约55—120年），拉丁历史学家。

⑥ 指圣约翰。他在希腊的帕特莫斯岛上撰写了《启示录》。

⑦ 尼尼微：西亚（今伊拉克境内）古亚述国首都，公元前612年被毁，标志亚述帝国的灭亡。巴比伦（今伊拉克境内）：西亚文明古城。始建于公元前24世纪至前22世纪，公元前323年以后衰落。塞多姆：古城（巴勒斯坦境内），位于死海南岸，公元前19世纪毁于灾难。《启示录》叙述其事，说是上帝的惩罚。

约翰站在岩石上，犹如斯芬克司蹲在基座上；世人可能不理解他：他是犹太人，用的是希伯来文；然而，撰写《编年史》的是拉丁人，说得准确些，他是罗马人。

尼禄之流的暴君统治一片黑暗，就应当用同样的色调描绘出来。单凭刻刀雕刻出来，就会显得苍白无力；必须为之上色，将凝练犀利的散文倾入刻痕里。

独裁者有助于思想家的思索。受束缚的言论别具一种威力。君主强迫民众缄默的时候，作家就两倍三倍地加强自己的文笔。一种神秘的丰满，从这种缄默中产生出来，在思想中过滤，并凝固成为青铜体。历史上的高压政策，在历史学家身上压制出精确性。某一名作如花岗岩一般坚硬，无非是暴君重压的结果。

在暴政统治下，作家被迫缩小范围，从而也就增聚了力量。西塞罗的和谐复合句，在威勒斯案件[①]上勉强够用，用在卡利古拉身上就会显得迟钝了。语句紧缩，就增加了打击力度。塔西陀收缩着手臂思考。

一颗伟大心灵的正直，在正义和真理上高度凝结，具有雷霆万钧之力。

顺便说一句，要知道在历史上，塔西陀和恺撒并没有同世遇合。给塔西陀保留了提比略之类的皇帝。恺撒和塔西陀是相继出世的两位人杰，仿佛避免相遇，这是掌握岁月舞台上下场的主宰的神秘安排。恺撒是伟人，塔西陀也是伟人；上帝不让这两个伟人相互撞击。伸张正义的审判官若是抨击恺撒，就可能做得过火，有失公正。上帝不愿意如此。非洲和西班牙的伟大战争、消灭奇里乞亚[②]海

① 西塞罗（公元前106—前43年）：拉丁政治家和演说家，他将拉丁语的雄辩推上高峰。在西西里人控告总督威勒斯敲诈勒索的案件中，他作为原告律师，指控十分有力，使威勒斯受到应得的惩罚。

② 奇里乞亚地区位于土耳其南部，濒临地中海。

盗的行动、将文明带给高卢、布列塔尼和日耳曼的功绩，这一系列的光荣遮蔽了鲁比科内河事件[①]。这其中显示一种微妙的天公地道，不忍放手让铁面无私的历史学家去评说杰出的侵略者，让塔西陀饶过恺撒，向这位天才提供减轻罪过的情节。

当然，即使由天才的独裁者统治，专制主义依然是专制主义。在杰出的专制者统治下，也有腐化问题；不过，在寡廉鲜耻的专制者统治下，这种精神瘟疫就更加丑恶了。在这些朝代，毫不掩饰无耻的行径；而由塔西陀和尤维纳利斯这类创制典型事例的人，鞭挞这种无可辩驳的卑鄙无耻，对人类则更有裨益。

罗马在维特利乌斯[②]统治时期，比在苏拉[③]统治时期感觉还要糟。在克劳狄[④]和多米蒂阿努斯[⑤]统治时期，卑鄙下流变成畸形，同暴君的丑恶相得益彰。奴隶的卑劣是专制者一手造成的；散发臭气的这些腐烂心灵，正是主子的写照；政权污浊，心胸狭窄，天良平庸，灵魂恶臭；卡拉卡拉[⑥]朝代如此，康茂德[⑦]朝代如此，埃拉加巴卢斯[⑧]朝代也如此；然而在恺撒朝代，罗马元老院中只散发出鹰巢所特有的粪味。

于是，塔西陀和尤维纳利斯这类人物出世了，尽管表面看来迟了些；到了昭然若揭的时刻，宣教者才出现。

不过，尤维纳利斯和塔西陀，跟圣经时代的以赛亚和中世纪的

---

① 鲁比科内河是意大利和高卢的边界河流。公元前49年1月i1日至12日夜间，恺撒未经元老院批准，就率军过河侵入高卢。

② 维特利乌斯（15—69年）：罗马皇帝，69年仅做一年皇帝就被民众杀死。

③ 苏拉（公元前138—前78年）：罗马将军，政治家，公元前88年任执政官，至前79年，权力达到顶峰时，突然让位退隐。

④ 克劳狄一切（公元前10—54年）：罗马皇帝（41—54年在位）。

⑤ 多米蒂阿努斯（51—96年）：罗马皇帝（81—96年在位）。

⑥ 卡拉卡拉（188—217年）：罗马皇帝（211—217年在位）。

⑦ 康茂德（161—192年）：罗马皇帝（180—192年在位）。

⑧ 埃拉加巴卢斯（204—222年）：罗马皇帝（218—222年在位）。

但丁一样，都还是个人行为；而暴动和起义，则是群体行为，有时错误，有时正确。

一般情况下，暴动的缘起是一种物质因素，而起义总是一种精神现象。暴动，就是马萨尼埃洛[①]，而起义则是斯巴达克思。起义接近头脑，而暴动靠近肠胃。肚子发火了；当然，并不是每次肚子都错了。在饥饿问题上，暴动，例如比藏赛[②]那次，出发点正确，令人同情也符合正义，但仍旧还是暴动。为什么呢？因为实质有理，而形式错误。虽然有理，但是野蛮凶残；虽然强大，但是胡作非为，如同一头失明的大象横冲直撞，一路留下老人、妇女和儿童的尸体，让安分的百姓和无辜的人死于非命，还不知道为什么。为民求食，目的很好，而滥杀无辜，方式极糟。

凡是拿起武器的抗议行动，即使完全正当，即使像8月10日那样，像7月14日那样，起初都难免有些混乱。在正当权利显示出来之前，总是波涛汹涌，泥沙泛起。起义的初期是暴动，正如江河的源头是激流。暴动通常要流入革命这片海洋。然而有时，起义由绝对纯洁的理想白雪构成，俯临精神天际、正义、明智、理性和人权，从高山出发，水如明镜映现蓝天，从岩石倾泻到岩石，流经越远越壮阔，汇集百川，形成气势磅礴的壮观景象，不料忽又注入资产阶级的泥潭，如同莱茵河流入沼泽。

这一切已成过去，未来当是另一番景象。全民公决的高妙之处，就是能从原则上消除暴动，又把投票权给了起义，从而解除了起义的武装。这样，战争就化解了，既没有街垒战，也没有边境战争了，这就是必然的进步。不管今天情况如何，明天就是和平。

---

① 马萨尼埃洛：1647年那不勒斯起义的首领。

② 比藏赛：位于法国中部的安德尔省。1847年，因粮食危机而在这里发生了流血事件。

而且，起义在什么方面与暴动不同，地道的资产者不大了解这种细微差异。在他们看来，全是叛乱，不折不扣地犯上作乱，是豢养的狗起而反抗，要咬主人，因此必须惩罚，锁起来关进窝里，任其狂吠和嚎叫，直到有一天，狗的脑袋突然大起来，在昏暗中隐约变成了狮子头。

于是，资产者高呼：人民万岁！

明确了这一点，那么，对历史而言，1832年6月运动，究竟是一场暴动呢？还是一场起义呢？

这是一场起义。

从这可怕事件的场面来看，我们很可能说这是暴动，但仅仅为了指明表面现象，而我们始终区分暴动形式和起义实质。

1832年这场运动爆发得迅疾，止熄得凄惨，显得极其伟大，就连认为这无非是一场暴动的人，也不能不以尊敬的口气谈论。在他们看来，这相当于1830年的余波，说什么激发起来的想象力，一日工夫不可能平静下来。一场革命不可能陡直切断，总要拖一段波动，直至平复状态，譬如高山逐渐趋缓而接平原。有阿尔卑斯山脉，则必有汝拉山脉；有比利牛斯山脉，则必有阿斯图里亚斯山。

近代史上这场激动人心的危机，巴黎人称为“暴动时期”留在记忆里，在本世纪历次暴风雨的时日中，这肯定是最有特色的一段。

最后再讲几句，就进入情节了。

我们要讲述的事情，属于这种富有戏剧性的活生生的现实，但因时间和空间有限，往往被历史学家所忽略。然而，我们却要着重介绍，这恰恰是生活，是人的悸动和震颤。我们似乎讲过，小事情，可以说是大事件的枝叶，逐渐淹没在历史的长河中；而这类小事，在所谓暴动时期数不胜数。司法进行了调查，但是出于另种原因，而不是为了历史，没有全部披露，也许没有查到底。有些特殊情况公布了，已为人所知，但是还有些事情根本无人知晓，还有些事实，经历者不是遗忘，就是故去了，我们要揭示出来。这些壮丽场面的角色，大多数已经下世了；而且事后第二天，他们就沉默了；不过，我们要讲述的情况，可以说都是我们亲眼所见。有些名字变了变，因为历史旨在讲述，而非告发，但我们描绘的是真事。囿于本书的条件，我们只能指明1832年6月5日和6日的一个侧面、一段插曲，当然是鲜为人知的。我们掀起黝暗的幕布，力图让读者瞥见这场可怕的社会风波的真相。

三 一次葬礼：再生之机

1832年春季，霍乱肆虐了三个月，人们的思想变得冰冷，躁动的情绪也平静下来，一片说不出来的死气沉沉。尽管如此，巴黎早就孕育着一场大动荡。我们说过，这座大都市好似一门大炮，即已上好炮弹，只需落下一点火星，炮弹就会发射出去。1832年6月份，这颗火星，就是拉马克将军[①]之死。

拉马克是个有名望有作为的人物。在帝国时期和王朝复辟时期，他相继表现出两个时期所需要的英勇：战场上的英勇和讲坛上的英勇。当年他在战场上骁勇无敌，后来在讲坛上也才辩无双，让人感到他的谈锋是把利剑。他同前任伏瓦[②]一样，先是高举令旗，后又高举自由的旗帜，因为能抓住未来的契机而受人民爱戴，又因为效忠过皇帝而受民众爱戴。他同杰拉尔和德鲁埃两位伯爵一样，是

---

① 马克西米连·拉马克（1770—1832年）：帝国将军，1815年百日政变时任巴黎军区司令，1815年至1818年遭放逐，1828年成为自由派议员，直至逝世。

② 伏瓦（1775—1825年）：帝国将军，1819年成为自由派议员，他的葬礼成为民众反对查理十世的抗议示威。

拿破仑“心中”[1]的元帅。1815年的条约，就仿佛冒犯了他本人，气得他火冒三丈。他同威灵顿不共戴天，这种切齿的仇恨深得民心；而且，十七年来，他几乎不关心发生什么事件，始终威严地保持滑铁卢战役的那副忧伤神态。到了生命的最后一刻，在弥留之际，他还紧紧抱着百日军官们赠给他的那把剑。拿破仑临终的话是：“军队”；拉马克临终的话则是：“祖国”。

他的死原在意料之中，但是人民怕他死，认为是一大损失，而政府也怕他死，认为是一次危机。他的去世令人悲痛。如同一切悲伤的事，这次悲痛就可能转化为反抗。而且果然出现了这种情况。

确定6月5日安葬拉马克，在头天夜里和这天早晨，灵车要经过的圣安托万城郊区就呈现一副凶相。这里纵横交错的街巷人声沸腾。大家有什么拿什么，武装起来。有些细木工把刨床的铁夹取下，“好用来砸门”。其中一个人弄了一个鞋匠的铁钩，砸掉钩子，磨尖铁柄，做成了一把匕首。另一个人“攻击”心切，一连三天穿着衣服睡觉。一个同行问一个叫龙比埃的木匠：“你去哪儿？”“真的！我还没有武器呢。”“那怎么办？”“我去工地拿我的卡钳。”“干什么用呢？”“不知道。”龙比埃答道。一个叫雅克林的送货员看见工人经过，就招呼一声：“喂，过来一下！”他花几苏请人家喝酒，又问道：“你有活儿干吗？”“没有。”“那你就去菲勒皮埃尔家，在蒙特伊城关和夏龙城关之间。到那儿能找着活儿干。”在菲勒皮埃尔家能找到子弹和武器。有些知名的头头在“赶驿站”，就是挨家奔走，召集他们的人员。在王位城关附近的巴泰勒米酒吧，在卡佩勒公馆、小帽子馆，喝酒的人相互攀谈，表情都非常严肃。只听他们说道：“你的手枪在哪儿

---

① 原文为意大利文。杰拉尔和德鲁埃·戴尔龙是由路易-菲力浦任命为元帅的。

呢？”“掖在外衣里面。你的呢？”“掖在衬衣里面。”在横街，罗兰作坊前面，焚屋的院子里，还有在贝尼埃工具厂前面，一伙伙人在窃窃私议。可以注意到，一个叫马伏的人最激烈，他在一个车间干活从来超不过一周，准被老板打发走，“因为每天都得跟他争吵”。第二天，马伏在梅尼蒙当街被杀害了。马伏的助手卜雷托，也在斗争中丧命。有人问：“你的目的是什么？”他就回答：“起义。”一群工人聚集在贝尔西街角，等待一个名叫勒马兰的人，即派到圣马尔索城关的革命委员。他们几乎公开对口令。

且说6月5日这天，时而下雨，时而出太阳，拉马克将军的出殡队列穿行巴黎，动用了正规的军队仪仗队，并为预防不测而增加了一点兵力。护送灵柩的有两个营官兵，军鼓都披着黑纱，枪口朝下背着枪；还有挎着战刀的一万名国民卫队队员，以及国民卫队的炮队。灵车由一队青年拉着行进，残废军人的军官手持月桂树枝，紧紧跟在后面。随后便是浩浩荡荡的群众队伍，乱纷纷，闹哄哄，一个个神态怪异，有人民之友社成员、法学院和医学院的学生，还有各国的流亡者，打着西班牙、意大利、德国、波兰等国旗帜，还打着横条三色旗，以及五花八门的旗号，孩子们挥动着青树枝。石匠和木匠这时候也罢了工，有些人头戴纸帽，一看便知是印刷工人，他们三三两两，边走边叫喊，几乎每个人都挥舞着棍棒，有几个人还挥舞着战刀，队伍时而混乱，时而成行，没有秩序，但是却万众一心。一伙伙人自行挑选出头头；一个公然别着两把手枪的男子，仿佛在检阅其他人，而队列在他面前都自动闪避。在大马路的横街，只见树上，阳台上，窗口，屋顶上人头攒动，有男人、妇女和儿童，他们眼里充满不安的神色。武装起来的群众走过，惊恐不安的群众观望。

政府也密切注视，而且手按着剑柄注视着。人们望得见路易十五广场那边，有四队骑兵，军号手在排头，个个挎着装满的弹盒，长短枪子弹上了膛，跨马立鞍，只待一声令下就进发；拉丁区和植物园那边，还有保安警察，布置在每条街上；酒市场那里有一队龙骑兵，第十二轻骑团半数守在河滩广场，半数守在巴士底广场，第六龙骑兵团布置在切莱斯廷河滨路，卢浮宫院内也驻满炮队。其余部队在军营里待命，这还不算巴黎周围布防的各团队。政府心惊胆战，在市内掌握两万四千军队，城郊掌握三万军队，将这些兵力悬在气势汹汹的群众头上。

送葬队伍中流传各种消息。有人谈论正统派的阴谋诡计；有人谈论赖希施泰特公爵[①]，正当群众指望他重振帝国大业的时刻，上帝却要夺去他的性命。一个没有暴露身份的人物宣布，到了预定时间，两个被争取过来的工头，要向人民打开一个兵工厂的大门。大多数参加者没有戴帽子的额头上，最突出的表情是略显疲惫的激动。群众激动万分，但又正义凛然；当然也能看到队列里混着几张十足歹徒的嘴脸，他们口出秽言：去抢啊！有时搅动沼泽底，水中就升起云状的浑汤；这种现象，对“干练的”警察来说毫不陌生。

送葬队列从灵堂出发，以缓慢而激动的步伐，沿着大马路一直走到巴士底广场。天上不时落一阵雨，但是群众毫不在意。接连发生好几次意外事件：灵柩围着旺多姆纪念柱绕一周时，有人望见费茨-詹姆斯公爵[②]头戴帽子，站在阳台上，便向他投石块；一只高卢雄鸡[③]被人从一面民间旗帜上拔下来，扔到泥坑里；在圣马尔丹门，一名宪兵被人用剑刺伤；第十二轻骑团的一名军官高声说道：“我

---

① 赖希施泰特公爵（1811—1832年）：拿破仑的儿子，拿破仑于1815年第二次退位时，他被议会宣布为拿破仑二世，1818年成为赖希施泰特公爵。他患了肺结核，于1832年7月22日死去，离拉马克将军葬礼仅有几周。

② 费茨-詹姆斯公爵：元老院元老，极端保王党人。

③ 高卢雄鸡是七月王朝的徽章。

是共和派”；综合工艺学院学生冲破禁令[①]，突然出现，引起一阵阵高呼：综合工艺学院万岁！共和国万岁！这些都是送葬途中的插曲。看热闹的人群气势汹汹，拉成长长的队伍，从圣安托万城郊大街下坡，到巴士底广场同送葬队伍汇合，一时群情激昂，开始沸腾起来了。

只听一个人对另一个人说：“瞧见了吧，那个留红山羊胡子的人，就是他下令什么时候开枪。”后来在另一次暴动，即格尼赛事件[②]中，那个红山羊胡子似乎又执行同样任务。

灵车过了巴士底广场，沿着运河走一段，过了小桥，到达奥斯特利茨桥头空场，便停下来了。此刻若是鸟瞰，这一群众场面真像一颗彗星，头在桥头空场，长长的尾巴沿着布尔东河滨路扩展，覆盖巴士底广场，再由大马路一直拖到圣马尔丹门。灵柩围了一圈人。乱哄哄的场面静下来。拉法耶特致悼词，向拉马克告别。这是感人而庄严的时刻，每个人都脱下帽子，每颗心都怦怦跳动。忽然，人群中出现一个黑衣骑马人，手中举着一面红旗，有人说是长矛挑着一顶红帽子。拉法耶特转过头去。艾克塞尔曼[③]离开送葬队列。

那面红旗掀起一阵风暴，旋即消失。从布尔东大马路到奥斯特利茨桥，人声鼎沸，犹如汹涌的浪涛。两声喊叫异常洪亮：“拉马克去先贤祠！拉法耶特去市政厅！”在群众的喝彩声中，一伙青年拉起拉马克的灵车，上了奥斯特利茨桥，另一伙青年将拉法耶特扶上一辆公共马车，牵着沿莫尔朗河滨路驶去。

在围住欢呼拉法耶特的人群中，有人发现一个德国人，就指给

---

① 有六十余名综合工艺学院的学生冲破禁令，在巴士底附近加入送葬行列。

② 格尼赛是圣安托万城郊大街的锯木板工人，1841年暗杀奥尔良公爵和欧马尔公爵未遂。

③ 艾克塞尔曼（1775—1852年）：法国元帅，帝国骑兵英雄，1832年是巴黎市议会议员。

大家看：那人叫路德维格·斯尼德尔，参加过1776年战争，在华盛顿麾下在特伦顿打过仗，还在拉法耶特麾下在布兰迪[①]打过仗，后来一直活到一百岁。

这时，守在河左岸的保安警察马队动起来，堵住桥头通道，右岸的龙骑兵也开出切莱斯廷，沿着莫尔朗河滨路布列。人群牵着拉法耶特乘坐的马车，拐上河滨路时，忽然发现那些骑兵，就连声喊道："龙骑兵！龙骑兵！"龙骑兵默默地缓步前进，脸色阴沉地等待着，但是手枪还装在皮套里，马刀还插在鞘中，短枪托还由马鞍上的皮套托着。

距小桥有二百步远时，他们勒马停下。拉法耶特乘坐的马车迎头朝他们驶去。龙骑兵队列分开，让过马车又合拢来。这时，龙骑兵和群众遭遇了。妇女们都惊慌逃散。

在这千钧一发之际，发生了什么事？谁也说不清楚。这是两片乌云相交混的阴暗时刻。有人叙述说，听到武器库那边吹起了冲锋号，还有人叙述说，有个孩子用匕首刺了一名龙骑兵。事实上是突然开了三枪：第一枪打死了骑兵上尉绍莱，第二枪打死孔特卡普街上一个正关窗户的聋老太婆，第三枪擦破了一名军官的肩章。有个女人喊了一声："动手太早啦！"形势陡变，只见莫尔朗河滨路对面，一队留在兵营的龙骑兵冲出来，挥动马刀，横扫巴松石街和布尔东大马路。

至此，风暴骤起，势态已成定局了。投掷的石块如雨点一般，枪声大作，许多人冲到河岸下面，跨过如今已填塞的一条小河汊，上了卢维埃岛[②]的工地。这个现成的巨大堡垒，立即布满了战士，他

① 特伦顿和布兰迪万都是美国地名。这里指这个德国人参加过美国独立战争。

② 卢维埃岛：又称爱情岛，于1843年与右岸连成一片，即如今莫尔朗大街（原莫尔朗河滨路）、运河和亨利四世河滨路之间的地段。

们有的拔木桩，有的打手枪，霎时间一条街垒就起来了。被赶回的青年拖着灵车，又跑步过了奥斯特利茨桥，向保安警察冲去；骑警赶来，龙骑兵挥舞马刀。人群四处逃散，巴黎四面八方响起战争的喧嚣，人人高喊：拿起武器！众人奔突，跌跌撞撞，逃跑的逃跑，抵抗的抵抗。愤怒煽起暴动，如同火借风势。

四　沸腾的场面历历在目

世上的奇事，莫过于一场暴动的初发。四面八方一齐发难。早有预见吗？不错。早有准备吗？不对。从哪儿爆发的？街道。从哪儿降临的？自天而降。在此处，起义具有密谋性质，在另一处又是自发的。随便一个人把握住群众的潮流，就可以随意引导。乍一开始，大家惊恐万状，又异常兴奋。先是喧闹鼓噪，店铺关门，摆摊的商贩纷纷撤离；继而零星几声枪响，有人逃跑，枪托砸大门咚咚山响，宅院里传出女用人的笑声和话语：“这回可有热闹看啦！”

不过一刻钟的工夫，在巴黎多少地点，几乎同时发生这种情况。

布列塔尼会圣十字街，二十来名留胡子蓄长发的青年，走进一家咖啡馆，不大工夫又出来，打了一面横条三色旗，旗上系条黑纱，三个拿着武器的人领头：一个手持马刀，一个端着步枪，第三个扛着长矛。

在诺南提埃街，有一个中产阶级模样的人穿戴相当体面，腆着肚子，嗓音洪亮，已经秃了顶，留着黑胡子，髭须硬硬的翘起，他就公然向过路人散发子弹。

在圣彼得-蒙马特街，一伙赤臂的汉子扯着一面黑旗行走，旗上写了几个白字：“共和或死亡”。在守斋者街、钟面街、骄山街、芒达街，都出现一伙伙人，挥动旗帜，只见上面写着带数字的“分部”。其中有一面旗帜，红蓝两色之间，夹着一条窄得几乎瞧不出来的白色。

在圣马尔丹大街，一个武器工厂遭抢劫，还有三家武器店被抢：一家在美堡街，第二家在米歇尔伯爵街，第三家在神庙街。群众上千只手，几分钟的工夫，就抢走了二百三十支步枪，几乎全是双响的，还抢走了六十四把马刀、八十三支手枪。为了武装更多的人，就一人拿步枪，卸下刺刀给另一个人。

在河滩广场路对面，一些拿短枪的青年到妇女家中去射击，其中一人还有一支转轮短枪。他们拉门铃，进人家里上子弹。经历这种事的一名妇女叙述说：“原先我不知道子弹是什么东西，还是我丈夫告诉我的。”

在圣母升天会老修女街，一帮人冲进一家古玩店，抄走了土耳其弯刀和武器。

一个泥瓦匠被枪打死，尸体就躺在珍珠街头。

继而，右岸、左岸、河滨路、大马路、拉丁区、菜市场街区，一群群人气喘吁吁，有工人、大学生、居民，他们念公告，高喊：“拿起武器！”打碎路灯，给拉车的马卸套，翻起铺路的石块，砸开人家的大门，拔下树木，搜索地窖，滚动着推出酒桶，堆起石块、碎石子、家具、木板，造起一道道街垒。

人们强迫有产阶级帮忙。他们闯进住户，要主妇把外出的丈夫的刀枪交出来，并用白垩粉在门扇写上：“武器已交出”。有的人拿了刀枪，还在收条上“签了名”，并交代一句：“派人明天去市府领取。”街头单独执勤的岗哨、前往市府的国民卫队队员，全被解除了武装。军官的肩章也被扯掉。在圣尼古拉公墓街，一名国民卫队军官，被一群挥舞棍棒和花剑的人追得走投无路，好不容易才躲进一户人家，直到天黑才换了装溜走。

在圣雅克街区，一群群大学生从公寓出来，沿着圣雅散特街上坡去进步咖啡馆，或者沿马图林街下坡去七球台咖啡馆。有些青年在那里，站在门前的石桩上分发武器。有人赶到特朗斯诺南街的工地，抢走材料去建街垒。只有一处居民抵制，在圣阿乌瓦伊街和西蒙-勒弗朗街的拐角，他们动手拆除了街垒。只有一处起义者退却了，他们在神庙街同国民卫队的一个支队交火后，便丢下刚开始构筑的街垒，沿着制绳场街逃跑了。那个支队在街垒里拾得一面红旗、一盒步枪子弹和三百发手枪子弹。国民卫队将红旗撕成条条，挑在他们的刺刀尖上。

我们在这里从容逐个叙述的事件，当年却是在一片喧嚣沸腾声中，在城中各处同时爆发的，犹如一大阵滚雷声中无数道闪电。

不到一小时，仅在菜市场街区，就有二十七道街垒拔地而起。位于中心的那栋五十号楼房，正是雅纳[①]和一百零六名战友的堡垒，一侧有圣梅里街街垒，另一侧有摩布埃街街垒，从而控制三条街：阿尔西斯街、圣马尔丹街，以及正对面的欧伯里屠户街。两道折尺形的街垒，一道从骄山街折向大丐帮街，另一道从乔弗鲁瓦-朗日万街折向圣阿乌瓦伊街。这还不算巴黎其他二十个区，沼泽区、圣日内维埃芙山的无数街垒；梅尼蒙当街街垒上，有一扇卸下来的大门；在天主医院小桥附近那道街垒，是由卸了套并掀翻的苏格兰大车等构筑的，离警察总署才三百步。

在乡村乐师街街垒那里，有一个穿戴体面的男子在向工人发钱。在格雷内塔街街垒，来了一个骑马的人，他将一卷东西，好像是一卷钱币，交给街垒头领模样的人，说道："喏，拿去花吧，买葡萄酒什么的。"一个没有扎领带的金发青年，从一个街垒到另一

① 雅纳：起义工人，当时指挥圣马尔丹和圣梅里两条街拐角的街垒。

个街垒传达口令。另一个青年手提马刀，头戴警察蓝帽，正在分派岗哨。街垒里侧的酒馆和门房，全改为警卫室。此外，暴动的举措，完全符合最高明的军事战术。选择的街道令人赞叹，又狭窄又不平整，曲里拐弯，斗折蛇行；尤其菜市场周围，街巷如网，比一片森林还要错综复杂。在圣阿乌瓦伊街区领导起义的，据说是人民之友社。一个人在蓬索街遇难，从他身上搜出一张巴黎地图。

暴动的真正领导者，是弥漫空间一种莫名的狂热情绪。这次起义突如其来，一只手筑起街垒，另一只手占领了驻军的几乎全部据点。起义群众就像燃烧的一条火药长蛇，迅速蔓延，不到三小时，在右岸就侵占了武器库、王宫广场区政府、整个沼泽区、波潘库尔兵工厂、加利奥特厂、水塔、菜市场附近的所有街道；在左岸侵占了老军营、圣佩拉吉、摩贝尔广场、双磨坊火药库和全部城关。到了傍晚五点钟，他们又控制了巴士底、内衣和床上用品商业区、白外衣商业区；他们的侦察员摸到了胜利广场，威胁到法兰西银行、小神父兵营、驿站旅馆。巴黎三分之一的区域属于暴动。

每一处斗争规模都很大：解除军人武装，搜查住宅，火速夺取武器商店，总之，投掷石块开始的战斗，必然用刀枪继续下去。

将近傍晚六点钟，鲑鱼巷变为战场。暴动占一端，军队占另一端。双方从一扇铁栅门向另一扇铁栅门射击。一个观察者，梦幻者，即本书的作者，曾靠近火山观看，恰巧落入那条小巷，受到两面火力的夹击，只有间隔店铺的那种鼓起的半圆柱可避子弹，他在那尴尬的境地待了半小时左右。

这期间，国民卫队队员听到集合鼓声，都急忙换上制服，拿起武器，宪兵队从区公所出动，步兵团队也出了兵营。在船锚巷对面，一名军鼓手挨了一匕首。另一名军鼓手在圣拉扎尔谷仓街被干掉。在米歇尔伯爵街，接连倒下三名军官。好几名市府卫队士兵，走到伦巴第人街被打伤，又赶紧退回去。

在巴塔夫死巷前，国民卫队的一个小分队发现一面红旗，旗上写着“共和革命第127号”的字样。这果真是一场革命吗？

这次起义将巴黎中心区变成内部错综复杂、迂回曲折的巨大堡垒。

那儿就是核心，那儿显然就是问题的症结。其余地方只不过是小冲突。表明那里决定全面的，正是那里还没有开始战斗。

有几团军队士兵情绪不稳，这就给这场危机增添几分令人心惊胆战的晦暗。他们还记得1830年7月，民众多么热烈欢呼五十三团保持中立。两个久经大战考验的英勇无畏的人，德·洛博元帅和比若将军，一主一副，指挥各部军队。由几营兵力组成的巡逻大队，在国民卫队几个连的护卫下，由一名挎着绶带的警官开路，前往起义地带的街道侦察。起义者这方面，也在十字街头的拐角布置了前哨，还大胆地往街垒外面派遣巡逻队。两边营垒相互审视观望。政府方面，手中掌握军队，但还在犹豫。天快黑了，只听圣梅里教堂开始敲警钟了。当时的国防大臣苏尔元帅，曾经参加过奥斯特利茨战役，他阴沉着脸注视这局面。

这些老水兵只习惯正规布军作战，他们的方法和指导只有战术这一打仗的指南针，现在面对所谓众怒的这种万顷浪涛，就完全不知所措了。革命的风向无法掌握。

郊区的国民卫队匆忙赶来，一片混乱。第十二轻骑兵团一个营从圣德尼快马赶到，第十四团队也从弯道赶来；一门门大炮则从万森炮台拉下来。

土伊勒里宫却一片孤寂。路易-菲力浦处之泰然。

五　巴黎的古怪

我们说过，两年以来，巴黎不止一次见识过起义。在一场暴动期间，一般来说，除了起事的街区，巴黎外观总是平静得出奇。无论出现什么情况，巴黎总能很快适应——无非是一次暴动，巴黎百业繁忙，哪有工夫为这点小事儿分神。唯独这类大都市，才能呈现这种景象。唯独这类巨大的城池，才能同时容下内战和莫名其妙的宁静。每次爆发起义，每当听见军鼓声、集合令和总动员令，店铺老板通常总说一声：

“圣马尔丹街好像又闹起来了。”

或者说：“圣安托万城郊那边。”

他还往往漫不经心地补充一句：“反正那一带吧。”

过了一阵，又清晰传来密集的枪声，令人肝胆俱裂的凄厉喧扰，店铺老板则说：“事情严重啦？咦，事情严重啦？”

再过一会，如果暴动的势头更大，渐渐迫近了，他就慌忙关闭店门，赶紧套上制服，也就是说，确保货物安全，拿生命去冒险。

在十字街头，在通道上，在死巷里，双方对射，争夺街垒，夺取又丢掉，再夺回来；鲜血流淌，房舍的门脸打得弹痕累累，有人在内室也被流弹打死，尸体堵塞街道。然而，离那儿只有几条街，咖啡馆里还传出打弹子的声响。

在那些战火纷飞的街道两步远的地方，看热闹的人又说又笑；剧院还开门，照样演出闹剧。出租马车还揽客行驶；有人进城去赴宴，有时就去正在打仗的街区。1831年那次，有一处射击停止了一会儿，好让婚礼的队列过去。

1839年5月12日那次起义，一个有残疾的小老头在圣马尔丹街上推一辆小车，车上装着盛满饮料的玻璃瓶，用一块三色破旗布盖着，他从街垒走到军队，又从军队走到街垒，不偏不倚，时而向政府，时而向反政府供应一杯杯椰子汁。

简直怪极了，而这正是巴黎暴动的特色，在任何其他国都也见不到。这必须具备两种条件：巴黎的伟大及其欢快。必须是伏尔泰和拿破仑的城市。

然而1832年6月5日这次，刚一动武，这座大都市就感到有什么比它更强大的东西，于是害怕了。只见各处门窗和窗板在大白天都关着，连最偏僻和最“无关”的街区也不例外。勇敢的人拿起武器，胆小鬼就躲起来。只顾去办事而漠不关心的行人不见了。许多街道都空荡荡的，就好像凌晨四点钟。大家传递着引起人心惶惶的情况，传播着凶多吉少的消息，说什么：“他们已经占领了银行”；“仅仅在圣梅里修道院，就有六百人，以教堂为雉堞固守”；“防线并不牢固”；“阿尔芒·卡雷尔①去见克娄泽尔元帅，元帅说：‘首先设法争取一团人马’”；“拉法耶特病了，但是他对他们说：‘我听你们的吩咐，只要有放一张椅子的地方，追随你们到哪儿都行’”；“千万当心，夜晚有人抢劫巴黎偏僻角落的散居人家”（从这里能看出警察的想象力，那位同政府勾结的安娜·拉德克利夫②）；“欧伯里屠户街布置了大炮”；“洛博和比若一同商榷，决定午夜，最迟拂晓，组织四路人马同时向暴动的中心进发，第一路从巴士底出发，第二路从圣马尔丹门出发，第三路从河滩广场出发，第四路从菜市场出发；部队也许撤离巴黎市区，退到演兵场”；“不知道会发生什么情况，但是可以肯定，这次来势

① 阿尔芒·卡雷尔（1800—1836年）：法国资产阶级政论家，自由派，《国民报》的创办人之一和编辑。

② 安娜·拉德克利夫（1764—1823年）：英国女作家，发表许多描写犯罪的“黑色小说”。

凶猛”。——“苏尔元帅还游移不决，大家对此深为忧虑。”——“为什么他不立刻进攻？”——“可以肯定他深谋远虑。那头老狮子，在昏暗中仿佛嗅到了一个怪物。”

到了晚上，剧院不开门了；巡逻队气势汹汹，在街上走动，盘查行人，逮捕形迹可疑者；刚到九点钟，就抓起来八百多人；警察署监狱爆满，裁判所附属监狱爆满，强力监狱爆满。尤其裁判所附属监狱，在那人称巴黎街道的长长地道里，全铺上了麦秸，躺着一堆堆囚犯，而里昂人拉格朗日[①]无所畏惧，正向囚犯们演讲。所有人一动弹，打地铺的麦秸哗哗响，就像下一阵暴雨。别处监狱更惨，囚犯相互偎依，就睡在院子里。到处人心惶惶，这种动荡的气氛，在巴黎是少见的。

居民在家里门窗紧闭；做妻子和母亲的都提心吊胆；听到的全是这种话：“噢！上帝啊！他还没回家！”远处难得传来车辆行驶的声响。居民站在门口，倾听外面的喧闹、呼喊、乱哄哄的嘈杂声，低沉而难以分辨，他们听见点什么就说：“那是马队。”或者：“那是弹药车在飞跑。”军号声、鼓声、枪声，而圣梅里教堂的警钟尤为凄厉。人们已有所料，等着打响第一炮。武装人员出现在街头，连声喊道：“全回家去！”旋即就不见了。居民都急忙插好门闩，嘴上直嘀咕：“这要闹到什么地步呀？”夜幕逐渐降临，暴动的火光映红巴黎的夜空，显得越来越凄惶了。

---

① 夏尔·拉格朗日（1804—1857年）：在里昂领导进步社，积极参与组织了1834年的里昂起义，故人称“里昂人”。但雨果在此这样称呼他还为时尚早。

第十一卷　原子同风暴称兄道弟

一　伽弗洛什的诗来源的几点说明，一位学士院院士对此诗的影响

送葬的群众紧跟着灵车，队列长达几条大马路，可以说像潮水似的压向前队，而当人民和军队在军火库前一发生冲突，起义的前队就反弹回来，冲乱群众队列，形成令人惊骇的大退潮。一时间万众动摇，队列瓦解，大家都奔跑起来，向前冲的向前冲，逃散的逃散，有人呐喊进攻，有的面无人色急忙逃窜。覆盖大马路的滔滔河水，转瞬间分流横溢，就像开了闸门似的，同时注入左右二百来条大街小巷。这时，一个衣衫褴褛的男孩，沿着梅尼蒙当街下坡走来，手里举一枝刚在美丽城高地折的金雀花，看见一家旧货店的橱窗里摆一把老式手枪，就扔掉花枝，嚷了一句："老东西大妈，您这玩意儿借给我用用。"

他抓起手枪就跑掉了。

过了两分钟，一群惊恐万状的有产者沿阿姆洛街和下街逃窜，遇见了这个挥着手枪唱歌的孩子：

黑夜什么看不见。
白天什么都明显。

绅士收到匿名信，
乱抓头发傻了眼。
劝君行事讲点德，
裙子短短帽尖尖。

他正是小伽弗洛什，赶着去参战。

他在大马路上正走着，忽然发现手枪没有扳机。

他用来伴随步伐的这首歌，以及他走路时爱唱的每首歌曲，究竟是谁编的呢？我们不得而知。谁晓得呢？也许是他自编自唱吧。要知道，伽弗洛什熟悉民间流行的各种小调，再加上他随口哼唱的东西；他是小精灵，又是调皮鬼，爱把天籁之音和巴黎之声一锅烩，也爱把鸟儿的演唱和工厂的演唱编成一台戏。他认识几个绘画的学徒，那伙人同他这伙人意气相投。他好像还在印刷厂学艺三个月。有一天，他甚至为一位院士，巴乌尔-洛尔米安先生送过一封信。伽弗洛什是个有文学修养的流浪儿。

在那凄风苦雨的夜晚，伽弗洛什替天做好事，安置两个孩子住进大象肚里，却万万没有想到他接待的是自己的亲兄弟。夜晚救助了两个弟弟，凌晨又救助了他父亲，一夜就是这样度过的。天蒙蒙亮的时候，他离开芭蕾舞街，急忙赶回去，又巧妙地从大象肚里拉出那两个孩子，随便弄点儿早饭一起吃了，然后跟他们分手，把他们托付给大街，也就是差不多把他本人拉扯大的这位好妈妈，临走时约他们晚上在老地方见，还向他们做了一篇告别演说：“我折断一根手杖，换句话说，我要开溜，或者按照王宫的说法，我告便了。小乖乖，你们再找不见爸爸妈妈，晚上还回这儿来。我包你们有晚饭吃，有地方睡觉。”然而，两个孩子没有回来，也许让警察收容去关进拘留所，或者让跑江湖的给拐走，再不然只是走丢了，迷失在巴黎这个巨大的七巧板中了。当今社会的底层遍布这类失踪。伽弗洛什再也没有见到他们。那天晚上之后，十来周过去了，仍无消息。他不止一次搔着头皮，咕哝道："见鬼，我那两个孩子跑哪儿去啦？"

这回，他手握着枪，走到白菜桥街，发现整条街只有一家店铺开门，而且值得深思的是，那是一家糕点铺。真是天赐良机，在进入未知世界之前，还能吃上一块苹果酱馅饼。伽弗洛什停下脚步，摸摸两侧，掏掏坎肩小兜，又翻翻外套口袋，什么也没有翻出来，连一苏钱也没有，便大叫起来："救命啊！"

最后这块馅饼吃不上，确实叫人难以忍受。

过了两分钟，他来到圣路易街，穿过御花园街时，他还耿耿于怀，吃不着苹果酱馅饼也要找点补偿，就在大白天，痛痛快快地撕了一通剧院海报。

再往前走一点儿，他遇见一帮脑满肠肥、财主模样的人，便耸了耸肩膀，随便吐了一口颇有哲理的苦水：

"这帮吃年息的，养得肥粗老胖！就知道胡吃海塞，脑袋扎进大鱼大肉里。问问他们，钱都花哪儿去了，他们准张口结舌答不上来。他们吃掉了，还说什么！可劲儿往肚子里装。"

二　伽弗洛什向前进

拎着一把没有扳机的手枪，也能招摇过市，简直神气极了，伽弗洛什感到越来越起劲。他高唱《马赛曲》的片段，还断断续续地叫嚷：

"一切顺利。我的左爪子疼得厉害，我让痛风给整惨了，但是，公民们，我很高兴。资产阶级只好硬撑着，我可要打喷嚏，喷给他们几首颠覆歌。密探是什么东西呢？是一群狗。狗杂种！对狗不要失敬。还有，我真希望我这手枪也有个狗子[①]。朋友们，我从大马路来，大马路烧热了，开锅了，要煮熟什么东西。该撇去锅里浮上的沫子了。男子汉，向前进！让肮脏的血浇灌我们的田垅！我要为祖国献出生命，我再也见不到我那小姘头，特-欧-头，到了头，对，到了头！这也无所谓，欢乐万岁！我们战斗吧！专制主义让我受够了。”

这时，国民卫队一名枪骑兵从旁边经过，忽然马失前蹄，伽弗洛什就把手枪扔在马路上，上前扶起那人，又搭手搁起那匹马，然后他拾起手枪，继续赶路。

托里尼街一片岑寂。沼泽区这种特有的麻木状态，同周围那一片喧嚣形成鲜明的对照。四个婆娘在一家门口扎堆聊天。苏格兰有巫婆三重唱，巴黎则有长舌妇四重唱；在阿莫伊荒原上，有人对麦克白讲的“你将为王”的这句话，在博杜瓦耶十字路口也要抛给波拿巴[②]，听来同样阴森可怕，仿佛乌鸦的一声聒噪。

托里尼街这些婆娘只关心自己的事儿。她们当中三个是看门的，一个是背篓子拿钩子拾破烂儿的。

她们似乎站在人生暮年的四角，即衰老、凋残、败落和凄凉。

拾破烂儿的女人低声下气。立在风中的这圈人里，拾破烂儿的恭恭敬敬，看门的则给予照顾。这是因为护墙石角落有多少油水，全取决于看门人往堆上倒垃圾时手头的宽严。扫帚下面也有善德。

这个背篓子拾破烂儿的女人总是感恩戴德，她对着三个看门婆

---

① 法语中狗和枪的扳机是同一个词。

② 麦克白是莎士比亚同名剧中的主角。这里的波拿巴指拿破仑三世。麦克白出征归国途中遇见三名女巫，她们说他将为王，于是他弑君自立，但大失民心。雨果借古讽今，抨击拿破仑三世。

满脸堆笑，那是何等胁肩谄笑啊！她们闲聊这类事情：

“哦，对了，您那只猫，还一直那么凶吗？”

“上帝啊，提起猫来，您也知道，猫天生就是狗的对头。倒是狗叫苦不迭。”

“人也叫苦不迭。”

“不过，猫身上的跳蚤不往人身上跳。”

“狗倒不碍事，但是危险。记得有一年，狗多得成灾，不得不在报上讨论。那时候，土伊勒里宫里还有大绵羊，拉着罗马王[①]的小车。您还记得罗马王吧？”

“我呀，我还是喜欢波尔多公爵。”

“我呀，我见过路易十七，我更喜欢路易十七。”

“猪肉太贵了，帕塔贡大妈。”

“唉！别提了，肉铺真可恶，可恶极了，只卖骨头和筋头巴脑的东西。”

捡破烂儿的便插嘴说：

“各位太太，这生意不好做了。垃圾堆可怜巴巴的。谁也不扔什么东西，全都吃光了。”

“还有比您更穷的呢，瓦古莱姆家的。”

“唔，这话倒也是，”拾破烂儿的婆子恭敬地答道，“我总还算有个职业。”

话说到这里停顿一下，拾破烂儿的婆子受人爱炫耀的心理的支配，又说道：

“早晨回家，我就检查篓子，经理一阵（大概是说清理）。我屋里一堆一堆东西。我把布头捡到筐里，菜帮果心捡到小桶里，破

---

① 拿破仑一世得子，便封为罗马王。

衣物捡到壁橱里，毛线的东西捡到五斗柜里，废纸捡到窗脚下，能吃的东西就捡到盆里，碎玻璃片捡到壁炉里，破鞋烂袜子捡到门背后，骨头拣出来就放在我床下。”

伽弗洛什站到身后，听完就说了一句：

“几位老太婆，你们谈论政治想干什么？”

四张嘴顿时组成一排炮，一齐向他射击：

“又来一个短命鬼！”

“他那小爪子拿个啥玩意儿？手枪！”

“要干什么，你这小叫花子！”

“这帮小子，不推翻官府，就不会安稳。”

伽弗洛什不屑还击，只用拇指顶起鼻尖，同时张开手掌。

捡破烂儿的婆子嚷道：

“光脚丫子的小坏蛋！”

刚才替帕塔贡大妈回答的那个老婆子，现在拍起巴掌，气愤地说道：

“要出大乱子啦，没错儿。旁边住一个留山羊胡子的小坏种，每天早晨我看见他从这儿走过，胳膊挎着一个戴粉红帽子的姑娘，今天我又看见他走过去，胳膊却挎着一杆大枪。巴舍婆说，上星期闹了一场革命，是在……在……在……什么鬼地方！唔，在蓬图瓦兹。还有，你们瞧见了，这个浑小子也拿一把手枪！听说，切莱斯廷那儿架满了大炮。仁慈的天主啊，当年，我瞧见那位可怜的王后坐在囚车里过去，那真是大灾大难，现在刚刚过上点安生日子，这帮坏种又变着法儿把这世界搅乱，政府又能怎么样呢？这一闹，烟叶又得涨价。简直太缺德啦！总有一天，我会看见你上断头台，坏蛋，没好下场！”

“你淌鼻涕了，我的老相好，”伽弗洛什说，“擤擤你那鼻筒吧。”

说罢，他扬长而去。

走到铺石街，他又想起那个捡破烂儿的婆子，便来了一段独白：

“墙护石角落婆子，你不该辱骂革命者。这把手枪，是卫护你的利益，是要让你篓子里有更多好吃的东西。”

忽然，他听见背后有声音，原来看门人帕塔贡婆跟上来，远远地向他挥拳头嚷道：

“你是个十足的小杂种。”

“这话，”伽弗洛什说，“我打心眼儿里不在乎。”

过了一会儿，他从拉姆瓦尼翁府前经过，又发出这种号召：

“动身去战斗！”

这时，他感到一阵忧伤，用责备的神态注视他的手枪，仿佛尽量感化它。

“我出发了，”他对手枪说，“可是，你却发不出去。”

一条狗可以转移他对枪狗子的注意。一条皮包骨的卷毛小狗从他身边走过。伽弗洛什不禁心生怜悯。

“我可怜的嘟嘟，”他对狗说，“你吞了一个大酒桶吧，要不怎么全身都是桶箍。”

然后，他又朝圣热尔维榆树走去。

三　理发师的正当愤怒

先前，那两个孩子被理发师赶走，才由伽弗洛什收留在大象慈父般的腹腔里。那位可敬的理发师，此刻正给一个帝国时期的老军人刮胡子，边干边聊天；他自然同这位元老谈起这次暴动，接着话题转到拉马克将军，再从拉马克转到皇帝身上。一个理发师和一名老兵的这场谈话，普吕多姆若是在场听见，复述出来，肯定要添枝加叶，并且题为：《剃刀和马刀的对话》。

“先生，”理发师问道，“皇帝骑马的技术怎么样？”

“不好。他不会滚鞍下马，因此，他也从来没有滚下来过。”

“他有不少骏马吧？他一定有不少骏马吧？”

“他授给我十字勋章那天，我注意瞧了他那坐骑。那是一匹善跑的骒马，浑身一抹白，两只耳朵岔得很开，腰身下沉，脑袋细长，有一颗黑星，脖子特别长，膝骨很粗，两肋突出，双肩倾斜，臀部非常健壮，有十五掌尺[①]多高。”

“好马呀。”理发师赞道。

“是皇帝陛下的坐骑嘛。”

理发师感到，听了这句话，应当肃静一会儿才对，于是照此行事，然后又问道：

“皇帝只伤过一次，对吗，先生？”

老兵以过来人的平静而庄严的口吻回答：“伤在脚跟，在雷根斯堡。我从未见过他的穿戴像那天那么好，好似一枚崭新的铜钱。”

“那么，您老先生呢，您大概经常挂彩吧？”

“我吗？”老兵回答，“嗳！小意思。在马伦戈，我的后颈挨了两刀，在奥斯特利茨，右臂吃了一颗子弹，在耶拿，左屁股也吃了一颗，在弗里斯兰又挨了一刺刀……伤在这儿……在莫斯科，挨了七八下枪尖，也没个准地方，在卢塞恩，让一块弹片崩掉一根手指……唔！还有，在滑铁卢，我这大腿上又挨了一火铳。就这些。”

---

① 掌尺：意大利古长度，约合0.25米。

“嘿，多棒！”理发师以夸张的语调高声说，“死在战场上，该有多棒啊！老实说，依我看，与其病病恹恹，又是吃药，贴膏药，打针，看医生，身体一天天垮下去，躺在床上慢慢死去，还不如肚子吃一颗炮弹！”

“你的胃口还真不小！”老兵说道。

他的话音刚落，只听咔嚓一声巨响，震撼整个店铺，橱窗一块玻璃突然开了花。

理发师面无人色。

“上帝啊！”他嚷道，“说着就来啦！”

“什么呀？”

“一颗炮弹。”

“就是这个。”

老兵说着，拾起一件正在地上滚动的什么东西。原来是一颗石子。

理发师跑向被打碎的玻璃，望见伽弗洛什正朝圣约翰市场飞跑。伽弗洛什从理发店门前经过时，心中惦念那两个孩子，就按捺不住，要向理发师问声好，往他的玻璃窗投了一石子。

“您瞧见了！”理发师的脸由白变青，吼道，“为干坏事而干坏事，那个野小子，谁招惹他啦？”

四　孩子惊遇老人

圣约翰市场的哨所已被缴械。一伙人由安灼拉、库费拉克、公白飞和弗伊率领，这时伽弗洛什也加入进来。他们都有点儿武器。巴奥雷和约翰·普鲁维尔也找来，从而扩大了队伍。安灼拉有一支两响猎枪；公白飞有一支注明番号的国民卫队步枪，没有扣好的礼服里还露出别在腰带上的两支手枪；约翰·普鲁维尔有一支老式马枪；巴奥雷有一支卡宾枪；库费拉克挥动一根去了套的手杖剑。弗伊握着一把出了鞘的战刀，走在排头，高喊：“波兰万岁！”

他们没扎领带，没戴帽子，从莫尔朗河滨路赶来，一个个气喘吁吁，浑身让雨淋湿，但是眼睛却放射着光芒。伽弗洛什从容地上前搭话：

“我们去哪儿？”

“跟着走吧。”库费拉克说道。

巴奥雷跟在弗伊后边，走路不像走路，而是蹿蹿跳跳，恰如暴动激流中的一条鱼。他穿一件鲜红色坎肩，说出话来横扫一切。一个过路人被他的坎肩吓坏了，惊恐万状地嚷道：

“红党来啦！”

“红党，红党！”巴奥雷反驳说，“资产者，怕得真怪。我就不然，面对一株虞美人绝不发抖，小红帽也绝不会引起我的恐惧。资产者，相信我的话，还是把恐红症留给那些生角的动物吧。”

巴奥雷瞅准墙角上张贴的公告，那是最平和的一张纸，写着在封斋节期间，巴黎大主教恩准他的“羔羊”吃蛋类。

他高声说：

“哼，羔羊，是蠢蛋的文雅称呼。”

他一把将公告从墙上撕下来。这一行为令伽弗洛什佩服。从这时起，伽弗洛什就注意观察他的一举一动了。

“巴奥雷，”安灼拉指出，“你这可不对。不应当理睬那公告，那不是我们的对头。你白白地发怒火，还是留着点你的储备吧。无论内心的精力还是枪弹的火力，都不要乱消耗。”

“各有各的脾气，安灼拉！”巴奥雷回敬道，“主教那份文告，我看着就刺眼，我要吃鸡蛋，用不着别人允许。你这人，是内热外冷型的，而我呢，我爱玩玩。况且，我没有耗费什么，而是引发起劲呢；我撕了那份文告，赫拉克勒斯[①]！正是要开开胃口。”

听了“赫拉克勒斯”这个词，伽弗洛什不禁一愣，他不放过任何机会汲取知识，因而敬佩这个撕公告的人，便向他求教：“赫拉克勒斯是什么意思？”

巴奥雷回答：

“这是拉丁语，是指该死的狗东西。”

说到这儿，正好经过一扇窗口，他看见里面站着一个脸色苍白、留黑胡子的小伙子望着他们，大概认出是ABC朋友会的人，便冲那人喊道：

“快，子弹！para bellum[②]。”

“美男子！不错。”伽弗洛什附和道，他现在也懂拉丁语了。

喧闹的群众队列簇拥着他们，有大学生、艺术家、艾克斯的库古尔德社成员、工人、码头工人，各持家伙，有的拿棍棒，有的拿刺刀，还有几个像公白飞那样，腰上别着手枪。这伙行进的人群中，还有一位看样子十分苍老的老人，他手里一样武器也没有，尽管他一副沉思的神态，却紧倒腾脚步，唯恐落伍。伽弗洛什发现了他，就问库费拉克：

“克克是个啥？”

“是个老人。”

那是马伯夫先生。

---

① 原文为拉丁文，是一句渎神的话，意为“以赫拉克勒斯的名义”。

② 拉丁文，意为“准备战争”，与法语“美男子”谐音，出自这句格言：“要争取和平，就准备战争。”

五　老　人

谈谈事情的经过。

就在龙骑兵冲击的时候，安灼拉和他的朋友沿布尔东大马路正走到粮库附近。安灼拉、库费拉克、公白飞和其他许多人，先前沿着巴松石街边走边喊："到街垒去！"走到莱迪吉埃街，他们遇见一位行路的老人。

那老人走路一溜歪斜，仿佛喝醉了酒。此外，尽管雨下了一早晨，而且当时还下得很大，他的帽子却拿在手里。库费拉克认出那是马伯夫先生。他能认出来，是因为马伯夫先生多次送马吕斯到门口。库费拉克也了解，这位当过教堂管理员并喜欢藏书的老人一贯爱清静，胆小怕事，现在却见他混在乱哄哄的人群里，离乱冲乱撞的马队只有两步远，几乎就在枪林弹雨当中，冒雨光着头，迎着子弹漫步，这年轻人十分诧异，就上前打招呼。于是，一个二十五岁的起义者，同一位八旬老人进行了这样一场对话。

"马伯夫先生，快回家去吧。"

"为什么？"

"这里要闹起来了。"

"好哇。"

"马刀逢人就劈，见人就开枪啊，马伯夫先生。"

"好哇。"

"还要用炮轰。"

"好哇。你们呢，你们去哪儿啊？"

"我们去把政府扳倒在地。"

"好哇。"

于是，他就跟他们走了。从这以后，他再也没讲一句话，但是，他的步子突然变得稳健了，有工人要搀他走，也被他摇头拒绝了。他几乎走在队伍的前排，看动作是向前进，看面孔却像在睡觉。

“好一个怒发冲冠的老头！”大学生们窃窃私议。这队伍里传开了，说他当年是国民公会代表……说这老头当年投票赞成处死国王。

这一大群人又走上玻璃厂街。小伽弗洛什走在前头，他扯着嗓门唱歌，简直就像吹进军号。他唱道：

那边月亮露了头，
我们何时林中走？
夏洛问问夏洛特。

嘟嘟嘟
去夏都。
我只有
一个上帝一个王，一个小钱一只靴。

清早飞来两只雀，
百里香枝找露喝，
喝了又喝醉如泥。
吱吱吱
去帕西。
我只有
一个上帝一个王，一个小钱一只靴。

可怜两只小狼崽，
醉得像那两斑鸠；
洞中老虎笑咧咧。

咚咚咚
去默东。
我只有
一个上帝一个王，一个小钱一只靴。

你发誓来我赌咒。
我们何时林中走？
夏洛问问夏洛特。

当当当
去庞丹。
我只有一个上帝一个王，一个小钱一只靴。

他们朝圣梅里走去。

六　新战士

队伍时刻在壮大。快到劈柴街那里，一个头发花白的大汉加入行列；库费拉克、安灼拉和公白飞，都注意到他那犷悍而大胆的相貌，但是谁也不认识他。伽弗洛什只顾唱歌，吹口哨，叽里呱啦乱叫，只顾往前冲，用没有扳机的手枪托敲打商店的窗板，也没有注意那汉子。

他们进入玻璃厂街，正巧从库费拉克住所的门前经过。

“正好，”库费拉克说道，“我钱包忘带了，帽子也丢了。”

他随即离开大拨人，三步并成两步跑上楼，回房间取了钱包和一顶旧帽子，又扒开一堆脏衣物，取出藏在里面的一只有大号手提箱那么大的方箱子，正跑步下楼，却被门房叫住了。

“德·库费拉克先生！”

“门房太太，您尊姓大名啊？”库费拉克反唇相讥。

问得门房目瞪口呆。

“这您清楚，我是看门的，叫伏万大妈呀。”

“那好，如果您再叫我德·库费拉克先生，我就叫您德·伏万大妈了。现在您说吧，怎么的？有什么事儿？”

“有个人要同您谈谈。”

“谁？”

“我不认识。”

“在哪儿？”

“在门房里。”

“活见鬼！”库费拉克咕哝了一句。

“人家等您回来，可等了一个多钟头了！”看门人又说道。

这时，从门房里走出一个青工模样的人，身材瘦小，脸色发青，有不少雀斑，穿一件破了洞的外套、一条侧面摞了补丁的丝绒长裤，不像男人，倒像个扮成男孩的姑娘，说话的声音却相反，一点也没有女人味儿。

“请问，马吕斯先生在吗？”

“不在。”

“今晚他能回来吗？”

“我也不清楚。”

库费拉克又补充一句：

“反正我回不来。”

那年轻人凝视着他，又问道：“为什么回不来？”

“就是回不来。”

“您要去哪儿？”

“你问这个干什么？”

“您要我替您背这箱子吗？”

“我要去街垒。”

“您能让我跟您一道去吗？”

“随你便，”库费拉克回答，“大街自由通行，铺路石块也是大家的。”

说罢他就跑开了，等追上他那些朋友，就把箱子交给其中一个人。又过了一刻多钟，他才发现那年轻人果然跟来了。

一大拨人要去哪儿就没准了。我们说过是一阵风吹走的。他们过了圣梅里，不知怎么就到了圣德尼街。

第十二卷　科林斯

一　科林斯创业史

巴黎人如今从菜市场拐进郎布托街，就会看到右首正对着蒙德图尔街的地方，有一家篾匠铺，挂了一个用柳条编的拿破仑大帝模拟像的招牌，上面写道：

拿破仑完全是柳条编的

过路人恐难想到，不过三十年前，这里曾目击了惨绝人寰的场面。

这就是当年的麻厂街，古时写成“麻厂”。这里有一家名叫科林斯的著名酒馆。

大家还记得前面讲过，这里筑起的街垒又被圣梅里街垒遮住，如今更是坠入沉沉黑夜中；我们正是要稍微说明一下麻厂街这道著名的街垒。

让我们讲得清楚些，还是采用叙述滑铁卢战役时用过的简便方法。当年，在菜市场东北角，靠近圣厄斯塔什教堂尖端处，即如今朗布托街的入口，住户的房舍杂乱无章，要有一个比较准确的布局，就不妨设想一个N形，上接圣德尼街，下连菜市场，左右两竖是大丐帮街和麻厂街，中间斜线是小丐帮街；蒙德图尔街则斗折蛇行，横穿这三条街道；结果四条街纵横交错，赛似迷宫，就在东起圣德尼街，西至菜市场，北起天鹅街，南至布道修士街这一百平方图瓦兹的地段上，有七个由楼房组成的小岛，仿佛建筑工地上随意乱放的石堆，奇形怪状，大小不一，中间只隔着窄窄的缝儿。

我们说窄缝儿，因为没有更确切的字眼儿来标示这些阴暗、逼窄、曲曲折折的小街。小街两侧的九层楼房破烂不堪，在麻厂街和小丐帮街，甚至用粗木横在中间撑住面对面的楼房。街道狭窄，但流水沟很宽，路面终年潮湿，行人来往只好贴近店铺。店铺像地窖一般昏暗，门旁立着打了铁箍的护墙石，垃圾堆积如山，小道口安有上百年铁栅大门。修建朗布托路时，就将这些一扫而光。

蒙德图尔这名称原意为“我绕弯”，足以描绘出这种街道曲里拐弯的形貌。再远一点，有一条街通入蒙德图尔街，名叫陀螺街，就更为形象了。

行人从圣德尼街走进麻厂街，就会发现街道越走越窄，仿佛钻进狭长的漏斗里。麻厂街很短，走到尽头，只见紧邻菜市场的一排高楼挡住去路，如果不注意发现左右各有一条黑乎乎的小通道，还真以为闯进了死胡同。这条通道便是蒙德图尔街，一头连着布道修士街，另一头通天鹅街和小丐帮街。在这条看似死巷的街尾右角，有一幢比周围矮些的楼房，临街好似海上的岬角。

就在这幢仅有三层的楼房里，开了一家三百年的老店，一直红火的著名酒楼，里面充满欢声笑语，老特奥菲勒[①]写的两句诗指的就在这个地方：

① 特奥菲勒·德·维钦（1590—1626年）：法国诗人。

情郎痛绝悬梁尽，尸骨摇荡尤骇人[①]。

这地点不错，酒家就世代传下来。

在马图兰·雷尼埃[②]时代，这家酒楼名号为“玫瑰花盆”。当时猜字谜成风，酒楼的招牌便是一根漆成粉红色的柱子[③]。到了上个世纪，那位杰出的纳图瓦尔[④]，如今受僵硬画派贬低的奇想画派大师之一，就多次醉倒在当年雷尼埃痛饮的餐桌上，他还为了感谢酒家，在粉红柱上画了一串科林斯[⑤]葡萄。酒家乐不可支，就改成招牌，在葡萄下方写了这样几个金黄大字：“科林斯葡萄酒楼”。这便是“科林斯”号的来历。自不待言，酒鬼们喜欢省略，词句省略有如蹒跚的脚步。科林斯渐渐将玫瑰花盆赶下宝座。最后这代店主，叫于什卢老爹，甚至不了解这种渊源，雇人将柱子漆成蓝色了。

柜台设在楼下餐厅，楼上大厅安有球台，一条螺旋形楼梯冲破棚顶通到二楼，餐桌摆了葡萄酒，墙壁烟熏火燎，白天还点着蜡烛，这便是酒楼的概貌。楼下餐厅的地板有个活门，掀起来便是通地窖的阶梯。三楼房间是于什卢一家的卧室，要从二楼一道暗门里登着名为楼梯，实则梯子上去。楼顶还有两间阁楼，是女用人的窝。厨房同柜台厅堂一样，都在楼下。

于什卢老爹也许天生是个化学家，诚然，他当了厨师；到酒楼来的顾客不仅喝酒，还要吃饭。于什卢发明一道独家风味菜，即肉

---

① 这两句诗实出于另一位法国诗人圣阿芒（1594—1661年）之手。

② 马图兰·雷尼埃（1573—1613年）：法国诗人。

③ 在法语中，玫瑰花盆和粉红色柱子谐音。

④ 查理-约瑟夫·纳图瓦尔（1700—1777年）：法国画家，但画风严谨，并非奇想画派大师。

⑤ 科林斯：希腊历史名城。

馅鲤鱼，他称为“大肉鲤鱼”。吃这道菜，要坐在钉了漆布以代替台布的餐桌上，借着羊脂烛或路易十六时代油灯的光亮。有的顾客慕名远道而来。于什卢认为有必要推荐他的“风味”菜，招揽过往行人，一天早上他心血来潮，拿起一支画笔，蘸着黑颜料罐，在墙上写了几个醒目的大字，但他的拼写同他的烹调一样独特：CARPES HO GRAS。

一个冬天的风雨也招揽而来，随意冲掉头一个词尾S和第三个词头G，结果只剩下：CARPE HO RAS。

这样一来，一个菜谱的普通广告，由于天气作美，就变成一种引人深思的劝告[①]。

于什卢老爹本不会写法文，却居然会拉丁文，从烹调中引出哲理，他本来只想取消封斋节，却一举同贺拉斯并驾齐驱了。尤为令人惊叹的是，这句话也意味着：快进酒楼。

如今，这一切已不复存在。从1847年起，蒙德图尔迷宫就被剖腹，动了大手术，现在也许消失了。麻厂街和科林斯酒楼，全都埋葬在朗布托大街的路石下面了。

前面讲过，对于库费拉克和他的朋友们来说，科林斯不仅是联络地点，也是聚会地点之一。是格朗太尔发现了科林斯，先是冲着贺拉斯那句话进去的，继而又冲着大肉鲤鱼再次光顾。进酒楼喝酒，吃饭，大叫大嚷，花费不多，有时少付，有时干脆不付钱，但始终受欢迎。于什卢老爹是个大好人。

于什卢这个大好人，如我们所说，是个留着两撇胡的酒店老板，样子很滑稽。他总阴沉着面孔，仿佛要吓唬常客，看见有人进门就嘟囔，那神态不像接待顾客用餐，倒像寻衅吵架似的。不过，

---

① 前一种只是拼写错误，而被雨水冲掉两个字母，意思全变，为“抓住时光”，令人想起拉丁诗人贺拉斯的一句话，故说“引人深思”。

我们还是这个话，顾客始终受欢迎。这个怪人吸引来大量顾客，前来光顾的年轻人就这样想：去听听于什卢老头儿“发牢骚”吧。他当过击剑教练。有时突然大笑，声音爽朗，显然是个厚道人。别看这种一脸苦相，其实却非常滑稽可笑。他巴不得让人害怕，颇像手枪形状的鼻烟盒，响声不过是引起的喷嚏。

他老妻于什卢大妈，是个生了胡须的丑女人。

约莫1830年，于什卢老爹死了。大肉鲤鱼的秘法也随即失传。他的遗孀伤心不已，继续营业，但是菜肴大不如前，几乎难以下咽了，酒本来就糟糕，现在就更差了。然而，库费拉克和朋友们还照样去科林斯，博须埃常说：“这是念旧。”

于什卢寡妇患气喘症，讲起乡下生活的往事就变声，而奇特的音调就消除了她话语的乏味。她叙事的独特方式，就是给她在乡下的青春记忆增添些作料。她肯定地说，从前她的一大乐趣，便是听“吱（知）更鸟在三（山）楂林里歌唱”。

楼上的“餐厅”是个长方形大厅，摆满了圆凳、方凳、靠背椅、条凳和餐桌，还摆了一张瘸腿的旧球台。大厅的角落有个方洞，好似航船的舱口，楼下的人要走一条螺旋形楼梯，从这洞口上来。

餐厅只有一扇窄窗户透光，整日点着一盏煤油灯，显得很破烂。所有四条腿的桌椅，都好像只有三条腿着地。白灰墙壁毫无装饰，只见一首献给于什卢大妈的四行诗：

十步貌惊人，两步吓死人，
何来一肉瘤，贸然入鼻孔；
最怕擤鼻涕，肉瘤抛给您，
鼻子垂欲坠，迟早落口中。

这诗是用木炭写在墙上的。

于什卢大妈酷似这一形象，然而从早到晚，她在这四行诗前边来回走动，总是那么泰然自若。两名女用人，一个叫水手鱼，一个叫烩兔肉，不知道是否还有别的名字，她们给于什卢大妈当帮手，把劣酒罐子搬上餐桌，往饿鬼的陶盘里盛杂碎汤。水手鱼肥胖，身子滚圆，红头发，爱大喊大叫。相貌奇丑无比，超过神话中的任何妖怪，却是于什卢老爹生前宠幸的妃子；不过，女仆照例总立在主妇的身后，她的丑相又不如于什卢大妈了。烩兔肉瘦长，身子娇弱，肌肤呈现淋巴质的白色，黑眼圈，眼皮终日耷拉着，总显得疲惫不堪，可以说害了一种慢性疲劳症；每天她头一个起床，最后一个睡觉，侍候所有人，甚至侍候另一个女仆，但总是不言不语，慢条斯理，脸上挂着疲惫的笑容，就像睡梦中嘴角泛起的那种微笑。

柜台上方安了一面镜子。

进入餐厅之前，只见门上有库费拉克用粉笔写的一行诗：

肚大便畅饮，胆大可饱餐。

二　先议为快

我们知道，赖格尔·德·莫住在别处的时候少，住在若李宿舍的时候多。他有个住处，正如鸟儿有一根树枝。两个朋友同吃同住，一起生活，一切都共有，有点不分彼此，就像侍从修士所说的“一对儿”[①]。6月5日上午，他们去科林斯吃饭。若李正患重伤风，鼻子不通气，开始传染给赖格尔。赖格尔的衣服已经破旧，但若李

① 原文为拉丁文。

却衣着齐整。

大约早上九点钟，他们推开科林斯店门。

他们登二楼。

水手鱼和烩兔肉前来招呼客人。

“牡蛎、奶酪和火腿。”赖格尔说道。

他们在餐桌落座。

酒楼空荡荡的，只有他们两个顾客。

烩兔肉认识若李和赖格尔，便往餐桌上放了一瓶葡萄酒。

他们刚吃几只牡蛎，一个脑袋就从楼梯口钻上来，说道：“正巧路过这儿，从街上就闻到布里奶酪的香味，我就进来了。”

来人正是格朗太尔。

格朗太尔抄了一张圆凳，凑到餐桌坐下。

烩兔肉看见格朗太尔来了，就往桌上添了两瓶葡萄酒。

这样，一桌就有三个人了。

“怎么，这两瓶酒你要全喝下去？”赖格尔问格朗太尔。

格朗太尔答道：“人人都有天赋，唯独你天真。两瓶酒从未吓倒过一个男子汉。”

这两个已经吃上了，格朗太尔就先喝酒，一下子就灌下去半瓶。

“你这胃有洞是怎么的？”赖格尔又问道。

“你这胳膊肘上倒有个洞。”格朗太尔回敬。

他干下一杯，又说道：

“哦，对了，悼词大师赖格尔，你这身衣服也太旧了。”

“这正中下怀，”赖格尔答道，“衣服旧了，同我才相安无事，也最合身儿了，一点儿也不妨碍我，随我的身子怎么扭曲，怎么动作，没说的，只因为暖和，我才感到身上穿着衣服。旧衣服跟老朋友是一码事。”

“这话说得对，”若李也插进来，高声说道，“一件旧衣裳，就是一个老盆（朋）友。”“尤其是从一个鼻子不通的人嘴里说出来。”格朗太尔说道。

“格朗太尔，”赖格尔问道，“你是从大马路过来的吗？”

“不是。”

“我和若李，刚才看见送葬队列的排头走过去。”

“那场面真叫人禁（惊）奇。”若李说道。

“这条街多平静啊！”赖格尔叹道，“谁能想到，巴黎已经闹得天翻地覆呢？可见，从前这里全是修道院！杜勃勒尔和索瓦尔，还有勒贝夫神父，都列过名单。从前，附近这一带全是修士，就像一群群蚂蚁，有的穿鞋，有的光脚，有的光头，有的留胡子，黑的、白的、花白胡子，有方济会修士、最小兄弟会修士、嘉布遣会修士、加尔默罗会修士、小奥古斯丁教派修士、大奥古斯丁教派修士、老奥古斯丁教派修士……哎呀呀，到处都是。”

“别谈修士啦，”格朗太尔打断对方的话，“一提起修士，就叫人浑身发痒。”

接着，他又大发感慨：

“呸！我吞下一个坏牡蛎。我的疑心病又犯了。这些牡蛎全臭了，女招待全是丑八怪。我恨人类。刚才我走在黎塞留街上，从那个大型公共图书馆前经过。所谓图书馆，就是一堆牡蛎壳，我一想就恶心。用了多少纸张！用了多少墨汁！乱涂乱画！乌七八糟的东西全写出来！说人是没有羽毛的两足动物，是哪个粗野的家伙说的啦？此外，我还遇见我认识的一个姑娘，长得跟春天一样美，配得上花神的名称，一天高高兴兴，欢欢喜喜，快活得像天使，真不幸啊，只因昨天有个银行家，那个满脸麻坑的丑鬼看上了她！唉！女人窥伺老财，不亚于窥伺花花公子；猫儿既捉老鼠，也捕鸟儿。这个小妞儿，不到两个月前，她还老老实实待在阁楼上，将一个个小铜环缝在胸衣的扣眼上。你们说这叫什么？叫做针线活，她睡在帆布床上，旁边有一盆花，她很满意。现在，她成了银行家太太。这种转变是昨天夜晚发生的。今天早上，我遇见她，这个受害者却兴高采烈。可恶的是，这个坏女人，今天还像昨天那样美丽。她那银行家的丑态，从她脸上看不出来。玫瑰就比女人多这么一点儿，或者少这么一点：看得见毛毛虫给花留的痕迹。噢！这世上没有道德可言；作为爱情象征的爱神木，作为战争象征的桂树，作为和平象征的橄榄树这个蠢材，还有果核险些卡死亚当的苹果树，以及裙钗的祖父无花果树，都可以引来作证。至于法权，你们想了解什么是法权吗？高卢人觊觎克吕斯，罗马则保护克吕斯，并质问高卢人，克吕斯怎么冒犯他们了。布伦努斯[①]回答：就像阿尔巴怎么冒犯你们，菲登札怎么冒犯你们，埃克人、沃利斯克人、沙宾人又怎么冒犯你们了。只因他们是你们的近邻。克吕斯则是我们的邻邦。我们对待邻邦的态度同你们一样。你们夺取了阿尔巴，我们就占领克吕斯。罗马说：你们休想占领克吕斯。于是布伦努斯就拿下罗马，并且高呼：让战败者遭殃[②]！这就是法权。哼！在这世界上，有多少猛禽猛兽！有多少鹰隼！有多少鹰隼啊！一想到这情景，我就起一身鸡皮疙瘩！”

他递过去酒杯，让若李给斟满，随即喝下去，说话几乎未间断，没人觉察，连他自己也没有意识到喝了这杯酒：

“攻占罗马的布伦努斯是只雄鹰，占有那个年轻女工的银行老板，也是雄鹰。这种事同那种事一样，都毫无廉耻。可见，什么

① 布伦努斯：古代高卢人的首领的名号。据罗马传说，大约在公元前390年，布伦努斯曾率高卢人攻占了罗马。

② 原文为拉丁文。

也不要相信。只有一件事实实在在：喝酒。不管持什么见解，你们都要像圩里镇那样对待瘦公鸡，或者像格拉里镇那样对待肥公鸡，怎么都无所谓，还是喝酒吧。你们向我提起大马路，提起送葬队列等等。看样子，还要来一场革命是怎么的？慈悲的上帝也这样穷对付，着实令我吃惊。事件之间的切槽，要随时上润滑油才行，否则就会卡住，停止运行了。快来一场革命吧。慈悲的上帝双手沾满这种油污，总是黑乎乎的。换了我是上帝，我就简单从事，用不着时时刻刻上紧发条，我会干净利落地引导人类，像打毛线那样，一针一针将事件编织起来，还不弄断线，根本不用采取什么应急措施，也不会做出临时性的安排。你们所说的进步，靠两种动力往前运行：人和事变。不过，可悲的是，有时总难免出现特殊情况。无论对事变还是对人来说，常规部队还不足以解决问题；人当中必出天才，事变当中必出革命。重大变故就构成规律；事物的顺序安排，离不开这种规律；只要看见出现彗星，就会相信老天也需要角色上场表演。上帝往往出乎人意料，突然在苍穹的壁上张贴一颗流星的广告。多怪异的星啊，拖着巨大的尾巴。恺撒就是出现彗星死的，布鲁图斯刺他一刀，上帝给他一颗彗星。啪的一声，出现一片北极光，发生一场革命，出来一个伟人；是用特号字体写出的93年、大出风头的拿破仑、在广告牌上居首的1811年彗星。嘿！多么美观的蔚蓝色广告牌，闪烁着奇妙的光焰！砰！砰！无比灿烂的景象。无事闲逛的人，举目观望吧。天上的星辰同人间的事情一样，全都杂乱无章。仁慈的上帝，这太过分，但是又不足。这种迫不得已的手段，看上去光彩夺目，其实却可怜得很。朋友们，连天主都穷于应付了。一场革命，又能证明什么呢？只能证明上帝也捉襟见肘了。他搞一次政变，以解决现在和将来衔接的问题，因为他这个上帝，未能把两端接起来。真的，这也证实了我对耶和华的财富的估计，只要看一看上界和下界有多么拮据，天上和人间那么斤斤计较，那么小气，那么吝啬，那么穷困，小鸟儿吃不到一粒粟米，而我也没有十万年金；只要看一看疲惫不堪的人类命运，甚至脖子套了绞索的王公贵族的命运——让人吊死的孔代亲王便是明证；只要看一看冬天的景象——完全是寒风怒吼的一条裂缝；只要看一看山冈上鲜艳的紫红色朝霞中那么多破衣烂衫，看一看那假冒珍珠的露水、假冒琼玉的霜冻；只要看一看分崩离析的人类、七拼八凑的事件，太阳有那么多黑点，月亮有那么多窟窿；只要看一看到处饥寒交迫，我就怀疑上帝并不富有。不错，他大面上还过得去，但是我感到他很窘迫。于是，他就发动一场革命，正如钱柜空了的商人举行一场舞会。不要从外表去判断那些神灵。在金光灿烂的天空下，我看到的是一个贫穷的世界。万物的创造有失败之处。因此，我深为不满。喏，今天是6月5日，天差不多黑了；从今天早晨起，我就等待白昼到来。白昼没有来，我敢打赌这一整天也不会来了。像一个薪水很低的职员那样不准时。对，全都错了位，相互不搭配，这个古老的世界整个歪歪斜斜，我站在对立面。一切都七扭八歪，宇宙专爱捉弄，就像孩子一样，想要的得不到，不想要的却全有。总之，叫我火冒三丈。此外，赖格尔·德·莫这个秃顶，看着也叫我难受。一想到我和这秃头同龄，就觉得受了奇耻大辱。不过，我只是批评，并不侮辱。世界还是原来的样子。我讲这些并无恶意，良心上过得去。永恒之父，请接受我的崇高敬意。啊！我以奥林匹斯山的所有神仙、天堂的所有天神发誓，我生来不适合当巴黎人，也就是说，不能像羽毛球那样，永远在两把拍子之间弹来弹去，忽而落到闲逛的人群中，忽而落到喧闹的人堆里！我生来适合当个土耳其人，终日观赏东方娇憨的女郎跳美妙而淫荡的埃及舞，如同一个正人君子在做梦，或者适合在博斯地区当个农民，在威尼斯当个由贵妇围着的贵族，或者在德意志当个小王公，将半个步兵交给日耳曼联邦，自己悠闲自在，洗了袜子晾在篱笆上，也就是说晾在国境线上。这才是我生来的命运！对，我说过当土耳其人，绝不改口。我真不明白，一般人怎么那样憎恶土耳其人；穆罕默德有可取之处，应当尊敬这个美女后宫和女奴天堂的创始人！不要侮辱伊斯兰教，这是唯一用鸡窝装饰的宗教！说到这里，我还坚持主张喝酒。尘世是个大蠢物。看来，所有这些傻瓜要动起手来，要打个头破血流，要相互厮杀，其实，在这初夏的牧月，他们本可以挽着女郎去田野，畅快地吸着天大的茶碗里割下的牧草的清香。千真万确，人净干蠢事。刚才，我在一家旧货店看见一盏破灯笼，不禁想道：该给人类照照亮了。对，我又伤心啦！就像让一个牡蛎或一场革命卡住嗓子的感觉！我又沮丧了！噢！这惨不忍睹的旧世界！大家在这世上闹腾，相互倾轧，相互糟蹋，相互屠杀，而且习以为常！”

格朗太尔一阵高谈阔论，接着又一阵高声咳嗽，自作自受。

“提起革命，”若李说道，“看样子，巴（马）吕斯肯定在念（恋）爱。”

“知道爱上谁了吗？”赖格尔问道。

“不什（知）道。”

“不知道？”

“真的不什（知）道！”

“马吕斯的爱情！”格朗太尔提高嗓门儿，“想象得出来。马吕斯是一片雾气，大概找到了一股水汽。马吕斯属于诗人类型。所谓诗人，就是疯子。庙中阿波罗[①]马吕斯同玛丽，或者玛丽亚，或者玛丽埃特，或者玛丽蓉，肯定组成一对怪情侣。不用瞧我也知道是

① 文字游戏，即“蒂姆布拉乌斯的阿波罗”，那地方有个礼拜堂供奉阿波罗。

怎么回事。完全陶醉，连亲吻都忘了。在大地上冰清玉洁，但是在无垠的天空却男欢女爱。他们两人的灵魂有感官。他们要到星云中共眠。”

格朗太尔正在消受他那第二瓶酒，也许还要高谈阔论，忽见楼梯口方洞又冒上来一个人。那是个不到十岁的男孩，穿一身破烂，个子矮小，脸皮黄黄的，嘴巴尖尖的，眼珠子滴溜乱转，头发特别厚，让雨淋透了，那样子却很快活。

那孩子显然不认识这三个人，但是他一上来，便毫不犹豫地问赖格尔·德·莫：“您就是博须埃先生吧？”

“这是我的别号，”赖格尔答道，“你找我有什么事儿？”

“是这样，一个黄头发大个子的人，在大马路上对我说：‘你认识于什卢大妈吗？’我回答说：‘认识，就是麻厂街那个老头儿的寡妇。’他又对我说：‘你去一趟，见到博须埃先生，就转告他：A—B—C。他这是同您开玩笑，不是吗？他给了我十苏钱。”

“若李，借给我十苏。”赖格尔说，扭头又对格朗太尔说：“格朗太尔，借给我十苏。”

赖格尔一共借了二十苏，全给了男孩。

“谢谢，先生。”小男孩说道。

“你叫什么名字？”赖格尔问道。

“我叫小萝卜，是伽弗洛什的朋友。”

“留在我们这儿吧。”赖格尔说道。

“同我们一起吃点儿饭。”格朗太尔也说道。

那孩子答道：“不成，我编在送葬队列，规定我喊打倒波利尼亚克。”

他一只脚向后拉一大步，表示最高的礼节，就转身离去。

等孩子一走，格朗太尔又大发议论：

“这是地道的流浪儿。流浪儿族中，种类繁多。公证人类型的流浪儿叫小跑腿的，厨师类型的流浪儿叫小砂锅，面包师类型的流浪儿叫烟囱帽，侍从类型的流浪儿叫格鲁姆[①]，海员类型的流浪儿叫泡沫[②]，士兵类型的流浪儿叫小军鼓，画家类型的流浪儿叫小艺徒，商人类型的流浪儿叫小伙计，大臣类型的流浪儿叫莫南[③]，国王类型的流浪儿叫太子，神仙类型的流浪儿叫小精灵。”

这工夫，赖格尔在思索，喃喃说道：“A—B—C，这就意味：拉马克的葬礼。”

“黄头发的高个子，”格朗太尔指出，“那是安灼拉，他派人来通知你。”

“咱们去不去？”博须埃问道。

“下雨了，”若李说道，“我已经发过誓，宁愿蹈火，也不赴汤。我可不想再感报（冒）了。”

“我就待在这儿，”格朗太尔也说道，“我要午饭，不要棺材。”

“结论：咱们不动窝儿。”赖格尔又说道，“好吧，接着喝酒。再说了，错过送葬，不见得错过暴动。”

“啊！暴动，算我一个。”若李嚷道。

赖格尔搓着双手：“这回，要修理修理1830年革命了。那场革命确实叫人民浑身不舒服。”

“依我看，你们的革命也无所谓。”格朗太尔说道，“我并不厌恶现政府，那是套上软布帽的王冠，权杖也安了雨伞。对了，我倒是想，今天这样的天气，路易-菲力浦的王权可以有两种用途，权

---

① 来自英语，意为小侍从。

② 另一词义为“见习小水手”。

③ 来自西班牙语，意为“青年侍从”。

杖一端对付百姓，撑开雨伞的一端对付老天。”

餐厅昏暗，大片乌云完全遮住了阳光。酒楼里空荡荡的，街上空荡荡的，所有人都去“看热闹”了。

“现在究竟中午还是半夜？”博须埃嚷道，“什么也瞧不见，烩兔肉，拿个亮儿来！”

格朗太尔愁眉苦脸，继续喝酒。

“安灼拉瞧不起我。”他咕哝道，“安灼拉肯定这样说：若李病了，格朗太尔醉了。因此，他派小萝卜来，是找博须埃。若是来找我，我倒会跟着去。算他安灼拉没长眼睛！我不会去给他送葬。”

作出这样决定的之后，博须埃、若李和格朗太尔就泡在酒楼，不想动弹了。泡到将近下午两点钟时，他们那张餐桌就摆满了空酒瓶。桌上点着两支蜡烛，一支插在裹了一层绿锈的铜烛台上，一支插在破瓶瓶口上。格朗太尔把若李和博须埃引向杯中物，而博须埃和若李则把格朗太尔拉回到快活中。

至于格朗太尔，从中午起，他就不限于葡萄酒了。葡萄酒是梦幻的平庸的源泉，在那些较真儿的醉汉来说，葡萄酒仅仅受行家赏识。酒醉人之力，可分妖术和神术，而葡萄酒只有神术。格朗太尔贪恋醉乡，是个无所畏惧的酒徒。醉酒的妖魔在他面前张着血盆大口，非但吓不住他，反而吸引他。他丢下葡萄酒瓶，又操起大啤酒杯。大啤酒杯，就是无底洞。他手头没有鸦片，也没有大麻，要让脑子进入蒙眬和迷茫的状态，就只好乞灵于由烈酒、黑啤酒和苦艾酒调成的混合酒。这种混合酒劲头十分猛烈，能极度迷醉人的神经，而灵魂也就像铅块一样，沉入啤酒、烈酒和苦艾酒这三种酒气中。这是三重黑暗，天上的蝴蝶也会沉溺其间，在这凝聚为蝙蝠膜翅状的迷蒙烟雾中，化出三个无声的疯魔，即梦魇、夜魅和死神，盘旋在沉睡的普绪喀[①]的头上。

然而，格朗太尔远没有醉到这样可悲的程度，却快乐得像个神仙，博须埃和若李则凑趣助兴，三人频频碰杯。格朗太尔还摇唇鼓舌，大肆发表奇谈怪论。同时手舞足蹈；只见他领带解开，两条腿骑在圆凳上，左拳头神气十足地顶在膝盖上，左胳臂弯成折尺状，举着一满杯酒，冲着肥胖的女用人水手鱼，庄严地发出命令：

“将殿堂的大门敞开！让所有人都进入法兰西学士院，都有权拥抱于什卢大妈！干杯。”

他转身又冲于什卢大妈嚷道：

“一脉相承的古代女人，请靠近点儿，让我瞻仰你的容貌！”

若李也跟着嚷道：

“水手鱼和烩兔肉，不要再给格朗太尔上酒了。他吃下去多少钱！今天炒（早）晨，他就大市（肆）挥霍，吞下去两法郎九十五生丁。”

格朗太尔又说道：“没有得到我的准许，是谁把天上的星星摘了下来，放在桌子上当蜡烛？”

博须埃也有十分醉了，但还能保持平静。

他坐在窗台上，让雨水从敞着的窗口飘进来，浇湿他的后背，眼睛则注视着他的两个朋友。

突然，他听见背后传来急促的脚步声和喧闹声，有人高喊“拿起武器！”他回过身去，望见麻厂街连接的圣德尼街上，过来一大群人：安灼拉拿着一杆步枪，伽弗洛什举着一把手枪，弗伊挥着一把战刀，库费拉克挥着一把剑，普鲁维尔操着一支马枪，公白飞拿着一杆步枪，而巴奥雷则端着一支卡宾枪，后面跟随着激昂的人

---

① 普绪喀：又译普塞克，希腊神话中人的灵魂的化身，以少女形象出现，与爱神厄洛斯相爱并结合。

群，也都各执武器。

麻场街不长，也就只有卡宾枪的射程。博须埃双手立刻凑到嘴边，做成扩音筒喊道："库费拉克！喂！库费拉克！"

库费拉克听到喊声，见是博须埃，便拐进麻厂街，走了几步，同时喊了一声："干什么？"正好同另一边"你去哪儿？"的问声相交错。

"去造街垒。"库费拉克回答。

"那就在这儿吧！这儿位置好！就在这儿造！"

"说得对，赖格尔。"库费拉克说道。

库费拉克一挥手，那伙人就蜂拥闯进麻厂街。

三　夜色逐渐笼罩格朗太尔

这地点的确选得好极了：街口开阔，越往里越窄，形成一条死胡同，科林斯则卡住咽喉，左右两侧的蒙德图尔街极容易堵死，因此，敌方只能从圣德尼街进攻，也就是说，从正面毫无隐蔽的地段进攻。别看博须埃喝醉了，这眼光不亚于饥饿的汉尼拔。

这群人一闯进来，整条街的居民都惊慌失措，行人无不纷纷退避，转眼工夫，街头巷尾，左右两侧的商店、铺子、过道栅门、窗户、百叶窗、阁楼、大小窗板，从楼下一直到楼顶，全都关闭了。一个老太婆吓坏了，把一张床垫绑在两根晾衣竿儿上，挡在窗口以防流弹，只有酒楼还开着，原因很简单，那伙人已经冲进去了。

"我的天主啊！我的天主啊！"于什卢大妈连声叹气。

博须埃下楼去迎库费拉克。

若李坐到窗口，喊道：

"库费拉克，你应当打把雨伞。你这样要感报（冒）的。"

就在这几分钟的工夫，酒楼前面的铁栅门就有二十来根铁条给拔走，街道也有二十来米长地段的石块给掀起来；伽弗洛什和巴奥雷拦住石灰商昂索的平板马车，将车推翻，将车上运的三桶石灰撒在石块下面；安灼拉掀开地窖的活门，让人将于什卢寡妇的所有空酒桶搬出来支撑石灰桶；弗伊那十根手指善于给精巧的扇骨着色，现在也贴着桶和车子，巧妙地码起两大堆砾石。砾石和其他东西全是临时凑起来，不知道是从哪儿弄来的。铺在酒桶上面的几根立柱，则是从附近一幢房子的门脸拆下来的。等博须埃和库费拉克回来再一看，半条街已经筑起一人多高的壁垒。什么也比不上群众的双手，能用拆除的东西建造起一切。

水手鱼和烩兔肉也加入这一工程的行列。烩兔肉往返搬运瓦砾，她那种疲惫相，也帮助建街垒，递送石块，还像给顾客上酒那样，是一副昏昏欲睡的样子。

两匹白马拉着一辆公共马车驶过街口。

博须埃见了，立刻跨过石堆，跑过去拦住车夫，让旅客全下车，还搀扶“女士”下来，将车夫打发走，便拉着缰绳，连车带马弄了回来。

“公共马车不准经过科林斯。‘公众不准靠近科林斯’[①]。”

片刻之后，那两匹马卸了套，从蒙德图尔街放走了，公共马车推翻在街上，就把路口完全堵死了。

于什卢大妈吓得魂飞魄散，上二楼躲起来。

她眼睛失神，视而不见了，要呼喊又把声音压得极低，惊叫声憋在喉咙里，不敢喊出来。

“这真是世界末日。”她咕哝着。

---

① 原文为拉丁文。这是文字游戏，在拉丁文中，公共马车也有“公众”的意思，这句话是模仿贺拉斯由希腊文译成拉丁文的一条谚语。

若李在于什卢大妈又粗又红的脖子皱皮上亲了一口，对格朗太尔说：

“哦，亲爱的，我还一直认为，女人的脖子无比细嫩呢。”

然而此刻，格朗太尔正抵达酒神颂歌的最高境界，他见水手鱼又上二楼来，就拦腰将她抱住，冲着窗户大笑不止。

“水手鱼真丑啊！”他嚷道，“水手鱼的丑相梦里才有！水手鱼就是一只怪兽。喏，这就是她出生的秘密：一名哥特人给大教堂塑造流水槽口的魔头像，忽然有一天早上，他像皮格马利翁①那样，爱上了其中最丑恶的一个塑像，祈求爱神赐给它生命，于是就生了水手鱼。公民们，瞧瞧她这样子吧！她的头发跟提香②的情妇一样，是铬酸盐的铅灰色。她是个好姑娘，我敢打保票，她一定能英勇战斗。每个善良的姑娘都蕴涵着一个英雄。就连于什卢大妈，也是个英勇无畏的老太婆，瞧瞧她嘴上的胡须！那是继承她丈夫的。嘿，名副其实的一名巾帼骑兵！她也会英勇作战。她们两个人，就能威震整个巴黎城郊。同志们，我们一定能够推翻政府，没错儿，正像十七烷酸和甲酸之间，还有十五种酸那样确切无疑。其实，这与我毫不相干。先生们，我父亲一直讨厌我，怪我弄不懂数学。我只懂爱情和自由。我是好孩子格朗太尔！我从来就没有过钱，也就没有养成有钱的习惯，因而从来不缺钱；不过，假如我富有了，那么世上就没有穷人啦！这是明摆着的事！哦！假如心肠好的人都有大钱包！那么世上一切会好得多！我时常想象耶稣-基督像罗思柴尔德③那样富有！他会做多少善事！水手鱼，拥抱我呀！您又多情又羞

① 皮格马利翁：希腊神话中的塞浦路斯王，善雕刻，爱上了自己雕出的一个少女像。爱神见他感情真挚，就让少女像活了，同他结合。

② 提香（1488或1489—1576年）：意大利画家。

③ 罗思柴尔德（1743—1812年）：德国银行家。

怯！您的脸蛋呼唤姐妹的吻，您的嘴唇呼唤情人的吻！”

“住口，大酒桶！”库费拉克说道。

格朗太尔回敬道：

“我是花花太岁！”

安灼拉端着步枪，扬着他那英俊的面孔，挺立在街垒顶端。要知道，安灼拉那形象颇似斯巴达人和清教徒，他可以同莱奥尼达斯并肩战死在温泉关[①]，也可以和克伦威尔一起焚烧德罗赫达[②]。

“格朗太尔！”安灼拉喊道，“快走开，到别处灌酒去。这是陶醉的地方，而不是迷醉的地方。不要玷污街垒！”

这句怒斥在格朗太尔身上产生了奇效，就好像迎头泼了一盆冷水，一下子将他浇醒了。他挨着窗口坐下来，臂肘撑在桌子上，以难以描摹的和蔼神情望着安灼拉，对他说：

“你知道我信服你。”

“走开。”

“让我在这儿睡一会儿吧。”

“到别处睡去。”安灼拉嚷道。

然而，格朗太尔那双温柔而惶遽的眼睛始终注视着他，答道：

“让我在这儿睡吧……一直睡到我死去。”

安灼拉以藐视的目光端详他：

“格朗太尔，你什么也做不来，信仰，思考，意愿，生和死，统统不行。”

格朗太尔声音严肃地回答：

---

① 莱奥尼达：斯巴达国王（公元前490—前480年在位），公元前480年他率领三百勇士，坚守温泉关，重创波斯军队。

② 德罗赫达：爱尔兰港口，在英国资产阶级革命时期，这座城市一度成为保王党抵抗的中心，1649年，克伦威尔率军攻占，下令焚烧城市并屠杀居民。

“走着瞧吧。”

他还咕哝了几句，但话语不清，脑袋随即重重地倒在桌子上，进入常见的酩酊大醉的第二阶段，他是让安灼拉猛然粗暴地推入这种状态，不一会儿就睡着了。

四 力图安慰于什卢寡妇

巴奥雷看着街垒，狂喜地喊道：

“这条街赤膊上阵啦！真棒啊！”

库费拉克一边拆掉点儿酒楼的东西，一边力图安慰孀居的老板娘。

“于什卢大妈，那天您不是抱怨说，只因烩兔肉在您窗口抖了抖毯子，您就接到违法罚款单吗？”

“是啊，库费拉克我的好先生。噢，天主啊，怎么，您还要把我这张桌子扔到你们的垃圾堆上吗？抖毯子不行，还有一次，一个花盆儿从阁楼掉到街上，政府就罚了我一百法郎。再往下扔桌子，不是更得挨宰！”

“嗳！于什卢大妈，我们这是为你报仇呢。”

于什卢大妈似乎不大明白，她在这种补偿中能得到什么好处。有个类似的故事：一个阿拉伯女人挨了丈夫一耳光，跑去向她父亲告状，吵着要父亲替她报仇：“爸，你对我丈夫应当以牙还牙。”她父亲问道：“他扇了你哪半边脸？”“左半边。”于是，她父亲给了她右半边脸一巴掌，说道：“现在你该满意了。去跟你丈夫说，他打了我女儿，我就打了他老婆。”于什卢大妈所得到的就是这种满足。

雨停了。又添了些生力军。一些工人用罩衫遮着，带来一桶火药、一篮子瓶装的硫酸、两三支狂欢节用的火把、一筐三王节用剩的纸灯笼。三王节是在5月1日，新近才度过的。这些作战物资，据说来自圣安托万城郊大街，是由一个叫佩潘的食品杂货店老板供应的。麻厂街唯一的路灯、遥对的圣德尼街的那盏路灯，以及蒙德图尔街、天鹅街、布道修士街、大小丐帮街这些邻近街道的路灯，全都砸毁了。

安灼拉、公白飞和库费拉克指挥一切行动。现在，两座街垒同时建造，全背靠科林斯，构成折尺状。大街垒封死麻厂街，小街垒封住靠天鹅街一侧的蒙德图尔街。小街垒很窄，只用酒桶和街道石块造起来的。那里大约有五十名工人，其中三十来人有步枪，他们在来的路上，把一家武器店的枪支一股脑儿借来了。

这支部队五花八门，形形色色，奇特到了极点。有一个人穿着短外套，拿一把马刀和两支手枪；另一个人只穿衬衫，戴一顶圆边帽，侧身吊着一个火药壶；第三个套了用九层灰皮纸做的护胸罩，拿一把马具匠用的大铁锥当武器。有一个人高喊：“让我们统统歼灭，一个不留，让我们死在自己的刺刀下！”这样喊的人却没有刺刀。还有一个在礼服外面扎了一副国民卫队的宽皮带和子弹盒，而护盖上有红毛线绣的“治安”两个字。许多步枪上都有部队的番号，有几根长矛。戴帽子的人不多，没有一个人扎领带，大多袒胸露臂。此外，各种年龄、各种相貌的人都有，如脸色苍白的小青年、紫红脸膛的码头工。大家都争先恐后，你帮我助，边干边议论事态的变化：凌晨三点钟援兵就可能赶来，肯定会来一团人马，巴黎全城就可能暴动。这种血腥的话题，讲起来却这样愉快轻松。他们素昧平生，彼此未通名姓，来到一起却亲如兄弟。巨大的危险所显示的壮美，就是能让互不相识的人焕发出友爱精神。

厨房里生起一炉旺火，酒楼里的水罐、匙子和叉子等锡器全搜罗来，放在模子熔化了做子弹。他们边干边喝酒。餐桌上胡乱放着酒瓶封皮、大粒霰弹和玻璃酒杯。于什卢大妈、水手鱼和烩兔肉全都吓得失了态，但表现不同：一个变傻了，一个喘不上来气，还有一个吓醒了；她们待在有球台的餐厅里，撕旧布做绷带，有三名起义者当帮手；那三个人留着长发和胡须，他们用洗衣女工一般的手指，清理并抖开布条。

先前在劈柴街拐角，库费拉克、公白飞和安灼拉加入行列时注意到的那个高个子，现在参加筑小街垒，相当卖力气。至于另外一个青年，就是曾在库费拉克住处等候，并向他打听马吕斯先生的那个青年，大约在推翻公共马车那工夫不知去向了。

伽弗洛什兴高采烈，就像生了翅膀，他主动担起鼓劲打气的任务，不住脚地来回奔忙，上上下下，不住嘴地大喊大叫，妙语连珠。他在这里，就仿佛给所有人带来鼓舞。他有刺激针吗？当然有，就是他的穷苦。他有翅膀吗？当然有，就是他的快乐。伽弗洛什是一股旋风。无处不见他的身影，无处不闻他的声音。他无处不在，充满空间，简直就是激奋的无所不在的神灵，跟随他就不可能有停顿。巨大的街垒感到他就在它臀部上。他妨碍闲逛的人，鼓动懒惰的人，激励疲惫的人，催促沉思的人，让这些人快活起来，让那些人紧张起来，还让另一些人激愤起来，让所有人行动起来，刺激一个大学生，敲打一个工人，这儿一停，那儿一站，旋即又离开，盘旋在热火朝天的劳动场面之上，从这一堆人跳到另一堆人，就像巨大的革命马车上的一只苍蝇，发出嗡嗡的声音，骚扰所有马匹。

永不停歇的活动来自他那瘦小的胳臂，无休无止的喧闹出自他那瘦小的胸腔：

“加油干呀！还要石块！还要大桶！还要东西！哪儿还有？来

一筐石灰碴，给我把这个洞堵死。你们这街垒，真够小巧玲珑的。还得往上垒。所有东西全放上去，全投上去，全抛上去。将那幢房子拆了。一座街垒，就是吉布大妈的茶会。嘿，那儿还有扇玻璃门呢。”

工人听了都叫起来。

“一扇玻璃门！小不点儿，要玻璃门顶什么用？”

“你们这些大块头儿！”伽弗洛什反击道，“街垒放一扇玻璃门，那棒极了。它虽然不能防止敌人进攻，但是能妨碍敌人攻占。你们就从来没有爬过有玻璃瓶渣儿的墙头偷苹果吗？街垒上有一扇玻璃门，国民卫队要爬上去，脚上的老茧准会给割破。老天！玻璃可是阴险的家伙。在这方面，同志们，你们的想象力也太不丰富啦！”

此外，他特别恼火自己的手枪没有扳机，逢人就要求：“一杆步枪！我要一杆步枪！干吗不给我一杆步枪呢？”

“给你一杆步枪！”公白飞说道。

“嗯！”伽弗洛什回敬道，“有什么不行的？1830年，跟查理十世吵起来那时候，我就有过一杆！”

安灼拉耸了耸肩。

“等大人都有了，再分给孩子。”

伽弗洛什傲慢地转过身，顶他一句：

“如果你比我先死，我就接过你的枪。”

“野小鬼！”安灼拉说道。

“毛头小伙子！”伽弗洛什回敬道。

一个衣冠楚楚的人迷了路，转到这条街口，分散了他们的注意力。

伽弗洛什冲那人喊道：

“年轻人，加入我们的行列吧！怎么，对这古老的祖国，你就不打算出点力吗？”

那个盛装的人赶紧跑掉。

五 准 备

当年一些报纸称，麻厂街的街垒有两层楼那么高，“几乎是一座无法攻克的建筑”，这种说法不对，其实平均高度也不过六七尺。这座街垒的造型，旨在向战士提供方便：他们可以隐蔽，也可以从里侧由石块砌起的四级台阶，登上垒脊并控制整个街垒，甚而跨越出去。街垒外侧是由石块和木桶堆起来的，还用木柱和木板别在昂索的那辆平板车和公共马车轮子上，连成一个整体，外观犬牙交错，七棱八翘。离酒楼不远的这座大街垒，一端和楼房的墙之间留了个豁口，仅能容一人通过。公共马车的辕木直竖起来，用绳索绑住，顶上挂了一面红旗，在街垒上空迎风飘扬。

蒙德图尔街那座小街垒，隐在酒楼背后，是望不见的。两座街垒合起来，这条街就成为名副其实的堡垒了。安灼拉和库费拉克认为，经由布道修士街通往菜市场的那段蒙德图尔街，不必再筑街垒，无疑是要留一条与外面的通道，而布道修士街很狭窄，又艰难险阻，不大可能遭受敌人的攻击。

这条自由通道，也许正是弗拉尔[①]在战略论述中所说的交通一道，如果这条通道和麻厂街的那个豁口忽略不计的话，街垒里面，除了酒楼的突角之外，就呈现一个完全封闭的四边形。大街垒和街尾那排高楼，相距只有二十来步，可以说街垒背靠着那排高楼，而

① 弗拉尔（1669—1752年）：法国军事作家。

楼内全有住户，但是从上到下门窗紧闭。

整个工程进展顺利，没用一小时就完成了；而在此期间，这一小帮胆大妄为的人没望见一顶皮帽或一把刺刀。倒是有几个资产阶级，在暴动这个时候，还贸然逛到圣德尼街，朝麻厂街望了一眼，一见街垒，就加快脚步走开了。

两座街垒业已完成，红旗也挂起来，他们又从酒楼里抬出一张桌子，库费拉克跳上去，打开安灼拉搬来的方箱子。箱子里装满了子弹。大家一见子弹，连最勇敢的人也不禁一抖，全体顿时静下来。

库费拉克面带微笑，开始分发子弹。

每人分到三十发子弹。许多人有火药，用刚铸的弹壳又造了些枪弹。至于那整桶火药，则留作备用，放在酒楼门旁边的一张桌子上。

军队集合的鼓号声响彻巴黎，此伏彼起，结果完全成了一种单调的声响，引不起他们的注意了。那声响时远时近，音调十分凄厉。

他们神态庄严肃穆，全都从容地给步枪和卡宾枪上子弹。安灼拉往街垒外面派了三个岗哨：一个在麻厂街，第二个在布道修士街，第三个到小丐帮街的拐角。

街垒建成了，各就各位，子弹上了膛，哨兵也派出去了，然后，他们就独自待在可怕的街道上，行人不见了，四周楼房静悄悄的，仿佛死了一般，毫无人活动的声响，天色也黑下来，阴影越扩越大，把他们笼罩了，他们在黑暗和寂静中，有一种说不出来的凄惨和可怕，他们与外界隔绝，感到有什么东西逼来，但是他们握紧武器，坚定不移，镇定自若地等待着。

六 等 待

等待的时候，他们做什么呢?

我们应当谈谈，因为这是史实。

男人这边做子弹，女人那边缠绷带；只见一炉旺火上，一口大锅里准备注入弹头模子的熔锡和熔铅，正冒着青烟；前哨端着枪在街垒上守望，安灼拉聚精会神注视着前哨，而公白飞、库费拉克、约翰·普鲁维尔、弗伊、博须埃、若李、巴奥雷，以及另外几个人，相邀聚在一起，像太平日子里同学聊天那样，离他们筑起的堡垒只有两步远，坐在改为掩蔽所的酒楼的角落里，把装好子弹的枪支靠在椅背上，就在这千钧一发之际，这些意气风发的青年开始朗诵情诗。

什么诗呢？请看下面：

你可记得甜美的生活?
我们正是青春的花朵，
满心里只有一种渴望：
相亲相爱又穿得漂亮。

当时你我二人的年纪，
加在一起也不过四十；
在我们简陋的小家中，
即使冬天也春意融融。

日子多美！马努埃矜持，
帕里斯坐在圣餐宴席，

弗伊撇手雷，而我乱动，
让你胸衣的别针刺痛。

我这无人问津的律师，
带你去普拉多用餐时，
无不赞赏你，你多娇艳，
连玫瑰也扭脸不敢看。

只听他们说：她多漂亮！
满身香气！长发像波浪！
翅膀藏在半短大衣下，
标致小帽像初开的花。

我挽着你柔臂逛街头，
是一对幸福的小两口，
行人以为爱神受迷惑，
将四月妹嫁给五月哥。

躲在小屋生活闭房门，
大吃爱情禁果好销魂；
一件事我还未说出口，
你心先就回答愿接受。

大学城是牧歌好园地，
我能从晚到早崇拜你。
看来情种学习也灵活，

拉丁区却变成爱情国。

莫贝广场啊多芬广场！
我们的陋室里满春光，
你往修长腿上拉长袜，
我见一颗亮星放光华。

攻读柏拉图也无收获，
你拿一朵鲜花送给我，
上天美意我就能领悟，
胜读拉姆奈①等学者书。

你顺从我哟我顺从你，
陋室放金光啊两相依！
见你身穿睡衣来回走，
晨起旧镜映出春容秀！

曙色星夜花丛好时光，
彩带轻纱绫绮怎能忘！
时光美好只因情意浓，
爱到口吐村言更见情！

花园就是一盆郁金香，
你用衬裙当帘挂窗上；

① 拉姆奈（1782—1854年）：法国作家。

土陶大烟斗我手中拿，
日本瓷碗给你沏的茶。

还有灾难我们哈哈笑！
你丢围巾手笼又烧焦！
一天我们为了用晚餐，
卖掉了珍藏的莎翁①像！
我是乞丐而你好施舍，
我偷吻你鲜艳圆胳膊。
打开但丁大作当桌子，
我们开心大嚼一百栗。

我在那欢乐的破楼中，
第一次吻了你烫嘴唇，
你脸红又散发离开时，
我脸苍白开始信上帝。

记住我们无数的幸福，
还有这些破烂丝绸布！
从这无限忧伤的心中，
多少叹息飞向那苍穹！

此时此地，追寻青春时代的种种往事，几颗晚星初跃，在天空开始闪烁，附近街道寂无一人，笼罩着阴森森的气氛，而险象环

① 原句直译应为“卖掉了神圣的莎士比亚的宝贵画像”。

生，正是一发千钧，总之，此情此景，约翰·普鲁维尔这个温柔诗人，在暮色中低声吟诵这些诗句，就别有一种凄美的魅力。

这工夫，小街垒那边点亮了一盏彩纸灯笼；大街垒里也燃起一支蜡铸的火炬，上面说过，火炬是从圣安托万城郊区弄来的。这类火炬在封斋节前星期二狂欢节上常见，举在满载戴面具的人向库尔蒂勒进发的马车前面。

那支火炬插在三面避风的石块垒起的笼里，光亮集中射在那面红旗上。这样，街道和街垒仍没在黑暗中，唯见那面红旗，仿佛由巨型暗灯照射，蔚为壮观。

火炬光映照鲜红的旗帜，就呈现出一种说不出来的骇人的紫红色。

七　在劈柴街入列的那个汉子

天色完全黑下来，一点情况也没有发生，只听见隐约的喧闹声，以及从远处零零星星传来的枪声。这种间歇时间延长，表明政府在从容调集兵力。这五十人在等待六万人。

安灼拉同所有意志坚强的人一样，临危不惧，只是感到焦急，他去找伽弗洛什。伽弗洛什在楼下大厅里造枪弹。火药撒在桌子上，考虑到安全，两支蜡烛放在桌子上，烛光昏暗，不会射到外面。起义者还特意关照，楼上不点灯。

此刻伽弗洛什心事重重，倒不是因为枪弹。在劈柴街加入队伍的那个汉子刚才走进楼下大厅，拣光线最暗的一张桌子坐下，他弄到的一杆大型步枪夹在两腿之间。伽弗洛什的心思一直放在“好玩”的事情上，甚至没有看到这个汉子。

伽弗洛什见他进来，目光不由得追随那杆枪，心中好不羡慕，等那人坐下，这流浪儿却站起来。在此之前，有人若是监视那人的行动，就会发现他在街垒里和起义者中间，特别注意观察了一切；然而，他走进楼下大厅之后，又陷入沉思冥想，仿佛视而不见周围发生的情况了。这流浪儿凑到跟前，踮着脚围着那思索的人绕来绕去，好像怕把他惊醒似的。伽弗洛什那张稚气的脸，此刻表现又放肆又严肃，又轻率又深沉，又快活又伤心，像老人的脸那样做出各种怪相，依次表示："啊，怎么！………""不可能啊！……""我看花眼啦！……""我是在做梦吧！……""难道他就是？……""唉，他不是！……""不对，肯定是！……""不对，肯定不是！"如此等等，不一而足。伽弗洛什身子摇来摇去，两只小手插在兜里紧紧握成拳头，像小鸟儿一样扭动着脖子，下嘴唇的精明劲儿全部用在老大一个撇嘴上。他不胜惊愕，又把握不稳，不敢贸然断定，却又深信不疑，简直乐不可支。他那得意的神态，就像太监总管在奴隶市场的一群胖女人中发现一个维纳斯，又像一位鉴赏家在一堆粗劣的画中认出拉斐尔的一幅真迹。他全身都调动起来，用本能去嗅，用智力去分析判断。显而易见，伽弗洛什碰到一件大事。

安灼拉来找他时，他全神贯注，正处于高度紧张的状态。

"你个头儿小，不会让人发现，"安灼拉说道，"你到街垒外面去，溜着房舍的墙根走，几条街都张望张望，回来再跟我说说外边的情况。"

伽弗洛什收起胯骨，挺起身子。

"小个儿还有用场！真够幸运的！我这就去。不过，您信得过小个儿，可要提防大个儿……"伽弗洛什抬起头，压低声音，眼睛瞄着劈柴街的那个汉子，又说道：

"您看见那个大个子了吗？"

"怎么样呢？"

“他是密探。”

“你有把握？”

“有一回，我在御桥石栏外突饰上乘凉，就被他揪着耳朵提上去，这事儿还没过半个月。”

安灼拉立刻离开这个流浪儿，小声对正好在旁边的一个码头工人说了几句话。那工人走出大厅，旋即又带三个工人回来。这四个彪形大汉若无其事，走到劈柴街那人臂肘撑着的桌子后面，丝毫也没有引起他的注意。他们显然摆好架式要扑向他。

这时，安灼拉走到那人跟前，问道：

“您是什么人？”

突然这一问，那人猛地一抖，他的目光探到安灼拉坦诚眸子的深处，似乎看透了那里的念头，他就微微一笑，那笑容极为傲慢，极为坚定有力，同时凛然答道：

“我明白是怎么回事了……嗯，不错！”

“您是密探？”

“我是公职人员。”

“您怎么称呼？”

“沙威。”

安灼拉递了眼色，还未等沙威回身，那四人就揪住他的衣领，转瞬间就把他按倒在地，捆了起来，搜了全身。

从他身上搜出一张粘在两片玻璃之间的小圆卡片，只见一面印有铜版的法兰西国徽和铭文：“监视和警惕”；另一面注明：沙威，警探，五十二岁，并有在任的警察总监吉斯凯先生的签字。

此外，还搜出一只怀表和一个有几枚金币的钱包。怀表和钱包当即还给他了。不过，在他怀表下面的兜里还搜出一个信封，安灼拉从信封里抽出一张纸，展开一看，有警察总监亲笔写的几行字：

“沙威警探一完成政治任务，应立即专门查明塞纳河右岸耶拿桥附近，是否确有歹徒滋事。”

搜查完毕，他们又把沙威拉起来，把他反绑在柱子上。当年酒楼的字号，正是得自于那根著名的柱子。

伽弗洛什从头至尾目睹这一场面，默默点头表示赞许，这时他靠上来，对沙威说：

“小耗子逮住老猫啦。”

这件事干得干净利落，结束之后，酒楼周围的人才发觉。沙威一声也没有叫喊。一见沙威绑到柱子上，库费拉克、博须埃、若李、公白飞，以及分散在两座街垒那里的人，都纷纷跑来了。

沙威背靠柱子，让许多道绳子捆得结结实实，身子动弹不得，他像从不说谎的人那样，神态自若，无所畏惧地昂着头。

“他是个密探。”安灼拉说道。

他又转向沙威：

“这座街垒被攻占之前两分钟，就把您枪毙。”

沙威声调极为急切地答道：

“为什么不立刻动手？”

“我们要节省弹药。”

“那就一刀结果算了。”

“密探，”英俊的安灼拉说道，“我们是审判官，而不是凶手。”

接着，他招呼伽弗洛什。

“说你哪！快去干你的事儿！照我刚才对你讲的去干。”

“这就去。”伽弗洛什高声说。

他刚要走，又站住了：

“对了，把他的步枪给我呀！”他又补充一句，“我把这音乐家留给你们，但是我要那单簧管。”

那流浪儿行了个军礼，高高兴兴从大街垒的豁口出去了。

八　关于也许名不副实的勒·卡布克的几个问号

伽弗洛什走后，紧接着又发生一个凶暴的事件，不啻一种骇人的壮举，这里若是略去不谈，那么我们所描绘的悲壮画卷就不完整，而读者看不到准确真实的凸起部分，也就无法认识革命在痉挛奋力中分娩的社会阵痛的伟大时刻。

大家知道，聚众举事就像滚雪球，形形色色的人都卷进去，他们彼此并不询问各自的来历。安灼拉、公白飞和库费拉克率队沿途吸收的行人中，有一个醉汉模样的野蛮人。他身穿肩头磨破了的搬运工装，说话粗声大气，手舞足蹈，名字或绰号叫勒·卡布克，而自称认识他的人也根本不了解他。他同几个人将一张餐桌搬出酒楼，坐在外面喝得醉醺醺的，或者佯装醉态。这个勒·卡布克一边向同他比试的人劝酒，一边好像若有所思，凝望在街垒里端对着圣德尼街的那幢俯瞰整条街的六层楼，他忽然嚷道：

“伙计们，你们知道吗？应当从那楼里往外射击。如果我们在楼内守住窗口，有人若能从街上前进一步，那才活见鬼呢！”

“对，可是楼门关了。”其中一个喝酒的人说道。

“去敲门！”

“不会给开门的。”

“那就把门砸开！”

勒·卡布克跑到楼门前，拉起大门锤就敲了一下。楼门没有开。他又敲了一下。还是没人应声。敲了第三下。仍然没有一点声响。

“楼里有人吗？”勒·卡布克喊道。

没有一点动静。

于是，他操起一杆步枪，开始用枪托砸门。这扇古老的通道拱形门又窄又矮，全是橡木的，用铁件加固，里侧还包了一层铁片，非常结实，名副其实是一道城堡门。枪托撞击，震动整个楼房，却动摇不了这扇门。

然而，很可能惊动了楼里的居民，只见四楼一扇小方窗终于有了亮光，并且打开，探出一支蜡烛和一个脑袋：那人花白头发，满脸惊愕惶怖，他正是门房。

撞击门的人停下来。

“先生们，”门房问道，“你们有什么事儿？”

“开门！”勒·卡布克说道。

“先生们，不能开。”

“要你开就得开！”

“不成啊，先生们！”

勒·卡布克举起步枪，瞄准门房；不过，他站在下面，周围一片漆黑，门房根本没有看见。

“到底开不开？”

“不行，先生们。”

“你说不行？”

“我说不行，我的好……”

门房这句话还未说完，枪就响了，子弹从他下巴打进去，穿过喉头，从后颈出去。老人一声未吭就倒下了，蜡烛也失落熄灭了，只见窗沿儿上耷拉着一个不动的头和一缕升上屋顶的白烟。

“找死！”勒·卡布克说着，将枪托又重新杵到地上。

他话音刚落，就感到一只手像鹰爪一样，重重地抓住他的肩头，并且听见一个人对他说：

“跪下。”

杀人凶手扭过头，看见安灼拉那张苍白冷峻的面孔。安灼拉握着一枝手枪。

他听见枪声，立刻赶来。

他左手揪住勒·卡布克的衣领、工作服、衬衣和背带。

“跪下。”他重复说道。

这个二十岁的单弱青年，以无比威严的动作，将那膀阔腰圆的脚夫像折芦苇似的压下去，逼使他跪在泥地上。勒·卡布克还企图抗拒，但是他仿佛让一只超人的巨掌抓住了。

安灼拉衣领敞着，面色苍白，头发散乱，那张女性的脸，此刻说不出有多像古代的忒弥斯①。他那鼓起的鼻孔、低垂的眼睛，赋予他那铁面无私的希腊型轮廓这种愤怒的表情、这种贞洁的表情，而从古代风尚的角度看，这恰恰符合司法。

街垒里的人全跑来了，他们远远地围成一圈，面对即将目睹的场面，每人都感到难置一词。

勒·卡布克服软了，不再挣扎，只顾全身发抖了。安灼拉放开他，掏出怀表。

“静下心来，”安灼拉说道，“要么祈祷，要么思考。你只有一分钟。”

“饶命啊。”凶手咕哝一句，然后低下头，结结巴巴而又含混不清地咒了几句。

安灼拉目不转睛地看着表，等一分钟过去，便把表放回坎肩兜里，接着一把揪住勒·卡布克的头发，手枪顶在他的耳朵上；勒·卡布克则怪声号叫，蜷缩在他的双膝前。这些大无畏的人，十

---

① 忒弥斯：希腊神话中掌管法律和正义的女神。

分镇定地投入这场极为可怕的冒险，此刻大多都扭过头去。

只听一声枪响，凶手前额着地倒在街道上。安灼拉抬起头，自信而严峻的目光扫视周围。

继而，他踢了踢尸体，说道：

“把这丢到外边去。”

那无赖刚死，尸体最后还机械地抽搐。三个汉子抬起尸体，从小街垒上扔到蒙德图尔街上了。

安灼拉站在那儿若有所思。谁也不知道是何等壮丽的黑暗扩展开来，慢慢覆盖他那可怕的平静。突然，他亮开嗓子。全场静下来。

“公民们，”安灼拉说道，“那个人干的事儿是凶残的，而我干的事儿则是可怕的。他杀了人，因此我杀了他。我只能这样做，因为起义要有自己的纪律。在这里杀人，比在别处罪过更大；我们受革命的监视，是共和的传教士，要为职责作出牺牲，绝不能给人以话柄来诽谤我们的战斗。因此，我审判并处死了这个人。至于我，这样做是迫不得已，又深恶痛绝，我也审判了自己，过一会儿你们就会看到，我给自己定了什么罪。”

大家听了这话，都不寒而栗。

“我们和你共命运。”公白飞朗声说。

“好吧！”安灼拉又说道，“我再讲几句。我处决那人是服从强迫性，而强迫性正是旧世界的一个恶魔；强迫性也叫做因果报应。然而，进步的法则，就是让恶魔在天使面前消失，因果报应在博爱面前消失。现在说出‘爱’字，的确不是时候。无所谓，反正我说出来了，还要颂扬爱。爱，你是未来。死，我利用你，但是我憎恨你。公民们，在未来的时代，既没有黑暗，也没有雷击，既没有凶残的愚昧，也没有血腥的报复了。既然没有了撒旦，除魔大天使也就不存在了。到了未来，彼此再也不会杀戮，大地将阳光灿烂，人类就只有爱心。公民们，那一天必定会到来，到那时候，一切都融洽、和谐、光明、快乐和生机勃勃，那一天一定能来到。我们正是为此才献出生命。”

安灼拉住了口。他那处女般的嘴唇又闭上了，在流过血的地方站了半晌，好似一尊雕像伫立不动。他的眼神凝注，致使周围的人说话也都压低声音。

约翰·普鲁维尔和公白飞在街垒的角上，紧紧握住手靠在一起，怀着深深的同情和赞许，默默地凝视这个既是行刑者又是神父，既像水晶一样明洁，又像岩石一样坚定的青年。

让我们现在就谈谈事后发现的情况。这场风波过后，尸体都运到停尸房，经搜查发现，勒·卡布克身上有个警察证。本书作者在1848年，还掌握一份1832年呈给警察总监的此案专门报告。

还应补充一点，当时有一种说法，很可能有根据，按照警方惯用的奇特手段，勒·卡布克是囚底的化名。事实也如此，勒·卡布克一死，就再也没有囚底的消息了。囚底下落不明，无迹可寻，就好像忽然化为乌有了。他的身世黝黑一片，他的下场更是漆黑一团。

且说这件惨案如此迅速地审明，又如此迅速地了结，起义群众还在激动不已的时候，库费拉克在街垒里，又瞧见早晨去他住所打听马吕斯的那个小青年。

这小伙子看样子很闯荡，无所顾忌，他天黑时来投起义队伍。

第十三卷　马吕斯走进黑暗

一　从普吕梅街到圣德尼区

暮色中喊马吕斯去麻厂街街垒的声音，在他听来就像命运的召唤。他正欲一死，机会果然就来了；他正敲墓门，黑暗中就伸出手来递给他钥匙。在绝境的黑暗中出现的这种阴森的出路，很有吸引力，马吕斯立即移开多次容他通过的铁条，出了园子，说了一声：走吧！

马吕斯痛苦到了发疯的程度，头脑里再也没有丝毫明确固定的念头，他在青春和爱情的陶醉中度过两个月之后，再也接受不了任何别的命运；他被绝望的种种妄想所压倒，此刻只有一种渴望：尽快了结。

他开始急匆匆地赶路，恰巧身上有武器，别着沙威的那两支手枪。

马吕斯出了普吕梅街，经过大马路，再穿过残废军人院大广场和大桥，穿过香榭丽舍、路易十五广场，便到了里沃利街。这里商店还开着门，拱廊下点着煤气灯，妇女在店铺里买东西，有人在莱特咖啡馆里吃冰淇淋，在英国糕点店里吃小点心。只有几辆邮车从亲王旅馆和莫里斯旅馆启程，奔驰而去。

马吕斯从德洛姆过道走进圣奥诺雷街。这条街上的店铺都关门了，那些店铺老板在虚掩的门前议论，街上还有来往行人，路灯点亮了，楼上每层窗户都有灯光，还同往常一样。王宫广场上有马队。

马吕斯沿着圣奥诺雷街往前走，离开王宫越远，亮灯光的窗户越稀少，店门紧闭，也没有人在门口聊天了，街道越来越暗，人群反而越来越密集。人群中没人讲话，却传出一种低沉的嗡嗡声。

离枯树池不远有几伙人，黑乎乎的，在来往行人中伫立不动，犹如中流的砥石。

到了普鲁韦尔街口，人流就不往前走了。这里人群如堵，密集紧凑，挤得严严实实，推拥不动，几乎密不透风，那些人都在低声交谈。这里几乎不见黑礼服和圆礼帽了，唯有罩衫、工作服、鸭舌帽、蓬头垢面。这一大片人在夜雾中隐隐浮动，他们窃窃私语如沙沙的风雨声。虽然没人走动，却听见在泥地里踏步的声响。在这厚厚人群的另一边，在滚木街、普鲁韦尔街和圣奥诺雷街的延伸地段，只有一扇窗户有烛光了。眺望那些街道，还能看见一串串灯笼，但是孤零零的，越来越稀少。当年的灯笼，形同吊在绳子上的大红星，投到街面上的影子好似大蜘蛛。那几条街并不是空荡无人，可以清晰地看到架在一起的步枪、晃动的刺刀和宿营的部队。哪个好奇的人也没有越过那个界线。到了那儿交通中断，行人止步，军队驻地开始了。

马吕斯是不再抱希望的人，也就勇往直前。既然有人召唤，他就应该前往。他设法穿过人群，穿过部队的营地，避开巡逻队，避开岗哨。他绕了个弯儿，到达贝蒂西街，朝菜市场走去，拐进布尔道奈街，就没有灯笼了。

通过了人群密集的路段，又越过部队的前沿，他只身到了特别瘆人的地点。不见一个行人，不见一名士兵，不见一点灯光，阒无一人。冷清清，一片岑寂，夜色弥漫，让人不由得浑身打冷战。走进一条街，恍若走进地窖。

他继续往前走。

走了几步，有人从身边跑过。是男人？还是女人？有好几个吗？他也说不清楚。

绕来绕去，他钻进一条小街，以为是陶器街，走到中段，撞到了什么东西，伸手摸摸，原来是一辆翻倒的小车，脚下到处是水洼、泥坑、乱石堆，那里有一座未建成便丢弃的街垒。他穿过乱石堆，到了街垒的另一边，靠近墙角石，摸着墙壁往前走，没出多远，眼前恍惚有白色的东西晃动，近前一看，原来是两匹白马。那两匹马，正是早上博须埃从公共马车上卸下来的，在街上游荡了一整天，最后流落到这个地方，疲惫不堪，但又显示了畜生的巨大耐性，弄不懂人的行为，正如人弄不懂上苍的行为那样。

马吕斯将马丢在身后，又踏进一条街，想必是社会契约街，这时忽然一声枪响，不知从哪里射来，子弹穿越黑暗，擦耳呼啸而过，射穿他头上的理发店招牌——一个刮胡子用的铜盘。直到1846年，在社会契约街靠菜市场排柱的拐角，还能看到那只有弹洞的铜盘。

这一枪总还表明有人，此后他再也没有遇见什么。

整个这条路线，就好像在黑暗中走下阶梯。

马吕斯还是照样往前走。

二　巴黎鸟瞰图①

这种时刻，有人若是长了蝙蝠或枭鸟的翅膀，在巴黎上空盘

① 《巴黎圣母院》第三卷第二节为《巴黎鸟瞰图》，篇幅长得多。

旋，就会看到一片惨淡的景象。

他会看到菜市场这个老街区，就像在巴黎中心挖出的无比巨大的黑洞：这座城中之城，由圣德尼街和圣马尔丹街纵贯，又有无数条纵横交错的小街巷，现在成了起义者的堡垒和阵地。目光投下来好似深渊。这一带由于路灯砸烂，住户门窗也紧闭，就没有了一点光亮，没有一点声息和动静。暴动的无形警察监视各处，维持秩序，也就是维持黑夜。为数不多的人隐没在广阔的黑暗中，每个战士利用黑暗所提供的条件，成倍地增加战斗力，这就是起义必须采取的战术。天黑之后，凡有烛光的窗户都挨了一枪。烛火熄灭了，有时居民也中弹丧命。于是再也没有动静了。住户里只有惶恐、哀伤和惊愕，街上笼罩着一种神圣的恐怖气氛。就连一排排窗户、一层层楼房、犬牙交错的烟囱和屋顶都看不见了，就连泥泞路面的微弱反光都看不见了。从天空俯瞰这一大片黑暗，也许能看见每隔一段距离有点亮光，虽然零零星星，影影绰绰，却映现一些怪异的折曲线条、一些古怪建筑物的侧影，以及类似在废墟上来回飘动的磷光的东西，那正是街垒所在的地方。其余地段则是一片幽暗的湖水，雾气弥漫，显得滞重而凄惨，上面还挺立几个高大的黑影，阴森森的静止不动，那是圣雅克塔、圣梅里教堂，以及另外两三座这类高大的建筑；那些人造的巨灵神，在黑夜里就成了鬼怪。

在这冷清清而令人不安的迷宫四周，在巴黎特有的车水马龙尚未完全断绝、还残留几盏路灯的街区，那位在上空盘旋的观察者可能望见战刀和刺刀的金属闪光、炮车的无声滚动，以及分秒都在默默扩大的营队；这便是在暴动的周围慢慢合拢收紧的可怕包围圈。

遭受封锁的街区完全成了狰狞的洞穴，那里一切仿佛在沉睡，毫无动静，正如刚刚看到的情景，平时行人可至的一条条街道，仅仅呈现一条条黑影。

凶险的黑影，布满陷阱，布满隐秘而可怕的埋伏，要想进去就心惊肉跳，在里面停留更是惶恐不安；要想进去的人，面对等待他们的人瑟瑟发抖，而等待的人，面对即将到来的人也不寒而栗。街道的每个角落都埋伏着看不见的战士；沉沉的黑夜中，隐藏着要把人拖入坟墓的圈套。大局已定。从此以后，除了枪口的火光休想再看见别的光亮，除了突然来临的死亡，休想再遇见别的什么。死亡从何处来？如何前来？什么时候到来？不得而知，但又确切无疑而不可避免。在这进行较量的特定地方，政府和起义，国民卫队和社团组织，资产阶级和暴动群体，双方都摸索着接近。无论哪一方，都同样有此必要。要么战死，要么成为胜利者，从此只可能有一种结局。局势危殆到极点，黑暗深到极度，就连最胆怯的人都觉得决心已定，最胆大的人也觉得不胜惊骇。

再者，双方都同样气冲牛斗，都同样激烈，视死如归。对这一方来说，前进就是死，但是谁也没有想到后退；对另一方来说，留在那里就是死，但是谁也没有想到逃走。

不管这一方还是那一方胜利，也不管起义成为一场革命，还是仅仅一次斗殴，反正明天这一切必须了结。政府和那些社团都明白这一点，连最普通的资产者也有同感。因此，在这行将决定一切的街区，一种惶惶不安的思想掺进了无法穿透的黑暗；因此，在这即将发生一场灾难的沉寂四周，焦急的情绪有增无减。这里只听见一种声响，圣梅里教堂的警钟，如临终喘息一样令人心碎，如诅咒一样令人心惊。那口钟绝望狂敲的声音，在黑暗中哀鸣，比什么都更令人胆战心寒。

常有这种情景：天象仿佛配合人要做的事情。什么也打乱不了这种一致的悲惨的和谐。星光完全消失。天空层层叠叠，布满大块大块愁惨的乌云。穹隆黑如锅底，罩住这些死寂的街道，好似巨幅裹尸单，盖在一座巨型的坟墓上。

当此之时，在这久经革命风暴冲击的地方，正酝酿一场还仅限于政治的战斗，而青年、秘密社团、学校以主义学说的名义，中产阶级则以利益的名义，正在靠拢，要冲撞、较量和厮杀，每个人都在催促和呼唤这场危机的最后决定时刻，当此之时，在这凶险的街区外面和远处，在逐渐消失在幸福繁荣的巴黎辉煌之下的穷困老巴黎，在深不可测的洞窗深处，能听到民众切齿痛恨的隐隐怨声。

可怕而神圣的声音，由猛兽的吼叫和上帝的话语构成，能吓坏弱者，警告智者，既像狮吼来自下界，又像雷鸣来自上苍。

三　边　缘

马吕斯走到菜市场。

比起附近那些街道，这里更宁静，更幽暗，更加静止不动，就好像墓穴的冰冷的宁静钻出地面，弥漫在空间。

然而，从圣厄斯塔什教堂方向堵住麻厂街的那排高楼房顶，由一片红光鲜明地映现在黑暗的天空上。那正是科林斯街垒里燃着的那支火炬的反光。马吕斯朝红光走去，一直走到甜菜市场，隐约望见布道修士街黑洞洞的路口。他走了进去。起义的哨兵守在这条街的另一头，没有发现他。他感到他来找的地点近在咫尺，于是踮起脚往前走，到达那小半截蒙德图尔街的拐角；我们记得，这是安灼拉保留与外界的唯一通道。马吕斯走到左侧最后一幢楼房的拐角，探过头去，张望这半截蒙德图尔小街。

他隐没在麻厂街投下的一大片暗影中，望见小街和麻厂街的黑暗拐角靠里一点，街道上有点亮光，看见酒楼一角，以及后面在一道畸形墙壁里眨眼的一盏灯笼，还看见枪放在膝上蹲着的一伙人。

那一些同他相距仅有十图瓦兹。那就是街垒的内部。

小街右侧那些楼房遮挡，他望不见酒楼的其余部分，也望不见大街垒和红旗。

马吕斯只需再跨一步。

这不幸的青年却拣一块墙角石坐下，叉起胳臂，开始想他父亲。

那个彭迈西上校十分英勇，曾是多么自豪的战士，在共和时期守卫了法国的边境，还跟随皇帝到达亚洲的边界，他见过热那亚、亚历山大城、米兰、都灵、马德里、维也纳、德累斯顿、柏林、莫斯科，他在欧洲每一个胜利的战场都洒了鲜血，也就是马吕斯脉管里流淌的血，他一生过着军旅生活，腰扎武装带，肩章的穗子飘在胸前，硝烟熏黑了军徽，头盔将前额压出皱纹，在木棚、军营、露营地、战地医院里打发日子，东征西讨二十年，未老先衰，头发已经斑白，脸上带着刀疤，回到家乡，总是笑容满面，平易近人，又安分，又令人敬佩，像孩子一样纯洁，为法兰西贡献出了一切，没有做过一点损害祖国的事情。

马吕斯又想道，现在又轮到他了，他的时刻终于来到，他要继承父志，也同样英勇顽强，无所畏惧，冲进枪林弹雨，用胸膛去迎刺刀，不怕流血牺牲，扑向敌人，扑向死亡，现在轮到他投入战争，奔赴战场了，然而，他奔赴的战场，却是街道，他要投入的战争，却是内战！

内战在他面前张开大口，犹如无底洞，他就要掉进去。

想到这里，他不禁打了个寒战。

他想起父亲那把剑，竟然让外祖父卖给旧货店，令他痛惜万分。现在他思忖道，那把英勇而贞洁的剑，逃脱他的手，负气隐遁到黑暗中，不失为明智之举；它这样避世隐居，是聪明的表现，预见到未来，预感到暴动，即水沟的战争，街巷的战争，地窖通风口的射击，从背后的偷袭并遭受的袭击；它是从马伦戈和弗里斯兰归来，就不愿意去麻厂街了，它随同那位父亲作战之后，就不愿意跟这个儿子来打仗啦！马吕斯还想道，那把剑此刻若是在这里，当初在父亲临终的榻前，他若是接过来，敢于握在手中，带去投入法国人之间在十字街头的这场战斗，那么毫无疑问，那把剑就会烧灼他的手，就会像天使的剑那样，在他面前化为烈焰！他暗暗庆幸那把剑不在跟前，已不知下落，这样很好，天公地道，他外祖父才真正捍卫了他父亲的荣誉，上校的那把剑给拍卖掉，卖给旧货商，丢进废铁堆里，总比今天用来让祖国流血强得多。

想着想着，他伤心落泪了。

这实在太可怕了。可是怎么办呢？没有珂赛特还活下去，这他办不到。既然珂赛特走了，他只有一死。他不是向她保证过，情愿一死吗？她深知这一点，却还是走了，表明她并不把马吕斯的死活放在心上。而且，她明明知道他的地址，却没有告诉他一声，没有留下一句话，也没有写封信，显然她不爱他啦！现在他何必活着，还活在世上干什么？再说了，已经到了这个地方，怎么，还要后退！已经接近危险，还要逃离！已经前来看了街垒里的情景，还要躲避！战战兢兢地躲避，同时说道：的确，这样我可受不了，我看到了，这就足够了，这是内战，我还是走开！他的朋友们在等待他，也许正需要他，他却丢下不管！他们一小撮人对付一支军队！全都弃置不顾：爱情、友谊、自己的诺言，全都抛开！以爱国为借口掩饰自己的怯懦！绝不能这样做，他父亲的幽灵，如果此刻就在这黑暗中，看见他后退，肯定要用剑背抽打他的腰，怒斥他：向前进，胆小鬼！

他受纷乱思绪的困扰，慢慢低下头去。

猛地他又抬起头来。他的头脑刚刚进行一场大规模的矫正。接近坟墓的人，思想就要膨胀，临死的人，看得更加真切。也许他感到即将投身的行动所产生的幻象，在他看来不再是可悲的，而是高尚的。不知内心起了什么作用，在思想的慧眼前，街垒战忽然变了模样。沉思默想中的所有纷纷扰扰的问号，重又蜂拥而至，但是不再使他心烦意乱了。每个问号他都回答了。

想想看，他父亲为什么要气愤呢？在某种情况下，起义难道不会升华为替天行道吗？他是彭迈西上校的儿子，如果投入眼下的战斗，又怎么会降低人格呢？固然，这里不是蒙米赖，也不是尚波贝尔[①]，而是另外一回事。现在要捍卫的不是神圣的领土，而是神圣的思想。不错，祖国在呻吟，然而人类却欢呼。况且，祖国真的在呻吟吗？法兰西流血，然而自由却微笑了；而面对自由的笑容，法兰西就忘记伤痛了。如果从更高的角度观察事物，内战又如何解释呢？

内战？这是什么意思？难道还有一种外战吗？人之间的任何战争，不全是手足之间的战争吗？战争只能以其目的定性，既谈不上外战，也谈不上内战，只有正义和非正义之分。只要人类还没有进入大同世界，战争就可能是必要的，至少，急促的未来推动拖延的过去的那种战争是必要的。那种战争有什么可指责的呢？唯有用来扼杀人权、进步、理智、文明和真理的时候，战争才变得可耻，利剑才变成匕首，无论内战还是外战，都是非正义的，统统是犯罪。除了正义这个神圣的尺度，战争的一种形式有什么权利贬斥另一种形式呢？华盛顿的利剑有什么权利否认加米尔·德穆兰[②]的长矛呢？

---

① 蒙米赖和尚波贝尔两地位于法国北部，1814年2月，拿破仑曾在这两地打败普鲁士军。

② 德穆兰（1760—1794年）：法国政治家，1789年法国革命发动者之一。

莱奥尼达斯[①]抵御外族，提莫莱昂[②]反抗暴君，哪一个更伟大呢？一个是捍卫者，一个是解放者。能不分青红皂白，一概谴责城市内部的武装之举吗？那么，布鲁图斯、马塞尔[③]、布兰肯海因的阿诺德[④]、科利尼[⑤]，不是全可以称为歹徒吗？荆丛战吗？街巷战吗？有何不可呢？这正是昂比奥里克斯[⑥]、阿特威尔德[⑦]、马尼克斯[⑧]、佩拉吉娅[⑨]所进行的战争。不过，昂比奥里克斯是为反抗罗马而战，阿特威尔德是为反抗法国而战，马尼克斯是为反抗西班牙而战，佩拉吉娅是为抵抗摩尔人而战。要知道，君主制，就是外族；压迫，就是外族；神权，也是外族。武力侵犯地理疆界，而专制制度则侵犯精神疆界。驱逐暴君或驱逐英国人，这两者都是收复国土。到了一定时候，仅仅抗议就不够了；谈罢哲学，则需行动；思想开路，武力完成；《被缚的普罗米修斯》开场，阿里斯托吉通[⑩]收场；百科全书照亮灵魂，8月10日激发灵魂。埃斯库罗斯之后，则有色拉西布洛斯[⑪]；狄德罗之后，则有丹东。人民大众，总有接受主子支配的一

---

① 莱奥尼达斯：斯巴达国王（公元前490—前480年），保卫温泉关的英雄。

② 提莫莱昂（约公元前410—前336年）：参与除掉两个暴君，包括他的兄长，尔后又放弃权力。

③ 艾蒂安·马塞尔（1316—1358年）：1355年任巴黎行政长官，公然对抗太子查理（后来成为查理五世）。

④ 阿诺德：可能指争取瑞士独立的英雄温凯里德的阿诺德。

⑤ 科利尼（1519—1572年）：新教领袖之一。

⑥ 昂比奥里克斯：高卢人首领。

⑦ 雅克·阿特威尔德（1290—1345年）：根特地方长官，率佛兰德人反对佛兰德伯爵。其子菲力浦继承父志，于1382年同法军作战丧命。

⑧ 马尼克斯（1538—1598年）：领导荷兰反抗西班牙的统治。

⑨ 佩拉吉娅：八世纪阿斯图里亚斯（西班牙）国王，曾领导全国抵抗阿拉伯人的入侵。

⑩ 阿里斯托吉通：雅典人，他同哈尔莫狄乌斯合力杀了暴君希帕尔克。

⑪ 色拉西布洛斯：公元前5世纪末，他驱逐了斯巴达强加给雅典的三十人寡头，重建民主政体。

种倾向。乌合之众沉积暮气。一群人凑在一起就容易唯唯诺诺。对待他们，必须推动、鞭策，用解放自身这样的利益去激励，用真理刺痛他们的眼睛，向他们大把大把投去强烈的光。必须用同他们性命攸关的问题敲打他们，用这种电闪雷鸣促使他们猛醒。因此，警钟和战争是必不可少的。必须有伟大的战士挺身而起，以英勇的精神照耀各国人民，摇撼笼罩在神权、武功、威力、信仰狂热、不负责任的政权和专制君主阴影下的可悲人民：浑浑噩噩的众生，只一味欣赏黑暗势力的辉煌所展现的暮色壮景。打倒暴君！这是什么话呀？究竟指谁呢？把路易-菲力浦称为暴君吗？不对，他不见得比路易十六更专制。他们两位都是历史习惯称作好国王的人；然而，原则不容阉割，真理的逻辑是直线条的，其特性恰恰是绝不迁就，绝不退让，任何践踏人的行为都必须扼制；路易十六身上有神权，而路易-菲力浦则有波旁血统；在一定程度上，他们二人都代表了践踏人权的势力，为了全面清除篡夺的权力，就必须打倒他们；势在必行，因为法国一贯是开路先锋。君主一旦在法国倒台，就会在各国纷纷倒台。总之，重树社会真理，将宝座还给自由，将人权还给人民，将主权还给人，将紫金冠重新戴到法兰西的头上，彻底恢复理智和公正，让每人恢复自我，根除一切敌对的苗头，扫荡君主制在通往世界大同的路上设置的障碍，重新让人类掌握人权，请问，还有什么比这更正义的事业呢？还有什么比这更伟大的战争呢？这类战争能创建和平。一座由偏见、特权、迷信、谎言、敲诈、流弊、暴力、罪恶和黑暗构成的巨大堡垒，连同它的仇恨的塔楼，还屹立在这个世界上。必须将它摧毁。必须将这庞然大物夷为平地。在奥斯特利茨打胜仗，意义固然重大，但是攻克巴士底狱，意义则无比深远。

谁都有这种切身体验，即使陷入极为凶险的绝境，灵魂也能保持冷静，从容地思考，这种奇特的性能正表明灵魂复杂而奇妙：既着附肉体又无所不在；往往有这种情形，在悲痛欲绝、激愤无望时，在极度沮丧的悲切自语中。灵魂还能分析事理，探讨问题。思绪纷乱尚有逻辑，在思想的狂风暴雨中，推理的线索飘荡而不中断。这正是马吕斯的精神状态。

马吕斯万念俱灰，横下一条心，但还有点犹豫，总之，面对自己要采取的行动，心中不免悸动，他一边这样思前想后，目光一边在街垒里游荡。起义者一动不动，在那里边低声交谈，这种近乎寂静的氛围，令人感到已进入等待的最后阶段。马吕斯还注意到，在他们上方四楼的一个窗口，有一个观望者或者目击者，那神态特别凝注。那正是勒·卡布克杀害的看门人。仅凭插在石头中的火炬的光亮，从下面望去，只能影影绰绰看见那个脑袋。那张惊骇而灰白的脸静止不动，头发倒竖，两眼圆睁，定睛注视着，嘴张得老大，俯瞰着街道，一副看热闹的姿势，在昏惨惨的光亮中，那形象怪异到了极点。可以说那是死者在凝望将死的人。那脑袋流出的血长长的一条，好似暗红的线，从四楼窗口一直淌到二楼才凝止。

第十四卷　绝望的壮举

一　旗——第一幕

敌方还没有动静。圣梅里教堂的钟敲过十点了，安灼拉和公白飞拿着卡宾枪，走到大街垒豁口附近坐下。他们没有交谈，只是侧耳细听，竭力辨别极远极微弱的行进的脚步声。

在这阴森的寂静中，忽听一个青年的愉快清亮的声音，仿佛从圣德尼街那边传来的，清晰地唱起古老的民间小调《月光下》，结尾一句的叫声类似鸡鸣：

我这鼻子淌眼泪。
我的朋友好布若，
为劝眼泪别伤悲，
把你士兵借给我。
蓝色大衣身上披，
鸡冠顶上[①]戴军帽，
这不已经到郊区！
喔喔啼来咯咯叫！

---

① 高卢雄鸡是七月王朝的国徽。

安灼拉和公白飞握了握手。

“那是伽弗洛什。”安灼拉说道。

“是给我们的警报。”公白飞也说道。

一阵急促的跑步声惊扰了寂静无人的街道，只见一个人比杂耍演员还敏捷，从公共马车身上爬过来，伽弗洛什一下跳进街垒里，上气不接下气地说道：

“我的枪呢？他们来了。”

一阵寒噤像电流传遍了街垒，只听伸手摸找枪支的声响。

“你要我这卡宾枪吗？”安灼拉问流浪儿。

“我要那杆大枪。”伽弗洛什回答。

说着，他操起沙威那支步枪。

两名哨兵撤回来了，几乎同伽弗洛什前后脚回到街垒。一个是设在街道另一头的观察哨，另一个是放在小丐帮街的前哨。放在布道修士街的前哨还留在原地，这表明河桥和菜市场方向没有情况。

在映照红旗的那支火炬的反光中，麻厂街只有几块铺路石隐约可见，就好像在弥漫的烟雾中，对着起义者洞开的一道大黑门。

每人都守住战斗岗位。

安灼拉、公白飞、博须埃、若李、巴奥雷和伽弗洛什都算在内，总共四十三名起义者，全都半跪在大街垒里，头略微探出一点儿，将步枪和卡宾枪的枪管搭在街垒石上，如同守着堡垒的枪眼，一个个敛声屏息，神情专注，随时准备射击。弗伊率领六个人，守在科林斯两层楼的窗口，枪托都抵在肩上。

又过了半晌，就听见从圣勒方向传来人数众多的整齐沉重的脚步声。那脚步声响起初微弱，继而清晰，越来越近，也越来越重越响了，一路持续不断，不停也不歇，沉稳得令人心惊胆战。寂静中只听见这声响。听来就像巨大的骑士雕像在行进，又沉静又喧响，然而，这石像的脚步又不知怎的，却倍增而无限扩大，给人的感觉既像千军万马，又像一个幽灵。真让人以为听见可怕的军团雕像走来。脚步越来越近，戛然停止。他们仿佛听见街口人数众多的喘息，可是什么也看不见，只觉得那边厚厚的黑暗中，有无数细如绣花针的金属丝在晃动，但是极难捕捉，好似人合目刚要入睡时，在初起的迷雾中所见的难以描摹的荧光网。那是火炬的光亮隐约照见远处的刺刀和枪筒。

又间歇片刻，就好像双方都在等待。突然，那黑暗深处一声断喝，因看不见人而尤为可怖，仿佛是那黑暗本身在喊话：

“口令！”

同时传来举枪的噼啪撞击声。

安灼拉以高亢的声音回答：

“法兰西革命！”

“开火！”那声音又断喝。

一道闪电，照亮街旁房舍的门脸儿，就好像一座大熔炉的门突然一开，随即又关上似的。

街垒上一片骇人的爆炸声。那面红旗倒了。这阵射击来得十分凶猛密集，将那旗杆，即那辆公共马车的辕木尖头打断了。有些枪弹打在房舍的楣檐上，反弹到街垒里，伤了好几个人。

这第一排枪的射击令人胆战心寒。攻势确实凶猛，足令最有胆量的人心生顾忌。显而易见，他们至少要对付整整一团人马。

“同志们，”公白飞嚷道，“不要浪费弹药。等他们进入这条街，我们再还击！”

“最要紧的，”安灼拉说道，“重新把旗帜竖起来。”

他拾起碰巧掉在他脚前的旗帜。

街垒外面又传来通条插枪管的声响：那部队又上子弹了。

安灼拉接着说道：

“这儿谁有胆量？谁能把这面旗帜再挂到街垒上边？”

无人应声。街垒显然是再次射击的目标，在这种时候上去，无疑是送死。明知去送命，连最勇敢的人也迟疑。就是安灼拉本人也不禁心悸。他重复问道：

“没人愿去？”

二　旗——第二幕

起义者一到科林斯，就开始建造街垒，没怎么注意马伯夫老爹。然而，马伯夫先生并没有离队，他走进酒楼的楼下厅，就坐到柜台里面了，可以说坐在那里圆寂了，不再看什么，也不再想什么。库费拉克，还有别人，曾三番两次到他跟前，说这里危险，要他避开，而他好像什么也没有听见。没人跟他讲话时，他的嘴唇却嚅动，仿佛在回答什么人的话，可是一有人来劝他，他的嘴唇就不动了，眼神也无生意了。街垒遭到攻击之前几小时，他两个拳头抵着双膝，头朝前探，好像俯瞰危崖绝壁，再也没有改变这种静坐的姿势。什么情况也未能把他从这种状态中拉出来，他的神思似乎不在街垒里。等到每人都进入战斗岗位，楼下大厅只剩下他马伯夫、绑在柱子上的沙威，以及手持军刀看守沙威的一名起义战士。攻击一开始，枪声大作，马伯夫的躯体受到震动，好像醒过神儿来，他霍地站起身，穿过大厅，就在安灼拉重复“没人愿去？”这一号召的当儿，只见老人出现在酒楼门口。

起义队伍看见他出现，都不免惊讶，有人喊道：“他是投票赞成处死国王的人！他是国民公会代表！他是人民代表！”

也许他并没有听见。

他径直朝安灼拉走去，起义者怀着敬畏的心情，给他闪开一条路，安灼拉也不禁愕然，退了一步。这个八十岁老人，从安灼拉手中夺过红旗，他脑袋不住抖动，脚步却很坚定，沿石级缓慢地登上街垒，场面十分悲壮，周围的人谁也没敢上前阻拦，也没敢上前搀扶，都纷纷冲他喊：脱帽致敬！老人头发斑白，面颊消瘦，宽阔的秃额头爬满皱纹，眼眶凹陷，嘴巴惊愕地张着，老朽的手臂举着红旗，他一级一级攀登，从黑暗里出现，进入火炬的血红的光亮中，那身影越来越高大，令人震惊，大家真以为看见1793年的幽灵，手举恐怖的大旗，从地下走出来。

他登上最高一级，这个幽灵挺立在乱石堆上，面对一千二百个看不见的枪口，面对死神，似乎比死神还强大，浑身颤颤巍巍又凛然难犯，在这种时刻，整个街垒在黑暗中，就呈现为一副超自然的高大形象。

这时一片沉寂，只有要发生奇迹的时候，才会出现这种氛围。

在这片寂静中，老人挥动着红旗，高呼：

“革命万岁！共和国万岁！博爱！平等！宁死不屈！”

街垒里的人听到一阵急促细微的声音，好像着急的神父在念一段祷文，很可能是在街道另一头，警官在督促部队。

继而，先头喊“口令”的那个人又厉声喝道：

“躲开！”

马伯夫先生脸色惨白，神态怔忡，失神的眼睛燃着凄惨的火焰，他将红旗举到额上，再次高呼：

“共和国万岁！”

“开火！”那声音命令道。

第二阵齐射好似霰弹，纷纷打在街垒上。

老人双膝一弯，随即又挺起来，旗帜从手中滑落，双臂交叉成十字，身子像一块木板，直挺挺仰倒在街道上。

他身下流出几条血溪，那张灰白忧伤的老脸仿佛凝望天空。

起义者义愤填膺，一时忘记了自卫，都向尸体靠拢，心中又惊愕又崇敬。

“判处国王的人真是好样的！”安灼拉说道。

库费拉克凑到安灼拉的耳边：

“这话只说给你一个人听，我可不想扫大家的兴。要知道，他根本不是投票赞成判处国王的代表。我认识他。他叫马伯夫老爹。我也不知道他今天怎么了。他是个勇敢的老傻瓜。瞧瞧他那脑袋。”

“傻瓜脑袋，布鲁图斯的心。”安灼拉答道。

接着，他高声说道：

“公民们！这是老年人给青年作出的榜样。刚才我们还在迟疑，他却挺身而出！我们后退，他却勇往直前。这就是因年迈而颤抖的人，如何教育因恐惧而颤抖的人。在祖国面前，这老人非常崇高。他活得长久，死得壮烈！现在，让我们把遗体安放好，我们每人要像保卫在世的父亲一样，保卫这位死去的老人，但愿他在我们中间，使街垒坚不可摧！”

这些话激起一阵低沉而有力的共鸣。

安灼拉俯下身，托起老人的头，愤然地吻了吻额头，再把他的手臂掰开，动作很轻，非常小心，就好像怕把他弄疼了似的，又把他的衣裳脱下来，指给大家看衣裳的所有血洞，说道：

“现在，这就是我们的旗帜。”

三　当初伽弗洛什还不如接受安灼拉的卡宾枪

有人将于什卢寡妇的一条黑色长披巾拿来，盖在马伯夫老爹的身上。六人用步枪排成一副担架，将尸体放上去，由众人脱帽陪同，缓步庄严地抬进楼下大厅，安放在一张大桌子上。

这些人全身心投入这件严肃而神圣的事，竟然把危险的处境置于脑后。

遗体从始终泰然的沙威身边抬过时，安灼拉对密探说：

“等一下就轮到你啦！”

这工夫，只有小伽弗洛什没有离开战斗岗位，留在原地守望，他恍惚看见有人偷偷摸近街垒，就突然大喊一声：

“有情况！”

库费拉克、安灼拉、若望·普鲁维尔、公白飞、若李、巴奥雷、博须埃等所有人，闻声便乱哄哄从酒楼冲出来。几乎来不及了，只见黑压压一片刺刀在街垒顶端起伏闪动。身材高大的保安警察，有的跨过那辆公共马车，有的从豁口钻进来，一齐朝那流浪儿逼去；那孩子往后退，却不逃跑。

形势万分危急。这是洪水泛滥的可怕的最初时刻，河水上涨与堤岸齐平，水从堤坝所有缝隙渗出来。刹那之间，街垒就要被攻占。

巴奥雷冲向头一个进来的保安警察，贴身一卡宾枪打死那人，而第二名警察一刺刀又刺死巴奥雷。另一个敌人已将库费拉克打倒在地，只听库费拉克高喊：“快救我！”保安警察队中个头儿最高的那人，挺着刺刀逼向伽弗洛什。伽弗洛什两条小胳膊端起沙威那杆特大号步枪，坚决地抵在肩上，对准那巨人射击。可是枪没有打响。沙威没有给他的步枪上子弹。那个警察哈哈大笑，朝孩子举起刺刀。

未等刺刀碰到伽弗洛什，那杆步枪就从那大兵手中脱落了：那名警察脑门儿上中了一枪，仰身倒下了。第二颗子弹打中攻击库费拉克的那名警察的胸口，将他撂在街道上。

是马吕斯刚冲进街垒。

四　火药桶

原来，马吕斯一直躲在蒙德图尔街的拐角，浑身颤抖，还犹豫不决，目睹了这场战斗的第一阶段。然而，可以称作深渊的呼唤的那种极度神秘的眩晕，他未能抵制多长时间。面对千钧一发的危难，面对马伯夫先生谜一般的惨死、巴奥雷的遇害、库费拉克的呼救、那孩子受到的威胁，总之，面对亟待援救或为之报仇的朋友们，他的疑虑一扫而光，手握两支枪便冲进混战的圈里，第一枪搭救了伽弗洛什，第二枪解救了库费拉克。

进攻的部队听到枪声，听到遭受打击的保安警察的叫喊，就端着枪，蜂拥登上街垒，现在已经露出大半截身子，有保安警察、正规军、城郊国民卫队的士兵。他们已经覆盖了街垒的三分之二，但是没有跳进包围圈里，仿佛还犹豫不决，怕落入陷阱。他们像窥视狮子洞一样，观望黑乎乎的街垒里面。火炬的光亮只照见他们的刺刀、佩戴羽毛的军帽和不安而愤怒的上半张脸。

马吕斯丢掉两支空手枪，没有武器了，但是他瞧见楼下厅堂门旁的火药桶。

马吕斯正半转过身去看那个方向，一名士兵却端枪瞄准他，正要射击的当儿，忽然一只手伸过去，抓住枪管并堵住枪口。冲过去堵枪口的人，正是那个穿线绒裤子的青年工人。枪响了，子弹打穿那工人的手掌，也许还打中身体，只见人倒下去了，而马吕斯却安然无恙。在弥漫的硝烟中，这情景影影绰绰，看不清楚。马吕斯正往楼下厅堂冲去，也没大细看，只是隐约望见对准他的枪口，以及堵住枪口的那只手，并且听到了枪声。不过，在那种时刻，事情瞬息万变，目光不会停留在任何细节上，只模模糊糊地感到自身被推向更黑暗的地方，周围乌云密布。

起义者受到突然袭击，但并不畏惧，他们又聚拢在一起。安灼拉喊道："等一等！不要乱开枪！"的确，在初次交锋的混乱中，很可能打伤自己人。大部分起义者上了二楼和阁楼，在窗口居高临下同进攻的敌人对阵。最坚决的几个人，同安灼拉、库费拉克、若望·普鲁维尔和公白飞一起，排在街尾那排横向的楼房前，毫无屏障，大义凛然，面对着一排排站在街垒上的士兵和卫队员。

厮杀之前从容不迫，完成这一系列部署，显示了一种奇特的严肃和夺人的气势。两方都举枪瞄准待发，而且相距极近，彼此可以问答。就在这一触即发之际，一个高衣领大肩章的军官举起佩剑，高声喝道：

"放下武器！"

"开火！"安灼拉答道。

两边同时枪声大作，硝烟吞没了一切。

在令人窒息的刺鼻浓烟中，伤员和奄奄一息的人在爬行，发出微弱低沉的呻吟。

等到硝烟散去，只见双方的战员稀少了，但是仍留在原地，都默默地重新压子弹。

突然，一个声音雷鸣般吼道：

"你们滚开，要不我就炸掉街垒！"

众人都一齐朝那声音望去。

原来是马吕斯，刚才他冲进楼下厅堂，抱起火药桶，趁着街垒圈里硝烟弥漫，仿佛下了浓雾一般，就沿着街垒一直溜到插火炬的石笼旁边。他拔出火炬，将火药桶放在一摞石块上，往下一压，桶底就穿了，真是易如反掌，俯仰之间，马吕斯就做完了这件事。现在，国民卫队、保安队、军官、士兵，在街垒的另一端挤作一团，全都惊恐地望着马吕斯，只见他站在乱石堆上，手持火炬，照亮那张慷慨激昂而义无反顾的脸庞，只见他垂下火炬的烈焰，伸向乱石堆中清晰可辨的漏底的火药桶，同时发出令人丧胆的这一吼声：

“你们滚开，要不我就炸掉街垒！”

马吕斯继八旬老人之后，也屹立在街垒上，那是继老一代革命之后新一代革命的形象。

“炸掉街垒！”一名军士说，“你也同归于尽！”

马吕斯答道：

“对，同归于尽！”

他说着，就将火炬伸向火药桶。

这工夫，街垒上的人全跑光了。进攻的部队抛下死伤人员，乱哄哄地撤向街道的另一端，重又隐没在夜色中。这是仓皇逃窜的场面。

街垒解围了。

五　若望·普鲁维尔诗的终句

大家都围住马吕斯，库费拉克搂住他的脖子。

“你可来啦！”

“太让人高兴啦！”公白飞说道。

“来得正是时候！”博须埃也说道。

“没有你，我就死定啦！”库费拉克又说道。

“没有您，我也早就给人抓走啦！”伽弗洛什补上一句。

马吕斯问道：

“首领在哪儿？”

“你就是首领。”安灼拉答道。

这一整天，在马吕斯的头脑里像一炉火，现在又化为一场飓风。这场飓风从内心而起，又好像刮到体外，将他席卷而去。他身子飘浮，恍惚离开生活很远很远了。这两个月相爱欢乐的光明日子，却陡然通到这骇人的绝壁。他不知珂赛特的去向，这里筑起街垒，马伯夫先生为共和而牺牲，他自己成了起义者的首领，这一系列事情，对他来说真像一场怪异的噩梦。他不得不极力收拢心思，好回想一下周围的事情是否真实存在。马吕斯还少不更事，想不到最迫近发生的事，往往是认为不可能的事，而始终应当预料的，则往往是出乎意料的情况。他观看自己这场戏，就好像在观赏一出看不懂的戏。

他的神思处于迷离恍惚的状态，都没认出沙威来。沙威一直捆在柱子上，即使在街垒遭受攻打的时候，他的头也没有动一动，只是以殉难者的隐忍和法官的威严态度，看着叛乱者在他周围骚动。而马吕斯甚至没有瞧见他。

这工夫，进攻的官兵没有行动，只听他们在街口来回走动，脚步杂沓，却不见他们再来冒险：他们或许在等待命令，或许在等待增援，然后再冲向这个攻不破的堡垒。起义者又布置了岗哨，几名医科大学生开始包扎伤员。

酒楼的餐桌，除了用来做绷带和子弹的两张，以及停放马伯夫老爹的一张，其余的全搬出去堆街垒了；他们又把于什卢寡妇和两名女佣的床垫搬到楼下，权当桌子，将伤员安放在上面。至于住在科林斯的三位女人，已不知去向。不过后来还是发现，她们躲在地窖里。

大家刚为街垒解围而高兴，忽又为一件事忧心如焚。

起义队伍集合点名时，发现少了一个人。少谁呢？少一个最亲近、最英勇的若望·普鲁维尔。在伤员中间没有找见，在死者中间也没有找见，显然他被抓走了。

公白飞对安灼拉说：

“我们的朋友落到他们手中，但是我们也抓住他们的人。你还一定要处死这个密探吗？”

“对，”安灼拉答道，“但是他远远抵不上若望·普鲁维尔的命。”

这场对话，就是在楼下厅堂绑沙威的柱子旁边进行的。

“那好，”公白飞又说道，“我就在手杖上系一条手帕，以代表身份前去，拿他们的人换回我们的人。”

“你听。”安灼拉用手按住公白飞的胳膊，说道。

街口传来一下扣动扳机的声响，很能说明问题。

只听一个男子汉的声音高呼：

“法兰西万岁！未来万岁！”

大家听出正是若望·普鲁维尔的声音。

火光一闪，随即一声枪响。

接着，又复归沉寂。

“他们把他杀害了。”公白飞高声说道。

安灼拉注视沙威，对他说：

“你的朋友刚才把他枪毙了。”

六　生也苦死也苦

这类战争有个独特之处：几乎总是从正面进攻街垒，一般来说，攻方不用迂回战术，或怕遭遇伏击，或怕陷入曲折的街巷。因此，这些起义者全部注意力都集中在大街垒上，显而易见，这方面时刻受到威胁，也必然是再次争夺的焦点。然而，马吕斯却想到了小街垒，并前去巡视。小街垒静寂无人，石堆里只有一盏摇曳的彩灯在守卫。就连蒙德图尔小街、小丐帮街和天鹅街那些岔道，也都静悄悄的。

马吕斯视察完了，正要返回，忽听黑暗中有人喊他名字，但声音很微弱：

“马吕斯先生！”

他惊抖一下，听声音，正是两小时前，在普吕梅街隔着铁栅门叫他的那人。

不过现在听来，那声音只剩下一口气了。

他游目四望，却不见有人。

马吕斯以为听错了，大概是神经产生的错觉，混杂到他周围相冲突的异乎寻常的现实中。他跨了一步，要走出街垒所处的凹角。

“马吕斯先生！”那声音又叫道。

这次听得清清楚楚，无可怀疑了，他瞧了瞧四周，什么也没有看见。

“就在您脚旁边。”那声音又说。

马吕斯俯下身，这才发现黑暗中有个形体朝他爬来。向他说话的，正是匍匐在街道上的那个形体。

在彩灯光下，只见一件罩衣、一条撕破的粗绒长裤、一双赤脚，以及好似血泊的模模糊糊的东西。马吕斯也隐约看见一张苍白的脸，抬起来对他说：

“您认不出我来了吗？”

“认不出来。”

“爱波妮呀。”

马吕斯急忙蹲下去。果然是那不幸的女孩儿。她女扮男装了。

“您怎么在这儿呢？您在这儿干什么？”

“我要死了。”爱波妮说道。

有些话和事件，就是能把人从委顿的状态中唤醒。马吕斯仿佛惊醒似的，嚷道：

“你受伤啦！让我来把您抱到楼里去，好给您包扎。伤得重吗？我怎么抱才不会弄疼您呢？您哪个地方疼！救人啊！我的天哪！真不明白，您到这儿来干什么？”

他手臂试着插到她身下，好把她捅起来。

他捅她起来时碰到她的手。

她衰弱地叫了一声。

“我把您弄疼啦？”马吕斯问道。

“有点儿。”

“可是，我刚碰到您的手。”

她抬手给马吕斯看。马吕斯看见她手心有个黑洞。

“您这手怎么啦？”他问道。

“打穿了。”

“打穿啦！”

“对。”

“什么打的？”

“子弹。”

“怎么打的？”

“那会儿，您没看见一杆大枪瞄准您吗？”

“看见了，还看见一只手堵住枪口。”

“那就是我的手。”

马吕斯浑身一抖。

“真是胡闹！可怜的孩子！谢天谢地，如果只伤着手，还不要紧。让我把您抱到床上去。有人会给您包扎，一只手打穿了，死不了人。”

爱波妮喃喃说道：

“子弹打穿手，又从我的后背出去。不必把我移走了。让我来告诉您怎样做，会比外科医生给我包扎得更好。您挨着我坐到这块石头上。”

马吕斯照办了。爱波妮的头枕在马吕斯的膝上，眼睛并没有看他，说道：

“哦！真好！这样真舒服！就这样！我的伤不疼了。”

她沉默了片刻，接着费力地转过脸，望着马吕斯。

“您知道吗，马吕斯先生？我让您进那园子，简直捉弄自己，我也太傻了，把那栋房子指给您，可是想来想去，我还是应当明白，像您这样一位青年……”

她戛然住口，心中无疑还有许多伤心话，都略过去了，她凄然一笑，又说道：

“您觉得我长得丑吧，对不对？”

她接着说下去：

“您瞧，您保不住命啦！现在，谁也休想从这街垒出去。是我引您来这儿的，哼！您要死了。我就指望这样。可是，我一瞧见有人瞄准您，就赶紧用手堵住那枪口。简直太怪啦！其实，我是想比您先死一步。我挨了那一枪，就爬到这里，没让人看见，也没让人收走。就在这儿等您，我自言自语：他就不会来吗？噢！您哪儿知道，我疼得好厉害，嘴紧紧咬住罩衣！现在好了。您还记得吗？有一天，我走进您的房间，还照了您的镜子；还有一天，我在大马路上遇见您，旁边还有不少女工。当时，鸟儿叫得多欢啊！事情过去没有多长时间。您给我五法郎，我对您说：我不要您的钱。那枚银币，您至少拾起来了吧？您不是有钱的主儿。当时我没有想到提醒您一声，把钱拾起来。那天太阳多好，一点也不冷。您还记得吗，马吕斯先生？啊！我真幸福！大家都要死了。”

她好像丧失了理智，神态又严肃又令人伤心。她的胸口从撕破的罩衣里袒露出来。她说话时，就用子弹射穿的手捂住胸口上另一个洞，只见洞里不时涌出一股鲜血，犹如拔掉木塞的桶口冒出的葡萄酒。

马吕斯怀着深切的同情，注视着这个不幸的姑娘。

“噢！”她忽然又说道，“又来了。我要憋死啦！”

她抓起罩衫，用嘴狠狠咬着，两条腿在路面上也开始僵硬了。

这时，街垒里响起伽弗洛什那小公鸡嗓音。那孩子登上一张桌子，正往枪里压子弹，同时愉快地唱着当时广泛流行的歌曲：

拉法耶特一露面，
军警丧胆连声喊：
赶紧逃！赶紧逃！赶紧逃！

爱波妮欠身谛听，然后低声说：

“是他。”

随即又转向马吕斯：

“我弟弟在这儿呢。别让他瞧见我。他一瞧见就会责备我。”

“您弟弟？”马吕斯问道，他又想起父亲要他报答德纳第一家人的遗嘱，心中万分痛苦，“谁是您弟弟？”

“那孩子。”

“唱歌的那个？”

“对。”

马吕斯身子动了一下。

“噢！您别走！”她说道，“挨不了多长时间了。”

她几乎坐起来，但是声音很低，因倒气说话断断续续。她的脸尽量靠近马吕斯的脸，表情很怪，又补充说道：

“听我说，我不愿意捉弄您。我兜里有一封给您的信。还是昨天的事儿，人家要我投递，我却把信扣住，不愿意让您收到。可是，等一会我们再相见的时候，也许您要埋怨我。人死了还会见面的，对不对？把您的信拿去吧。”她那有弹洞的手仿佛感觉不到疼痛了，痉挛地抓住马吕斯的手，拉进她罩衣兜里。马吕斯果然摸到一张纸。

“拿去吧。”她说道。

马吕斯拿了信，爱波妮满意地点了点头。

“现在该酬劳我了，请答应我……”

她住了口。

“答应什么？”马吕斯问道。

“先答应我！”

“我答应。”

“请答应我，等我一死，您就在我脑门儿上吻一下。——我会感觉到的。”

她的头又倒在马吕斯的双膝上，眼皮儿合上了。马吕斯以为，这颗可怜的灵魂已经离去，他见爱波妮一动不动，以为她长眠了，可是突然，她又慢慢睁开眼睛，露出的却是幽眇深邃的死亡之光，对他说话的温柔声调，也仿佛来自彼界了：

“喏，还有，马吕斯先生，我觉得我早就有点爱上您了。”

她又勉颜一笑，便溘然长逝。

七　计程能手伽弗洛什

马吕斯履行诺言，在她淌着冷汗的苍白额头吻了一下。这不是对珂赛特的一次不忠行为，而是怀着温情的怀念，向一颗不幸的灵魂告别。

他从爱波妮的手中拿到信，内心不禁为之震颤，他当即感到事关重大，急不可耐，要拆开看看。人心天生如此，不幸的姑娘刚刚合目，马吕斯就想看信。他把爱波妮轻轻放在地上，便走开了。有一种感觉提醒他，不能在这尸体面前念这封信。

他走进楼下厅堂，凑近一支蜡烛。这是一封小柬，折封精细，显然出自女子之手。信封也是女子的娟秀字体，只见地址写道：

“玻璃厂街16号，库费拉克先生转马吕斯·彭迈西先生收。”

他拆开信，念道：

“我心爱的，唉！我的父亲要同我立刻动身。今天晚上，我们要住到武人街7号。再过一周，我们就去英国。——珂赛特。6月4日。”

他们的爱情纯真到如此程度，马吕斯连珂赛特的笔体都不认得。

事情的经过，几句话就能交代清楚。全是爱波妮一手制造的。经历了6月3日夜晚的事件，她有了个主意，一箭双雕，既挫败她父亲同匪徒抢劫普昌梅街那户人家的计划，又拆散马吕斯和珂赛特。

她碰见一个要男扮女装寻开心的青年，就用她的破衣裙换来男装穿上。也是她，在演武场向冉阿让提出明确的警告："快搬家。"冉阿让一回到家，果然就对珂赛特说："今天晚上我们就走，同都圣到武人街去。下周，我们就前往伦敦。"事起突然，珂赛特一时惊呆了，就匆忙给马吕斯写了两行字，但是信如何投寄呢？她从来不单独出门，交给都圣吧，又怕她诧为怪事，肯定要拿给割风先生看。珂赛特正在焦虑，隔着铁栅门忽见男装打扮的爱波妮，而近来爱波妮总在那园子附近游荡。珂赛特叫住那"青年工人"，给他五法郎和信件，并对他说："请按照这个地址立刻把信送去。"爱波妮揣起信。第二天6月5日，她去库费拉克住处找马吕斯，但不是为了送信，而是"去瞧瞧"，这种行为，任何嫉妒的情人都能理解。她在那里等待马吕斯，至少等待库费拉克，始终为了瞧一瞧。她听库费拉克说："我们去街垒！"就灵机一动，计上心来。反正也是一死，不如投入街垒的战斗，同时也把马吕斯推进去。她跟随库费拉克，看准要筑街垒的地点，就去普吕梅街等候马吕斯，料定她把信扣住，马吕斯未收到任何通知，必然像每天晚上那样，天一黑就去赴约会，于是，她以马吕斯的朋友的名义，向他发出那声召唤，心想这一定能把他引到街垒那里去。她这种把握，完全基于马吕斯找不见珂赛特而产生的悲观绝望的情绪，也的确没有估计错。然后，她又回到麻厂街，在街垒的行为，我们刚才也看到了。嫉妒的心就是这样，惨死也高兴，拖着心爱的人同归于尽，心说：谁也别想得到！

马吕斯吻遍了珂赛特的信。看来她还爱他！有一阵工夫，他考虑自己不必再寻死了，继而他又思忖：她走了，她父亲带她去英国，我那外祖父也拒绝这门婚事。这种命运安排丝毫也没改变。马吕斯这种梦幻类型的人，一消沉就走极端，作出悲观绝望的决定。

活得太累，无法忍受，还不如一死了之。

于是，他想还有两个责任要尽到：一是把他的死讯告诉珂赛特，给她寄去诀别信；二是要从即将发生的这场灾难中，救出那可怜的孩子，即爱波妮的弟弟和德纳第的儿子。

他身上带着活页夹子，当初他写下许多对珂赛特爱慕之情的记事本，就曾放在那夹子里。他撕下一张活页，用铅笔在上面写了几行字：

“我们不可能结婚。我向外祖父请求过，他不同意；我没有财产，您也一样。我跑到你家没有找见你，你知道我对你发的誓，我信守。我决意一死。我爱你。等你读这封信的时候，我的灵魂会到你的身边，冲你微笑。”

他没有信封，就只好把那张纸折成四折，写上地址：

“武人街7号，割风先生宅，珂赛特·割风小姐收。”

信折好之后，他又若有所思，再拿出夹子打开，用同一支铅笔，在第一页上写了几行字：

“我叫马吕斯·彭迈西。请把我的尸体运到我外祖父家：沼泽区受难会修女街6号吉诺曼先生。”

他把活页夹放回外衣兜里，就喊伽弗洛什。那流浪儿听到马吕斯的喊声，赶紧跑来，那神气又快活又殷勤。

“你肯给我办点事儿吗？”

“什么事儿都成，”伽弗洛什答道，“仁慈的上帝！说真的，没有您，我早就让人扔进汤锅里了。”

“这封信你看清楚啦？”

“看清楚了。”

“拿着。立刻离开街垒（伽弗洛什隐隐不安，用手指开始搔耳朵），明天早上，你把信送到这个地址，武人街7号割风先生宅，交给珂赛特·割风小姐。”

英勇的孩子回答：

“行啊，可是，在这段时间，街垒让人家攻占，我却不在场。”

“看样子天亮之前，不会攻打街垒了，明天中午之前，也攻打不下来。”

敌军再次给街垒留下的喘息时间，的确在延长。这类休止在夜战中屡见不鲜，继而总是更加猛烈的进攻。

“那好，”伽弗洛什回答，“明天早晨，我把信送去还不行吗？”

“那就太迟了。等到那时候，街垒很可能被封锁，所有街道也都有人把守，你就出不去了。你马上就走吧。”

伽弗洛什无法反驳，但还站在原地犹豫不决，愁眉苦脸地直搔耳朵。突然，他就像小鸟常有的动作，一下子抓去信。

“好吧。”他说了一声。

他扭头从蒙德图尔小街跑开了。

伽弗洛什有了个主意，才下了决心，但是他又怕马吕斯反对，就没有说出来。

他有了个这样的念头：

“现在刚刚半夜，武人街又不远，我这就把信送去，回来还能赶得上。”

第十五卷　武人街

一　吸墨纸，泄密纸

比起灵魂的骚动，一座城市的痉挛又算什么呢？人心比民心还要深邃。就在这种时候，冉阿让的心卷入惊涛骇浪。往昔的深渊恶谷，全在他面前重新洞开。他和巴黎一样战栗，因为都同时走到吉凶莫卜的一场大变革的门槛。几个小时就足矣。他的命运和心境突然布满了阴影。无论对他还是对巴黎，我们都可以说：两种观念同时显现。白天使和黑天使，就要在深渊的桥上狭路相逢，展开一场肉搏战。谁能把另一个推下去呢？谁能占上风呢？

6月5日这天的前夕，冉阿让带着珂赛特和都圣，搬到武人街来住。在那里等待他的，却是一场出乎意料的突变。

珂赛特不愿离开普吕梅街，也不是没有力争。自从珂赛特和马吕斯相依为命以来，珂赛特和冉阿让还是第一次各有各的意愿，虽未冲突，至少相左。一个提出异议，另一个绝不改变。一个陌生人突然给他“快搬家”的劝告，足令冉阿让固执己见了。他以为有人发现并追踪他。珂赛特只好让步。

他们前往武人街的路上，都闭口无言，各自想心事儿。冉阿让极度不安，竟无视珂赛特的愁苦神态；珂赛特则极度愁苦，也无视冉阿让的不安情绪。

这次，冉阿让带着都圣，这是他从前外出时从未有过的情况。他已经估计到，恐怕再难回普吕梅街了，丢下都圣不合适，把秘密告诉她也不成。再说，他觉得都圣又忠实又可靠。仆人出卖主人，往往从好奇心开始。然而，都圣一点儿也不好奇，仿佛天生就该给冉阿让当用人。她说话口吃，又讲巴纳维尔乡下土话：我是一样一样的；我事情我干；总起来不是我的活儿。（我就是这样；我干自己的活儿；其余的事儿同我无关。）

这次，冉阿让几乎是仓皇逃走，离开普吕梅街时，只带着珂赛特称为"形影不离"的那只熏香小箱子。若是装得满满的大箱子，就非得雇人搬运不可，而搬运工就是见证人。他们叫来一辆马车，从巴比伦街那道门上车离去。

都圣费了好大劲儿，才获准包了几件衣物和梳妆用品。珂赛特只带上文具和吸墨纸。

冉阿让要神不知鬼不觉地转移，安排天黑才离开普吕梅街的小楼，这样一来，珂赛特就有时间给马吕斯写信了。他们到了武人街，天就完全黑了。

他们悄悄睡下了。

武人街那套房子位于后院，在三层楼上，有两间卧室、一间餐室，以及连着餐室的一间厨房，还有一间小阁楼，里边放一张帆布床，是给都圣预备的。餐室也是过厅，将两间卧室隔开。房中生活必需品一应俱全。

人的天性如此，既好无故惊扰，又好无故宽心。冉阿让一到武人街，焦虑的情绪就减轻许多，并且渐渐消除了。有些地方起镇静作用，在一定程度上自然就影响人的精神。街道幽暗，居民平静，冉阿让来到老巴黎的这条小街，就觉得受了莫名的宁静的感染。这条街十分逼窄，两根柱子固定一块厚木板，横在街上，禁止车辆通行，虽然处于喧闹的市井，却又寂静无声，即使大白天也昏暗惨淡，两侧百年高楼，犹如老人相对无言。这条街停滞着遗忘。冉阿让来到这里，就松了一口气。还有办法把他从这里找出来?

他关心的头一件事，就是把那“形影不离”的放在身边。

他睡得很香。常言道：黑夜生主意；也不妨加一句：黑夜令人安。次日早晨醒来，他的心情差不多快活起来，连丑陋不堪的餐室，他也觉得很可爱。餐室里摆一张旧圆桌、一个矮矮的食品橱、一张有虫蛀的扶手椅和几把椅子，橱上还放着一面前倾的镜子。都圣的几个包裹放在椅子上，有一个裂开了缝儿，露出冉阿让的国民卫队的军装。

至于珂赛特，她让都圣送去一碗菜粥，直到傍晚才露面。

这次简单的搬家，都圣出出进进忙了一整天，下午将近五点钟，她才往餐桌上摆了一盘凉鸡。珂赛特只是为了向父亲表示恭顺，才肯瞧一眼这盘菜。

晚饭后，珂赛特借口一直偏头痛，就向父亲道了晚安，躲回卧室去了。冉阿让胃口不错，吃了一只鸡翅，然后双肘撑在桌子上，心情渐渐平静下来，重又有了安全感。

这顿晚饭很简单，他在餐桌上有两三回，隐约听见都圣结结巴巴地说：“先生，外面闹得很欢，巴黎城里打起来了。”但是他心事重重、正冥思苦想，也没有注意，老实讲，他甚至没有听见。

他站起身，开始踱步，从窗户走到门，又从门走到窗户，心情也越来越平静了。

心情一旦平静下来，他唯一关切的人珂赛特，便重又在他脑海中浮现。他倒不是多么担心这次偏头痛，发一点儿神经质，少女赌气，一时飘来一片乌云，一两天就会烟消云散；他是想未来的日子，而且像往常那样，想得很美。归根结底，在他看来，恢复幸福的生活并没有什么阻碍。有的时候，一切都仿佛不可能了；然而在另一些时候，一切又好像容易了；这会儿，冉阿让就觉得什么都顺心。一般来说倒霉一阵，就会时来运转，如同黑夜过后便是白天，这种更替反差的法则乃是大自然的本质，浅薄的人称之为对称。冉阿让避居到这条宁静的街巷，就渐渐摆脱近来困扰他的种种事件，正因为见到了一片黑暗，他才开始望见一点蓝天。安然无事就离开了普吕梅街，这已经是顺利地跨出一步。

也许应该再明智一点儿，到国外去，到伦敦去，哪怕只逗留几个月。去就去吧，只要有珂赛特在身边，留在法国还是去英国，又有什么关系呢？珂赛特就是他的家园。有了珂赛特，他的幸福就足够了；然而有他，珂赛特不见得足以幸福，这种念头，从前令他焦灼失眠，现在甚至没有在他头脑里闪现。他的忧心惨痛全已过去，现在完全知足常乐了。他觉得珂赛特既然留在他身边，也应该如此；一般人看问题都会产生这种印象。他心里盘算好了，同珂赛特一道去英国容易得很，他在梦想的前景中看到，无论到哪儿，他的幸福都会重新实现。

他缓步走来走去，目光忽然落到一样奇怪的东西上。

他看见对面橱上前倾的镜子里，清晰地映现几行字：

“我心爱的，唉！我父亲要同我立刻动身。今天晚上，我们要住到武人街7号。再过一周，我们就去英国。——珂赛特。6月4日。”

冉阿让惊呆了，戛然止步。

珂赛特到达的时候，就随手将吸墨纸丢在橱上的镜子前，心中正愁肠百结，就把它忘在那里，甚至没有注意吸墨纸摊开了，正巧翻在她昨天写信用的那一页，信是交给路过普吕梅街的那个“青工”送去，而几行字却印在吸墨纸上。

镜子又把字迹映现出来。

这就产生了几何上所谓的对称图像，印在吸墨纸上的反字，在镜子里又正过来，恢复原形了。这样一来，冉阿让就看到昨天珂赛特写给马吕斯的信。

这事又简单，又给人以致命的打击。

冉阿让走近镜子，又看了那几行字，却不相信这是真的，看上去就好像是闪电光中显现的，是一种幻视。然而这不可能，也根本不是幻觉。

辨识越来越真切了，他看着珂赛特的吸墨纸，又恢复了真实感。他拿起吸墨纸，说道：原来是这上面的。他焦躁不安地察看吸墨纸上的反体字迹，觉得既笨拙又怪异，毫无意义，于是心中暗道：这什么也说明不了，根本不是文字。他长出了一口气，一时感到无比宽慰。在极为险恶的时刻，谁没有过这种愚蠢的喜悦呢？只要幻想还没有完全破灭，灵魂就不会向绝望投降。

他拿着吸墨纸左看右看，一副傻乎乎的高兴样子，想到自己上了幻觉的当，简直要笑起来。突然，他的目光又落到镜子上，便又看到了幻象，几行字映现出来，再清晰不过了。这回可不是幻觉了。一错再错的幻象，就是一种现实了，是触摸得到的，是由镜子复原的书写文字，他明白了。

冉阿让踉跄一下，吸墨纸从手中失落，身子一下便瘫倒在橱边的旧扶手椅上，脑袋耷拉下去，眼睛怔怔失神了。他心想，这是明摆着的事，人世的光明永远消失了，珂赛特给一个人写了这些话。这时，他听见自己的灵魂又变得凶猛，在黑暗中发出沉雷般的吼声。快去夺回落入狮笼的爱犬！

事情真是又怪异又可悲，这时候，马吕斯还没有收到珂赛特的信，而偶然的机缘却阴差阳错，将信先传给冉阿让了。

到现在为止，冉阿让经住了考验。他一直接受各种各样可怕的试探；厄运对他也无所不用其极，而残暴的命运以社会的各种制裁和偏见为武器，向他这个目标猛烈进攻。然而，在任何逆境面前，他也没有退却，没有屈服。必要的时候，各种极端的迫害，他都容忍了，连重新赢得的人格不可侵犯性也牺牲了，连自由也放弃了，甚至冒着掉脑袋的危险，什么都丧失了，什么都忍受了，一直清心寡欲，舍己为人；有时真让人相信他忘我到了殉道者的程度。他的良心罹难重重，经受千锤百炼，仿佛变得坚不可摧了。然而此刻，有人若是洞察他的良心，就不能不看出这良心在削弱。

这是因为命运长期拷问他所施加的各种酷刑，这一次才是最可怕的。还从来没有夹得这样紧的刑枷。他感到最深挚的情感全被神秘地搅动了，感到一种撕肝裂胆的异样剧痛。唉，说穿了，人生最严峻的考验，无与伦比的考验，就是失去所爱的人。

可怜的老冉阿让爱珂赛特，无非像父亲爱女儿那样；不过前边指出过，他孤身生活，就把各种类型的爱引入这种父爱中。他把珂赛特当作女儿来爱，也当作母亲来爱，还当作妹妹来爱；而且，由于他一生既没有情人，也没有娶妻，而人的天性又像个不肯接受兑付证书的债权人，这种情感最难割舍，也掺杂到其他情感中；这种情感又朦胧，又无知，因其盲目性而纯洁，无意识的，天真、高尚而神圣，说是情感更像本能，说是本能更像吸引，难以捉摸又无影无形，却又真实存在；确切地说，这种爱在他对珂赛特的无限温情中，好比大山中的金矿脉，未经开采，深藏在黑暗中。

请读者回想一下我们曾指出过的这种心态。他们绝不可能结合，连灵魂的结合也不可能，然而毫无疑问，他们的命运已然结合了。除了珂赛特，也就是说除了一个孩子，冉阿让一生也没有体验过什么是爱。热恋与爱情更迭嬗变，人过五旬，如树木入冬，叶子由嫩绿转为暗绿，这是人所共见的；可是冉阿让却没有经历这种嬗变。总而言之，我们也一再强调，这颗心的整个聚合，这个整体，是高尚品德的结晶，最终把冉阿让变成珂赛特的父亲。奇特的父亲，是由冉阿让身上体现的祖父、儿子、兄弟和丈夫熔铸而成的；这种父爱中甚至包含母爱，这个父亲爱珂赛特，并且崇拜她，他把这孩子视为光明，视为寄身之所，视为家庭，视为祖国，视为天堂。

因此，他一看到大势已去，珂赛特要脱离，从他手中溜走，要逃避，他一看到这已成烟云，已成流水，这种令人心碎的明显事实一摆在他眼前：她的心另有所属，她的终身另有所托；她已另有所爱，而我只是个父亲，对她来说不存在了；他再也无可怀疑，心里叨咕：她就要离开我，远走高飞了！于是，他感到的痛苦超过了极限。他全部付出之后，却落到这种下场！怎么，最后一场空！因此，正如我们刚才讲的，他的心奋起抗争，从头到脚一阵颤抖。一直到头发根他都感到自私心理的大觉醒；在这个人的深渊，自我吼叫起来。

心灵崩溃是常有的事。绝望的念头一旦确信无疑，潜入人心，势必排除并摧毁往往构成人本体的一些要素。痛苦一旦到极限，良心的所有力量就溃不成军了。这是难以避免的劫数。经历这样的劫数，还能保持本色，坚守天职，这种人可以说寥寥无几。痛苦过了头，最坚定的信念也要迷惑。冉阿让重又拿起吸墨纸，再次确认这一事实。他身子前倾，眼睛直瞪瞪的，仿佛被这不容置疑的几行字压垮了；显然他的内心乌云翻滚，看来他的灵魂世界完全崩溃了。

他通过幻想的放大镜，审视泄露的文字，那神态又平静又可怕，须知人平静到了雕像那样冷峻的程度，就特别骇人了。

他衡量命运在他毫无觉察时跨出惊人的这一步，又想起去年夏天来得怪也排除得怪的疑惧，现在又看到峭壁绝谷，还是原来的峭壁绝谷，只不过这次冉阿让不再是濒临峭壁，而是坠入绝谷了。

这种情况前所未闻，又令人心碎，他还毫无觉察就掉下去了。他生活的光明完全消失，而他原以为能永远见到太阳呢。

他的本能毫不迟疑。他把一些场景、一些日期、珂赛特脸色红白的几次变化，都联系起来看，于是心中暗道：就是他。绝望之心的猜测，是百发百中的一张神弓。他一下便猜中了马吕斯。当然，他还不知道这个名字，但是立刻确定了这个人。他无情地搜索记忆，清晰地看见卢森堡公园里那个游荡的陌生人，那个拈花惹草的可恶家伙，那个无所事事的浪荡哥儿，那个蠢货，那个无赖，因为，走过来对着父亲身边的爱女挤眉弄眼，就是无赖的行为。

冉阿让是个脱胎换骨的人，他曾苦修自己的灵魂，竭力将整个一生、整个苦难和整个不幸，化为一颗爱心，现在明白这事背后全是那青年在作祟，他再反视内心，就看见一个鬼怪：仇恨。

剧痛深悲能将人压垮，令人绝望轻生。这种痛苦一旦侵入内心，人就感到有什么东西退出了。青少年时遭遇痛苦，只是悲伤，老人再遭遇，就极为凶险了。唉！一个人血还是热的，头发还乌黑，脑袋还挺立在肩头，犹如火炬的火焰，而命运的厚簿才刚翻过几页，心还充满爱的渴望，还有要引起共鸣的跳动，一个人还有充分时间弥补过失，满目所见，还尽是女人，尽是笑脸，还是整个未来、无限远景，就在生命力还十分旺盛的时候，如果绝望都是一件可怕的事情，那么岁月流逝，人到了凄凉晚景，暮昏中已望见初跃的坟墓之星，又该如何呢？

冉阿让正这样凝思，忽见都圣走进来，他便站起身，问道：

“在哪一带？您知道吗？”

都圣愣住了，只能反问一句：

“什么事儿啊？”

“刚才您不是跟我说过打起来了吗？”

“哦！对，先生，”都圣回答，“是圣梅里教堂那一带。”

有时，我们不知不觉中有一种机械的冲动，那正是来自最幽深的思想。毫无疑问，冉阿让几乎没有意识到，他正是由于这种冲动，五分钟之后就上了街。

他光着头，坐在楼房门口的护墙石上，仿佛在侧耳倾听。

夜幕降临了。

二　流浪儿敌视路灯

他这样待了多长时间？这种冥思苦索的浪涛如何起伏激荡？他还能重新站起来吗？他就这样屈服了吗？他被压得筋断骨折了吗？他还能挺立起来，在良心上找个实处立足吗？恐怕连他自己也说不清楚。

街上空荡荡的，几个惶惶不安的市民赶路回家，也没有注意他。在危难的时刻，都各顾各的。路灯管理工像往常一样，前来点亮正对着7号门的路灯之后便走了。此刻，谁要是在这黝暗中观察冉阿让，就会觉得他不像个活人。他坐在大门旁的护墙石上，一动不动，真像个冻成冰的鬼魂。人在绝望中，往往凝固僵硬了。远处传来警钟和隐约的风暴似的喧嚣。在长鸣的警钟的鼓噪紊乱交混中，圣保罗教堂打响了报时钟，庄重从容地敲了十一下，因为，警钟是人，时钟是上帝。冉阿让僵坐不动，丝毫不受时间流逝的影响。差不多就在这时候，菜市场那边突然响起一阵枪声，继而，又是一阵枪声，比头一阵更猛烈；那大概是进攻麻厂街街垒，前面我们已经看到是如何让马吕斯吓退的。这两阵射击，由惊愕的夜空扬声，显得格外激烈，冉阿让猛然一抖，霍地站起身，转向枪声的方向，随即重又坐到护墙石上，叉起手臂，脑袋又慢慢垂到胸前。

他又继续同自己的凶险对话。

他忽然抬起眼睛，街上有行人，他听见附近有脚步声，便借着路灯光亮，朝通向档案馆的一边街道望去，看见一张灰白脸的快活少年。

伽弗洛什走进了武人街。

伽弗洛什扬着头东张西望，好像在寻找什么。他明明看见了冉阿让，却视若未见。

伽弗洛什扬头寻找半晌，又低头寻找；他踮起脚，去摸楼下临街的门窗；门窗全关着，插好锁上了。试了五六座这样森严壁垒的楼房门脸之后，那孩子耸了耸肩，自言自语冒出一句话：

“没错儿呀！”

接着他又往上瞧。

若在前一阵工夫，冉阿让处于那种心境，对谁也不会答理，可是现在他却按捺不住，主动同那孩子搭话。

“小不点儿，你怎么啦？”他问道。

“我饿啦，”伽弗洛什干脆地回答。他又回敬一句：“您才是小不点儿。”

冉阿让摸坎肩的兜儿，掏出一枚五法郎银币。

伽弗洛什就像一只鹡鸰，从一个动作过渡到另一个动作极快，他已经拾起一块石块。他早就瞟上路灯了。

“咦！”他说道，“你们这儿还点着路灯。朋友们，这可违反规定，不遵守秩序，给我砸烂。”

他投出石块，咔嚓一声，路灯玻璃哗啦掉下来，躲在对面楼里的窗帘后面的一些市民，闻声惊呼：

“又是93年啦！”

路灯猛一摇晃，随即熄灭。街道突然变得漆黑一片。

“就得这样，老街道，”伽弗洛什说，“戴上你的睡帽。”

然后，他又转向冉阿让：

“街那头的那座大楼，你们叫什么啦？叫档案馆，不是吗？那些大个头儿的石柱子，弄巴弄巴，堆个街垒倒不赖。”

冉阿让走到伽弗洛什跟前。

“可怜的孩子，他饿了。”他咕哝道，仿佛自言自语。

他将面值一百苏的银币塞到孩子手里。

伽弗洛什觉得这枚铜板个头真大，不免惊奇，便仰起鼻子，在黑暗中瞧了瞧，见这大铜钱白光闪闪，认出是听人说过的五法郎银币，早就想见识见识，非常高兴能拿一枚仔细看看。他说道：“欣赏欣赏老虎。”

他赏玩一会儿，然后转身，将钱递给冉阿让，庄严地对他说：

“老板，我还是喜欢砸路灯。这只猛兽您收回去，谁也休想腐蚀我。这家伙有五只爪子，可是休想抓破我一点儿皮。”

“你有母亲吗？”冉阿让问道。

伽弗洛什回答：

“也许比您的多呢。”

“那好，”冉阿让又说，“这钱留给你母亲吧。”

伽弗洛什心受感动，况且他刚注意到，跟他说话这人没戴帽子，这就增加了他的信任感。

“真的，”他说道，“不是为了阻止我砸路灯吧？”

“你爱砸什么砸什么。”

“您真是个好人。”伽弗洛什说道。

于是，他将五法郎的银币塞进兜里。

他的信任感增加了，就又问了一句：

“您住在这条街吗？”

"是啊，问这干吗？"

"您能告诉我7号吗？"

"找7号干什么？"

说到这里，孩子住口了，担心话已经说多了，手指用力插进头发里，只回答一句：

"哦！不干什么。"

冉阿让灵机一动，有了个主意。人惶恐不安，往往有这种清醒头脑。他对孩子说："我正等一封信，是派你给送来的吧？"

"您？"伽弗洛什说，"您又不是女人。"

"信是给珂赛特小姐的，对不对？"

"珂赛特？"伽弗洛什咕哝道，"对，我想是这个怪名字。"

"那好，"冉阿让又说，"信要由我转交。给我吧。"

"要是这样，您就该知道，我是街垒派来的。"

"当然知道。"冉阿让说。

伽弗洛什将小手插进另一个兜里，掏出四折的一张纸。

他随即又行了个军礼。

"向这信件致敬，"他说，"这是由临时政府发出的。"

"给我吧。"冉阿让说。

伽弗洛什将那张纸高高举过头顶。

"您不要以为这是一封情书。这是写给一个女子的，但也是写给人民的。我们那些人，正在战斗，我们尊重女性。我们那儿不像上流社会：上流社会的狮子总把小母鸡赠给骆驼。"

"给我吧。"

"不错，"伽弗洛什继续说，"您看样子像个好人。"

"快点给我。"

他这才把信交给冉阿让。

“您要赶快送去，啥赛先生，因为，啥赛特小姐正等着呢。”

伽弗洛什造出这个词儿，心中好不得意。

冉阿让又问了一句：

“回信要送到圣梅里吗？”

“您这是要做什么糕点，”伽弗洛什嚷道，“要做俗称的傻帽蛋糕。这封信是从麻厂街街垒送来的，我还要回那儿去。晚安，公民。”

伽弗洛什说罢，就扬长而去，说得形象些，他就像如笼的小鸟儿，又朝他原来的地方飞去。他又钻进黑暗中，就好像一颗疾飞的子弹，把黑暗打出个洞；武人街复归寂静冷清。眨眼工夫，这个身披阴影和梦幻的怪孩子，就隐没在这一排排黝黑楼房之间的迷雾中，好似一股黑烟融入黑暗里，真让人以为他化为乌有了，不料几分钟之后，又是咔嚓一声，路灯玻璃哗啦落地破碎的声响，忽又把气愤的市民惊醒：那是伽弗洛什经过茅屋街。

三　在珂赛特和都圣睡梦之时

冉阿让拿着马吕斯的信回家。

他摸黑上楼，庆幸周围一片黑暗，犹如抓获猎物的猫头鹰；他开门关门极轻，谛听是否有动静，根据整个情况判断，珂赛特和都圣睡着了，便用福马德打火机打火，但是手抖得厉害，往打火机瓶里插三四根火柴，才算打出一点火星儿，实在是做贼心虚。蜡烛终于点亮了，他双肘支在桌子上，展读这封信。

人特别激动的时候，是读不下信的，而是攥在手里，像对待牺牲品一样，紧紧按住，用力揉搓，出于狂怒或狂喜，指甲都抠进去了，而且一眼就冲到末尾，再跳到开头；注意力也会发高烧，大致明白，主要的内容能抓住个大概，往往抓住一点不及其余。在马吕斯给珂赛特的信中，冉阿让只看见这两句话：

“……我决意一死。等你读这封信的时候，我的灵魂就会到你身边。”

他面对这两行字，一时眼花缭乱，仿佛被内心情绪的剧变压垮了；他惊喜交集，完全陶醉，注视着马吕斯的信，眼前出现仇人毙命的灿烂景象。

他高兴得在内心狂呼一声。——这下子，事情了结了。结局来得真快，当初真不敢这样期望。他命运中的克星消失了。这克星是自己离去的，是心甘情愿、自动离去的，而他，冉阿让，根本没插手，“这个人”要死了，而这中间没有他一点过错。也许他已经一命呜呼了。——想到此处，他那发烧的头脑计算一下。——不行。他还没有死。写这封信，显然是让珂赛特明天早晨看的；从十一点到午夜之间，听见那两阵枪声之后，再也没有发生任何情况；等到天亮，街垒才会受到猛攻；不过无所谓，既然“这个人”参加了这场战争，他就完了，就绞进齿轮里了。——冉阿让感到解脱了，又能重新单独和珂赛特一起生活了。竞争已然停止。未来又重新开始。他只要把这封信揣在自己兜里，珂赛特就永远也不会知道“这个人”的下落。“只要听其自然，事情就解决了。这个人性命难逃，如果现在还没有死，他迟早总要死掉。多幸福啊！”

他在内心讲了这番话，神色却黯然了。

继而，他下楼叫醒门房。

约莫一小时之后，冉阿让换上全套国民卫队制服，携带武器出门了。门房不难在附近给他配齐了装备。他有一支上了子弹的步枪，一个装满子弹的弹盒。他朝菜市场方向走去。

四　伽弗洛什的过度热忱

这工夫，伽弗洛什又有一次险遇。

伽弗洛什走到茅屋街，一丝不苟地用石块砸烂路灯之后，就踏上圣母升天会老修女街，连只“猫”都不见，觉得时机不错，可以把他会的那支歌全套唱出来。他的脚步并没有放慢，反而伴着歌声加快了。他沿着酣睡或吓坏了的住房，一路插下这些煽动性的歌段：

榆林小鸟在咒骂，
硬说昨天阿达拉。
私奔跟个俄国佬。
　美丽姑娘走啥道。
　　隆啦啦。

我友彼罗紧呱嗒，
因为那天小米拉，
唤我用劲把窗敲。
　美丽姑娘走啥道，
　　隆啦啦。

恶毒女人甜嘴巴，
施毒让我中魔法，
奥菲拉[①]也要灌倒。
　美丽姑娘走啥道，

---

① 马蒂厄·奥菲拉（1787—1853年）：毒物学家。

隆啦啦。

我爱情爱和吵架，
阿涅丝和帕梅拉，
莉丝煽我把手烧。
美丽姑娘走啥道，
隆啦啦。

从前我见披头纱，
苏赛特和泽依拉，
我的灵魂纱纹绕。
美丽姑娘走啥道，
隆啦啦。

阴影中爱放光华，
给洛拉戴玫瑰花，
我入情网劫难逃。
美丽姑娘走啥道，
隆啦啦。

对镜穿衣小雅娜，
一天我心飞走啦！
想必雅娜你得到。
美丽姑娘走啥道，
隆啦啦。

晚上四组欢舞罢，
我就指着丝泰拉，
对星星说：瞧一瞧。
　美丽姑娘走啥道，
　　隆啦啦。

伽弗洛什边唱边即兴表演。手势为叠句的支点。他那张脸赛似脸谱库，变化无穷，比大风中飘动的床单破洞，还要扭曲痉挛并变幻莫测。可惜只有他一个人，又是黑夜，既看不见也无人看见，这样精彩的表演全部埋没了。

他猛地停住。

“浪漫曲暂停。”他说了一句。

他那双猫眼睛瞧见一个大门洞里，有绘画上所说的一幅人物画，即一个人和一个静物：静物是一辆手推车，人是躺在车里睡觉的一个奥弗涅人。

车把着地，奥弗涅人的头枕着车挡板，他的身体随着倾斜的车身蜷曲着，双脚接触地面。

伽弗洛什见多识广，一眼便看出那人喝醉了。

那人可能是这一带送货的，既贪酒又贪睡。

“嘿，”伽弗洛什心想，“夏天夜晚就是有好处。这不，奥弗涅人在车上睡着了。让我来把小车送给共和国，把奥弗涅人留给王朝。”

他的头脑豁然开朗，有了这样的主张：

“这辆推车弄到我们街垒上，那才带劲呢。”

奥弗涅人鼾声不断。

伽弗洛什轻手轻脚，从后面拉车，从前面拉人，即拉奥弗涅人的双脚；过了一分钟，奥弗涅人便安安稳稳躺在街道上了。

小推车解放出来了。

伽弗洛什有个习惯，什么东西都总带在身上，以备不时之需。他伸手摸一个兜儿，掏出一张纸片和一截从木工那儿偷来的红铅笔头。

他写道：

法兰西共和国

收到你的推车一辆。

他还签上名字："伽弗洛什"。

他写完，见奥弗涅人一直打鼾，就把纸片塞进他丝绒坎肩的兜里，双手抓起车把，推着车朝菜市场方向飞跑，凯旋的喧闹声响彻一路。

这样干颇为冒险。伽弗洛什没有想到，王家印刷局那儿有一个哨所，正由城郊国民卫队驻守。那一小队人被吵得渐渐醒来，有几个人还从行军床上抬起头来。两盏路灯接连给砸烂，以及怪吼怪叫唱的这支歌，确实有些过分了；须知这几条街的居民全都胆小怕事，太阳一落就想睡觉，早早就用罩子熄灭蜡烛。可是，这个流浪儿像钻进玻璃瓶里的苍蝇，在这平静的街区吵闹有一个小时了。城郊国民卫队中士侧耳倾听，还在等待，他是个小心谨慎的人。

小推车咕隆隆狂响，叫人忍无可忍了，中士决定出去侦察一下。

"他们有一大帮人！"他说道，"咱们悄悄过去。"

显然，无政府主义的九头蛇妖出洞了，来到这个街区兴妖作怪。

中士壮着胆子，蹑手蹑脚走出哨所。

伽弗洛什推着小车，正要走出圣母升天会老修女街，突然迎面碰到一身军装、一顶军帽、一支翎毛和一支步枪。

他这是第二次猛地停住。

“咦”，他说道，“是他呀。晚上好，公共秩序。”

伽弗洛什的惊慌时间很短，很快就化解。

“上哪儿去，小流氓？”中士喝道。

“公民，”伽弗洛什回敬道，“我还没叫您资产者呢。您为什么要侮辱我？”

“上哪儿去，小坏蛋？”

“先生，”伽弗洛什又说道，“您昨天也许是个聪明人，可是今天早晨让人给撤职了。”

“我问您上哪儿去，小无赖？”

伽弗洛什又回敬道：

“您讲话真文雅。的确，看不出您有多大年纪。您应当把头发全卖掉，每根一百法郎，总还能赚五百法郎呢。”

“上哪儿去？上哪儿去？上哪儿去？强盗！”

伽弗洛什又答道：

“这话可就有点下流了。再给您喂奶的时候，得把您的嘴巴擦干净些。”

中士端起刺刀。

“到底说不说，上哪儿去，恶棍？”

“我的将军，”伽弗洛什说道，“我去请大夫，给我的老婆接生。”

“操家伙！”中士喊道。

用坏事的东西解救自己，这才是能人的高招儿；伽弗洛什一眼就认清了整个形势，是小车招来麻烦，还要用小车保护自己。

那中士正要扑向伽弗洛什，不料小车用力一送，就变成炮弹，直冲过去，正撞着中士的肚子，把他撞个仰面朝天，摔在水沟里，步枪的子弹也打飞了。

哨所的卫队员听见中士的喊声，乱哄哄地拥出来，跟着第一枪也都胡乱射击，然后装上子弹再射击。

这种捉迷藏游戏似的射击足足持续了一刻钟，击碎了几块窗玻璃。

这工夫，伽弗洛什往后狂跑，跑出去五六条街才停下，坐到红孩街拐角的护墙石上喘口气。

他侧耳细听。

他喘息一阵之后，转身朝着枪声密集的地方，左手抬到鼻子的高度，往前投三次，右手同时拍后脑勺。巴黎流浪儿这种极端的举动，集中表达了法兰西式的嘲讽，而且流传了半个世纪，显然卓有成效。

一个苦恼的念头，突然搅扰了这种兴致。

“好嘛，”他咕哝道，“我只顾在这儿笑，笑得直不起来腰，只顾自己开心，却不想一想耽误了路程，还得绕个弯子。但愿我能及时赶回街垒！”

说罢，他又拔腿跑起来。

他边跑边说：

“嗯，刚才我唱到哪段了呢？”

他又接着唱那支歌，同时飞快钻进街巷里，歌声在黑暗中越来越淡远了：

巴士底还没拿下，
我找官兵和警察，
制止他们胡乱闹。
　美丽姑娘走啥道，

隆啦啦。

九木柱戏谁玩耍?
大球一滚谁不怕,
旧世界呀全垮掉。
美丽姑娘走啥道。
隆啦啦。

卢浮宫里帝王家,
百姓举杖一通打,
一命呜呼旧王朝。
美丽姑娘走啥道,
隆啦啦。

王宫铁栅连根拔,
查理十世害了怕,
那天仓皇赶紧逃。
美丽姑娘走啥道,
隆啦啦。

哨所一役还颇有战功:占领了一辆小推车,俘获了那个醉汉。头一件没收充公,另一个后来送上军事法庭,当作同谋犯审讯。审判这种案件,检察机构总是不知疲倦,热忱地保卫社会。

伽弗洛什的这次险遇,在神庙街区传为佳话,而且在沼泽区的老朽资产阶级的记忆中,也是最骇人听闻的一件大案:夜袭王家印刷局哨所。

第五部　冉阿让

第一卷　四堵墙中的战争

一　圣安托万城郊区的旋涡，神庙城郊区的险礁

观察社会疾病的人所能列举的最值得纪念的两座街垒，并不在本书所讲故事发生的时期。1848年6月那场不可避免的起义，是有史以来规模最大的巷战，当时从地下冒出的那两座街垒，虽然以两种不同的面貌出现，却都是天下汹汹的象征。

广大的下层民众陷入绝境，陷入深深的惶恐、气馁、贫困、焦灼、痛苦、疾病、愚昧和黑暗中，有时就会冲出这种绝境，奋起抗争，甚至反对道德原则，反对自由、平等和博爱，甚至反对普选，反对全民做主的政府；刁民、群氓有时会向人民开战。

穷鬼攻击普通法；群氓政府起来反对民主政府。

那种日子非常凄惨，因为，即使在疯狂的暴乱中，总还存在几分人权，在这种决斗中，还有自杀的成分；况且，穷鬼、刁民、群氓、贱民等这些侮辱性的字眼，表明过错主要在统治者而不是在受难者，过错主要在特权阶层而不是在穷苦阶层。

至于我们，我们总是怀着沉痛和敬意，讲出这些字眼；要知道，哲学要是探测与这些字眼相应的事实，常常发现卑贱旁边有伟大。雅典曾是群氓政府；穷鬼创建了荷兰；贱民屡次拯救了罗马；刁民则追随耶稣-基督。

思想家无不观赏过底层的壮观景象。

“城市的渣滓，世界的法则”①，圣热罗姆讲这句神秘难解的话时，心中想的无疑是这种群氓，无疑是出了使徒和殉道者的所有受苦受难的人。

这些受苦受难、流汗流血的民众怒不可遏，便横行不法，违反了构成他们生命的道德原则，侵犯了人权，这种暴力行为是民众的政变，应当加以制止。正直的人为此献身，正是由于爱民众，才同他们进行斗争。然而，在同他们对抗中，他又感到他们多么情有可原！在抵制他们时，他又多么敬佩他们！这种时刻真是罕见，人在尽职尽力时又感到为难，几乎感到适可而止；你坚持下去，也是应该的，然而良心得到满足却又悲哀，完成了职守却又痛心。

让我们痛快说吧，1848年的事件非同寻常，几乎不可能列入历史哲学的范畴里。这场特殊的暴动，我们从中感到劳工争取权利的神圣忧虑，因此谈及的时候，就应当排除上面提到的那些字眼。应当镇压暴动，这是职责，因为它打击共和。然而，归根结底，1848年6月是怎么回事呢？是人民反抗自己的一次暴动。

只要主题没有离开视线，就绝不会扯到题外去，因此之故，请允许我们把读者的注意力引向那两座街垒，停留片刻，而我们说过，那两座绝无仅有的街垒，显示了那次起义的特征。

一座堵塞了圣安托万城郊大街的入口，另一座阻断进入神庙城郊大街的通道。在6月光辉灿烂的碧空下，那两处内战的惊人杰作高高耸立，谁亲眼目睹，就永远也不会忘记。

圣安托万街垒是个庞然巨构，有四层楼高，七百尺宽，从一个拐角到另一个拐角，堵死了这条城郊街的开阔路口，即堵死三条街

---

① 原文为拉丁文。

道。街垒起伏不平，各部位衔接重叠，犬牙交错零乱堆砌，一个大豁口上筑了一排雉堞，起加固作用的大土堆，本身就构成一个个棱堡，各处向外伸出突角，背后则牢牢依着类似岬角的插入街口的两座大楼，犹如一道高大的堤坝，出现在目击过7月14日的广场底部。在这母垒后边纵深几条街，还排列着十九座街垒。只要望一望这母垒，就会感到这城郊街区民不聊生，处于水深火热之中，形势一触即发，每种疾苦都要化作一场灾难。这街垒是由什么构成的呢？有人说特意拆毁了三座七层楼房，取材构筑的。还有人说，是由众怒所创造的奇迹构筑的。它具有仇恨的一切建筑——废墟的那种惨相。可以这样问："这是谁建造的？"也可以这样问："这是谁毁坏的？"它是激情沸腾的即兴之作。咦！这扇门！这扇铁栅门！这段披檐！这个门框！这口裂了璺的铁锅！什么都拿来！什么都投上去！推呀，滚动呀，挖呀，拆毁呀，砸烂呀，全都推倒！这是一场大协作：铺路石、碎石块、木柱、铁条、破布片儿、烂砖头儿、坐垫裂开的椅子、白菜根、破衣烂衫，以及诅咒，全都参加进来。既伟大又渺小。这是由混沌就地模仿的深渊。原子旁边的庞然大物；一堵断壁和一只破碗；所有残骸具有威胁性的亲善；西绪福斯[①]把他的岩石投上去，约伯[②]将他的陶片投上去。总之极为可怕。这是赤脚汉的卫城。一辆辆翻倒的小车布列在斜坡上；一辆巨型平板货车车轴朝天，横卧在街垒杂乱的正面，仿佛大脸盘上一道伤疤；一辆公共马车由起哄的众人抬到垒堆顶上，就好像这种野蛮的建筑师要给恐怖增添点儿戏谑，而那指向空中的辕木，不知等待什么行空的天马。这一高大的垒堆，是暴动的冲积层，令人想起历次革命，犹如

① 西绪福斯：希腊神话中的科林斯王，是个暴君，死后被罚在地狱反复把岩石推上山。

② 约伯：《圣经》中人物，极富有。神为试他的忍耐，夺走他女儿和全部财产，仅剩下水罐。

将奥萨山摞到皮利翁高原[1]上，1793年摞到1789年上，热月9日摞到8月10日[2]上，雾月18日摞到1月21日[3]上，葡月摞到牧月[4]上，1848年摞到1830年上。这片广场堪当重任，而这座街垒，出现在巴士底狱的旧址上，也当之无愧。如果海洋要筑堤坝，就应当这样筑法。狂涛恶浪在这畸形堆积物上留下痕迹。什么波涛？民众。人们好像看见化为石头的喧嚣，好像听见神秘的激进大蜜蜂，在蜂巢似的街垒上方嗡鸣。这是一片荆丛吗？这是一次酒神狂欢节吗？这是一座堡垒吗？这仿佛是由眩晕鼓翅建造而成。这棱堡中有垃圾堆，而这破烂堆上又有几分庄严。在这充满绝望的混杂之物堆上，可以看到房顶人字架带有印花壁纸的阁楼棚板、插在瓦砾堆中等待大炮的带玻璃的窗框、拆开的壁炉烟囱、衣橱、桌子、条凳，以及连乞丐都不屑一顾的各种破烂，无不包含激愤和虚无。看这情景，真好像圣安托万城郊大街居民用一把大扫把，将自己的破烂：朽板断柱、破铜烂铁和砖石瓦块，全部扫地出门，用自己的苦难建造了街垒。像砍头木砧的大木块、一段段铁链、好似绞刑架的带撑条的木架、从乱堆中露出来的平卧的车轮，这些拼凑混杂而成的无政府主义建筑，就有一副折磨百姓的古老刑具的阴森面貌。圣安托万街街垒把什么都变为武器；内战中所能用来砸烂社会脑袋的东西，全都搬出来了；这不是战斗，而是冲天的怒火；守卫这座棱堡的卡宾枪中，有大口径的，就发射陶器片、小骨头、衣服纽扣儿，甚至发射床头柜

---

① 奥萨山和皮利翁高原位于希腊，神话中巨人将山移到高原上以便上天。

② 热月9日即1794年7月27日，吉伦特党搞政变，处死罗伯斯庇尔等人。1792年8月10日，巴黎人民起义，推翻君主政体。

③ 雾月18日即1799年11月9日，拿破仑发动政变，推翻督政府。1月21日即1793年1月21日，国民公会判处国王路易十六死刑。

④ 葡月13日即1795年10月5日，保王党暴乱分子进攻国民公会，被拿破仑指挥的共和军击败。牧月1日即1795年5月20日，人民起义反对国民公会，要求肃清反动势力。

脚下的小滚轮，因为是铜制品，也都能伤人。这座街垒气冲牛斗，无以名状的喧嚣直达云霄；有时，它向官兵挑战，上面就覆盖着人群和雷鸣，冠以如火焰攒动的万头，又像爬满了蚁群，只见垒脊尖刺林立，那是高举的枪支、战刀、棍棒、大斧、长矛和刺刀；还有一面巨幅红旗，迎风啪啪作响；指挥员的口令声、进攻的战歌、咚咚的军鼓声、妇女的啼哭和饿汉的狞笑，都处处可闻。街垒又巨大又活跃，好似带电的神兽，从脊背射出雷电火花。革命精神的战云笼罩，民众在街垒顶上的怒吼，酷似上帝的声音；一种奇异的庄严，从这如山的乱石堆里飘逸出来。说这是一堆垃圾可以，说这是西奈山①也可以。

上面讲过，街垒以革命的名义进攻，可是攻击什么呢？攻击革命。它，这街垒，是偶然，是混乱，是惊愕，是误会，也是未知，它面对着立宪议会、人民的主权、普选、国家、共和制；这是《卡尔玛纽拉》②向《马赛曲》挑战。

狂妄而又勇敢的挑战，只因这老街区是个英雄。

老街区和棱堡互为援手。老街区依靠棱堡，棱堡也凭借老街区。这巨大的街垒横亘在那里，犹如一道悬崖峭壁，粉碎了从非洲凯旋的将军们的战术。它的岩穴、瘿瘤、赘疣和驼背，构成一副怪态，仿佛在烟雾中做鬼脸来戏弄嘲笑。霰弹在这怪物体内消失了；炮弹钻进去被吞没，如沉渊底；圆炮弹也只能打个洞；况且，轰击乱石堆又有什么意义呢？身经百战的那些团队，都战战兢兢地注视着这座堡垒，看似猛兽，鬃毛直竖像野猪，巍巍然又像高山。

离此四分之一法里，到北塔附近，即神庙街与大马路的拐角，

---

① 西奈山：位于埃及。据《圣经·旧约》记载，犹太人先知摩西奉神命，率犹太人逃出埃及。他在西奈山上受十戒，并颁布犹太教的教义。

② 《卡尔玛纽拉》：法国1789年革命时期流行的革命歌曲。

有人若是胆敢从达勒马涅商店的突角探出头去，就会远远望见运河那边，在美丽城上坡街道的最高处，有一堵墙十分怪异，高达三层楼，连接左右两侧的楼房，就好像这条街道的上端卷回来，突然封闭起来似的。那堵墙是用铺路石垒成的，笔直、规范、冷峻、垂立，建造时显然用角尺取平，用墨线拉直，用铅坠线码齐。看来没用水泥，但是，像罗马建筑的一些墙壁那样，无损于严谨的建筑体。见其高，则知其厚。顶部和根基完全是平行的。在那灰色的壁面上，隔一段距离就有一个枪眼，好似黑线，几乎看不出来。那些射击孔都按等距离排列。一眼望去，街上不见一个人影儿。家家户户的门窗都紧闭着。顶头那里起了一道屏障，这条街就变成死胡同了。高墙静立不动，上面不见人影儿，也听不见一点声音，没有叫喊，没有声响，也没有气息。一座坟茔。

这个可怕的怪物，沐浴在6月耀眼的阳光里。

这就是神庙城郊大街的街垒。

一到现场，一面对这神秘的造物，最胆大的人也不免犯寻思。这街垒建造时取齐校准，严丝合缝儿，按迭瓦状排列，既笔直又对称，而且阴森可怕，同时体现了科学和黑暗，令人感到这街垒的首领是个几何学家，或者是个幽灵。看着这街垒，说话也要把声音压低。

时而有个人，士兵、军官或人民代表，冒险穿越这僻静的街道，就只听一声尖厉而细微的呼啸，那过街的人应声倒下，非死即伤，他若是幸免于难，就会看见一颗子弹射进关闭的百叶窗，射进墙壁的石缝里或灰泥中。有时则是火铳的实心弹。要知道，街垒人将两截煤气生铁管制成两个火铳，一端用废麻和火泥堵死，丝毫也不浪费火药，几乎弹不虚发。街面有几处卧着尸体，有几摊血泊。我还记得，一只白蝴蝶在街上飞来飞去。夏天不会撤走。

附近的几个门洞里挤满了伤员。

人一到这里，就感到被一个看不见的人瞄准了，而且也知道，整条街都举枪严阵以待。

神庙城郊大街的入口因运河拱桥而隆起，进攻队伍的士兵就集结在隆起地段的后面，一个个神态沉思而严峻，观察这座阴森森的堡垒，这个屹立不动、无动于衷的庞然大物，知道从里面走出来的是死神。有几名士兵匍匐前进，爬到桥的拱顶，十分小心，连军帽也不敢暴露。

勇敢的蒙泰纳尔上校对这街垒赞叹不已，他对一个人民代表说："建得真棒！没有一块石头突出，就跟陶瓷一样平滑。"这时，一颗子弹飞来，打烂他胸前的十字勋章，他也随即倒下了。

"胆小鬼！"有人说，"有本事就出来呀！让人瞧瞧嘛！他们不敢！他们藏起来！"殊不知神庙城郊大街街垒，由八十人守卫，顶住一万人进攻，坚守了三天。到了第四天头，进攻部队采用夺取扎阿恰和君士坦丁[①]的办法，即在楼房凿洞，从房顶攻进去，才算攻克了街垒。八十名胆小鬼没有一个打算逃命，除了头领，全部遇难了。关于头领巴泰勒米，下面还会谈到。

圣安托万街垒咆哮如雷，神庙街垒哑然无声。两座堡垒有狰狞和阴险之别：一个就像血盆大口，另一个却似假面具。

巨大而又神秘的六月起义，如果说是由愤怒和谜合成的话，那么我们感到头一个街垒里有条龙，第二个街垒后边是斯芬克司。

这两座堡垒是由两个人指挥建造的，一个名叫库尔奈，另一个叫巴泰勒米。库尔奈[②]造起圣安托万街垒，巴泰勒米修筑了神庙街

---

① 法军于1837年攻占阿尔及利亚的君士坦丁，但是扎阿恰绿洲，直到1849年才占领。而雨果讲的是1848年的事。

② 弗雷德里克·库尔奈（1808—1852年）：海军军官，因一个长官敌视而退役。1847年12月2日事件之后，他逃至伦敦。1852年他同巴泰勒米决斗而丧命。巴泰勒米原是苦役犯，在英国因两个命案，于1854年处以绞刑。

垒。两座街垒分别呈现建造者的形象。

库尔奈人高马大，膀阔腰圆，一副红脸膛，拳头赛似大锤，天生勇猛，为人忠诚，目光坦率而有威力。他无所畏惧，特别有毅力，不过脾气暴躁，动辄大发雷霆，但又是最热诚的人，最勇猛的战士。战争、搏斗、厮杀，全是他的拿手好戏，一上场就精神抖擞。他曾是海军军官，从手势和声音可以判断出，他来自海洋和风暴。他将飓风的特点贯彻到战斗中。抛开天赋，库尔奈颇似丹东，正如抛开神性，丹东略像赫拉克勒斯。

巴泰勒米身体瘦弱，脸色苍白，总是沉默寡言，就像凄苦无依的流浪儿。他曾挨过一名警察的一记耳光，于是就窥视等待时机，终于干掉那个警察，因而十七岁就入了狱。从监狱里出来，他就建造了这座街垒。

后来，这也是命中注定的事，二人都被放逐到伦敦，在一场悲惨的决斗中，巴泰勒米打死了库尔奈。时过不久，巴泰勒米又卷入一桩离奇的命案里，其中有情杀的因素，这类灾祸如在法国，法庭就会考虑减罪的情节，而英国司法只认定死刑，于是把他送上绞架。阴暗社会结构就是这样：这个不幸者肯定聪颖过人，也许不乏大勇大智，只因物质匮乏和道德蒙昧，就在法国以牢狱为开端，到英国以绞刑架为收场。在这种情况下，巴泰勒米只打一面旗：黑旗。

二　深渊中不交谈，又有什么可干

暴动，经历十六年的地下教育，到了1848年，就远比1832年6月那时老练多了。因此，比起上述两座巨大的街垒来，麻厂街的街垒不过是一张草图，一个雏形，然而在当时，它已相当吓人了。

马吕斯什么也不闻不问了，起义者在安灼拉的带领下，充分利用夜间，不仅修好了街垒，而且加高了两尺。插进石头缝里的铁条，仿佛驻守的长矛。杂品废物从各处搜罗来，堆在垒上，使外观更加纷乱无序。街垒布局很巧妙：里侧修成墙壁，外面呈乱石荆丛状。

他们修复了用路石砌的台阶，登上去，就像登上城堡的一面城墙。

街垒内部也清理了，将楼下厅堂腾出来，把厨房改为战地医院，包扎好了所有伤员，收起散落在地上和桌上的火药，熔化了一些弹头，制造了一些子弹，理出了绷带，分发了失落的武器，又清扫了堡垒内部，集中堆放残余物品，也把尸体运走了。

尸体运到还控制在他们手中的蒙德图尔小街。那里的路面殷红的血迹，很长时间没有褪掉。有四具尸体是城郊国民卫队士兵。安灼拉吩咐人将国民卫队制服收放起来。

安灼拉建议睡两小时觉。安灼拉的提议就是命令，但是只有三四个人接受了。弗伊利用这两小时，在酒楼对面的墙上刻了这样的铭文：

人民万岁！

这几个字是用铁钉刻在砾石墙上的，直到1848年还清晰可辨。

三位妇女趁着黑夜停火的时机，逃得不知去向了，这倒让起义者松了一口气。

她们设法躲到别的楼房里了。

大部分伤员还能够，也愿意继续作战。在改为战地医院的厨房里，有五名重伤员躺在床垫和草铺上，其中两人是保安警察。起义者先给保安警察包扎了伤口。

楼下厅堂里只剩下盖着黑布的马伯夫，以及绑在柱子上的沙威。

“这是停尸间。”安灼拉说了一句。

这间厅堂光线昏暗，只是靠里端点着一支蜡烛，位于柱子后面的停尸台好像一根横梁，看上去，站立的沙威和平卧的马伯夫，恰好构成一个大十字架的轮廓。

那辆公共马车的辕木，虽被密集的射击打断，但是仍然立在那儿，还可以挂一面旗帜。

安灼拉说到做到，具有首领的作风，他将牺牲的老人有弹洞的血衣挂了上去。

饭是不可能吃上了，既没有面包也没有肉。五十号人，在街垒守了有十六小时，很快就把酒楼里有限的食品吃光了。到了一定时候，坚守的整个街垒就变成美狄斯号的木排了。肚子饿也得挺着点儿。6月6日，在斯巴达式这个日子的凌晨，在圣梅里街垒，雅纳对围住他要面包的起义者说：

“还要吃！有什么必要呢？现在是三点钟，到四点钟我们就死了。”

由于没有食品了，安灼拉就禁止大家喝酒：不准喝葡萄酒，只定量供给些烧酒。他们在酒窖里发现封存完好的十五满瓶酒。安灼拉和公白飞一瓶瓶检查了。公白飞从酒窖上来，说道：“这是于什卢老伯的老底，起初他开过食品杂货店。”“那一定是真正的好葡萄酒。”博须埃插言道，“幸好格朗太尔在睡大觉。他若是站在这儿，那几瓶酒就很难保住了。”安灼拉不管大家的议论，运用否决权，不准碰这十五瓶酒，并且吩咐人放在停放马伯夫老人的桌子下面，当作圣品保存起来。

将近凌晨两点，清点一下人数，还有三十七人。

东天开始泛白了。他们刚熄灭重新插在石笼里的火把。街垒内部，这座在街道上围起来的小院子，笼罩在一片黑暗中，透过令人惊悚的惨淡曙光，看上去就像一般破损航船的甲板。战士来来往往，犹如移动的黑影。在这幽暗可怕的巢穴上方，寂静无声的楼房开始现出青灰色的轮廓，而楼顶的烟囱则呈现灰白色。天空若白若蓝，色调朦胧悦目。飞鸟畅快地鸣叫。街垒背后那幢高楼东向，楼顶映上淡粉色的反光。在四楼的一个天窗上垂着一个死人头，灰白头发在晨风中飘拂。

“熄了火把我真高兴！”库费拉克对弗伊说，“这火把在风中惊慌摇曳，我一看就心烦，那样子就像害怕了。火把的光芒类似懦夫的智慧，因为总颤抖，所以什么也照不亮。”

拂晓唤醒鸟儿，也唤醒了人的精神；大家闲聊起来。

若李望见猫在房顶雨槽上游荡，就引出一套哲学。

“猫是什么东西？”他高声说道，“猫是一种矫正物。仁慈的上帝创造了老鼠，就说：哎呀，我干了一件蠢事。于是，他又创造出来猫。猫是老鼠的勘误表。老鼠和猫，就是造物主校阅的清样。”

公白飞被几名学生和工人围住，在谈论死去的人，谈到了若望·普鲁维尔、巴奥雷、马伯夫，甚至谈到卡布克，以及安灼拉深切的忧伤。他说道：“哈尔莫狄乌斯和阿里斯托吉通[①]、布鲁图斯、舍雷阿斯[②]、斯特法努斯[③]、克伦威尔、夏洛蒂·科尔代[④]、桑德[⑤]，事后，他们全经历了惶恐不安的时刻。我们的心十分脆弱，人的生命又极为神秘，因此，即使出于公民责任，即使为了解放事业

---

① 哈尔莫狄乌斯和阿里斯托吉通：在雅典娜女神节庆典上，他们二人暗杀了暴君希帕尔克（公元前527—前514年）。

② 舍雷阿斯：罗马法官，杀死暴君卡利古拉。

③ 斯特法努斯：可能指圣艾蒂安。

④ 夏洛蒂·科尔代（1768—1793年）：刺死马拉的人。

⑤ 桑德（1795—1820年）：德国爱国者，他于1819年刺杀了作家科策布。

进行谋杀，如果有这类谋杀的话，杀了人的愧疚心情，总要超过为人类效了力的欣喜。”

闲聊东拉西扯，话题常变，一分钟之后，公白飞从若望·普鲁维尔的诗谈到《农事诗》的翻译，比较罗的译文和库尔南的译文，又比较库尔南和德利勒的译文，还指出马菲拉特的几段译文，尤其关于能杀死恺撒的奇迹；一提起恺撒，话题又回到布鲁图斯。

“恺撒倒下，也是合理的。”公白飞说道，“西塞罗对恺撒的态度很严厉，他也做得对。那种严厉绝非谩骂。要知道，佐伊勒①辱骂荷马，马维乌斯②辱骂维吉尔，维泽③辱骂莫里哀，弗雷隆辱骂伏尔泰，无不遵循一条古老的规律：嫉妒和仇恨使焉；人有才华总要招致谤毁，伟人难免要听几声犬吠。然而，佐伊勒和西塞罗，不可同日而语。西赛罗用思想来审判，布鲁图斯则用剑来审判。至于我，我谴责这后一种，剑的审判方式，但是古代却允许。恺撒越过了鲁比肯河④，他把人民给予的高官显位当作他应得的，元老们入场时也不起立，正如欧特罗庇厄斯⑤所说：国王所为，颇类暴君，‘像暴君一样统治’⑥。他是一代伟人，遭此下场，说活该，或者说好极了，总之，教训还要深刻。他受了二十三处伤，也不如耶稣-基督额上遭唾沫令我动心。恺撒被元老们刺死，基督挨了奴仆的巴掌。遭受更大的侮辱，才能令人感知上帝。”

博须埃手握卡宾枪，站在一堆路石上，居高临下，对聊天的人

---

① 佐伊勒：公元前4世纪希腊诡辩家，著有《荷马之祸》，是激烈而庸俗之文。

② 马维乌斯：被贺拉斯称为“腐臭”诗人。维吉尔在《牧歌》中抨击过他。

③ 维泽（1638—1710年）：著有《妇人学堂的真正批评》一书。

④ 公元前49年，恺撒违反同庞培和元老院达成的协议，率军越过鲁比肯河，向罗马挺进。

⑤ 欧特罗庇厄斯：公元前4世纪拉丁历史学家，著有《罗马史简编》。

⑥ 原文为拉丁文。

高声说：

“西达特纳乌姆啊，米里努斯啊，普罗巴兰特啊，爱安蒂德的美惠啊！噢！谁能让我朗诵荷马的诗，像拉夫里翁和埃达普台翁那儿的希腊人那样！”

三　明与晦

安灼拉前去侦察，他沿着楼房的墙根拐弯抹角，从蒙德图尔小街出去。

应当说，起义者满怀希望，他们打退了夜晚的进攻，几乎事先就蔑视凌晨的进攻，都以笑脸等待。无论对于自己的事业还是对于成功，他们都毫不怀疑。况且，肯定会来援军。他们指望援军到来。这种预见胜利的乐观性，是法兰西战士的一种力量，他们将面临的一天分成三个明显的阶段：早晨六点钟，他们“做过策反工作”的一团部队就会倒戈；中午，巴黎全面起义；落日时分，革命爆发。

从昨天晚上起，圣梅里教堂的警钟一刻也没有停止，这表明另一座街垒，那个大街垒，雅纳他们始终坚守着。

所有这些希望，从一堆人传到另一堆人，那种愉快而可怕的窃窃私议，听似一个蜂巢里作战的嗡鸣。

安灼拉回来了。刚才他像老鹰一样夜游，到外面黑暗中侦察一番，回来后就叉着胳膊，一只手按在嘴上，听了一会儿这种愉快的议论。继而，在渐白的曙光中，他脸色红润，精神饱满，朗声说道：

“巴黎所有军队都出动了，有三分之一的兵力压在你们这座街垒上。此外还有国民卫队。我认出正规军第五团的军帽、第六宪兵队的军旗。再过一小时，你们就要遭到攻打。至于老百姓，昨天他们闹腾一阵，今天早晨却不动了。什么也等不来，什么也期望不上。无论一个街区，还是一团部队，都不会来支援。你们被人抛弃了。”

这番话，句句落在几堆人的嗡嗡议论上，那效果就像暴风雨的第一滴雨点打在蜂群中。大家哑然无声，一时陷入难以名状的惶恐，仿佛听见死神飞临。

但是这一刻很短暂。

一个声音，从人群最隐蔽的后面，冲安灼拉喊道：

“就算这样吧。那我们就把街垒加高到二十尺，大家都守在这里。公民们，让我们用尸体来抗议吧。让我们表明，即使人民抛弃共和党人，共和党人也不会抛弃人民。”

在每个人惴惴不安的愁云中，这几句话道出了大家的思想，受到热烈欢呼。

讲这话的人叫什么名字，始终不得而知。那是个身穿劳动服的默默无闻的人，一个陌生者，一个被遗忘的人，一个过路英雄，而这种无名的伟人，总是参与人类的危险和社会的初创，在关键时刻，以至高无上的方式，讲出决定性的话，好似一道闪电，刹那间代表了人民和上帝，随即消失在黑暗中。

在1832年6月6日的空气中，弥漫着这种不可动摇的决心，几乎在同时，圣梅里街垒的起义者，也发出这一意义重大而载入史册的呼声：“来不来支援我们，都没有关系！我们拼死守在这里，直到最后一个人！”

由此可见，两座街垒虽然隔绝，却声气相通。

四　减五加一

一个不知名的人宣布“用尸体来抗议”，表达了共同的心声，于是大家异口同声地高呼：

“死亡万岁！我们大伙全留在这儿！”

这声高呼十分奇异，既称心又可怕，语意凄惨，而声调却像欢呼胜利。

“何必全留下？”安灼拉说道。

“全留下！全留下！”

安灼拉又说道：

“地势有利，街垒也很坚固，有三十人守卫就够了，何必要牺牲四十人呢？”

众人回答：

“因为没有一个人肯离开。”

“公民们，”安灼拉喊道，他那洪亮的声音有几分恼火，“在人才方面，共和国并不富有，不能做无谓的消耗。虚荣就是浪费。对一些人来说，如果职责就是离去，那么履行这一职责，也应当像履行其他职责一样。”

安灼拉是一个坚持原则的人，对同道来说，他有一种由绝对产生出来的无上权威。然而，不管这种权威有多么绝对，大家还是窃窃私议。

安灼拉是个彻头彻尾的首领，他见大家有异议，便坚持己见，又高傲地问道：

“谁害怕只剩下三十人，请讲出来！”

议论声变本加厉了。

“要知道，”人群中一个声音指出，“离开，说说容易。街垒被包围了。”

“菜市场那边没有合围，蒙德图尔街还自由通行，而且，由布道修士街，就能走到圣婴市场。”

“到那儿就会给人抓住，”人群中另一个声音也指出，“会碰到正规军或城郊国民卫队的前哨。他们看见一个穿劳动服戴鸭舌帽的人走过，就会盘问他：‘喂，你从哪儿来？你别是街垒的人吧？’再让你伸出手来瞧瞧，闻出你手上有火药味。枪毙。”

安灼拉不忙回答，他拍了一下公白飞的肩膀，二人走进楼下厅堂。

不大工夫，他们俩又出来。安灼拉双手抱着他吩咐放起来的四套军服，公白飞拿着皮带和军帽跟在后面。

“穿上这样的军服，”安灼拉说道，“就能混进队伍里再逃脱。这至少够四个人的。”

他将四套军服扔在剥掉铺路石的地上。

这些视死如归的听众没有一个动摇。公白飞接着讲话。

“好啦，”他说道，“总要有点怜悯之心。现在的问题是什么，你们知道吗？问题是妇女。想一想吧。妇女到底存在不存在？孩子到底存在不存在？有没有母亲用脚推着摇篮，身边还围着一帮孩子？你们当中，谁从来没有见过一个喂奶女人的奶头，请举手。好啊！你们都不想要命了，我也一样，我敢讲这话，可是，我就不愿意感到，女人的阴魂在我周围呼天抢地。你们决心一死，可以，但是，别连累别人也丧命。这里要进行的自杀是高尚的，不过，自杀的面很窄，绝不能拓宽；自杀一旦影响到你亲近的人，就叫做谋杀了。想一想那些金发孩子吧，想一想白发老人吧。听我说，刚才，安灼拉跟我讲了一件事，他在天鹅街的拐角，看见一扇窗户有光亮，那是六楼穷苦人家的一扇窗户，点着一支蜡烛，照出一个颤颤巍巍的老太婆的头影，她好像在等人，通宵未眠。她可能是你们中间哪位的母亲。那么，这个人就应当走，赶紧回去对他母亲说：‘妈，我回来啦！’他只管放心走，这里的事儿还是能做好。一个人要是靠劳动养活亲人，他就没有权利牺牲了，否则，他就是家里的逃兵。那些有女儿的人、有姐妹的人！你们想到这一点没有？你们让人打死，一死倒好了，可是明天呢？女孩子没有面包吃，那就可怕了。男人可以要饭，女人就得卖身了。啊！那些可爱的人儿，多么优雅，多么温柔，头戴着插花的软帽，又爱说又爱唱，让家庭充满贞洁的气氛，如同化为人形的香魂，人间这些处女的纯洁，说明天上确有天使存在，这个雅娜、这个莉丝、这个咪咪，这些招人喜欢的正经姑娘，得到你们的祝福，也是你们的骄傲，噢，上帝呀，她们要挨饿啦！还要我对你们说什么呢？有一个人肉市场，而你们成为幽灵，仅凭发抖的双手，是阻挡不了她们进去的！想一想那些街道，想一想行人熙熙攘攘的马路，想一想那些商店吧，那些袒胸露肩、掉进泥坑的女人，在商店橱窗前走来走去，她们当初也是纯洁的。有姐妹的人，想一想你们的姐妹吧。穷困、卖淫、保安警察、圣拉扎尔监狱，这就是娇嫩美丽的女孩沦落的境地，那些脆弱的奇葩，娇羞、秀雅、美丽，比5月的丁香还鲜艳。哼！你们倒是让人打死啦！哼！你们倒是不在人世啦！这很好，你们要使人民摆脱王权，却把你们的女儿交给了警察。朋友们，当心啊，要有同情心。妇女，不幸的女人，大家没有多为她们着想的习惯。指望女人没有接受男人的教育，阻止她们看书，阻止她们思考，阻止她们关心政治；可是今天晚上，你们能阻止她们去停尸房，辨认你们的尸体吗？好啦，有家室的人还是乖点儿，同我们握握手就离开吧，让我们单独处理这里的事情。我完全清楚，离开这里要有勇气，这是很难的；不过，越难就越值得赞扬。有人说：我有一支枪，我属于街垒，活该，我留下。活该，说得倒轻巧。朋友们，还有明天呢，明天你就不在世上了，可是你的家庭还在。还要遭多少罪呀！对了，一个好看的孩子，身体健康，脸蛋儿像红苹果，他还咿呀学语，总是叽叽喳喳，总是咯咯笑，你亲吻时感到他细皮嫩肉，一旦他被遗弃了，你知道会是什么样子吗？我见过一个，一点点大，就这么高矮。他父亲死了。几个穷人好心收留他，可是，他们自己都没有面包吃。孩子总挨饿。那还是冬天，他一声不哭。有人看见他走到火炉跟前，那火炉从来不生火，你们知道，炉筒子上抹了黄黏土；那孩子用小手指抠下点黄土，放到嘴里吃。他那呼吸声音嘶哑，脸色惨白，两条腿软绵绵的，肚子胀得很大。他一声不吭，问他话也不回答。他死了。要死的时候，才把他送到奈凯救济院，我就是在那儿见到他的，当时我是住院部大夫。现在，你们中间，如果有人当了父亲，当父亲的就有这种乐趣，星期天去散步，粗大和善的手握着孩子的小手；请每个当父亲的都想象一下，那孩子就是自己的。那可怜的娃娃，我还记得，仿佛就在眼前。当时，他光着身子躺在解剖台上，肋骨都把皮肤支起来，好似墓地里杂草下的坟穴。在孩子的胃里发现泥土，他牙齿缝儿里有灰渣。好了，让我们拍拍良心，问问我们的心吧。据统计，被遗弃儿童的死亡率，高达百分之五十五。我再说一遍，这里的问题是妇女，是关系到母亲、少女和孩子。难道是说你们了吗？都清楚你们是什么人，都清楚你们个个勇敢，当然啦！也清楚你们为伟大的事业献身，人人都由衷地感到欣慰和光荣，还清楚你们都觉得是最合适的人，要死得有益而壮烈，每人都要为胜利贡献自己一份力量。这很好啊。然而，你们在世上并不是孤身一人，还有其他人需要考虑，不应当自私啊。”

大家都苦着脸低下头去。

在最崇高的时刻，人心会产生多么奇特的矛盾？公白飞虽然这么讲，他自己也并不是孤儿。他想起别人的母亲，却忘记自己的母亲。他要献出生命。他是“自私的人”。

马吕斯饥肠辘辘，情绪狂躁不安，所有希望相继破灭，陷入痛苦中，陷入最凄惨的绝境，感情饱尝了强烈的震撼，感到末日即将来临，越发沉陷在幻觉引起的痴呆中，这是轻生者临终前常有的状态。

一个生理学家若是研究他的状态，就能发现已为科学所确认并归类的狂热性痴迷，其症状越来越明显，而这种由痛苦引起的痴迷，极似从欢乐产生的快感。绝望也能让人销魂。马吕斯正处于这种状态，他目睹一切，却仿佛局外之人，正如我们说过的，眼前发生的事情，他觉得十分遥远，能看到总体情况，却根本无视细节。他透过一片火光看见人来人往，听到人语也恍若来自深渊。

然而，这一情景却令他怦然心动。这一场面中有一点极富穿透力，一直触及到他，把他唤醒了。本来，他只有一个念头，就是等死，不愿意再分心；不过，他在阴惨惨的梦游中忽一转念，自己要死也不妨救救别人。

他提高声音说：

“安灼拉和公白飞说得对，不要无谓牺牲。我赞成他们的主张，要赶快行动。公白飞向你们讲的事，全是至关重要的。你们中间，有人有家庭、有母亲、有姐妹、有妻子儿女。这些人都站出来。”

谁也没有动一动。

“已婚男子和支撑家庭的人，全都站出来！”马吕斯重复道。

他的威望很高。安灼拉固然是街垒的首领，但马吕斯却是救星。

“我命令你们！”安灼拉喊道。

“我请求你们。”马吕斯说道。

这些英勇无畏的人，被公白飞的话所触动，被安灼拉的命令所摇撼，也被马吕斯的请求所感动，于是开始相互揭发。一个青年对一个中年人说："对了，你是一家之长，你走吧。"那人回答："还是你应该走，你要养活两个妹妹呢。"这就爆发了一场前所未闻的争论。大家都争着别让人赶出墓门。

"要快，"库费拉克说，"再耽误一刻钟就来不及了。"

"公民们，"安灼拉接着说道，"这里是共和制，要由全民公决。你们自己指出应该走的人吧。"

大家服从了。大约过了五分钟，大家一致指定的五个人出列了。

"有五个人！"马吕斯高声说了一句。

而军服只有四套。

"看来，得有一个人留下。"五个人都说。

于是，重又展开一场舍己为人的争论，看该谁留下，都争着找理由说别人不该留下来。

"你呀，你有个老婆非常爱你。""你呀，你有个老母亲。""你呀，你无父无母，三个小兄弟怎么办呢？""你呀，你可是五个孩子的父亲。""你呀，你有权活着，才十七岁，还太早了。"

这种伟大的革命街垒，是英雄主义的约会之地。不可思议的事情，在这里极为寻常。这些人彼此都不会感到惊奇。

"快点儿决定。"库费拉克重复说。

人群里有人冲马吕斯喊：

"您就指定谁该留下吧。"

"对，"五个人齐声说，"由您选定，我们听从。"

马吕斯不相信自己还会冲动。然而，一想到要选一个人去送死，他周身的血液就全涌上心头。他的脸若能再苍白的话，这时肯定要刷地变色。

他走向那五个人；他们都冲他微笑，每人的眼中都燃着熊熊烈火，映现出历史上温泉关的英雄，大家都冲他喊：

“我！我！我！”

马吕斯怔忡地数了数：他们始终是五个人！接着，他垂下目光，瞧了瞧四套制服。

恰巧这时，第五套制服好像从天而降，落到这四套上。

那第五个人得救了。

马吕斯抬眼一看，认出割风先生。

冉阿让刚走进街垒。

可能探明了情况，也可能由本能指引，或许是偶然，他沿着蒙德图尔小街，便来到这里。他能顺利通过，也多亏那身国民卫队制服。

起义者设在蒙德图尔街的前哨，没有因为一名国民卫队员就发出警报信号。哨兵放他进入街道，心想：可能是来增援的，大不了是个囚犯。这种时刻生死攸关，哨兵绝不可玩忽职守。

冉阿让走进街垒的时候，谁也没有注意，大家的目光都集中在五个人选和四套制服上。冉阿让全看到，也全听见了，于是他不声不响，脱下自己的制服，扔到那堆制服上。

激动的场面无法描摹。

“他是什么人？”博须埃问道。

“他是来救别人的人。”公白飞回答。

马吕斯郑重地补充一句：

“我认识他。”

有这一保证，大家就无话可说了。

安灼拉转身对冉阿让说：

“公民，我们欢迎您。”

他又补充说：

“您知道大家要死的。”

冉阿让没有应声，只顾帮着他救下的那个起义者穿上他的制服。

五　街垒顶上放眼望

在这一危难时刻，在这种绝地，安灼拉无可比拟的忧伤，是众人处境导致的结果，也是最高的体现。

安灼拉体现了革命的完整性；然而，他并不完美，正如绝对也可能不完美那样；他学圣鞠斯特有余，像阿纳卡尔西·克洛斯[1]不足。不过，在ABC朋友会上，他的思想在一定程度上，终究接受了公白飞思想的同化；近来，他渐渐走出信条的狭路，不由自主地踏上人类进步的大道，他开始承认，法兰西共和国，经过宏伟壮丽的演进，最终要变成人类大同的共和国。至于眼下所应采取的手段，既然形势凶险残暴，他也就主张使用暴力；在这一点上，他没有改革，始终信奉那史诗般的可怕学派，一言以蔽之：93年。

安灼拉站在铺路石砌成的台阶上，一个臂肘靠着他的枪筒，正自沉思默想，有时战栗一下，就好像穿堂风吹过。死亡所在的地点，总给人以三脚祭台[2]的印象。他那内视反省的眸子，射出了压抑的火焰。突然，他一扬头，金发往后一甩，犹如驾着由星辰构成的四马黑战车的天神长发，又像惊狮竖成火红光环的鬃毛。这时，安灼拉朗声说道：

“公民们，你们是否展望过未来？城市的街道沐浴着阳光，家家户户门前绿树成荫，各族人民都亲如兄弟，人人都讲公道正义，

① 阿纳卡尔西·克洛斯（1755—1794年）：流亡到法国的普鲁士人，投身法兰西革命，号称“人类的演说家”，1794年同雅各宾左派一起被处死。

② 三脚祭台：古希腊女祭司坐在三脚祭台上宣示神谕。

老人为孩子祝福，往昔也喜爱现世，思想家完全自由地思考，各种信徒完全平等，上天就是宗教，上帝直接当教士，人的良心变成祭坛，没有仇恨了，工厂和学校都友好和睦，名望高低就是赏罚，人人都有工作，人人都享有权利，人人都过着安宁生活，再也不流血了，再也没有战争了，母亲都非常幸福。要控制住物质，这是第一步；再实现理想，这是第二步。大家想一想，现在已经取得了多大的进步。从前，在远古时代，九头蛇妖兴风作浪，恶龙喷火，鹰翼虎爪的怪鸟在天空盘旋，人类看到就惊恐万状，感到受那些可怕的怪物的威胁。然而，人布下了陷阱，用智慧布下神圣的陷阱，终于捕获了那些怪物。

“我们降伏了九头蛇妖，那就是轮船，降伏了恶龙，那就是火车头；降伏了怪鸟，已经抓住了，那就是气球。普罗米修斯开创的事业，有朝一日。人类终于完成了，可以随意驾驭九头蛇、恶龙和怪鸟这三种古老的怪物，也就是说，成为水、火和空气的主宰，那么，人在其余生物中的地位，就像古代天神在人心中的地位。勇往直前吧！公民们，我们走向哪里？走向成为政府的科学，走向变成唯一公共力量的物力，走向赏罚分明、自行颁布的自然法则，走向和旭日同升的真理。我们走向各民族的大团结，走向人的一体化。再也没有空幻，再也没有寄生虫了。由真理统御事实，这就是目的。文明将在欧洲的峰巅举行会议，然后就在各大陆的中心，召开智慧的大议会。类似的情况已经出现过了。古希腊的近邻同盟会议，每年要举行两次，一次在诸神之地德尔斐，一次在英雄之地温泉关。将来，欧洲也要召开近邻同盟会议，全球也要召开近邻同盟会议。法兰西正孕育着这种光辉灿烂的未来。这就是19世纪的怀孕期。古希腊的始创，要由法兰西来完成。听我说，弗伊，你是勇敢的工人，是人民之子，也是各国人民之子。我敬重你。对，你清楚地望见了未来的岁月，对，你有道理。弗伊，你没有父母，就认人类为母亲，认正义为父亲。你在这里捐躯，就是在这里胜利。公民们，不管今天发生什么情况，不管是失败还是胜利，我们进行的都是一场革命。大火照亮全城，同样，革命会照亮全人类。我们进行的是一场什么革命呢？就是我刚才说的，一场求‘真’的革命。政治上只有一个原则，即人的自主。所谓自己做主，就叫做自由。两个或多个自我做主的人合作的地方，就出现了国家。不过，参加这种合作并不放弃任何东西。自主的权利，每人让出来一份，就组成了公法。每人让给全体的部分都相等，这种等量就叫做平等。所谓公法，无非是保护所有人，照耀每个人的权利。所有人保护每个人就叫做博爱。人人自主的聚合点则称为社会。这种聚合即是结合，这一点即是纽结。所谓社会关系就是由此而来的。有人称为社会契约，这是一回事，契约这个词最初形成就有联系的意思。我们要弄清平等的含义，因为，如果说自由是顶峰，那么平等就是基础。公民们，平等，并不意味所有植物都长得一般高，并不意味社会要由高大的青草和矮小的橡树构成，也不意味相互阉割的各种嫉妒比邻并立，而是在公民方面，各种才能都能同样施展；在政治方面，每个人的投票都有同样分量；在宗教方面，各种信仰都有同样权利。平等是一种机制：无偿义务教育。读书的权利，应当从这方面动手。强迫所有人接受初等教育，而中等教育向所有人敞开大门，这就是法律。同等教育产生平等的社会。对，教育！光明！光明！一切来自光明，一切回到光明。公民们，19世纪是伟大的，但20世纪将是幸福的。到那时，再也没有类似旧历史的东西了；人再也不必像今天这样害怕征服、侵略、窃国篡权，再也不必害怕国家之间的武装对抗，王室之间通婚而文化中断，世袭专制诞生一个暴君，再也不必害怕因议会分歧而民族分裂，因王朝崩溃而国土四分五裂，不必害怕两种宗教狭路相逢，就像两只影子山羊在无限的独木桥上相遇；人再也不必害怕饥荒、剥削、因穷困而卖淫、因失业而穷困，不必害怕断头台、利剑、战事，以及无数变故的强暴。几乎可以说到那时，再也不会有变故了。到那时，人人都会幸福，人类将同地球一样，实现自己的法则，心灵和天体之间又恢复和谐。心灵将围着真理运行，如同星辰绕着太阳旋转。朋友们，我们所处的时刻，我向你们讲话的时刻，正是黑暗之际，但这是为获取未来的惊人付出。每场革命都是一笔通行税。啊！人类将得到解放，站立起来，并得到安慰！我们站在街垒上，向人类作出这种保证。如果不是在牺牲的高峰上，我们又能从什么地方发出这种爱的呼声呢？弟兄们啊，这里就是思考的人和受苦的人相会合的地方；这街垒既不是铺路石、梁柱，也不是由废铜烂铁造起来的，而是由两大堆，即思想堆和苦难堆筑成的。在这里，苦难和理想相遇。在这里，白昼拥抱黑夜，并对黑夜说：'我和你一道死去，而你和我一同复活。'拥抱所有的苦痛，并从拥抱中迸发出信念。痛苦在这里垂死挣扎，而思想则在这里获得永生。这种挣扎和这种永生将要结合，合成我们的死亡。弟兄们，谁死在这里，就是死在未来的光辉中，我们要走进一座充满曙光的坟墓。"

安灼拉停下了，他不像结束，而是中止发言，只见他嘴唇翕动，仿佛自言自语，还在继续，因此，大家都聚精会神望着他，想听他接着讲下去。大家没有鼓掌，但是低声议论了很久。议论的话语好似清风，智慧的颤动，犹如树叶刷刷作响。

六　马吕斯怔忡，沙威干脆

现在谈谈马吕斯的思想活动。

回想一下他当时的心态。刚才我们又提到，对他来说，一切都是幻觉了。他的判断力已经混乱。我们再强调一遍，马吕斯处于笼罩着垂死者的巨大黑暗翅膀的阴影下，觉得进入坟墓，已经置身于墓壁之内，完全用死者的目光看活人的面孔了。

割风先生怎么会到这儿来呢？他为什么前来？来干什么？这种种疑问，马吕斯根本没有在心里提出来。况且，绝望有这样一个特点，它也像裹住我们一样裹住别人；马吕斯觉得，所有人也都必死无疑。

不过，他想到珂赛特，却心如刀绞。

再说，割风先生不同他讲话，也不瞧他一眼，那神情就好像根本没有听见马吕斯高声说的话："我认识他。"

至于马吕斯，他见割风这种态度，倒松了一口气，甚至说颇为高兴，如果能用这样的字眼形容这种感觉的话。他始终觉得，这个谜一般的人既暧昧又威严，绝不可能与之交谈。况且又很久没见面了，马吕斯天生腼腆而稳重，更不可能搭话了。

五个指定的人完全像国民卫队员，临行前拥抱了所有留下的人，他们从蒙德图尔小街走出街垒，有一个人还边走边哭。

送回生路上的人走了之后，安灼拉想起判了死刑的那个人。他走进楼下厅堂，见绑在柱子上的沙威在沉思默想：

"你需要什么？"安灼拉问他。

沙威回答：

"你们什么时候处死我？"

"等一等。眼下，我们所有子弹还有用处。"

"那就给我一点水喝吧。"

安灼拉亲手倒了一杯水，由于沙威手脚捆着，就送到嘴边喂他喝下。

“不需要别的啦？”安灼拉又问道。

“我捆在这柱子上很难受，”沙威回答，“你们就让我这样过夜，心肠也太硬了。你们怎么捆绑都行，总得让我像那一位，躺在桌子上啊。”

他说着，朝马伯夫先生的尸体扬了扬头。

我们还记得，厅堂里端有一张大长桌案，本来在上面用熔化的弹头做子弹，火药用光，子弹全做好之后，桌案就空出来了。

四名起义者按照安灼拉的命令，给沙威解开绳索，从柱子上放下来，而第五个人则用刺刀抵住他的胸膛。他的双手始终反绑着，再用一根结实的细鞭绳捆住他的脚脖子，只容他迈尺半小步，就像上断头台的死犯那样，让他走到厅里端的长案旁边，把他撂上去，再拦腰捆个结实。

为了保险起见，按照监狱里所说的马颔缰辔，又用绳子套住他的脖子，从颈后拉到腹部，再分叉从双腿掏到身后，连在反绑的手上，这样捆绑就万难逃走了。

就在捆绑沙威的时候，有一个汉子站在门口，格外注意端详他。沙威看见那人的影子，不禁扭过头去，抬眼一看，认出是冉阿让，他身子甚至没有抖动一下，只是傲慢地垂下眼睑，说了一句：

“这是显而易见的。”

七　形势严重

天很快就亮了。但是，一扇窗户也没有打开，一扇门也没有推开一条缝儿；这是黎明，还不是苏醒。正如我们说过的，部队从街垒对面麻厂街的尽头撤走了；那里似乎向行人开放，畅通无阻，但是一片沉寂中隐藏着杀机。圣德尼街就像底比斯城的斯芬克司大道，静悄悄的，十字街头阒无一人，只见白晃晃的阳光。这种亮堂堂的无人街道，比什么都凄凉。

什么也看不见，却能听到动静。一种神秘的运动在远处进行，显然紧急时刻到了；又像昨晚那样撤回哨兵，这回全部撤回来了。

街垒比初次遭受攻击时更牢固。那五人走后，大家又把街垒加高了。

安灼拉采纳监视菜市场一带的前哨的意见，担心背后遭到袭击，作出了一个重大决策，让人将一直能通行的蒙德图尔小街堵死。为此又掀起长达几间屋子的铺路石块。这样一来，街垒的三个通口：前面的麻厂街、左侧的天鹅街和小丐帮街、右侧的蒙德图尔街，全部堵死，确实难以攻破了；不过既已封死，大家就得同归于尽。街垒三面临敌，却没有一条退路。“是堡垒，也是捕鼠笼。”库费拉克笑着说道。

安灼拉让人把三十多块石头堆在酒楼门旁。“是多掀起来的。”博须埃这么说。

要发动进攻的那个方向，现在一片死寂，安灼拉就吩咐各就各位，准备战斗。

每人按定量分了一份酒。

一座准备迎击进攻的堡垒，比什么都新奇。就像看演出那样，每人选好自己的位置。有的斜靠着，有的用肘撑着，有的用肩偎着，有的甚至用石块垒了一个单座。碰到一处墙角碍事就避开，找见一处可防身的梯形壁就躲进去。左撇子就更难得了，可以拣别人觉得不顺手的地方。不少人安排好坐着战斗。大家要舒舒服服地杀敌，安安逸逸地死去。在1848年6月那场伤亡惨重的战争中，有个起义者射击特别可怕，他是把伏尔泰式的扶手椅搬上屋顶平台，坐在上面战斗，后来在密集射击中被打死。

首领一发出准备战斗的命令，一切乱说乱动立即停止了，大家不再东拉西扯，不再扎堆，不再窃窃私语，也不再三五一伙离队，人人都全神贯注，等待敌人的进攻。一座街垒，在面临危险之前，一片混乱，一遇危险，就纪律整束。危难能整顿秩序。

安灼拉一操起双响卡宾枪，进入战斗岗位，守住他为自己保留的枪眼，大家就肃静下来。继而，一阵清脆的声音，沿着路石堆起的墙壁隐隐回响。这是在给枪上子弹。

而且，他们的姿态格外自豪，格外自信；誓死献身，也就义无反顾了；他们没有希望了，但是还有绝望。绝望这件最后的武器，有时会带来胜利；维吉尔就这样讲过。拼死一搏，往往绝处逢生。登上死亡之船，或可逃脱翻船的危险；棺材盖能变为一块救命板。

他们又像昨晚那样，全部注意力转向，几乎可以说盯住街道的另一头：现在，那里阳光照耀，看得一清二楚了。

没有等待多久，圣勒那个方向就清晰地传来骚动的声音，但是这次行动不像第一次进攻那样，只听铁链的哗啦声、庞然大物令人不安的颠簸、青铜物体在铺石路上跳动，汇成隆隆的声响，宣示狰狞钢铁之物逼近了。古老而宁静的街道五脏六腑都为之震动，须知当初修建这些街道，只为了利货和思想的流通，绝不是为了战车巨轮的滚动。

大家注视街道另一端的目光变得凶狠了。

一门大炮出现了。

炮兵推着炮身；拖车已经卸下，炮身安进了射击架；两人扶着炮架，四人推着轮子，另一些人跟随弹药车；只见点燃的导火线在冒烟。

“开火！”安灼拉一声令下。

整个街垒一齐射击，枪声大作，一片浓烟吞没了大炮和士兵。

过了一会儿，等硝烟散去，大炮和士兵重又显现。炮兵们不慌不忙，缓慢地前进，准确地把大炮推到街垒对面。他们无一伤亡。接着，炮长用力压低炮后座，抬高炮口，像天文学家调整望远镜那样，认真地瞄准炮口。

“棒极啦！炮兵们！”博须埃嚷道。

街垒里的人都鼓起掌。

不大工夫，大炮就跨着水沟，稳稳地安放在街道正中，张着巨口对着街垒。

“喂，真开心！”库费拉克说道，“野蛮的家伙上阵了。先弹弹手指头，再来挥拳头。军队的大爪子伸向我们啦。这里街垒可要剧烈地摇晃了。火枪探路，大炮攻打。”

“这是一门八磅重弹的新型铜炮，”公白飞接口说，“这种炮，一旦锡的用量超过铜的百分之十就会爆炸。锡的比例大了就太软。有时火门里还会有砂眼和气孔。要避免这种危险，并能加强火力，也许还要回到14世纪的老办法，给炮筒加箍，用一连串的无缝钢环，从炮门一直箍到炮耳。眼下，只能尽量弥补缺陷，有人用‘猫’探测炮筒里的砂眼和气孔。还有一种更好的办法，就是用格里博瓦尔的运动星①。”

“16世纪，炮筒里就有来复线。”博须埃指出。

“是啊，”公白飞答道，“这样就增加了弹道的强力，但也降低了准确性。此外，射程短时，弹道就达不到要求的板直，抛物线过大，弹道就不大直了，难以击中射程之内的所有目标，而这正是战斗的需要，敌人越迫近，发射越快，这一点也就越发重要。16世纪那种有来复线的炮，发射的炮弹缺乏这种直接打击力，就因为火

---

① 格里博瓦尔（1715—1789年）：他采用名为“运动星”探测器，能测量炮口的内径。

力弱；对这种炮来说，火力弱，完全是由弹道学所规定的，比如说要保持炮架的稳固。总之，大炮这个独裁者，还不能为所欲为。威力本身就是一大弱点。一颗炮弹时速只能达到六百法里，而光速每秒就有七万法里。这就是耶稣-基督比拿破仑高超之处。”

“重压子弹！”安灼拉说道。

炮弹打来，街垒的保护层会怎么样呢？会不会打出个缺口呢？这倒是个问题。起义者这边重上子弹，炮兵那边也在装炮弹。

堡垒里的人深为焦虑。

轰隆一声，大炮发射了。

“到！”一个欢快的声音喊道。

炮弹击中街垒，伽弗洛什也同时跳了进来。

他是从天鹅街那边赶来的，敏捷地跨越正对小丐帮街的那道辅助街垒。

伽弗洛什闯进街垒，比炮弹击中的反响更大。

炮弹消失在碎石烂瓦堆里，多说不过摧毁那辆公共马车的一个轮子、安索那辆旧板车。街垒里的人见状哄然大笑。

“接着来呀！”博须埃冲炮兵们喊道。

八　炮手引起重视了

大家围住伽弗洛什。

但是，马吕斯没容他说什么，就颤抖着将他拉到一边。

“你到这儿来干什么？”

“咦！那您呢？”孩子回答。

他极为放肆地直视着马吕斯，那双睁大的眼睛射出由衷自豪的光芒。

马吕斯声调变得严厉了，接着问道：

“是谁让你回来的？起码，你把我的信送到地方了吧？”

提起这封信，伽弗洛什倒有点儿心虚，他急着要赶回街垒，就匆忙脱手，而没有直接交给收信人，心里不得不承认，他是有点儿轻率，连面孔还没有看清，就把信交给了那个陌生人。诚然，那人没戴帽子，但是仅凭这一点还不够。总之，在这件事上，他有几分内疚，害怕马吕斯责怪，就以最干脆的办法脱身，撒了一个弥天大谎。

“公民，我把信交给看门的了。那位夫人睡下了，睡醒了会看到信的。”

马吕斯写这封信有两个目的：向珂赛特诀别并救出伽弗洛什。现在，他的心愿只满足了一半。

他的信送到，割风先生来到街垒，他在头脑里把这两件事联系起来，就指着割风先生问伽弗洛什：

“你认识那个人吗？”

“不认识。”伽弗洛什回答。

的确，我们刚才提过，伽弗洛什是在黑夜里见到冉阿让的。

马吕斯混乱而病态的头脑萌生的猜测，就这样消除了。况且，他了解割风先生的政见吗？割风先生可能是共和派，那么前来参加战斗，也就极其自然了。

这工夫，伽弗洛什已经窜到街垒的另一头，嚷道：

“我的枪呢？”

库费拉克让人把枪还给他。

伽弗洛什告知他所称呼的“同志们”，街垒已经被包围了，他费了很大周折才进来。小丐帮街有一营兵力，枪支都架在那里，监视天鹅街的方向；市国民卫队则占据布道修士街，与之遥相呼应。街垒正面是主力部队。

伽弗洛什介绍完情况，又补充一句：

“我准许你们袭击，给他们一排枪。”

安灼拉一边听着，一边从枪眼往外窥视。

放了一炮，进攻部队显然不大满意，就没有再放。

一连步兵开来，占据这条街的另一头，布在大炮的后面。他们掀起马路石块，正对着街垒筑成掩体似的矮墙，约有十八寸高。通过这道掩体的左角，可以望见纵队的排头，那是集结在圣德尼街的一营城郊国民卫队。

安灼拉一直在观望，他仿佛听见特殊的声响，好像从弹药箱里取出霰弹，还望见那炮长调整目标。将炮口略微朝左边移了移。接着，士兵开始装炮弹，炮长亲手操起点火棒，伸向火门。

“低下头，快回到垒壁！”安灼拉喊道，“沿着街垒全俯下身子！”刚才，起义者看见伽弗洛什回来，就离开了战斗岗位，三三两两聚在酒楼门前，一听安灼拉呼唤，就乱哄哄地冲向街垒；还未来得及执行命令，大炮就发射了，只听噪音一声巨响，像是霰弹，也的确是一发霰弹。

大炮瞄了堡垒的豁口，弹片霰子反弹到垒壁，杀伤力极大，当即两死三伤。

照此下去，街垒就守不住了。霰弹能打进来。

街垒里一阵慌乱。

“无论如何也得阻止第三炮。”安灼拉说道。

于是，他压下卡宾枪，瞄准此时正缩向炮门最后校正方位的炮长。

那名中士炮长是个英俊的青年，一头金发，面目非常和善，那副聪明的样子，正适合使用这种劫数命定的可怕武器。而这种武器越来越完善，威力越来越猛，最终要消灭战争本身。

公白飞站在安灼拉身旁，注视那个青年。

“真可惜！”公白飞说道，“这样杀戮，多么丑恶啊！好了，将来没有了国王。也就没有战争了。安灼拉，你瞄准那个中士。但是不要看他。想象一下，那是个可爱的小伙子，英勇无畏，看得出来他有思想，那些年轻的炮兵都很有知识；他有父亲，有母亲，有家庭，他很可能在恋爱，多说才二十五岁，可以做你兄弟。”

“他就是我兄弟。”安灼拉答道。

“对呀，”公白飞又说道，“他也是我兄弟。算了，别打死他了。”

“不要管我。行所当行。”

一滴眼泪，沿着他那大理石般的面颊缓缓流下。

与此同时，他一钩卡宾枪的扳机，就喷出一道火光。那炮手身子转动两下，伸出双臂，仰起头来，好像要深呼吸，接着侧身瘫到大炮上不动了，只见他后背正中冒出一股鲜血。子弹打穿他的胸膛。他死了。

将他抬走，再换上一个人来。总归争取了几分钟的时间。

九　运用偷猎者的古老技巧和这种百发百中的枪法影响了 1796 年的判决

街垒里众说纷纭。那门炮又要射击了。这样炮击，不用一刻钟就完蛋了。无论如何要削弱霰弹的威力。

安灼拉下了这样一道命令：

“豁口必须放上一张床垫。”

“床垫没了，”公白飞说道，“上面全躺着伤员。”

冉阿让单独一人，坐在酒楼拐角的护墙石上，步枪夹在两腿中间，直到这时为止，他没有参加任何行动。他似乎也没有听见旁边的战士说：

“这儿有支枪闲着。”

听到安灼拉的命令，他却站起来：

想必还记得，一个老太婆看见麻厂街来了一帮人，为防备流弹，就把床垫遮在窗前。那是靠街垒外面一点的七层楼的一扇阁楼窗户，床垫横放在两根晾衣竿上，用两根绳子拉住，拴在窗框上的两根铁钉上。那绳子远望像两根线，看得很清楚，仿佛吊在空中的发丝。

“谁能借给我一枝两响的卡宾枪？”冉阿让问道。

安灼拉将刚上好子弹的枪递给他。

冉阿让瞄准阁楼，放了一枪。

床垫的一根吊线打断了。

现在，床垫只有一根绳子拉着了。

冉阿让又放第二枪。第二根绳子断时抽了一下窗玻璃，床垫从两根杆子中间滑落，掉在街道上。

街垒里的人都鼓掌叫好。

大家齐声喊道：

“有个床垫啦！”

“对呀，”公白飞说，“可是，谁去拿回来呢？”

不错，床垫掉在街垒外边，正是攻守双方夹击的地方。而那个炮兵中士被打死激怒了部队，这阵工夫，步兵就在石砌的掩体后面卧倒，朝街垒放枪，以便填补大炮因重新组织炮手而沉默的空隙。起义者为了节省弹药，不予反击。那排枪打在街垒上，街道中间枪弹横飞，十分危险。

冉阿让从豁口冲到街上，冒着弹雨奔向床垫，拾起来背回街垒。

他又亲手将床垫立在豁口，紧靠住墙壁，不让炮兵看到。

放好床垫，大家就等待霰弹轰击了。

没用等多久。

大炮一声怒吼，发射霰弹，但是霰子并没有反弹，让床垫破坏了。达到了预期效果，街垒保住了。

“公民，”安灼拉对冉阿让说，“共和国感谢您。”

博须埃笑着高声赞叹：

“一张床垫威力这么大，也太邪门啦。这就是柔韧战胜雷霆。不管怎么说，光荣属于床垫，大炮在它面前也失灵啦！”

十 曙光

这时，珂赛特睡醒了。

她的卧室狭小、整洁而幽静，朝东一扇长窗正对着楼房的后院。

巴黎发生的情况，珂赛特一无所知。昨天晚上她已经离开那里了，而且早早回卧室，没有听见都圣说的那句话：“好像闹起来了。”

珂赛特只睡了几小时，但是睡得很香，而且做了甜美的梦，这可能同她那张小床非常洁白有点关系。她梦见一个人，是马吕斯，出现在光亮中。她醒来时阳光耀眼，恍惚还在梦境流连。

她从梦中醒来，头一个念头是喜悦的。珂赛特感到完全放下心来。几小时之前，她同冉阿让一样，心灵起而抗争，绝不接受不幸。不知为什么，她又不顾一切地燃起希望，继而只觉得一阵揪心。——已经有三天没见到马吕斯了。不过又一转念，他一定收到了她的信，知道了她的住址，而他那么聪明，肯定有办法找来。——毫无疑问就在今天，或许就在今天早晨。天已大亮，但是阳光平射进来，她觉得时间还太早，不过为了迎接马吕斯，也就该起床了。

她感到没有马吕斯，就活不下去了，仅此一点，马吕斯就会赶来。任何异议都是不能接受的。这一点确切无疑。已经苦熬了三天，这就够残忍的了。仁慈的上帝啊，马吕斯三天没露面，这实在可怕！上天这样残酷的戏弄是一场考验，现在总算通过了。马吕斯就要到来，还会带来好消息。青春年少就是这样；她很快擦干了眼泪，认为用不着痛苦，也不肯接受这种痛苦。青春，就是未来冲着本身这个陌生者的微笑。她觉得幸福是自然而然的，就连她的呼吸也是由希望构成的。

再说，珂赛特怎么也回想不起来，马吕斯对她说是去干什么事要离开一天，他是怎么对她解释的了。大家都注意到一个现象，一枚钱币滚落到地上，会多么巧妙地隐藏起来，以何等技巧让人找不到。有些意念也跟我们搞同样的恶作剧，忽然缩在我们头脑的角落里，完了，丢失得无影无踪，根本想不起来了。珂赛特稍微努力回想一下，可是徒然，心里不免嘀咕，她这样很不好，简直是罪过，居然把马吕斯讲过的话遗忘了。

她起了床，即进行心灵和身体的双净：祈祷和梳洗。

我们带领读者，顶多能进洞房，而不能进闺房。诗歌只敢窥探一下，而散文就不该妄为了。

闺房是含苞待放的花心，是暗影笼罩的洁白，是闭合未开的百合花内室，只要太阳还未观看，人就不应该窥视。花蕾女子是神圣的。那掀开的纯洁的床铺、那甚至怕见自己的半裸的美妙肢体、那藏匿在拖鞋里的雪白的芳足、那在镜子前也遮掩起来的胸脯，仿佛镜子是个眸子，那稍有动静就拉上盖住肩头的衬衫，不管是家具咯的一声，还是一辆车驶过；还有，那些系结的缎带、搭起的纽钩、拉紧的束带、那种微颤、由于凉爽的羞怯的那种抖动、一举一动的那种美妙的惊慌神态、在无需害怕的地方几乎要惊飞的那种不安、赛似曙天云彩一样绚丽的衣着打扮的那种千变万化，凡此种种，本不宜讲述，在此略一提及，就已经有饶舌之嫌了。

人的目光面对晨起的一位少女，应比面对初跃的一颗星辰还要虔敬。万一触及了，也要转而倍加尊重。桃子上的绒毛、李子上的白霜、雪花的荧光晶体、蝴蝶的粉翅，比起这种甚至还不自知的贞洁来，就全是些俗物了。少女仅仅是梦的幽光，还未成为雕像。她的闺房隐蔽在理想的暗影中。目光贸然窥探，就是唐突这种朦胧幽微。如若仔细观赏，那就是亵渎了。

因此，我们绝不描绘珂赛特起床时小小忙乱的整个妙景。

一则东方故事讲，由上帝造的玫瑰是白色的，可是，它开放时让亚当瞧见了，就害羞变成粉红色。我们认为少女和花儿是可敬的，一见到少女和花儿就要目瞪口呆。

珂赛特很快穿好衣裙，梳头发，当时女子的发式很简单，发鬈和贴鬈长发并不用垫子和卷筒衬起，也不加硬衬布。梳妆完毕，她打开窗户，游目四望，期望发现街上哪处墙角，哪处角落，能窥见马吕斯在那里，可是户外什么也没有瞧见。后院的围墙相当高，只从空隙间望见几座小花园。珂赛特断定那些花园很丑陋，有生以来，她第一次觉得鲜花难看，还不如十字街头一小段水沟那么可意。她干脆仰望天空，就好像以为马吕斯会从天而降。

忽然，她泪如泉涌，倒不是情绪变化无常，而是一时沮丧扼断了希望，这就是她的状态。她隐约产生了一种无名的恐惧，的确，看着天上飘走的东西，就想到她什么也没有把握，从眼前消失，也就等于消失，马吕斯可能从天而降这个念头，现在觉得不是吉而是凶了。

继而，如同那些云彩，她心情平静下来，又恢复希望。脸上不由得泛起依赖上帝的微笑。

楼里的居民还都在睡觉。周围一片寂静，仿佛在外省。一扇窗板也没有推开。都圣没有起床，珂赛特自然以为父亲仍在睡觉。那时她一定十分痛苦，现在还忧心如焚，只因她想父亲心太狠了；不过，她可以指望马吕斯，而这样一线光明绝不可能消失。于是她祈祷。远处不时传来低沉的震动声响，她心中暗道："好怪呀，这么早就打开又关上走车的大门。"其实，那是攻打街垒的炮声。

珂赛特窗下几尺远有个雨燕巢，筑在污黑的旧墙檐上，往外突出一点儿，因而俯视能看见这个小天堂的内部。母燕在巢里展开扇状翅膀护着雏燕，那公燕在飞旋，不断往返，喙上叼来食物和亲吻。初升的太阳给这安乐窝镀上金黄色。"繁衍"这一伟大法则，在这里显示其欢笑和庄严，这种温馨的神秘在朝阳的灿烂光辉中展现。珂赛特，头发淋浴着阳光，心灵耽于幻想，内心由爱情，外面由曙光照耀，她不由自主地俯瞰，同时想到马吕斯，但是心里几乎不敢承认，她怀着处女见到鸟窝时荡漾的春心，注视这些燕子，这个家庭，注视这只雄燕和这只雌燕，这个母亲和这些幼小。

十一　弹不虚发，却不伤人

部队继续以火力进攻，轮番发射排枪和霰弹，但实际上并没有造成多大破坏。只是科林斯上半部门脸遭了殃，二楼窗户和阁楼被霰子和枪弹打得百孔千疮，慢慢变了形。把守在那里的战士只好避开了。其实，这是攻打街垒的一种战术，长时间射击，旨在消耗起义者的弹药，如果他们判断错误而回击的话。一旦发现他们火力缓慢下来，没有弹药了，部队就可以发起攻势。然而，安灼拉并不上当，街垒根本不回击。

每射来一排枪，伽弗洛什就用舌头顶起腮帮子，表示极大的藐视。

“好哇，”他嚷叫，“扯开床垫的布，我们正需要绷带呢！”

库费拉克质问霰弹那么不中用，他冲大炮嚷道：

“伙计呀，你变得松散啦！”

战场上就像舞会上，彼此虚虚实实。攻方见堡垒没有动静，大概担起心来，害怕发生变故，认为有必要弄清石堆后面的情况，了解那道只挨打不还击的冷漠大墙后面，究竟发生了什么事。起义者忽然望见毗邻楼顶上，有一顶头盔在阳光里闪闪发亮。那是一名消防队员靠在高烟囱上，仿佛在那儿站岗。他的视线正投落在街垒里。

“来了个碍事的监督员。”安灼拉说道。

冉阿让已将卡宾枪还给了安灼拉，但是他还有自己的步枪。

他并没应声，只是瞄准那消防队员，一秒钟之后，那头盔中了一弹，叮叮当当滚落到街上。那士兵也惊慌躲开了。

第二名观察哨来接岗，这回来了个军官。冉阿让装上子弹，又瞄准新来的人，送那军官的头盔去会那士兵的头盔了。军官不敢久留，赶紧撤走。这回，他们明白了这种警告，再也没人上房顶了，放弃这样侦察街垒的办法。

“您为什么不击毙那人？”博须埃问冉阿让。

冉阿让不予回答。

十二　混乱维护秩序

博须埃对着公白飞的耳朵，低声说道：

“他没有回答我的问话。”

“他是个用枪行善的人。”公白飞答道。

那个时期已经相当遥远了，还留有记忆的人都知道，在同起义者作战中，城郊国民卫队相当勇敢。尤其在1832年6月那几天，他们表现得特别英勇无畏。庞丹、力天使或小排水沟[①]等地方和善的小酒店老板，看到暴动搅了他们的“生意”，看到酒馆舞厅没人了，一个个就变成狮子，舍命维护由郊区小酒店代表的秩序。在这兼有市侩气和英雄气概的时期，每种思想都有各自的骑士，每种利益都有各自的勇士。动机平庸，丝毫也不减损行动的勇敢。银币堆降低了，银行家就唱起《马赛曲》。他们为了钱柜慷慨流血；为了保卫小店铺这个无限缩小的祖国，他们表现出了斯巴达人的热忱。

这一切说到底，绝无半点不严肃的成分。这是社会各阶层进行的纷争，直至达到平衡的那一天。

那个时期还有一种特色，就是无政府主义同唯政府主义（正统派的怪名）相混杂。维护法纪又横行不法。国民卫队某一上校一声令下，就突然敲起集合鼓；某一上尉灵机一动，就冲上火线；某一卫队受“主义”指挥，去为个人战斗。在危急的时刻，在那些“日子”里，大家不去问长官，主要凭本能的反应行事。在治安部队中，存在名副其实的游击队员，有人像法尼科那样拿起武器作战，还有人像亨利·封弗雷德[②]那样拿起笔战斗。

那个时期的不幸，代表文明的，主要是各种利益的一种杂糅，而不是道德原则的一种组合。文明面临或者自以为面临危险，就惊叫起来；于是各自为政，各行其是，守卫、援救并保护文明；于是

① 庞丹、力天使（即力天使圣母院，如今改称欧贝维利埃大街）位于巴黎东北郊。小排水沟是巴黎城关，位于左岸（如今帕西桥旁边）。

② 亨利封弗雷德（1788—1841年）：波尔多记者，拥护七月王朝。

拯救社会，匹夫有责。

这种狂热有时还会导致屠戮。国民卫队的一个支队，就私自组成军事法庭，用五分钟审判并处决被俘的一名起义者。正是这样一种临时机构杀害了若望·普鲁维尔。残酷的私刑，哪一方也无权责怪对方，因为这种私刑，欧洲的君主政体实行，美洲的共和政体也实行。私刑又因误会，事情就越发复杂了。在一场暴动的日子里，有一个叫保罗-埃梅·加尼埃[①]的年轻诗人，在皇家广场被人挟刺刀追逐，逃到6号的门洞躲起来。追赶的人喊："又发现一圣西门信徒！"要抓住杀掉他。当时，他不正是腋下夹了一本圣西门公爵的《回忆录》。一名国民卫队员瞧见书皮上有"圣西门"的字样，就高喊："打死他！"

1832年6月6日，城郊国民卫队一个连，由上边提到的法尼科[②]上尉指挥，就是任性妄为，在麻厂街造成大量伤亡。这一事件尽管十分特殊，还是在1832年起义之后，由司法预审记录在案了。法尼科上尉是个性情急躁、胆大妄为的市民，类似维持秩序的雇佣兵角色，具有我们上面描绘的特征，既是狂热的唯政府主义者，又无法无天，总是按捺不住要提前开火，野心勃勃想独自夺取街垒，也就是说只靠他一连的兵力。他望见红旗倒下，又树起他当作黑旗的旧衣衫，简直怒不可遏，破口大骂那些将军和各部队长官；他们还在开会研究，认为总攻的时刻还未到，借他们之间一个人的名言说："让起义在原汤里煮熟。"然而，法尼科却认为街垒已经"熟"了，熟了的东西就该落地，因此他要试一把。

他率领一伙同他一样坚决的人，按照一个见证人的说法，他率

---

① 保罗-埃梅·加尼埃（1820—1846年）：滑稽歌剧作者。雨果将1834年4月暴动时的一段亲身经历，安在加尼埃头上。他在《目睹实录》中叙述此事，说他险遭杀害。

② 在1832年6月5日至6日事件中，司法预审的笔录确曾提到这个法尼科。

领“一群疯子”，正是杀害诗人若望·普鲁维尔的那一连，即部署在街拐角的那个营的第一连。就在谁也想不到的时刻，上尉率人向街垒发起攻击。这一行动只凭良好愿望，却不讲战略战术，使一连人伤亡惨重。这条街还没有走到三分之二，他们就遭到街垒所有火力的射击。四个最大胆的士兵跑在前头，冲到堡垒脚下被击毙了。国民卫队那帮人群威群胆，非常勇敢，但是毫无军人那种顽强精神。一遭到迎头痛击，便迟疑了一下，又不得不退却，在街道上丢下十五具尸体。起义者趁他们犹豫，就抓紧时间重新装上子弹，又第二次射击，杀伤力很大，打中了还未来得及撤到街拐角掩蔽所的连队。有一阵，那个连处于两颗霰弹的夹击中，因为没有接到停火的命令，大炮还继续轰击。那个英勇无畏而又冒失的法尼科，也是中霰子死掉的一个。他被炮火击毙，也就是说被当局击毙。

这次气急败坏而不严肃的进攻，激怒了安灼拉。

“这帮蠢货！”他说道，“他们打死自己人，还白白消耗了我们的弹药。”

安灼拉这样讲，不愧是领导暴动的一位名副其实的将军。起义一方同镇压一方作战，力量相差悬殊。起义者弹药有限，人力有限，很快就会消耗殆尽。一个子弹盒空了，一个人战死，都不可能补充。镇压一方拥有大军，不计较人员，还拥有万森兵工厂，也不计较弹药。他们拥有的团队，等于街垒的人数，他们拥有的兵工厂，等于街垒的子弹数，因此，这是以百对一的战争，最后总能摧毁街垒，除非革命突然爆发，将它那天神的火焰剑投在天平上。有可能出现这种情况。那么一切都起来，街道全部沸腾，民众的街垒如雨后春笋。巴黎受到极大的震动。“某种神迹”①显现，空中飘浮

① 原文为拉丁文。

着一个8月10日，飘浮着一个7月29日，出现一道奇异的光，张着血盆大口的暴力后退了，而军队这只猛狮，会看见对面泰然伫立着这个先知：法兰西。

十三　掠过的希望之光

在保卫街垒的民众里，各种感情和各种情绪相混杂，无不具备，有英勇无畏，有青春意气，有荣誉感、激情、理想、信念，还有赌徒的执迷，尤其有断断续续的希望。

就在这样一个间歇，在完全意想不到的时刻，这样一种模糊的希望，忽然颤动着穿过麻厂街街垒。

“你们听啊，”始终警戒的安灼拉突然叫起来，“我觉得巴黎醒来了。”

6月6日清晨，在一两个小时期间，起义确实得到了声援。圣梅里教堂警钟长鸣，催促一些决心不大的人行动起来。梨树街和格拉维利埃街那里也筑起了街垒。在圣马尔丹门前，一名青年独自作战，用卡宾枪射击一个骑兵连；他就在大马路上，完全暴露自己，单膝跪下，枪抵着肩膀射击，打死了小队长，回头说道：“又少了一个，他再也不能残害我们了。”那青年被马刀砍死。圣德圣街有一名妇女，在放下的百叶窗里面，朝保安队射击，只见她每放一枪，百叶窗帘就颤动一下。一个十四岁的少年在科索纳里街被捕，搜查发现他几个兜装满了子弹。好几处哨所遭到袭击。在贝尔坦-普瓦雷街路口，由卡维尼亚克·德·巴拉涅将军[①]率领的铁甲骑兵团，遭到猛烈的枪击，完全出乎意料。在米勃雷木板街，居民从房顶往

① 雅克-玛丽·德·卡维尼亚克：卡维尼亚克家族出了不少名人。他哥哥是国民公会成员，侄儿是民主党首领，另一侄儿也是将军，还同小拿破仑竞选总统。

经过的部队头上扔破盒烂罐，真是不祥之兆；苏尔元帅，拿破仑这位老副将，听人报告了这种情况，不免陷入沉思，他想起苏舍元帅[1]在萨拉戈萨讲的一句话："什么时候老太婆往我们头上倒尿壶，我们就完蛋了。"

就在人们认为暴动的势头已经控制住的时候，各处又出现肇事的苗头，怒火重又燃起，火花又在所谓巴黎城郊区的大柴堆上飞舞，整个形势令军事长官们忧虑。急于要扑灭刚刚起势的火灾，扑灭各处的火星儿，进攻莫布埃街、麻厂街和圣梅里几处街垒的行动就推延了，到时候好全力对付，一举攻占。有些部队派往酝酿闹事的街区，扫荡大街，探测左右小巷，时而小心翼翼缓慢行进，时而突击快速行动。见到有的房舍射击，官兵就破门而入。与此同时，骑兵则驱散聚集在大马路上的人群。这种镇压的行径，不免激起众怒，引起军队和百姓的冲突。安灼拉在枪炮间歇的时候，听到的就是这种喧闹嘈杂之声。此外，他还望见那边路口伤员的担架抬过去，就对库费拉克说："那可不是我们打伤的。"

希望没有持续多久，光亮很快就消失了。不过半小时，空中飘浮的东西就无踪无影了，好似没有雷声的闪电，起义者感到这种铜罩重又落到头上，是由冷漠的民众扔到这些被抛弃的顽强者身上的。

普遍行动的局面，仿佛已经隐约形成，不料又流产了。国防大臣的注意力和将军们的战略战术，现在能集中到三四座仍然屹立的街垒上了。

太阳从地平线上升起。

一名起义者质问安灼拉：

---

① 苏舍（1772—1826年）：法国元帅，1808—1809年，他率法军在西班牙作战，夺取了萨拉戈萨要塞。

“这儿的人都饿了，我们真的什么也不吃，就这样死了吗？”

安灼拉臂肘撑在枪眼处，始终注视着街道另一端，只是点了点头。

十四　安灼拉的情人留名处

库费拉克坐在安灼拉旁边的石块上，还继续笑骂那门大炮；每次大炮一声巨响，发射所谓霰弹的一片弹子乌云，就招他一通讥讽。

“可怜的老畜生呀，你又声嘶力竭。你吼不响啦，真叫我替你难受。这哪儿像雷鸣，就是咳嗽啊！”

他周围的人哄然大笑。

英雄气概的快活情绪，在库费拉克和博须埃身上，与危势同时增长，既然没有葡萄酒了，他们就给大家的杯子斟满欢乐，就像斯卡隆夫人①那样，用开心话代替食品。

“我敬佩安灼拉，”博须埃说道，“他那么沉着勇敢，真叫我赞叹不已。他过着独身生活，可能因此有点忧伤；安灼拉抱怨把他系于鳏居的这种伟大。而我们这些人，谁都多多少少有些使我们发狂，也就是说使我们勇敢的情妇。一个人恋爱时像猛虎，那么作战时至少像狮子；这也是我们的一种报复方式，回敬那些女工夫人给我们的姿色。罗兰②战死，就是要让安琪莉嘉烦恼。我们的英勇精神，全是我们的女人激发起来的。一个男人没有女人，就好比一支枪没有扳机；是女人把男人发射出去的。安灼拉没有女人，没有恋

---

① 斯卡隆夫人：路易十四的情妇。

② 罗兰：长诗《疯狂的罗兰》中的主人公，热恋着安琪莉嘉。作者为意大利诗人阿里奥斯托（1474—1533年）。

情，却设法具有大无畏精神。真是前所未闻，一个人冷若冰霜，又能猛如烈火。”

安灼拉似乎没有听人讲话，然而，有人若是在他身边，就会听见喃喃自语：“祖国。”①

博须埃还在说笑，库费拉克忽然喊道：

“又有新花样儿！”

他又模仿执达吏通报的声调，补充一句：

“在下名叫八磅炮。”

果然，一名新角色登场，那是第二门火炮。

炮兵动作麻利，卖劲地操作，将第二门炮安放在第一门的旁边。

这是来收场的。

不大工夫，两门炮都迅速上了炮弹，并排向堡垒发射，同时，一队正规军和城郊国民卫队用火力支持炮兵。

别处也传来炮声。就在两门炮轰击麻厂街街垒的同时，另外两门炮，一门对准圣德尼街，一门对准欧伯里屠户街，将圣梅里街垒轰得千疮百孔。四门大炮此呼彼应，凄厉的声响在空中回荡。

阴森的战犬狂吠应答。

现在，两门大炮轰击麻厂街街垒，一门发射霰弹，一门发射实心弹。

实心弹炮口调得高些，瞄准街垒顶端，以便削平，将垒顶的石块击碎，变成霰子击伤起义者。

这种炮击法旨在将垒顶上的战士赶下去，迫使他们蜷缩在街垒里面；这就表明要总攻了。

实心弹将战士赶下街垒，霰弹再把起义者从酒楼窗口赶开，这

① 原文为拉丁文。

样，进攻部队就可以大胆冲到街上，不会遭到射击，也许还不会被人发现，像昨天晚上那样，突然登上街垒，谁说得准呢？或许偷袭成功，一举拿下堡垒。

“无论如何得压一压那两门炮的骚扰，”安灼拉说道，随即又喊了一声，“向炮兵开火！”

大家都严阵以待。街垒沉默了这么久，这时便拼命射击，接连打出七八排枪，以逞一时之快；只见街上硝烟弥漫。叫人睁不开眼睛。过了几分钟，透过蹿着火苗的烟雾，隐约望见三分之二的炮兵倒在炮轮旁边。剩下的几名炮兵还不慌不忙，继续装炮弹发射，不过势头缓慢下来。

“干得好！”博须埃对安灼拉说，“成功啦！”

安灼拉摇了摇头，答道：

“这种成功再持续一刻钟，街垒里连十粒子弹也剩不下了。”

伽弗洛什好像听见了这句话。

十五　伽弗洛什出击

库费拉克忽然发现，有个人在街垒外墙脚下，在街道上，冒着弹雨。

原来是伽弗洛什，他从酒楼操了一个装酒瓶的篮子，从街垒豁口走出去，挨个拜访击毙在街垒斜坡上的国民卫队员，从容不迫将他们弹盒里满满的子弹倒进篮子里。

“你到那儿干什么？”库费拉克问道。

伽弗洛什扬起鼻子：

“公民，我要把篮子装满。”

“你没看见打来霰弹吗？”

伽弗洛什回答："是啊，下起弹雨。那又怎么样呢？"

库费拉克喊道："回来！"

"一会儿的。"伽弗洛什答道。

他纵身一跃，到了街上。

我们还记得，法尼科连退却时，丢下了一长趟尸体。

二十来具尸体，零乱地躺在整条街的路面上，对伽弗洛什来说是二十个子弹盒，对街垒来说是一大批弹药。

街上的硝烟好似迷雾。谁见过一块乌云落入高山峡谷的峭壁之间，就能想象出这片烟雾，拥挤在两排阴森森的高楼之间，仿佛浓缩了。烟雾缓缓上升，又不断生成补充，渐渐遮蔽阳光，大白天也昏黑黝黯了。这条街虽短，可是据守两端的交战双方，彼此几乎瞧不见。

这种烟幕，也许是攻打街垒的指挥官有意布下的，但也给伽弗洛什提供了方便。

伽弗洛什个子矮小，又有烟幕遮掩，能在街上走出挺远而未被发现，他倒空七八个子弹盒，也没有遇到多大危险。

他贴着地面，用牙咬住篮子，四肢快速往前爬行，身子像蛇一般摇摆蠕动，从一个死人爬到另一个死人，倒空子弹盒和子弹夹，真像一只剥核桃的猴子。

街垒里的人见他离开相当远，怕引起注意，又不敢喊他回来。

他从一名下士的尸体上，发现一个火药壶。

"到时候用得着。"他说着就揣进口袋里。

他总往前爬行，终于到了烟雾稀薄的地段。

这样一来，排列在石块掩体后面的部队射手，以及聚在街拐角的城郊国民卫队的狙击手，都突然指指点点，发现烟雾里有什么东西在蠕动。

伽弗洛什正从倒在石桩旁边的一名中士的弹盒里取子弹，忽然一颗子弹打中尸体。

“好家伙！”伽弗洛什说，“他们还要打死我这些死人。”

第二颗子弹打在他旁边的石头路面上，迸出了火星。第三颗子弹打翻了他的篮子。

伽弗洛什张望一下，看见枪是城郊国民卫队打来的。

他干脆站起来，身子挺得直直的，头发随风摆动，双手叉腰，眼睛盯着那些射击的国民卫队员，开始唱道：

南地人是丑八怪，
这事全怪伏尔泰；
帕来索人是蠢货，
这事还要怪卢梭。

接着，他扶起篮子，将翻出来的子弹一粒不落地捡进去，又朝射击的方向继续前进，去解另一个子弹盒。这时，射来第四颗子弹，又打偏了。伽弗洛什唱道：

公证人我干不来，
这事全怪伏尔泰；
小小鸟儿才是我，
这事还要怪卢梭。

第五颗子弹，也只是打出了他的第三节歌词：

我的性格乐天派，

这事全怪伏尔泰：
我的生活是穷果，
这事还要怪卢梭。

这种情况还延续了一会儿。

这情景又恐怖又迷人。伽弗洛什成为射击的目标，却嘲笑射击。他那神情简直开心极了，就像小麻雀儿追着狩猎人。每次射击，他就唱一段回敬。射手不断瞄准他，但总是打偏。国民卫队员和部队士兵一边瞄准，一边哈哈大笑。他忽而趴下，忽而起来，忽而躲到门的角落，忽而跳出来，总之忽隐忽现，忽而逃开，忽而回来，冲着枪弹做鬼脸，同时还抢劫子弹，倒空子弹盒，装满他的篮子。起义者目光追随他，一个个担心得屏住呼吸。整个街垒都为他发抖。而他还在唱歌。他不是个孩子，也不是个大人，而是精灵似的奇异的流浪儿，真像混战中刀枪不入的侏儒。他比追逐他的枪弹还灵活，不知跟死神玩什么骇人的捉迷藏游戏；每次追魂的鬼脸逼到眼前，这流浪儿就一手指头给弹开。

然而，有一颗子弹比其他的要准，或者说比其他的要险诈，终于打中这磷火似的孩子。只见伽弗洛什打了个趔趄，随即瘫倒了。街垒里的人都惊叫一声；不过，这小小躯体里有安泰的神通①，这孩子一接触路面，就像那巨人接触大地一样，刚倒下去，就又抬起身，坐在原地，脸颊流下一长条鲜血，他举起双臂，注视射来子弹的方向，又唱起来：

我一跤跌倒尘埃，

---

① 安泰（又译安泰俄斯）：希腊神话中海神和地神的儿子，他同人格斗，只要身不离地，就能从大地母亲身上吸取力量。

这事全怪伏尔泰；
鼻子偏往水沟落。
这事还要怪……

他没有唱完。又一颗子弹，还是同一个枪手射来的，戛然打断他的歌声。这次他脸朝地倒下，不再动弹了。这孩子的伟大灵魂飞升了。

十六　长兄如何成父亲

人间悲剧的目光应当无所不在。正是在这段时间，有两个孩子手拉着手走在卢森堡公园里。一个约有七岁，另一个约有五岁。他们全身给雨淋透了，大的领着小的，走在向阳一边的路径上；他们衣衫褴褛，面无血色，那样子就像两只小野鸟儿。小的说："我饿得慌。"

大的已经有点保护人的架势，左手拉着弟弟，右手拿着一根棍子。

公园里空荡荡的，只有他们二人，由于起义，警方采取措施，公园关闭。在里边宿营的部队已经调去战斗了。

两个孩子是怎么到那儿去的呢？也许是从哪处栏杆宽缝儿钻进来的；也许是从附近，地狱城关、天文台广场，或门楣挂着"拾到襁褓裹着一个婴儿"[①]的牌子的十字街头，从卖艺的木棚里逃出来的；也可能是昨天晚上公园关门时，他们趁看门人不注意溜进来，在阅报亭里过了一夜吧？其实他们在流浪，好像自由自在。人一旦流浪并显得自由自在，那就完蛋了。这两个可怜的孩子，也确实无

① 原文为拉丁文。

望了。

读者想必还记得，他们正是伽弗洛什惦念的那两个孩子，正是德纳第的孩子，也正是马依借来充当吉诺曼先生的儿子的那两个孩子，如今成为无根断枝的落叶，随风在地上飘转了。

住在马依家的那段时间，他们衣服整洁，好让吉诺曼先生看得过去，现在已经破烂不堪了。

这些孩子从此由警方列入“弃儿”名单，被收容，又走失，在巴黎大街上又让人发现踪迹。

这些孤苦无依的孩子，也是碰到这样动乱的日子，才能待在公园里。看门人若是发现，就会把小叫花子赶走，须知穷孩子是不能进公园的，不过应当想一想，他们是孩子，也有权欣赏鲜花呀。

这两个孩子能待在公园里，也多亏铁栅门关闭了。他们违章溜进公园，还待在里边不走。铁栅门关闭，检查人员并不放假。按规定，还要继续巡视，但执行起来松懈了，往往停歇；巴黎人心浮动，检查人员的情绪也受到感染，关注园外远胜于园内，他们不再视察公园，也就没有看到两个轻罪犯人。

昨天夜晚下了雨，今天早晨还淅淅沥沥。不过，6月阵雨根本不算什么。一阵雨过后一小时，人们就觉不出金灿灿的响晴天还哭过。夏天地面好似孩子脸蛋儿，泪水很快就干了。

夏至这种时节，正午的太阳可以说是火辣辣的，什么都烧灼，阳光紧紧贴在地面上吮吸。太阳好像渴极了，一阵大雨不过是一杯水，一下子就喝干。早晨到处还湿漉漉的，下午就尘土飞扬了。

草木青翠的叶子由雨打湿，再由阳光拭干，比什么都赏心悦目，这是炎热中的清爽。花坛和草坪，根须吸饱了水，花间充满阳光，就变成了香炉，一齐吐放芬芳。万物都在欢笑，歌唱，都在奉献。人人感到微醺。春天是暂时的天堂，太阳助人增长耐心。

有些人别无奢求，只要有蔚蓝的天空，他们就说：“这就足够啦！”他们耽于奇妙的幻想，崇拜大自然，反而对善恶采取冷漠的态度；那些人畅想宇宙，超尘拔俗，根本不考虑人，头脑安谧而可怕，只求心满意足而冷酷无情，他们实在不明白，人既然能在树下玄想遐思，为什么还要关心这些人的饥饿、那些人的干渴呢？为什么还要关心冬天衣不蔽体的穷人、因淋巴体质而脊椎佝偻的孩子呢？为什么还要关心什么破床、阁楼、地牢和冻得发抖的衣裙褴褛的姑娘呢？怪事，有无限的太虚，他们就满足了，而人的大需求，能实现博爱的这种有限，他们却不闻不问。能实现进步，能完成这卓越任务的有限，他们却连想也不想。这种不定限，即无限和有限的神人结合的产物，他们同样一无所知。只要面对茫茫天宇，他们就露出笑容，总那么心驰神往，却从来谈不上喜悦。沉溺其中，这便是他们的生活。在他们看来，人类的历史不过是局部，这一环节不能包容万有；真正的万有在此之外，人何必为这局部环节焦虑呢？人在受苦，这有可能，那就望望那颗升起的亮星吧！母亲没有奶水了，新生婴儿要饿死，这我一无所知，还是看看显微镜下杉木断面那奇妙的圆形花案吧！拿最精美的花边来比一比！思想家们把爱置于脑后。他们的眼睛盯着黄道十二宫，就看不见啼哭的孩子。上帝遮住了他们的灵魂。这种类型的思想家，既伟大又渺小。贺拉斯如此，歌德如此，也许拉封丹也如此。崇拜无限的非凡自私者，冷眼旁观人间痛苦，只要天气晴朗就看不见暴君尼禄，因为太阳遮住了火刑台；而他们观赏断头台行刑时，还在寻觅阳光的效果，根本听不见呼喊、号啕和咕噜的倒气声，也听不见警钟；对他们来说，只要有5月时节，一切都美好，只要头顶还有绛紫和金灿灿的彩云，他们就心满意足，乐此不疲，直到星光消逝，鸟儿不鸣为止。

他们是光辉灿烂的黑暗，还没有意识到自己是可怜虫。毫无疑问，他们就是可怜虫。没有怜悯的眼泪，眼睛就一无所见。他们既值得赞颂，又实在可怜，正如兼为昼夜的人，眉毛下没有眼睛，头正中有一颗星，也是既值得赞颂，又值得可怜。

有人认为，思想家的冷漠，是一种超等的哲学。就算这样吧，然而，这种超等中却有残缺。一个人可以不朽又是跛子；伏尔甘[①]就是明证。一个人既能高人一头，又能矮人半截。大自然中这种不完整层出不穷。谁说得准太阳就不是瞎子呢？

这样说来，又该信赖谁呢？“谁敢指控太阳为虚假？”[②]这样说来，就是一些天才，一些高人，一些神人，也可能失误？那个高高在上者，在极顶、高峰、上天者，向大地发射多少光明，它究竟看见多少，看不清还是看不见呢？这难道不让人气馁吗？不见得。那么太阳之上还有什么呢？还有上帝。

1832年6月6日上午，约摸十一时，卢森堡公园寂无游人，景色非常美。布成梅花形的树木、各处花坛，在阳光下竞吐芬芳，争艳斗丽。近午火光通明透亮，树枝欣喜若狂，仿佛相互拥抱。埃及无花果树丛里，莺群一片鸣啭，鸣禽高唱凯歌，而啄木鸟则攀援栗树啄树洞。花坛拥戴百合花为王；最高贵的芳香，自然出于洁白色。康乃馨香气馥郁。玛丽·德·梅迪契的小嘴老鸦，在高树冠中谈情说爱。在阳光的照耀下，郁金香一片金黄紫红，仿佛在燃烧，而五颜六色的火焰化作鲜花。蜜蜂围着郁金香花坛飞舞，正是这些火焰花迸出的火星儿。万物都是那么曼妙而欢快，甚至包括欲来的阵雨；骤雨一再来犯也不足惧，连铃兰和忍冬都能受益；燕子低飞，来势汹汹，姿态又那么优美。谁在这里都会感到幸福，生命显得多

① 伏尔甘：罗马神话中的火神，即希腊神话中的赫淮斯托斯，是宙斯和赫拉的儿子，天生瘸腿，相貌丑陋，是火和锻冶之神。

② 原文为拉丁文。引自贺拉斯的《农事诗》。

么美好；自然万物焕发出纯真、救护、接援、慈爱、抚慰、曙光。天上降下来的思想就是温存，好似我们吻的孩子小手。

树下的雕像裸露而洁白，穿着斑斑光洞的绿阴长袍；这些女神全都披着褴褛的阳光衣衫，只见条条光线从她们身上披散下来。大水池四周地面已经晒干，甚至有点滚烫了。风还相当猛，从几处卷起一点灰尘。去年秋天残留的几片黄叶，欢快地相互追逐，好像流浪儿在嬉戏。

阳光灿烂，令人感到莫大安慰。生命、汁液、暑热、气息无不漫溢；我们感到万物下面的巨大源泉。在浸透爱的所有这些气息里，在回光反射的这种往返中，在阳光的这种肆意挥洒中，在流金的这种无限倾泻里，我们感到挥霍着用之不竭的东西；而在这辉煌的后面，如同在火焰的幕后，我隐约望见拥有亿万星辰的上帝。

多亏沙子，地面没有一点泥迹；也多亏雨水，空中没有一粒灰尘。花族刚刚洗过，从地里钻出来的所有丝绒、所有绸缎、所有彩釉和所有黄金，都呈花状，都完美无瑕。这种华美是纯粹的。幸福的大自然的无边寂静笼罩着花园。上天的静谧，同万籁，同鸟巢的咕咕、蜂群的嗡嗡、风的刷刷相得益彰。这个季节万象和谐，汇成一个优美的整体。春天的物候嬗变更替有序；丁香谢了，茉莉花开；有些花开得迟，有些昆虫来得早；6月红蝶的前锋队，同5月白蝶的后卫队亲如兄弟。梧桐换上新装。和风在英挺纷华的栗树林吹起涟漪，景象十分壮观。附近兵营的一名老兵，隔着铁栅栏观赏，赞了一句："这真是全副武装的春天！"

整个自然界在会餐，万物已经就座，到了开筵的时间。天空铺上了巨幅蓝台布，大地铺上了巨幅绿台布；太阳照得通明透亮。上帝邀请天地万物用餐。每个客人都有自己的食品和糕点。野鸽找到大麻籽，燕雀找到粟籽，金翅鸟找到繁缕，知更鸟找到虫子，蜜蜂找到花朵，苍蝇找到纤毛虫，翠雀则找到苍蝇。物种之间不免相互吞噬，这是善恶混杂的神秘现象，但是没有一个动物空着肚子。

两个弃儿走到大水池岸边，被灿烂的阳光一照不免慌乱，就打算躲起来，绕到天鹅亭的后面；这是穷人和弱者的本能，见到豪华宏伟，即使见到自然的豪华宏伟，也要畏葸退缩。

上风头时而隐约传来喊叫、喧闹、嘈杂的枪声和隆隆低沉的炮响。菜市场那一带房顶浓烟滚滚。远处传来仿佛召唤的钟声。

两个孩子似乎没听见那喧声。那个小的不时轻声说一句：

“我饿了。”

还有一对人，几乎和这两个孩子同时走近大水池。那是一个五十岁的老家伙，手里拉着一个六岁的小家伙。大概是父子俩。六岁的小家伙拿着一大块奶油蛋糕。

那个时期，夫人街和地狱街的一些临街住宅，居民掌握卢森堡公园的钥匙，关门后也能进去，后来这种特许就取消了。这对父子大概就从那种住宅前来的。

两个穷孩子瞧见那位“先生”走来，就藏得更隐蔽些了。

那是个有钱的主儿，也许正是马吕斯在热恋时，在大池旁听见教训自己儿子“凡事不要过分”的那个人。那人神态又和蔼又高傲，嘴唇合不拢，总在微笑。这种机械的笑容，是因为小嘴唇包不住过大的颌骨，但露出来的是牙齿而不是心灵。孩子好像吃得太饱，手里拿着咬剩的蛋糕。儿子因为动乱而换上一身国民卫队服，而父亲出于谨慎则仍然一身市民打扮。

父子二人停在两只天鹅戏水的大池旁边。这个有产者看来特别欣赏天鹅，连走路的姿势都像天鹅。

这工夫，天鹅在游泳，这是它们的专长，那姿态简直优美极了。

两个穷孩子若是注意听，并且到了能听懂的年龄，他们就会记取一个严肃人的话。父亲对儿子说：

“智者有少许东西，生活就满足了。瞧瞧我吧，我的儿子。我就不爱奢华。别人从来没有看见我披金挂银，满身珠宝；这种虚假的光彩，我让给那些心灵不健全的人。”

这时，菜市场那一带，钟声和喧嚣变本加厉，远远传到这里。

“那是怎么回事儿？”孩子问道。

父亲回答：

“那是胡闹呢。”

猛然，他瞥见绿色天鹅亭后面，一动不动站着两个衣衫褴褛的孩子。

“这不开始了。”他说道。

他沉吟一下，又补充说道：

“无政府势力进入公园了。”

这时，儿子咬了一口蛋糕，又吐出来，忽然呜呜哭了。

“你哭什么呀？”父亲问。

“我不饿了。”孩子回答。

父亲的笑口咧得更大了。

“用不着非等饿了才吃蛋糕。”

“这块蛋糕我讨厌，不新鲜了。”

“你不想要啦？”

“不想要了。”

父亲指了指天鹅。

“那就抛给那些带蹼的鸟儿吧。”

孩子犹豫起来。不想要蛋糕了，但这也不是白送给人的理由。

父亲接着说：

“要人道一点儿。应当可怜动物。”

说着，他从儿子手里拿过蛋糕，扔进水池。

蛋糕掉在离岸不远的水面上。

天鹅在水池中央，离岸较远，正忙着捕捞食物，既没有看见这个有产者，也没有瞧见蛋糕。

此公感到蛋糕有点白扔的危险，未免痛惜无端的损失，于是他手舞足蹈，传出焦急的信号，终于引起天鹅的注意。

天鹅望见水面上漂着什么东西，就像帆船转舵一般，缓缓驶向蛋糕，那怡然自得的高贵神态，正是白色动物所特有的。

“天鹅理解天囮[①]。”这个有产者说道，他因说了这句话而得意洋洋。

这时，远处市中心喧嚣突然又加剧了，这回变得可怖了。几阵风送来的汹汹之声更加清楚，而此刻一阵风更清晰地送来战鼓声、聒噪、齐射的枪声，以及警钟和大炮凄厉的呼应。恰巧这时，一块乌云蓦地遮住太阳。

天鹅还没有游到蛋糕那里。

“回家吧，”父亲说，“他们在攻打土伊勒里宫。”

他抓住儿子的手，又接着说道：

“从土伊勒里宫到卢森堡宫，只有从王位到元老[②]这段距离，相隔并不远。枪弹会像雨点一样落下来。”

他望望乌云。

“雨也可能真的要落下来，老天也来凑热闹；王室的旁支[③]完蛋了。快回家吧。”

---

① 原文用谐音cygnes（天鹅）理解signes（信号），听着就像“天鹅理解天鹅”。此处变通，用诱鸟的“囮”（é）替代，以略传达原文的俏皮。

② 法国上议会，在1814—1848年期间，称为“元老院”，又称“贵族院”，设在卢森堡宫。

③ 路易-菲力浦是波旁家族的旁支。

“我要看天鹅吃蛋糕。”孩子说。

父亲回答：

“这可太冒失了。”

说着，他把小有产者拉走了。

孩子恋恋不舍，还频频回头望水池里的天鹅，直到梅花形林荫道的一处拐角遮住视线为止。

这工夫，与天鹅同时，两个流浪儿也朝蛋糕凑过去。蛋糕一直漂在水面上。小的那个注视着蛋糕，大的那个则盯着走开的有产者。

父子二人走进纵横交错的林荫小径，那里通向夫人街那边树木密集的大坪台。

等他们一走没影儿了，大孩子就急忙趴在圆形水池边上，左手抓住边沿儿，身子俯向水面，几乎要掉下去，伸出右手拿棍子去够蛋糕。天鹅发现来了敌手，就加快速度，速度一加快，前胸冲起波浪，反而对小渔夫有利了，只见荡起的一圈圈波纹，将蛋糕慢慢推向孩子那根棍子。等天鹅赶到，棍子也够着蛋糕了。孩子拿棍子用力一拨，既吓走天鹅，又拨过来蛋糕，一把抓住，就站起身。蛋糕泡湿了，但是他们又饥又渴。大孩子将蛋糕掰开，一大一小，小块儿留给自己，大块儿给弟弟，对他说：

“塞进你的枪管里吧。”

十七　死去的父亲等待将死的儿子①

马吕斯冲出街垒，公白飞也跟出去。可是太迟了。伽弗洛什已经死去。公白飞拎回那篮子弹药，马吕斯抱回孩子。

① 原文为拉丁文。

唉！他心中暗道，这孩子的父亲为他父亲所做的，他只能报答给这孩子；然而，德纳第救活了他父亲，而他只抱回一个死孩子。

马吕斯抱着伽弗洛什走进堡垒时，脸上跟孩子一样鲜血淋淋。

刚才他弯腰去抱伽弗洛什，脑门儿让一颗子弹擦伤了，而他却没有觉察。

库费拉克解下自己的领带，给马吕斯包扎了额头。

大家把伽弗洛什抬到停放马伯夫的那张桌案上，用同一块黑纱巾盖上，刚好盖住这一老一少两具尸体。

公白飞将拎回篮子里的子弹分发给大家。

每人分得十五发子弹。

冉阿让坐在护墙石上，一直没动窝儿。当公白飞送给他十五发子弹时，他却摇摇头。

“这个怪人，真少见！”公白飞小声对安灼拉说，“他来到街垒，还想法儿不作战。”

“这不妨事，他照样保卫街垒。”安灼拉答道。

“有英雄精神的人，都有点怪癖。”公白飞回答。

库费拉克听见这话，就加了一句：

“他是另一类人，跟马伯夫老爹不一样。”

有一种情况应当交代一下：向街垒射击，几乎骚乱不到街垒内部。从来没有经历过这类战争旋涡的人，就想象不出在这种战乱中还有特别宁静的时刻。大家走来走去，随便聊天，插科打诨，还有人懒懒散散。我们认识的一个人，就在霰弹轰击中听见一个战士对他说：“我们在这儿，就像单身汉会餐。”我们再重复一遍，麻厂街街垒内部似乎很平静。所有波折和各个阶段都已完结或即将结束，处境由危急转为凶险，也许危在旦夕了。虽然形势越来越暗淡，可是英雄的光芒越来越映红街垒。安灼拉神情严峻，掌握全局，那姿势好似一个斯巴达青年，拔出剑来，为可怜的守护神埃庇陀塔斯效命。

公白飞围着围裙，给伤员包扎；博须埃和弗伊在造子弹，用的是伽弗洛什从一个下士尸体取下的一壶火药。博须埃对弗伊说："不久我们就要乘坐驿车去另一个星球了。"库费拉克将全部武器，摆放在他在安灼拉身边保留的几块铺路石上，有他的杖剑、步枪、两支马枪和一支手枪，那细致的样子就像整理针线盒的一位少女。冉阿让沉默不语，凝视对面的墙。一名工人戴了于什卢大妈的大草帽，用线绳系上，说是"怕中暑"。艾克斯的库古尔德社几个青年正谈得高兴，就好像最后一次机会，要赶紧讲讲家乡话。若李将于什卢寡妇的镜子摘下来，检查自己的舌苔。几名战士从一个抽屉里翻出几块面包皮，差不多发霉了，还是贪婪地吃下去。马吕斯担心父亲会对他说什么。

十八　秃鹫变成猎物

应当强调指出街垒所特有的一种心理状态。凡能标举这种惊人的街垒战特征的，都不该遗漏。

这座街垒，正如我们提到的，不论内部安宁得多么出奇，在里面的人看来，仍然是一种幻象。

内战中有难以理解的征象，未知的各种迷雾，同这种熊熊大火搅在一起，革命成为斯芬克司，谁经历一场街垒战，谁就以为做了一场梦。

在谈到马吕斯的时候，我们就提出人在这种地方的感觉，我们还会看到其后果既超出又不及人生。人一走出街垒，就不知道所目睹的景象了。在街垒里，人变得可怕而不自知。在街垒里，包围人的战斗思想具有人的面孔，人的脑袋举到未来的光明中。那里尽是躺着的尸体和站立的鬼魂。时间漫长，仿佛度过永恒的时刻。人生活在死亡中。鬼影憧憧。是什么呢？看到的是沾满鲜血的手，听到的是震耳欲聋的声响，但有时又一片死寂；张开的大口，有的呼号，有的却不出声；人在烟雾中，也许还在黑夜里，真以为触摸到了未知深渊的凶险的湿壁；事后只看到自己的指甲里有红色的东西，经历的事却一概想不起来了。

扯回话题，还是谈麻厂街。

在两阵枪炮的齐射中间，忽听远处传来报时的钟声。

“到中午了。”公白飞说道。

未等十二响敲完，安灼拉就霍地站起来，从街垒顶上，声音如雷，发出号令：

“将铺路石块搬上楼，码在窗台和阁楼上。一半人持枪守卫，一半人搬运石头。一分钟也不能耽误了。”

街口出现一队消防队员，肩上扛着大斧，排成战斗队列。

那只能是大队人马的排头，什么人马呢？显然是进攻队伍。消防队奉命先拆毁街垒，然后大队人马才冲上来，一举攻占。

此刻面临的行动，显然是1822年德·克莱蒙–托奈尔[①]先生所称的“加把劲儿”。

大家快速准确地执行安灼拉的命令，这是战舰和街垒所具有的特点，因为，唯独这两种阵地没有退路。不到一分钟，安灼拉吩咐堆在科林斯门口的石块，就有三分之二搬上二楼和阁楼了；第二分钟还未过完，石块都整齐地码起来，堵住二楼的半截窗户和阁楼的天窗。以弗伊为主建造，他精心设计，留了几个缝隙：能让枪筒探

① 德·克莱蒙–托奈尔：1822年任海军大臣。他多次接待过年轻的维克托·雨果。

出去。霰弹停止发射，窗口这样部署就更容易办到了。现在，两门炮放实心弹，轰击垒壁中心，要打出大洞，如有可能就打个缺口，以利攻取。

作为最后一道防线的石块布置完毕，安灼拉命令将置放在马伯夫停尸案下的瓶酒搬上二楼。

“这酒给谁喝？”博须埃问道。

“给他们。”安灼拉回答。

接着，大家又动手堵死楼下的窗户，还把夜晚酒楼从里面插门的大铁杠准备好。

这是名副其实的堡垒：街垒是城墙，酒楼是堡垒主塔。

余下的石块，就用来砌死街垒的豁口儿。

守卫街垒的战士必须时刻注意节省弹药；围攻者非常清楚这一点，他们调动人马，部署兵力，显得悠闲自在，令人气恼，往往提前就暴露在火力之下。然而这是表面现象，其实，他们从容不迫，总是有条不紊地部署进攻，接着，就是疾雷闪电。

敌方缓慢地部署，安灼拉就有时间全面检查，全面改善。他感到这里的人既然要捐躯，那就应当死得壮烈。

他对马吕斯说：“我们二人是首领。我进楼去最后布置几件事，你留在外面观察敌情。”

马吕斯坐在街垒顶端观望。

安灼拉让人将厨房门钉死，我们记得厨房改为战地医院了。

“不能再让弹片打中伤员。”安灼拉说道。

他到楼下作了最后指示，说话简短，语气十分镇定；弗伊听着，并代表大家回答：

“二楼，要准备好斧子砍断楼梯。斧子有没有？”

“有。”弗伊答道。

“有多少把？”

“两把大斧、一把砍柴斧。”

“好。我们活着的，还有二十六名战士。枪有多少支呢？”

“三十四支。”

“多出八支。这八支也装好子弹，放在手边。战刀和手枪，全别在腰上。二十人在街垒，六人埋伏在阁楼和二楼窗口，从石缝里向进犯者射击。一个人也不要闲着。等一会儿，一敲起冲锋战鼓，安排在下面的二十人就奔向街垒，先到就占好位置。”

布置完了，他又转向沙威，说道：

“我没有忘记你。”

他把手枪放在桌子上，补充说道：

“最后离开这里的人，要一枪把这密探脑袋打烂。”

“就在这儿吗？”有人问道。

“不，这死尸不能跟我们的混在一起。蒙德图尔小街的街垒只有四尺高，一跨就能出去。这人捆得很结实，可以押到那儿去，执行枪决。”

此刻，有谁比安灼拉还镇定，那就是沙威。

恰好这时，冉阿让出现了。

他原在起义者人堆里，现在站出来，对安灼拉说：

“您是指挥吗？”

“对。”

“刚才，您向我表示感谢。”

“以共和国的名义。街垒有两位救星：您和马吕斯·彭迈西。”

“您认为应该奖赏吗？”

“当然了。”

“那好，我就要求一个。”

"什么奖赏？"

"我亲手打死这个人。"

沙威抬起头，瞧见冉阿让，不易觉察地动了一下，咕哝道：

"这样公道。"

安灼拉给卡宾枪重新压上子弹，这时他环视周围，问道：

"没有异议吗？"

他随即转向冉阿让：

"将密探带走吧。"

冉阿让坐在桌子一端，确实把沙威掌握在手心里了。他拿起手枪，只听咔嗒一声，表明子弹上了膛。

几乎同时，他们又听见军号声。

"准备战斗！"马吕斯在街垒上喊道。

沙威笑起来，那种无声的笑是他特有的，同时眼睛盯着起义者，说道：

"你们的身体状况并不见得比我好。"

"大家都出去！"安灼拉喊道。

起义者乱哄哄往外冲，后背挨了沙威这句，恕我实录：

"回头见！"

十九 冉阿让报复

冉阿让等到只剩下他和沙威了，他就摸到桌子下面的绳结，将拦腰捆绑犯人的绳子解开，然后示意让沙威站起来。

沙威照办了，但是他脸上那种难以描摹的微笑，集中表现了虎落平原的高傲神态。

冉阿让揪住沙威的腰带，就像抓住干活的牲口的肚带那样，拖着他慢慢走出酒楼，因为沙威的两腿有绳索绊着，只能迈极小的步子。

冉阿让握着手枪。

他们穿过街垒里的梯形空场。起义者都已转过身去，集中对付即将发生的攻势。

马吕斯单独守在街垒的左端，看见他们走过去。这受刑人和刽子手一组形象，是由他灵魂中的阴森光亮照见的。

冉阿让费了很大劲，才把绊住双腿的沙威拖过蒙德图尔小街的街垒，但是他一刻也不松手。

他们跨过这道街垒，来到小街，就只有他们二人了，又让楼房的拐角遮住，谁也望不见了。前面几步远，就是从街垒里抬出来的一堆可怕尸体。

死人堆里能分辨出一个半裸女人的惨白的脸、披散的头发、一只打穿的手和胸脯，那就是爱波妮。

沙威侧着打量那具女尸，又极为平静地小声说：

“我好像认识那个姑娘。”

接着，他又转向冉阿让。

冉阿让把枪夹在腋下，目光盯着沙威，分明表示这种意思：

“沙威，正是我。”

沙威回答：

“你报复吧。”

冉阿让从坎肩兜里掏出一把折叠刀，打开。

“刀子！”沙威叫了一声。“你做得对。你用这个更合适。”

冉阿让却割断套住他脖子上的绳子，又割断绑他手腕的绳子，再弯腰割断他腿上的绳子，直起身说道：

“您自由了。”

沙威不轻易大惊小怪，然而，他再怎么善于控制自己，这回也不免为之一震，一时呆若木鸡。

冉阿让接着说：

“看来我从这里出不去了。不过，万一出去，告诉您，我住在武人街7号，化名为割风。”

沙威像老虎似的皱了皱眉头，扯开一点嘴角，他咕哝一句：

“小心点儿。”

“走吧。”冉阿让说道。

沙威又问道：

“你说化名为割风，住在武人街？”

“7号。”

沙威低声重复一遍：“7号。”

他重新扣好礼服纽扣，双肩一端，又恢复军人笔挺的姿态，转过身去，叉起双臂，用一只手托住下颏儿，朝菜市场方向走去。冉阿让目送他。沙威走出几步，又回过身来，冲冉阿让喊道：

“您真叫我厌烦了，干脆打死我吧。”

沙威自己都没有觉察，他对冉阿让不再直呼“你”了。

“您走吧。”冉阿让又说道。

沙威缓步走开，片刻之后，他就拐进布道修士街。

等沙威不见踪影了，冉阿让便朝空中放了一枪。

继而，他回到街垒，说了一句：

“完事儿了。”

而这工夫又发生了一个情况。

马吕斯更关注外面，而不大了解酒楼里的情况，没有仔细瞧一瞧楼下厅堂里侧捆绑的密探。

刚才在阳光下，他看见密探跨过小街垒去送死时，才认出来了，脑海里突然浮现一个记忆，想起蓬图瓦兹街的那个警探，以及警探交给他的两把手枪，这正是他马吕斯在街垒里使用的；他不仅想起那人的相貌，还想起那人的姓名。

然而，这段记忆模糊不清，同他所有的意念一样。他不能肯定，而是产生一个疑问：

“他是不是那个对我说叫沙威的警探呢？”

出面替那人说个情儿，也许还来得及吧？不过，先得弄清他究竟是不是那个沙威。

马吕斯招呼刚回到街垒另一端的安灼拉。

“安灼拉？”

“什么事儿？”

“那人叫什么名字？”

“谁呀？”

“就是那个警察。你知道他姓名吗？”

“当然知道，他告诉我们了。”

“他叫什么？”

“沙威。”

马吕斯霍地站起来。

这时传来一声手枪响。

冉阿让回来，嚷了一句：

“完事儿了。”

一股阴森的寒气透进马吕斯的心。

二十　死者有理，活人无过

街垒就要进入临终状态。

一切都助长这最后时刻的悲壮。空中回荡着千百种神秘的声响：大部队在望不见的街上行动的喘息、骑队断断续续的奔驰、炮队行进的沉重震动、齐射的枪声和炮声在迷宫似的巴黎的交织、房顶上升起的金黄色战云、远处隐约传来的不知什么人的可怕呼号、到处迸发的危险的火光、圣梅里已变为呜咽的警钟、温和的季节、飘着白云的蓝天阳光灿烂、美丽的日子和房舍恐怖的寂静。

要知道，从昨天晚上起，麻厂街的两排楼房变成两堵墙，两堵拒人之外的墙，楼门紧闭，窗户紧闭，窗板紧闭。

那个时期同现在大相径庭。那时，一旦民众要结束一种持续过久的局面，要结束国王恩赐的宪章或享有的政治权利，一旦众怒扩散到大气中，城市同意掀起路石，一旦起义者对市民耳语传告口令而引起他们微笑，那么暴动就深入人心，可以说居民就会协助起义战士，而民宅也会同靠着民宅临时建造的堡垒亲密无间。然而，只要形势还未成熟，只要起义还未得到民众的认同，广大群众否认这场运动，那么起义战士就注定完蛋，起义周围的城区将化作沙漠，人心化作冰雪，避难所全部堵死，街道成为掩蔽地带，有利于军队攻取街垒。

我们不能出其不意，硬推老百姓加快步伐。谁强迫老百姓谁就要倒霉！老百姓绝不任人摆布。一旦出现这种情况，老百姓就会抛弃起义者，把他们看成鼠疫患者。一幢房子就是一面峭壁，一扇门就是一种拒绝，一个住宅的门脸就是一堵墙。这堵墙看得见，听得清，却不肯通融，本来它开个缝儿就能把你救了，但是它不肯。这堵墙就是法官，它注视你并判你死刑。门窗紧闭的房舍，是多么暗淡的景象！那房舍仿佛死了，却还活着，里面的生命暂时停止，但仍然坚持。二十四小时以来，没有一个人走出门，但是一个人也不缺少。在这岩石内部，居民走来走去，睡觉，起床，全家聚在一起，又吃又喝，大家提心吊胆，这真是可怕的事！因恐惧而采取不好客的可怕态度，是可以谅解的，恐惧中夹杂着惊慌失措，更加情有可原了。有时甚至还会出现这种情况：惧怕变为义愤，惊恐变为震怒，同样，谨慎变为疯狂，从而引出这种极为深刻的说法："温和的人发疯。"极端恐惧的烈焰中，会冒出一股凄惨的黑烟，那就是怒气："那帮家伙要干什么？他们就没有满意的时候，还连累过安宁日子的人，就好像革命还不够多似的！他们到这儿来干什么？让他们自己想法脱身吧。他们活该倒霉，自作自受，怪他们自己。这同我们毫不相干。我们可怜的街道打得净是枪眼。他们是一群无赖，千万可不要开门啊。"于是，住宅就像一座坟墓。起义者在住户门前奄奄一息，他们眼见霰弹打来，刺刀逼近；他们知道如果喊叫，就会有人听到，可是谁也不会来救；这些墙壁可以保护他们，这里的人也可以救他们，然而，墙壁即使长了有血有肉的耳朵，人却是一副副铁石心肠。

怪谁呢？

不怪任何人，又怪所有人。

怪我们生活在不完善的时代。

乌托邦转化为起义，哲学的抗议转化为武装抗议，密涅瓦转化为帕拉斯①，总要冒着极大的风险。乌托邦明明知道后果不堪设想，也要急躁冒进，转化为暴乱，几乎总是操之过急，结果无可奈何，看不到胜利，只好以隐忍的态度接受灾难。乌托邦为否认它的人们效命，毫无怨言，甚至还为他们辩解；它的崇高就在于能接受遗弃，它无坚不摧，却和蔼地对待忘恩负义的人。

况且真就是忘恩负义吗？

---

① 密涅瓦：罗马神话中的智慧女神，即希腊神话中的雅典娜，也是女战神。她误杀了海神特里同的女儿帕拉斯，便改名帕拉斯·雅典娜，以兹纪念。

从人类的角度来说，就是。

从个人的角度来说，不是。

进步是人的生存方式。人类总的生活称为进步，人类的集体步伐称为进步。进步在向前跨越，所做的是世人走向天上和神圣的伟大旅行，有时停一停，等候落伍者赶上来，在间歇站思考，面对赫然展现远景的某个光辉灿烂的迦南①；它也有睡眠的夜晚，而思想家在黑暗中摸索，看到阴影蒙住人的灵魂，又呼唤不醒酣睡的进步，就不禁焦急万分。

“也许上帝死了。”有一天，杰拉尔·德·奈瓦尔②对本书作者这样说道，他将进步和上帝混为一谈，将进程中止认作上帝之死。

谁丧失希望都是错误的。进步必然要醒来，甚至可以说它在睡梦中还前进，因为它长大了。等它再站起来的时候，就会发现它长高了。进步犹如江河，想永远静止都不可能；大家不筑一座街垒，不往河中投一块石头；遇到障碍水流照样激荡，人类照样沸腾，从而出现混乱局面。然而，混乱局面过后，我们就会看到事实上又前进了。进步总是以革命划分阶段，直到建立天下太平的秩序，直到和谐统一主宰世界的时候为止。

进步是什么？我们刚才说过，进步是人民持久的生命。

然而，个人暂时的生命，有时却抗拒人类的永久生命。

我们无需沉痛地承认，每人都有私利，谋求并保卫这种利益也无损大局；现时总有理由图点私利；有限的人生自有权利，不必为了未来不断地牺牲自己。现时这一代人该从尘世走一趟，不能为了后代就被迫缩短自己的路程，归根结底，各代人都是平等的，将来

---

① 迦南：上帝将迦南赐给亚伯拉罕，封他为多国之父。

② 杰拉尔·德·奈瓦尔（1808—1855年）：法国诗人、文学家。

自然会轮到后代到尘世走一遭。“我活在世上，”一个叫做大家的人咕哝道，“我还年轻，正在恋爱，我老了，想要休息，我是一家之长，我要干活，我要生财发达，我要生意兴隆，我有房子出赁，我有钱投放给国家，我生活幸福，我有妻室儿子，我爱这一切，我渴望活下去，别来打扰我。”基于这种种原因，大家对人类高尚的先锋队，有时态度就极端冷淡。

此外我们也得承认，一旦开战，乌托邦就走出它那光灿的境界。它是明天的真理，却向昨天的谎言借用了战争的手段。它是未来，却像过去一样行动。它是纯洁的思想，却变成粗暴的行为。它在自己的英勇行为中，掺杂了它理应为之负责的一种暴力；这种暴力虽是权宜之计，却违反原则而难逃惩罚。起义战斗式的乌托邦，手中拿的还是老军事法典：它枪毙密探，处死叛徒，取缔活人，将其投入陌生的黑暗中。它利用死亡，这情况就严重了，乌托邦似乎对光明丧失了信念，而光明才是它无往不胜并永不腐变的力量。它挥剑砍杀，殊不知没有单锋刃的剑，而每把剑都是双锋刃，一面锋刃伤对手，另一面锋刃则伤自己。

以十分严肃的态度陈述了这种保留之后，我们不能不赞赏未来事业的光荣战士，乌托邦的忏悔师，不管他们成功与否。纵然失败，他们也是值得敬佩的，或许未获成功而尤其显得崇高。一次符合进步的胜利，值得人民欢呼；然而，一场英勇的失败，也同样值得同情。胜利则辉煌，失败则壮烈。我们更敬佩殉难者而不是成功者，认为约翰·布朗[①]比华盛顿伟大，皮萨卡纳[②]比加里波的伟大。

总得有人站在败者一边。

对待为实践未来而失败的这些伟人，世人的态度是不公正的。

---

① 约翰·布郎（1800—1859年）：美国黑人起义领袖。

② 卡尔洛·皮萨卡纳（1818—1857年）：意大利爱国者。

世人指责革命者散播恐怖。每座街垒都好像在行凶。世人诋毁他们的理论，怀疑他们的目的，唯恐他们居心叵测，揭露他们的信念。世人责备他们反对占主导的社会现状，筑起，垒起，堆起如山的贫穷、痛苦、罪恶、怨恨和绝望，责备他们从底层掘出黑暗的石块，筑起雉堞来战斗。世人冲他们喊："你们掀起了地狱的铺路石！"他们可以回答："正因为如此，我们的街垒是由良好愿望造的①。"

自不待言，最好还是用和平的方式解决问题。总之我们要承认，人们一看见路石，就会联想到那只熊，而社会为之不安的正是一种好愿望。然而，社会应当自救，我们呼唤的也正是社会本身的良好愿望，不必使用任何猛药。要以和善的态度诊断，确定并治好病痛。我们也正是敦促社会这样做。

不管怎么说，这种人分布在世界各个角落，都在注视着法兰西，他们遵循理想的不可动摇的逻辑，为伟大的事业而奋斗，即使倒下，尤其倒下的时候，确实令人敬佩。他们为了人类的进步，甘愿献出自己的生命，体现了天意，作出了宗教的举动；时候一到，他们就像演员接台词那样，丝毫也不考虑自己，完全服从上天安排的剧情走进坟墓。这种毫无希望的战斗、种视死如归的消泯，他们都能接受，以便推动1789年7月14日开创的所向披靡的人类壮阔运动，最后在普天下结出美不胜收的果实。这些战士是传教士。法兰西革命是上帝的一个举动。

我们在另一章已经指出差别，此外还应当补充一点：有的起义为人接受，称为革命；有的革命被人拒绝，则称为暴动。一场起义爆发了，也就是接受人民检验的一种思想。如果人民让黑球掉下来，那么这种思想就成为枯果，起义也就成为轻举妄动了。

---

① 法国有句俗谚："地狱的路面是由良好愿望铺成的。"即好心办坏事也要下地狱。此处回答正是巧妙地运用这句俗谚。

老百姓并不像乌托邦所期望的那样一声号召就投入战争。随时当英雄和烈士，并不是所有民族都有这种气质。

他们讲求实际，对起义特别反感，一是起义造成的灾难还记忆犹新，二是起义的出发点总那么抽象。

献身的人固然值得赞美，但总是为理想，也仅仅为理想献身。一场起义就是一股激情，而激情却可以化为激愤，于是拿起武器。不过，凡是针对政府或政体的起义，总要瞄准更高的目标。譬如，我们再强调一下，1832年起义的领袖，尤其麻厂街的这些热血青年，要打倒的主要不是路易-菲力浦。在坦率交谈中，对于这位介乎君主制和革命之间的国王的优点，大多数人倒能给予公允的评价，谁也不憎恨他。其实，他们在路易-菲力浦身上攻击的，是世袭神权的旁支，正如早先他们在查理十世身上，攻击的是这种神权的长房。我们已经解释过，他们在法国推翻王朝，旨在全世界推翻人对人的窃夺、特权对人权的窃夺。巴黎一旦没有了国王，世界上就相应除掉独裁。他们是这样推论的。他们的目标肯定很遥远，也许还很模糊，越奋斗就越远离；但目标却是伟大的。

情况就是这样。这些人为幻象献身，而在献身者看来，这种幻象几乎总是幻想，总之是掺杂人类信念的幻想。起义者总给起义镀金并赋予诗意。他们投身到这类悲惨事件中，并沉醉于他们即将实现的壮举。谁知道呢？也许会成功呢。他们只有一小撮，却抗拒一支大军；但是，他们保卫人权、自然法则，保卫每个人都不能放弃的主权，保卫正义、真理，必要时就像那三百名斯巴达人一样战死。他们想到的不是堂吉诃德，而是莱奥尼达斯。他们勇往直前，一旦投身进来，就决不后退，而是低着头往前闯，希望取得空前的胜利。也就是完成革命，恢复进步的自由，使人类更高尚，解放全世界；最糟也不过成为温泉关式的烈士。

为了进步的这类武装斗争往往失败，上面也谈了失败的原因。民众不肯受这些勇士的驱动。沉滞的民众，正因为滞钝而脆弱，他们害怕冒险，而理想恰恰有冒险的因素。

况且，我们也不能忘记，还有利益摆在这儿，同理想和感情不大投机。肠胃有时能麻痹心脏。

法兰西的伟大和美丽，正在于她不像其他民族那样大腹便便，扎腰就方便得多。她总是头一个醒来，最后一个睡觉。她往前走，还不断探索。

这正因为她是艺术家。

理想无非是逻辑的顶点，同样，美无非是真的顶点。艺术的民族，也必然是始终不渝的民族。爱美，就是寻求光明。因此，欧洲的火炬，即文明的火炬，最早是由希腊举起来，再传给意大利，又传给法兰西。充当先锋队的神圣民族！“他们传递生命的火炬。”①

事情妙就妙在，一个民族的诗歌是它进步的因素。文明的量是以想象的量测定的。不过，一个文明的民族应当保持刚强的性格。像科林斯，很好；像锡巴里斯②，不行。性格柔弱，就要衰退。既不要当业余爱好者，也不要当演奏高手，要当艺术家。在文明方面，应当追求的不是精妙，而是高尚。在这种条件下，向人类提供的楷模则是理想。

现代理想从艺术中找到样板，从科学中找到手段。人们通过科学，就能实现诗人的这种神圣幻象：社会的美。用A加B，就能重建伊甸园。文明发展到现在这样高度，精确就成为辉煌的必不可少的一种要素，科学手段不仅辅佐，而且充实艺术情感；梦想必须计算。作为征服者的艺术，必须以善于行进的科学为支点。坐骑是否

---

① 原意为拉丁文。引自卢克莱修（公元前98—前55年）的《物性论》。

② 希腊古城科林斯，人民性格剽悍。意大利古城锡巴里斯，人民性格柔弱。

稳固至关重要。现代精神，就是以印度天才为车驾的希腊天才，就是乘坐大象的亚历山大。

在教条中僵化或受利欲腐蚀的民族，不宜领导文明。面对偶像或金钱顶礼膜拜，行走的肌肉要萎缩，进取的意志也要衰退。一国人民沉迷于宗教或商业，光彩就渐趋暗淡，视野逐渐缩小，水平也逐步降低，从而丧失能使民族肩负使命，并以世界为目标的那种人神兼备的智慧。巴比伦没有理想，迦太基也没有。雅典和罗马才有文明的光环，并通过多少世纪的重重黑暗保存下来。

法兰西和希腊、意大利是同样优质的民族。论美，她是雅典，论伟大，她又是罗马。此外，她还善良，乐于奉献。比起其他民族来，她更容易情绪高涨，乐于献身牺牲。不过，这种情绪时来时去。因此，当她只想走时谁偏要跑，或者当她要停下时谁偏要走，谁就冒极大的风险。法兰西也有过唯物是求的失误；在某种时刻，这颗杰出的头脑里充斥的思想，再也没有一丝一毫能令人想起法兰西的伟大，而只有密苏里州或南卡罗来纳州那么小的范围了。有什么办法呢？巨人装矮子；泱泱法兰西也好任性，充充蕞尔小国，事情不过如此。

这一点无可厚非。人民同星辰一样，也有暂时隐没的权利。只要还会重现光明，只要隐没不是转化为黑夜，那么一切就好。黎明和复活是同义词。光明的再现和“我”的持续是同一的。

让我们冷静地对待这些事实。战死在街垒还是进入流放的坟墓，这对于献身者来说，都是可以接受的一种后果。献身的真正名称，就是无私。遭人遗弃就遗弃吧，流放就流放吧，我们只求伟大的人民后退时不要退得太远。不应当借口恢复理智，就在下坡路上滑过了头。

物质存在，时光存在，利益存在，肚子也存在；然而，不要把肚子看成唯一的明哲。短暂的人生有其权利，我们承认这一点，但是永久人生也有其权利。唉！升高了也难免跌下来。这种现象，在历史上屡见不鲜。一个民族极盛一时，品尝到理想，继而又陷入泥潭大啖污泥，还觉得这样很好；如果问他们何以抛弃苏格拉底而看好法斯托夫[①]，他们就这样回答："因为我们喜欢政客。"

回到混战之前，再讲几句。

我们在此讲述的这样一场战争，无非是趋向理想的一阵痉挛。受到阻遏的进步呈现病态，于是这种可悲的癫痫症就发作了。进步的这种疾病，内战，我们在途中不免遭遇。这也是一出戏中必然的一个阶段，既是一幕又是幕间休息，而这出戏的主角是社会的受苦人，真正名称叫："进步"。

进步！

我们经常发出的这一呼喊，体现了我们的全部思想。这场悲剧发展到这一点，包含的思想虽然还要不止一次地经受考验，但是也可能允许我们拉起幕布，至少要让它的光亮清晰地透出来。

此刻读者展阅的这部书，无论存在怎样的间歇、例外或欠缺，但是从头至尾，从整体到细节，全是讲述人从恶走向善，从非正义走向正义，从假走向真，从黑夜走向光明，从欲望走向良心，从腐朽走向生命，从兽性走向责任，从地狱走向天堂，从虚无走向上帝。起点是物质，终点是灵魂。始为九头蛇，终成为天使。

二十一 英雄们

冲锋的战鼓突然敲响。

---

① 约翰·法斯托夫（1378—1459年）：百年战争中的英军统帅。莎士比亚在《亨利四世》等剧作中，以他为原型，塑造了一个爱吹嘘的粗野人物。

攻势好似飓风。昨夜在黑暗中，街垒仿佛觉得有一条蟒蛇逼近。现在光天化日之下，街道空荡荡的，根本不可能偷袭，况且大部队已经暴露了目标，大炮已经开始怒吼，官兵朝街垒冲来。现在，猛烈的气势就是技巧。强大的步兵纵队之间，按平均距离穿插了国民卫队和保安队，并有看不见却听得见的大队人马作后援，擂着战鼓吹着军号，跑步进入这条街，全端着刺刀，由工兵开路，冒着枪林弹雨勇往直前，冲向街垒，就像一根大铜柱重重地撞击墙壁。

这堵墙顶住了。

起义者猛烈开火。竞相攀登的人，给街垒披上电光石火的鬃毛。攻势极为迅猛，进攻队伍一时如潮水一般；不过，街垒甩掉士兵，就像狮子摆脱狗群；街垒被进攻的潮水淹没，但是一阵浪涛之后，重又显露那悬崖峭壁，黝黑而巨大。

进攻队列被迫后撤，聚集在街上，没有物体掩护，但是很凶，他们以猛烈的齐射回击街垒。看过放花的人就能想起，有一种叫做大花篮的交叉烟火。试想这束花不是冲上，而是横向，每束火花的顶端都有一颗子弹、一颗大粒霰或一颗霰子，携着隆隆响雷撒播着死亡。街垒正处于下风头。

双方都同样坚定不移。在这里，勇敢近乎野蛮，英雄行为带几分残忍，而出发点就是置生死于度外。这个时期，国民卫队打起仗来就像朱阿夫兵①。部队想尽快结束战斗，而起义者还要坚持斗争。年轻力壮的人要拼命，就能把无畏变成疯狂。在这场混战中，每个人都具有临终时刻的高大形象。街上堆满了尸体。

街垒一端有安灼拉，另一端有马吕斯。安灼拉关注整个街垒，善于保存实力，也善于隐蔽；三名士兵连看都没有看到他，就相继

① 朱阿夫兵：法国轻步兵，先由阿尔及利亚人组成，1841年后则由法国士兵取代。

倒在他的枪眼之下。马吕斯作战却毫不隐蔽，从堡垒顶端探出大半截身子，成为射击的目标。一个吝啬鬼一旦发狂，不惜一掷千金，比谁挥霍得都厉害；同样，一个沉思者一旦行动，比谁都要可怕。马吕斯非常勇猛，又若有所思。他作战如同做梦，真像一个鬼魂在打枪。

被围困的人子弹逐渐打完，而他们的嘲笑却没个完。他们卷入坟墓的旋风中，还在嬉笑怒骂。

库费拉克光着脑袋。

“你的帽子哪儿去啦？”博须埃问他。

库费拉克答道：

“他们总开炮，到底把我的帽子给打飞了。”

有时，他们还谈起一些傲慢的东西。

“莫名其妙，”弗伊提高嗓门儿，辛酸地说道（他列举姓名，有的知名，甚至大名鼎鼎，有些是旧军界人士），“他们答应来参加，并发誓帮助我们，还以荣誉保证，他们是我们的将军，却把我们抛弃啦！”

公白飞只严肃地微微一笑，答道：

“有些人遵守荣誉的信条，就像观望[①]星体，隔着十分遥远的距离。”

街垒里满地弹片，真像下了一场雪。

攻方人多势众；守方地势有利，起义者守在高墙上，看着士兵在尸体和伤员之间踉踉跄跄，攀登时跌跌撞撞，等靠近了才开枪。这道街垒如此构筑，支撑得十分牢固，令人赞叹，可以说固若金汤，少数人坚守，就能击退一个军团。然而，尽管枪林弹雨，突击

① 法语的“遵守”和“观望”是多义的同一个词。

队不断补充兵员，还是无情地迫近了，一点一点，一步一步，而且胸有成竹，官兵逼近街垒，就像压榨机在拧紧螺丝。

攻势一浪高过一浪，场面也越来越可怖了。

就在这铺路石堆上，在这条麻厂街道上，这时展开一场搏斗，比得上特洛伊一道城墙的保卫战。这些人一天一夜没吃饭，也没睡觉，一个个面黄肌瘦，衣衫褴褛，全都精疲力竭，只剩下几发子弹，还摸索空了的子弹袋，差不多全受伤了，头和胳臂缠着血污发黑的破布条，衣服的弹洞还涔涔流血，他们的武器只有几杆破枪，几把带豁口儿的旧马刀，这时都变成巨人提坦了。敌军十几番攻打，冲击，攀登上来，但是始终未能占领街垒。

对这场战斗要有个概念，就得想象一大群猛士身上全点着火，再来观看熊熊烈火的场面。这不是一场战斗，而是一个大炉膛：每张口都吞吐火焰，每张脸都异乎寻常，完全丧失人形了，战士们浑身烧成火球，而这些混战的火蛇在红色硝烟中游来游去，看着真是惊心动魄。大规模杀戮的场面，既同时发生又连续不断，我们在此就不描述了。只有英雄史诗才有权用一万两千行诗来叙述一场战役。

这场景就像婆罗门教描绘的地狱，是十七个深渊中最可怕的一个，《吠陀》[①]里称剑林渊。

现在展开肉搏战，短兵相接，有手枪的射击，拿刀的就砍，手无寸铁就抡拳头，远处，近处，上面，下面，到处阻击，还有的人从房顶，从酒楼的窗口射击，还有几个人钻进地窖，从通风口射击。他们以一对抗六十。科林斯酒楼门脸毁损过半，惨不忍睹。窗户弹痕累累，玻璃和木框都已打飞，只剩下畸形的窗洞，用铺路石块胡乱堵死。博须埃打死了，弗伊打死了，库费拉克打死了，若李

① 《吠陀》：梵文典集，是印度最古的宗教和文学的文献总称。

打死了；公白飞去扶一个伤员时，胸口挨了三刺刀，只翻眼望一下天空就断气了。

马吕斯还继续战斗，他浑身受伤，尤其头部，只见他满脸都是血，仿佛盖了一块红手帕。

唯独安灼拉没有受伤。武器没了，他向左右伸手，一名起义者随手塞给他一把刀。他用的四把剑只剩下一截儿，比弗朗索瓦一世[①]在马里尼亚诺还多用坏一把。

荷马说："狄俄墨得斯击倒了阿克苏洛斯，家住幸福的阿里斯贝的丢拉斯之子；墨西斯泰的儿子欧鲁阿洛斯杀了德瑞索斯、俄菲尔提俄斯、埃塞波斯和裴达索斯，即溪泉女神阿芭耳芭拉给勇武的布科利昂生的两个儿子；俄底修斯杀了来自裴耳科忒的皮杜忒斯；安提洛科斯干掉阿伯勒罗斯；波鲁波伊忒斯杀掉阿斯图阿洛斯；波鲁达马斯杀掉库勒奈的俄托斯、丢克罗斯杀掉阿瑞塔昂。墨岗西俄斯死在欧鲁普洛斯的长矛之下。阿伽门农，英雄之王，放倒了厄拉托斯，家住波涛滚滚的萨特尼俄埃斯河畔、陡崖峭壁的裴达索斯[②]。"

在我们古代的英雄史诗中，埃斯普朗狄安[③]用喷火的大斧，袭击巨人斯汪蒂波尔侯爵，而侯爵为了自卫，就连根拔起塔楼，掷向那个骑士。我们古老的壁画表现布列塔尼和波旁两位公爵，都全副武装，带有徽章和盔顶图案，戴着铁面罩，足登铁靴，戴着铁手套，在马上举着战斧，其中一匹披着白鼬皮马衣，另一匹则披着蓝呢马衣；布列塔尼公爵战盔两角之间有狮子图案，而波旁公爵铁盔脸甲上装饰一朵硕大的百合花。要有一番辉煌，其实不必像伊翁那

① 弗朗索瓦一世（1494—1547年）：法国国王，1515—1547年在位。1515年，他在马里尼亚诺战役中战胜瑞士人。

② 这段概述荷马史诗《伊利亚特》卷六第12行至36行诗的内容。有些错误，例如：墨岗西俄斯应为墨朗西俄斯，等等。

③ 埃斯普朗狄安：西班牙骑士小说中的英雄。

样戴上公爵高顶盔，不必像埃斯普朗狄安那样挥舞喷火的兵器，也不必像普鲁达马斯的父亲潘苏斯那样，从厄芙拉[1]带回欧菲忒斯王的礼物——一副好盔甲，只需为了信仰或为了忠诚，献出自己的生命就行了。这名天真的小士兵，昨天还是博斯或里摩日的农民，腰上别着砍菜刀，在卢森堡公园看孩子的保姆周围打转，这个脸色苍白的青年学生，专注解剖的一个部位或一本书，是个用剪刀修胡须的金发青年，把这两个人弄到一起，向他们鼓吹一点天职，再把他们面对面置于布什拉十字街头，或米勃雷木板死巷里，让其中一个为自己的旗帜而战，让另一个为理想而战，并让双方都认为是在为祖国而战，那么二人就会拼命搏斗；这名小兵和这名外科学生相搏，投在人类相搏的大战场上的影子，比得上虎国吕基亚王梅加里翁同赛似天神的大埃阿斯搏斗所投的影子。

二十二　步步进逼

现在，还幸存的首领，只剩下安灼拉和马吕斯了，分别守在街垒的两端；由库费拉克、若李、博须埃、弗伊和公白飞坚守很久的中段，终于抵抗不住了。炮火轰击，虽然没有打开畅通的缺口，却将中段削出一个大洼儿。垒顶被炮弹摧毁，碎石杂物塌落下来，时而倒向里侧，时而倒向外面，在屏障内外堆成两个大斜坡，而外面的斜坡则有利于攻打了。

敌军发动了最后的攻势，终于得手。大队人马，刺刀如林，小跑冲上来，势不可挡；在硝烟中，密集的突击队登上街垒。这回大势已去，守卫中段的起义者乱哄哄地退却了。

---

① 厄芙拉是科林斯的旧称。

这时，求生的欲望，在一些人的心中蒙眬醒来。面对着枪林弹雨，好几个人不想死了，于是，保命的本能发出嗥叫，人又恢复了兽性。他们被逼退至街垒所依傍的一幢七层楼前。这楼房可以救命，它从上到下门窗紧闭，好似砌成的高墙。在敌军冲进堡垒之前，还来得及，楼门只需突然一开一关，一眨眼的工夫就够了，这些陷入绝境的人就能得救。这楼房后面临街，有空场，可以逃跑。于是，他们又喊又叫，用枪托砸门，用脚踢门，还合拢手掌哀求，就是没有人来开门。只有那个死人头，从四楼窗口望着他们。

这时，安灼拉和马吕斯，以及聚拢来的七八个人，都冲过去保护他们。安灼拉冲官兵喊："不要往前走！"一名军官不听这一套，被安灼拉一枪撂倒。现在，他在堡垒的小小内院，背靠着科林斯酒楼，一手持剑，一手拿枪，将酒楼门打开，并阻击进攻的队伍。他向那些绝望的人喊道："只有一扇门开着，就是这一扇。"他用身体掩护，独自对付一营兵力，让自己人从身后过去。所有人都冲进楼里。安灼拉以马枪当棍抡起来，要起棍棒行家所说的"玫瑰罩"的招数，挡开左右和正面的刺刀，最后一个进门。这一时刻惨不忍睹：士兵要冲进去，起义者要关门，门扇关得十分迅猛，关严之后，只见门框上挂着一个抓着门不放的士兵的五根断指。

马吕斯还在外面，他刚挨了一枪子，锁骨打碎，只觉得要昏倒，眼睛已经闭上，忽然感到被一只强有力的手抓住。他要昏过去的当儿，最后念起珂赛特，同时也掺杂着这种念头：

"我被俘了，要被枪毙。"

安灼拉在逃进酒楼里的人群里不见马吕斯，也产生了同样想法。然而此刻，人只有时间考虑自己的生死。安灼拉搭上门闩，插上插销，门钥匙拧了两圈，又加挂锁，而这工夫，外面猛烈砸门，士兵用枪托，工兵用斧子。官兵集在门外，开始围攻酒楼了。

应当说，士兵们都怒气冲天。

炮兵士官之死，早就把他们激怒了，尤为糟糕的是，在这次进攻前的几小时里，他们中间传说起义者残害俘虏，据说酒楼里就有一名士兵的无头尸。这种引起恶果的谣言，通常总伴随着内战；也正是这种无中生有的谣传，后来造成特朗斯诺南街的灾难[①]。

楼门关死之后，安灼拉对大家说：

“我们不能便宜了他们。”

接着，他走向停放马伯夫和伽弗洛什的桌案。大家看到黑纱巾下两个挺直僵硬的形体，一大一小，隐约辨出殓单冷纹下两张面孔。一只手从单子探出来，垂向地面。那是老人的一只手。

安灼拉俯下身，吻了这只可敬的手，一如昨天晚上，他吻了老人的额头。

他一生给予的吻仅此两个。

长话短说。街垒守卫战好似底比斯城门守卫战，酒楼守卫战，又好比萨拉戈萨的巷战。这种抵抗英勇顽强。绝不饶恕战败者，也毫无谈判的余地。苏舍说：“投降吧！”帕拉福克斯则[②]回答：“炮战之后肉搏战！”攻打于什卢酒楼，也无所不用其极：铺路石块从窗口和屋顶像冰雹一般，砸到围攻者头上，士兵伤亡惨重，越发气急败坏，从地窖和阁楼不时打冷枪，攻打凶猛，抗击也激烈，最后楼门攻破，又逞疯狂，赶尽杀绝。冲进酒楼的士兵，被打烂倒地的破门板绊住脚，却找不到一个起义战士，螺旋楼梯被大斧破断，躺在楼下厅堂中央，几个伤员刚刚断气；没有被打死的人全上了二

---

① 1834年4月14日，政府军攻打特朗斯诺南街垒，一名军官被冷枪打伤，他们攻破街垒就大肆屠杀无辜。

② 帕拉福克斯（1776—1847年）：萨拉戈萨公爵，西班牙将军，1808—1809年，他率军英勇保卫萨拉戈萨城。

楼，从天棚上原来的楼梯口向下猛烈射击。这是他们最后的子弹。等子弹用尽，这些临死不屈的勇士既没有火药，也没有枪弹，每人操起两个易碎的瓶子，对付攀登者。前边交代过，这是安灼拉保存的瓶子，里面装着镪水。我们如实叙述这种残杀的可悲情景。唉！被围困的人，把什么东西都变成武器。希腊火硝并未损害阿基米德的声誉，滚沸的树脂也没有损害巴雅尔[①]的名望。战争无不恐怖，根本没有选择的余地。攻打的士兵从下往上射击，虽然不大方便，但是齐射杀伤力很大。不大工夫，天棚上的楼梯口周围就有一圈死人头，长长的血流还冒着热气。喧嚣之声无法形容；滚烫的硝烟憋在楼里，像黑夜笼罩了战斗。恐怖达到如此程度，就不是语言所能描绘了。现在已入地狱，不再是人之间的搏斗，不再是巨人对巨人的搏斗。这场面不像荷马史诗，而像约翰弥尔顿[②]和但丁的诗篇了。恶魔进攻，鬼魂顽抗。

这是超群绝伦的英雄主义。

二十三　俄瑞斯忒斯[③]挨饿，皮拉得斯大醉

二十多进攻的人，有士兵、国民卫队和安警察，他们叠起人梯，利用半截楼梯，顺墙往上爬，抓住天花板，劈伤最后几个在洞口顽抗者，终于冲上二楼；他们在可怕的攀援中，大多面部受了

---

① 巴雅尔（1476—1524年）：法国军人，以作战勇猛著称，被誉为“无畏无瑕骑士”。

② 约翰弥尔顿（1606—1674年）：英国诗人，他在破产并失明之后，口述长诗杰作《失乐园》（1667年）和《复乐园》（1671年）。

③ 俄瑞斯忒斯：希腊神话中人物，阿伽门农之子。阿伽门农被其妻和奸夫谋杀，俄瑞斯忒斯被姐姐送至父亲生前好友斯特洛菲俄斯家避难，他长大后为父报了仇。皮拉得斯是斯特洛菲俄斯之子，俄瑞斯忒斯的好友，并帮助他报了杀父之仇。

伤，血流满面，迷住眼睛，一个个火冒三丈，野性大发。可是，二楼大厅里只剩下一个人还站着，就是安灼拉。他既无子弹，又无利剑，手里只握着一根枪筒，那枪托早已在入侵者的头上砸断了。他退到屋角，用弹子台挡住进攻者，昂首挺胸站在那里，眼睛放射自豪的光芒，手中握着枪筒，那样子还很凶，谁也不敢轻易靠近。突然有人嚷道：

“他是头儿。正是他打死了炮手。他主动站到那儿了，还真不错。别动弹了，就地枪决。”

“打死我吧。”安灼拉说道。

他把枪筒一扔，叉起双臂，把胸膛挺过去。

英勇就义的行为总能打动人心。一旦安灼拉叉起双臂，只待一死，大厅里震耳欲聋的喊杀声和嘈杂声便戛然而止，顿时出现一种阴森的肃穆气氛。手无寸铁而又岿然不动的安灼拉，显示出威严的气势，似乎震住了这乱哄哄的场面；这个唯一没有受伤的年轻人，却满身是血，神态高贵，形容可爱，就像一个刀枪不入的人，对周围无动于衷，单凭他那沉静目光的威力，就似乎迫使这群穷凶极恶的人，怀着敬畏的心情枪杀他。他那容貌，因为高傲的神态尤显英俊，此刻神采奕奕，经过二十四小时恶战，就好像不会受伤，也不知疲倦，脸色仍然那么红润鲜艳。事后在军事法庭上，一个证人谈到的人大概就是他：“有一个暴乱分子，我听大家叫他阿波罗。”一名国民卫队员举枪瞄准安灼拉，然后又把枪垂下去，说道：“我就觉得是要枪杀一朵花。”

在安灼拉角落的对面，十二名士兵排成一列，一声不响地上好子弹。

然后，一名中士喊了一声：“瞄准。”

一位军官干预进来：

“等一下。”

他问安灼拉：

“您要不要蒙上眼睛？”

“不要。”

“真的是您打死了炮手吗？”

“是的。”

格朗太尔已经醒来一会儿了。

我们还记得，从昨天晚上起，格朗太尔就醉卧酒楼，坐在椅子上，趴在桌子上酣睡。

他竭尽全力实现了古老的比喻：醉死。可恶的春药苦艾-黑啤-烧酒，将他投入醉乡。他的桌子太小，街垒用不上，也就给他留下了。他始终保持同一姿势，胸脯折在桌面上，脑袋平枕着胳膊，周围玻璃杯、啤酒杯和酒瓶摆了一圈儿。他睡得很死，就跟冬眠的熊和吸足血的蚂蟥。无论排枪齐射，炮弹轰击，还是从窗口打进来的霰弹，甚至连攻打的喧嚣声，对他都丝毫不起作用。有时，他只以鼾声呼应炮声。他好像在那儿等待飞来一颗子弹，就免得醒来了。周围已经躺了好几具尸体，乍一看，他同这些死亡的沉睡者并无区别。

一个醉汉，喧嚣吵不醒，寂静反而会醒来。这种怪现象，我们多次观察到。周围全都坍塌坠毁，格朗太尔在摇晃中睡得更加深沉。可是，那些人面对安灼拉突然停止喧嚣，对这个沉睡者倒不失为一种摇撼，其效果颇似飞驰的车辆戛然停下，车里昏睡的人就会猛丁醒来。格朗太尔惊抖一下，直起身子，伸伸胳臂，揉揉眼睛，瞧了瞧周围，打了个呵欠，这才省过神儿来。

醉意消失，就好比一下子撕开帷幕，只要扫视一眼，就全部看清幕后隐藏的东西。一切都赫然浮现在记忆中：这个醉汉根本不知道这二十四小时发生了什么情况，可是他刚睁开睡眼，就全明白了。他的意识又蓦然清醒，原来犹如雾气的醉意充塞头脑，现在一消散，就让位给清晰真切的现实来困扰了。

士兵们的目光，都盯着退至墙角仿佛用弹子台掩护的安灼拉，居然没有瞧见格朗太尔。中士正要重复发命令："瞄准！"突然一个洪亮的声音，就在他们身边喊道：

"共和国万岁！也有我的份儿。"

格朗太尔已经站起来。

他错过的整个战斗的无限光辉，此刻在这醉时改观的明眸中闪耀了。

他重复喊着："共和国万岁！"以坚定的步伐穿过大厅，面对一排枪站到安灼拉身边。

"你们一次打死两个人吧。"他说道。

他扭过头，声音柔和地对安灼拉说：

"你允许吗？"

安灼拉微笑着握住他的手。

未等笑完就枪声大作。

安灼拉中了八枪，仍然靠墙站立，仿佛被子弹钉住，只是脑袋耷拉下来了。

格朗太尔被击毙，瘫倒在他脚下。

过了一会儿，士兵就把躲在楼上的最后几名起义者赶出来。他们在阁楼隔着板条栅壁打枪。双方在顶楼上搏斗，把人从窗户扔出去，有几个是活活扔下去的。两名轻骑兵想掴起打坏了的公共马车，却被阁楼里射出的两枪打死了。有一个穿劳动服的人，肚子挨了一刺刀，被人扔了出来，还倒在地上呻吟。一个士兵和一名起义者拼死搏斗，扭在一起，从瓦顶斜坡滑下，摔到地上还不放手。地窖里也展开同样的战斗。呼号、枪声、仓皇的脚步。继而沉静下来。街垒被攻占了。

士兵开始搜查周围的楼房，追捕潜逃者。

二十四　俘　虏

马吕斯确实被俘，成了冉阿让的俘虏。

当时，他正要摔倒并失去知觉，忽然感到被一只手从背后揪住，而那正是冉阿让的手。

冉阿让并不投入战斗，只是冒着生命危险留在街垒。况且，在这最危难的阶段，除了他，谁也想不到伤员。在这屠杀场上，他就像天神无处不在，幸亏有他救护，倒下的人得以扶起来，送进楼里包扎。他趁战斗间歇，修补街垒。不过，类似放枪、打击，甚至自卫的动作，都不会出自他的手。他默不作声，一心救护别人。再说，他仅仅稍许擦破点儿皮。子弹不愿意沾他。他来到这座墓地，如果是怀着自杀的梦想，那么他绝没有成功。但是我们怀疑他会想到自杀，会有这一违反宗教的行为。

战斗的硝烟很浓，冉阿让好像没有瞧见马吕斯，其实他的目光始终盯着他。当一枪打倒马吕斯的当儿，冉阿让立刻来个饿虎扑食，敏捷地蹿过去，把他当猎物抓走了。

那工夫，进攻的风暴十分猛烈，但是集中在酒楼门和安灼拉身上，也就没人看见冉阿让。冉阿让抱着昏过去的马吕斯，穿过剥去路石的街垒战场，拐过科林斯酒楼不见了。

我们还记得，酒楼突向街口所形成的岬角，既能挡住子弹和霰弹，也能挡住人的视线，护住几尺见方的一块地盘。这种现象常见到：在火灾中，一间屋完全幸免；在惊涛骇浪的大海，在岬角的另一边或暗礁脚下，却有一个平静的小角落。街垒里这个梯形隐蔽所，也正是爱波妮咽气的地方。

冉阿让走到这儿便收住脚步，将马吕斯轻轻放到地下，他靠着墙四下观察。形势万分危急。

眼下，也许还有两三分钟，这扇墙还算隐蔽，然而，如何从这屠戮场逃出去呢？他想起八年前，在波龙索时多么惶恐，又是怎样逃脱的；当年逃脱很难，如今则根本不可能。对面矗立一幢无情的七层聋哑楼，仿佛只住着那个趴在窗口的死人，右边是堵死小丐帮街的低矮街垒，这道障碍跨过去似乎容易，但是垒顶一排刺刀尖赫然可见，那是部署埋伏在街垒外侧的军队。显然，跨越街垒，必遭排枪射击，谁敢从路石堆起的墙上探探头，谁就要成为六十发枪弹的靶子。左边又是战场，这墙角后面便是死亡。

怎么办？

除非鸟儿才能逃脱。

必须当机立断，想个办法，打定主意。几步开外正在战斗，幸而所有人都激烈争夺一个点，即酒楼的门；然而，万一有个士兵，哪怕有一名士兵，想到绕过酒楼或从侧面攻打，那就全完了。

冉阿让望望对面的楼房，看看旁边的街垒，又瞧瞧地面，心急如焚，一筹莫展，简直要用目光挖出个地洞。

他极力注视，在这穷途末路上，还真的隐约抓住点什么东西，就在脚旁边显现成形了，好像是目力将所需要的东西给逼出来了。只离几步远，在那道从外面严厉监守的矮垒脚下，他看见有一扇安在地面上、被塌下来的路石部分覆盖的铁栅门。那扇门约有两尺见方，是用粗铁条造的。石砌的框子已经拆毁，铁栅门也好像分离了。从铁条空隙看下去，只见一个幽暗的洞口，类似烟道或水槽管道。冉阿让急忙冲过去。他那越狱的老本领像一道亮光，突然照亮脑海。他搬开石块，掀起铁栅，扛起死尸一般一动不动的马吕斯，驮着这个重负，用肘臂和膝盖支撑用力，慢慢滑落，降到这口幸而不深的井里，再让头上沉重的铁栅盖落下来，而石堆受震动又坍落在铁栅盖上。冉阿让下到三米深的铺石地面，他就像人发狂时那样，以巨人的力量、雄鹰的敏捷，只用几分钟，就完成了这一系列动作。

冉阿让和一直昏迷的马吕斯，进入一种地下长廊。

这里极度宁静，一片死寂，是黑沉沉的夜。

从前，他由大街翻墙进入修道院的印象，又浮现在眼前。不过，他今天背负的不再是珂赛特，而是马吕斯。

现在，那攻占酒楼的沸反盈天的喧嚣，他在下面只能隐隐听见，就好像窃窃私语。

第二卷　利维坦[1]的肚肠

一　大地富了海洋

巴黎每年要向大海排掉两千五百万法郎。这并不是修辞的隐喻法。怎么会这样，又以什么方式呢？日夜不停。目的何在？毫无目的。有什么想法？想也没想。为了什么呢？也不为什么。通过什么器官？通过它的肠子。它的肠子是什么？就是它的下水道。

两千五百万，这是专业人员最低的估算。

经过长期摸索，如今科学确认，肥效最高的肥料就是人的粪便。说来实在惭愧，中国人比我们早知道。据埃克贝尔说，中国农民进城，无不用竹扁担满满挑两桶我们所说的秽物回家。多亏人肥，中国的土地还像亚伯拉罕时代那样，富有青春活力。中国的小麦，一粒种子能收获一百二十倍。任何鸟粪的肥效，都不及一座京城的垃圾肥。一座大都市，就是一个最大的肥源。利用城市给田野施肥，肯定会大获成功。如果说我们的黄金是粪土，那么反之，我们的粪土就是黄金。

如何处理这黄金粪土呢？全部清除，倒入深渊。

我们耗费大量的钱财，派船队去南极，搜集海燕和企鹅的粪

① 利维坦：腓尼基神话中的海上恶兽，出现在《圣经》里，象征邪恶。

便，却把手头不可估量的富源奉送给大海。世上的人畜肥如不流失到水中，而全部归逊给土地，那么全世界就会丰衣足食了。

护墙石角落这一堆堆垃圾、半夜在街道上颠簸的一车车淤泥、垃圾场的这些不堪入目的运载车、隐藏在铺路石下面恶臭的污泥流，你可知道这都是什么吗？这是鲜花盛开的牧场，是碧绿的青草，是百里香、麝香草、鼠尾草，是野味，是家畜，是傍晚饱食后哞哞叫的牛群，是散发清香的饲草，是黄灿灿的麦子，是你餐桌上的面包、你脉管中的血液，是健康，是欢乐，是生命。神秘的造物就是这样：大地沧海桑田，天空瞬息万变。

把这些还给大熔炉，就会富裕丰赡。田野营养充足，就能向人类提供食粮。

你们抛弃这种财富，还觉得我可笑，悉听尊便。然而，这正是你们无知的真正嘴脸。

据统计，仅仅法国，每年就由河流向大西洋倾注五亿法郎。请注意：有这五亿法郎，就能支付四分之一的国家预算开支。可是，人实在聪明透顶，宁肯将这五亿法郎投进水沟里。我们的阴沟一点一滴带入江河，再由江河大量向海洋倾泻的，正是民众的养分。阴沟每打个嗝逆，就耗费我们一千法郎。由此产生两个后果：土壤贫瘠，河流污染。饥饿出自田垅，疾病来自河流。

举例来说，泰晤士河毒害伦敦，这是尽人皆知的。

至于巴黎，绝大多数地下排水道出口，近来不得不改到下游最后一座桥的下方。

有一种双管设施，配以阀门和放水闸门，能引水又能排水，这种引流的基本系统像人肺呼吸一样简单，在英国许多村社都已经完全采用，既把田野净水引到城市，又把城市的肥水送往田野。这样容易的一往一返再简单不过，却可以保住扔掉的五亿法郎。然而，人们总想别的事。

现在的做法，就是好事办成坏事。动机好，事情结果却可悲。以为使城市清洁，却令民众孱弱。一条明渠就是一个误解。越冲越穷的简单阴渠，一旦换成具有两种功能、吸收又归还的排水系统，再配以新社会经济的全套原则，那么田地的产量就会增长十倍，穷困问题也能大大缓解；如再消灭所有寄生虫，那么问题就完全解决了。

目前，公共财富流进河里，不断流失。用“流失”一词恰如其分。欧洲就是因为这样消耗而破产。

至于法国，上面讲过数字。算起来，巴黎占全国人口的二十五分之一，而巴黎的排粪沟却是最富有的，因此法国每年五亿的损耗中，巴黎占两千五百万还是低于实际的估计。这两千五百万，若是用于救济和享受，巴黎就会倍加繁华。可惜，这座城市却花费在下水道里，可以说巴黎的最大挥霍、它最盛大的节日、它的富丽堂皇、盛宴、它挥金如土、它的豪华、它的奢侈、它的铺张扬厉，就是它的排污管道。

人们跟随一种拙劣的政治经济学一道盲目，让公众的福利淹没，付之流水，消失在无底深渊。为了保护公众财富，还应拉上圣克卢[①]那样的网才好。

从经济角度看，事情可以这样概括：巴黎是个漏筐。

巴黎这个城市典范，各国人民竞相效仿的这个美丽京城的表率，这个理想的大都市，这个富于创举、冲动和尝试的圣地，这个精神的中心之所，这个城市之国，这个创造未来的摇篮，这个巴比伦和科林斯的奇妙结合体，而从我们所指出的角度看，会招致一个

---

① 圣克卢：位于巴黎西郊，在此段塞纳河中置网，用以拦截漂流物。

福建农民耸肩嘲笑。

效仿巴黎吧，你们全要破产。

此外，更糟糕的是，在这久远而荒谬的挥霍方面，巴黎本身还仿效别处。

这种令人咋舌的愚蠢并非新鲜事，也绝非新近产生的。古人的做法和今人大同小异。李比希[①]曾说：“罗马的下水道吞噬了罗马农民的全部福利。”罗马农村让下水道毁掉之后，罗马又连累意大利凋敝，将意大利投下下水道里，又相继把西西里、撒丁和非洲投进去。罗马的下水道把世界都吞没了。阴沟给罗马城和世界带来覆没。罗马城和世界[②]。永恒的城市，测不到底的下水道。

在这件事情和其他事情上，罗马做出了表率。

巴黎亦步亦趋，追随这个榜样，表现出了富有才情的城市所特有的十足傻气。

为了实施上面解释的计划，我们需要了解巴黎下面的另一个巴黎，一个下水道网的巴黎；地下巴黎也有街道、十字路口、广场、死巷、动脉和循环，即污泥的循环，只是缺少人的形影。

要知道，绝不能恭维，即使对一个伟大的人民也不要恭维；这里一应俱全，雄伟壮丽的旁边，还有卑琐龌龊。诚然，巴黎包含光明之城雅典、强盛之城提尔[③]、道德之城斯巴达、奇异之城尼尼微[④]，但是也包含污泥之城吕代斯[⑤]。

况且，这也是巴黎强大的标志，而在雄伟的建筑中，巴黎的巨

---

① 李比希（1803—1873年）：德国化学家。

② 原文为拉丁文，是教皇祝福时的用语。

③ 提尔：古代腓尼基港口，位于地中海东岸，历史上曾强盛一时，与迦太基抗衡。在今黎巴嫩境内，名为苏尔。

④ 尼尼微：古代亚述帝国首都，当时以奇迹著称，公元前612年被毁。

⑤ 吕代斯：巴黎古称。

大排污肠道正在实现人类通过诸如基雅弗利、培根和米拉波等人实现的奇特理想：宏伟壮阔的龌龊。

如果目光能透视地面，那么巴黎地下就会呈现巨大的石珊瑚状。周边有六法里的这片土地，上面坐落着伟大的古城，下面的洞穴和通道纵横交错，比海绵孔还要多，这还不算另一种地窖的墓穴，不算错综复杂的煤气管道，不算庞大的一直通到放水笼头的饮用水管道系统，单单布列在塞纳河两岸的下水道，就构成巨大的黑暗网，这座迷宫的引路线就是坡道。

在那潮湿的雾气中，出现了硕鼠，就仿佛是巴黎分娩出来的。

二　下水道的古代史

想象一下，巴黎就像揭开盖子，鸟瞰下去，只见两岸地下排水道网，好似嫁接在河流上的粗树枝。右岸总管道为主干，次要管道为枝丫，而死巷则为小枝杈。

轮廓极其粗略，似是而非；这种枝枝杈杈往往呈直角，这在植物中是罕见的。

再设想一下，看到的是黑底上平衬出打乱了的古怪的东方字母表，怪模怪样的字母随意排列，表面上看杂乱无章，有的是弯勾嵌连，有的是字尾衔接，这种奇特的几何平面图，恐怕更接近实际些。

在中世纪，在东罗马帝国时代，在古老的东方，污水井和下水道起过很大作用。瘟疫从那里发生，暴君在那里葬身。民众几乎怀着宗教式的敬畏，注视这腐烂的温床、死亡的巨大摇篮。贝拿勒斯[①]

① 贝拿勒斯：印度圣城，今称瓦拉纳西。

的害虫坑，同巴比伦的狮子坑一样，令人目眩神摇。根据犹太士师书记载，特格拉-法拉查尔①就以尼尼微污水坑发誓。约翰·德·莱德②正是从曼斯泰的下水道里引出假月亮。跟他酷似的东方人莫卡纳，蒙面纱的呼罗珊③先知，也是从凯邪泊的污水井里引出假太阳。

人类的历史映现在下水道的历史中。暴尸场讲述罗马的历史。巴黎的阴渠是个了不起的老东西，曾经当作墓穴，也曾当作避难所。罪恶、聪明、社会抗议、信仰自由、思想、盗窃，凡是法律追捕过或仍在追捕的，都藏匿在这洞里；14世纪的木槌帮④、15世纪的剪径强人、16世纪的胡格诺教派、17世纪的莫兰幻象派⑤、18世纪的烧足匪徒⑥，都藏匿在里面。一百年前，歹徒夜间从那里出来持刀行凶，窃贼遇到危险便溜进那里。树林里有洞穴，巴黎有阴渠。丐帮，即高卢无赖，就把地下排水道当作神迹宫，他们又狡猾又凶狠，到了晚上，就回到摩布埃街排水口，就像回到内室一样。

每天在掏兜死巷和割喉街作案的人，晚上自然以绿径小桥或于尔普瓦天篷为家。因此，那里留下许多传说。各种魑魅魍魉，都出没在幽静的长廊；到处充斥腐烂和疫气；时而也有个通气孔，维庸和拉伯雷一里一外在那儿聊天。

巴黎老区的下水道，汇聚了所有走投无路和铤而走险的人。政治经济学把这视为垃圾，而社会哲学把这看成渣滓。

下水道，就是城市的良心，一切都集中在这里对质。在这青灰色的地方，存在黑暗，但不存在秘密了。什么东西都现了原形，

① 公元前8世纪和前7世纪，古亚述国有两名国王取这一名字。

② 约翰·德·莱德（1510—1536年）：在曼斯泰称锡永王。

③ 呼罗珊：伊朗省名称。

④ 木槌帮：1382年3月，巴黎持槌起义者。

⑤ 西蒙·莫兰（约1623—1663年）：自称“人之子”，幻象派巫师，处以火刑。

⑥ 烧足匪徒：匪徒以烧足之法，逼迫受害者拿出钱财。

至少现出最终形态。垃圾堆的特点，就是毫无虚谎。其中隐藏着天真。巴西尔[1]的假面具也在其间，但是看见了硬纸板和线绳，里外都如此，尤其明显糊上了一层诚实的污泥。旁边就是司卡班[2]的假鼻子。人类文明的一切肮脏东西，一旦没用了，就全掉进这真相的阴沟里，即社会全面堕落的归宿；不过，肮脏的东西既沉没下去，又展示出来。这些混杂的东西都混同了，再也没有假相，没有粉饰，污秽脱掉外衣，赤裸裸，光溜溜，不容一丝幻想和幻景，只剩下原形，显出终结的狰狞面目。存在和消失。这儿一个瓶底供认酗酒。一个篮子柄讲述仆役生涯；那儿发表过文学见解的苹果心，又恢复为苹果心；一个大铜钱儿满身绿锈，该亚法的痰液同法斯塔夫的呕吐物相遇；一枚从赌场出来的金路易，碰到挂过上吊绳索的铁钉；一个灰白的胎儿裹成一卷，用的是这次狂欢节在歌剧院跳舞穿的装饰金箔的戏装；一顶审判过人的法官帽子，躺在玛格东[3]穿过的腐烂了的衬裙旁边，这何止是友爱，简直就是亲密无间。一切涂脂抹粉的东西都模糊一片了。最后的面纱扯下来。一条阴沟就是个恬不知耻的家伙，什么都讲出来。

这种污秽的坦率能平复灵魂，正是我们喜欢的。我们在尘世长期忍受，看够了堂而皇之的国家利益、宣誓、政治明智、人类正义、职业道德、紧急状态法、腐蚀不了的法官，等等，现在再走进阴沟，瞧瞧污泥浊水的供认，确是一件开心事。

同时也受益匪浅。刚才说过，阴沟是历史的必经之路。圣巴托罗缪惨案的鲜血，一点一滴从街道石缝儿渗入阴沟。大量的谋杀、政治和宗教的屠戮，无不通过这文明的地道，丢下一具具尸体。在

---

① 巴西尔：15世纪传说人物，炼金术士。

② 司卡班：意大利喜剧中的仆人形象，莫里哀成功地借鉴到他的剧作中。

③ 玛格东：指放荡的年轻女子。

沉思者的目光看来，历史上的所有凶手都在这里，都跪在丑恶不堪的幽暗中，用他们当作围裙的一角裹尸布，凄惨地揩去他们所干的勾当。这里，路易十一和特里斯唐[①]同在，弗朗索瓦一世和杜普拉[②]同在，查理九世和他母亲同在，黎塞留和路易十三同在，卢浮瓦[③]勒泰利埃、埃贝尔[④]和马雅尔[⑤]都在，他们抠着石头，想抠掉他们的劣迹。拱形坑道里传来这些鬼魂的扫帚声。在这里也能闻到社会灾难的恶臭，在一些角落里还看到淡红的反光。这里骇人的水流曾洗过血腥的手。

社会观察家应当走进这阴暗的地方，这是他们实验室的组成部分。哲学是思想的显微镜。都想逃避它的显示，然而无一逃脱。推诿搪塞都是徒劳。推诿会暴露自己哪一面呢？可耻的一面。哲学以正直的目光追究罪恶，绝不允许他遁入虚无。有些事情即使正在模糊泯没，正在淡化消失，哲学也都能辨认出来。它根据一块破袍襟能复制出王袍，根据一片烂裙边能复制出那女人。它利用污水道就能再现一座城市，利用烂泥就能再现一个时期的风俗，只凭一块碎片，就能推断出是双耳尖底瓮还是水罐，只凭羊皮纸上一个指甲印，就能确认犹当迦斯犹太族和盖托犹太族的差异。通过一点蛛丝马迹，就能恢复事情的原貌，是恶，是善，是假，是真，是宫中的血斑，是洞穴的墨迹，是妓院的油点，是经受的苦难，是欢迎的诱惑，是呕出的盛宴，是品格降低所留下的褶纹，是灵魂因粗俗而变节的痕迹，还是放荡女人在罗马脚夫褂子上留下的肘印。

---

① 特里斯唐：做过路易十一的饲马总管。

② 杜普拉（1463—1535年）：弗朗索瓦一世的掌玺大臣。

③ 卢浮瓦（1639—1691年）：路易十四的大臣，下令焚烧德国的普法尔策尔。

④ 埃贝尔（1757—1794年）：法国革命时期激进派，被罗伯斯庇尔清除。

⑤ 马雅尔（1763—1794年）：1792年9月2日至6日，参加了大屠杀。

三　勃吕纳梭

巴黎的下水道，在中世纪有传奇色彩。到了16世纪，亨利二世想派人探测，结果计划流产。迈尔西埃证实，下水道干脆置弃不管，任其变迁，这情况还不足百年。

古老的巴黎正是如此，一味争吵不休，举棋不定，总在摸索，结果长期处于蒙昧状态。直到后来，1789年才表明城市怎么有了智慧。然而在古代，我们的京城没有什么头脑，无论精神上的事还是物质上的事，都不大会办，不会清除流弊，也不会清除垃圾。什么都成为障碍，什么都成为问题。譬如下水道，往哪儿引导都不行。地下的网络把握不住方向，就像上面城里人不能沟通一样；上面沟通不了，下面也纠缠不清；上面语言混乱，下面坑道混乱，巴别塔又给代达罗斯迷宫添乱。

巴黎下水道有时还泛滥，就好像这条被埋没的尼罗河突然发怒了。说来真丢人，下水道居然发大水。这文明的肠胃有时消化不良，浊物反胃回流到城市的喉头，巴黎就有污秽的回味。污水倒流就跟后悔一样，还是有益处的；这正是警告，但是遭受白眼，污泥浊水竟如此大胆，巴黎城义愤填膺，绝不允许污秽再返回，必须驱逐干净。

1802年的污水灾，现在八十岁的巴黎人还记忆犹新。在路易十四雕像耸立的胜利广场，污泥浆呈十字形向外漫溢；污泥浆从香榭丽舍两个下水道口溢出，流进圣奥诺雷街，从圣弗洛朗丹下水道口溢出，流进圣弗洛朗丹街，从钟孔街下水道口溢出，流进鱼石街，从绿径街下水道口溢出，流进波潘库尔街，从拉普街下水道溢出，流进拉罗凯特街，而香榭丽舍大街的明沟已经没到三十五公分。在城南，塞纳河的主排水道起了反作用，倒流的泥汤侵入马扎然街、松糕街、沼泽街，长达一百零九米，距拉辛故居几步远停止了：在17世纪，它敬重诗人超过国王。圣彼得街脏水涨得最高，比排水沟石板盖高出三尺。在圣沙班街，污水漫延长达二百三十八米。

本世纪初叶，巴黎的下水道还是个神秘场所。污泥向来名声不佳，而在这里名声尤其坏，简直谈泥色变。巴黎隐约知道，地下还有可怕的坑道，谈起来就像底比斯的大泥坑；那泥坑可以充当比希莫特①的浴盆，里面有许多十五尺长的大蜈蚣。阴沟清理工的大靴子，从来不敢冒险越过几个熟悉的地点。当时距使用带挡板的垃圾清运车的时代还不远，只见挡板上圣福瓦和克雷基侯爵友好相处，而垃圾就直接倒进排水沟。至于疏通的任务，就只好交给暴雨了，有时暴雨起不到清扫作用，反而造成堵塞。罗马留下一些有关污水沟的诗，把污水沟称作暴尸场。巴黎则辱骂自己的下水道，称之为臭洞。科学和迷信两方面都认为它很可怖。臭洞既讨厌卫生，也讨厌传奇。穆夫塔尔街阴沟的臭拱顶下生出鬼魅。马尔穆塞团②的尸体全抛进木桶厂街阴沟里。1685年大规模流行的那场恶性热病，法贡③归咎于沼泽区阴沟的大敞口，而且直到1833年，在圣路易街④还依然大敞着口，几乎正对着“艳情使者”的那块招牌。莫太勒里街阴沟的敞口是有名的瘟疫发源地，它那带刺的铁栅盖仿佛长了一排牙齿，张着巨大的龙口，向那倒运的街道居民吹送地狱的气息。民众富有想象力，把巴黎幽暗的排水道，说成不知是什么丑恶的无限大杂烩。下水道是无底洞。下水道是地狱。去探测这种麻风病区，连警察署都未予考虑。探测这陌生之地，测量这黑暗区域，去察看这

① 比希莫特：《圣经》中提及的食草巨兽。

② 马尔穆塞团：查理五世和查理六世的顾问团，被勃艮第公爵处死或流放。

③ 法贡（1638—1718年）：路易十四的首席医生。

④ 圣路易街：即今图雷讷街，旧名相继为“下水道街”和“盖口下水道街”。

深渊，谁有这个胆量啊？这实在骇人听闻。然而却有一个人自告奋勇。污水沟也有它的克里斯托夫·哥伦布。

那是1805年的事，有一天，是皇帝难得莅临巴黎的日子，一个叫德克雷或克雷泰[①]的内务大臣，在主子晨起时晋见。伟大共和国和伟大帝国的非凡士兵拖带战刀的声响，从骑兵竞技场传来；拿破仑宫门口簇拥着各路英雄，分别来自莱茵河、埃斯科河、阿迪楞河和尼罗河各部，有茹贝尔、德塞、马尔索、奥什和克莱伯各位将领的战友，有弗勒吕斯的气球驾驶员、美因茨的榴弹兵、热那亚的架桥工兵、金字塔观过战的轻骑兵、带有朱诺炮弹弹痕的炮兵、勇夺停泊在须得海[②]的舰队的铁甲兵；有些人曾追随拿破仑到过洛迪桥，还有些人曾在曼图亚[③]的战壕里陪伴过缪拉，另一些人曾赶在拉纳部队之前到达蒙特贝洛[④]低洼路。当时各种人马都聚在土伊勒里宫廷院里，由一分队或一小队代表，守卫着安寝的拿破仑。这是辉煌时期，大军已赢得马伦戈战役的胜利，还要在奥斯特利茨大败敌军。

“陛下，”拿破仑的内务大臣说道，“昨天我见到帝国中最英勇无畏的人。”

“他是什么人？”皇帝粗暴地问道，“他干了什么事？”

“他想干一件事，陛下。”

“什么事？”

“视察巴黎的下水道。”

确有其人，名叫勃吕纳梭。

---

① 德克雷在帝国时期任海军大臣和殖民地大臣。克雷泰（1747—1809年）于1807年8月被任命为内务大臣。1805年任内务大臣的是尚帕尼。

② 须得海：在荷兰，今称艾瑟尔湖。

③ 曼图亚：意大利城市，今称曼托瓦。

④ 蒙特贝洛：意大利乡村名。1800年6月9日，法军在此大败奥地利军。

四　鲜为人知的细节

视察进行了。这是一场可怕的战役，是黑夜里进攻瘟疫和窒息性瓦斯的战斗，同时也是有新奇发现的旅行。这次探险的幸存者之一，当时很年轻，是个聪明的工人，几年前他还谈起一些有趣的细节，而当年勃吕纳梭向警察总署署长呈递报告时，认为这种细节不合公文体而删除了。那时消毒手段很简陋。勃吕纳梭率领二十人下到地下坑道网，刚走了几条支管，就有八名工人不肯再往前走了。这次行动十分复杂，要视察就得疏通，必须清除污泥，同时还必须丈量，标明污水入口处，计数铁栅门和道口，摸清各支管线，标出水流的分叉点，确定各贮水池的范围，探测主管道分出的小管道，从拱心石点测量每条管道的高度，测量从拱顶起始处到底脚的不同宽度，最后，确立与每个入水口呈直角的水位坐标，有从沟底算起，或从街道地面算起两种。往前行进十分艰难。扶梯往往陷入三尺深的稀泥中。灯笼在沼气中奄奄欲熄。不时就得抬走一个昏迷的清泥工。有几处简直就是绝壁。地层下陷，石板塌毁，坑道变成陷阱，找不到实处立足。一个人突然失踪，大家费了好大劲才把他拉出来。按照福克卢瓦的建议，他们在基本清理出来的地点，隔一段距离就放一个装满浸透树脂的废麻的大笼子，点燃起来照明。有些地段的壁上长满赘生物，奇形怪状，就像肿瘤一样。在这令人窒息的地方，石头也都仿佛生病了。

勃吕纳梭从上游往下游视察探险。走到大吼者街两条水道分岔口，他在一块突出的石头上辨出1550这个日期。这块石头标明，菲力贝尔·德洛姆奉亨利二世之命，视察巴黎下水管道到此停止。这块石头也是16世纪留在坑道里的记号。勃吕纳梭在蓬索管道和神庙老街管道中，还发现17世纪所施的工程，于1600年至1650年间加固的拱顶；在集流管道西段，他也发现了18世纪的工程，1740年开凿的拱顶水道。这两条管道，尤其是1740年较近期开凿的那一条，比1412年开凿的环城下水道工程还要破损陈旧，当年梅尼蒙当清水溪擢升为巴黎下水主管道，好比一个农夫忽然升迁，当上国王的第一侍从，又好比乡巴佬摇身一变而成将军。

有几个地点，尤其在法院的下面，他们发现在坑道壁开出的秘室，认为是古老的地牢。丑陋的“静室①”。一间地牢里挂着一副铁枷。地牢全部砌死了。还有一些奇特的发现，其中有1800年植物园走失猩猩的骸骨；18世纪最后一年，在圣贝尔纳会修士街无可争议的有名闹鬼事件，大概同走失的猩猩有关。这个倒霉鬼最后在下水道里淹死了。

有一条拱顶长水道通向玛丽容桥。通道里有一个保存完好的拾破烂的背篓，引起识货的人啧啧称赞。清沟工人也豁出去了，下到泥潭里到处摸，知道里面有金银首饰、珠宝、金币等大量贵重物品。一个巨人若是将污泥过滤一遍，筛子里就能留下几世纪的财宝。在神庙街和圣阿乌瓦街两条支道的分岔口，拾到一枚胡格诺教派古怪的铜质纪念章，一面图案是一头猪戴着红衣主教冠，另一面图案是一只狼头戴教皇三重冕。

最惊奇地发现是在大水道入口处。这个入口当初有铁栅栏，现在只剩下铰链了。其中一个铰链上挂着一块不成形的肮脏破布片，在黑暗中飘动，无疑是当初经过时挂下来的，年深日久而不成样子了。勃吕纳梭移近灯笼，仔细察看破布片，原来是极细的麻布，比较完整的一角绣有一个纹章的冠冕，下方还绣有七个字母：LAVBESP。这是一顶侯爵的冠冕，七个字母意味：洛贝斯平。他认

---

① 原文为拉丁文。

出这是马拉的一块裹尸布。马拉年轻时有过风流韵事。当年，他在阿尔图瓦伯爵府当兽医，同一位贵妇私通，留下这条床单，这事经过了历史考证。残迹还是纪念。他遇害后，由于这是他家唯一的细布，便用来给他裹遗体。老妇人用这有过情欢的襁褓，裹起结局悲惨的人民之友，葬于坟墓。

勃吕纳梭看罢就算了，还让破布片留在原地。是蔑视还是尊敬呢？这两种态度，马拉都受之无愧。况且，命运在这上面留下相当明显的印迹，寻常人轻易不敢触碰。况且，既是墓中之物，就应留在它所选择的地方。总之，这遗物十分奇特。一位侯爵夫人在上面睡过觉，马拉在里面腐烂。它穿过先贤祠，最后落到下水道的鼠口。这条床单，从前华托曾愉快地画出所有褶纹，如今落得只配但丁的注目了。

全面视察巴黎地下排污水道，从1805到1812年，历时七年。勃吕纳梭边视察边指示，领导施工，完成了巨大的工程。1808年，他加深了蓬索沟槽，还到处开通了新管道。到1809年，他把圣德尼街的地下排水道一直延长到圣婴水池，1810年在冷大衣街和硝石库下面，1811年在小神父新街、槌球场街、披巾街和王宫广场下面，1812年在和平街和昂丹街下面，都开通了排水道。同时，整个管道网，他也采取了清毒净化措施。从第二年起，勃吕纳梭就添了助手：他的女婿纳尔戈。

在本世纪初叶，古老的社会就这样疏浚了它的双重底，清了下水道。不管怎样，这总归是一次清扫。

回头看看巴黎古老的下水道，真是弯弯曲曲，到处龟裂开缝，沟底没有铺石头，形成许多泥潭，线路莫名其妙地七扭八歪，无缘无故升高降低，而且恶臭不堪，又粗鄙又野蛮，一片黑暗，铺石板累累疮疤，墙壁道道刀伤，看着十分可怖。沟道枝枝杈杈，向四面八方伸展，纵横交错，构成鹅掌状、星形坑道、盲肠道和死巷，还有硝石拱顶、放毒的污水坑、渗出脓水的墙壁、往下滴水的沟顶，整个一片漆黑；什么都没有这地下墓穴似的古老排水道更可怕的了，这是巴比伦的消化系统，是洞穴，是沟渠，是凿出街道的深渊，是无比巨大的鼹鼠洞，而我们的精神似乎看到，往昔——这只巨大的瞎鼹鼠，穿过黑暗，在昔日荣华而今粪土的垃圾堆上徘徊。

我们再说一遍，这就是从前的下水道。

五　现时的进步

如今的下水道，又清洁又凉爽，又笔直又规整，几乎达到了理想程度，即英国人所谓的“体面”。也确实得体，呈浅灰色调，都是拉线划直的，可以说板板正正，就好比一名供货商当上了行政法院法官。进里面看看几乎是明亮的，污泥浊水也都温文尔雅。初看真像“民众爱戴国王”的远古时代，供君主和王公逃跑的极寻常的地道。如今的下水道是美观的沟渠，风格纯正；被逐出诗苑的典雅的亚历山大体，仿佛来到这座建筑物中避难，着附在幽暗灰白的长拱廊的每块石头上；每个排水口都是一个拱门，里沃利街就连阴沟也都提供效法的榜样。还可以说，几何线条如果在什么地方合适的话，那肯定在一座大都市的排粪道里。那里一切都服从最短距离。如今，在一定程度上，下水道有了官方的面目，甚至警方有时在报告中提到它，也小再有不逊之言。在官方语言中，用以描述它的字眼也是高雅严肃的。从前叫做肠子，现在称作长廊；从前叫做地洞，现在称作眼孔。维庸再世，也认不出他的临故居了。这地下坑道网，自然还有久远难考时期的啮齿类居民，而且繁衍得比以往任何时候都要多，不时就有一只老须鼠，从下水道口冒险探探头，瞧一瞧巴黎人；不过，这种寄生物也驯化了，相当满意自己的地下宫殿。排污沟渠没有一点当初那种狰狞相了。雨水从前污染，现在清洗下水道了。可是也不能太大意，疫气还在里面盘踞。它看似无可挑剔，实则虚伪。警察总署和卫生委员会也都无可奈何，什么消毒净化的方法都用了，阴沟里照样散发难以辨别的可疑气味，就跟忏悔后的达尔杜弗一样。

不管怎样，我们还得承认，清扫是阴沟向文明致敬，比起奥革拉斯的牛棚来，达尔杜弗的良心是个进步，毫无疑问，巴黎的下水道改善了。

何止是进步，简直就是改观。从老阴沟到今天的阴沟，经历了一场革命。这场革命是谁干的？

正是我们提起而为世人遗忘的勃吕纳梭。

六　未来的进步

挖掘巴黎下水道，绝非一项小工程。已经进行了十个世纪还未完成，就像未能完成巴黎的建设一样。巴黎城市扩展，势必波及下水道。那是地下一种长着无数触须的黑暗水蝗，随着上面城市扩展而在下面长大。每当城市开辟一条街道，阴沟就伸出一条手臂。旧王朝只修造了两万三千三百米排水道，这是截至1806年1月1日巴黎的状况。从那时开始，不久我们还会谈及，就采取了有效措施，大力修复和扩建下水道工程。拿破仑建了四千八百零四米，真是个奇特的数字；路易十八建了五千七百零九米；查理十世建了一万零八百三十六米；路易-菲力浦则建了八万九千零二十米；1848年的共和国建了两万三千三百八十一米；现政权建了七万零五百米。到目前为止，总共二十二万六千六百一十米，合六十法里长的下水道，构成巴黎庞大的肠道。幽暗的分支一直在施工，鲜为人知的巨大工程。

比起本世纪初，巴黎的地下迷宫如今扩大了十倍多，这是有目共睹的。很难想象，要把阴沟修到现在这样相对完善的程度，必须做出何等努力，表现出何等锲而不舍的精神。旧王朝的巴黎市政府，以及18世纪最后十年的革命市府，勉强开凿了五法里，即1806年前所存在的下水道。这一工程障碍重重，有的是土质问题，有的是巴黎劳动人民的偏见。巴黎城建在特别难对付的矿层上，刨不动，锄不松，也钻不进。再也没有比这地质结构更难钻探打通的了，而上面却耸立着称为巴黎的历史性的奇思妙构。不管以什么方式，只要工程一开始，一冒险进入这冲积层，地下阻碍就层出不穷：有稀黏泥、活水泉、坚硬的岩石、又软又深的淤泥——科学专门名称是芥末酱。尖镐刨起来很吃力，石灰岩夹着极薄的黏土层，以及镶嵌史前海牡蛎壳的岩叶。有时，一条暗河突然冲破刚开凿的拱顶，淹了干活的工人，或者一股泥石流像奔腾的瀑布，冲断最粗的支柱，就跟打碎玻璃一样。最近在维莱特，要让集管道从圣马尔丹运河下面通过，既不停航，又不抽干运河水，不料河床出现裂缝儿，水猛地灌进施工现场，超出了水泵的抽水能力，只好派一名潜水员去寻找大水槽狭口处裂缝，费了好大劲儿才堵住。在别处，靠近塞纳河，甚至离河床相当远的地方，譬如在美丽城，在大街和吕尼埃尔通道下方，还碰到无底的流沙，能眼看着一个人沉没下去。此外，还有令人窒息的有毒气体，还有把人埋住的塌方，还有突如其来的地陷；还有，工人会慢慢染上斑疹伤寒。如今，在克利希地下十米深处施工，开了一条长廊，为安装乌尔克运河输水主管道，还砌了一条通道；在另一处，在经常塌方，经常碰到腐烂泥层的情况下，借助探测和支撑木施工，从济贫院大街到塞纳河一段，修了比埃夫尔地下道拱顶；为使巴黎免遭暴雨时蒙马特的激流冲击，并给殉教士城关附近九公顷的大水塘开个泄水口，在地下十一米深处日夜修建，从白城关到欧贝维利埃路，四个月就开了一条下水道；还有一件前所未见的事，在鸟喙横杠街地下六米深，没有开沟就建造了一条下水管道，然而，指挥完成这些工程之后，莫诺也去世了。

从圣安托横街到卢尔辛街的城区各点，建成三千米长的拱顶阴沟；利用弯弓街的支管，排出贡吏街和穆夫塔尔街十字路口积聚的雨水；又在流沙上灌注碎石块和水泥，建成圣乔治街的下水道；还指挥纳扎雷圣母院街支线可怕的降低工程，完成这些工程之后，杜洛工程师也去世了。比起战场上愚蠢的屠杀来，这种英勇的功绩要有益得多，却没有战报表彰。

1832年，巴黎下水道远非今天这样的规模。勃吕纳梭推动了一步，但是大规模的重建工程，还要等流行了霍乱之后才确定下来。说来实在惊人，例如像威尼斯那样称为大运河的主干道，到1821年，酒葫芦街那段还露天敞着。直到1823年，巴黎城才从自己口袋里找出二十六万六千零八十法郎十生丁，用来覆盖那段污水沟。战斗城关、居内特街和圣芒德街三处排泄口，包括各种装置、污水渗井和净化管道等，直到1836年才齐备。正如我们说的，这二十五年来，巴黎下水道修缮一新，而且扩大了十倍多。

三十年前，在6月5日至6日起义那个时期，许多地段还是老阴沟。大多数街道，现在中线隆起，而当年却一劈为二。这样，街道或十字路口呈斜面，最洼处往往看到一块方形大铁栅盖，由于人畜行走而磨得锃亮，又滑又危险，车辆经过时马容易失蹄。桥梁道路的术语，给这种低点和栅盖起了个生动的名称，叫做“路沟”。在1832年，许许多多街道，诸如星辰街、圣路易街、神庙街、神庙老街、纳扎雷圣母院街、梅里库尔游乐园街、鲜花河滨路、小麝香街、诺曼底街、牝鹿桥街、沼泽街、圣马尔丹城郊街、胜利女神圣母院街、蒙马特城郊街、船娘仓街、香榭丽舍、雅各布街、图尔农街，还是古老哥特式的排污水沟，毫无廉耻地张着肮脏的大嘴巴。那是带天篷的巨大石缝，有时还围着界石，嚣张到了极点。

巴黎的下水道，1806年基本上还是1663年统计的数字：五千三百二十八图瓦兹。从勃吕纳梭之后，到1832年1月1日，总共四万零三百米。这就是说，从1806年到1831年，每年平均建造七百五十米。此后，每年建造八千米，甚至一万米，用混凝土打地基，以碎石和水泥搅拌构筑，每米造价二百法郎，目前巴黎六十法里长的下水道，共花费四千八百万法郎。

除了我们开头就指出的经济进步之外，严重的公共卫生问题，也同巴黎下水道这一巨大问题有关。

巴黎夹在水层和气层之间。水层沉积在相当深的地下，已为两次钻探所证实，是由夹在白垩纪层和侏罗纪石灰岩层之间绿砂石提供的。那片水可用一个大圆盘来表示，半径为二十五法里；无数江河溪流的水渗到那里。我们从格雷奈勒街的井中打出一杯水，就能喝到塞纳河、马恩河、约纳河、瓦兹河、埃纳河、谢尔河、维埃纳河和卢瓦尔河的水。那片水先是由天而降，再由地下抽出，因此是卫生的。这层空气可不卫生，是从阴沟里溢出来的，将污水道的各种腐味臭气全掺进城市的呼吸中，气味实在难闻。从粪土堆上取点空气样，经过科学检验，比在巴黎上空取的空气样还要纯净。再过一定时间，借助于进步，机械设备渐趋完善，问题明朗了，巴黎就会利用水层净化空气层，也就是说冲洗地下道。众所周知，冲洗阴沟，就意味着污泥归还给土壤，粪肥归还给田地。仅此一举，整个社会就会减少贫困而增加健康。

巴黎的疾病，以卢浮宫为疫区中心点，现在已扩散到方圆五十法里。

可以说十个世纪以来，污水道是巴黎的病源。阴沟就是这座城市血液中的病毒。在这方面，民众本能的反应绝不会有误。从前，修建阴沟这一行，就跟屠宰牲口这一行同样危险并令人厌恶，人人畏惧，因此长期推给刽子手去干。要让泥瓦匠下到臭沟里，就必须付很高的工钱；挖井工人也轻易不肯把梯子放下去；俗话说得好：“下阴沟，就是进墓穴”。前面说过，各种骇人的传说，给这庞大的坑道蒙上恐怖的色彩。这个可怖的渊薮，既有地球变迁，又有人类革命的痕迹，从中能找到一切天灾人祸的遗物，从洪水泛滥时期的贝壳，一直到马拉的一块破布片。

第三卷　出污泥而不染

一　阴沟及其惊人处

冉阿让正进入巴黎的下水道。

这是巴黎和大海又一相似之处。如同在大洋中，潜水者也能在下水道里消失。

这种转移前所未闻。冉阿让就在市区，却离开了城市。只是眨眼间，掀起又关上盖子的工夫，他就从光天化日进入沉沉黑暗，从正午进入半夜，从尘嚣进入死寂，从滚滚风雷进入停滞的坟墓，从凶险的绝境进入绝对的安全，这比波龙索街那次遽变还要神奇。

陡然掉进地窖，在巴黎的地牢里销声匿迹；离开布满死亡的这条街，躲进这能活命的坟墓里，这真是奇异的时刻。他一时目眩神摇，愕然地倾听一会儿。这救命的陷阱忽然在他脚下打开。在一定程度上，仁慈的上苍仿佛诱捕了他。这绝妙的埋伏是天意！

不过，这个伤者还是一动不动，冉阿让也说不准，他背到阴沟里来的是活人还是尸体。

他头一个感觉是双目失明，猛然什么也看不见了，耳朵也似乎聋了一分钟，什么也听不见了。残杀的风暴扫荡他头上几尺远的地方，正如前面所说，由于隔着厚厚的土层，声音传到他这里，就止息而模糊不清了，听似从深深的地下传上来的。他感到脚下是实地儿，仅此而已，但这就足够了。他伸出一条手臂，又伸出一条手臂，摸到两侧的墙壁，由此判断巷道极窄；他脚下一滑，又发现石板很湿，便小心地走了一步，怕碰到地洞、小井或深坑什么的；他往前探探，确认石板路向前伸延。一股恶臭袭来，他明白身在何处。

过了一会儿，他渐渐恢复视力。一点光线从他滑落的通风口射进来，他的眼睛也开始适应了地道，能辨别出一点东西了。他藏身之处，没有别的词儿能更好表达这种处境，是一条坑道，身后有墙，显然是条死巷，即术语所称的支线。前面还有一堵墙，即黑夜之墙。通风口射进的光线，仅能往几米长的阴沟湿壁上投射点儿惨淡的光，冉阿让往里走十来步就消失了，再往前便黑洞洞的，好像吞噬人的大口，钻进去很可怕。然而，人还是能冲破这道迷雾的墙，形势所迫，甚至刻不容缓。冉阿让想到，铺路石下面的铁栅盖被他瞧见，也可能被士兵发现，一切都系于这种偶然。他们也可能下到这口井里搜查。一分钟也不能耽误了。刚才他把马吕斯撂在地下，现在又拾起来，这样讲也很恰当，他又拾起马吕斯，扛在肩上，举步向前，决意走进黑暗。

冉阿让以为他们得救了，其实不然。另一种危险也许在等待他们，而且不可小视。经历疾雷闪电的战斗场面之后，现在又落入疫气弥漫并布满陷阱的洞穴，经历了大混乱之后，又落入这污水道。冉阿让从地狱的一层掉进另一层。

他走出五十步，不得不站住。出现一个问题，这条巷道接着一条横向管道，两条路摆在面前，选择哪一条呢？向左拐还是向右拐？迷宫一片漆黑，如何定向？我们已经指出，这座迷宫有一条导引线，就是坡度。走下坡路，就是走向塞纳河。

冉阿让当即明白了这一点。

他估摸是在菜市场的下水道，若是选择左边下坡路，不用一刻钟，就会走到河边交易所桥和新桥之间的排水口，这就等于说，在大白天出现在巴黎人口最稠密的街区，很可能闯到聚着闲人的十字路口。看见两个血淋淋的人从他们脚下地里钻出来，行人该有多么惊愕，警察会赶来，附近的保安队也会出动。这样，还未出洞口，他俩就给人抓住了。还不如干脆深深地钻进迷宫，依赖这黑暗，至于出路，那就听天由命了。

他向右拐，走上坡路了。

他一拐进横向坑道，远处通风口的光亮就消失了，眼前又落下黑幕，什么也看不见了。但是他仍然往前走，而且尽量加快脚步。马吕斯两条胳膊搭在他脖子周围，两条腿耷拉在他身后。他一只手抓住这两条手臂，另一只手摸着墙壁。马吕斯的脸贴着他的脸，还在流血，微温的液体流淌到他身上，浸入他的衣衫，他都有所感觉。然而，挨着他耳朵的受伤者的嘴里，仍吐出一股潮乎乎的热气，说明人还呼吸，还活着。冉阿让这时走的坑道要比头一条宽些。他走路相当吃力。昨夜的雨水还未排尽，在坑道中间形成一条小激流。他必须紧贴着墙，免得趟水走。他这样在黑暗中前进，好似黑夜生物在看不见的地方摸索，消失在地下黑暗的脉管里。

不过，也许远处通气口将一点浮动的光亮送进这浓雾中，也许他的眼睛适应了黑暗，慢慢地，他又影影绰绰能看见点什么，隐约意识到时而触摸的是墙壁，时而经过一道拱门。在黑夜里，瞳孔极为放大，最终能找到光亮；同样，在不幸中，灵魂极力扩展，最终也能找到上帝。

很难辨别方向。

水道的线路，可以说呼应着重叠在上面的街道线路。当时，巴黎有两千二百条街道。想象一下，名为阴沟的这黑暗的坑道网吧！那时已有的下水道系统连接起来，有十一法里长。前面也已提到，多亏近三十年的特殊施工，目前的网络不会少于六十法里长了。

冉阿让的判断开始错了，以为来到圣德尼街下面，糟糕的是并不对。圣德尼街下面，有一条路易十三朝代石砌老管道，直通称为主管道的集水道；老管道只有一个肘弯，位于右侧旧奇迹宫下面，也只有一条支管，即圣马尔丹沟，它的四臂交叉成十字。小丐帮街细管道的入水口挨近科林斯酒楼，根本就没有接通圣德尼街下水道，而是通向蒙马特下水道，也就是冉阿让所在之处。这里处处都会迷路。蒙马特下水道的古老管网堪称最复杂的迷宫，所幸冉阿让已经过了菜市场，那下面的阴沟水道无数条横竖错杂交织，平面图好似鹦鹉栖架。不过，他前行何止一处难以定夺的岔道，何止一条在黑暗中打了问号的街道拐角——因为，这些的确是街道。其一，左首石膏窑街庞大的下水道，就叫人伤脑筋，横七竖八的支道呈T字形和Z字形，从邮政大楼和麦市场圆亭地下，一直通到塞纳河，末端呈Y字形；其二，右首钟盘街的曲巷水道有三条分岔，都是死巷；其三，右首那边槌球场街分道也很复杂，几乎在进口处就像枝长柄叉，七折八拐，伸展到卢浮宫地下大排水道，这大排水道枝枝杈杈伸向四面八方；最后，右首那边守斋者街下水道是条死巷，这还不算到达主道之前各处的小管道；唯有主道引向较远的出口才可能安全。

冉阿让对我们指出的这一点若是有点概念，他只要摸摸两边的墙壁，就会立刻明白他不在圣德尼街的下水道里。他摸摸就会感到是现代的便宜货，是经济用料，是混凝土地基、粗磨石岩加水泥砂浆的壁道，造价一米二百法郎，即所谓“小料”的资产阶级式构体，而不是凿出来的老石料，不是那种建下水道也华贵的古式建筑，地基用花岗岩和肥石灰砌成，造价每一图瓦兹八百利弗尔。然而这一切，冉阿让根本不知道。

他往前走，心中焦急不定，但还是保持镇定，他什么也看不见，什么也不清楚，完全靠撞大运，换句话说，就是听天由命了。

应当说，有种恐惧逐渐袭上心头。黑暗包围他，也侵入他的头脑。他走在谜中。这排污渠道实在可怕，交叉错乱让人头晕目眩。困死在黑暗的巴黎中是很悲惨的事。即使看不见，冉阿让也必须找到，甚至闯出一条路来。在这陌生的地方，他每冒险走一步，就可能是最后一步。如何走出去呢？能找到出路吗？能及时找到吗？这个庞大的地下海绵有无数石孔，能让人钻进来又冲出去吗？会不会意外碰到黑暗的死结呢？会不会陷入无法逾越的绝境呢？马吕斯会流血过多，而他也因饥饿，二人就死在这里呢？难道他们二人就迷失在这里，最后把两具尸骨留在这黑夜一角呢？不得而知。他心中产生这种种疑问却无法回答。巴黎的肚肠是无底深渊。他就像先知一样，在魔鬼的腹中。

突然出现一个意外的情况。他径直朝前走，就在最出乎意料的时刻。他发觉不是上坡路了。水流不是冲击脚尖，而是撞击脚跟了。现在水道是下坡。怎么回事呢？会突然走到塞纳河边吗？这样危险很大，可是后退风险更大。他还是继续往前走。

他根本不是走向塞纳河。巴黎右岸区有一处地势呈驴背形，两面斜坡，一边的污水泻入塞纳河，另一面流入主管道。驴背的脊岭变化不定，最高点是过了米歇尔伯爵街，在圣阿乌瓦管道，还有靠近大马路的卢浮宫管道，以及菜市场附近的蒙马特管道。冉阿让正是到了这个最高点，他走向主管道，路走得对，然而他根本不知道。

每遇到一根支管，他就伸手摸摸拐角，如果发觉口径比他所走的巷道狭窄，就不拐进去，还按原路走。他认为窄道通向死胡同，只能远离目标，即远离出口，这种判断相当准确。我们列举的四座迷宫在黑暗中给他设下的四个陷阱，他就这样避开了。

他走在下面，有一阵就觉得，已经出了因暴动而惊愕的巴黎、街垒阻断交通的巴黎，回到富有生气的正常的巴黎。他忽然听到头上隆隆的声响。从远处传来，但是持续不断。那是行驶的车辆。

大约走了半小时，他心里这样估计，他还没有考虑歇一歇，只是把抓着马吕斯的手换了一下。幽暗越发深邃，这样深邃他反而放心。

猛然，他看见前面有自己的影子，是由几乎分辨不清的微弱红光衬托出来的；这种微弱的红光，把他脚下的沟底和头上的拱顶映成隐约的紫红色，并在巷道黏糊糊的左右壁上游动。

他不禁愕然，回头望去。

在身后他刚经过的巷道里，看似很远很远，有一颗可怕的星，穿透重重黑暗，仿佛在注视他。

那是在阴沟里升起的警察昏暗的星。

那星光后面，隐约晃动着十来个模糊不清、挺直而可怕的黑影。

二 说 明

6月6日白天，当局下令搜索下水道，担心那里成为战败者的避难所，搜索隐秘的巴黎由警察总署署长吉斯凯负责，而扫荡公开的巴黎则由布若将军指挥。这两套行动相互配合，军事当局就采用两种战略，地下派警察部队，地面派正规军。由警察和下水道工人组成的三支分队搜查巴黎下水道，河右岸一队，河左岸一队，城心岛一队。

警察装备有卡宾枪、棍棒、刀和剑。

此刻射向冉阿让的光，正是右岸巡逻队的灯笼。

这支巡逻队刚刚搜索了钟盘街下面弯水道和三条死巷道。他们举灯察看死巷里端时，冉阿让已经走过了这几个巷口，认为比主道狭窄而未进入。警察走出钟盘街下水道时，仿佛听见主巷道那边传来声响，那正是冉阿让的脚步声。巡逻队长举起灯笼，小队的人就朝传来声响的迷雾方向张望。

这一时刻，对冉阿让真是难以名状。

幸而他看得见灯笼，灯笼却照不见他。灯是光而他是黑影。他离得很远，同周围的黑色融为一体。他紧贴着墙壁站住。

再说，他不明白身后移动的是什么东西。没有睡觉，也没有进食，情绪又紧张，他同样进入了幻视的状态。他望见一个火球，围着妖魔鬼怪。那是什么呢？他弄不明白。

冉阿让一站住，响动也就戛然而止。

巡逻队的人侧耳细听，却什么也没有听见；他们引颈张望，却什么也没有望见。于是，他们一起商议。

当时，蒙马特下水道这一段有一种十字路口，叫做“勤务处”，后来取消了，因为下暴雨时，雨水汇成的急流涌入，积成水塘。巡逻队能在这个十字路扎成一堆。

冉阿让望见那些妖怪围成一圈，那些獒犬的头凑到一起，低声说话。

商议的结果，那些警犬以为听错了，根本没有声响，也没有一个人，不必再钻进主管道，这是浪费时间，要赶到圣梅里那边去，如果说有什么事可干，有什么“不善哥儿”[①]要追踪，那也应当是在那里。

党派不时给詈辞换上新装。1832年，“不善哥儿”是个承上启下的词，前承已经过时的“雅各宾”，后启当时还不大使用、后来大行其道的“得骂哥哥”[②]。

---

① 不善哥儿：法国1830年革命后，鼓吹民主的青年。

② 得骂哥哥：意译为“蛊惑群众者”。

小队长下令左拐走向塞纳河边。他若是灵机一动，分成两组，朝两个方向搜索，那就会抓住冉阿让。这真是一发千钧。警察总署可能有指示，估计到暴动者人数多，会有遭遇战，不准巡逻队分散行动。巡逻队就这样走了，将冉阿让丢在后面。冉阿让只见灯笼猛一掉头就消失了，而对这一行动却一无所知。

小队长临走时，为了尽到警察的责任心，还朝丢下的冉阿让那方向打了一枪。枪声在这地下墓穴里回音不断，好似巨人提坦的肠鸣。一块灰泥掉进细流中，在冉阿让几步远的地方溅起水花，这就向他表明，子弹打到他头上的拱顶。

整齐而缓慢的脚步声，在下水道里回响了一阵，渐远而渐弱下去。那群黑影越钻越深，一点亮光摇曳浮动，将拱顶照成淡红色的圆筒状，也渐弱而消失了。于是，周围又恢复幽深的寂静、完全的黑暗，失明和失聪重新拥有黑暗。冉阿让还不敢动弹，久久靠在墙上，竖着耳朵，睁大眼睛，目送那鬼魂巡逻队化为乌有。

三 跟 踪

说句公道话，即使局势十分严峻，当时的警察也尽心尽责，管理道路并监视警戒。警方认为，一次暴动绝不能成为任由坏人为非作歹的借口，也绝不能因为政府岌岌可危就疏忽社会治安。在执行特殊任务的过程中，日常勤务也不能乱，要按部就班地完成。一场难以逆料的政治事变，可能演变成一场革命，爆发起义并筑起街垒，就在这种压力下，一名警察还在跟踪一个窃贼。

6月6日下午，在残废军人院桥下游一点的右岸河滩，恰恰发生这样一种情况。

如今河滩已不复存在，那一带面貌完全变了。

在那段河滩上，有两个人相隔一段距离，仿佛相互注视，一个躲避另一个。走在前边的那人总想拉开距离，而跟在后面的那人则极力靠上去。

那好像在远处默默下一盘棋。两方走得都很慢，似乎哪个也不匆忙，怕走得太快会引起对方加快脚步。

就像一只饥饿的猛兽跟踪一个猎物，又装出若无其事的样子。猎物也很鬼，一直提防着。

被追捕的石貂和猎犬的大小个头儿，也都合乎比例。力图躲避的那个瘦小枯干，要捕获的那个人高马大，相貌凶悍，看来很不好惹。

头一个觉出强弱悬殊，就极力摆脱第二个，但那逃避的神情十分恼火，如有人观察就会发现，他虽然逃窜，但是他的眼神阴沉中含着敌意，恐惧中含有威胁。

河滩僻静，没有一个行人；几处停泊的驳船上，既没有船夫，也没有装卸工人。

只能站在河对岸，才容易望见那两个人；隔着河观察，就会发现前边那人毛发倒竖；罩衫褴褛不堪，身子歪斜，又抖瑟不安；另一个像个传统的公务人员，穿着一直扣到领口的制服。

读者若是靠近仔细看，就可能认出他们俩。

后面那人目的何在呢？

大概要让前边那人穿得暖一些吧。

一个身穿国家发的制服的人，去追捕一个身穿破衣烂衫的人，就是要让那人也穿上国家发的制服，只是问题全在于颜色：身穿蓝色制服者为荣，身穿红色制服者为耻。

还有一种下等的紫红服。

前边那人要逃避的，大概就是这种耻辱和这种紫红服。

另外那人跟在后面，还没有抓他，很可能要跟到重要的碰头地点，希望捕到一窝大的；这种巧妙的行动就叫做“放长线钓大鱼”。

有一个情况表明这种推测可能完全对，就是制服扣得整齐的那人看见一辆空车，沿河滨路驶来，就向车夫打了个手势；那车夫会意，显然明白对方的身份，就掉转马头，开始跟随那两个人，在高高的河滨路上缓缓行驶。这一情况，前边那个衣衫褴褛的可疑的人并未看见。

那辆公共马车沿着香榭丽舍的一排排树木行驶，只见车夫举着鞭子，半截身子从护墙上边往前移动。

警署给警察的秘密指令中有一条：“身边常有一辆公共马车，以备不时之需。”

他们二人各自实行一套无懈可击的战略，走到一条直通河滩的下坡路，须知从帕西驶来的公共马车，可以从这里下河边饮马。后来为了两岸对称，这条坡道就取消了：只要美观悦目，马渴死也没关系。

穿罩衫的人可能要从这条坡道上去，钻进香榭丽舍树林中；不过，那里也布满警察，跟踪他的人很容易找到帮手。

这离河岸不远处，便是1824年勃拉克上校从莫雷移来的府邸，称为“弗朗索瓦一世宅”。附近就有一个哨所。

不料，被追捕的人没有沿饮马的坡道上去，而是顺河滩岸边继续往前走。

显然他的处境岌岌可危。

他去干什么呢？除非投塞纳河。

再往前走就再也上不去了，既没有坡道，也没有台阶，这里是河弯，就要到耶拿桥了，河滩越来越窄，最后成为一条细线没入水中。他不可避免地走入绝境，右有陡壁，左边和前方是河流，后面又有警察追赶，可以说插翅难逃。

诚然，这段河滩尽头，有一个六七尺高的瓦砾堆遮住视线，不知是拆毁什么建筑物堆在那里的。可是，那人真的以为绕到瓦砾堆后面，就能藏身了吗？这种应付办法未免幼稚可笑。他肯定不是这样打算。再天真的窃贼也不至于如此。

小丘一般的瓦砾堆，从水边延展到河岸陡壁，形成一个岬角。

被跟踪的那人到了小丘便绕过去，避开了另外那人的目光。

后面那人看不见对方，也不会被对方看见，他就趁机抛开一切掩饰，转瞬间飞步跑到小丘，绕了过去，一看却傻了眼，惊愕地站住：他追赶的人不见了。

穿罩衫的人踪影皆无。

从瓦砾堆起这段河滩还不到三十步长，就没入冲击岸墙的河水中了。

无论潜逃者投进塞纳河，还是爬上河岸，跟踪的人不可能看不到。他究竟哪儿去了呢？

身穿礼服扣得齐整的人一直走到河滩尽头，沉吟片刻，握紧两个拳头，定睛搜索。忽然，他拍了拍脑门儿，发现土岸与河水相交处有一扇拱顶铁栅门，又矮又宽，带有三个粗铰链，安了一把厚实的大锁。这种铁栅门开在河岸下方，半露水面半没水中，只见从里面流出一股浊水，泻入塞纳河。

透过栅门粗铁条，能分辨出一条幽暗的拱顶长廊。

这人叉起双臂，以责备的目光注视铁栅门。

仅仅注视还不济事，他又用力推，用力摇晃，铁栅门却牢牢不动。这道门，刚才可能被人打开，但它锈成这样却没有发出声响，真是怪事，但是肯定又重新锁上了。这表明开这道门用的不是撬锁钩，而是一把钥匙。

摇撼铁栅门的人恍然大悟，随即发出这样一句愤慨的话：

“太不像话啦！竟然拿一把政府的钥匙！”

他又立刻平静下来，内心许多想法，只发出一连串单音词，加重讽刺语调表达出来：

“妙！妙！妙！妙！”

说罢，不知还抱有什么希望，或是等那人出来，或是等别人进去，他就躲在瓦砾堆后边守望，那种恼怒和耐性赛似猎犬。

那辆公共马车按照他的一举一动行事，这时停在他头顶的护墙旁边。车夫料想会停留很长一段时间，就给马嘴套上装有水发燕麦的麻袋；顺便讲一句，这种饲料袋，巴黎人非常熟悉，历届政府有时给他们的嘴套上。耶拿桥上行人寥寥，他们走远之前，还回头望一望两处不动的景物：河滩上的汉子、河滨路上的马车。

四　他也背负十字架

冉阿让又往前走，就不再停下了。

路越走越吃力。拱顶的高度时有变化，平均约五尺六尺，是按一个人的个头儿设计的。冉阿让必须弯着腰，免得马吕斯撞着拱顶。他时时弯腰，再直起身子不断摸索墙壁。石壁湿漉漉的，沟槽黏糊糊的，都很滑，这种支撑点手抓不牢，脚踏不稳。他是在城市的污秽中艰难跋涉。通风口相距很远，灿烂的阳光照进来变得十分惨淡，好似月光了；其余地方一片迷雾、疫气、污浊、昏黑。冉阿让又饥又渴，尤其渴得要命；然而，这里像在海上一样，到处是水却不能喝。我们知道，他力大无比，多亏一生贞洁简朴，年纪大了，膂力也只是稍许减弱，但是现在，他渐渐不支了。他感到疲惫不堪，体力大减，负重大增。马吕斯可能死了，也像不会动的躯体那样沉重。冉阿让尽量托住他，使他胸部不致受压，呼吸始终通畅。他不时感到老鼠从他两腿之间蹿过去，其中一只受惊，甚至还咬了他一口。阴沟圆口也不时吹来一股新鲜空气，令他精神一振。

大约下午三点钟，他到达主管道。

道口忽然扩大，他不免诧异，走进大巷道里，伸手触不到两边的墙壁，脑袋也碰不到拱顶了。要知道，大阴沟有八尺宽、七尺高。

蒙马特下水道通到大阴沟的位置，另外还有两条沟道：一条是普罗旺斯街的，一条是屠宰场街的，形成一个十字路口。面对四条路，头脑稍微迟钝的人就会举足不定。冉阿让选择最宽大的，也就是主道。选择主道还有个问题：下坡还是上坡？他想形势紧迫，不管多么危险，现在也必须赶到塞纳河边，换句话说，就是取下坡路。于是他朝左拐去。

幸而如此。若是按照名称以为，大阴沟就是右岸巴黎地下主管道，有两个出口，一个在贝尔西附近，一个在帕西附近，那就大错特错了。应当回想一下，这条大阴沟，无非是原先的梅尼蒙当小河，溯流而上便通到死巷，即当初的起点，在梅尼蒙当小丘脚下的源头，它并不直接通汇集从波潘库尔区流来的巴黎水系的支管道。那条支管道的污水，经由原卢维耶岛上的阿姆洛沟道泻入塞纳河，它是与集管道分开的辅助管道，在梅尼蒙当街下面由一块高地分成上水和下水。冉阿让若是走上水沟道，那么经过千辛万苦，到力尽气绝之时，在黑暗中碰到的是一堵死墙，他也就完蛋了。

万不得已，还可以退回几步，拐进受难会修女街的下水道，走到布什拉十字街头地下的鹅掌形道口，只要毫不犹豫地取道圣路易沟道，走一段再拐进左首圣吉尔街支线，然后再向右拐，避开圣塞巴斯蒂安长廊道，就能抵达阿姆洛沟道，从那儿到了巴士底广场下面，只要不在F形的沟道里迷路，就能走到兵工厂附近的塞纳河出口。不过，这样一来，就必须完全熟识这个巨大珊瑚状的下水道所有枝枝杈杈。可是，还应当强调指出，冉阿让走在可怕的线路中，却一无所知；如果有人问他身在何处，他就可能回答："在黑夜里。"

他的本能帮了他大忙。走下水，确有可能是生路。

他径直走过右侧拉菲特街和圣乔治街分成指爪尖的两条下水道，又走过昂丹街有支管的长廊道。

又过了一条水流，大概是马德兰教堂下面的支管，走了几步便停下了，他疲惫不堪。有一个相当大的通风孔，大概是昂儒街的洞眼，射进一道颇为明亮的光线。冉阿让就像对待受伤的兄弟那样，将马吕斯轻轻地放在沟坡上。马吕斯双目紧闭，头发粘在鬓角上，好似干了的红色画笔，双手垂下不动，肢体冰冷，嘴角凝着血块。他的领结上也凝聚一个血块，衬衫挤进伤口里，外套呢布擦着翻出来的鲜肉。冉阿让用指尖轻轻解开他的衣衫，手掌放在他的胸脯上，觉出他的心脏还在跳动。冉阿让从自己的衬衫上撕下一条，尽量包扎好伤口，止住流血；然后，他借着半明不暗的光亮，俯下身子，怀着难以表述的仇恨，注视昏迷不醒、几乎断气的马吕斯。

刚才他给马吕斯解衣服，发现兜儿里有样东西：昨天忘记吃的面包和马吕斯的笔记本。他吃下面包，又打开笔记本，在头一页上发现马吕斯写的几行字。我们还记得是这样写的：

"我叫马吕斯·彭迈西。请把我的尸体运到我外祖父家：沼泽区受难会修女街6号吉诺曼先生。"

冉阿让借通风口的光线念了这几行字，发了一会儿呆，若有所思，喃喃重复："受难会修女街6号，吉诺曼先生。"他把笔记本放回马吕斯的兜儿里，吃了面包，恢复了体力，就又背上马吕斯，小心地让他的头枕着自己的右肩，沿着沟道继续朝下水走去。

这条大阴沟是沿着梅尼蒙当的谷底线修建的，约有两法里长，大部分沟道都铺了石块。

我们将巴黎街名当作火炬，为读者照亮冉阿让在地下行走的路线，但是冉阿让并没有这支火炬。他无从知晓他正穿行的是哪个城区，走了什么线路。不过，他每走一段距离遇到透下来的光渐渐暗淡，便明白阳光正撤离街面，不久天就要黑了；头顶隆隆不断的车轮声变得时断时续，现在几乎停止了，从而得出结论，他离开了巴黎市中心，走近偏僻的地方，可能临近外马路或城边堤岸。这一带房舍少，街道少，阴沟通风口也就少了。周围越来越黑暗，冉阿让还照样在黑暗中摸索着前进。

猛然间，这黑暗变得异常可怕。

五　流沙阴险似女人

他感到进入水中，脚下不再是石块，而是淤泥了。

在布列塔尼或苏格兰海边常有这种情况：一个人，旅行者或渔夫，在退了潮的海滩上行走，远离岸边，他猛然发觉几分钟以来，他走路吃力了。脚下海滩就像沥青，直粘鞋底，这已不是细沙，而是胶泥了。海滩倒完全是干的，但是每走一步拔起脚来，脚印里就灌满了水。可是眼前毫无变化，一望无边的海滩平展展、静悄悄的，沙子全是一个样，分辨不出哪儿是实地哪儿空陷；成群的海蚜虫还在行人的脚上活蹦乱跳。那人继续往前走，走向陆地，力图靠近海岸。他并不担心。担心什么呢？不过他有一种感觉，每走一步，抬脚就沉重一分。突然，他陷下去了。陷下两三寸。显而易见，这条路不对；他停下来辨别方向。突然，他看看脚下，双脚不见了，被沙子埋住。他从沙中拔出脚来，想退回去，掉过头，可是陷得更深了。沙子没到脚腕儿，他拔出来，冲向左边，沙子又半埋到小腿，他冲向右边，沙子却埋到腿肚子。于是，他产生一种难以名状的恐惧，明白自己困在流沙中，他下面是可怖的地域，人不能走，鱼不能游。他拿着重东西就会扔掉，如同遇难的船减轻负载一样，可惜为时已晚，沙子已经过了膝盖。

他呼叫，挥动帽子或手帕，他在沙中越陷越深。如果海滩渺无人迹，如果陆地离得太远，如果这是有名的险恶的流沙层，如果附近没有见义勇为的人。那就完了，他就注定被埋葬。这种令人毛骨悚然的埋葬十分漫长，毫不间断，也毫不容情，既不可减缓也不可能加快，要持续几小时，无休无止，将一个站立的人，一个自由而完全健康的人抓住，拉住你的脚，你每挣扎一下，叫喊一声，就往下沉陷一点，就好像用更紧的搂抱来惩罚你的抗拒，让你慢慢入土，又给你充分时间眺望天边、树木、绿油油的原野、平原上村庄的炊烟、海上的船帆、飞舞欢唱的鸟儿、太阳和天空。葬入流沙，就是坟墓化为海潮，从沉沉的地下升起来吞没一个活人。残酷无情的埋葬，每分钟都不停止。这个倒霉的人试图坐下，躺倒，爬行，他的一举一动都在埋葬自己，他身子往上挺，却往下陷；他感到自己在沉没；他呼号，哀求，向云天呼救，扭动双臂，求生无望了。流沙没到腹部，继而又达到胸口，只剩下小半截上身了。他举起双手，愤怒地呻吟，指甲痉挛地抓沙土，想用臂肘撑着挣脱这软套子，号啕痛哭；沙子升高，抵达肩膀，又埋到脖子；现在，只能看得见一张脸了。嘴还叫喊，就让沙子给堵死，沉寂；眼睛还观望，就让沙子给迷住，黑夜。继而，额头渐渐消失，只有一绺头发在沙上颤动，一只手穿过沙层伸出来，抽搐摇晃，接着也消失了。一个人就这样惨遭吞噬。

有时，骑手同马匹一道沉下去；有时，车夫同大车一道沉下去；全部葬于沙滩之下。这是在江河湖海之外沉船，是大地淹没了人。大地浸透了海洋，就变成陷阱，看上去像一片平野，又能像波涛一样张开。这深渊就是如此背信弃义。

发生在海滨的这类惨事，三十年前，也完全可能在巴黎下水道里出现。

1833年重大工程开始实施之前，巴黎地下沟道有时会突然塌陷。

水渗入特别容易破裂的地层，无论石块铺底的老沟道，还是混凝土的新沟道，一旦失去支撑就折下去了。这种沟道板打个折，就是一道裂缝；一道裂缝，就意味沉陷。有的沟道很长一段陷下去。这种裂缝，即泥潭的间隙，专业术语称为“地陷”。何谓地陷？就是海滨流沙突然沉入地下，是阴沟里的圣米歇尔山海滩。土壤浸透了水，就像溶解一般，成为稀软状态，所有分子都悬浮着，既不是土壤，也不是水。有时很深，走到这种地段无比凶险。如果水占的比例大，那么死得就快，一下子就沉没了；如果沙土占的比例大，那么死得就慢，渐渐埋葬。

这种死亡，我们能想象得出来吗？沉陷发生海滩上很可怕，在阴沟里又如何呢？在海滩旷野，晴空一片清亮，阳光灿烂，万籁齐鸣，悠闲的云彩下生机勃勃，远处望得见船帆，也许会有过路人，会有各种各样的希望，直到最后一分钟还有得救的可能；然而，在阴沟里，这些就不复存在，在这里耳朵失聪，眼睛失明，只有黑压压的拱顶、已然完工的墓穴，上有顶盖，死在污泥中！被污秽之物慢慢窒息，在石椁中，窒息的污泥张开利爪，抓住你的喉咙，临终倒气尽是恶臭，泥潭取代沙滩，硫化氢取代暴风，垃圾取代海洋！呼号，咬牙切齿，身躯扭动挣扎，慢慢死去，而你头顶上的大都市却一无所知！

这样丧命的恐怖难以名状！死亡，有时还能以某种崇高精神抵赎其残酷性。在火刑柴堆上，在遇难的船里，人可能显得伟大，无论在火中还是在水里，有可能表现出高风亮节，在死难的过程中面貌一新。然而，在阴沟里绝不可能。死在这里不洁净，在这里咽气非常屈辱，最后浮动的幻象也是龌龊的。污泥和污辱是同义词，既渺小，又丑恶、卑鄙。像克拉朗斯①那样，死在一大桶葡萄美酒中，那还说得过去；如果像艾斯库勃洛②那样，死在垃圾坑里，那就太可怕了。在这里挣扎惨不忍睹，临终还得在污泥浊水中打滚。这黑暗如地狱，积污成泥潭，要死的人却不知会变成幽灵还是癞蛤蟆。

什么地方的坟墓都凄惨，而这里的坟墓却是畸形的。

地陷的深度、长度和密度，随着土质恶劣的程度而不同，有时下陷三四尺，有时下陷七八尺，有时则深不着底。淤泥在这里几乎变硬了，在那里差不多还是稀汤。吕尼埃尔沉陷地带，吞没一个人需要一整天，而菲利波泥潭，五分钟就能吞噬一个人。污泥的负载力随其密度大小而异。一个孩子幸免于难的地方，成人却会丧命。保命的第一条法则，就是扔掉所有负担。扔掉工具袋，扔掉背篓或篮子，任何下水道工人，一感到脚下地面软下去，就会立刻这样做。

地陷的起因不同：土质酥脆；在人难以掌握的深层发生塌陷；夏季的暴雨；冬季的阴雨天；连绵的细雨。有时，灰泥岩或沙土地段上的楼房重压，使沟道的拱顶变形，甚或使沟底断裂。一百年前，先贤祠下陷，就这样堵塞了圣日内维埃芙山底下的部分沟管。一条沟道在楼房的压力下坍塌了，有时上面街道也出现错位，即齿状裂缝。这条裂缝蜿蜒伸展，与沟道拱顶开裂的长度相对应，坏损也就显而易见，必须迅速抢修。也有这种情况，地下阴沟毁坏，没

---

① 德·克拉朗斯（1449—1478年）：英国公爵，因阴谋反对他哥哥爱德华四世，而被判死刑，他请求溺死在马尔瓦桑葡萄酒桶里。

② 艾斯库勃洛：其事见本章末段。

有一点痕迹显露到地面上。下水道工碰到这种情况就倒霉了，他们毫无防备，进入透了顶的沟道，就很可能送命了。旧档案材料记载，好几名挖井工人就这样在地陷中葬身，还列出姓名，其中有一个叫勃莱兹·普特兰的下水道工人，就因为拱顶坍塌，埋葬在克雷姆-卜勒南街的阴沟里。他哥哥尼古拉·普特兰，就是1785年取消的圣婴公墓最后一个掘墓工。

还有我们刚刚提过的德·艾斯库勃洛子爵，一个可爱的青年，是围攻莱里达城的英雄，当年攻城时，那些英雄都穿着丝袜，用小提琴开路。有一天夜里，德·艾斯库勃洛同他表妹德·苏尔迪公爵夫人幽会，被人发现，他为了躲避公爵，就藏到博特雷伊阴沟泥坑里淹死了。德·苏尔迪夫人听人叙述这一惨死的情景，就赶紧要嗅盐瓶，连连嗅醒盐而顾不上哭了。发生这种情况，就谈不上忠贞不渝的爱情了；爱情被污泥浊水淹没了。海洛拒绝给利安得①的尸体洗身。西斯贝从皮拉姆斯②的面前经过，还要捂上鼻子，说一声："呸！"

六　地　陷

冉阿让面临塌陷的地段。

当时，在香榭丽舍下面，这类塌陷经常发生，对下水道工程

---

① 海洛和利安得：希腊传说中一对受人称颂的情侣。青年利安得每夜泅过赫勒斯滂（今达达尼尔海峡），同美神的女祭司海洛相会。一个暴风雨的夜晚，海洛举的火炬熄灭，利安得溺死，海洛见其尸体，悲痛万分，跳水自杀身亡。

② 皮拉姆斯和西斯贝：罗马诗人奥维德在《变形记》中讲述的一对恋人。二人相约在桑树下幽会，西斯贝先到，被母狮吼声吓跑，匆忙中丢掉的纱巾被母狮撕烂。皮拉姆斯见纱巾，以为爱人被狮子吃掉便自杀。西斯贝回来，见爱人自杀身亡，也自杀殉情。

极为不利，由于土层流动性太大，所建的沟道难于保存完好无损。这里流动的土层，比圣乔治街区地下的流沙还不稳固，也不比殉道士街区地下散发沼气的恶臭黏土层牢固；用石块混凝土浇灌地基，才能克服流沙，而殉道士街区的下水道，因黏土层太稀薄，只好用一条铸铁管连通。1836年，拆除并重建圣奥诺雷郊区街石砌旧下水道，那正是此刻冉阿让所在的地方。当时，从香榭丽舍到塞纳河，地下层是流沙，阻碍工程进展，工期将近半年，招致河岸住户，尤其河岸有公馆和马车的住户的抗议。施工条件很不便利，而且还危险。当然，又正赶上连续降雨四个半月，塞纳河三次涨水。

冉阿让碰到的地陷，正是头一天暴雨造成的。铺石马路的地基是沙子，支撑力差，街面下陷，便积聚雨水。积水渗过路石，造成下水道拱顶坍塌，沟槽开裂破碎，沉入泥潭。沉陷的地段有多长呢？无法说清。这里黑暗厚重，任何地方都不能比拟。这是黑夜洞穴中的一个泥坑。

冉阿让感到走进了泥浆，脚踏不着沟底石了。上面是水，沟底是淤泥。无论如何得过去，走回头路断然不可。马吕斯奄奄一息，冉阿让也筋疲力尽。况且，还能往哪儿去呢？只能往前走。再说头几步，冉阿让也觉得，泥坑并不深，不料越走双脚陷得越深了。时过不久，泥浆就没到小腿肚子，水则过了膝盖。他继续往前走，胳臂尽量抬高点儿，不让马吕斯沾到水。现在，泥浆到了膝下，而水则没腰了。退回去根本不可能了，可是越陷越深。泥浆很稠，能负载一个人的体重，却显然承受不了两个人的重量。假如马吕斯和冉阿让单独走，两个人就可能脱险。冉阿让举着的垂死的人，也许是具尸体，但是他照旧往前走。

水到了腋下，他感到身子往下沉，深深陷入淤泥中，很难移动。泥浆稠厚，既是支撑，也是障碍。冉阿让一直举着马吕斯往前走，因此消耗体力超乎寻常；他还往下陷，现在水面只露一个脑袋了，双手仍高举着马吕斯。在表现大洪水的古画中，母亲就是这样举着孩子。

他还往下沉，只好仰起头，避开水面好呼吸。在这种黑暗中，有人若是看见他，准以为漂浮着一个面具。冉阿让影影绰绰地看见上面马吕斯垂下的头和青白的脸，他拼力向前跨了一步，脚不知触到什么硬东西。有个立足点。差点儿就一命呜呼。

他挺一下身子，又扭动腰身，拼命在这立足点上扎稳，就好像绝处逢生、踏上救命楼梯的第一级。

在这万分危急的关头，在泥潭中碰到的立足点，正是沟道另一面斜坡的起始：这一段沟道虽弯未断，在水下呈弧形，像一块木板弯下去，但还是一整块。砌得好的石头沟槽，也像拱顶一般坚固。这段沟槽，部分淹没在泥水中，但是还牢固，构成名副其实的坡道，一旦踏上这面坡，也就得救了。冉阿让登上这面斜坡，抵达泥潭的彼岸。

他走出水洼，绊到一块石头，便顺势跪下去。他认为理应如此，就跪了一会儿，灵魂面向上帝，不知沉浸在什么祈祷中。

他又抖瑟着站起来，只觉浑身僵冷，恶臭，直淌泥汤，弓着腰背负这个垂死的人，但心灵却充满奇异的光芒。

七　有时以为到岸却搁浅

冉阿让又上路了。

不过，他过了泥潭，即使没有丢下命，也丢下了体力。现在，他确实精疲力竭了，每走三四步，就不得不靠墙喘口气。有一次他不得不坐在沟坎上，以便改换一下背负马吕斯的姿势，还以为再也站不起来了。然而，他就算体力耗尽，毅力绝未丧失。他重又站起来。

他拼命往前走，速度还相当快，就这走了一百米，没有抬头，几乎没换气儿，忽然撞到墙上。原来到了沟道的拐弯，他只顾低头走，到拐弯处便撞了墙。他抬头一看，只见前边很远很远的地方，在沟道的尽头有亮光。这回可不是凶光，而是祥和的白光。那是天光。

冉阿让望见了出口。

一颗灵魂入了炼狱，在熊熊炉火中突然瞧见地狱的出口，就会有冉阿让此刻的感受。这颗灵魂要鼓起烧残的翅膀，拼命朝光辉灿烂的大门飞去。冉阿让不觉得累了，也不觉得马吕斯的分量了，他又恢复了强健的腿力，简直一路小跑起来，越近出口越清晰了。那是一道圆拱门，比逐渐降低的拱顶要矮，也比逐渐收缩的沟道要窄。沟道收口成漏斗状，这种紧口很糟糕，就像监狱的小角门，然而用在监狱合理，用在下水道就不合适了，后来得到纠正。

冉阿让到达出口。

他到了出口站住了。

不错，这是出口，但出不去。

圆拱出口关着一道粗铁栅门，看来这扇门铰链已锈住，难得开一开，而且还有一把锈成红砖的大锁，把铁栅门牢牢锁在石头门框上。看得见钥匙孔、深深卡进横头的粗锁舌。这把大锁显然锁了两道，是监狱里用的一种锁，也是老巴黎最常见的。

铁栅门外面是大自然，是河流和阳光，河滩极窄，但足可以过人，那远处的河岸、巴黎——极好藏身的深渊、辽阔的天地、自由。往右边河下游望去，能认出耶拿桥，左边上游则是残废军人院桥；这地点很有利，等天一黑就能逃走。这是巴黎最僻静的地点，河岸对面是巨石教堂。苍蝇从栅门铁条之间飞进飞出。

这时大约晚上八点半，天快黑了。

冉阿让拣沟道墙脚干的地方，将马吕斯放下，然后走到铁栅门前，两只手紧紧抓住铁条，拼命摇撼，根本动不了。铁栅门一动不动。他又挨根抓住铁条，期望能拔下一根最不牢的，好用来撬门或撬锁，然而一根铁条也不活动，就是老虎牙也没有这么牢固。搞不到撬棍，就不能硬撬开。克服不了这个障碍，就无法打开门。

就得死在这儿吗？怎么办呢？会落到什么地步呢？掉过头去，沿着他走过的可怕路线再返回去，他没有这份力量了。况且，如何再过那个泥潭呢？刚才靠奇迹才脱险的呀！就算过了泥潭，不是还有那支巡逻队吗？第二次遭遇就肯定逃不脱了。再说，往哪儿走呢？走哪个方向呢？沿着下坡走，也根本到不了目的地。即使抵达另一个出口，还是有盖子或铁栅门隔住而出不去。毫无疑问，所有出口都是这样封闭的。进来时是碰巧铁栅盖开着，可是显而易见，其他所有下水道口都关闭了。他只有越狱的成功记录。

大势已去。冉阿让所做的一切都徒劳无益。上帝拒绝了。

他们二人落入幽暗而巨大的死亡蛛网，冉阿让感到，在黑暗中，可怖的蜘蛛在颤动的黑丝上奔跑。

他转身背向铁栅门，扑倒在地，不是坐下而是瘫在那里，靠近一直不动弹的马吕斯，他的头垂到两膝之间。没有出路。这是整个惶怖焦虑的最后一滴苦汁。

在这无比颓丧的时刻，他想到谁呢？不是他自己，也不是马吕斯，他念起珂赛特。

八 撕下的一块衣襟

他正陷入万念俱灰的状态，忽然感到一只手搭到他肩头，一个轻轻的声音对他说：“对半儿分。”

这黑暗中还会有人？绝境比什么都更像梦境。冉阿让真以为是做梦，他一点也没有听见脚步声。怎么可能？他抬头一看。

一个男子站在他面前。

那人身穿劳动服，光着脚，鞋在左手拎着；他脱了鞋走近前，显然是不想让冉阿让听见。

冉阿让一刻也没有犹豫。此人虽然突如其来，但是并不陌生，他正是德纳第。

可以说，冉阿让猛然惊醒，不过，他对险情早就习以为常，久在意外的打击中磨炼，能够立刻镇定下来，恢复整个随机应变的能力。况且，局面也不可能再恶化，困境到了一定程度就不可能再升级，就是德纳第也不可能让这夜色再黑几度。

双方等待了片刻。

德纳第右手举到额头遮光，接着皱起眉头，连连眨眼睛，又微微撅起嘴唇，这种表情显示一个精明人在注意辨识另一个人。他一点也没有认出来。刚才说过，冉阿让背着光，又满脸污泥和血迹，面目全非，就是大白天，也不会有人认出来。反之，德纳第迎着铁栅门的光，固然那像地窖的光一样惨淡，但却很清晰，正如一句生动的俗语比喻的那样，“一下子就跳到冉阿让的眼睛里”[①]。两种境况和两个人之间，即将展开这种神秘的决斗，但因双方所处位置不同，这就足以确保冉阿让占了上风头。遮住面孔的冉阿让和原形毕露的德纳第，在这里狭路相逢。

冉阿让当即发觉，德纳第没有认出他来。

他们在半明不暗中相互审视片刻，就好像彼此在较量。德纳第

---

① 法语俗语，意为“一眼便认出来”。

首先打破沉默："你打算怎么出去？"

冉阿让不回答。

德纳第接着说："这门锁没法撬开，可是，你得从这儿出去。"

"对。"冉阿让应了一声。

"那就对半儿分。"

"这话什么意思？"

"你杀了人，好哇。可是我呢，我有钥匙。"

德纳第指了指马吕斯，继续说道：

"我不认识你，但是愿意帮你，你得讲交情。"

冉阿让开始明白，德纳第把他当成了杀人凶手。

德纳第又说道："听我说，伙计。你不会不看衣兜里有什么，就把人给杀了。给我一半儿，我把门给你打开。"

他从满是破洞的劳动服的下面，拉出一把大钥匙的半截儿，又补充一句："要不要见识一下，田野的钥匙①是什么样子的吗？就在这儿。"

冉阿让"惊呆了"，这里借用老高乃依的说法，他甚至怀疑眼前所见是真事。这是化为丑恶形象的天主，是以德纳第的形体从地下钻出来的善良天使。

德纳第把拳头塞进劳动服的大口袋里，掏出一根绳索递给冉阿让，说道："拿着，我还饶你这根绳子。"

"绳子，干什么用啊？"

"你还需要一块石头，外面能找到，那儿有一个瓦砾堆。"

"石头，干什么用啊？"

"笨蛋，你要把这短命鬼丢进河里，就得有一块石头和一根绳

---

① 法语成语，"掌握田野的钥匙"，即"逃之夭夭"。

子，要不就会漂起来。”

冉阿让接过绳子，任何人都会这样机械地接受东西。

德纳第用手指打了个响儿，就像猛然想起什么事那样：

“哦，对了，伙计，你是怎么过那儿的泥坑的？我可不敢冒那个险踏进去。呸！你身上的味好难闻。”

停了一下，他又说道：

“我问你话，你不回答也对，这是学会对付预审法官盘问那难熬的一刻钟。还有，一声不吭，就没有说话声音太高的危险。无所谓，反正我也没看见你的脸，不知道你的名字。不过，你若是以为我不知道你是谁，想干什么，那可就错了。我知道，你干掉了这位先生，现在想把他塞到什么地方，要找一条河，那是最大藏污的地方。我来帮你摆脱困境。一个好人有难处，我倒乐意帮一帮。”

他一方面赞许冉阿让缄默，另一方面又显然要引他开口，推推他肩膀，想从侧面端详他，就是叫嚷也始终保持不高不低的声音：

“提起那个泥坑，你这家伙可真棒。你干吗不把这人扔在里边呢？”

冉阿让默不作声。

德纳第当作领带的破布条一直提到喉结，这一举动就补充完整了一个严肃的人的神态。他又说道：

“其实，你这样干也许是明智的。明天工人来填坑，肯定会发现扔在那儿的巴黎人，警方就会连起一条条线索，顺藤摸瓜，摸着你的踪迹，一直追到你面前。有人经过这条阴沟。是谁呢？是从哪儿来的呢？有人瞧见他出去了吗？警察可机灵得很。阴沟能出卖人，告发人。能找到这种地方的人不同寻常，这足以引起注意，很少人利用下水道作案，而河流则人人都可以利用。河流是真正的墓穴。一个月后，有人在圣克卢的河网上把这人捞上来。那又怎么样呢？是一具腐烂的尸体，哼！这人是谁杀的？巴黎法院连调查都不调查。你做得对呀。”

德纳第话越多，冉阿让越不吭声。德纳第又摇了摇他的肩膀。

“现在，这桩生意该拍板了。二一添作五，平分吧。我的钥匙你看见了，你的钱也亮给我看看。”

德纳第像野兽一样，惶恐不安，又鬼鬼祟祟，那样子还带点威胁，但始终很友好。

有个情况很怪：德纳第的言谈举止很不自然，神态一点也不自在；尽管没有装出神秘的样子，他说话却把声音压低，还不时把手指按在嘴唇上“嘘”一声，叫人猜不出其中的缘故。这里只有他们两个，没有别人。冉阿让不免猜想，可能还有盗贼藏在哪个角落，离不太远，德纳第不打算同他们分赃。

德纳第又说道：“赶快了结。这个短命鬼兜里有多少？”

冉阿让便搜自己的兜儿。

大家记得，他身上总习惯带着钱。他晦暗的生活总要应付意外，这已经成为他的一条准则。然而这次，他却措手不及。昨天夜晚，他情绪沮丧，神不守舍，换上国民卫队制服时，竟然忘了带钱包。现在，只有坎肩兜里装少许零钱，凑起来约三十法郎。他把浸透泥水的衣兜翻出来，拣出一枚金路易、两枚五法郎钱币和五六个铜钱，放到下水道的沟坎上。

德纳第伸出下嘴唇，意味深长地歪了一下脖子，说道：

“杀了人，就为这点儿钱。”

他开始放肆地摸索冉阿让和马吕斯的口袋。冉阿让由他做去，只注意自己背着光就行了。在翻马吕斯的衣服时，德纳第以扒手的灵巧，设法撕下一片衣襟，掖进自己的劳动服，却未让冉阿让瞧见，想必以为凭着这片衣襟，日后能认出被害者和凶手。

“不错，”德纳第说道，“你们只有这么点儿。”

他全部装进自己腰包，忘记他说的“对半儿分”的话了。

对几枚铜钱，他略显犹豫，想了想，还是收了去，同时嘴里咕哝着：“算啦！这么便宜就把人干掉了。”

他收了钱，又把大钥匙从劳动服里面拉出来。

“朋友，现在你得出去了。这里就像集市那样，付了钱才能出去。你付了钱，就出去吧。”

他嘿嘿笑起来。

他用钥匙帮助一个陌生人，让一个外人从这道门出去，动机是否很纯，要无私地救一个凶手？这是值得怀疑的。

德纳第帮着把马吕斯搁到冉阿让肩上，然后踮着赤脚走到铁栅门前，并招手叫冉阿让跟上来。他往外张望一下，将手指放在嘴上，仿佛迟疑几秒钟，察看之后，他才把钥匙插进锁孔里。锁舌滑出，铁栅门转动，却没有发出一点吱吱咯咯的声响。极轻极轻，显然这道门的铰链仔细上了油，谁也想不到开得这样频繁。这样悄然无声倒挺瘆人，让人感到一些夜猫子，踏着罪恶的轻轻脚步，偷偷地来来往往，悄悄地进进出出。这阴沟显然是哪个秘密团伙的同谋。这道不声不响的铁栅门就是个窝主。

德纳第半打开门，刚刚能让冉阿让通过，随即又关上，钥匙在锁眼里拧了两圈，然后就隐没在黑暗里，轻如一阵微风。他的脚步就像老虎毛茸茸的爪子。这个可怕的天主，一忽儿就隐于无形了。

冉阿让来到外面。

九　行家看马吕斯似已殒命

他来到河滩，轻轻放下马吕斯。

他们出来啦！

腐烂的臭味、黑暗、恐惧，统统丢在身后。沐浴到纯净、新鲜、欢快而有益于健康的空气中，可以畅快地呼吸了。周围一片寂静。这是碧空落日后迷人的寂静。暮色沉沉，夜晚来临；夜晚是大救星，是朋友，能帮助所有要以黑暗为外衣的人摆脱惶恐。天空辽阔静谧。脚边河水汩汩，声如接吻。听得见香榭丽舍榆树上的鸟巢互道晚安的应答。淡蓝色的苍穹隐隐显现几颗星，在无垠中荧光微弱，难以捕捉，唯独沉思者才看得见。在冉阿让的头顶，夜晚铺展茫茫宇宙的全部温馨。

这半明半晦的时刻，又暧昧又美妙。暮色已相当浓，几步之外就不见踪影，但是还有足够的天光辨识眼前的事物。

这庄严而柔和的宁静沁人心脾，有几秒钟冉阿让不由得沉浸其中；人人都有这种忘情的时刻，痛苦不再折磨苦难者，一切思虑都从头脑里消失；静谧像夜色一样笼罩沉思者，在暮晚余晖之下，灵魂效仿明亮的天空，也布满了星辰。冉阿让情不自禁，仰望头上明亮的夜空，他若有所思，边瞻仰边祈祷，沉浸在永恒天宇的庄严寂静中。继而，他好像又想起一种责任，突然俯身瞧瞧马吕斯，又用手心舀上点河水，往他脸上轻轻洒几滴。马吕斯没看睁开眼睛，但是微张的嘴还有气儿。

冉阿让又把手伸进河里，却不知为什么，突然感到别扭，就像身后有人而未看见的那种感觉。

我们在别处已经指出过，这种感觉人人都有体验。

他回头一看。

如同刚才在阴沟里那样，身后果然有个人。

一条大汉，身穿长礼服，叉着胳臂，右拳握着一根看得见铅头的短棍，站在后边，离蹲在马吕斯身旁的冉阿让只有几步远。

在沉沉暮色中，真像一个幽灵。因为昏黑时刻，寻常人见了会害怕，一个审慎的人则会因为见了短棍而害怕。

冉阿让认出那是沙威。

想必读者已经猜出，跟踪德纳第的人正是沙威。在街垒里，沙威想也未敢想，居然逃脱了，他就赶到警察总署，在短暂的接见中，向总署署长口头汇报了情况，然后又立即去执勤；从他身上搜出的字条我们还应当记得，他的勤务包括监视河右岸香榭丽舍一带河滩，近来那里引起警方的注意。他到了那儿，发现了德纳第，便跟踪追捕。其余的情况我们都知道了。

我们也明白，那道铁栅门能那样殷勤地为冉阿让打开，也是德纳第的一步妙棋。德纳第感到沙威一直守在那儿。被盯梢的人，都有一种准确无误的嗅觉，必须给那条警犬丢一根骨头。提供个凶手，该是多么意外的收获啊！送上个替罪羊，也绝不会拒绝。德纳第让冉阿让替他出去，放出一个猎物，就会把警察引开，让沙威守候有所得，去追查一个更大的案件，这样一来，既让警探满意，自己又白赚三十法郎，还可以趁机溜走。

冉阿让过了一个暗礁，又撞到另一个暗礁。

接连两次狭路相逢，从德纳第的手又落放入沙威的手，这打击的确沉重。

我们说过，冉阿让已面目全非，沙威没有认出来，他放下手臂，并以不易觉察的动作握紧短棍，以短促而平静的声音问道：“您是谁？”

“是我。”

“是谁，您？”

“冉阿让。”

沙威用牙叼住短棍，屈膝俯身，两只强有力的手掌按在冉阿让的双肩上，像铁钳似的紧紧抓住，定睛端详，终于认出他来。他们的脸几乎贴上。沙威的目光很凶。

冉阿让一动不动，任由沙威抓着，就像狮子容忍猞猁的爪子。

“沙威探长，”他说道，“您抓住我了。其实，从今天早晨起，我就认为是您的犯人了。当时我把住址告诉您，就绝无逃走的打算。您逮捕我吧，不过，请您答应我一件事。”

沙威仿佛没听见，他还定睛看着冉阿让，下颏儿噘起，把嘴唇顶向鼻子，是一副沉思的凶相。他终于放开手，忽地站起身，又一把抓住短棍，问了一句话，喃喃如同梦呓：

“您在这儿干什么？这又是什么人？”

他始终不用“你”称呼冉阿让了。

冉阿让回答，他的声音似乎能把沙威唤醒：

“我正想同您谈谈他的事。您先帮我把他送回家，然后随您怎么处置我。我只求您这一件事。”

沙威皱起面孔，他每次让人以为会让步，就有这样表情。他并没有回绝。

他又俯下身，从兜里掏手帕，放进水中浸湿，拭去马吕斯额头的血迹。

“这人原来在街垒里，”他轻声说，仿佛自言自语，“就是别人叫他马吕斯的那个人。”

真是头等警探，认为自己必死的时候，还什么都观察，什么都倾听，什么话都听到，什么情况都搜集，临死还在侦察，臂肘撑在坟墓的第一级台阶上还在记录。

他抓起马吕斯的手摸脉息。

“他受伤了。”冉阿让说道。

“他死了。”沙威说道。

冉阿让则回答："不，还没有死。"

"您从街垒把他背到这儿？"沙威指出。

他一定心事重重，一点也没有顾上追问从阴沟救人的令人不安的事实，甚至没有注意他问了之后，冉阿让却默然不答。

冉阿让好像只有这一个念头，他又说道：

"他住在沼泽区受难会修女街，他外祖父家中……姓名我不记得了。"

冉阿让摸马吕斯的衣兜，掏出笔记本，翻到马吕斯用铅笔写的那一页，递给沙威。

空中还有浮光，足能看清字迹，况且，沙威的眼睛像夜鸟，有猫眼那种磷光。他辨读了马吕斯写的几行字，咕哝道："吉诺曼，受难会修女街6号。"

接着，他叫了一声："车夫！"

要知道，那辆马车还停在那儿听候调遣。

沙威留下马吕斯的笔记本。

不大工夫，马车就顺着饮水坡道驶下来，停到河滩，马吕斯安置在后排坐椅上，沙威和冉阿让并排坐在前座。

车门一关上，马车就驶离河滩，沿河滨路朝上游巴士底方向飞驰。

马车离开河滨路，驶进大街。只见车夫在座上的黑黑的侧影，鞭打着两匹瘦马。车中冷冰冰的沉默：马吕斯身子靠在后座角上，一动不动，头垂到胸前，胳臂耷拉着，两腿僵直，似乎只等待一口棺材了；冉阿让仿佛鬼影；沙威好像石雕。车内夜色弥漫，每经过一盏路灯，就如一道闪电射进来，照成灰白色，照出这个阴森的场面：尸体、鬼魂和石像，三个静止不动的悲惨形体，偶然在此聚首。

十　不要命的孩子回来了

马车在路石上颠簸一下，马吕斯头发中就掉下一滴血。

马车行驶到受难会修女街6号，天就完全黑了。

沙威头一个下车，望一眼大门上面的门牌，就拉起饰有公羊和林神角力像的老式沉重的熟铁门锤，重重地敲了一下。门打开一条缝儿，让沙威一把推开。门房举着蜡烛，只见他露出半截身子，打着哈欠，还睡眼惺忪。

楼里住户全睡觉了。住在沼泽区的人都睡得早，尤其在动乱期间。这个老区的善良百姓被革命吓坏了，干脆躲进睡梦中，就好像孩子听见妖怪来了，就把头缩进被窝里一样。

这工夫，冉阿让托住马吕斯的腋下，车夫抱住他的腿，把他从车里抬出来。

冉阿让一面托着马吕斯，一面把手伸进撕开的衣服里，摸摸他的胸口，确认心脏还在跳动。而且，心脏跳得不像先前那么微弱了，就像经车子颠簸，又恢复了几分生机。

沙威对门房说话的声调，正合乎官方对待一名叛乱分子的门房。

“有个叫吉诺曼的人吗？”

“就是这儿。您找他有什么事？”

“我们把他的儿子送回来了。”

“他儿子？”门房目瞪口呆，重复道。

“人死了。”

冉阿让衣衫又破又脏，跟在沙威后面，他向门房摇头；可是，门房有点讨厌他。

门房似乎没有听懂沙威的话，也不明白冉阿让摇头的意思。

沙威接着说道：“他去了街垒，这不弄回来了。”

“去了街垒？”门房惊叫。

“他去找死。去把他父亲叫醒。”

门房不动。

“快去呀！”沙威又催一声。

他又加了一句：“明天这儿要送葬了。”

沙威认为，大街上经常发生的事件要严格分类，这是预防和监督的第一步；每种意外的情况都有各自的栏目，在一定程度上，所有可能发生的事，都放在抽屉里，到时根据具体情况抽出来多少；大街上有闹事、暴动、狂欢节、送葬。

门房只叫醒巴斯克。巴斯克再叫醒妮科莱特，妮科莱特又去叫醒吉诺曼姨妈。至于外祖父，还是让他睡觉，认为什么事他都早早就知道了。

他们把马吕斯抬上二楼，安置在吉诺曼先生前厅的旧长沙发上，没让楼里其他住户听到一点动静。巴斯克去请大夫；妮科莱特打开衣橱找衣裳；这时，冉阿让感到沙威拍拍他肩膀，心下便明白，就跟随沙威下楼去了。

门房望着他们离开，就像看着他们到来一样，始终处于惊恐的梦游状态。

他们又上了马车，车夫也回到座位。

“沙威探长，”冉阿让说道，“请再允许我一件事。”

“什么事？”沙威气势汹汹地问道。

“让我回家一趟，然后，随您怎么处置我。”

沙威沉默片刻，下颏儿缩进衣领里，继而，他放下前面的玻璃，说道：“车夫，武人街7号。”

十一　于绝对中动摇

一路上他们谁也没有再开口。

冉阿让要干什么呢？做事有始有终：通知珂赛特，告诉她马吕斯现在什么地方，也许还给她一些有益的指点，如果可能的话，再作最后几点安排。至于他，至于关系他本人的事，已然定死了：他被沙威逮住，并不抗拒；这种情况换个别人，可能就会隐约想到德纳第给他的绳子，想到他要进入的头一间牢房的铁窗，然而，我们要强调指出，自从见了主教之后，冉阿让面对任何残害行为，哪怕是残害自己，总有一种基于宗教信仰的由衷的迟疑了。

自杀，这种对未知事物施暴的神秘行为，在一定程度上，可能还包含灵魂的死亡，对冉阿让是绝不可取的。

马车驶到武人街口便停下，街道太窄，进不去车。沙威和冉阿让便下来。

车夫恭敬地向“警探先生”指出，车里的丝绒被遇害者的血和凶手的泥浆弄脏了。他就是这样理解的。他说应当付给他一笔赔偿费，当即从兜里掏出小本，请警探先生费神写上“一点证明什么的”。

沙威推开车夫递过来的小本子，说道：

“连同等候和跑路的费用，总共该给你多少？”

“一共七小时一刻钟，”车夫回答，“有车上的丝绒，本来是全新的。要给八十法郎，警探先生。”

沙威从兜里掏出四枚拿破仑金币，将马车打发走了。

冉阿让心想，沙威大概打算步行带他去白斗篷街哨所，或者档案馆哨所，两处都很近。

小街跟平常一样寂静无人，冉阿让和沙威一前一后走进去，到了七号门。冉阿让敲门，楼门打开了。

“好吧，您上去吧。”沙威说道。

他表情奇特，好像很吃力地补充了一句：“我在这儿等您。”

冉阿让瞧瞧沙威。这种做法不大符合沙威的习惯。不过，冉阿让既已决心自首并了断，那么现在沙威向他表示一种傲慢的信任，如同猫给予小耗子一爪子长那点自由的信任，他是不会感到十分意外的。他推开门，走进楼里，对躺在床上拉门栓绳的门房嚷了一声：“是我！”就上楼去了。

他登上二楼，歇了一下。所有痛苦的道路都有间歇站。楼道有一扇吊窗开着。同许多老式楼房一样，楼梯对着街道，能采光，而街上的路灯正巧在对面，能给楼梯照点亮，上下楼省得再点灯了。

冉阿让不是为了喘口气，而是机械地朝窗外探探头。他俯瞰街道，这条街很短，从头至尾都在路灯光照下。冉阿让一阵惊喜，不禁愣住了：街上不见人影了。

沙威已经离去。

十二　外祖父

马吕斯刚到时安置在长沙发上，毫无知觉，继而又被巴斯克和门房抬进客厅。去请的医生赶来了。吉诺曼姨妈也已起床。

吉诺曼姨妈吓坏了，她合拢双手，来回走动，做不了什么事，只会叨咕：“上帝呀，这怎么可能！”时而还加上一句：“到处都要沾上血啦！”一阵恐惧过后，她头脑里又产生一种现实的哲学态度，以这种感叹表达出来：“准是这种结果！”好在还没有按这种场合的习惯讲：“我早就说过啦！”

遵照医生吩咐，在长沙发旁边支了一张帆布床。医生检查马吕斯的伤势，确认脉搏还在跳动，胸部没受重伤，嘴角的血是从鼻腔流出来的，然后吩咐人把伤员在床上放平，不用枕头，让他的头和身体躺在一个平面，甚至略低些，上身脱光，以利呼吸。吉诺曼小姐看见有人给马吕斯脱衣裳，就退出去，回到自己房间开始念经。

马吕斯上身没有一点内伤；有一颗子弹打中，却被皮夹子挡了一下，偏向肋骨，划了一道大口子，但并不深，也就没有什么危险。倒是在阴沟里长途跋涉，使受伤的锁骨脱了臼，这处伤才真正麻烦。胳膊有刀伤，但没有破相伤着脸，只是头顶刀痕累累。头顶伤势如何呢？仅仅伤着头皮吗？伤着头盖骨没有呢？现在还很难说。一种严重的症状，就是伤口引起昏迷，而一旦昏迷，不是人人都能苏醒的。还有，伤者流血过多，身体极度虚弱。当时有街垒遮护，从腰带起下半身没有受伤。

巴斯克和妮科莱特撕床单做绷带。妮科莱特用线连起布条，巴斯克则把布条卷起来。医生没有堵伤口止血的纱团，就暂用绵长卷儿代替。帆布床旁边的桌子上点着三支蜡烛，排好外科手术的器械。医生用凉水清洗马吕斯的脸和头发。不大工夫，一桶水就染红了。门房举着蜡烛给照亮。

医生满面愁容，仿佛在考虑。他不时摇一下头，好像在回答内心提出的问题。医生在内心这种隐秘的对话，对伤病者来说是不祥之兆。

医生正给马吕斯擦脸，用手指轻轻触碰始终紧闭的眼皮，客厅里侧的门打开，探出一张苍白的长脸。

那是外祖父。

这两天来，吉诺曼先生让暴动闹得又不安，又气愤，又担心，前天夜晚睡不着觉，次日发了一天烧，昨晚早早睡下，吩咐人把窗户关严，房门插上，而他实在太疲倦，就蒙眬入睡了。

老人都睡不安稳；吉诺曼先生的卧室连着客厅，大家再怎么小心，也弄出点动静把他惊醒了。他望见门缝里透进烛光，不免诧异，就下床摸黑走过来。

他停在半开的门口，一只手抓着门把手，头摇晃着，稍微向前探，身子紧紧裹着白色睡袍，直挺挺的没有皱纹，就像穿着殓衣，而那惊讶的神态，又像一个鬼魂在窥探坟墓。

他看见了床，看见了床垫上躺着的血淋淋的青年，只见他脸色苍白，双目紧闭，嘴张开，嘴唇发青，上身赤裸，满身是紫红色的伤口，在明亮的烛光下一动不动。

骨瘦如柴的老人从头到脚颤抖起来，他那因高龄而角膜发黄的眼睛罩了一层透明的闪光，整张脸顿时变成土灰色，棱角跟骷髅一般，双臂耷拉下来，就跟断了发条似的，两只颤抖的老手叉开指头，表明他内心万分惊愕。他的膝盖向前弯曲，从顶开的睡袍里露出竖起白毛的两条可怜巴巴的腿，他咕哝一句：

“马吕斯！”

“先生，”巴斯克说，“有人把先生送回来，他去了街垒，而且……”

“他死啦！”老人凶狠地嚷道，“哼！这个强盗！”

这位百岁老人像青年一样挺起身子，忽然变得阴森可怕了。

“先生，”他说道，“您就是医生，先告诉我一个情况，他死了，对不对？”

医生极度担心，没有应声。

吉诺曼先生绞着双手，哈哈大笑，笑声特别瘆人。

“他死啦！他死啦！他到街垒去，让人给杀啦！就是因为恨我！他跟我作对才这么干！哼！吸血鬼！他就这样回来见我！我一生的灾星，他死啦！”

他走到窗前，把窗户大敞开，就好像他感到气闷，他面对黑暗伫立，开始向街上夜色讲话：

“让子弹打穿，让刀砍了，割断喉咙，干掉，撕烂，剁成肉酱！瞧瞧吧，这无赖！他明明知道我等他回来，知道我让人把他的房间收拾好，而我的床头放着他小时候的画像。他明明知道他只要回来就行了，知道多少年来我呼唤他，晚上总守着火炉，双手放在膝上，无事可干，人都变得痴呆啦！你明明知道这些，明明知道你只要回来说一声‘是我’，你就会成为家里的主人，怎么摆布你这傻瓜老外公，我都会百依百顺！你明明知道这一点，你还说：‘不，他是保皇派，我不去见他！’于是你就跑到街垒去，黑着良心去送死！因为谈到德·贝里公爵时我对你说了那几句话，你就这样来报复！这样实在太卑鄙！您就睡吧，安心睡觉吧！他已经死了，我却大梦初醒。”

医生开始为两方面担心了，他离开马吕斯一会儿，来看看吉诺曼先生，挽起他的胳臂。老人回过头来，瞪大了充血的眼睛注视医生，平静地对他说道：

“先生，谢谢您，我很平静，我是个男子汉，见过处决路易十六的场面，我能够经得起事变。有一件事特别可怕，就是想到全部危害都是你们的报纸造成的。拙劣的作者、能言善辩的人、律师、演说家、法庭、辩论、进步、知识、人权、新闻自由，这些你们应有尽有，结果就是这样把你们的孩子送回家！哼！马吕斯！这太可恶啦！让人打死，死在我之前！什么街垒！噢！强盗！大夫，我想，您就住在这个街区吧？唔！我认得您。我在窗口望见您的马车驶过。我要告诉您，您若是以为我动了气就错了。对一个死者总不至于发火。若发火就太愚蠢了。他是我抚养大的孩子。那时我就上年纪了，他还很小呢。他带着小铲子和小椅子，在土伊勒里宫花园里玩耍，他在前边用小铲挖坑，我在后面就用手杖填上，免得受管理人员斥责。有一天他喊了一句：‘打倒路易十八！’抬脚就走了。这不能怪我呀。当时他脸蛋儿红扑扑的，满头金发。他母亲已经过世。所有小孩的头发都是金黄色的，您注意到了吗？怎么会这样呢？他是卢瓦尔河一带强盗的儿子。父辈有罪，同孩子并无关系。我还记得，他就这么一点高，发不清d字的音，说话特别柔和，也特别含混，真像个小鸟儿。还记得有一次，在法尔内塞的赫拉克勒斯雕像前，好些人围着他惊叹赞美，这孩子长得真漂亮。他的相貌就像画中人。我对他高声嚷，举手杖吓唬他，可是他完全明白那是闹着玩。早晨，他跑进我的卧室，我嘟嘟囔囔抱怨。可是，他好像给我带来阳光。这样的孩子，简直拿他们没办法。他们揪住你，缠住你就不放开。老实说，没有像这样可爱漂亮的孩子了。你们的什么拉法耶特，什么邦雅曼·贡斯当，什么蒂尔居伊·德·科塞勒，现在你们怎么看呢？是他们杀害了我的孩子。不能这样就算了。”

老人和医生回到马吕斯跟前，老外公见他脸色苍白，始终一动不动，就又绞起手臂，没有血色的嘴唇重又机械地嚅动起来，仿佛临终倒气似的吐出一些话语，几乎听不清，也难以分辨：“哼！丧尽天良！哼！阴谋集团分子！哼！十恶不赦！哼！九月大屠杀的凶手！”一个垂死的人，低声责备一具死尸。

内心的怒火总要爆发出来，老人又渐渐絮叨起来，但又似乎连讲话的气力都没有了，声音极度低沉微弱，仿佛来自深渊的彼岸：

“无所谓，反正我也要死了。真想不到，巴黎没有一个风流女人，不乐意让他成为一个幸运的家伙！可是这坏蛋非但不寻欢作乐，享受生活，却要去打仗，像野蛮人一样，在枪弹下送命！这是为了谁，又究竟为什么呢？为了共和政体！不像青年人那样所作所为，不去茅屋别墅那里跳舞！白白活了二十岁。共和，多么美妙的蠢事！可怜的母亲，生下俊秀的孩子吧！这下可好，他死了。这真是双丧临门。你这样安排自己，就是为了拉马克将军那双美丽的眼睛。这个拉马克将军，究竟给了你什么好处！一个杀人不眨眼的军人！一个耍嘴皮子的家伙！为了一个死人去拼命！怎不把人气疯啦！要明白这一点！才二十岁！也不回头望望，身后留下什么东西没有！现在可好，可怜的老人只得孤苦伶仃地死去。老猫头鹰，就死在你的角落里吧。其实，这样好极了，我正求之不得，能让我死个痛快。我太老了，已经一百岁了，十万岁了。我早就有权死去。这次打击，大功告成。终于到头了，多叫人高兴。何必还给他闻阿摩尼亚，还给他准备一大堆药呢？您这是白费劲儿，傻医生！算了，他死了，完全死了。这情况我清楚，我也是死的人了。他这次干得很彻底。对，这年头儿真可恶，可恶，可恶，我就是这样看待你们，看待你们的思想、你们的制度、你们的主子、你们的谕示、你们的医生、你们的无赖作家、你们的流氓哲学家，我就是这样看待六十年来，惊飞土伊勒里宫一群群乌鸦的所有那些革命！既然你无情无义，故意去送死，那么你死就死，我一点也不悲痛，你听见了吗，凶手！”

这时，马吕斯缓缓睁开眼睛，但是从昏迷中刚刚醒来，目光还蒙着惊讶的神色，停在吉诺曼先生的身上。

“马吕斯！”老人叫道，“马吕斯！我的小马吕斯！我的孩子！我心爱的儿子！你睁开眼睛了，你在看我，你又活了，谢谢！”

他随即昏倒了。

第四卷　沙威出了轨

沙威缓步离开武人街。

有生以来，他走路头一回低着头，也是头一回背着手。

时至今日，沙威只采用拿破仑这两种姿势：一种双臂抱在胸前表示决断，一种双手搭在背后表示犹豫；但是这后一种，他因不用而生疏。现在完全变了，他整个人儿都显得迟缓沉郁，有一种惶惶不安的神色。

他拐进僻静无人的街道。

然而，他却朝着一个方向走去。

他抄最近的路走向塞纳河，到了榆树码头，又顺着河沿走过河滩广场，距夏特莱广场哨所不远，在圣母院桥的拐角停下来。塞纳河流经这里，纵向在圣母桥和货币兑换所桥之间，横向在鞣革工场码头和花市码头之间，形成一个水流湍急的方形湖面。

这是水手们畏惧的塞纳河段，这段急流比哪处都危险，只因桥头磨坊打了一排木桩，如今已拆除，但当年却逼窄江流，水势湍急，再加上两座桥相距甚近，危险倍增，河水流经桥洞汹涌奔泻，大浪翻滚。河水在方湖中聚积猛涨，波涛冲击桥墩，用流动的粗绳索要将桥墩连根拔走。人掉进去就再也浮不上来了，游泳能手也要淹死在里面。

沙威两个臂肘撑着桥栏杆，双手托住下颏儿，指甲机械地抠进浓密的颊髯里，一副沉思的样子。

一个新情况，一场革命，一场灾难，刚刚在他内心里发生，这就有必要反省一下。

沙威痛苦万分。

几个小时以来，沙威不再那么单纯了，他心慌意乱；这颗头脑在盲目中十分清澈，现在却混浊了；这块水晶里生了云雾。沙威的良心感到，他的职责一分为二，也不能向自己掩饰这一点了。他在塞纳河滩十分意外地碰到冉阿让，当时的心情既像狼抓到了猎物，又像狗找到了主人。

他面前有两条路，都同样笔直，然而，两条路他全看到了，就不免惊慌失措；他平生只认得一条直路，而现在令他万分苦恼的是，这两条路完全相反，相互排斥，究竟哪一条是正路呢？

他的处境难以描摹。

一个坏人成了救命恩人，欠了这笔债要偿还，这就是违心地同一名惯犯平起平坐，还要还这个人情。听对方说一声：“走吧”，然后自己再还一句：“你自由了”；为了个人动机而牺牲职责，牺牲这种普遍的义务，同时又感到这种个人动机也包含着普遍的意义，可能还要高出一等；背叛社会而忠于良心；这种种荒谬的事都出现了，都堆积在他身上，令他目瞪口呆。

有件事令他惊诧不已，就是冉阿让宽恕了他；还有一件事更加令他愕然，就是他沙威也宽恕了冉阿让。

他究竟怎么啦？他寻找自己却找不见了。

现在怎么办？交出冉阿让，这样干不好；放了冉阿让，这样干也不好。前一种情况，执法的人堕落到比苦役犯还卑劣的程度；而后一种情况，苦役犯上升到法律之上，将法律踩在脚下。这两种情况，都有损于沙威的荣誉。采取什么决定都难免堕落。在不可能的路上，命运也会遇到陡峭的极限；越过极限一步，生命就化作一个无底深渊。沙威就到了这样一种极限。

他深为焦虑的一点，就是被迫思考。所有这些矛盾的情绪越强烈，就越迫使他思考。思考，沙威不习惯这种事，因而感到特别痛苦。

在思考中，内心总有一定程度的反叛，而沙威特别恼火这情况发生在他身上。

在他公务的狭小圈子之外思考，无论在什么情况下，思考什么事，对他来说都是无益而耗神的；尤其思考刚刚过去的这一天，更是一种折磨。经受了这样的震撼之后，必然要扪心自问，向自己做一个交代。

想想刚才的所作所为，真是不寒而栗。他，沙威，全然不顾警察的条例，不顾社会和司法机构以及整个法典，竟然决定放掉一个人，还认为做得对，符合自己的心愿，以私事充公事，这种行径不是卑劣透顶吗？他每次面对自己的这种没有名称的行为时，就从头到脚发抖。如何决断呢？只有一个办法可采纳：立刻回到武人街，将冉阿让抓起来。显而易见，他应当这么做，但是他又不能这么做。

朝这方向走，却有什么东西挡道。

什么东西？什么？这世上除了法庭、执行的判决、警察和职权，难道还有别的东西吗？沙威不禁意乱心烦。

一名神圣的苦役犯，一个不受法律制裁的苦役犯，而这恰恰是沙威一手造成的。

沙威和冉阿让，一个天生肆虐者，一个天生逆来顺受者；两个人都是法律的产物，而现在，他们却高踞法律之上，难道这不可怕吗？

怎么，发生了这样荒谬绝伦的事，竟然没有人受到惩罚！冉阿让比全社会的秩序还强大，就要获取自由了，而他沙威，还要继续吃政府的面包！

他的思索越来越可怕了。

他在沉思过程中，关于把那个暴乱分子送回受难会修女街一事，本来也可以自责，但是他连想也没有想。小错隐没在大错中。况且，那个暴乱分子肯定死了，法律并不追究死者。

冉阿让才是他精神上的重负。

冉阿让令他惊愕。支撑他一生的所有原则，在这个人面前全垮掉了。

冉阿让对他沙威的宽宏大量态度，却把他置于难堪的境地。他想起另外一些事，当初认为是虚假荒诞的，现在看来全都真实可信了。冉阿让之后出现马德兰先生，两个形象重叠起来，就合二为一，成为一个可敬的人了。沙威感到有种可怕的东西侵入心灵，即对一名苦役犯的敬佩。敬重一名苦役犯，这怎么可能呢？他不寒而栗，但又摆脱不掉。他徒然抗争一阵，最后不得不在内心里承认，这个坏蛋品质高尚。这情况实在恨人。

一个行善的恶人，一名苦役犯，却富有同情心，既和蔼，又乐于助人，心肠宽厚，总以德报怨，以恕道化仇恨，重怜悯而轻报复，宁愿断送自己也不肯毁掉敌手，救助打击过他的人，跪在美德的高高的神坛上，超脱凡尘而接近天使！沙威不得不承认，这个怪物确实存在。

这种状况不能延续下去了。

当然，我们再强调一遍，面对这个怪物，这个无耻的天使，这个可恶的英雄，他愤慨和惊愕几乎参半，并不是毫无抵抗就投降了。他同冉阿让面对面坐在马车里的时候，法律的老虎就在他身上怒吼。多少次他要扑向冉阿让，抓住并吞掉他，也就是说逮捕归案。其实，这不是轻而易举吗？只要经过一个哨所，喊一声就行了："这儿有一名潜逃的惯犯！"把警察喊来，就对他们说："这个人交给你们了！"把这家伙一丢下，自己就扬长而去，管他是什么下场，再也不闻不问了。这人将永生成为法律的囚犯，任由法律处置。这不是非常公正吗？这些话，沙威全在心里念叨过，他想象原先那样行事，抓住这个人，然而，他却像此刻这样，难以下手了；他的手每次痉挛地举向冉阿让的领子，又像给重负拉下来了，他听到一个声音，一个奇特的声音，从思想深处对他喊道："有你的。出卖你的救命恩人吧，再让人将蓬提乌斯·彼拉多的水盆端来，好洗洗你的爪子[1]。"

继而，他又想到自身，在逐渐高大起来的冉阿让旁边，他看见他沙威变得渺小了。

一名苦役犯居然成为他的恩人！

然而，他又为什么接受这个人放自己一条生路呢？他在街垒里有权被杀害，他也应该运用这一权利，向其他起义者呼救，挫败冉阿让，迫使别人把自己枪毙，这样就更好些。

他最为惶恐不安的，就是丧失了信念。他感到自身连根给拔起来了。法典在他手中也成了一截断木。他要对付一种陌生的顾虑。他心中情感的顿悟，和他始终奉为唯一尺度的法律判断截然相反。还保持以往的正直已经不够了。一连串意想不到的事实出现，令他信服了。一个新天地在他心灵里展现：受恩图报，为人忠诚、仁慈、宽厚，出于怜悯而违犯严纪，接受不同的人，不再一棒子把人打死，不再把人打入地狱，法律的眼睛也可能流下一滴泪，一种莫名的上帝的正义，恰好同人的正义背道而驰。他望见黑暗中骇然升

① 蓬提乌斯·彼拉多：罗马皇帝提比略派往犹太的巡抚，他向暴民让步，判处耶稣钉在十字架上，事后又洗手，洗脱罪责。后来他改奉基督教。

起一颗陌生的道义太阳，他感到恐惧，而且目眩神摇。猫头鹰被迫换上雄鹰的目光。

他思忖道，这的确是真的，总有例外情况，政权也可能不知所措，条例在一件事实面前一筹莫展，法典的条文不可能把什么都框进去，总有意外的情况迫使人遵从，一名苦役犯的美德，就能给一名公务员的品德设下陷阱，魔怪的可以冲淡神圣的，命运中就有这类埋伏，而他沉痛地想道，他本人也未能幸免，碰到一件万难意料的事。

他不得不承认，人世存在善良。这名苦役犯早就是善良的，而他沙威也刚刚变善了，这真是天下奇闻。他从而也就堕落了。

他感到自己懦弱，开始讨厌自己了。

在沙威看来，理想，并不是讲人道，也不是追求伟大崇高，只求无可指责。

然而，他却失误了。

怎么会到这一步呢？怎么会发生这种事情呢？他无法向自己交代。他双手捧头，怎么解释也不能自圆其说。

自不待言，他一直打算再度将冉阿让交给法律：冉阿让是法律的囚徒，而他沙威则是法律的奴隶。他一刻也没有认为，他抓住冉阿让时有过放走他的念头。可以说，他在不知不觉中张开手，把人放走了。

各种各样的新情况，在他眼前像半开的谜团。他自问自答，而对自己的回答又十分震悚。他心中发问："这个苦役犯，这个走投无路的人，我那么追捕甚至迫害他，不料反落到他的脚下，他本来可以报复，无论出于仇恨还是从安全考虑，他都应当报复，可是却饶恕了我，他做了什么呢？尽他的职责。不对。还有别的东西。而我也同样饶恕了他，我又做了什么呢？尽我的职责。不是。还有别的东西。除了职责，难道还有别的东西吗？想到这里，他心惊胆战，他的天平脱了节，一端秤盘跌入深渊，另一端秤盘举到天上；无论对举到天上的还是对跌入深渊的，沙威都同样感到恐怖。他绝不是所谓的伏尔泰主义者、哲学家或者无神论者，恰恰相反，他本能地敬重确立起来的教会，但是把它认作社会整体的一个神圣部分；公共秩序才是他的信条，对他来说也就足够了；自从成年任了公职，他就几乎把警察当作他的全部宗教，他当警探，就像别人当教士一样，我们使用这种字眼毫无讽刺意味，而是取其最严肃的含义。他有个上司，即吉斯凯先生；迄今为止，他没有想到另外那个上司：上帝。

上帝，这位新上司，他忽然感到了，一时不免心慌意乱。

上帝意外地出现，令他不知所措，他不知道怎样对待这位上司，因为他深知下级必须永远俯首听命，不能违背，不能指责，也不能争辩，如果上司出事令他过分诧异，那么下级别无选择，只能辞职不干了。

然而，他又如何向上帝递交辞呈呢？

转来转去，他总要回到这点上来，对他来说至关重要的一个事实：他极其严重地违法了。他闭目不看一名潜逃的惯犯。他放走了一名苦役犯，夺走一个应由法律制裁的人。他干出这种事，对自己简直不理解了，不敢确信还是他本人。他只感到眩晕，却找不出这样干的原因。时至今日，他生活中奉行这种盲目的信念，产生了黑暗的正直。如今，这种信念离去，他的这种正直也不复存在了。他的整个信仰烟消云散。他不肯接受的事实真相，现在无情地困扰着他。从今往后，他必须成为另一个人。他感受的痛苦非常奇特，就像良心的眼睛忽然摘除白内障那样。他看到了他讨厌看的东西。他感到自身空虚了，变得无用，同过去的生活脱离了，被撤了职，整个儿解体了。职权在他心中死去了。他没有理由活在世上了。

受感化，这种境况多么可怕！

本是花岗岩，却又怀疑！完全由法律模子铸造出来的惩罚像，忽又发现铜乳房下有个不驯顺的怪东西，差不多像一颗心！竟会以德报德，尽管内心里至今还认为这种德就是恶！本是看门狗，却又舔人家！本是冰块，却又融化了！本是铁钳，忽又变成一只手！突然感到手指张开了！放了手，这种事真是骇人听闻！

赛似枪弹向前直冲的人迷途而返啦！

内心里不得不承认这一点：万无一失并不绝对可靠，教条可能出错，一部法典也不是包罗万象，社会并不尽善尽美，职权也可能摇摆不定，永恒不变的法则也可能开裂，法官也同样是人，法律也可能出现差错！望见苍穹的无垠蓝玻璃上有一道裂纹！

沙威身上所发生的，是一个正直良心的极大震动[①]，是一颗灵魂出了轨，也是一种正直被无法抗拒的笔直抛出去，撞到上帝而粉碎了。毫无疑问。这实在出奇。社会秩序的司炉、政权的司机、骑上直线的盲目铁马，竟让一道光给掀下来！不可转移的、直向的、准确的、呈几何方圆的、被动的、完美的，竟然弯折了！火车头也有一条通往大马士革之路[②]。

上帝，永远是人的内心，是真正的良心，抵制虚伪的良心，防止火星熄灭，命令光记住太阳，每逢心灵面对虚假的绝对时，它就指导心灵识别真正的绝对，必胜的人性、不灭的人心，这种光辉灿烂的现象，也许是我们内心最壮丽的奇迹，沙威能理解吗？沙威能

---

① 原文音译是“芳普”，北方省铁路线的一个地点，1846年7月8日，这条线路开通不到一个月，就发生火车出轨事故，在公众里引起强烈震动。

② 大马士革之路：喻为改变信仰。源出《圣经》，圣保罗在去大马士革的路上，遇耶稣显圣而改信基督教。

参透吗？沙威能领悟吗？显然不能。不过，在这种不容置疑又不可理解的现象的压力下，沙威感到他的头颅裂开了。

面对这种奇迹，他非但没有改观，反而受害了。他接受这一奇迹时恼羞成怒，把这一切仅仅看成在世的巨大艰难。他觉得从今往后，他的呼吸就永远困难了。

他头上出现陌生的事物，对此他很不习惯。

在此之前，他在头上所见的是一个清晰的平面，既简单又透彻，毫无未知和模糊的成分，毫无不确定的成分，全部井然有序，连成一体，既分明确切，又有范围，全部圈定封闭的；一切都预见到了；职权是一个平整的东西，本身绝不会倾覆，在它面前也绝不会晕头转向。沙威在下面才见过陌生的东西。不规则的、出人意料的东西、通向混乱的不规则的敞口、滑入深渊的可能性，这些现象标识底层区域，标识叛乱分子、坏人和卑贱者。现在，沙威仰起头，不禁大吃一惊，他望见闻所未闻的景象：上面也有个深渊。

怎么！从上到下垮掉啦！陷入绝对困惑的境地！还有什么靠得住呢！确信无疑的东西却土崩瓦解啦！

什么！社会盔甲的缺陷，竟然让一个宽宏大量的卑贱者找到啦！什么！法律的一个忠实仆人，突然发现自己夹在两种罪恶之间：放一个人有罪，逮捕这人也有罪！政府向公务员下达的命令，并不完全确定无疑了！在职责的大道上还有死胡同！什么！这一切竟是真的！从前的一个歹徒，屡次判决，被压得直不起腰，竟然又挺起胸膛，最终占了理，难道这是真的吗？在改悔的罪恶面前，法律还要后退并连声道歉，难道会有这种情况吗？

不错，是有这种情况！沙威看到了！沙威也触摸到了！他不仅不能否认，而且还参与了。这是事实。确凿的事实，竟达到如此程度的畸形，这实在骇人听闻。

事实若是履行本身的职责，那就只限于充当法律的证据；而各种事实，正是上帝派遣来的。现在，无政府状态，也要从天而降吗？

痛苦逐渐夸大，而惊愕又产生了错觉，本来可以抵消和纠正他这种印象的一切，诸如社会、人类和宇宙，都统统消失，从此在他眼里只剩下简单而丑恶的轮廓了，这样一来，刑罚、已然审判的事物、借助于法律的势力、最高法院的判决、司法界、政府、羁押和镇压、官方的明智、法律的万无一失、权力的原则、政治和公民安全所依据的全部信条、主权、司法权、由法典引出的逻辑、社会的绝对性、公众的真理，所有这一切，统统变成一堆瓦砾，一堆废物，一片混乱；而他沙威，作为秩序的守卫者、不可腐蚀的警察、保卫社会的猛犬，也败下阵来；然而，在这一片废墟上，却站立着一个人，只见他头戴绿囚帽，额头罩着光环；沙威的头脑就是混乱到这种程度，他的灵魂中就是出现了这样可怕的幻象。

这能容忍吗？不能。

处境窘迫，这便是一例。只有两种摆脱的办法。一种就是坚决去找冉阿让，将这苦役犯投入监狱。另一种……

沙威离开桥栏杆，现在他扬起头，步伐坚定地走向夏特莱广场的一角，那里有灯笼为标记的哨所。

他走到哨所，从玻璃窗望见一名警察，便推门进去。在警卫哨所，单凭推门的方式，警察之间就能认出同道。沙威报了名字，拿出证件给警察看，便在点燃一支蜡烛的桌子旁坐下。桌上放着一支笔、一个铅制墨水缸和纸张，以备作夜巡笔录和开具寄存物品的收执之用。

按规定，这张桌子总配上一把草垫椅子，每个哨所都如此。桌子还一成不变地放一个装满木屑的黄杨木盘、一个装满用于封印的红面团的硬纸盒。这是下级公务员的格式，国家的公文就是从这里开始的。

沙威拿起笔，在一张纸上写道：

改进公务的几点意见：

第一，我请求署长先生过目。

第二，被拘留者从预审处到来时，要脱掉鞋子，赤脚站在石板地上接受检查，不少人回到牢房就咳嗽了。这就增加了医疗开支。

第三，跟踪疑犯时，隔一段距离布置接替的警探，这样安排很好，但是遇到重大案件，在视线之内至少要派两名警探，万一出于某种原因，一名警探失职，另一名便可监视并取代他。

第四，无法解释为什么，马德洛奈特监狱实行特殊规定，禁止给囚犯配备一把椅子，即使付钱也不准。

第五，马德洛奈特监狱食堂窗口只有两根栏杆，这样，女炊事员的手就难免让犯人触碰到。

第六，称作狗叫的犯人，负责叫其他犯人去探监室，他们要收两苏钱才肯把犯人的名字喊清楚。这是抢劫行为。

第七，在织布车间，断一根纱要扣犯人十苏钱，这是工头滥用职权。其实，断纱无损于布的质量。

第八，到强力监狱探监，要穿过孩子院，才能进入埃及圣玛利亚探监室，这情况极为不妥。

第九，在警察总署的庭院里，每天都肯定能听到法警讲述法官审问嫌疑犯的情况；法警应当是神圣的，传播他在预审室里听到的话，是一种严重的违纪行为。

第十，亨利太太是一位正派的女人，她管理的食堂十分清洁；不过，让一名妇女掌管秘密监狱的小窗口就不好了。这同一个文明大国的监狱是不相称的。

沙威写的这一行行字，笔体沉稳工整，一个逗号也不遗漏，有力的笔把纸划得沙沙作响。他在最后一行下方签了名：

沙威
一级警探
于夏特莱广场哨所
1832年6月7日

沙威吸干纸上的墨迹，将信纸折好封上，在背面又写上“呈交当局的报告”，放在桌子上，便离开哨所。镶了玻璃的铁栏门在他身后重又关闭。

他又斜插着穿过夏特莱广场，走到河边，回到一刻钟之前离开的地点，像机械一样准确。他以同样的姿势，臂肘撑在原来桥栏杆的石板上，仿佛他就没有动弹过。

现在昏天黑地，正是过了午夜的阴森时刻。乌云遮住星辰，可怖的天空黑沉沉的。城岛人家没有一点灯火了，也不见一个行人。望得见的街道与河岸，全都空荡荡的；圣母院和司法部钟楼犹如黑夜的轮廓。一盏路灯映红了河边的石栏。一座座桥前后排列，透过迷雾的影子变了形。雨后河水上涨了。

我们还记得，沙威凭栏的位置，正是塞纳河急流的上方，垂直下面的正是可怕的旋涡，像无休止的螺旋不断地旋转开合。

沙威低头瞧瞧，一片漆黑，什么也看不清楚。听得见滚滚浪涛之声，但是看不见河流。令人眩晕的幽深之处，偶尔显现一道微光，隐约蜿蜒：水就有这种效能，在漆黑的夜里，不知从哪儿采来一点光，就把它变成水蛇。光亮隐没了，周围又变得朦胧。无限的天地仿佛在这里张开，下面不是河水而是深渊。河坝陡峭，好似无限空间的峭壁，影影绰绰，混同水汽而忽然隐逝了。

什么也看不见，但是能感到河水逼人的冷气和潮湿石头的乏味。一股凉风从深渊吹上来，河水上涨虽看不见，但能猜得出，波涛悲鸣，桥拱高大而阴森，可以想象坠入这黝暗虚空的情景，这整个阴影充满了恐怖。

沙威一动不动，待了几分钟，凝望着这黑暗世界的洞口，什么也看不见，他却好像十分凝注。流水訇然有声。突然，他摘下帽子，放到石栏边上。过了一会儿，一个高大的黑影立在石栏上，迟归的人远远望见就会以为是鬼怪，那人影俯身向塞纳河，继而又挺起身子，接着便笔直地坠入黑暗，只听低沉的咕咚一声，朦胧的身影消失在水中，唯有这黑洞知道这场激变的秘密。

第五卷　祖孙俩

一　旧地重游，又见钉有锌皮的大树

上述的事件过后不久，布拉驴儿老头有一次奇遇，激动不已。

布拉驴儿老头是蒙菲郿的养路工，多次出现在本书黑暗的部分。

大家也许还记得，布拉驴儿干各种见不得人的营生，既打碎修路的石块，也截道抢劫行客，既是挖土工，又是强盗。他有个梦想，相信在蒙菲郿森林里埋藏了财宝，希望有朝一日，他能在树下的土里挖出金银，眼下，他还是先搜索行人的腰包。

不过，现在他谨慎多了。上次他也是侥幸脱险，我们知道，在容德雷特的破屋里，他和一伙强盗被一网打尽。一种恶癖也有用处：他因酗酒而得救了。警方始终未能查明，他在犯罪现场究竟是强盗还是受害者。鉴于抢劫的那天夜晚，他处于沉醉状态，也就不予追究，无罪释放了。他又溜回去，重操旧业，在当局监视下，保养从加尼到拉尼的一段公路，换上一副垂头丧气、冥思苦索的样子，对于险些毁了他的抢劫的营生稍微冷淡了，但是转而更爱救了他一命的酒。

至于他回到养路工的茅草棚之后不久，有一件令他激动不已的奇遇，情况是这样：

一天清晨，布拉驴儿像往常一样去上工，也许是去他的隐匿点，当时天刚亮，他在树林里发现一个人的背影，虽然晨曦曚昽，又隔着一段距离，但是看那人外表，他觉得并不完全陌生。布拉驴儿虽是醉鬼，却有清晰准确的记忆——这种自卫的武器，是一个同法治秩序有点冲突的人所必备的。

“见鬼，这人好像在哪儿见过？”他心中暗道。

可是，他找不到一点答案，只觉得这人颇像给他留下一点模糊印象的一个人。

布拉驴儿想不起这人是谁，就作了一些比较和计算。这汉子不是本地人，是外地来的，显然是步行来的。这段时辰没有一趟驿车经过蒙菲郿。他走了个通宵。是从哪儿来的呢？不远。因为他既无行囊也无包裹。肯定是从巴黎来的。干吗到这树林里来呢？为什么挑这种时候呢？来这里干什么呢？

布拉驴儿想到了财宝，他极力搜索记忆，才模模糊糊想起好多年前，他也有类似的奇遇，可能就是这个人。

在思索的沉重压力下，他边想边低着头，这姿势很自然，但是不机灵。他再抬起头来，却不见人影了。那人消失在晨光熹微的树林里。

“活见鬼，”布拉驴儿说道，“我一定能找见他，一定能发现那个教民所属的教区。咪老板夜游总有个缘故，我要弄明白。在我的树林里有秘密，甭想抛开我。”

他操起尖利的十字镐。

“有这家伙，”他咕哝道，“既能挖地下，又能搜人身。”

就好像一条线要连上另一条线，他钻进密林，尽量踏上那人可能走过的线路。

走出百步左右，天色大亮了，正好帮他认路。沙地上留下的几个脚印、刚遭践踏的青草、折断的欧石南枝，犹如美妇睡醒时伸展手臂那样，灌木丛中碰弯的嫩枝又缓缓而优美地挺起来，这些对他来说都是踪迹。他跟上踪迹，继而又丧失。时间倏忽过去，他深入密林中，走到一座小丘。一个早起的猎人经过远处的一条小径，边走边打口哨吹着吉耶里的小调。布拉驴儿受了启发，想到上树[①]观望。他虽然上了年纪，手脚却很灵活。恰巧有一棵高大的山毛榉，配得上蒂蒂儿[②]和他布拉驴儿。于是，他爬上山毛榉，而且尽量爬高些。

这主意不错。布拉驴儿极目搜索树林中偏僻的那部分，在纷披杂乱的树丛中，突然发现了那个人。

刚刚望见，又没影儿了。

那人走进，说得确切些，他溜进相当远的一块林间空地。那块空地被一片高树挡住，但是布拉驴儿很熟悉，他早就注意到在一大堆磨盘石旁边，有一棵钉着锌皮牌的病栗树。那地方从前叫勃拉吕空地。那堆大石头不知派何用场，三十年前就见到，现在肯定还在原地。除了木栅栏之外，再也没有比石堆更长寿的了。本来临时堆放，有什么理由延续下去呢?

布拉驴儿心头一喜，急速从树上滑落下来。找到巢穴了，现在是如何抓住那只野兽了。那日思夜想的财宝，大概就藏在那里。

要去那片空地并不容易，要走踏出的小径，曲里拐弯特别恼人，得足足用上一刻钟。如果直插过去，要穿过利刺伤人的极为茂密的荆丛灌木，就得用大半个钟头。布拉驴儿错在不明白这一点，他相信直线；这种视错觉诚然可贵，却也断送了许多人。荆丛遍布尖刺，不管多么难行，他也认为是捷径。

“还是走狼群的里沃利街。”他说道。

---

① 如同歌曲《吉耶里伙计》中的那个小家伙。

② 维吉尔的牧歌第一首第一句就讲：蒂蒂儿躺在山毛榉树上。

布拉驴儿习惯走斜路，这次错在直插过去了。

他毅然冲进交错勾连的荆丛。

他要对付冬青、荨麻、山楂树、野蔷薇、飞帘和极好发怒的树莓，皮肤不知划破了多少处。

到了丘谷，他又不得不蹚过一条溪水。

四十分钟后，他气喘吁吁，大汗淋漓，全身都湿透了，遍体鳞伤，又气势汹汹，终于赶到林间空地。

空地一个人影儿也不见。

布拉驴儿跑过去，石堆还在，没人把它搬走。

可是，那汉子却消失在林子里，跑掉了。跑哪儿去了呢？哪个方向？钻进哪片荆丛？实在无法判断。

而令他痛心疾首的是，石堆后面那棵钉有锌皮的大树前边，有一堆刚翻动的土，一把遗忘或丢弃的十字镐，还有一个土坑。

坑里空无一物。

“强盗！”布拉驴儿举起两个拳头，冲天吼叫。

二　马吕斯走出内战，准备家战

马吕斯长期处于半死不活的状态，连续几周发高烧，神志昏迷，而且脑部症状相当严重，主要不是头部受伤，而是受伤时震荡所致。

他在高烧的呓语中，有时整夜呼唤珂赛特的名字，声调凄惨，表现出垂死之人那种可悲的固执。几处大伤口很危险，一旦化脓，往往由自身吸收，如受某种气候影响，就可能致命。因此，每逢天气变化，尤其来点暴风雨，医生就很担心。“病人千万不能受到一点刺激。”医生一再叮嘱。包扎伤口既复杂又困难，当时，还没有发明用胶布固定夹板和绷带的方法。妮科莱特撕了一条床单做绷带，“一条像天花板一样大的床单”，她说道。使用氯化洗剂和硝酸银，好不容易才治好了坏疽。外孙病危时，吉诺曼先生就守在床前，也像马吕斯那样神志不清，半死不活了。

一位白发老人，照门房的描述，穿戴相当讲究，每天都来探望病情，有时一天来两趟，还放下一大包纱布绷带。

自从那天痛苦的夜晚，这垂危的人被人送到外祖父家之后，到了9月7日，一天不差整整过了四个月①，医生才终于明确说他脱离危险了。又开始了康复期。然而，由于锁骨断裂所引发的症状，马吕斯还得在长椅上躺两个多月。往往有这种情况：最后一个伤口迟迟不愈合，害得伤员长期包扎，烦恼极了。

不过，这次久病，康复期又长，倒使他免遭追捕了。在法国，任何愤怒，即使公愤，不过半年也就平息了。社会处于那种状态，暴动是所有人的过错，大家都有必要睁一只眼闭一只眼。

应当补充一句，吉斯凯那道卑劣的通令，要求医生告发伤员，激怒了舆论，不仅激怒了舆论，首先激怒了国王；这样一来，伤员就受到义愤的庇护了。除了在战斗中当场俘获的之外，军事法庭不敢再骚扰任何伤员。这样，马吕斯才得以安宁。

吉诺曼先生先是饱尝焦虑的折磨，后来又欣喜若狂。他要整夜陪伴病人，很难劝阻。他吩咐把他的太师椅搬到马吕斯的病榻旁边，又叫女儿将家中上等细布单子撕了做纱布绷带。吉诺曼小姐是个年长理智的人，她千方百计省下细布单子，又让老外公以为是照他的话办的。若解释裹伤用粗布比细布好，用旧布比新布好，吉诺曼先生连听都不要听。每次包扎伤口他都在场，而吉诺曼小姐则害羞地回避了。当医生用剪刀剪掉死肉时，老人却在一旁叫：“哎

---

① 作者差误：从6月6日夜晚至9月7日，只过了三个月。

哟！哎哟！”慈祥的老人哆里哆嗦递给病人一杯汤药时，看那情景比什么都感人。他总缠住医生问个不停，甚至意识不到自己总重复同样一些问题。

医生宣布马吕斯脱离了危险的那天，老人简直乐疯了，他赏了门房三枚金币，晚上回到卧室，还用手指打响儿，跳起加沃特舞，同时唱着这样的歌曲：

雅娜生在蕨草丛，
牧羊女的好窝棚；
我真爱她小短裙，
　　多撩人。

爱神活在她心中，
因为你将神箭筒，
放在她的明眸里，
　　好讽刺！

我爱雅娜歌颂她。
胜过猎神狄安娜，
爱她布列塔尼型，
　　双乳峰！

歌舞一番之后，他又跪到一张椅子上，巴斯克从虚掩的门缝儿窥视，认为他肯定在祈祷。

在此之前，他是不大相信上帝的。

伤势明显地日益好转，每次进入起色的新阶段，外祖父就有出格的举动。他喜不自胜，手脚就闲不住，无缘无故楼上楼下乱跑。有位女邻居长相挺漂亮，一天早晨收到一大束鲜花，十分诧异；那是吉诺曼先生送给她的。丈夫吃了醋，大吵一架。吉诺曼先生还试图把妮科莱特抱在膝上。他称马吕斯为男爵先生，还高呼："共和国万岁！"他动不动就问医生："没有危险了，对不对？"他用祖母的目光注视马吕斯，看着他一口一口把饭吃下去。他判若两人，不把自己当回事了，马吕斯才是一家之主；他的快活中包含让位的意思，他成了自己外孙的外孙。

他这样喜气洋洋，就变成了最可敬的孩子。他怕初愈的人累着或心烦，就待在身后冲病人微笑。他满心欢喜，乐不可支，显得又可爱又年轻。他那满头白发，又给他脸上喜悦的容光增添了温柔的庄严之色。优美的仪态一连上皱纹，就变得尤为可爱了。在心花怒放的老年人身上，有一种难以描摹的曙光。

至于马吕斯，他由着别人包扎护理，心中只有一个固定的念头：珂赛特。

他高烧退下，从谵妄状态醒来，就不再念叨这个名字了，真让人以为他不再想了。他保持缄默，正因为他的全部心思放在上面。

他不知道珂赛特的情况如何，麻厂街的整个事件，在他的记忆中好似一片云雾；模糊不清的人影在他脑海中飘浮，爱波妮、伽弗洛什、马伯夫、德纳第一家人，还有悲惨地隐没在街垒硝烟中的他那些朋友；而在这场流血事件中割风先生短暂的逗留十分奇怪，给他的感觉是这场风暴的一个谜团；他不明白自己怎么捡了一条命，他不知道是什么人，又通过什么办法救了他，周围的人也全不知晓，只能告诉他那天夜晚，是一辆出租马车把他送到受难会修女街来的；过去、现在、将来，在他的头脑里全混在一起，形成一片朦胧的迷雾，不过，在这迷雾中却有一个静止不动的点，一个清晰真切的线条，某种坚如岩石的东西，一个决心，一种意志，即找到珂赛特。在他的念头里，生命和珂赛特是分不开的；他已然决定，不能接受一个而失去另一个，不管外公、命运还是地狱，无论谁强迫他活下去，他就要求先恢复他失去的乐园，这是不可动摇的决心。

有障碍，他并不隐讳。

谈到这里，我们要着重指出一点：外公无微不至的关怀和体贴，并没有感动他，也丝毫没有赢得他的心。首先，他并不知道所有这些表现的内情，其次，也许余烧未退，他还处于病态的梦幻中，怀疑这种甜言蜜语是一个新的奇招儿，要软化他，使他就范。因此，他始终反应冷淡。外祖父可怜的老脸白白堆笑了。马吕斯心下暗想，只要自己不开口，由人做去，那么一切就好，一旦提起珂赛特，他就看到另一副面孔，老外公就会丢掉假面具，露出真相。于是就要出现僵局，重又提出一大堆家庭问题，态度对立，什么挖苦话、挑剔质疑全来了，什么割风先生、切风先生，什么家产、穷苦、卑贱，什么往脖子上吊石头、将来日子，全都搬出来。激烈反对，结论：断然拒绝。马吕斯事先就采取强硬态度。

随着他的身体渐渐复原，他的宿怨重又冒头了，记忆中的旧伤疤重又裂开，他又想起过去，彭迈西上校又插进吉诺曼先生和他马吕斯之间。他心想，对他父亲极不公正又极为狠毒的人，绝不可能真正发善心。身体既已康复，他对外公又采取一种粗暴的态度了。而老人却逆来顺受，总那么温和。

马吕斯回到家中，自从恢复知觉之后，从不叫他一声父亲，但也不称他先生，说话时尽量避开这两种称谓；吉诺曼先生注意到这一点，但是不动声色。

显而易见，危机迫近了。

马吕斯想试试自己的实力，较量之前先小试锋芒；这种情况常有，叫做探虚实。一天早晨，吉诺曼先生提起偶尔看到的一份报纸，轻率地谈论国民公会，随口讲出保王派给丹东、圣鞠斯特和罗伯斯庇尔下的结论。“93年的人是巨人。”马吕斯严厉地说道。老人戛然住口，而且一整天也没有再讲一句话。

外公早年那种顽梗死硬的形象，马吕斯还记忆犹新，就认为这种沉默掩饰内心聚积的怒火，预示着一场激烈的斗争，因此他在思想深处越发积极备战。

他已经横下一条心，一旦遭到拒绝，他就拆掉夹板，让锁骨脱臼，把其他伤口也暴露出来，拒绝一切食物。他的创伤，就是他的武器装备。不得到珂赛特就去死。

他怀着病人的鬼心眼，耐心地等待有利时机。

这种时机终于到来。

三　马吕斯进攻

有一天，在女儿清理大理石柜橱面上的药瓶杯子时，吉诺曼先生俯下身，以特别温柔的声调对马吕斯说：

“要知道，我的小马吕斯，我要是你，现在就多吃肉少吃鱼。在康复的初期，吃油炸鳎目鱼有好处，可是，病人要想站起来，就得吃一大块排骨。”

现在，马吕斯差不多恢复了元气，他集中全身的力量，从床上坐起来，两个握紧的拳头抡在被单上，他直视外公的脸，摆出一副凶相说道：

“提起排骨[①]倒让我想起要对您谈件事儿。”

---

① 据《圣经创世纪》记载，上帝造出第一个人叫亚当，从亚当身上取下一条肋骨造出夏娃，作亚当的妻子。

“什么事儿？”

“我要结婚。”

“早有所料。”老外公说着，哈哈大笑。

“怎么，早有所料？”

“对，早有所料。那小姑娘，你会得到的。”

马吕斯愣住了，他不胜惊喜，浑身颤抖起来。

吉诺曼先生接着说：

“对呀，那美丽漂亮的小姑娘，你一定能得到。每天她都让一位老先生来打听你的情况。从你受了伤，她总哭泣，还做纱布。我打听好了，她住在武人街7号。嘿，不出所料吧！唔！你想要她，那好，就娶来吧。说到你心眼儿里去了吧。你还策划个小阴谋，心里盘算着：‘这事儿，我要直通通地告诉这个老外公，告诉这个摄政时期和督政府时期的木乃伊，这个当年的花花公子，这个变成吉伦特的多朗特[①]；他也有过风流事，有他的小相好、小女人，有他的珂赛特；他也炫耀过，有过翅膀飞行，也吃过春天的面包，他总还记得吧。’走着瞧吧。开战。啊！你抓住了金龟子的触角。好哇。我让你吃排骨，你却回答我：‘提起这个，我就要结婚。’抓个话头儿就扯到这上面来！哼！你就想吵一架！可你不知道，我是个胆怯的老家伙。这回你有什么可说的？你一肚子火气，却万万没有想到，发现你外公比你还傻，你要讲给我听的那一大套话白准备了，律师先生，这太逗人了。好吧，随便，要发火就发一通。你想怎样我都依你，这让你大吃一惊，傻瓜！听我说，情况我了解了，我也是好搞鬼名堂。她很可爱，也很贤淑，枪骑兵的事不是真的，她做了许多许多纱布，她真是个小宝贝，她深深地爱你。如果你死了，

① 多朗特：指风流男子。

那么我们三个就一道走，她的灵柩会陪伴我的。我早就想好了，等你一好转，就干脆让她到你床头来，不过，将年轻姑娘立刻带到她所关心的受伤的美男子床前，这种事只有在小说里才会有。不能胡来。你姨妈又会怎么说呢？我的小家伙，大部分时间你都赤身露体。妮科莱特一直守着你，你问问她吧，有没有办法在这儿接待一位女子。还有，医生又会怎么说呢？一个美丽的姑娘，并不能治好高烧。总而言之，就这么办，不要再说了，说定了，成了，就这样干，娶她吧。这就是我的残暴。喏，我看出来你不爱我，我就说：我怎么做才能让这个小畜生爱我呢？我又说：对，小珂赛特掌握在我的手里，送给他就是了，他总会爱我一点儿吧，要不然就得说出个道理来。哼！你原以为，老家伙又要大发雷霆，大吼大叫，说不行，还要举起手杖威胁披着曙光的这代人。其实不然。珂赛特，行啊；爱情，行啊。我还求之不得呢。先生，劳驾，您这就结婚。祝你幸福，我心爱的孩子。”

老人说完这番话，放声痛哭。

他捧起马吕斯的头，用手臂紧紧搂在年迈的胸口，于是祖孙二人全哭了。这是极度幸福的一种表现。

“我的父亲！”马吕斯高声叫道。

“啊！你还是爱我的！”老人说道。

这一时刻难以描绘，他们都哽咽着说不出话来。

老人终于结结巴巴地说：

“行啦！他总算开窍了，他叫我：父亲。”

马吕斯把头从老外公怀抱里挣脱出来，柔声说道：

“可是，父亲，现在我身体康复了，我看可以同她见面了。”

“这也想到了，明天你就能见到她。”

“父亲！”

“什么事儿？”

“何必不安排今天呢？”

“好吧，今天就今天。你叫了我三声‘父亲’，这么做也值得了。我安排一下，让人把她给你送来。跟你说，全想到了。这些都写成诗了。这就是安德烈·舍尼埃的哀歌《年轻病人》的结尾，安德烈·舍尼埃，就是让十恶不……让93年的巨人砍头的那个。”

吉诺曼先生仿佛看见马吕斯微微皱了一下眉；其实，我们应当指出，马吕斯不再听外公说话了，他已经心驰神往，一心想珂赛特，顾不上1793年了。此刻提起安德烈·舍尼埃实在煞风景，老人胆战心惊，又急忙说道：

“砍头这个字眼不恰当。其实，那些革命巨人并无恶意，这是不容置疑的，他们是英雄，当然啦！他们只是觉得安德烈·舍尼埃有点碍事，就把他送上断头……也就是说那些伟人，为了公众的利益，在热月7日，请安德烈·舍尼埃前往……”

吉诺曼先生不能自圆其说，结束也不是，收回也不是，说不下去了。老人情绪十分激动，趁女儿在马吕斯身后整理枕头的时候，就不顾年迈，以最快的速度冲出卧室，随手把门带上，只见他脸色紫红，喉咙哽塞，口吐白沫，眼珠几乎鼓出来；他在候客厅正好撞见在擦皮靴的忠仆巴斯克，便一把揪住巴斯克衣领，怒冲冲地劈面对他嚷道：“我向十万长舌魔鬼发誓，那些强盗把他杀害了。”

“谁呀，先生？”

“安德烈·舍尼埃！”

“是的，先生。”巴斯克万分惶恐地答道。

四　吉诺曼小姐终于不再小视割风先生腋下夹来的东西

珂赛特和马吕斯久别重逢。

这场考验，我们就不描述了。有些事物就不应该试图描绘，太阳即属其列。

珂赛特进来时，连同巴斯克和妮科莱特在内，全家人都聚在马吕斯的卧室里。

她出现在门口，仿佛罩在光环里。

恰巧这时，老外公要擤鼻涕，一下子愣住，用手帕捂着鼻子，从手帕上面注视珂赛特："可爱极了！"他高声说道。

接着，他才噗噗大声擤鼻涕。

珂赛特一脚踏入天堂，她满面春风，心花怒放，又有点畏怯。人逢喜事容易惊慌，她也一样，讷讷讲不出话，脸白一阵红一阵，想投入马吕斯的怀抱而又不敢。当着这么多人的面表示爱未免害羞。一般人不会体谅幸福的恋人；当他们最渴望单独在一起时，别人却守在旁边，其实他们根本不需要别人。

陪同珂赛特并随后进来的是一位白发男子，他神态庄重，但面带微笑，不过那淡淡的笑容有点伤感。他就是"割风先生"，他就是冉阿让。

正如门房所讲，他的"衣着很讲究"，身穿一套黑色新礼服，扎着白领带。

门房万万想不到，这个体面的有产者，这位可能是公证人的先生，就是6月7日夜晚登门的那个可怕的运尸工；那天夜晚，他衣衫破烂，满身污泥，脸上尽是泥点血迹，架着昏迷的马吕斯，一副惊慌而可憎的样子。然而，门房的嗅觉很快苏醒，他看见割风先生和珂赛特到来时，就禁不住悄悄对他女人说了这样一句话："不知道怎么回事儿，我总觉得见过这张脸。”

在马吕斯的房间里，割风先生靠门待着，仿佛要避开别人。他腋下夹一个小包，看似一部八开本的书，外面包的纸发绿了，就好像发了霉。

“这位先生是不是总这样，胳膊下夹着书本？”吉诺曼小姐一向不喜欢书，低声问妮科莱特。

“不错，”吉诺曼听见她的话，也低声答道，“他是位学者。怎么啦？这有什么错呢？我认识一个布拉尔先生，他也一样，出门总带本书，就像这样抱在胸前。”

接着，他又提高声音打招呼：“削风先生……”

吉诺曼老头并不是故意这样讲：不大注意别人的姓名，这是他的一种贵族派头。

“削风先生，我荣幸地为我的外孙彭迈西男爵向小姐求婚。”

“削风先生”躬身首肯。

“就这样定了。”老外公说道。

他随即转向马吕斯和珂赛特，举起双臂，嚷着祝福他们俩：

“允许你们相爱了。”

他们无需别人重复，管不了那许多！已经开始窃窃私语了。二人说话声音很低，马吕斯臂肘支在躺椅上，珂赛特立在他身边。“噢！上帝啊！”珂赛特轻声说道，“总算又见到您了。真是你呀！真是您呀！就这样去打仗啦！究竟为什么呢？太可怕了。整整四个月，我就像死了一样。噢！跑去打仗，太狠心啦！我有什么对不起您的呢？这回我原谅您，不过，今后再也不要这么干了。刚才有人去叫我们来时，我还以为自己非死了不可呢，不过那也是乐死的。原先我多伤心啊！我都来不及换换衣服，一定难看死了。我这衣领皱皱巴巴，您的家长会怎么看呢？喂，您倒是说话呀！别总让我一个人讲。我们一直住在武人街。听说您的肩膀伤得很厉害，有人跟我说伤口能放进去一个拳头。还有，好像要用剪子把肉剪掉。这太可怕了。我痛哭流涕，眼睛都哭肿了。也真怪，人能痛苦到这种地步。您的外祖父看样子非常和善。您别动，不要用臂肘撑着，要当心，这样会弄疼的。哦！我真幸福！看来，不幸的日子结束啦！我简直傻透了，本来要对您说的话全忘了。您还一直爱我吗？我们住在武人街，那儿没有花园。我从早到晚做纱布；喏，先生，您瞧瞧，这全怪您：我手指头磨出老茧了。”

“天使！”马吕斯说道。

“天使”是语言中唯一用不旧的词，任何别的词都经不住恋人的滥用。

等有人在旁边了，他们就住口，一句话也不讲，只有手指相互轻轻地触摸。

吉诺曼先生转过身，对屋里的人高声说：

“你们说话都大点儿声，大家都弄出点儿响动。好啦，吵闹一点儿嘛，见鬼！好让这两个孩子痛快聊聊。”

他又走到马吕斯和珂赛特跟前，小声对他们说：

“你们就相互称你吧，不要拘束啊。”

吉诺曼姨妈惊愕地看到，光明突然拥进她陈旧的家中。这种惊愕毫无逼人之势，绝非枭鸟注视两只野鸽的那种气恼而忌妒的目光，而是一个五十七岁的可怜老妇呆笨的眼神，也是虚度的一生注视爱情的这种胜利。

“吉诺曼大小姐，”父亲对她说，“我早就对你说过，你会看到的。”

他沉默片刻，又补上一句：“瞧瞧别人的幸福。”

他又转向珂赛特：

“她真美！长得真美！是克勒兹一幅画上的美人儿。怎么，你要一个人独占，你这坏蛋！哼！调皮鬼，算你走运，混过我这关，假如我年轻十五岁，我们俩就得斗剑，看谁能赢得她！真的！小姐，我可爱上您了。这事极其自然，您有这种权利。哈！要举行小小的婚礼，又可爱又美丽又漂亮！我们教区是圣体圣德尼教堂，不过，我能搞到许可证，让你们到圣保罗教堂去举行婚礼。那座教堂更有气派。那是由耶稣会教士修建的。那座教堂更俏丽，正对着比拉格红衣主教喷泉。耶稣会建筑的杰作在那慕尔，名叫圣路教堂。你们结了婚，应当去参观一下，值得去一趟。小姐，我完全站在你这一边，赞成所有女孩子都结婚，她们天生就是为了这件美事。有那么一个圣卡特琳，但愿她永远不戴上帽子①，总当处女，说起来不错，可是太冷清了。《圣经》上说：你们要繁衍。为了搭救百姓，需要贞德，要繁衍百姓，却需要季戈涅妈妈②。因此，美丽的姑娘们，你们都结婚吧。我真不明白，总做处女有什么好处呢？我也知道，在教堂里单独有个礼拜室，还可以集中到圣母会里；然而，真是活见鬼，嫁给一个英俊的丈夫，一个正派的小伙子，一年之后，就会有一个金黄头发的大胖小子，快活地吃你的奶，他的两条腿肥嘟嘟的，粉红的小爪子乱抓你的乳房，那张笑脸就跟朝霞一样，这不比举根蜡烛做晚祷，歌颂《象牙塔》③强多啦！”

九旬的老外公用脚跟作轴转了个身，像上足的发条又说道：

阿西帕，从此别再胡乱想。

---

① 圣卡特琳节在每年3月24日，到这天，凡年满25岁的处女要戴上“圣卡特琳帽”，表示进入老处女行列。

② 季戈涅妈妈：法国木偶戏中的人物，身材高大，从裙子里走出一大群孩子。引申意为多子女的母亲。

③ 原文为拉丁文，是歌颂圣母的连祷文的一段。

是真的，不久你要入洞房。

“哦，对了，想起件事儿！”

“什么事儿，父亲？”

“你不是有个密友吗？”

“对，叫库费拉克。”

“他现在怎么样？”

“已经死了。”

“那就算了。”

他坐到他们旁边，也让珂赛特坐下，将他们四只手抓在他皱巴巴的老手里。

“这小妞儿，真是个妙人儿。这个珂赛特，真是个尤物。她是个非常小的姑娘，又是非常高贵的妇人。她只能当男爵夫人，未免有点委屈了，她天生是个侯爵夫人。瞧她这睫毛！孩子们，你们要牢牢记住，你们这样做得对。相亲相爱吧，要又痴又傻。爱情，是人干的傻事，又体现上帝的智慧。相互崇拜吧。只不过，”他忽又神色黯然，补充说道，“真不幸啊！现在我才想到，我拥有的钱财，大半是终身年金。我只要活着，生活还过得去，等二十年后我一死，噢！我可怜的孩子，你们就一无所有啦！到那时候，男爵夫人，您这双漂亮的白手，就不得不赶着去拉魔鬼的尾巴①了。”

这时，只听一个严肃而沉静的声音说：

“欧福拉吉·割风小姐有六十万法郎。”

这是冉阿让的声音。

他还未讲过一句话，也一动不动，站在这些幸福的人身后，大

① 拉魔鬼的尾巴：意为“生活艰难”。

家都好像不知道他在这里。

“您提到的欧福拉吉小姐是谁？”外祖父惊愕地问道。

“是我。”珂赛特回答。

“六十万法郎！”吉诺曼先生重复道。

“可能少一万四五千法郎。”冉阿让说道。

他将吉诺曼姨妈以为是书本的纸包撂到桌上。

冉阿让亲手打开纸包，里面原来是一叠现钞。清点一下，一千法郎面值的有五百张，五百法郎面值的一百六十八张，共计五十八万四千法郎。

“这真是一本好书！”吉诺曼先生说。

“五十八万四千法郎！”姨妈咕哝一句。

“这就解决了许多问题，对不对，吉诺曼大小姐？”老人又说道，“马吕斯这小魔头，他在梦乡的树上找来一个阔小姐。看来，现在要放心让年轻人谈情说爱去。男学生找到拥有六十万法郎的女学生！小天使比罗思柴尔德[①]还能干。”

“五十八万四千法郎！”吉诺曼小姐低声重复道，“五十八万四千就等于六十万呀！”

然而，这阵工夫，马吕斯和珂赛特相互注视，没有怎么注意这件小事。

五　现金存放在森林　远胜交给公证人

无须再多解释，大家无疑明白了，在尚马秋案件之后，冉阿让趁第一次越狱数日的机会赶到巴黎，及时从拉斐特银行取出他在

---

① 罗思柴尔德（1743—1812年）：德国银行家，国际金融王国的奠基人。

海滨蒙特伊用马德兰先生的名字存的款，即他的经营所得，他怕再次被捕，而且不久之后果如所料，就跑到蒙菲郿的树林里，将现金埋藏在所谓勃拉吕空地。六十三万法郎现钞，好在体积不大，一个盒子就放下了；但为防止受潮，他又将盒子装入橡木小箱，箱里塞满栗木屑，他还把另一件宝物，主教的银烛台也放进去。我们还记得，他从海滨蒙特伊逃跑时带走了那对银烛台。在一天傍晚，布拉驴儿第一次见到的那人正是冉阿让，后来，冉阿让每次缺钱时就前往那片空地去寻取。前面提过他几次外出，就是为了这事。他有一把十字镐，藏在唯独他知道的灌木丛隐秘处。近来，他见马吕斯逐渐康复，感到不久就要用钱，便取了回来。布拉驴儿在树林里瞧见的还是他，但这次是在清早而不是在黄昏。布拉驴儿只继承了那把十字镐。

实数为五十八万四千五百法郎。冉阿让抽出五百法郎自己用。“以后看看再说吧。”他心中暗道。

当初从拉斐特银行取出六十三万法郎，同现在这个款数的差额，就是从1822年到1833年这十年间的花费，在修女院待五年，只用了五千法郎。

冉阿让将一对闪闪发亮的银烛台放到壁炉台上，都圣见了赞叹不已。

此外，冉阿让也得知终于摆脱了沙威。有人在他面前讲述过，他也从《通报》发的消息上得到证实：警探沙威淹死在货币兑换所桥和新桥之间的洗衣船下。这个无可指责并深受上级器重的人留下一张字条，令人猜想他是因为神经错乱而自杀的。“其实，”冉阿让心想，“他抓住我又放了我，必是已经疯了。”

六　二老各以不同方式为珂赛特幸福尽力

全面准备这桩婚事，并征询大夫意见，大夫说2月份可以举行婚礼。现在是12月份，几周幸福美满的快活日子倏忽而过。

外祖父同样乐不可支，有时他久久端详珂赛特。

“美丽的姑娘真招人喜欢！”他赞道，“她的样子多温柔，多善良！真没得说，我的心肝咪咪，是我一生见过的最可爱的姑娘。等以后，她的美德就和香堇一样芬芳。不错，她是优美的化身。跟这样的女子在一起，只能过一种高尚的生活。马吕斯，我的孩子，你是男爵，又富有，求求你，别去干律师那行当了。”

珂赛特和马吕斯从坟墓一步登上天堂，连点过渡都没有，他们俩即使没有眼花缭乱，也要头晕目眩。

“怎么会这样，你能明白一点儿吗？”马吕斯问珂赛特。

“不明白，”珂赛特回答，“但是我觉得，仁慈的上帝在看着我们。”

冉阿让不遗余力，铺平道路，什么都调理好了，使之顺利进行。他跟珂赛特同样急切地盼望大喜的日子，而且从表面上看，也跟她怀着同样欢乐的心情。

珂赛特身世的秘密，唯独他知晓，他当过市长，懂得如何解决这一棘手问题。原原本本说出她的身世，谁知道会有什么后果？有可能阻止这桩婚事。他为珂赛特一一排除困难，给她安排一个父母双亡的家庭，这样才保险，不会提出任何异议。珂赛特是一个孤儿，并不是他的女儿，而是另一个割风的骨肉。割风兄弟二人在小皮克普斯修道院当过园丁。前往修道院了解情况，得来大量极好的材料、极受赞扬的证明；善良的修女不大热衷探究别人父亲的身份问题，看不出这里耍了什么花样，她们始终说不准小珂赛特究竟是哪一个割风的女儿。她们提供了别人需要的情况；讲得语气十分诚恳。一份证明书开出来了。珂赛特法定为欧福拉吉·割风小姐，确认为孤儿。冉阿让又一番策划，他以割风的名字被指定为珂赛特的监护人，而吉诺曼先生则是监护人的代理人。

至于那五十八万四千法郎，则是一个不愿透露姓名的人留给珂赛特的遗产。当初的数额为五十九万四千法郎，其中一万法郎用于珂赛特的教育，有五千法郎付给了修女院。这笔遗产由第三者保管，规定等珂赛特成年时或结婚时移交给她。整个这种安排，看来还是相当合情合理，尤其还有五十多万遗产这一有力的旁证。当然也有几处显得怪异，但是没人看到。与此相关的人，一个被爱情蒙住了眼睛，其余的全被六十万法郎遮住了视线。

珂赛特现在得知，长久以来她叫父亲的这位老人，并不是她生父，而只是一个亲戚；另一个割风才真正是她父亲。换个时候，她会十分难过。然而现在，她正处于无比幸福的时刻，心头只掠过一点阴影，脸上泛起一点愀然之色，但她毕竟欣喜若狂，阴云很快就消散。她有了马吕斯。年轻人一到面前，老人就退隐了。人生不过如此。

再者，常年来，珂赛特看惯了周围一个个谜团；童年有过神秘经历的人，往往不愿深究一些事情。

她还继续管冉阿让叫父亲。

珂赛特心花怒放，特别喜欢吉诺曼外公。固然，老人对她讲了许多赞扬话，也送给她大量礼物。冉阿让那边在给珂赛特营造一个正常的社会地位、一笔无可指责的财富，吉诺曼先生这边在给她装点婚礼的花篮[①]，没有什么比追求华丽更令他开心的了。他送给珂赛

① 里面装满新郎送给新娘的礼物。

特一条班什[①]花边的衣裙，是他的祖母留下来的。“这种式样又时髦了，”他说道，“老古董又风行起来。我年老时的少妇，跟我童年时的老妇穿得一样。”

科罗曼德尔漆的凸肚式古老五斗柜，多年没有打开了，现在他又翻起来，说道：“让这些老祖宗忏悔一下，看看大肚子里都装着什么东西。”他稀里哗啦，将满满的大肚抽屉里的东西全倒出来，有他妻子、情妇和老辈女眷的衣物：北京宽条子绸、大马士革锦缎、厚锦缎、印花绉绸、图尔产的双烧横棱绸衣裙、能下水洗的印度金丝绣帕、几块不分正反面的王妃绸[②]、热那亚和阿朗松的挑花、老式的金银首饰、精雕战斗图案的象牙糖果盒，还有各种旧衣裳、缎带，他全送给珂赛特了。珂赛特惊喜交集，一方面对马吕斯爱得发狂，另一方面也对吉诺曼先生感激不尽，她梦想用绸缎和丝绒装饰起来的无边的幸福。在她看来，她的婚礼花篮是由大天使托着，她的灵魂鼓着马林[③]花边翅膀，在蓝天里飞翔。

我们说过，这对情人如醉如痴的程度，只有外公的兴高采烈能与之相提并论。受难会修女街仿佛来了铜管乐队。

每天早晨，外公都送给珂赛特一件古董。珂赛特的周围，花边衣饰应有尽有，像鲜花一样争奇斗妍。

有一天，不知由什么话头引起来，在幸福中喜欢严肃话题的马吕斯说道：“那些革命者太伟大了，就像卡通[④]和福基翁[⑤]都拥有几世纪的威望，每人似乎都是世代相传的古名。”

---

① 班什：比利时城市，当时盛产镂空花边。

② 法国里昂产的名贵丝绸。

③ 马林：比利时旧地名，今为梅赫伦。

④ 卡通（公元前234—前149年）：罗马政治家，曾任罗马执政官，反对奢华和希腊风格。

⑤ 福基翁（公元前402—前318年）：雅典政治家，将军。

“古绫！”老人高声说，“谢谢，马吕斯，这正是我要想的主意。”

于是，第二天，珂赛特的婚礼篮里，又增添一件漂亮的茶色古绫衣裙。

老外公从这堆古物中引出一段高论：

“爱情，当然很美，但必须有陪衬。幸福也需要一些无用的东西。幸福，仅仅是必需品 要用大量不必要的东西调味。一座宫殿和一颗心。一颗心的罗浮宫。爱情的心和凡尔赛的大喷泉。请把牧羊女交给我，竭力让她成为公爵夫人。请把头戴矢车菊花冠的牧羊女菲莉领来，给她加上十万利弗尔的年金。在大理石的柱廊下，请向我展现一望无际的田园。我赞赏田园，也赞赏大理石和黄金的仙苑。干干巴巴幸福好似干面包，能饱肚子，但不是美宴。我需要浮华的、无用的、奇异的、多余的、毫无实用价值的东西。记得在斯特拉斯堡大教堂见过一座报时钟，有四层楼那么高，它好意报时，但又不像为报时而造的，它报午时或午夜，报太阳的正午或爱情的午夜，也报其他任何你想听的时辰，向你报月亮和星辰、大地和海洋、鸟儿和鱼儿、福波斯①和福柏②，从那窝里还钻出无数玩意儿：有十二门徒，有查理五世，有爱波妮和沙宾努斯③，此外，还有许多镀金小人儿吹喇叭。这还不算那美妙的钟乐，不知为什么，动不动就响彻云霄。一个简陋的光秃秃的钟盘虽也报时，但能同它相提并论吗？我呢，我赞赏斯特拉斯堡的大钟，认为它胜过模仿黑森林杜鹃叫的报时钟。”

吉诺曼先生信口开河，对婚礼发表一通怪论，连18世纪的丑陋

---

① 福波斯：希腊神话中的太阳神，即阿波罗。

② 福柏：希腊神话中的月亮女神，即阿耳忒弥斯。

③ 沙宾努斯：高卢头领，与妻子爱波妮率众反抗罗马人，争取高卢独立。

老妇，也都纳入他的赞歌中。

“你们不懂节庆的艺术。当今时代，你们不会欢乐地过一天。”他高声说道，“你们的19世纪特别乏味，缺乏激情，不知何为富有，不知何为高贵。无论什么事，它都剃成光头出现。你们的第三等级平淡无奇，毫无味道，是畸形的。你们成家立业的资产阶级妇女的梦想，拿她们自己的话来说，就是用红木家具和细布帘子，新装饰起一间漂亮的小客厅。让开！让开！吝啬鬼先生要娶守财奴小姐。真是富丽堂皇！一支蜡烛上还贴着一枚金币。现在就是这样时代。但愿我能逃到比萨尔马特人①更远的地方。哼！在1787年，我就预言一切全完了，预言那天我看见罗昂公爵，即莱翁亲王、夏博公爵、蒙巴宗公爵、苏比慈侯爵、元老院元老图瓦尔子爵，乘坐两辆马车去龙尚②！这些全产生了后果。到本世纪，大家都做起生意，在交易所投机，大发横财，却变成了吝啬鬼！他们打扮修饰，外表弄得很漂亮，衣服笔挺，脸洗得干干净净，上过肥皂，刮了脸，刮了胡子，梳好头发，上了发蜡，弄得光溜溜的，又是擦，又是刷，外表非常整洁，无可指责，就跟石子一样光滑，态度审慎，极有分寸，同时，我以我的情妇贞操发誓，他们内心深处全是粪土和污泥浊水，肮脏极了，连用手擤鼻涕的牛倌见了也要退避三舍。我向这个时代献上这样一句格言：肮脏的洁净。马吕斯，你别生气，让我讲一讲，你看到了，我可没讲老百姓的坏话，还总把你的百姓挂在嘴边，不过，对资产阶级，请容我敲打敲打。我也是其中一分子嘛。爱得越深，责打也越狠。说到爱，我要明确地讲，

---

① 萨尔马特人：伊朗的一支流浪民族，北移至多瑙河（公元1世纪），后与日耳曼族同化。

② 龙尚：位于巴黎西郊布洛涅树林。当初有修女院，因屡出丑闻而于1790年取缔。后来建成跑马场。

如今，人也结婚，可是不晓得如何结婚了。噢！老实说，我真怀念从前那种温文尔雅的习俗，失去那一切真遗憾。当年，人人都那么文雅，具有骑士风度，举止彬彬有礼，可爱可亲，那种豪华赏心悦目，音乐是婚礼的组成部分，交响乐在楼上，鼓乐在楼下，大家跳舞，宴席上一张张脸喜笑颜开，讲的赞扬话早已深思熟虑，歌声四起，焰火五颜六色，大家笑得非常开心，花样儿多极了，举不胜举，那绸带的大花结，我也缅怀新娘的吊袜带。新娘的吊袜带和维纳斯的腰带是表姊妹。特洛伊战争是在什么上进行的？当然是在海伦的吊袜带上进行的。他们为什么拼杀呢？为什么神圣的狄俄墨得斯打烂了墨里奥涅[①]头上的十角青铜巨盔呢？为什么阿喀琉斯和赫克托耳用长矛相互刺杀呢？就因为海伦让帕里斯拿走了她的吊袜带。荷马以珂赛特的吊袜带为题，还能创作出一部《伊利亚特》。他会把我这个爱唠叨的老头儿写进他的诗中，起名为涅斯托耳。朋友们，从前，在那可爱的从前，结婚特别讲究：先要签好一份婚约，接着是一顿丰盛的宴席。居雅斯[②]前脚出去，加马什[③]后脚就进来。嘿！没得说。胃是一只可爱的畜生，也要求该给它的一份儿，也要有它的婚礼。桌上有美酒佳肴，身边坐着一位不戴修女巾、半露出胸脯的美人儿！哈！大家都开怀大笑，那时候真快活呀！青春就是一束鲜花；每个青年人，到头来都要捧上一枝丁香或一束玫瑰；即使当了战士，也还是牧羊人；如果碰巧成为龙骑兵上尉，那也设法取名叫福罗里昂[④]。每个人都力求漂亮些，满身绣花，披红挂紫。一

---

① 狄俄墨得斯等固然是荷马史诗中的英雄，但墨里奥涅这个人物却是雨果的杜撰。

② 居雅斯（1522—1590年）：法国法学家。这里象征法律程序。

③ 加马什：《堂吉诃德》中的一个农民，举行极丰盛的婚宴。这里象征美餐。

④ 福罗里昂（1755—1794年）：法国寓言作家。这名字无疑来自罗马神话中花神的名字福罗拉。

个有产者也像一朵花，一位侯爵像一颗宝石。谁也不穿扣绊鞋，谁也不穿长筒靴，人人都打扮得那么漂亮，油光锃亮，金光闪闪，舞姿翩翩，风情十足，显得非常优雅，而侧身仍不妨带着佩剑。蜂鸟总得有喙又有爪。那是《风雅的印度》[①]的时代。那个世纪有文雅的一面，又有豪华的一面。嘿，老天见证！那时候真开心。可是今天，人总板着面孔。有钱的男人那么吝啬，女人又那么假正经；你们这个世纪太不幸了。因为衣领开得太低，美惠女神也会被赶走。唉！本来是美的东西，却当作丑的东西遮掩起来。从那场革命之后，人人都穿起长裤，连舞女也不例外；一名滑稽舞女演员必须一本正经，你们跳轻快舞蹈也得一板一眼。要显得威严才行，就差把下巴颏儿也塞进领带里。一个二十岁的青年举行婚礼，追求的理想就是打扮成鲁瓦耶-科拉尔[②]那样。你们可知道，追求这种威严，结果如何吗？结果变得渺小。要知道，欢乐并不单纯是快活，还是伟大的。因此，你们要欢快地相爱，见鬼！你们结婚时要搞得火爆，搞得昏头昏脑，要喧闹，闹翻天，尽情表达出幸福！在教堂里要严肃，这可以。可是，弥撒一结束，就全丢开！要制造出一种梦幻，围着新娘旋转。结婚典礼既要有气派，又要有梦幻的情调。婚庆的队列，要从兰斯大教堂走到香德炉宝塔[③]。我特别憎恶小里小气的婚礼。见鬼！至少婚礼这天，要登上奥林匹斯神山，当当神仙。啊！你们可以成为气精、游戏之神和欢乐之神，可以成为神兵天将！朋友们，哪个新郎都应当是阿道勃朗第尼王子[④]。这一生仅有的千金

① 《风雅的印度》是法国音乐家拉莫（1683—1764年）的歌舞剧，1735年在巴黎首演。

② 鲁瓦耶-科拉尔（1763—1845年）：法国政治家。

③ 香德炉宝塔建在昂布瓦斯城附近的庄园里。

④ 阿道勃朗第尼王子是教皇克列芒八世（1592—1605年）家庭的成员，在其别墅发现古壁画《阿道勃朗第尼的婚礼》。

一刻，要及时享乐，飞上云霄同天鹅和雄鹰一起遨游，哪怕第二天又掉下来，回到资产阶级青蛙群里。绝不要在结婚上节俭，绝不要损害其光辉，绝不要在你们辉煌的日子吝惜钱财。婚礼不是平常过日子。哦！婚礼如果按照我的想象去操办，准会搞得妙趣横生。可以到树林里听小提琴演奏。我安排演出的节目：天蓝色和银白色。我要把田野各路神仙请来祝贺，还要把山林仙女和海上仙女统统请来。要办成安菲特里特[①]的婚礼，有一片彩霞、一群梳好美发的裸体山林水泽仙女、一位向女神献四行赞歌的学士院院士、一辆由海怪拉着的华车。

> 特里同[②]吹螺壳，快步走在前边，
> 听这仙乐者，无不快活成了仙！

“这才是婚礼的节目，这才像个样儿，要不然算我外行，信口开河！”

老外公满怀激情，滔滔不绝地讲给自己听，而这工夫，珂赛特和马吕斯则尽情地相互凝视。

吉诺曼姨妈以她一贯平和的心情，冷静地看待这一切。近五六个月以来，她接连受了不少刺激：马吕斯回来，马吕斯满身血污被人送回来，马吕斯被人从街垒送回来，马吕斯死了，随后又活过来，马吕斯同家里和解，马吕斯订婚，马吕斯要和一个穷苦的姑娘结婚，马吕斯要和一个非常富有的姑娘结婚。那六十万法郎是最后一件令她惊讶的事。继而，她又恢复初领圣体时的冷漠态度。她还按时去做礼拜，还拨动念珠念经，还念她的瞻礼祈祷书，当别人在

---

① 安菲特里特：希腊神话中海中女神，海神波塞冬的妻子。
② 特里同：安菲特里特和波塞冬的儿子。

角落里窃窃说I love you时，她就在另一个角落轻声诵《圣母颂》。在她看来，马吕斯和珂赛特隐隐约约，好似两个影子，而其实，影子正是她本身。

有一种苦修的滞钝状态，灵魂已经麻木不仁，同所谓的生活世事格格不入，只能感知地震和大灾大难，毫无一般人的感觉，既没有欢乐也没有痛苦。“这种虔诚，”吉诺曼老头对女儿说，“就好像患了大脑炎。你对生活一点感觉也没有了，既闻不到臭味，也闻不到香味。”

不过，六十万法郎倒把老姑娘的犹豫不决固定下来。她父亲一贯拿她不以为然，在马吕斯的婚事上没有征求她的同意。老人行事单凭一股激情，原先的暴君一变而为奴隶，一心要让马吕斯满意。至于姨妈存在不存在，有没有看法，老头子连想都没有想，老姑娘再怎么温顺，也不免被这种态度刺伤了。她内心有不平之气，表面上却不动声色，只是暗中盘算：“父亲不同我商量就决定了这桩婚事，我解决遗产问题也不同他商量。”她确实富有，而她父亲则相反。因此，她在这个问题上保留了决定权。如果他们是穷苦的结合，那么也就让他们穷苦下去。外甥先生活该倒霉！他娶个女叫花子，那他就当叫花子去。然而，珂赛特拥有六十万的财富，便讨姨妈喜欢了，使她改变了对这对情侣的看法。六十万法郎值得重视。显而易见，她别无选择，只能把她的财产留给这两个青年，原因无非是他们并不需要这笔财产。

事情已经安排妥当，新婚夫妇就住在外公家里。吉诺曼先生的卧室是家中最漂亮的屋子，他非要让出来不可。“这样会使我年轻，”他说道，“我早就有这种打算，我一直打定主意，要把我的卧室变成洞房。”他用许多高雅的老古董布置新房，还用他认为是乌德勒支[1]产的名贵缎子装饰墙壁和天棚，缎底金毛茛花图案上，有起绒的熊耳花。他说道："昂维尔公爵夫人在拉罗什吉永时，就是用这种缎子做床罩的。"他将一个萨克森瓷人摆在壁炉台上，那瓷人在裸露的肚子上捧着一个手笼。

吉诺曼先生的书房，改为马吕斯需要的律师办公室，大家还记得，这是应律师公会的要求设立的。

七　幸福萦绕依稀梦

这对情侣天天见面。珂赛特同割风先生一道前来。"事情完全颠倒了，"吉诺曼小姐说道，"这不，未婚妻送上门来让人家追求。"养成这种习惯，一来是马吕斯需要疗养，二来是比起武人街的草垫椅来，受难会修女街的沙发椅更适于促膝交谈，也就把她拴住了。马吕斯和割风先生见面并不交谈，这好像成了惯例。少女都需要年长的人陪伴。没有割风先生陪着，珂赛特就来不了；对马吕斯来说，割风先生是珂赛特来访的条件，他也就接受了。有一次，他们笼统地提起改善全民命运的政治因素，虽然没有深入探讨，但总算多说几句话，不局限于"是"和"不"了。还有一次提起教育问题，马吕斯主张实行免费的义务教育，要以各种形式向所有人提供教育，如同大自然提供空气和阳光那样，总之，要让全民都能接受教育，在这一点上，他们的看法完全吻合，差不多还交谈起来。马吕斯这时才注意到，割风先生很善言谈，措辞也相当高雅；不过，他好像还缺少点什么。比较上流社会人士而言，割风先生缺少点什么，但也多出点什么。

---

① 乌德勒支：荷兰城市名。

围绕这位对他一味既和气又冷淡的割风先生，马吕斯在心里默默提出各种疑问。有时，他甚至对自己的记忆产生了怀疑。他的记忆有空洞，有个黑暗场地，有四个月垂危所掘下的深渊。许多事情都消失在那里面。有时他甚至思忖，他在街垒里是否真的见过割风先生这样一个十分严肃、十分平静的人。

况且，过去出现并消失的人和事物，给他头脑留下的不止是这唯一的惊愕。不要以为他完全摆脱了记忆的困扰，须知这种困扰，即使在我们快乐的时候，在我们心满意足的时候，也要迫使我们忧伤地回顾往事。一个人不回首已经消失的视野，就没有思想，也没有爱心。有时候，马吕斯两手托腮，模糊的往事就乱哄哄地穿过他脑海中的暮色。他又看见马伯夫倒下去，听见伽弗洛什在枪林弹雨中唱歌；他又感到嘴唇下爱波妮冰冷的额头；安灼拉、库费拉克、约翰·普鲁维尔、公白飞、博须埃、格朗太尔，他所有朋友在他面前站起来，继而又无影无踪。所有这些亲爱的、痛苦的、勇敢的、可爱的或可悲的人，难道都是梦中之影吗？是否确实存在过？暴动的硝烟席卷了一切。这些壮志凌云的人都有凌云的梦想。马吕斯心中发问，暗自摸索；所有那些烟消云散的事实令他目眩。他们究竟在哪儿呢？难道真的全部消亡了吗？黑暗中一次陨落，除了他将一切都带走了。在他看来，那一切仿佛消失在幕布后面。生活中常有这种幕落的场景。上帝又转入下一幕。

他本身还确是同一个人吗？他这个穷苦青年，现在富有了；他这个被抛弃的人，现在有个家了；他这个痛苦绝望的人，现在要和珂赛特结婚了。他觉得自己穿过一座坟墓，走进去时是黑的，走出来时变白了。那座坟墓，其他人都留在里面了。可是，所有从前那些人，有时又回来，站立在面前，将他团团围住，令他心情黯然；于是，他就想想珂赛特，便又恢复宁静；唯独这一幸福能抹掉这场灾难。

割风先生几乎也在那些消逝的人之列。马吕斯始终不敢相信，街垒中的那个割风先生，就是这个有血有肉、极为庄重地坐在珂赛特身边的割风先生。那个割风先生，可能是昏迷状态给他送来又带走的一场噩梦。此外，二人的性情相差悬殊，马吕斯绝不可能当面问割风先生，甚至连这种念头也没有产生。我们已经指出这一特有的细节。

两个人有个共同的秘密，并达成某种默契，都不言及这个问题，而这种情况并不像人们所想的那么罕见。

只有一次，马吕斯试探了一下。在谈话中，他有意提到麻厂街，并转身问割风先生：

“您熟悉那条街吧？”

“哪条街？”

“麻厂街啊？”

“这个街名，我一点印象也没有。”割风先生回答，语气极其自然。

他的回答仅指街名，并未涉及街道本身，但是马吕斯认为这更能说明问题。

“毫无疑问，”他想道，“我做了一场梦，产生了一种幻觉，那个人只是有点像他，割风先生并没有去那里。”

八　两个无法寻到的人

马吕斯不管多么大喜过望，心头的思虑也绝难抹去。

婚期已定，就在筹办婚事期间，他开始对往事进行艰难而精细的调查。

要报答几方面的恩情：替他父亲报恩，也要为他自己报恩。

一个是德纳第，一个是把他马吕斯送回吉诺曼先生家中的那个人。

马吕斯决意要找到这两个人，他绝不愿意结了婚，过上幸福日子，却把他们忘掉；他担心欠下的恩情如不偿还，会在他此后光辉灿烂的生活中投下阴影。他绝不愿意拖欠恩情债，要在愉快地走进未来的生活之前，先偿清过去的债务。

德纳第是个恶棍，这丝毫改变不了他救过彭迈西上校一命的事实。德纳第在所有人眼里是个强盗，在马吕斯眼里则不然。

马吕斯不了解滑铁卢战场的真情实况，不知道那种特殊性：在那种异乎寻常的境地，德纳第救了他父亲一命，却不是恩人。

马吕斯雇请了好几名侦探，哪个也没有摸到德纳第的踪迹。这方面的线索好像全部消失了。德纳第婆娘在预审期间死在狱中。德纳第和他女儿阿兹玛，是那伙可悲的人中幸存的两个，也已潜入黑暗中。社会这个不为人知的深渊，将他们吞没之后又悄悄合拢了。水面上不见一点动荡，一点波纹，而那种一圈圈隐约扩展的水纹，恰恰表明有东西掉进去，可以进行探测。

德纳第婆娘死了，布拉驴儿与此案无关，囚底失踪了，主要被告都已越狱潜逃，戈尔博破屋的绑架案差不多流了产。案情始终没有调查清楚。刑事法庭只好拿两个胁从犯开刀，一个是邦灼，别号春天，又名比格纳伊，另一个是半文钱，又名二十亿，二人对席分别判处十年苦役。在逃同谋犯均判处终身苦役。主犯德纳第则缺席判处死刑。这一判决，是唯一留下来有关德纳第的事，犹如灵柩旁边的一支蜡烛，阴惨惨的光投在这个埋葬了的名字上。

再说，德纳第本来就害怕重新逮捕归案，深藏起来，这一判决更把他赶入最深处，又给覆盖这个人的黑暗加厚一层。

至于寻找另外那个人，救了马吕斯的那个陌生人，开头还有点收获，后来就停滞不前了。6月6日夜晚把马吕斯送到受难会修女街的那辆出租马车，倒是设法找到了；车夫说，6月6日那天，他奉一名警察之命，从下午3时到夜晚，“停车守在”香榭丽舍的河边，就在大阴沟出口处的上方，约莫晚上9点钟，对着河边的阴沟铁栅门打开了，走出一个汉子，肩上驮着一个仿佛死了的人；守候在那儿的警察逮捕那活人，抓住那死人，而他这个车夫，按照警察的命令，让“那伙人”上了车，先到了受难会修女街，将那死人撂下；他说那死人就是马吕斯先生，“这一次”虽然活了，他还是能认出来；然后，他们又上了车，他挥鞭赶马，到了离档案馆不远的地方，又叫他停车，在大街上付清了车费就分了手，警察将那人带走了；此外，他就一无所知了，那天夜晚非常黑。

我们已经说过，马吕斯什么也回忆不起来了，只记得他仰身要倒在街垒里的当儿，被一只强有力的手从后面抓住，后来的事就没有一点印象了，等苏醒过来，已是在吉诺曼先生家中了。

他越推测越找不出头绪。

他总不能怀疑他本人的身份。然而，他分明昏倒在麻厂街，怎么又会在残废军人院桥附近的塞纳河边，让一名警察给收了？难道有人从菜市场街区，把他背到香榭丽舍，怎么走的呢？通过下水道。这种献身精神真是闻所未闻！

有个人？是谁？

这正是马吕斯要寻找的人。

关于这个人，他的救命恩人，一点消息也没有，无影无踪，找不到一点蛛丝马迹。

马吕斯调查这方面的事，虽然必须格外谨慎，但他还是一直查到警察总署。然而那里也不比别处强，了解的情况无助于弄清真相。警察总署还没有出租马车夫了解得多，他们根本不知道6月6日在大阴沟铁栅门那里逮捕过人，也没有收到警察任何有关的报告，认为这事纯属编造，只能是车夫编造出来的寓言故事，而车夫为了一点小费，什么都干得出来，甚至不惜胡编乱造。然而，事实终归是事实，马吕斯不能怀疑，除非像我们刚才讲的，怀疑他本人的身份。

这一切无法解释，走不出这怪诞的谜圈。

这个人，这个神秘的人，车夫看见他背着昏迷的马吕斯，从大阴沟的铁栅门里出来，因抢救一个暴动者而被埋伏的警察当场逮捕，他后来怎么样了呢？那名警察又去哪儿了呢？这人逃脱了吗？那警察为什么保持沉默呢？他受贿了吗？马吕斯的这个救命恩人，为什么不给他一点音信呢？这种慷慨的态度，同献身精神一样，都是超群绝伦的。这个人为什么不露面了呢？也许他不图报吧，但是谁也不能超越感激之情。难道他死了吗？他是个什么样的人呢？是一副什么长相呢？谁也说不清楚。车夫回答说："那天夜晚太黑了。"巴斯克和妮科莱特当时吓傻了，眼睛只顾盯着满面血污的少主人。唯独门房，在举着蜡烛照着一副惨相归来的马吕斯时，倒是注意看了这人一眼，他提供这样的特征："这人的样子太可怕了。"

马吕斯回到外祖父家时穿的血衣保存起来，期望对他的寻找有所助益。他仔细察看血衣时，发现下摆有一处撕破，很是蹊跷，而且还缺了一块。

有一天晚上，马吕斯因珂赛特和冉阿让在一起，他谈到这场奇特的险遇，说他屡次查询而徒劳。他见"割风先生"那张始终冷淡的面孔，便有些不耐烦了，于是激动地提高声音，几乎怒冲冲地说道：

“是的。这个人，不管他是什么人，他的所为也是高尚的。您知道他做了什么吗，先生？他像个大天使那样出现，他是冲进战火中，才能把我抢出去，还打开下水道门，将我拖进去，再背着我！在那可怕的地下长廊里，他必须弯下腰，屈着膝，在黑暗中，在污泥浊水中，走了一法里半多路，先生，背上还背个死尸！抱着什么目的呢？唯一的目的，就是抢救这个死尸。而这个死尸正是我。他心里想：‘也许还有一线生机，为了这一点可怜的火星，我要冒生命危险！’他拿生命冒险，可不止一次，而是无数次。一步一个险。有事实为证：他一走出下水道就被捕了。先生，这人所做的这一切，您知道吗？不希图任何报酬。当时我是什么人？一名暴乱分子。当时我是什么人？一个战败者。啊！珂赛特那六十万法郎如果是我的……”

“那钱是您的。”冉阿让插了一句。

“那好，”马吕斯接着说，“我愿意以这笔钱为代价，找到这个人！”

冉阿让沉默不语。

第六卷　不眠之夜

一　1833年2月16日

1833年2月16日的夜晚是降福之夜。夜色上空天堂打开了。这是马吕斯和珂赛特的新婚之夜。

这是兴高采烈的一天。

这并非外公所梦想的蓝色佳节，既不是有一大群小天使和小爱神在新婚夫妇头上飞旋的仙境，也不是能装饰在门楣上的那种婚礼的图景，而是一次又甜美又欢乐的婚礼。

1833年那时结婚，仪式和今天的不同。法国还没有向英国借鉴抢妻的那种雅人深致：新婚夫妇一出教堂就逃匿，怀着幸福的羞惭躲藏起来，以破产者的行径表达《雅歌》中的那种狂喜。那时大家还不懂得，将自己的天堂放在驿车上颠簸，让咯吱咯噔的声响频频打断自己的神秘，把乡村客栈的床当作婚床，将自己一生最神圣的记忆留在按夜计费的普通客房里，并同跟驿车的车夫和客栈女招待的交谈相混杂，这一切该有多么贞洁，多么美妙，又多么雅趣。

在我们生活的19世纪下半叶，市长及其绶带、神父及其祭披、法律和上帝，都已经不够了，还要补充上龙朱莫驿站的车夫：上身穿红翻袖口、铃铛纽扣的蓝外套，饰着金属片的臂章，下身穿一条绿色皮裤，咒骂着马尾扎起的诺曼底种马，总之假饰带、漆布帽子、扑粉的粗头发、大马鞭和大皮靴。法兰西的文雅，还没有推进到英国贵族的那种程度：等新婚夫妇登上驿车，后跟磨损的拖鞋和旧鞋，便像雨点似的砸在他们头上，以纪念丘吉尔[①]，后来他又叫马尔勃路格或马尔布路克，婚礼那天，姑妈用怒火给他带福运。旧鞋和破拖鞋还没有投入到我们的婚礼中；不过别着急，高雅的趣味总要继续扩展，将来必有那一天。

从1833年回溯一百年，那时结婚可不疲于奔命。

说来也怪，大家还能想象出来，那时代举行婚礼，既是私人的喜事，也是社会的节庆，大家族的喜宴无损于小家庭的隆重，欢乐即使过分，只要是正当的，就绝不会妨害幸福；总而言之，两个人的命运在家族里开始结合，从而产生一个家庭，而且，新房从此证明二人结为夫妻，这一切都是可敬而有益的。

他们在家中结婚并不感到羞耻。

因此，还按照现已过时的方式，在吉诺曼先生家中举行婚礼。

结婚虽是极为自然又极为普通的事，可是要张贴布告，办理结婚证，要跑市政厅，还要去教堂，总不免费些周折，在2月16日之前无论如何准备不好。

16日碰巧是星期二，封斋节的前一天；我们指出这一细节，纯粹是力求准确。大家都犹豫不决，顾虑重重，尤以吉诺曼姨妈为甚。

“封斋节前的星期二！”老外公高声说，“棒极了。”有一句谚语说：

封斋节前成了亲，
儿女没有不孝心。

---

① 约翰·丘吉尔（1650—1722年）：马尔勃路格公爵，英国将军。

“就这么办，定在16日！你呢，马吕斯，你还想延期吗？”

“当然不想啦！”热恋中的人回答。

“那就结婚吧。”老外公说道。

就这样，婚礼在16日举行，尽管那还是狂欢的日子，那天下雨了，不过，一对新人总能看到贺喜的一角蓝天，至于天地万物都在雨伞之下，也就无所谓了。

婚礼前夕，冉阿让当着吉诺曼先生的面，将那五十八万四千法郎交给马吕斯。

夫妻实行财产共有制，这样，婚书也就非常简单了。

从此以后，冉阿让就用不着都圣了，珂赛特便接收过来，把她提升为贴身女仆。

在吉诺曼家中，还给冉阿让辟出了间漂亮的卧室，特意为他布置好了，珂赛特则央求他：“爸，我求求您了。”恳切的语气万难拒绝，差不多使他答应搬到一起来住了。

婚期的前几天，冉阿让出了一点事儿，右手拇指砸伤了。伤得并不严重，他不让别人照顾，自己包扎，也不让人看伤处，连珂赛特也不例外。伤虽不重，但是要缠上绷带，手臂要吊着，这样他就不能签字了。吉诺曼先生是代理监护人，便代替他行事。

我们带领读者既不去市政厅，也不去教堂。跟随一对情侣去那种地方的人寥寥无几，而且一看见新郎的翻领饰孔插上一束花，便习惯扭头不观赏这出戏了。我们只是略提一句，从受难会修女街去圣保罗教堂的途中碰到的一个情况，而参加婚礼的人并没有瞧见。

当时，圣路易街北口正在翻修，从王宫花园街起就不通行了。婚礼的彩车不能直接驶往圣保罗教堂，必须改道，最简单的就是从大马路绕过去。宾客中有人提醒说，这是狂欢节的最后一天，可能会堵车。“为什么？”吉诺曼先生问道。“因为有假面游行队伍。”“那好极了，”外祖父说道，“就从那儿走。这两个青年一结婚，就要进入严肃的生活，让他们瞧瞧假面的场景，好有个思想准备。”

他们就走大马路。第一辆婚礼彩车坐着珂赛特和吉诺曼姨妈、吉诺曼先生和冉阿让。按照习俗，马吕斯还同未婚妻分开，只能乘坐第二辆车。婚礼的车队从受难会修女街驶出，就加入那车水马龙的队列：队列从马德兰教堂到巴士底广场，又从巴士底广场到马德兰教堂，连成没头没尾的长链。

大马路上全是戴假面具的人，不时下雨也驱不散那些滑稽人物、小丑和傻瓜形象。在这1833年冬季的舒畅气氛中，巴黎化装成了威尼斯。那种狂欢节如今已见不到了。狂欢节扩展到整个生活，也就没有狂欢节了。

大马路两侧挤满了行人，居民也都在窗口看热闹。剧院柱廊的平台上满是观众。除了观赏各种各样的假面具，还观看封斋节前狂欢节的特有的车队，就像在龙尚那样，车辆形形色色，有出租马车、市民轻便马车、大篷车、带篷的两轮小车、单驾双轮车等等，列队行驶，秩序井然，一辆辆相连接，严格遵守交通法规，仿佛行进在铁轨上。列队车辆上的人，无不既是观众又是演员。络绎不绝的车辆形成方向相反的两条平行线，由警察控制在大马路两侧偏道，不让这两条车流遇到一点阻遏，保持一条流向下游，一条流向上游，一条流向昂丹大街，一条流向圣安托万城郊大街。法兰西贵族院议员带有徽章的车辆、外国使节的车辆，则可以在大马路中央自由往来。还有欢快的彩车队，尤其是肥牛车，也有这种特权。英国也挥响马鞭投入巴黎的欢乐；西摩勋爵招摇过市，乘坐一辆有贱民绰号的旅行车。

保安队像一群牧羊犬，沿着这两行车流来回奔跑。队列里有正派人家的大轿车，坐满了姨婆和祖母，车门站着肤色鲜艳的化装儿童，七岁的男小丑、六岁的女小丑，小家伙特别喜人儿，他们感到正式参加了公众的欢乐，深深意识到他们所扮的滑稽角色的尊严，便像政府官员那样一副严肃相。

游行的车队不时在某处堵塞了，侧道的一列就得停下，等疙瘩解开再运行；一辆车受阻，就足以使全线瘫痪。排除障碍再继续行进。

婚礼的车队沿大马路的右侧队列，驶向巴士底广场，行进到白菜桥街时停了片刻。而对面朝马德兰教堂行进的车队，几乎也同时停下来，其中有一辆车载满戴假面具的人。

那种车辆，更确切地说，那种装满假面具的大车，巴黎人相当熟悉。如果哪年封斋节前狂欢节或封斋节的狂欢日[①]，不见那种车辆，大家就会以为在搞什么鬼，就议论说：“这里边有什么名堂。很可能内阁要换人了。”那辆车装了一大堆老丑角、滑稽丑角和女仆角色，在行人的头上颠簸，看上去奇形怪状，丑态百出，从土耳其人到野人，有搀扶侯爵夫人的大力士、能使拉伯雷捂上耳朵的满口粗话的泼妇，也有能让阿里斯托芬垂下眼帘的母老虎，麻丝做的假发、玫瑰色的汗衫、讲究的帽子、扮鬼脸的眼镜、带个戏蝶的滑稽丑三角帽，他们冲着行人怪叫，双拳撑在大胯上，袒露双肩，戴着假面具，摆出肆无忌惮的姿态，显得那么厚颜无耻，真是一大堆乌七八糟的丑类，由头戴花冠的车夫拉着示众。车上就是这样一群东西。

① 封斋节又称四旬斋。封斋节前的星期二为狂欢节最后一天；第三周的星期四为狂欢日。

希腊需泰斯庇斯[①]大戏车，法国则需要瓦德[②]的出租马车。

什么都可以拿来滑稽地模仿，甚至模仿滑稽的模仿。农神节这种古代美的滑稽相，越扩越大而终于演变成为封斋节前的星期二。酒神节，古代的酒神头戴葡萄藤冠，沐浴在阳光下，袒露神奇的半截身子和大理石般的双乳，如今却一副无精打采的样子，身穿北方湿漉漉的破衣衫，最后就改名叫狂欢节假面人了。

假面人车这种传统，始于最古的王朝时代。路易十一拨给宫廷大法官的费用“二十苏图尔币，租用三辆车戴假面人上街”，如今，这帮喧闹的人一般乘坐老式双轮公共马车，挤在上层车厢里，也有乱哄哄的一伙人挤上四轮公共马车上，将车篷放下，六人座席挤二十多人。有的在车椅上，有的在折叠加座上，还有的在放下的车篷侧面和辕木上，甚至还骑在马车的灯笼上。有站立的、卧倒的、坐下的、蹲着的、吊着腿的。女人则坐在男人的膝上。那伙狂人攒动的头叠成的金字塔，从远处就能望见。这种满载假面人的车辆，在车水马龙中间是欢腾的高山。等到科莱、帕纳尔和皮龙[③]一出世，黑话就满天飞了。车上的假面小丑，向老百姓满口喷出一套套粗话。这辆公共马车载人过多，看上去特别庞大，带有一种征服的气势。车前沸反盈天，车后一片混乱；车上叫骂，吊嗓子，呼号，狂笑，高兴得前仰后合；快乐在咆哮，讽刺在喷火，欢快的情绪展示出来，像展开的一块大红布；两个瘦长干瘪的女人演一出闹剧，演到了高潮，这是满载欢笑的胜利战车。

然而，这种笑实在厚颜无耻，算不上爽快；这种笑也实在可

---

① 泰斯庇斯（约公元前6世纪）：希腊诗人，相传他开创悲剧，以大车为舞台巡回演出。

② 瓦德（1720—1757年）：法国戏剧和滑稽歌剧作家。

③ 科莱（1709—1783年）：法国戏剧作家。帕纳尔（1674—1765年）：法国民谣和戏剧作家。皮龙（1689—1773年）：法国民谣和滑稽歌剧作家。

疑，显然肩负一种使命，要向巴黎人证明这是狂欢节。

这种粗俗下流的车辆，令人感到一种莫名的黑暗，也能引起哲学家深思。这其中有执政的意味，能触摸到公职人员和公娼的神秘的相似。

种种卑劣丑恶拼凑起一个欢乐的整体，堕落和无耻相加用来诱惑民众，为卖淫充当广告的大肆侦察既凌辱又愉悦众人，而群众也爱看四轮大马车载着一堆活妖怪驶过，爱看那堆妖怪穿着饰了金箔的破衣烂衫，半污秽半闪光，又号叫又歌唱，并为各种羞耻合成的胜利而热烈鼓掌；如果警察不让这二十颗头的欢乐蛇妖在人群游弋，那么群众就认为算不上节庆。这种情况固然可悲，但是又有什么办法呢？一车车饰着彩带和鲜花的污秽，受到公众笑声的辱骂和宽恕。大众的笑声是普遍堕落的同谋。一些不健康的节庆活动，引导民众堕落为群氓无赖，而群氓同暴君一样，都需要小丑。国王有罗克洛尔，民众有帕亚斯滑稽小丑。巴黎每当丧失卓越大都市的身份，就沦落为疯狂的大城。在这里，狂欢节是政治的组成部分。应当承认，巴黎心甘情愿让无耻的东西大肆表演。它只向大师要求一件事——如果它有大师的话：“替我给这污泥涂脂抹粉吧。”罗马也有同样的习性，专门喜爱尼禄。尼禄是运送丑类的巨人。

刚才提到的那辆大轿车，满载着奇形怪状的假面男女，停在大马路的左偏道，当时婚礼车队正巧停在右侧偏道。假面人的大车隔着大马路，瞧见了新娘的彩车。

“咦！”一个假面人说，“办喜事。”

“假喜事，”另一个接口说，“我们才是办喜事。”

隔得太远，没法儿招呼婚礼的车队，又怕警察干预，两个假面人就观望别处了。

过了一会儿，一车假面人就忙乱起来，众人开始喝倒彩，这是向假面人表示的亲热。刚才对话的两个假面人就和同伴一起回击，搜集菜市场的全部枪弹，对付众口的猛攻还嫌火力不足。假面人和公众之间你来我往，用隐语黑话激烈交火。

这时，同车的另外两个假面人：一个是老家伙，鼻子奇大，黑胡子特别浓密，模样儿像个西班牙人；另一个是干瘦的小丫头，戴着半截面具，一副骂街的小泼妇的样子，他们二人也注意到了婚礼彩车，就在同伴和行人对骂时，他们则低声交谈。

他们的窃窃私语淹没在喧嚣声中。几场阵雨将这辆敞篷车淋透了，2月的风又不温暖，袒胸露怀的小泼妇浑身颤抖，一边笑一边咳嗽。

这就是他们的对话：

“咳！”

“什么呀，达龙[①]？”

“你看见那老家伙了吗？”

“哪个老家伙？”

“就那儿，在婚礼的头辆车上，靠我们这边。”

“那个扎黑领带，吊着手臂的？”

“对。”

“怎么啦？”

“我肯定认识他。”

“嗯！”

“我若是不认识这个庞丹佬[②]，就让人割我的脖子，就算我一辈子没讲过‘您’、‘你’和‘我’。”

“今天巴黎就是庞丹。”

---

① 达龙：父亲。——雨果原注。

② 这段话原是黑话，雨果有注。“庞丹佬”即巴黎人。

“你弯下腰，能看见新娘吗？”

“看不见。”

“新郎呢？”

“这辆车上没有新郎。”

“啊！”

“除非是另外那个老头儿。”

“你尽量往下弯弯腰，瞧瞧那新娘。”

“不行啊。”

“没关系，反正爪子缠了东西的老家伙，我肯定认识。”

“认识又有什么用？”

“不知道。万一有用呢。”

“我对老家伙可不感兴趣。”

“我认得他！”

“认得就认得吧。”

“见鬼，他怎么参加婚礼？”

“我们不是也参加了吗？”

“这婚礼车队，是从哪儿来的呢？”

“我怎么知道？”

“听着。”

“什么呀？”

“你得干一件事儿。”

“什么事儿？”

“下车去，跟上这辆婚礼车。”

“干什么？”

“弄清车去哪儿，是些什么人。赶快下车，快跑，我的仙女[①]，你人年轻。”

“我不能离开车。”

“怎么不能？”

“我是雇来的。”

“哎呀，糟糕！”

“我要给市政府干一天泼妇。”

“真的。”

“我一离开车，哪个警探见了都会抓我。这个你清楚。”

“对，我清楚。”

“今天，我让法螺丝[②]买下了。”

“不管怎么说，这老家伙叫我心烦。”

“老家伙叫你心烦，你又不是个少女。”

“他在头一辆车上。”

“那又怎么样呢？”

“在新娘车上。”

“那又怎么样呢？”

“看来他是父亲。”

“这和我有什么关系？”

“跟你说他是父亲。”

“又不是只有他一个父亲。”

“听我说。”

“什么呀？”

“我不行，我只能戴上面具出来。我在这儿也是隐藏身份，别人不知道我在这儿。可是，明天就不能戴面具了。星期三就是斋期

---

① 仙女：女儿。——雨果原注。

② 法螺丝：政府。——雨果原注。

了，我再出来就要跌跟头[1]，必须钻回我的洞里。你不一样，是自由的。”

“不太自由。”

“总比我自由点儿。”

“你想说什么呀？”

“你要想法儿弄清婚礼车去什么地方？”

“去什么地方？”

“对。”

“我知道。”

“去哪儿？”

“蓝针盘街。”

“首先，方向就不对。”

“那就是去酒糟街。”

“也许去别的地方。”

“人家是自由的。婚礼的队列是自由的。”

“说这些都没有用。跟你说，你要想法儿给我弄清，那是什么人家的婚礼，怎么有那个老家伙，新婚夫妇住在哪儿。”

“难说！这事儿可不好办。等一周之后，再去找星期二狂欢节经过巴黎大街的婚礼车，就那么容易？真是草棚里找别针！怎么能办得到呢？”

“不管怎样，总得试试。明白吗，阿兹玛？”

两列车队在大马路两侧偏道又开始反方向移动，假面车看不见新娘车了。

① 跌跟头：被捕。——雨果原注。

二　冉阿让总吊着手臂

实现自己的梦想。让谁实现梦想呢？上天肯定要有所选择；殊不知我们全是候选人，天使在投票。珂赛特和马吕斯中选了。

在市政厅和教堂里，珂赛特光彩夺目，楚楚动人。这是都圣和妮科莱特协助给她穿戴起来的。

珂赛特穿一条白色塔夫绸衬裙，外面套了班什产的镂花边连衣裙，再罩上英国针织花薄头纱，戴一条精美珍珠项链，戴一顶橘花冠；全是洁白色，她在这身洁白色中光艳照人。这种美妙的天真无瑕，在明光中焕发而升华，就好像一位贞女正在化为天仙。

马吕斯一头美发又光亮又芳香。在浓密的发鬈下，仍能看到街垒给他留下的几条浅色伤痕。

外祖父神采飞扬，高昂着头，那身穿戴和举止，越发显示了巴拉斯①时期的文雅。他挽着珂赛特的手臂，代替因吊着绷带而不能搀扶新娘的冉阿让。

冉阿让身穿黑礼服，笑呵呵跟在后面。

“割风先生，”外公对他说，“今天真是大好日子，我投票赞成结束忧伤和悲痛！从今以后，任何地方都不应再有伤心的事。老天见证！我宣布快乐！痛苦没有资格存在了。不错，世上还有受苦人，这是青天的耻辱。痛苦不是人造成的，人性说到底还是善良的。人类全部苦难的首府和中央政府，就是地狱，换句话说，就是魔鬼的土伊勒里宫。行啊，现在，我也讲起哗众取宠的话来啦！其实，我也没有政治观点了；但愿所有人都富裕，也就是说生活快乐，我只有这一点主张了。”

---

① 保罗·巴拉斯（1755—1829年）：法国政治家，国民公会成员，曾任督政府的执政官。

在市长和神父面前不知回答多少回“是”，又在市政厅和教堂的登记簿上签了字，二人交换了结婚戒指，在香烟缭绕中罩着白云纹婚纱并排跪下，所有仪式都结束，他们才手拉着手，来到众人面前，接受贺喜和赞美。马吕斯穿一身黑礼服，珂赛特则一身洁白，前边由戴上校肩章的教堂警卫用戟跺响石板开道，他们穿过两排啧啧称赞的宾客，走出敞开的教堂两扇大门。一切都已结束，又准备上车了。珂赛特还难以相信这是真的。她瞧瞧马吕斯，看看众人，又望望天，好像害怕从梦中醒来似的。她那又惊讶又隐隐不安的神情，为她增添一种说不出来的魅力。返回时，马吕斯和珂赛特同上一辆车，并肩而坐。吉诺曼先生和冉阿让坐在他们对面。吉诺曼姨妈则降了一级，乘坐第二辆车了。“孩子们，”外祖父说道，“现在你们是男爵先生和男爵夫人了，享有三万利弗尔年金。”于是，珂赛特紧靠过去，对着马吕斯的耳朵，以天使的美妙声音说道：“原来这是真的。我也叫马吕斯，是你的夫人。”

两个人神采奕奕，他们正逢一去便难追寻的一刻，正处于整个青春和全部欢乐的光辉灿烂的汇合点。他们实现了约翰·普鲁维尔的诗句：“二人相加，还不到四十岁。”这是无比崇高的结合，两个孩子就是两朵百合花。他们相互虽不注视，却彼此瞻仰。珂赛特看见马吕斯在一片荣光之中，马吕斯则看见珂赛特在圣坛上。既在圣坛上，又在荣光中，这两个神化了的人，不知怎么内心已经交融了，对珂赛特看来是在一片云彩后边，在马吕斯看来是在一片烈焰中，有一件理想的东西，实实在在的东西，亲吻和梦幻的约会，新婚的枕席。

他们所经历的一切苦难，回忆起来也令他们陶醉，仿佛忧伤、失眠、泪水、惶恐不安、惊慌失措、痛苦绝望，都变成了爱抚和光明，使临近的美好时刻更加美好，而往日的悲伤全变成了女仆，来给欢乐梳洗打扮。经历过痛苦，该有多好啊！他们的不幸成为他们幸福的光环。他们的爱情长期经受磨难，结果升华了。

两颗灵魂都同样欣喜若狂，不过，马吕斯掺杂一点欲念，珂赛特含两分羞怯。他们喃喃说："咱们再去普吕梅街，看看咱们的小花园。"珂赛特衣裙的长褶裥搭在马吕斯身上。

这样一天难以形容，是梦想和坚信的杂糅。既拥有，又要假设。眼前还有时间猜测。是一种无法描摹的冲动，在这天，刚到中午却想半夜。两颗心灵洋溢出来的喜悦，感染行人也都兴高采烈了。

行人纷纷停在圣安托万街圣保罗教堂门前，要隔着马车玻璃窗，观赏珂赛特头上颤动的橘花。

继而，他们回到受难会修女街，回到家中。马吕斯容光焕发，得意洋洋，同珂赛特肩并肩，登上他那次奄奄一息被人拖上去的楼梯。穷人聚在门口，都得到一份施舍，并祝福新婚夫妇。家里到处摆满鲜花，就跟教堂一样芳香弥漫。焚香之后，便是玫瑰花香。他们恍若听见天宇悠扬的歌声；他们心中有上帝；他们的命运就像展现的星空；他们望见一束阳光从头上升起。突然时钟敲响了。马吕斯注视珂赛特的迷人的手臂，以及透过上衣的花边隐约可见的粉红部位；珂赛特发觉了马吕斯的目光，便羞得满面通红。吉诺曼家的许多老友应邀前来贺喜，他们围住珂赛特，都竞相叫她男爵夫人。

军官特奥杜勒·吉诺曼，现在是上尉了，他从沙特尔驻营地赶来参加表弟彭迈西的婚礼，珂赛特没有认出他来。

而他呢，早已听惯了女人称他美男子，根本不记得珂赛特，也不记得别的女人。

"当时我没有听信这个枪骑兵的鬼话，做得太对啦！"吉诺曼老头儿暗自说道。

珂赛特对冉阿让，从来没有像现在这样温柔体贴，也赞成吉诺曼老人的主张，在老人把欢乐奉为格言准则的时候，她就像散发香气一样，散发着爱心和友善。幸福的人愿人人幸福。

她同冉阿让说话，又恢复小姑娘时的语气，用微笑爱抚他。

一桌酒宴摆在餐室。

亮如白昼的照明，给大喜日子制造必不可少的氛围。欢乐的人绝不接受迷雾和昏暗，绝不同意变成黑影。夜晚，不错；黑暗，不行。没有太阳了，那就得制造一个。

餐室成了各种美味物品的大烤炉。在雪白明亮的餐桌的上方正中，吊着一盏威尼斯产的金属片大彩灯，四周一圈多枝烛台，上面有蓝紫红绿各色鸟儿，栖息在蜡烛中间，墙壁镶着三折和五折反光镜。玻璃杯、水晶器皿、玻璃器皿、餐具、陶器、瓷器、金银器皿，全都闪闪发光，其乐融融。烛台之间插了鲜花，这样一来，没有烛光的地方就有花朵。

门厅里有三把小提琴和一支长笛，正轻声演奏海顿的四重奏曲。

冉阿让在客厅里，坐在门背后的一把椅子上，几乎被敞开的门扇遮住。入席前还有片刻时间，珂赛特头脑一热，便过来用手拉开婚礼裙，向他施了个屈膝大礼，以温柔顽皮的目光注视他，问道：

"父亲，您高兴吗？"

"高兴啊。"冉阿让回答。

"那就笑一笑呀。"

冉阿让就笑起来。

几分钟之后，巴斯克请大家入席。

吉诺曼先生让珂赛特挽上手臂先行，宾客随后鱼贯进入餐室，按排好的位置入座。

新娘左右首摆了两张安乐椅，第一张是吉诺曼先生的座位，第二张是给冉阿让预备的。吉诺曼先生入了座，另一张椅子还空着。

大家都用目光寻找“割风先生”。

他人不见了。

吉诺曼先生问巴斯克：“你知道割风先生在哪儿吗？”

“先生，我正要说呢，”巴斯克回答，“割风先生让我转告先生，他的手有点疼，不能陪男爵先生和男爵夫人用餐了。他请大家原谅，明天早晨他再来。他是刚才走的。”

这张安乐椅空着，喜宴的气氛一时冷下来。割风先生缺席，但是席上有吉诺曼先生，老外公兴高采烈，一个顶俩。他断言割风先生既然不舒服，那还是早点休息为好，还说不要紧，只是轻微“疼痛”。有这种解释就足够了。况且，一个阴暗的角落又算什么，不是要淹没在一片欢乐中吗？珂赛特和马吕斯正处于新婚祝福的自私时刻，只有能力感受幸福了。这时吉诺曼先生又灵机一动：“对了，这椅子空着，过来，马吕斯。你姨妈虽然有权跟你坐在一起，但是她会准许你坐过来的。这椅子归你了。既合法，又合情。幸运之神坐到快乐之神身边。”宴席上的人都鼓起掌来。于是，马吕斯便取代冉阿让，坐到珂赛特身旁。珂赛特因冉阿让缺席，开头怏怏不乐，事情这样一安排就高兴了。既然马吕斯成了替身，就是上帝缺席，珂赛特也不会遗憾了。她把穿着白缎鞋的柔软小脚放在马吕斯的脚上。

椅子有人坐了，割风先生就一笔勾销，什么也不欠缺了。五分钟之后，宴席上的宾主便把这事置于脑后，一个个笑逐颜开，兴致大发了。

最后上甜食的时候，吉诺曼先生起立，举起大半杯香槟，毕竟九十二岁高龄的人，怕手颤晃酒而未斟满杯，他向新婚夫妇祝酒：

“你们躲不掉两次训诫，”他朗声说道，“早晨，你们接受了神父的训诫，晚上还要接受老外公的。听我说，我要劝告你们一句：你们相亲相爱吧。我可不会讲一大堆陈词滥调，要一语道破：你们幸福吧。万物中最聪明的，要算斑鸠了。哲学家说：要节制你们的欢乐。而我却说：放开手脚，尽情欢乐吧。要像魔鬼那样热恋，要爱得疯狂。哲学家总弹老调。我真想把他们的哲学塞回他们的腔子里。能说芳香过分，玫瑰花蕾开得太多，歌唱的黄莺太多，绿叶太多，生活中的曙光太多了吗？难道人相爱还能过头吗？难道人相互愉悦还能做得过火吗？当心，爱丝泰勒，你太美丽啦！当心，奈莫兰，你太漂亮啦！这都是十足的蠢话！两个人彼此吸引，彼此爱抚，彼此迷恋，难道还能过分吗？还能说人太活跃，太幸福吗？节制你们的快乐！哼，呸！打倒哲学家！理智，就是欢畅。你们要欢畅，让我们大家都欢畅吧！我们幸福是因为我们善良，或者，我们善良是因为我们幸福吗？桑西钻石叫桑西钻石，是因为它曾属于阿尔莱·德·桑西[①]，还是因为它有一百零六克拉重呢？这方面我一无所知；生活中充满了这类难题；关键是得到桑西钻石，得到幸福。你们幸福吧，无需诡辩。要盲目地服从太阳。太阳是什么？就是爱情。谁说爱情，就是说女人。啊！啊！至高无上的权力，就是女人。问问这个煽动者马吕斯，是不是珂赛特这个小暴君的女奴。这个懦夫，他是心甘情愿的！女人！没有挺得住的罗伯斯庇尔，还是女人掌大权。我仅仅是这个王国的保王党人。亚当是什么？就是夏娃的王国。对夏娃来说，不存在什么1789年。君主权杖上，有的加百合花，有的镶个地球，查理曼大帝的权杖是铁的，路易十四的是金的。革命用拇指和食指，一下子就把那些权杖折断了，就像折断两文钱的麦秸一样：全完了，全折断了，全丢在

① 阿尔莱·德·桑西（1546—1629年）：法国政治家。1580年，他向葡萄牙国王购买了著名的钻石，故称桑西钻石，从17世纪末到1835年镶在法兰西王冠上。桑西与法语106发音相同，故有106克拉之说，实重53克拉。

地上，没有权杖了。然而，你们搞搞革命，试试反对这块香罗帕！我倒想看看你们敢不敢。试试看。为什么这样牢固？因为这是块布头。哦！你们是19世纪的人吧？那又如何呢？我们是18世纪的人，但是跟你们同样愚蠢。你们不要以为管散发性霍乱叫流行性霍乱，奥弗涅布雷舞叫卡米砂舞，就大大地改变了宇宙。其实，应当永远爱女人。我就不信你们能逃脱。这些魔女就是我们的天使。是的，爱情、女人、亲吻，是个圈子，我就不信你们能逃脱出去。拿我来说，我还想往里钻呢。你们当中，谁见过维纳斯之星[①]在苍穹升起，俯视波涛，像凡尘的女子安抚一切；维纳斯之星是这深渊的最风流的女郎，海洋中的塞利曼娜。海洋，就是粗暴的阿尔赛斯特[②]。海洋不满嘟囔也没用，等维纳斯一露面，他就得满脸堆笑，这只野兽立刻驯服了。我们男人都是如此：愤怒，咆哮，暴跳如雷，怒气冲天，只要一个女人上场，一颗星升起，就全俯首帖耳啦！六个月前，马吕斯还去打仗，今天他却结婚了。做得好哇。对，马吕斯，对，珂赛特，你们做得好。你们彼此大胆地为对方存在吧，彼此亲亲热热吧，要气死那些不能这样做的人，你们彼此崇拜吧！你们要用鸟喙叼起人世所有幸福的小草，搭一个生活的小窝。啊！恋爱，被人爱，青春年少时的美好奇迹。不要以为这是你们发明的。我也梦想过，幻想过，叹息过，我也有过一颗月光似的灵魂。爱神是个六千岁的孩子。爱神有权长出长长的白胡子；玛士撒拉[③]在丘比特面前，还只是个小孩子。六十个世纪以来，男人和女人相爱，才摆脱了困境。魔鬼很狡猾，憎恨起男人；男人更狡猾，爱上了女人。这样一来，他尝到的甜头，超过魔鬼给他吃的苦头。自从有了人间

① 维纳斯之星即汉语的金星。

② 阿尔赛斯特和塞利曼娜是莫里哀喜剧《恨世者》的男女主人公。

③ 玛士撒拉：《圣经》中大洪水之前的族长，相传活了969岁。

天堂，就存在这种精灵了。朋友们，这种发现已经陈旧，但是又崭新。你们要充分利用，先当达佛尼斯和克洛埃①，然后再成为菲利门和波息司②。你们只要厮守在一起，就什么也不缺了，珂赛特就是马吕斯的太阳，马吕斯就是珂赛特的宇宙。珂赛特，你的晴朗天空就是马吕斯的微笑；马吕斯，你的凄风苦雨就是珂赛特的眼泪。但愿你们夫妻生活永远不下雨。你们抽了好签，得到宗教祝福的爱情；你们中了头彩，要好好保存，锁起来，千万不要挥霍，你们要互敬互爱，其余的事不要管。相信我说的话，这是常识。常识就不可能有假。你们彼此要把对方当作宗教信仰。每人都有崇拜上帝的方式。见鬼！崇拜上帝的最佳方式，就是爱自己的妻子。我爱你，这就是我的教义。谁爱，谁就是正教派。亨利四世这句粗话将神圣置于宴饮和沉醉之间：'腹一圣一醉！'我可不信仰这句粗话，这其中把女人忘掉了。我实在惊诧这句粗话居然是亨利四世讲的。朋友们，女人万岁！据说，我老了；真奇怪，我却觉得越活越年轻。我真想去树林里听人吹风笛。两个孩子将美丽和欢悦聚于一身，这使我陶醉。千真万确，我也想结婚，如果有人肯嫁给我的话。无法设想上帝创造出我们是为了别的缘故，而不是为热恋，谈情说爱，精心打扮，当小鸽子，当小鸡，从早到晚啄食爱情，把亲爱的妻子当作镜子照自己，得意洋洋，神气活现，趾高气扬，这就是生活的目的。请不要见怪，这就是我们那时代青年的想法。哦！我发誓，那个时代，可爱的女人还真多，花容月貌，处女娇娃！我让她们一个个神魂颠倒。因此，你们相爱吧。如果人不相爱，那我就不明白

---

① 达佛尼斯和克洛埃：希腊作家朗戈斯（公元2—3世纪）创作的同名田园小说的主人公。

② 菲利门和波息司：希腊神话中人物，因款待宙斯而受赏赐，小屋变成官殿，同时寿终，变成栎树和椴树。

要春天干什么。至于我，我请求仁慈的上帝抓紧向我们出示的所有美的东西，收回鲜花、鸟儿和美丽的姑娘，重新放进他的盒子里。孩子们，请接受一个老人的祝福吧！”

婚礼夜晚过得又亲热又欢快。外祖父兴致极高，为这大喜日子定了调子。年过百岁的老人这样乐和，大家也都捧场凑趣，跳跳舞，尽情欢笑，过了一个特别快活的婚礼。真可以邀请“昔日好先生”①参加。不过，吉诺曼先生绝不亚于这个角色。

欢闹之后便安静下来。

新婚夫妇不见了。

午夜刚过，吉诺曼先生的住宅就变成一座庙宇。

到此我们也该止步。有一名天使站在洞房门口，一根手指放在唇边。

面对这欢庆爱情的圣地，灵魂进入静观的状态。

洞房的屋顶一定有闪光。新婚的喜悦之光，一定能穿透墙壁的石头，隐隐划破黑暗。这种天经地义的神圣喜事，不可能不向苍穹发射圣洁的光芒。爱情，这是男女融合的神妙坩埚；一人体、三人体、最终人体，凡人的三人一体即由此产生。两颗灵魂合一的诞生，一定能感动幽灵。情人是教士；处女心醉神迷又恐慌不安。这种欢乐多少会传向上帝。真正的婚姻，即有爱情的地方，就有理想的成分。婚床在黑暗中是一角曙光。如果凡胎肉眼能看见可畏而又可爱的神灵，我们在熠熠闪光的房舍周围，就可能看见黑夜的形体，长着翅膀的陌生者，无形世界的蓝色过客，一群黑影的头俯下去，满意地祝福，相互指看处女新娘，微露惊异之色，神灵的面孔映现人间幸福的反光。新婚夫妇在极度销魂的情欢时刻，以为新房

① 法国作家穆尔杰的中篇小说《昔日好先生》改编成喜剧，1832年在巴黎法兰西喜剧院演出。

中没有旁人，他们若是倾耳细听，就可能听见噗噗的鼓翅声响。完美的幸福总有天使的关切。这间黑暗的小屋以天空为棚顶。二人的嘴唇被爱情所圣化，为了创造而接近，在这难以描摹的亲吻之上，布满繁星的神秘苍穹不会没有一点震颤。

这类幸福是实实在在的。除了这类欢乐就没有欢乐。唯独爱能销魂。其余则可悲可泣。

爱或曾经爱过，此生足矣。无需再有所希求。在生活的黑暗皱褶里找不到别的珍珠。爱就是完满。

三　形影不离

冉阿让去哪儿了呢？

他接受珂赛特亲热的指令，笑了笑之后，乘人不备立刻起身，走到前厅。八个月前，他满身泥土灰尘和血迹，就是来到这间候客厅里，将外孙给外祖父送回来。老式镶木墙围有花叶饰雕；琴师坐在从前安放马吕斯的长沙发上。巴斯克穿着黑色号服和短裤、白袜子，戴着白手套，已给每盘要上席的菜肴罩上玫瑰花环。冉阿让指了指自己吊着绷带的手臂，请巴斯克代他说明他缺席的缘故，便离去了。

餐室的窗户临街。冉阿让走到灯火辉煌的窗户下，在黑地里一动不动，伫立了几分钟。他侧耳谛听。酒宴上的喧闹声传到他的耳畔。他听见外祖父铿锵有力的声音、小提琴乐声、杯盘的叮当响、朗朗的笑声，在一片欢乐的喧闹声中，他能辨别出珂赛特温柔而欢快的声音。

他离开受难会修女街，回到武人街。

他回家取道圣路易街、圣卡特琳园地街和白斗篷街，这条路线远一些，不过近三个月来，他每天带珂赛特从武人街去受难会修女街，就走这条路线，以便避开拥挤泥泞的神庙老街。

这是珂赛特走过的路，对他而言，就排除了任何其他路线。

冉阿让回到家中，点亮蜡烛上楼，人去室空，连都圣也不在了。冉阿让走在房中脚步要比往日响些。所有柜橱门都敞着。他走进珂赛特的房间，只见床单没有了，枕套和花边也没有了，剩下的枕芯和叠好的被套一齐放在床垫脚下，而床垫则露出麻布套子，显然不会有人来睡了。珂赛特喜爱的所有妇女用的小物品全带走了，只剩下大件木器家具和四堵墙壁。都圣床上用品也搬空了。只有一张床铺好了，仿佛等候一个人，那就是冉阿让的床铺。

冉阿让扫视墙壁，关上几扇柜橱门，从一间屋走到另一间屋。

然后，他又回到自己的房间，将蜡烛放在桌子上。

他胳膊早已从绷带里抽出来，用右手做事，好像一点也不疼痛。

他走近床铺，究竟是偶然还是有意呢？他的目光落在珂赛特曾经妒忌的东西，那只总带在身边、“形影不离”的小箱子。6月4日那天，他一搬到武人街，就把它放在床头旁边的一张独脚圆桌上。现在他急忙走向圆桌，从兜里掏出一把钥匙，打开小箱子。

他缓慢地从箱里拿出十年前珂赛特离开蒙菲郿时穿的衣服，先后取出黑色小衣裙、黑头巾、粗笨的童鞋，而珂赛特的双脚小得出奇，现在几乎还能穿进去；接着，他又取出厚厚的粗毛紧身衣、针织短裙、带有兜儿的围裙、毛线袜子。这双袜子还保留孩子可爱的小脚形状，比冉阿让的手掌长不出多少。所有衣物都是黑色的。是他带到蒙菲郿，给珂赛特穿上的。他一件一件取出来，放到床上，一边回想追忆。那是冬天，是严寒的12月份，珂赛特衣衫褴褛，半裸的身子冻得直打战，可怜的小脚在木鞋里冻得通红。正是他，冉阿让，让她脱掉破衣烂衫，换上这身孝服。母亲在九泉之下，看见女儿给她戴孝，尤其看见女儿穿得暖暖和和，一定非常高兴。他想到蒙菲郿森林，他和珂赛特一道穿过去；想到那天的天气、没有叶子的树木、没有鸟儿的树林、没有太阳的天空；尽管如此，那一切还是非常美好。他把小衣服摆在床上，头巾放在短裙旁边，长袜放在鞋子旁边，紧身衣放在连衣裙旁边，一件一件细看。当时，她只有这么点儿高，怀里抱着大布娃娃，她把那枚金币放在围裙兜里，笑得合不拢嘴，二人手拉着手往前走，她在这世上只有他一人。

想到这里，他那白发苍老的头倒在床上，这个坚忍的老人心碎了，他的脸差不多埋在珂赛特的衣服里；此刻，谁若是经过楼梯，就会听见凄惨的哀号。

四　“不死的肝脏”①

以往剧烈的搏斗，我们目睹了几个阶段，现在重又开始。

雅各和天使摔跤，较量了一夜。唉！我们见过多少回，冉阿让在黑暗中被自己的良心抱住，还拼命地同良心搏斗。

闻所未闻的搏斗！有时脚下打滑，有时地面塌陷。这颗狂热向善的良心，多少回把他抱紧并压倒！毫不容情的真理，多少回用膝盖压住他的胸膛！有多少回，他被光明打翻在地，高声讨饶！主教在他身上和内心点燃的这无情的强光，多少回在他希望闭目不视的时候，把他的眼睛晃花！他在搏斗中，多少回重又站起来，抓住岩石，依靠诡辩，在尘埃中滚打，时而将良心压在身下，时而又被良心压住！有多少回，他含糊其辞，从自私的心理出发，进行似是而

① 原文为拉丁文，是维吉尔《伊尼德》中一句诗的开头。诗人在一节中讲述提提俄斯被其父宙斯打入地狱，不停地由可怕的鹫啄食肝脏。古人认为肝脏是人感情的居所，犹如今日的“心”。故也可译为“不死的心”。

非的狡辩之后，便听见良心在他耳边怒斥：要阴谋！无耻之徒！他这倔强的思想，面对明显的职责，有多少回气急败坏地挣扎！抗拒上帝。凄惨的冷汗。有多少处暗伤，唯独他自己感到在涔涔流血！他悲惨的一生受了多少创伤！有多少回，他受了致命伤，被摧垮了，鲜血淋淋，可是他重又站起来，得到启示，内心痛苦绝望，灵魂却沉静安宁！他虽然战败，却感到胜利了。他的良心百般折磨，把他搞得筋断骨折之后，就踏在他身上，显得无比威严，光芒四射，平静地对他说："现在，去过安宁日子吧！"

经过这样一场凄苦的搏斗，唉！这是多么悲惨的安宁！

然而这一夜，冉阿让却感到这是最后一场搏斗。

出现一个令人肝肠寸断的问题。

天命并不是笔直的，在一个命定的人面前，不会像一条溜直的林荫路那样伸展，还有不通的支线、死胡同、幽暗的弯道、令人不安的好几条路的岔道口。此刻，冉阿让停在一个最危险的岔道口上。

他来到最关键的善恶交叉路口。幽暗的交叉点就在他眼前。这回同从前碰到的痛苦波折一样，有两条路摆在他面前：一条诱人，一条吓人。走哪条路呢？

吓人的一条路，我们每次注视黑暗，就能见到一根神秘的手指在指引。

一边是可怕的避风港，一条是喜人的陷阱，冉阿让再次面临选择。

据说，灵魂可医治，命运则不行，果真如此吗？一种命运不可救药！这事真可怕！

面临的问题是这样：

冉阿让以什么态度对待珂赛特和马吕斯的幸福呢？这一幸福是

他的意愿，也是他一手促成的，是他整个心血的产物；此刻，他审视这个成果，所能感到的满意程度，恰如一名铸剑师从胸口拔出的血气腾腾的刀上，认出自己铸造的标记。

珂赛特有马吕斯，马吕斯拥有珂赛特。他们什么都有了，甚至有了财富。这是他的成果。

不过，这种幸福既已存在，既已摆在面前，他冉阿让又如何对待呢？他要把自己强加给这幸福吗？要把这幸福看成是属于他的吗？自不待言，珂赛特已归属另一个人，但是他冉阿让，还维系他同珂赛特所能保持的全部关系吗？时至今日，他被视为父亲，受到尊敬，现在他还能保持这种身份吗？他能心安理得地进入珂赛特家中吗？他能只字不提，将他的过去带进这种未来生活吗？他是否认为有这种权利，戴着面具，前去同这个光明的一家坐在一起呢？他能含笑拉起两个纯洁孩子的手，握在他悲惨的双手中呢？他能把拖着受法律惩罚的阴影的双脚，坦然地放在吉诺曼家客厅壁炉的柴架上吗？他能前去同珂赛特和马吕斯分享好运吗？难道他要加厚自己额上的黑影，也加厚他们额上的乌云吗？难道他要把他的灾难掺入他们二人的幸福中吗？他还继续保持沉默吗？一言以蔽之，他能在这两个幸福的人身边，扮演着哑默的厄运的角色吗？

这些可怕的问题一旦赤裸裸地摆在面前，除非习惯于这种命运和这类遭遇，我们才敢正视这类问题。这严厉的问号后面便是善恶。你打算怎么办呢？斯芬克司这样问道。

冉阿让已久经考验，他定睛看着斯芬克司。

他从方方面面审视这个残酷的问题。

珂赛特，这个可爱的生命，是这个溺水者能抓住的木筏。怎么办？紧紧抓住。还是放开手呢？

他若是抓住不放，就能脱离绝境，重又浮起来，再见天日，让衣服和头发上的苦水淋干净，他就得救，就能活下去了。

他若是放开手呢？

那就是深渊。

他就是这样痛苦扪心自问。更确切地说，他展开搏斗，他愤怒地冲入内心，时而对付自己的意愿，时而对付自己的信念。

能哭出泪来，对冉阿让来说倒是一种幸福。哭一哭，心里也许能亮堂一点儿，然而来势凶猛。一场暴风雨在他内心突然爆发，比起将他推向阿拉斯的那场暴风雨还要猛烈。过去的经历又回来面对现在，他一比较今昔，便失声痛哭了；眼泪的闸门一打开，这个悲痛欲绝的人便哭得直不起腰来。

他感到进退维谷。

我们在私心和责任感的这场激烈搏斗中，在我们坚定不移的理想面前步步后退，便失去理智，因后退而气急败坏，又寸土必争，渴望逃脱，寻求一条出路。唉！在这种情况下，背后却是一堵墙，退无可退，这该是多么突然而凶险的阻碍啊！

感到神圣的影子在阻碍！

无形而又无情，这是何等困扰！

因此，天地良心，永不完结。布鲁图斯，死了这份儿心吧；卡通，死了这份儿心吧。良心无底，因为良心是上帝。一生的事业，都要投进这深井，家产投进去，财富投进去，成就投进去，自由或祖国投进去，享乐投进去，安逸投进去，快乐投进去。还有！还有！还有！把罐子倒空！把壶倾倒！最后还要把自己的心投进去。

在古老地狱的迷雾中，某个角落就有这样一只桶。

最后采取拒绝的态度，难道就不可原谅吗？永无止境，难道就不能有一种权利吗？无休无止的长链，难道不是超越人力吗？如果西绪福斯和冉阿让说：够啦，谁会谴责他们呢！

物质服从外力，要受摩擦的限制，要灵魂服从，难道就没有一个限度吗？如果说永恒的运动不可能，难道可以要求永久的忠诚吗？

第一步不算什么，最后一步才最难。比起珂赛特的出嫁及其后果来，尚马秋案件又算什么呢？比起进入虚无状态，重入牢房又算什么呢？

要迈下的头一个台阶，你多昏暗啊！第二个台阶，你多黑暗啊！

这一次，怎么能不回头望望呢？

殉难者是高尚的化身，是一种能侵蚀的高尚。这是让人圣化的一种磨难。开头还可以忍受；继而，要坐烧红的铁宝座，戴上烧红的铁王冠，接受烧红的铁地球，拿起烧红的权杖，此外，还要穿上火焰外套，难道就没有那么一刻，悲惨的肉身起而反抗，从而免除刑罚吗？

冉阿让十分沮丧，终于平静下来。

他斟酌，思考，衡量光和影的神秘天平的起落。

将他的苦役强加给这两个光辉夺目的孩子，或者独自完成他这不可挽回的沉沦。一方面牺牲珂赛特，另一方面牺牲自己。

他采取什么解决办法？他作出什么决定？他在内心里，最终如何回答命运不可动摇的审问？他决定打开哪扇门呢，他决定关闭封死他生活的哪一边呢？陷入所有这些深不可测的绝壁的围困，他究竟如何选择呢？他能接受什么样的极端呢？这些深渊，哪一个他首肯呢？

他胡思乱想了一整夜。

直到天亮，他还保持原来的姿势：佝偻着身子，匍匐在床上，唉！也许被巨大的命运压垮，紧握着两个拳头，两臂伸成直角，就好像刚从十字架上卸下来的一个人，面孔朝地给扔在那儿。他足足待了十二小时，十二小时的漫长冬夜，浑身冻得冰冷，没有抬一下头，也没有说一句话，纹丝不动，犹如一具死尸；可是，他却思潮翻腾，时而在地上打滚，时而升空飞翔，时而像九头蛇，时而像雄鹰。看他这不动的姿势，真像个死人；猛然，他惊抖一下，贴在珂赛特衣服上的嘴唇连连吻起来，这时，别人才会看到他还活着。

别人？谁？冉阿让独自一人，旁边不是谁也没有吗？

这“人”是在黑暗中。

第七卷　最后一口苦酒

一　七重天和天外天[①]

婚礼的次日很冷清，大家都尊重幸福之人的静思，因此都起来晚一点儿。来客贺喜的喧闹声要稍微靠后。2月17日刚过中午，巴斯克腋下夹着抹布和鸡尾掸子，正忙着打扫“他的候客厅”，忽听有人轻轻敲门。来人没有拉门铃，在这种日子，这样做相当知趣。巴斯克打开门，见是割风先生，就把他引进客厅。客厅里一片狼藉，就像昨晚欢乐的战场。

“天哪，先生，”巴斯克赶紧说明，“我们起床晚了。”

“您的主人起床了吗？”冉阿让问道。

“先生的手怎么样？”巴斯克反问道。

“好多了。您的主人起床了吗？”

“哪一位？老的还是新的？”

“彭迈西先生。”

“男爵先生？”巴斯克挺直身子说道。

男爵头衔，对他的仆人尤为看重。有些东西是属于他们的，他们就拥有哲学家所说的头衔的余晖，为此得意洋洋。顺便说一句，

① 公元2世纪托勒密创立地心说，每个行星为一重天，最远的行星为七重天。第八层则为恒星天。

马吕斯是共和斗士，并以行动证实这一点，现在他却不由自主地做起男爵来。在这一头衔上，家里也发生一场小小的革命，现在是吉诺曼先生坚持，马吕斯反倒不以为然了。不过，彭迈西上校既有遗言："吾儿理应继承我的爵衔"，马吕斯也就听命了。再说，珂赛特开始转为少妇，也乐得当男爵夫人。

"男爵先生？"巴斯克重复道，"我看看去。我去告诉他，割风先生来了。"

"不，不要告诉他是我来了，只对他说，有人要单独同他谈谈，不必报姓名。"

"啊！"巴斯克诧异道。

"我要给他个出其不意。"

"啊！"巴斯克重复道，这第二个"啊"似乎是头一个的诠释。

于是他走出客厅。

冉阿让独自留下。

刚才说过，客厅里一片狼藉。如果侧耳细听，恍惚还能隐隐听见婚礼的喧闹声。地板上有各色花朵，是从花冠和头饰上掉下来的。燃尽的蜡烛，给水晶吊灯增添了蜡质的钟乳石。没有一把椅子摆在原来位置。几个角落里，都有三四把椅子拢成一圈，仿佛有人还在继续聊天。整个场景是欢快的。逝去的节庆还留下几分美意。这是曾经尽情欢乐的场面。搬乱的坐椅、枯萎的花朵、熄灭的蜡烛，都令人想到欢乐。阳光接替大吊灯，欢快地进入客厅。

几分钟过去了，冉阿让没有动弹，仍在巴斯克离去时他所待的位置。他脸色惨白，双眼因一夜未眠而深陷，几乎埋藏起来了。他那黑礼服因穿着过夜而起了皱纹，臂肘呢子同床单摩擦沾了绒毛而发白了。冉阿让望着太阳在他脚下地板上画出来的窗框。

门口有响动，他抬头望去。

马吕斯走进来，他高昂着头，嘴角挂着微笑，满面春风，脸上焕发特殊的光彩，目光充满得意的神色。他也一样，通宵未眠。

“是您啊，父亲！”他见是冉阿让，便高声叫道，“巴斯克这个蠢货，还装出一副诡秘的样子！您来得太早了，才十二点半，珂赛特还睡着呢。”

马吕斯叫割风先生一声“父亲”，表明幸福到极点。要知道，他们之间一直隔绝、冷淡和拘谨，存在要打破或融化的坚冰。马吕斯陶醉在幸福中，致使隔绝削平，坚冰消融，他也像珂赛特那样，把割风先生视为父亲了。

他有满腹话要讲，这是圣洁的喜悦达到顶峰的特点，他继续说道：

“见到您真高兴！您哪儿知道，昨晚我们多渴望您在这儿啊！早安。父亲。您的手怎么样啦？好些了吧？”

他给自己的问话一个恰当的回答，颇为满意，又接着说道：

“我们两个净谈论您了。珂赛特多爱您啊！您不要忘记，这儿有您的卧室。用不着武人街了，根本用不着了。当初，你们怎么会搬到那样一条街去住呢？那条街病恹恹的，总发怨言，又丑陋不堪，一头还有铁栅栏堵死，那里又冷，简直没法儿进去。您住到这儿来吧，今天就搬来。否则，您怎么向珂赛特交代。我可事先告诉您，她要牵我们所有人的鼻子走。您见到您的卧室了？紧挨着我们的房间，窗户对着花园，门锁已经叫人修好了，床也铺好了，什么都齐备，只等您来住了。珂赛特还在您床前摆了一张老式安乐椅，是乌格勒支丝绒包面的，她对椅子说了一句：‘向他伸出双臂’！每年春天，您窗前的槐树丛中，总要飞来一只夜莺。过两个月就见到了。夜莺的巢在您的左边，而我们的小窝则在您右边。夜晚莺唱歌，白天珂赛特说话。您的卧室朝正南方向。珂赛特会把您的书摆进去，有您那部库克上尉旅行记，还有旺库维的游记，您的物品全放进去。我想，您还有一个特别珍视的小提箱，我也安排了一个好位置。您赢得了我外祖父的好感，很对他的脾气。我们一起生活吧。您打惠斯特牌吗？您若是会打，就更合外祖父的心意了。我去法院的日子，您就带珂赛特去散步，让她挽着您的胳臂，您知道，就像从前去卢森堡公园那样。我们可下定了决心，要生活得非常幸福。您要分享我们的幸福，听见了吗？父亲？哦，对了，今天，您同我们共进午餐吧？”

“先生，”冉阿让说道，“我要告诉您一件事：从前我是苦役犯。”

尖厉的声音，对思想和耳朵一样，都可能超过限度。“从前我是苦役犯”这几个字，从割风先生口中讲出来，进入马吕斯的耳朵，却超过了可能听到的限度。马吕斯没听见。刚才好像对他说了什么话，但他不知道是什么。他一时目瞪口呆。

这时他才发现，同他说话的人神态可怕。他在幸福中心醉神迷，直到这时才注意对方脸色惨白得吓人。

冉阿让解下吊着右胳膊的黑领带，打开包扎手的布条，露出拇指给马吕斯看。

“我的手一点事儿也没有。”他说道。

马吕斯注视这根拇指。

“这手指根本就没有受伤。”冉阿让又说道。

手指上确实没有一点伤痕。

冉阿让继续说：

“我不宜参加你们的婚礼，因此尽量回避。我推说受伤，以免作假，以免往婚约里掺进无效的东西，以免签字。”

马吕斯结结巴巴地问：“这究竟是什么意思？”

“这就是说，我服过苦役。”冉阿让答道。

“您简直让我发疯！”马吕斯惊恐地嚷道。

“彭迈西先生，”冉阿让说道，“我在苦役场关了十九年。因为偷窃。后来，我被判无期徒刑。因为偷窃。因为累犯罪。现在，我是潜逃犯。”

在事实面前，马吕斯徒然逃避，无视真相，拒不承认明显的事情，最后还得投降。他开始明白了，而且明白过了头，碰到这种情况总有这样反应；他颤抖一下，内心掠过一道丑恶的闪电，一个令他颤抖的念头穿过他的思想。他隐约望见他的未来是一种畸形的命运。

“全说出来吧！全说出来吧！”他嚷道，“您是珂赛特的父亲！”

他向后退了两步，那动作表现出了无以名状的憎恶。

冉阿让又扬起头，神态无比庄严，形象仿佛一下子拔高到了天棚。

“先生，在这一点上，您必须相信我，尽管我们这种人的誓言，法律并不承认……”

说到这里，他沉吟一下，继而，他阴沉的，以至高无上的权威口吻，每字都加重语气，缓慢地补充道：

“……您会相信我的。我，珂赛特的父亲！在上帝面前起誓，不是。彭迈西先生，我是法夫罗勒那地方的农民，靠修剪树木为生。我不叫割风，而叫冉阿让。我同珂赛特毫无关系。您就放心吧。”

马吕斯讷讷问道：“谁能向我证明？……”

“我。既然我这样说了。”

马吕斯注视这个人，只见他那神情惨然而又沉静。如此平静，绝不可能说谎。冰冷的神态是真诚的。这坟墓般的冷峻，令人感到真实。

“我相信您。”马吕斯说道。

冉阿让点了点头，仿佛记下这一点，他继续说道：

“我是珂赛特什么人呢？一个过路人。十年前，我还不知道有她这么个人。不错，我爱她。自己老了，看见一个小孩子，总是喜爱的，觉得是所有孩子的爷爷。这样看来，您尽可以推想，我还有类似一颗心的东西。她无父无母，她需要我。这就是为什么我喜爱上她了。孩子，那么弱小，随便什么人，甚至像我这样一个人，都可能成为她们的保护人。我对珂赛特尽了这种天职。我并不认为，这点小事真的能叫做善举；但如果是善举的话，那么就算我做出来了。请您记下这一减罪的情节。今天，珂赛特离开我生活，我们两条路分开了。从今往后，我同她再也没有什么关系了。她成为彭迈西夫人。她的保护人换了。而她也从替换中获益。万事如意，至于那六十万法郎，您不提起，我却想在您的前头。那是寄放的一笔钱。寄放的钱如何到了我手里？这还有什么关系？我把钱交出来。别人就不该再要求我什么了。我交出这笔钱，并说出自己的真名实姓。道出姓名，这还是我个人的事，是我执意要您知道我是谁。”

说罢，冉阿让直视马吕斯。

此时，马吕斯只觉得心乱如麻，感慨万端。命运之风有时骤起，在我们的心中卷起这样的惊涛骇浪。

我们每人都经历过这种时刻：思绪纷乱，全都支离破碎，而我们说出最先想到的话，又不见得正是我们所要表达的意思。有些事情突然揭示出来，叫人难以承受，就像毒酒一样令人昏迷。他一时惊愕，不知如何对待这突如其来的新局面，因此说起话来，就好像要怪罪这个人供出真相。

“可是，您究竟为什么要全告诉我呢？”他高声问道，“有什么逼迫您这样做呢？您完全可以把这秘密埋藏在心里。您不是没人告发，没人跟踪，也没人追捕吗？您一定有什么原因这么做，从心里乐意披露出来，把话说完，还有别的缘故。您供认这件事是何用意？究竟出于什么动机？”

“出于什么动机？”冉阿让回答，不过，他的声音十分低沉，真像自言自语，而不是对马吕斯说话，“是啊，对于苦役犯来说：我是个苦役犯，究竟出于什么动机呢？是啊，不错，动机太怪了。这是出于诚实。要知道，有一根线紧紧牵着我的心，该有多么痛苦。人尤其老了的时候，这些线特别牢固，周围的生活全垮了，这些线却扯不断。这条线，假如我早能扯去，拉断，解开疙瘩或者斩断，走得远远的，我就得救了；我一走，就一了百了，布洛瓦街有驿车。你们过幸福日子，我走开。这条线，我试图割断，我使劲拉，非常结实，怎么也拉不断，几乎把我的心拉出来。于是我想道：‘我只能留在这儿，到别处活不下去。我必须留下来。’不错，就是这样，您问得有理，我是个愚蠢的人，为什么不痛痛快快留下来呢？您在这家里给我准备一间卧室，彭迈西夫人很爱我，她对这张安乐椅说：‘向他伸出双臂’，您那外祖父也巴不得有我陪伴，我合他的心意，我们住在一起，同桌吃饭，我让珂赛特……对不起，说顺嘴了，让彭迈西夫人挽上我的手臂……我们同住在一个房顶之下，同桌吃饭，同守一炉火，冬天围着同一个壁炉，夏天一同散步，这就是快乐，这就是幸福，这就是一切。我们像一家人那样生活。一家人！”

说到这几个字，冉阿让变得粗暴了，他叉起胳臂，凝视脚下的地板，仿佛要挖出一个深渊，他的声音也响亮起来：

“一家人！不对。我根本没有家。我也不是你们家的人。我不属于人类的家庭。在每家每户的住宅里，我是多余的。世上有多少家庭，但是没有我的。我是不幸的人，流离失所。当初，我有父亲，有母亲吗？我几乎有点怀疑。我把这孩子嫁出去的那天，这一切就结束了，我看见她幸福，看见她同心爱的男人在一起，这里还有一位慈祥的老人，一对天使共同生活，美满快乐，这样很好，于是我告诫自己：‘你呀，不要进去。’不错，我可以说谎，欺骗你们所有人，继续当割风先生。只要是为了她，我就能说谎，而现在是为我自己，这就不应该了。不错，只要我不讲，整个就还会照旧。您问我，是什么迫使我讲出来？说起来也怪，是我的良心。闭口不说，其实这很容易。一整夜我都力图说服我自己；您要我和盘托出，而我来对您讲的这些极不寻常，您确实有权了解；是的，我一整夜都在为自己找理由，甚至找出非常充足的理由，唔，我已经竭尽全力了。然而有两件事我办不到：即割不断拴住我的一条线，这条线把我拴在已经固定、拢岸并在这里得到确认的一颗心上，又封不住一个人的口，每当我独自一人时，那人就轻声对我说话。因此，今天我来向您承认一切。一切，或者近乎一切。还有的只牵涉我一个人，讲出来没什么意义，我就存在心里了。主要的，您了解了。就这样，我操起自己的秘密，给您送来了。我在您面前剖开我这隐私。不容易下这样的决心。我搏斗了一整夜。哦！您以为我没有想到，这根本不同于尚马秋案件，我隐姓埋名并不损害任何人，而割风这个姓名，也是割风本人为了报答我才给我的，我完全可以保留，我住在您提供给我的房间，会生活得很快活，我待在自己的小小角落里，什么也不妨碍，您拥有珂赛特，而我也总想着跟她住在同一所房子里。各得其所，享受相应的幸福。继续当我的割风先生，什么问题都解决了。是啊，只差我的灵魂。我的全身哪儿都快活，但灵魂深处仍然黑暗。这样快活还不够，必须心满意足才行。这样一来，我继续当我的割风先生，这样一来，我的真面目，我就得掩饰起来，这样一来，你们心花怒放的时候，我在面前却藏着一个谜，这样一来，在你们的正大光明之中，我还要保留着黑暗，这样一来，我也不警告一声，贸然将苦役监牢引入你们家中，而我和你们同桌用餐，心里却要嘀咕：你们一旦知道我是什么人，一定会把我赶走；我让仆人侍候我，他们一旦知道我是什么人，也准会说：太不像话啦！我的臂肘要碰着您，而您有权避免这种情况，我还可以骗取您的握手！可敬的白发和枯萎的白发，在这家中分享你们的敬重；在你们最亲热的时刻，人人都以为相互敞开了心扉，当我们四个人，您外公、你们二人和我在一起的时候，这中间就有一个陌生人！我要在你们身边生活，唯一的思虑，就是千万别掀开我那可怕的井盖。这样一来，我一个死人，却硬要挤进你们活人堆里。而你们的生活，我就把它终身判给我。您、珂赛特和我，我们三人就要同戴一顶绿色囚帽！难道您不发抖吗？我无非是压到最底层的人，因此，本来也可以成为最凶恶的人，这种罪行，我天天就要重犯！而这种谎言，我天天就要重复，还有这副黑夜面具，我天天就要戴上！总之，我的耻辱，我天天就要分给你们一部分！天天！给你们，我亲爱的人；给你们，我的孩子；给你们，我的纯洁的人！绝口不提不算什么？保持沉默很简单？不对，这并不简单。有一种缄默就是说谎。我的谎言、我的作弊行为、我的卑劣、我的懦弱、我的背叛、我的罪过，我就要一滴一滴喝下去，我还要吐出来，吐出来再吞下去，半夜吞完，中午再周而复始，我道早安就是说谎，我道晚安也是说谎，这就得睡在谎言上，将谎言和面包一起吃下去，我就要面对面看着珂赛特，用囚徒的微笑回答天使的微笑，那么，我就成为十恶不赦的大骗子！为什么这样做？为了幸福。为了我的幸福！难道我有权得到幸福吗？我被排除生活了，先生！”

冉阿让住口了，马吕斯一直听着。这样连续不断的思虑和忧惧，是不宜打断的。冉阿让又压低嗓门，但不再是低沉的声音，而是凄厉的声音。

“您问我为什么要说出来？您说，我没人告发，没人跟踪，也没人追捕。不对！我被告发啦！不对！我被跟踪！不对！我被追捕！被谁呢？被我自己。是我挡住自己的去路，我拖住自己，推着自己，抓住自己，处决自己，一个人若是自己抓住自己，那是绝对跑不掉的。”

说着，他抓住自己的衣服，朝马吕斯拉过去。

“瞧瞧这个拳头，”他继续说道，“您不觉得，它这样一揪住领子，就不会放开吗？没错儿！良心，也是一个拳头！先生，一个人若想幸福，就永远也不要领悟天职；因为一旦领悟了，天职就绝不容情。就好像因为您领悟而惩罚你；其实不然，它是酬劳你，把你打入地狱，让你感到上帝就在身边。人刚一尝到撕肝裂胆的痛苦，同自己也就相安无事了。”

接着，他又以惨痛的声调补充道：

“彭迈西先生，这不合常理，我是个诚实的人。我在您的眼前贬低自己，是要在我的眼中抬高自己。这情况我碰到过一次，但是没有这样痛苦，那还不算什么。对，一个诚实的人。假如因为我的过错，您还继续敬重我，那么我就不是个诚实的人了。现在，您鄙视我，我才是诚实的。这是命里注定，我只能骗取别人的尊重，而在我内心，这种尊重令我自卑，令我沮丧，因此，我要自尊，就得承受别人的蔑视，这样我才能重新挺立起来。我是个讲良心的苦役犯。我完全明白，这不大令人信服。可是，我又有什么办法？事情就是这样。我对自己许下诺言，就要履行诺言。有些机遇将我们拴住，但又有些偶然事件将我们拖到责任上。您看到了，彭迈西先生，我一生遭遇的事情可真多呀。”

冉阿让又停顿一下，用力咽了咽唾液，就好像这番话留下了苦味，他继续说道：“一个人背负这样可怕的经历，就无权让别人在不知情时来分担，无权将自身的瘟疫传染给别人，也无权让别人在毫无觉察中从他的绝壁滑下去，无权把自己的红囚衣给别人穿上，也无权偷偷用自己的苦难去妨碍别人的幸福。自身带着无形的痈疽，暗中靠近并接触别人，这种行径多么丑恶啊。割风把姓名借给我也无济于事，我还是无权使用；他能给我，我却不能接过来。一个名字，就是本人。您瞧，先生，我尽管是农民，还是考虑点事儿，读过点书，明白点事理。您也看到了，我表达思想还算得当。我是自学的。是啊，骗取一个名字，放在自己头上，这就不诚实了。字母也像钱包或怀表那样可以窃取。签一个有血有肉的假名，当一把有生命的假钥匙，撬开门进入正派人家，再也不敢正视别人，只能侧目斜视，从内心感到自己可耻，不行！不行！不行！不行！还不如受罪，流血，痛哭，用指甲抠破自己的皮肉，整夜惶恐不安，捶胸顿足，噬食自己的灵魂。这就是为什么，我来把这事全告诉您。正如您说的，从心里乐意。”

他呼吸困难，又抛出最后一句话：

“从前，为了生活，我偷了一块面包；今天，为了生活，我不愿意窃取一个名字。”

“为了生活！”马吕斯截口说道，“您生活不需要这个名字吧？”

“啊！我明白自己要说什么。”冉阿让回答，他缓慢地抬头又低下，反复数次。

一时冷场。二人都默然，每人都陷入沉思。马吕斯坐在桌子旁边，蜷曲一根指头顶着嘴角；冉阿让则来回踱步，最后停在一面镜子前，半晌未动，他视而不见自己在镜中的影子，仿佛在回答内心的推理，说道：

“然而现在，我如释重负！”

他又开始踱步，走到客厅的另一端，回头发现马吕斯在注视他走路，就用难以形容的声调对他说：

“我走路有点拖着腿，现在您明白为什么会这样。”

接着，他完全转向马吕斯：

现在，先生，您可以想象一下：我什么也没有讲，还是割风先生，我搬到您家来住，成为你们家一员，睡在我的卧室，早晨，穿着拖鞋来用餐，晚上，我们三人一同去看戏，我陪彭迈西夫人到土伊勒里宫花园和王宫广场散步，我们在一起，您以为我和你们是同类人；可是有一天，我在这儿，你们也在这儿，我们谈笑风生，突然，你们听见一个人喊这个名字：冉阿让！接着，警察这只可怕的手从暗地里伸出来，一把摘下我的假面具！”

他又住口了。马吕斯颤抖着站起来。冉阿让又问了一句：

“您觉得如何？”

马吕斯默然不答。

冉阿让继续说道：

“您现在明白了，我没有保持沉默是有道理的。好吧，愿你们过幸福的日子，待在天堂里，当一个天使的天使，沐浴着灿烂的阳光，就此满足吧，不要管一个可怜的受苦人如何敞开胸怀，履行职责。在您面前的，先生，是一个悲惨的人。”

马吕斯缓慢地穿过客厅，走近冉阿让，并向他伸出手去。

冉阿让却不伸出，只是听任他握住自己的手；马吕斯觉得握住的是大理石雕像的手。

“我外祖父有些朋友，”马吕斯说道，“我争取赦免您。”

“没必要，”冉阿让答道，“别人以为我死了，这就足够了。死人就不受监视了，让人以为在慢慢地腐烂。死了，同赦免是一回事。”

他把手从马吕斯的手里抽回来，以凛然难犯的尊严补充一句：

“况且，尽天职，天职才是我应当求救的朋友。我只需要一种赦免，就是我的良心的赦免。”

这时，客厅另一端那扇门轻轻开了一条缝儿，探进来珂赛特的头。只能看得见她那张温柔的面孔，头发蓬松得美妙，眼皮还饱含着睡意。她做了个小鸟从巢里探头的姿势，先瞧瞧丈夫，再望望冉阿让，那粲然的微笑像从玫瑰花心飘逸出来的，她对他们高声说：

“打赌看看，你们准在谈论政治！太傻了，不和我待在一起！”

冉阿让打了个寒噤。

“珂赛特！……”马吕斯结结巴巴地说。他随即又住了口，他们真像两个罪犯。

珂赛特却喜气洋洋，继续轮番看他们二人，她眼里闪着天堂透出来的光芒。

“你们让我当场抓到了，”珂赛特说道，“刚才我从门外听见我父亲割风说：‘良心……’尽他的天职……这就是政治呀，我可不要听。总不能第二天就开始谈政治，这不公平。”

“你弄错了，珂赛特，”马吕斯说道，“我们在谈生意。我们在谈你那六十万法郎，如何投放最好……”

“不光是这个，”珂赛特截口说道，“我来了。要我在这儿吗？”

她说着，干脆进门到客厅里。她穿一件白色宽袖百褶便袍，从脖子一直垂到脚面。在哥特古老绘画的金光闪闪的天空，就有这种能装进天使的美丽宽袍。

她走到一面大镜子前，从头到脚打量自己，然后喜不自胜，突然高声说道：

“从前，有一位国王和一位王后。哈！我太高兴啦！”

说罢，她就向马吕斯和冉阿让行个屈膝礼。

“好吧，”她说道，“我就挨着你们坐在长沙发上。再过半小时就吃饭了，你们想谈什么就谈什么，我就知道男人要谈事情，我会老老实实地待着。”

马吕斯拉住她的手臂，深情地对她说：“我们在谈生意。”

“对了”珂赛特回答，“刚才我打开窗户，看见园子里飞来一大群麻雀。那些小丑不戴假面具。今天开始封斋，可是小鸟也不过封斋节呀。”

“跟你说了，我们谈生意，去吧，我的小珂赛特，给我们点儿时间。我们谈数字，你听了会厌烦的。”

“你今天打的领带真漂亮，马吕斯。您还挺爱打扮，大人。不对，我不会厌烦的。”

“我敢肯定，你会厌烦的。”

“不会的。这可是你们谈话。我听不懂也听着。听见自己所爱的人的声音就行了，没必要明白讲的是什么。待在一起，我就这点儿要求。哼！我留在你们身边。”

“你是我的心肝宝贝，珂赛特！不行。”

“不行！”

“对。”

“好吧，”珂赛特又说道，“本来，我要告诉您新闻。本来要告诉你们，您的外祖父还在睡觉，您的姨妈去做弥撒了，我父亲割风卧室的炉子冒烟了，是妮科莱特找来通烟囱工修好的，还有，都圣和妮科莱特已经开始争吵了，妮科莱特嘲笑都圣说话结巴。好吧，您什么也不会知道。噢！待在这儿不行？我也要说，您瞧着，先生，我也要说：这不行。瞧瞧哪一个会上当？求求您了，我的小马吕斯，让我同你们俩待在这儿吧。”

“我向你保证，我们必须单独谈话。”

“那么请问，我是外人吗？”

冉阿让一声不吭，珂赛特转向他：

“首先，父亲，我要求您过来吻我。您在这儿怎么一言不发，干吗不帮我说话？是谁给我这样一个父亲？您瞧见了，我在这家里很不幸。我丈夫打我。好了，马上过来吻我吧。”

冉阿让走近前。

珂赛特转向马吕斯。

“对您么，我给您个鬼脸。”

接着，她把额头伸给冉阿让。

冉阿让朝她走一步。

珂赛特却后退。

“父亲，您的脸色这么苍白，是您的手臂疼吗？”

“伤治好了。”冉阿让答道。

“您没有睡好觉？”

“不是。”

“那么您伤心啦？”

“不是。”

“吻我吧。如果您身体健康，如果您睡得好，如果您高兴，那么我就不责备您了。”

她再次把额头伸给他。

冉阿让在这映现上天光彩的额头吻了一下。

“您笑笑。”

冉阿让服从了，但这是一个幽灵的微笑。

“现在，帮助我对付我丈夫。”

“珂赛特……”马吕斯说。

“您对他发火吧，父亲。对他说我必须留下来。你们在我面前尽可以交谈。难道您觉得我就那么愚蠢吗？你们谈的事就那么惊人！生意，把钱存入银行，这可真是大事。男人动不动就鬼鬼祟祟的。我就要待在这儿。今天我非常美丽，瞧瞧我呀，马吕斯。”

她看着马吕斯，美妙地耸了耸肩膀，那种赌气的神态妙不可言。二人之间好像有一道闪电。有人在旁边，但也顾不了这许多。

“我爱你！”马吕斯说。

“我更爱你！”珂赛特说。

于是，二人不由自主地抱在一起。

“现在，”珂赛特拉拉便袍的一道裙纹，得意地噘着小嘴说，“我就留下了。”

“这可不行，”马吕斯以恳求的口气回答，“有点事儿，我们必须谈完。”

“还不行呀？”

马吕斯声调严肃起来：

“我向你保证，不行就是不行。”

“噢！您拿出男子汉的腔调来了，先生。好吧，人家走开。您呢，父亲，您也不帮我说说话。我的丈夫先生、我的爸爸先生，你们都是暴君。我去告诉外公。你们若是以为我还会回来跟你们说好话，那就完全错了。我可有自尊心。现在，我等着你们求我。你们很快就会发现，没有我在，你们要烦闷的。我走了。是你们自找的。”

她果然走了。

可是，过了两秒钟，门又打开了，她那鲜艳红润的面孔再次出现在两扇门之间，她冲他们嚷了一句："我非常生气。"

门又关上了，客厅里重又一片黑暗。

好似一束迷途的阳光，无意之中，突然穿过黑夜。

马吕斯过去看了看，门确实关严了。

"可怜的珂赛特！"他喃喃说道，"她若是知道了……"

冉阿让听了这话，不禁浑身发抖，他那惊慌的眼神注视马吕斯。

"珂赛特！哦，对了，这件事，您当然要告诉珂赛特了。这是正常的。咦，我却没有想到这一点。人有勇气做一件事，却没有勇气做另一件事。先生，我请求您，我恳求您，先生，向我做出最神圣的许诺，不把这事告诉她。您知道了，难道还不够吗？没人强迫，我能主动说出来，告诉全世界，告诉所有人，我都觉得无所谓。然而她，她一点儿也不懂，一听这事儿会吓坏的。一个苦役犯，什么！还得向她解释，对她说：就是一个在苦役场服刑的人。有一天，她看见锁在长链子上的一伙囚犯经过。噢，上帝啊！"

他一下倒在圆椅上，双手捂住脸。虽然听不见声音，但是看他双肩抽搐就知道他在哭泣。无声的泪，断肠的泪。

他哭得喘不上来气，一阵痉挛，仰身靠着椅背，好像要喘口气，胳膊垂下去。马吕斯看见他泪流满面，还听见他说："噢！真不如死啦！"但是声音非常低沉，仿佛来自深渊。

"放心吧，"马吕斯说道，"我一定保守您这秘密。"

马吕斯动了心，也许还没有产生应有的怜悯，但是一小时以来，他不得不接受这个可怕的意外情况，看到一个苦役犯在他眼前，逐渐同割风先生重合，一点点被这悲惨的现实所打动，并且顺着形势的自然斜坡滑下去，确认他和这个人之间刚刚产生的距离，于是他补充道：

“关于那笔款子，您如此忠实地保管，又如此诚实地交出来，我不能不向您提一句，这的确是非常正直的行为，理应给您报偿。您自己说个数目，一定点给您，不要害怕把数定得很高。”

“谢谢您，先生。”冉阿让轻声答道。

他沉思片刻，机械地将食指尖放到拇指的指甲上，接着提高嗓门说：

“事情差不多完了，我只剩下最后一个念头……”

“什么念头？”

冉阿让似乎犹豫到极点，几乎无声无息地说道：

“现在您既然知道了，您可以做主，先生，您认为我不该再来看望珂赛特了吗？”

“我想最好不要见了。”马吕斯冷淡地回答。

“我再也见不到她了。”冉阿让咕哝一句。

他朝门口走去。

他的手放到球状门把手上，已经拧动，门开了一条缝儿，只够身子挤过去的，可是，冉阿让停住了，随即又把门关上，转身面对马吕斯。

他的脸色不是苍白，而是青灰了，眼中没了泪光，只有一种凄惨的火焰。他的声音又变得异常镇静。

“这样吧，先生，”他说道，“如果您同意，我就来看看她。老实说，我非常渴望见她。要不是坚持同珂赛特见面，我就一走了之，不会跑来向您承认这件事了；既然要留在珂赛特居住的地方，继续同她见面，我就不能不全部如实地告诉您。你能理解我的考虑，对吧？这是可以理解的事。您想啊，她在我身边生活了九年多。起初住在大马路旁的破房里，后来进了修女院，再往后搬到卢森堡公园附近。您就是在那儿头一次见到她的。您还记得她戴着蓝色长毛绒帽子。后来，我们又搬到残废军人院街区，那儿有一道铁栅栏，有座花园，就在普吕梅街。我住在小后院，从那儿听得见她弹钢琴。这就是我的生活。我们从不分离。这种日子持续了九年零几个月，我就跟她父亲一样，她是我的孩子。我不知道您能否理解我，彭迈西先生；不过，现在就离开，再也见不到她，再也不能同她说话，什么也没了，这就太难为人了。如果您觉得没有什么不好，我就每隔些日子来看看珂赛特。我不会常来的，来了也不会待多久。您可以安排在楼下小屋接待我。就在一楼。我也可以从仆人走的后门进来，不过，这样也许会叫人奇怪。我想，最好还是从大家走的正门进来吧。真的，先生，我还是渴望能见见珂赛特。可以照您的意思，次数尽量少些。您设身处地想一想，我只有这么一点了。再说，也应当注意。如果从此我不再来了，会引起不良后果。别人会觉得奇怪。比方说，我能做到的，就是傍晚来，等天色要黑了。”

“您每天晚上来吧，”马吕斯说道，“珂赛特会等着您的。”

“您是好人，先生。”冉阿让说道。

马吕斯向冉阿让鞠躬送客，两个人分手，幸福将绝望送出门。

二　披露中的模糊处

马吕斯心乱如麻。

他看到是珂赛特身边的人，但总有一种疏远之感，从此得到解释。他接受本能的警告，觉得这人身上不知有什么谜。这个谜，就是最见不得人的耻辱：苦役。割风先生就是苦役犯冉阿让。

在自己的幸福中猛然发现这样一个秘密，就好比在斑鸠窝里发现一只蝎子。

马吕斯和珂赛特的幸福，难道从此注定要伴随这个秘密？难道这是既成事实吗？接纳这个人，难道是缔结这桩婚姻的组成部分？是不是无可挽回啦？

难道马吕斯也同时娶了这名苦役犯？

头上戴着光明和欢乐的冠冕，尝到一生最得意的时刻——美满的爱情，也是徒然，碰到这种震撼，即使狂喜中的大天使，即使辉光中的神人，也都要不寒而栗。

凡是情况发生急剧变化，人总要反思，马吕斯也不免考虑是否应当自责？他是否缺乏预见性？是否有失谨慎？是否鲁莽行事还不自觉？也许有那么一点儿。他是否考虑不周，没有把方方面面的情况了解清楚，就坠入情网，终于同珂赛特结婚呢？他观察到，须知人正是通过一系列的自我观察，才逐渐在生活中矫正自己，他观察到他天性中梦想和虚幻的一面，而这种云山雾罩的状态，是许多人机体的内在特点，当恋情和痛苦达到极点时，这种云雾就弥漫，改变灵魂的温度，侵占全身，把人完全变成一种飘浮在云雾中的意识。我们不止一次指出马吕斯个性中的这一特质。他回想在普吕梅街那六七周，他沉醉在爱情中，简直神魂颠倒，竟然没有向珂赛特提起戈尔博破屋那件惨案，而那惨案是个谜，受害者行为十分古怪，在搏斗中一声不喊，后来还潜逃了。他是怎么回事，一个字也没有向珂赛特提起呢？而那凶案刚刚发生，又十分可怕！他是怎么回事，连德纳第的名字都没有向她提起，尤其是他遇见爱波妮那天？现在，他几乎无法解释他当时的缄默。其实他心里是明白的。回想当初，他迷恋珂赛特，心醉神迷，什么都围着爱情转，彼此把对方劫持到理想境界中，心灵这种痴情的美妙状态，也许还掺杂一点不易觉察的理智成分，即一种隐隐约约暗中萌动的本能，想隐瞒并从记忆中消除这一可怕的遭遇，他害怕触及，只想逃避，不愿在这事件中担当任何角色，心知无论当叙述者还是证人，他都不可避免地成为控告者。况且，几周时间犹如闪电，一晃就过去了，他们一心相爱，无暇他顾。他全面衡量，反复检查思考之后，还是认为，即使他把戈尔博老屋的绑架案告诉珂赛特，对她讲出德纳第这姓名，又会有什么后果呢？即使他发现冉阿让是个苦役犯，这会改变他马吕斯吗？会改变珂赛特吗？他会退缩吗？就会不这么爱她吗？就可能不娶她吗？不会。所做的事情会有什么改变吗？不会。因此，无需后悔，也无需自责。一切都很正常。人称恋人的这些醉鬼有个保护神。马吕斯盲目走的路，也是他清醒时所要选择的路。爱情蒙住他的双眼，要把他引到哪里？引上天堂。

然而，这个天堂又连着地狱，从此有了累赘。

对这个由割风变为冉阿让的人，马吕斯从前只是疏远，现在又增加了厌恶情绪。

不过也应当指出，这种厌恶中有怜悯的成分，甚至包含某种惊奇。

这个窃贼，这个惯犯，交出一笔托管的款项。多大的款项啊？六十万法郎。他是唯一知道这笔秘密款项的人。他本可以据为己有，但是他全部交出来了。

此外，他还主动披露了自己的身份。根本没有迫于什么压力。如果有人知道他是谁，那也是他本人透露的。这样透底，不仅要承受耻辱，还要冒巨大危险。对一个判了刑的人来说，一副假面具就不只是假面具，还是一个避难所。一个假姓名就意味安全。然而，他抛掉了这个假姓名。他这个苦役犯，本可以在这清白人家永远藏身，他却抵制住了这种诱惑。出于什么动机呢？顾忌良心。他本人解释了这一点，那真情实语的声调是不容置疑的。总而言之，不管冉阿让是什么人，但毫无疑问，他有一颗觉醒的良心。那里似乎开始一种恢复名誉的神秘行动；而且，种种迹象表明，这种顾忌早已主宰了这个人。如此向善并崇尚正义，绝非普通人所能为。良心的觉醒，便是灵魂的伟大。

冉阿让是坦诚的。这种坦诚看得见，摸得到，也无可怀疑，它给他造成的痛苦就是明证，无需调查，可以完全相信这个人所说的每句话。说来也怪，在马吕斯看来，这时位置颠倒过来了。割风先生给人什么印象？怀疑。从冉阿让身上又得出什么结论？信任。

马吕斯冥思苦索，给这神秘的冉阿让做个总结，看到他的正面和负面，力图达到一种平衡。然而，这一切又似乎席卷在一场风暴里。对这个人，马吕斯极力要形成一个明确看法，可以说一直追踪到冉阿让的思想深处，在命定的迷雾中，那踪影又失而复得。

托管的钱如数交出，直言不讳地承认自己的身世。这是好的一面，是乌云中露出的晴空，继而乌云又弥合而一片漆黑了。

马吕斯的记忆虽然十分混乱，但还是能浮现一些影像。

容德雷特破屋的那场险历，究竟是怎么回事呢？为什么警察一到，这个人非但不控告，反而潜逃了呢？现在，马吕斯找到了答案：原来此人是在逃的累犯。

另一个问题：这个人为什么来到街垒？要知道，马吕斯现在又清清楚楚看见当时的场景，这种记忆在人激动时，就像隐形墨迹靠近火那样，重又显现出来。这人来到街垒，却没有参加战斗。他干什么来了呢？面对这个问题，一个幽魂站起来，给予回答：沙威。冉阿让将捆着的沙威拖出街垒的惨景，现在他还记得一清二楚，他又听到蒙德图尔小街拐角那边可怕的手枪声。这密探和这苦役犯之间大概有仇：一个妨碍了另一个。冉阿让来到街垒是为了复仇。他来得晚，可能是得知了沙威已经被囚在这里。科西嘉式的复仇在社会底层深入人心，成为他们行为的准绳。这种复仇极为自然，就连那些五分向善的人也不会引以为奇；这类人的心天生如此，虽然走上悔罪之路，对于盗窃可能有所顾忌。但是要报仇就会放开手脚。冉阿让打死了沙威。至少，这是显而易见的。

最后还有一个问题，但这次没有答案，马吕斯感到这个问题像把钳子。冉阿让怎么会同珂赛特一起生活了这么久？让这个孩子同这个人接触，这是上天开的一场什么可悲的玩笑？难道上界也铸造了双人链，上帝就高兴将天使和下地狱的人锁在一起？一种罪恶和一种纯洁无瑕，难道就可以同室为友，在苦难的神秘牢狱中相伴？在所谓人类命运的刑徒长列中，一个天真的人和一个可怕的人，一个披着曙色的神圣白光，另一个则被永恒的闪电照成青灰白，难道这样两个额头可以挨得如此近？谁能决定这样莫名其妙的搭配？这个圣洁的女孩和这个老罪犯，二人的共同生活是以什么方式确定的？又是什么奇迹所引起的后果？谁把羔羊拴在狼身上？更加令人不解的，又是谁把狼拴在羔羊身上？须知狼爱这羔羊，须知这野蛮人宠爱这弱小生灵，须知九年间，这天使的生活依靠的是这魔鬼。珂赛特的童年和青少年，她无论出世，还是向着生活和光明发育成清纯少女，都依赖这畸形人的忠诚护佑。想到这里，问题可以一层一层剥开，化作无数的谜，深渊敞开，底下又出现深渊，而马吕斯俯视冉阿让，不能不产生眩晕。这个一生呈现为悬崖峭壁的，究竟是什么人呢？

《创世纪》中的古老象征是永恒的；在现存的人类社会中，总有两个人，有天壤之别，一个是向善的亚伯，一个是从恶的该隐，这情况要持续到巨大的光明改变人类社会的那一天。然而，怎么会有这样温情的该隐呢？怎么会有这样虔诚地宠爱一个贞女的强盗呢？这个强盗不但看护她，抚养她，守卫她，赋予她尊严，而且他这本身不洁的人，却用纯洁将她包裹起来。怎么会有这样满身污秽的人，尊重这洁白无瑕的人，没有给她留下一个污点呢？怎么会由冉阿让教育珂赛特呢？怎么会由这个黑暗的形象一心排除乌云和阴影，保证一颗星辰的升起呢？

这就是冉阿让的秘密；这也是上帝的秘密。

面对这双重秘密，马吕斯退却了。可以说，一个秘密使他对另一个秘密放了心。在这场奇遇中，上帝和冉阿让一样显而易见。上帝有自己的工具，可以随意使用哪件器物，无需对人负什么责任。我们能了解上帝的做法吗？冉阿让在珂赛特身上尽了心，也多少塑造了她的灵魂。这是不容置疑的。既然如此，又有什么可说的呢？工匠狰狞可怕，但作品却巧夺天工。上帝创造奇迹也是随心所欲。他创造出这个可爱的珂赛特，为此使用了冉阿让。他高兴挑选这个奇特的合作者。我们有什么可责问他的呢？粪肥帮助春天催放玫瑰花，难道这是破天荒第一次吗？

马吕斯自问自答，并且自认为答得好。在我们所指出的每一点上，他都不敢过分深究冉阿让，但是内心又不敢承认。他迷恋珂赛特，拥有珂赛特，而珂赛特的纯洁又那么超群绝伦。他应当心满意足，还需要弄清什么呢？珂赛特就是一种光辉，难道光辉还需要照清楚吗？他什么都有了，还能渴望什么呢？应有尽有了，难道还不够吗？冉阿让个人的事与他无关。他要俯瞰这个人的不幸阴影，就可以紧紧抓住这个不幸者的庄严声明："我同珂赛特毫无关系，十年前，我还不知道有她这个人。"

冉阿让是个过路者。这是冉阿让亲口对他讲的。好哇，他走过去了。不管他是什么人，反正他的角色演完了。从今往后，该由马吕斯在珂赛特身边起保护作用了。珂赛特来到天空，找见她的同类，她的情人，她的丈夫，她在天上的男性。珂赛特长出翅膀蜕变了：飞上天空，地面上丢下冉阿让，她那丑恶的空壳儿。

马吕斯无论在什么思想里转圈子，总要回到对冉阿让一定程度的厌恶上。也许是掺杂着神圣色彩的厌恶，因为他在此人身上感到“某种神圣”[①]。然而，他无论怎样考虑，无论找出什么减罪的情节，最后还要落到这一点：这是个苦役犯，即处于最后一级之下，在社会等级中连个位置都没有的人。末等人之后，才轮到苦役犯。可以说，苦役犯不是世人的同类了。在苦役犯身上，法律已将人格剥夺殆尽。马吕斯虽是共和派，但在刑罚问题上，他还维护严酷的制度，头脑里还装满法律的全部思想，并以此对待法律所打击的人。说到底，他还没有走完进步的全过程。他还不能区分人的决定和上帝的决定、法律和人权。他根本没有审视和掂量一下，人处理不能挽回和不能补赎之事的权利。他也没有起而反对“制裁”一词。他认为违反成文法的某种行为，自然要受到终生的惩罚，因此，他把社会将人打入地狱视为文明的手段。他还停留在这一步，不过以后必然还要前进，因为，他天性善良，内心孕育着进步。

一进入这个思想范畴，他就觉得冉阿让变态而讨厌了。这是排除社会之外的人，是苦役犯。他一听到这个词，就像听见末世大审判的号角；他长时间审查了冉阿让，最后的动作是扭过头去：“撒旦，离开我的身”[②]。

应当承认，甚至应当着重指出，就在冉阿让对他说“您在让我招认”的时刻，马吕斯虽在盘问他，但并未提出那两三个关键问题。这些问题，并不是没有过他脑子，而是他害怕提出来。容德雷特破屋？街垒？沙威？谁知道事情会透露到什么地步？冉阿让不像个好退缩的人，谁知道马吕斯追问之后，是不是又希望煞住冉阿让的话头呢？在一些性命攸关的场合，提出一个问题，又捂住耳朵不

① 原文为拉丁文。

② 原文为拉丁文，是耶稣对诱惑者讲的一段话的开头。见《圣马可书》。

想听到回答，我们每人不是全碰到过这种情况吗？这种懦弱行为，在恋爱期间尤为常见。过分追究不祥的境况是不明智的，尤其牵连到我们自己生活中万难割舍的一面。冉阿让在痛苦绝望时所作的解释，很可能露出点可怕的亮光，谁知道这丑恶的光会不会反射到珂赛特身上呢？谁知道在这天使的额头上，会不会留下这种地狱之光呢？一道闪电溅出的火星，还是霹雳。这种关联乃是天数，由于染色反光律的副作用，清白本身会染上罪恶的色彩，最纯洁的面孔也可能永远留有近恶人的映象。不管对错，当初马吕斯确实害怕了。他已经知道得太多，现在只想睁只眼闭只眼，不想弄清楚了。他在神魂颠倒时抱走珂赛特，闭眼不看冉阿让。

这个人属于黑夜，属于活生生可怖的黑夜。怎么敢追究他的底细呢？盘问黑影是一种恐怖的事。谁知道黑影要回答些什么？曙光可能永远被它玷污。

马吕斯处于这种思想状态，一想到这人今后还要同珂赛特接触，就不免惊慌失措，忧心惨切。这些可怕的问题，很可能毫不容情地导致一个彻底的决定，但是他退却了，现在几乎责备自己没有提出来。他觉得自己心肠太善，也太软，说穿了，就是太软弱。正是这种软弱的性情拖着他贸然让步。他听人一讲心就软了，实在冒傻气，本应当机立断，抛掉冉阿让。这个家必须摆脱这个人，就好像在火灾中，为了保全周围，冉阿让是应当舍弃的部分。他怪罪自己，也怨感情冲动的这场旋风来得太突然，他被卷进去，脑袋发昏，眼睛完全蒙蔽了。他很不满意自己。

现在怎么办呢？冉阿让前来看望，引起他内心深处的反感。这个人何必到他家来？怎么办呢？想到这里，他昏头涨脑，不愿深挖，不愿深究，不愿探测自己的内心。他已经许诺，他不由自主地答应了；冉阿让得到他的许诺；即使对一名苦役犯也不能食言，尤其对这名苦役犯更不能食言。然而，他的首要责任还是珂赛特。总而言之，他的厌恶情绪在支配一切。

思绪纷乱，在他头脑里翻腾流转，搅得他意乱心烦。由此产生内心的烦恼，在珂赛特面前不容易掩饰，不过，爱情富有才华，马吕斯终于做到了。

尽管如此，他还是装作无心，向珂赛特提了几个问题；珂赛特天真无邪，像白鸽一样纯洁，始终毫无察觉。他问起她的童年和青少年，越听越深信，一个人所能具有的善良、慈爱和可亲可敬，这名苦役犯都倾注到珂赛特身上了。马吕斯隐约看出和推测的全是真实的。这棵凶险的荨麻疼爱并保护了这朵百合花。

第八卷　人生苦短暮晚时

一　楼下房间

次日黄昏时分，冉阿让去敲吉诺曼家的大门。迎进他的是巴斯克。巴斯克这时待在院子里，仿佛按指示办事。这是常有的事，主人吩咐仆人："某某先生要到了，您去迎候一下。"

巴斯克未等冉阿让走近前，就问道：

"男爵先生叫我问问先生，是要上楼还是待在楼下。"

"待在楼下。"冉阿让回答。

巴斯克倒十分恭敬，打开楼下厅室的门，说道："我去禀报夫人。"

冉阿让走进的这间一楼厅室，有时当酒窖用，里面潮湿昏暗，天棚呈拱顶，虽然临街，却只有一扇安了铁栏的红玻璃窗透进点光线。

这间屋不是拂尘、掸子和扫帚经常光顾的地方。灰尘在这里静静地积累，也没有组织剿灭蜘蛛的行动。一张镶饰着苍蝇的精致的大蛛网，堂而皇之地铺展在一块窗玻璃上。房间又小又矮，墙角有一大堆空酒瓶。墙壁刷成赭黄色，灰皮大片大片剥落。里端有一个漆成黑色的木架壁炉，炉台极窄；炉中生了火，显然已经料到冉阿让必定回答："待在楼下。"

壁炉两角放了两张安乐椅，椅子中间铺了一块床前脚垫，权作地毯，但是垫子的绒毛几乎磨光，露出粗绳了。

房间的照明，是借壁炉的火光和窗户透进来的暮色。

冉阿让疲惫不堪，一连几天，他不吃也不睡，进来便仰倒在椅子上。

巴斯克又返回，将一枝点燃的蜡烛放到壁炉台上，又退出去了。冉阿让脑袋垂到胸前，既没有瞧见巴斯克，也没有瞧见蜡烛。

突然，他仿佛受了惊吓，忽地站起来。珂赛特就在身后。

他没有看见进来人，但是他感到珂赛特进来了。他回过身端详她。珂赛特真是光艳照人。不过，冉阿让以深邃的目光注视的是灵魂，而不是美貌。

“好啊，”珂赛特高声说道，“真想得出来！父亲，我知道您古怪，可也万万没料到会来这一手。马吕斯对我说，是您要我在这儿接待您。”

“不错，正是我。”

“我就料到这种回答。您准备好了，先说下，我可要同您大闹一场。从头开始来，父亲，先吻我吧。”

说着，她把脸蛋儿伸过去。

冉阿让一动不动。

“您不动弹。我看到了，这是有罪的姿态。不过算了，我饶过您。耶稣-基督说过：‘把另一边脸蛋儿伸过去。’给您。”

冉阿让还是不动，双脚仿佛钉在地面上。

“这可严重了，”珂赛特说道，“我怎么得罪您啦？我宣布闹翻了。您得来主动同我和解。您得同我们用晚餐。”

“我吃过了。”

“这不是真话。我要让吉诺曼先生来训斥您。祖父在世就是为了训斥父亲。好了，跟我上楼去客厅。这就走。”

“不行。”

这时，珂赛特沉不住气了，她收住命令的口气，转而提问了：

“究竟为什么呀？您挑选这楼里最丑陋的房间来同我见面。这里真不堪入目。”

“你不知道……”

冉阿让立即改口道：“您知道，夫人，我这人特别，有些怪念头。”

珂赛特连连拍小手：“夫人！……您知道！……又出来新鲜事儿！这是什么意思呀？”

冉阿让冲她苦笑笑，有时不得已，他就往往挤出这种笑脸。

“您要当夫人，现在是了。”

“在您面前不是，父亲。”

“别再叫我父亲了。”

“怎么？”

“叫我让先生吧，直呼让也行。”

“您不是父亲啦？我也不再是珂赛特啦？让先生？这是什么意思呀？这简直是闹了革命！究竟出什么事儿啦？您倒是正面瞧瞧我呀。您不愿意和我们住在一起！您也不肯要我给您准备的房间！我怎么得罪您啦？我怎么得罪您啦？究竟出了什么事儿？”

“没什么事儿。”

“那又为什么？”

“什么都跟往常一样。”

“您干吗改名字？”

“您不是也改了吗？”

他又苦笑了一下，补充道：

“既然您能叫彭迈西夫人，我也可以叫让先生。”

“我一点也不明白。这些全是蠢话。我要问我丈夫，是否准许我叫您让先生，我希望他不同意。您叫我好难受啊。有怪念头可以，但是总不该让小珂赛特伤心呀！这样可不好。您多么善良，没有权利变凶狠了。”

他不回答。

她猛地抓起他的双手，以不可抗拒的动作，将那双手拉向自己的脸，按在自己下颏底下的脖子上，这是极为深情的一种举动。

“噢！您还是好一点儿吧！”她对他说道。

她又接着说：

“我所说的好，是指要和气，搬到这儿来住，恢复我们小小愉快的散步，这里同普吕梅街一样有鸟儿，要同我们一起生活，离开武人街的那个洞，别让我们猜谜了，要同所有人一样，同我们一起吃晚饭，同我们一起吃午饭，做我的父亲。”

冉阿让将手抽回去。

“您有了丈夫，不需要父亲了。”

珂赛特发火了：

“我不需要父亲啦？这种话真不近人情，简直信口胡说！”

“都圣若是在这儿，”冉阿让又说道，他那口气似要搬来权威吓人，抓住救命稻草，“她会头一个承认，我确实总有自己的一套做法。什么情况也没有。我一直喜爱我那黑暗的角落。”

“这儿挺冷的，又看不清楚。还要当什么让先生，真是讨厌极了。我也不愿意您总用‘您’来称呼我。”

“刚才来的路上，”冉阿让答道，“我在圣路易街看见一样家具。是在木器店里。我若是一位漂亮的女人，就买下那件木器。那是个非常精致的梳妆台，新式样的。我想，就是你们所说的香木。

上面镶嵌了花。一面相当大的镜子。有抽屉。很好看。”

“呜！老狗熊！”珂赛特回敬一句。

她又拿出十分娇嗔的神态，龇牙咧嘴朝冉阿让吹气。这是美惠女神在模仿一只小猫。

“我恼火极了！”她又说道，“从昨天起，你们全叫我火冒三丈。您不保护我，去对付马吕斯，马吕斯也不帮助我对付您。我完全孤立了。我精心布置了一间卧室，如果能把仁慈的上帝请进去，我也会把他安置在里面。可是，你们却把那间屋丢给我。我的房客逃走了。我吩咐妮科莱特做一顿可口的晚餐。‘人家不用您的晚餐，夫人。’我父亲割风要我叫他让先生，还要我在这不堪入目的破旧地窖里接待您，这里发了霉，墙壁长了胡子，空酒瓶充当水晶器皿，蛛网充当窗帘！就算您古怪吧，这是您的个性，但是对待刚结婚的人，总得暂时休战啊。您真不应该马上就古怪起来。您居然还愿意住在那可恶的武人街。可我在那里，曾经痛苦绝望过呀！您有什么跟我过不去的？您给我造成多大烦恼。呸！”

突然，她又敛容正色，定睛看着冉阿让，补充一句：

“您这么怨恨，是不是因为我幸福了？”

无心说出来的天真话，往往能鞭辟入里。这个问题，珂赛特看似简单，对冉阿让却意味深长。珂赛特本想搔搔皮肤，未曾想揪心挖肝了。

冉阿让脸色惨白，一时无言以对，继而才以无法形容的声调，仿佛自言自语那样咕哝道：

“她幸福了，这本来是我的生活目的。现在，上帝可以把我打发走了。珂赛特，你幸福了，我这辈子也就过完了。”

“啊！您对我称呼‘你’啦！”珂赛特叫起来。

她随即扑过去，搂住他的脖子。

冉阿让一时忘情，狂热地将她紧紧搂在胸口，几乎觉得她失而复得了。

“谢谢，父亲！”珂赛特对他说。

在冉阿让身上，这样欣喜若狂又要转为肝肠寸断。他缓慢摆脱珂赛特的手臂，拿起帽子。

“怎么啦？”珂赛特问道。

冉阿让回答：“我走了，夫人，他们在等您。”

他走到门口，又加了一句：“刚才我对您称了‘你’。去告诉您丈夫，我再也不会这样了。请原谅我。”

冉阿让走了，而珂赛特愣在原地，对这种告别简直莫名其妙。

二 又退几步

第二天，冉阿让又在同一时刻来了。

珂赛特不再问他，不再表示惊讶，不再叫嚷她发冷，也不再提去客厅了。她避免叫他父亲，但也不称让先生，而且随他怎么称“您”或“夫人”。不过，她欢乐的情绪减了几分，如果有可能的话，她还会显得忧伤的。

很可能她同马吕斯谈过，而在这种谈话中，爱人满足了爱妻，讲了想讲的话而不作任何解释。相爱之人的好奇心，离开爱情不会走多远。

楼下这间屋稍微清扫了一下。巴斯克将空酒瓶搬走了，妮科莱特则把蛛网清除掉。

从这往后，冉阿让天天按时前来，但是完全照马吕斯的话去做，没有勇气稍微违拗。马吕斯则设法总在冉阿让来时出门。对割风先生的这种新做法，一家人也渐渐习以为常。都圣帮着解释，一再说："先生从来就是这样。"外祖父作出这样判决："这是一个怪人。"一语道尽。况且，九旬老人，不可能再有什么交往，什么都格格不入，一个外来人就增添不便，各种习惯都已养成，再也没有空位置了。什么割风先生，切风先生，吉诺曼老头巴不得摆脱"这位先生"。他还说："这种怪人太常见了。他们做出各种各样古怪的事情。什么目的，毫无目的。德·卡纳普勒侯爵还要怪，他买了一座公馆，自己却住在阁楼上。这类人就有这种怪诞的表现！"

谁也没有看出一点这可悲的谜底。况且，谁又能猜到这种事情呢？印度就有这类沼泽，水面好像很特别，解释不通，无风却生涟漪，该平静时却起波浪。人们但见水面无故翻腾，却看不到水底有九头蛇游动。

许多人都如此，有一个秘密的怪物，有一种他们喂养的疾病，有一条噬食他们的恶龙，有一种盘踞在他们黑夜的绝望。这样一个人跟普通人一样，来来往往；别人不知道他有可怕的痛苦，这不幸的人身上寄生着致命的千齿怪物。别人不知道这人是个深渊，看似静止的死水，但是深极了。水面时而骚动，令人莫名其妙；忽然荡起一圈神秘的波纹，平复了又出现；升上来一个气泡破灭了。事情不大，但很可怕；那是不为人知的怪物在呼吸。

有些习惯很奇特：在别人走的时候到来，在别人炫耀时隐避，无论什么场合，总穿着所谓墙壁色外衣，专走僻静无人的小路，专去没有行人的街道，绝不参与别人的交谈，躲避人群和节庆，看似富裕又过穷日子，不管怎么富有也总把钥匙揣在兜儿里，烛台交给门房，从角门进去，走隐蔽的楼梯，所有这些微不足道的古怪行为，好似涟漪、气泡、水面瞬间的波纹，往往发自可怕的深处。

几周时间就这样过去。新生活渐渐支配了珂赛特：婚后建立起来的社交关系，拜访、操持家务、娱乐等，这些都是大事。珂赛特的娱乐并不费钱，主要体现为一种，就是和马吕斯在一起。同他一道出门，同他厮守在家里，这是她生活的最大营生。他们常乐常新的一项活动，就是挽着手臂上街，单独两个人，又不躲避，走在大街上，迎着太阳，迎着所有人。珂赛特只有一件事不顺心：都圣同妮科莱特合不来就走了。要让两个老处女融合是不可能的。外祖父身体康泰；马吕斯有时接接案子，出庭辩护；吉诺曼姨妈在新婚夫妇身边平静地生活，满足于配角的地位。冉阿让每天来一趟。

“你”的称呼消失了，只用“您”、“夫人”、“让先生”。由于这种变化，他在珂赛特心目中也成了另一个人。他让珂赛特疏远他的苦心已见成效，她的快乐日益增加，而温情却日趋减少。然而，她一直非常爱他，他也能感觉出来。有一天，珂赛特忽然对他说：“原先您是我父亲，现在不是了，原先您是我叔叔，现在不是了，原先您是割风先生，现在是让先生了。您究竟是谁呢？我可不喜欢这样。我若是不知道您特别善良，见了您还真会害怕呢。”

他一直住在武人街，还下不了决心远离珂赛特居住的街区。

起初，他只和珂赛特一起待上几分钟就走了。

后来，他探望的时间由短渐长，而且养成了习惯，就好像借着白昼延长的机会，他早来点儿晚走点儿也是正当的。

有一天，珂赛特脱口叫了他一声父亲。冉阿让那张忧郁苍老的脸上，掠过一道快乐的闪光，但他立刻制止：“还是叫让。”“哦！对了，”她咯咯笑着回答，“让先生。”“这样才好。”他说道。他随即转过身去，免得珂赛特瞧见他擦眼睛。

三　他们忆起普吕梅街花园

这是最后一次了。最后一道闪光掠过，就彻底熄灭了。再也没有亲热的表示，见面问好再也不伴随亲吻，再也听不到“父亲！”这一深情的称呼了。他是按照自己的要求，同自己串通好，陆续把自己从他们的这些幸福旁边赶走。他经历这场苦难，不但一日之间整个儿丧失珂赛特，而且还要再一点一点失去她。

久而久之，眼睛也习惯了地窖的光线。总之，每天能见上珂赛特一面，他就心满意足了。他的全部生活就集中到这一时刻。他坐在珂赛特身边，默默地凝视她，或者对她讲从前的岁月，讲她的童年、修道院、她当年的小朋友。

有一天下午，时值4月初，早晚虽然还有点凉，但是天气转暖了，阳光十分明媚，马吕斯和珂赛特窗外的花园已经苏醒，欣欣向荣。山楂花即将放蕾，紫罗兰在老墙头展示宝石，粉红的狼嘴花在石头缝儿里打哈欠，小白菊和金毛莨开始在芳草中搔首弄姿，今年的白蝴蝶刚刚出世，春风，这个永恒婚礼的吹鼓手，在树木间试奏曙光大交响乐，即老诗人所称的“万象更新曲”。马吕斯对珂赛特说：“我们说过，要去普吕梅街，看看我们的花园。说去就去，可不该忘恩负义啊。”于是他们就飞去，犹如飞向春天的两只燕子。在他们心目中，普吕梅街那座花园好似他们的黎明。他们身后已经留下类似他们爱情春天的东西。普吕梅街那个宅院租期未满，还属于珂赛特。他们到了花园，进了小楼，二人旧地重游，流连忘返了。傍晚，冉阿让又按时来到受难会修女街。“夫人同先生出门了，还没有回来呢。”巴斯克对他说。他默默坐在那里等了一小时，珂赛特还未返回。他只好低下头走了。

这次“他们的花园”之行，珂赛特心醉神迷，能“一整天生活在她的过去中”，她简直乐不可支，第二天也不谈别的事情，甚至没有发觉她没见到冉阿让。

“你们是怎么去的？”冉阿让问她。

“走去的。”

“怎么回来的呢？”

“乘出租马车。”

一段时间以来，冉阿让注意到年轻夫妇的日子过得挺紧巴，他不禁为之烦恼。马吕斯节俭很严格。冉阿让觉得这个词有其绝对意义，他试探着问一句：

“为什么你们不自备一辆马车呢？你们租一辆漂亮的轿车，每月只花五百法郎。你们有钱啊。”

“我不知道怎么回事儿。”珂赛特回答。

“还有都圣这件事，”冉阿让又说道，“她走了，你们也不找个人替她。为什么呢？”

“有妮科莱特就够了。”

“可是，您应当有个贴身女仆呀。”

“我不是有马吕斯吗？”

“你们应当有自己的住宅、自己的仆人、一辆马车、剧院里的包厢。对您来说，什么东西也不过分。你们富有，为什么不享用呢？财富，能增添幸福啊。”

珂赛特默不作声。

冉阿让来探访的时间没有缩短，反而拖长了。一颗心从斜坡滑下去，中途是不会停下的。

冉阿让想延长探望，并让人忘记时间，他就对马吕斯赞不绝口，认为他是美男子，神态高贵，又勇敢，又有智慧，口才也好，心肠也好。珂赛特再往上加码儿。冉阿让又周而复始。你一言我一语，有说不完的话。马吕斯这个名字，就是取之不尽的话题；阐发这几个字，足能写出几大部头著作。这样一来，冉阿让就能多留一会儿。看到珂赛特，在她身边忘记一切，这对他来说无比甜美！这等于包扎他的伤口。有好几次，巴斯克来请示两回："吉诺曼先生派我来提醒男爵夫人，晚餐已经摆好了。"

这些日子，冉阿让回到家里心事重重。

马吕斯曾想到蛹壳，看来这个比喻相当准确吧？冉阿让果真是一个蛹壳，还执意来探望从这蛹壳生出的蝴蝶吗？

有一天，他比往常待得还要久一些。次日，他注意到壁炉里没有生火。"咦！"他心中暗道，"没生火。"他又向自己作出这种解释："这非常自然。都4月份了，天不冷了。"

"上帝呀！这儿真冷啊！"珂赛特一进来就嚷道。

"不冷啊。"冉阿让说道。

"是您不让巴斯克生火的吗？"

"对，马上就到5月份了。"

"可是我们直到6月份还生火呢。在这地窖里，炉火终年都不能断。"

"我原以为不用生火了。"

"怪不得，又是您的主意！"珂赛特又说道。

次日，炉火倒是又生了，但是两把扶手椅却移到屋子另一端，摆在门口。"这是什么意思呢？"冉阿让思忖道。

他又把椅子搬到火炉旁边。

重新燃起的炉火又给他增添勇气。他的话多起来，交谈的时间又比平常拖长了一点儿。他起身要走时，珂赛特对他说：

"昨天，我丈夫向我提起一件怪事。"

"什么事儿？"

“他对我说：‘珂赛特，我们共有三万利弗尔年金，你有两万七千，外公给我三千。’我回答：‘加在一起正好三万。’他又说：‘你有勇气只靠三千法郎生活吗？’我回答说：‘有啊，只要和你在一起，没有钱也行。’后来我又问他：‘你干吗对我说这个？’他就回答我：‘随便问问。’”

冉阿让哑口无言。大概珂赛特想让他解释解释，而他却神色黯然，只管默默地听着。他回到武人街，还凝神想这事儿，竟然走错了门，进入旁边的一栋楼，登上三楼才发现错了，又返身下来。

他陷入各种猜测，精神非常苦恼。马吕斯显然怀疑这六十万法郎来路不正，怕是不义之财，谁知道呢？也许他已经发现，这笔钱财原是他冉阿让的，既然可疑，他就有所顾虑，不愿意接收，宁肯和珂赛特一起过穷日子，也不愿接受这不义之财。

此外，冉阿让也开始隐约感到，主人有逐客之意了。

第二天，他走进楼下那间屋，不禁打了个寒噤。安乐椅不见了，甚至一把普通坐椅都没有。

“怎么，”珂赛特一进屋就嚷道，“扶手椅没啦？扶手椅搬到哪儿去啦？”

“搬走了。”冉阿让答道。

“这太过分啦！”

冉阿让讷讷说道：“是我让巴斯克搬走的。”

“总有个原因吧？”

“今天我只待几分钟。”

“只待一会儿，也没有理由站着啊。”

“我以为巴斯克需要将扶手椅搬到客厅去。”

“为什么？”

“今天晚上，你们一定有客人。”

“一个客人也没有。”

冉阿让再也无话可说了。

珂赛特耸耸肩膀。

“叫人把坐椅搬走！那天还叫人熄掉炉火。您也太古怪啦！”

“别了。”冉阿让咕哝一句。

他没有说：“别了，珂赛特。”但他也没有勇气说：“别了，夫人。”

他心情沮丧，走了出去。

这回他领悟了。

次日他没有来。到了晚上，珂赛特才发觉。

“咦，让先生今天没有来。”她随口说了一句。

她心中微微有点怅然，但是感觉并不明显，让马吕斯一个亲吻就给排解了。

第三天，他还是没有来。

珂赛特并没有留意，晚上该做什么做什么，该睡觉就睡觉，一如往常，早晨醒来才想起这件事儿。也难怪，她太幸福啦！她急忙打发妮科莱特去让先生家，看他是不是病了，昨晚为什么没有来。妮科莱特转达让先生的答复，他一点病也没有，他很忙，很快就会去的，尽早前去。再说，他要有一趟短途旅行。夫人想必还记得，他隔段时间就要出趟门，这是他的习惯，不必担心，也不必挂念他。

妮科莱特走进让先生家时，向他重复了女主人的原话，说是夫人派她来问一问：“昨晚让先生为什么没有来？”“我有两天没有去了。”冉阿让轻声说道。

然而，他婉转纠正的这一点，妮科莱特根本没有向珂赛特转达。

四　吸力和止息

1833年春夏之交，沼泽区寥寥的行人、店铺商人、站在门口的闲人，都注意到有个身穿整洁黑礼服的老人，每天一到黄昏时刻，就从武人街靠布列塔尼里圣十字架街一侧出来，经过白斗篷街、圣卡特琳园地街到达披巾街往左拐，再走进圣路易街。

到了圣路易街，他就放慢脚步，脑袋往前探，什么都视而不见，听而不闻，眼睛总直勾勾地凝视一点，对他来说仿佛是明显的那一点，无非是受难会修女街的拐角。他离那街角越近，眼睛就越亮，眸子里射出喜悦的光芒，犹如内心升起的曙光，他那神态仿佛受了迷惑并十分动情，他的嘴唇微微翕动，就好像在对一个他看不见的人说话，他隐隐现出笑容，而脚步却尽量放慢，就好像他既盼望到达，又怕走到近前的那一刻。再过几栋楼房，就走到似乎吸引他的那条街，他的脚步十分缓慢，有时好像不走了。他的头晃悠，而眼珠却不动，酷似在寻找两极的指南针。他再怎么拖延时间，最终也走到了；一到受难会修女街，他就站住，浑身抖起来，一副忧伤而胆怯的样子，探头眺望最后一栋楼房的角落那边，而他张望那条街的凄惘眼睛里流露出来的神色，类似对不可能得到的东西的赞叹，也类似关闭了的天堂的反光。继而，他眼角慢慢聚积一滴泪水，积大了就掉下来，顺着腮流到嘴角，有的还在嘴角停留片刻。老人尝到了泪水的苦味。他就像石头雕像一样，在那里伫立几分钟，然后又以同样的步伐原路返回，越走越远，目光也暗淡下来了。

久而久之，老人不再走到受难会修女街的拐角，在圣路易街的中途就停下，有时多走几步，有时少走几步。有一天，他停在圣卡特琳园地街的拐角，远远眺望受难会修女街，继而默默地左右摇摇头，仿佛拒绝内心的一点要求，又沿着原路回去了。

又过不久，他连圣路易街也走不到了，只到铺石街，摇了摇头，就往回走了；后来不越过三亭街，最后连白斗篷街也不越过了，好比没有上发条的挂钟，钟摆的摆幅越来越小，直至完全停止。

每天他还按时出门，走同一路线，但是不再走到头，也许他没有意识到自己在不断缩短距离。他脸上的神情完全表达这唯一的想法：何苦来呢？眼睛没神了，脸上没有光彩了。就连泪水也枯竭了，不再聚积在眼角上：这沉思的目光是干涩的。老人的头还总往前探，下颏儿有时摆动，脖子瘦得皮打褶，叫人看着难受。在天气不好的日子，他有时腋下夹把雨伞，但是从不打开。那个街区的老太婆都说：“他是个傻子。”孩子们跟在他后面哄笑。

第九卷　最终的黑暗，最终的曙光

一　怜悯不幸者，宽宥幸福人

有了幸福是件可怕的事！他们多么心满意足！他们多么美滋滋地觉得这已足够！他们达到幸福这一人生的虚假目的，又多么容易忘记天职这个真正目的！

不过，平心而论，也不应责怪马吕斯。

我们解释过，马吕斯结婚之前，没有问过割风先生，后来又怕追问冉阿让。他一时心软就答应下来，事后又反悔了，心里总嘀咕他不该因对方痛不欲生就作此让步，只好逐渐地把冉阿让从他家打发走，尽量把他从珂赛特的思想上抹掉。他总是有意地插在珂赛特和冉阿让之间，确信她既看不到冉阿让，也就不再想了。这是遮蔽覆盖，比抹掉还有效。

马吕斯所做的，是他认为必要而正当的事情。他排除冉阿让，没有采取强硬的态度，但是也不手软，他认为有重大理由这样做，有些前面已经讲了，还有一些下面会谈到。在审理一桩他担任辩护律师的案件中，他偶然遇到从前在拉斐特银行干事的一名职员。他没有进行调查，就了解到一些秘密情况，而这些情况，他也确实不可能进一步追究，一则他要恪守保密的诺言，二则也要顾忌到冉阿让的危险处境。当时，他认为必须尽一项重大责任，就是极其谨慎地寻找原主，归还那六十万法郎。首先，他绝不动用这笔款。

至于珂赛特，她根本就不知道这些秘密，要责备她，也同样太苛求了。

从马吕斯到珂赛特，有一种极强的磁力，由于这种磁作用，她总是本能地、几乎机械地按照马吕斯的心愿行事。她感到对“让先生”那一边，马吕斯有一定之规，她顺应就是了。她丈夫不用对她说什么，他那未言明的意图对她产生的无形压力也很明显，她就盲目地服从了。这里所说的服从，就是不去回忆马吕斯忘却的事情。她无须费力就做到了，自己也不知道为什么，也没有什么可指责马吕斯的，须知她的心灵已经化为她丈夫的心灵了，马吕斯的思想出现阴影，她的思想也要随之暗淡下来。

然而，我们也不能说得过头；关于冉阿让，这种忘却和消除只是表面现象。她是一时疏忽，而不是遗忘。其实，她还深深爱着她长久称作父亲的那个人。不过，她更爱自己的丈夫。这就有点偏向了，这颗心的天平向一边倾斜。

有时，珂赛特提起冉阿让，不免感到诧异。于是，马吕斯就劝她放心：“我想他出门了。他不是说过要去旅行吗？”“不错，”珂赛特心想，“他是有这种习惯，时而出门一趟。可是，不会走这么久啊？”她也打发妮科莱特到武人街去过两三趟，问问让先生旅行回来了没有。每次冉阿让都让她回复说还未回来。

珂赛特没有再问什么，她在世上唯一需要的人，就是马吕斯。

还应补充一句，马吕斯和珂赛特也出过远门，他们去过维尔农。马吕斯带珂赛特去给他父亲上坟。

马吕斯一点一点让珂赛特摆脱冉阿让，珂赛特则任其摆布。

话又说回来，在某些情况下，所谓子女忘恩负义，未免过分苛责，其实并不总像人们所想的那样值得责备。这是自然的忘恩负义。我们也说过，自然，就是“向前看”。自然把世人分为到来者和离去者。离去者转向阴暗，到来者面向光明。从而产生间隔，这种状态，在老人一边是命中注定，在青年一边则是无意识的。这种间隔，起初不显眼，后来逐渐扩展，如同树木分杈。枝杈不离同一个树干，却越长相距越远。这不是他们的过错。青年趋向欢乐、节庆、五光十色和爱情。老人则趋向终点。相互还见见面，但是不再拥抱了。年轻人感到生活的炎凉，老年人感到坟墓的炎凉。不要怪罪这些可怜的孩子。

二　最后闪亮灯油尽

有一天，冉阿让下楼，在街上走了几步，便坐到石桩上；6月5日那天夜晚，他正是坐在这个石桩上沉思，让伽弗洛什碰到了。他只待了几分钟就回楼上了。这是钟摆的最后一下摆动。次日他没有出屋，第三天他没有下床。

门房老太婆给他做点简单的饭菜：一点白菜或几个土豆加点猪油，她回头来瞧瞧棕色瓷盘，叫道：“怎么，昨天您没有吃饭，可怜的好人！”

“怎么没吃呢。”冉阿让回答。

“盘子里还满满的。”

“瞧瞧水罐，已经空了。”

“这说明您喝了水，并不说明您吃了饭。”

“那么，我要是只想喝水呢？”冉阿让说道。

“这叫做口渴，如果不同时吃饭，这就叫做发烧。”

“我明天吃。”

“或者等到三圣节再吃。干吗今天不吃呢？就说一声：我明天吃！连碰也不碰，一盘菜全给我留着！我煮的嫩土豆香极啦！”

冉阿让抓住老太婆的手：

“我答应您吃掉。”他和蔼地对她说道。

“我可对您不满意。”女门房回了一句。

除了这个老太婆，冉阿让也见不到什么人。巴黎有些街道从来没人经过，有些房屋从来没人拜访。他就住在这样一条街上，住在这样一座房屋里。

他还能出门的时候，到锅匠那里，花几苏钱买了一个铜十字架，回来挂在床头钉子上。看看这个绞刑架总有裨益。

一周过去，冉阿让没有在屋里走动一步，一直卧床不起。女门房对她丈夫说：“楼上那老头儿不起床了，也不吃东西了。看样子活不久了。他那是伤心。我总觉得，他女儿嫁得不好。”

门房则以丈夫的权威口气答道：“他有钱就请大夫来，没钱就请不来大夫。请不来大夫，他就等死吧。”

“如果请来大夫呢？”

“那他也得死。”

看门的女人用一把旧刀，蹲到她称为她的铺石路上，开始将石缝儿中的杂草抠出来拔掉，她边干边咕哝：

“真可惜，多好一个老人！他就像子鸡一样洁白。”

她瞧见本街区的一名医生经过街口，就自作主张请他上楼去。

“就在三楼，”她对医生说，“您只管进去。那老人躺在床上动不了，钥匙就插在门上。”

医生瞧了冉阿让，问了问情况。

等他下楼来，门房女人问道：“怎么样，大夫？”

“您这病人病得很厉害。”

“得了什么病？”

“什么病都有，又什么病也没有。看样子，他失去了一个亲人。这是要命的事儿。”

“他对您说些什么？”

“他说他身体很健康。”

“您还来吗，大夫？”

“还来，”医生回答，“不过，应当回来的不是我，而是另一个人。”

三　割风马车当年扛得起，羽毛管笔如今也嫌重

一天傍晚，冉阿让艰难地用臂肘支撑起身子，自己把把脉，却找不到脉息。他呼吸短促，不时停顿，这才承认身体从来没有这样虚弱过。这时，他无疑受最后心事的催促，强打精神坐起来，穿上衣裳。这回他穿上旧工装，反正不出门，就重新换上他所喜欢的劳动服。他穿件衣服也不得不停下好几次，仅仅伸袖子就累得额头流下汗水。

他独自生活以来，就把床搬到前厅，以便尽量少占用这套空荡荡的房间。

他打开手提箱，从里面拿出珂赛特的旧衣物。

他把这些衣物摊在床上。

主教的两支烛台仍摆在壁炉台上。他从一个抽屉里取出两根蜡烛，插进烛台里，并且点燃，尽管这是夏季，天还大亮。只有在停尸的房间，有时会看到大白天还这样点着蜡烛。

他从一件家具到另一件家具，每迈一步都耗尽全身力气，不得不坐下来。这绝非一般的疲劳，消耗的体力能再恢复，而这是仅余的一点能动力，是衰竭的生命，正一点一滴耗散在不能复始的撑持中。

他挪到镜子前，便倒在一把椅子上。这面镜子，对他是不祥之兆，而对马吕斯则是天赐之物；他曾在镜子里认出印在珂赛特吸墨纸上的反体字迹，现在却认不出自己的相貌了。他年已八旬，但是在珂赛特和马吕斯结婚之前，他看上去也只有五十岁，这一年就等于过了三十年。额上已不是年岁的皱纹，而是死亡的神秘印迹，令人感到那抠进去的无情指甲。他两肋塌下来，面如埋进土里的颜色，嘴角向下撇，酷似古人刻在坟墓上的面具；他的目光凝望半空，流露出责备的神色；他那样子，真像一个悲剧主角在怨恨一个人。

他停留在这种状态，颓丧到了极点，痛苦不再泻动，可以说已经凝结了，绝望在心灵上凝聚成硬块了。

夜色降临。他十分吃力地将桌子和旧扶手椅拖到壁炉旁边，又将纸笔和墨水放到桌子上。

他干完这些事，便一阵昏迷，等苏醒过来，又感到口渴。他提不起水罐，就非常艰难地将水罐搬倾斜了，对嘴喝了一口水。

接着，他转回床铺，因为站不住了，就一直坐着注视黑色小衣裙和所有心爱之物。

这样静观持续几小时，但恍若过了几分钟。突然，他打了个寒战，感到寒气袭来；他两个臂肘撑着桌子，有主教烛台的烛光照亮，他拿起笔。

但是很久没写字了，羽毛管笔尖弯了，墨水也干了；于是，他又要起来，往墨水缸里添几滴水，他这要停几停，坐下两三次，拿起笔只能反用笔尖写字，还不时擦擦额头的汗。

他的手发抖，缓慢地写了以下数行文字：

珂赛特：我祝福你。我要向你解释。你丈夫示意我该离去。是有道理的，做得对，但有点误会。他是个杰出的人。等我死后，你要永远爱他。彭迈西先生：你也要永远爱我心爱的孩子。珂赛特，你会发现这张纸的，下面就是我要向你说的话；你会看到数字，如果我还能想起来的话，听我说，这笔钱的确是你的。整个事件是这样：白墨玉产自挪威，黑墨玉产自英国，人造墨玉产自德国。天然墨玉较轻，更珍贵，成本也高。我们法国也能像德国那样仿造。只要一个两寸见方的铁砧，一盏酒精灯用来熔化蜡质。这种蜡从前是用树脂和黑烟灰制成的，成本要四法郎一市斤。我发明一种制法，用虫胶和松脂做原料，成本就降到一个半法郎了，而质量却大大提高了。扣环是紫玻璃用这种蜡胶镶在黑色小铁托上。铁托配紫玻璃，金托配黑玻璃。这类饰品，西班牙大量进口，而那是墨玉的国度……

写到这里就断了，笔从他手指间滑落，他再次从心底发出悲痛欲绝的长号，可怜的人双手抱住头，陷入沉思。

“噢！”他在内心中号叫（这种凄惨的哀号，唯独上帝听得见），“这回完了。我再也见不到她的面了。她是在我脸上掠过的一丝微笑。我未能再看她一眼就进入黑夜。噢！哪怕见一分钟，一刹那，哪怕听听她的声音，摸摸她的衣裙，哪怕瞧这天使一眼，然后死了也甘心！死也无所谓，可怕的是，死之前不能见她一面。她会冲我微笑，会对我说两句话。难道这会损害什么人吗？唉！这回完了，永远见不到了。我孤单单一个人。上帝呀！上帝呀！我再也见不到她啦！”

恰巧这时，有人敲门。

四　墨水却还人清白

就在这同一天，说得更准确些，在这同一天晚上，吃罢晚饭，马吕斯刚回到办公室要审阅一份案卷，巴斯克就送来一封信，并说：“写这封信的人就在候客室。”

珂赛特挽着外祖父的手臂，在花园里散步。

信如其人，也会有恶俗的外表。纸张粗糙，折叠笨拙，这类信一看就令人反感。巴斯克拿来的就是这样一封信。

马吕斯一接近信，就闻到一股烟叶味，一种气味，比什么都更能唤起人的回忆。马吕斯记想起这种烟味，再看封面上写的：“呈送先生，彭迈西男爵先生启。他的公馆。”他辨认出烟味，也就认出笔迹了。可以说，惊诧能闪光。就是这样一道闪光，使马吕斯豁然开朗。

嗅觉，这神秘的备忘录，一下子就在他身上唤起一个天地。正是这种纸张、这种折信方式、这样淡淡的墨水，正是这熟悉的笔迹，尤其是这烟味，他眼前就出现了容德雷特的破屋。

这真是天缘凑巧！他百般寻找的两条线索之一，近来还花了大力气，以为永无踪迹了，现在却自动送上门来。

他急不可待，拆开信念道：

男爵先生：

如果上帝给我才能，我本可以成为克（科）学院院士、德纳男爵[①]，然而我不是。我仅仅和他同姓，提起此人，我如能得到你的一照佛（拂），那就不剩（胜）心（欣）喜。您对我

① 德纳男爵（1777—1852年）：实有其人，法国化学家，1810年当选为科学院院士。

的会（惠）顾必得回报。我掌握一个人的秘密。此人又与您有关。我打算将这秘密提共（供）给您，希望能有幸对您有所帮助。我向您提共（供）这一简便方法，将此人从贵府赴（赶）走，此人无权住在贵府，男爵夫人出身高贵，道德的圣地长期和罪恶共处，就不能不糟（遭）受捐（损）害。

我在候客宫（室）等侍（待）男爵先生的命令。

恭颂

大安

这封信署名为“德纳”。

署名不假，只是缩短了。

此外，信中不知所云，又别字连篇，终于暴露无遗。身份证已经齐备，无可怀疑了。

马吕斯异常激动。他先是一惊，后又一喜。但愿现在能找见他所寻觅的另一个人，他马吕斯的救命恩人，他就别无希求了。

他拉开写字台的抽屉，拿出几张钞票，推上抽屉就拉铃。巴斯克将门打开一条缝儿。

“让他进来。”马吕斯说道。

巴斯克便通报：“德纳先生。”

一个男子走进来。

马吕斯又是一惊：进来的人完全是陌生的。

此人不仅年老，还长了个大鼻子，下巴插在领带里，戴一副绿色眼镜，还加上双层绿绸的遮光檐儿；头发光滑，直齐眉梢儿，颇似英国“上流社会”[①]车夫的假发。他的头发已经花白。他从头到脚

① 原文为英文。

一身黑色穿戴，相当破旧，但是很干净；一条带小装饰物的链子从坎肩兜里出来半截，令人猜想兜里装着怀表。他手里拿着一顶旧帽子，走路驼着背，深深一躬下去，背弯得更厉害了。

一照面最初的印象，就是这人衣服太肥大，虽然整齐扣上了纽扣，还是不合他的身。

这里有必要讲几句题外话。

巴黎博特莱伊街兵工厂附近，有一个臭名昭著的旧宅子，当时住着一个精明的犹太人，他的行业就是将一个坏蛋化装成好人。不用花多长时间，否则坏蛋会感到难堪。换上一套类似体面人的服装，外表明显变了，可以乔装打扮一两天，每天付三十苏钱。这个出租服装的人名叫“变换商”，巴黎扒手们不知他的真名实姓，就送给他这个绰号。他的化妆室服装相当齐全，给人乔装打扮的衣裳也还像样，适合各种职业和等级，分别挂在店铺的钉子上，虽然已经破旧了，却能代表一定的社会地位：这儿是行政长官的服装，那儿是神父的教袍，那儿又是银行家的服装，在一个角落里挂着退伍军人的便服，而另一处则是文人的服装，再远一点有政界人士的服装。此人是骗术在巴黎演出的大型戏剧的服装师。他的破屋正是窃贼和骗子上下场的后台。一个衣衫褴褛的坏蛋走进来，放下三十苏，按照他今天要扮演的角色，挑选一套服装换上，再下楼时，坏蛋摇身一变而成为人物了。第二天，一套行头又原物送回。这个“变换商”什么都可以交给窃贼，却从来没有被拐跑过。这些服装有一个缺陷，大小都“不合身”，既然不是定做的，穿上不是太瘦就是太肥，没有一个人穿着合身的。凡是比普通身材高大或矮小的坏蛋，穿上“变换商”的衣服都感到不舒服。不能太肥，也不能太瘦。“变换商”只考虑普通身材，他随便找一个既不胖也不瘦，既不高也不矮的乞丐来量体裁衣。因此，要求合身有时很难，“变换商”的那些主顾就只能尽量将就了。特殊身材，那就活该倒霉！就拿政界人士的服装来说，上下一身衣，倒是合乎规矩，然而皮特①穿上嫌太肥，加特尔西卡拉②穿上又嫌太瘦。在“变换商”的目录中，称作政界人士服装的说明，我们照录如下：“黑呢上衣一件、黑呢皮裤一条、丝绸坎肩一件、皮靴和衬衣。”旁边还注明：“从前的大使。”还有说明，我们也照录出来：“在另外一个盒子里，装有一副烫得整齐的假发、一副绿色眼镜、一条带小饰物的表链、两根裹着棉花的羽毛寸管。”这一套行头符合政客，从前大使的身份。可以说，这套服装相当旧了：线缝儿已发白，臂肘有个扣子大小的破洞，隐约可见，而且，胸前还缺一颗扣子；不过，这是小小不言的事，须知政客的手总放在胸前，就是要遮住礼服上缺扣子的地方。

如果马吕斯熟悉巴黎的这种神妙的变身术，他就会当即看出，巴斯克带进的客人那身政客装束，正是从“变换商”挂钩那儿租来的。

马吕斯看见来者并非他所期待的人，不禁感到失望，态度便转而冷淡了。就在来客深深鞠躬的时候，马吕斯从头到脚打量他，口气生硬地问道：

“您有什么事？”

那人要回答先咧咧嘴媚笑一下，酷似鳄鱼的谄笑：

“我觉得在社交界，我已经同男爵先生幸会过，不可能无此荣幸，我想，尤其应当提到几年前，在巴格拉西翁王妃府上，以及在法兰西贵族院议员。唐勃雷子爵大人的沙龙里见过面。”

这是无赖惯用的伎俩，装作认识一个不相识的人。

马吕斯注意听这人讲话，捕捉他的口音和动作，但是越发失望

---

① 皮特（1708—1778年）：英国政治家。

② 加特尔西卡拉：那不勒王国驻巴黎大使，1832年死于霍乱。

了：这浓重的鼻音，同他预料的尖刻的嗓音截然不同。他如坠五里雾中。

“我既不认识巴格拉西翁夫人，也不认识唐勃雷先生。”他说道，“我从未踏进过这两位的府门。”

回答没有好气儿。那人仍然媚态可掬，坚持说道：

“那就是在夏多布里盎的府上，我见过先生！我同夏多布里盎过从甚密。他非常和气，有时对我说：德纳，我的朋友……您不想同我干一杯吗？”

马吕斯的神情越来越严峻：

“受到夏多布里盎先生的接待？我从来没有这份儿荣幸。简单说吧，您有什么事？”

那人听这口气更加生硬，就更加深鞠一躬。

“男爵先生，请耐心听我说。在美洲巴拿马附近的地方，有个叫若雅的村子。全村只由一座房子构成。一座四层的方形大楼房，用太阳晒干的土坯建造的，每一边五百尺长，每上一层缩进十二尺，这样，每层周围都有平台，正中是内院，囤积粮食和武器，没有窗户，但有枪眼，也没有门，但有梯子，爬梯子从地面上到二层平台，再从二层上到三层，从三层上到四层，然后再顺着梯子下到内院；房间没有门，只有翻板，房子里没有楼梯，只有梯子；夜晚关死翻板，撤走梯子，土枪和马枪都架在枪跟上，根本无法进入；白天是一座房子，晚上是一座堡垒，全村八百居民，就是这样生活。为什么这样小心呢？因为那是一个危险的地方，有许多吃人的人。那么，人为什么要去那种地方呢？因为那是宝地，能开采出黄金。”

“您究竟要说什么？”马吕斯从失望到失去耐心，打断他的话。

“是这样，男爵先生。我这个干累了的老外交官，厌恶了陈旧的文明，想过过野蛮人的生活。”

“这又怎么样？”

“男爵先生，自私是人世的法则。无产的雇农看见驿车驶过，就要回头望去，而在自己田里干活的农妇就不回头张望。穷人的狗对富人叫，富人的狗对穷人叫。人人为己嘛。财货是人追求的目的。黄金，就是磁石。”

“还有什么？快点收尾。”

“我很想去若雅那里去落脚。我们一家三口，我妻子和女儿，那是个很漂亮的姑娘，旅途很长，旅费又贵。我缺点儿钱。”

“这同我有什么关系？”马吕斯问道。

陌生人从领带里探出脖子，极像秃鹫的动作，他又加倍微笑回答道：“怎么，男爵先生没有看到我的信吗？”

这话说中了几分。信的内容，还真从马吕斯眼前滑过去了，他只顾注意笔迹，却忽略了写的什么，几乎想不起来了。这会儿，一个新情况又唤醒他，引起他的注意：我妻子和女儿。他以敏锐的目光审视这个陌生人，比法官看得还仔细，简直不放过一丝一毫，他只是回答一句：“说明白点儿。”

那陌生人将两手插进坎肩兜里，抬起头来，但是并不挺起脊背，他那透过眼镜的绿目光也在端量马吕斯。

“好吧，男爵先生，我说明一下。我有个秘密向您出售。”

“一个秘密？”

“一个秘密。”

“同我有关？”

“有点儿关系。”

“什么秘密？”

马吕斯听那人说话的时候，越来越注意观察他了。

“我先无偿提供点情况，”陌生人说，“看看能不能引起您的兴趣。”

“说吧。”

“男爵先生，贵府上有个盗贼和杀人凶手。”

马吕斯惊抖一下。

“在我家里？不会。”他说道。

陌生人镇定自若，用臂肘掸掸帽子，接着说道：

“杀人凶手和盗贼。要注意，男爵先生，我在这里说的不是过时的、失效的旧事，不是在法律面前一宣布，在上帝面前一忏悔，就能一笔勾销的，我说的是近来的事，目前的事，此刻还没被司法发现。我说下去。这个人溜进您的信任圈儿里，几乎溜进您的家庭。他用的是假名，真名我可以告诉您，而且分文不取。”

“我听着呢。”

“他叫冉阿让。”

“我知道。”

“我还要无偿告诉您他是谁。”

“说吧。”

“他是个老苦役犯。”

“我知道。”

“您是因为我荣幸地告诉您才知道的。”

“不是。我早就知道了。”

马吕斯冷淡的口气，两次“我知道”的回答，话语简短而显得不愿交谈，这不免煽起陌生人的一点暗火。他那悻悻的目光偷偷瞥了马吕斯一下，随即又熄灭了。这种目光不管多么短促，只要见过一次的人就能认出来，自然也没有逃过马吕斯的眼睛。某种光火只能发自某些灵魂，而思想的通风口——眼珠就会烧红，眼镜根本遮掩不住，无异往地狱门前放一块玻璃。

陌生人微笑着又说道：

“我不敢驳斥男爵先生。不管怎么说，您应当明白，我是了解内情的。现在我要告诉您的情况，唯独我知道。这事关系到男爵夫人的财产。这是一个异乎寻常的秘密，准备出售。首先找您这个买主。价钱便宜。两万法郎。”

“这秘密同其他秘密一样，我全知道。”

那人感到有必要降点价：

“男爵先生，给一万法郎吧，我就说出来。”

“再说一遍，您没有什么可告诉我的。您要说什么我知道。”

那人眼里又掠过一道闪光，他高声说道：

“今天我总得吃晚饭啊。跟您说，这是个异乎寻常的秘密，男爵先生。我说了，给我二十法郎吧。”

“我知道您这异乎寻常的秘密，就像我早就知道冉阿让这个名字，也像我知道您的名字一样。”

“我的名字？”

“对。”

“这并不难，男爵先生，我荣幸地在给您的信中署上，还当面对您讲了：德纳……”

“第。”

“什么？”

“德纳第。”

“他是谁？”

碰到危险，箭猪会浑身竖起尖刺，金龟子会装死，老看守会拉开架势，而那人却哈哈大笑。

接着，他又用手指弹去衣袖上一点灰尘。

马吕斯继续说：

“您也是工人容德雷特、戏剧家法邦杜、诗人尚弗洛、西班牙人唐·阿尔瓦雷兹，又是妇人巴利扎尔。”

“什么妇人？”

“您曾在蒙菲郿开过小客栈。”

“小客栈！绝没有那事儿！”

“我对您说，您就是德纳第。”

“我否认。”

“您还是个无赖，拿着。”

马吕斯说着，从兜里掏出一张钞票，摔到他脸上。

“谢谢！对不起！五百法郎！男爵先生！”

那人大惊失色，急忙鞠躬，抓住钞票看个仔细。

“五百法郎！”他惊讶地又说道，随即又结结巴巴地咕哝一句：“一张真的大票子！”

继而，他突然又提高嗓门儿：

“好吧，我们就放松放松吧！”

说着，他像猴子一样灵活，头发往后一抛，摘下眼镜，从鼻孔里拔出两根羽毛管，收了起来；这两根羽毛管，我们在本书的另一页已经见到。他就像摘下帽子一样摘下面具。

他的眼神亮起来，起伏不平，疙里疙瘩的额头也露出丑陋的皱纹，鹰钩鼻子又恢复原状，这个悍匪便现出凶残狡诈的真面目。

“男爵先生真是明察秋毫，”他说道，而声音当即清晰，毫无鼻音了，“我就是德纳第。”

他那驼背也伸直了。

确实是德纳第，他诧异到了极点，如果可能的话，他还会惊慌失措。他前来是要让人大吃一惊，不料自己却吃了一惊。他丢了面子，也得到五百法郎的补偿，不管怎样他认栽了，但他还是大惑不解。

他尽管化了装，还是头一次见到彭迈西男爵，却让彭迈西男爵认出来，而且让人家完全掌握了底细。这位男爵不仅了解德纳第，似乎还了解冉阿让的情况。这个还没有怎么长胡子的青年，究竟是什么人？他如此冷淡，又如此慷慨，他知道别人的名字，知道别人所有名字，能够慷慨解囊，痛斥骗子俨如法官，而赏给他们钱又像上当的傻瓜。

我们还记得，德纳第虽然曾与马吕斯为邻，却从未见过他，这在巴黎是常有的事。当初，德纳第恍惚听女儿提起过，楼里还住一个很穷的青年，名叫马吕斯；我们知道，他还给那青年写过信。然而在他的思想里，怎么也不可能将那个马吕斯和这个彭迈西男爵扯在一起。

至于彭迈西这名字，我们还记得在滑铁卢战场上，德纳第只听到最后两个音，他一直轻蔑这简单的一声道谢[①]，也是理所当然的。

不过，2月16日那天，他让阿兹玛跟踪新娘夫妇，还亲自搜索，终于了解不少情况，从他那黑暗的深处不止抓住一条秘密线索。他要尽手腕才发现，至少极尽推理才推测出，那天他在大阴沟里碰到的是什么人。他从那人很容易推测到名字。他知道彭迈西男爵夫人就是珂赛特，但在这方面，他还是要谨慎从事。珂赛特是谁呢？他还说不准，仿佛是个私生女，他总觉得芳汀的身世可疑，可是何必讲出来呢？他保持沉默希图报酬吗？这算什么，他掌握，或者自以为掌握卖价更高的秘密。可想而知，毫无证据就跑来向彭迈西男爵披露：“尊夫人是私生女”，这样的告密者，只能招来那位丈夫的一顿拳脚。

德纳第认为，他同马吕斯的谈话还没有开始。刚才他不得不

---

① “彭迈西”后两个音“迈西”，法文中与“谢谢”同音。

退却，改变战略，放弃一个阵地，换个战线；其实，主力还没有损失，他兜里已经有五百法郎垫底了。再者，他还有举足轻重的话要讲，即使对付深知内情又全副武装的彭迈西男爵，他也感到自己是强者。在德纳第这类人看来，任何对话都是一场较量。在即将展开的这场较量中，他的处境如何呢？他不知道谈话的对手是谁，但是知道自己要谈的事情。他在心中迅速地检阅了自己的力量，说了一句“我就是德纳第”，便等待对方的反应。

马吕斯还在思考。他终于抓到了德纳第。他万分渴望找到的这个人，现在就在眼前。他可以履行彭迈西上校的遗嘱了。这位英雄欠了这个匪徒的情，马吕斯感到耻辱，而且至今没有兑现他父亲从坟墓里给他开出的汇票。他面对这个德纳第，思想也处于复杂的状态，他认为上校不幸被这样的坏蛋所救，在报恩的同时也应为上校雪耻。不管怎样，他还是高兴的，终于能使上校的幽魂摆脱这个卑鄙的债权人，他也觉得能将对父亲的怀念从债务的牢笼里解救出来了。

除了这一职责，他还有一个责任，如果可能的话，要弄清珂赛特财产的来源。机会似乎摆到面前。也许德纳第了解一点内情。有必要探探这个人的底。就从这里下手。

德纳第将“大票子”深藏到坎肩兜里，几乎带着几分温情注视马吕斯。

马吕斯打破沉默：

“德纳第，我说破了您的姓名。您掌握的秘密，您来告诉我的事情，现在要我对您说一说吗？我也有我的情报。您马上就会看到，我了解的情况比您多。冉阿让，正如您讲的，是个杀人凶手和盗贼。说他是盗贼，是因为他抢劫了一个富有的厂主马德兰先生，把人家弄破产了。说他是杀人凶手，是因为他杀了警察沙威。”

“我不明白，男爵先生。”德纳第说道。

“这就让您明白。听着。大约在1822年，在加来海峡省的一个地区，有个叫马德兰先生的人。从前同司法机构有点过节，后来改过自新，恢复了名誉。这个人成为一个十全十美的义人。他靠技艺生产人造墨玉，使整个城市富起来。当然，他本人也发了财。但这是附带的，可以说是偶然的。他是穷人的衣食父母。他创建医院，开办学校，探望病人，给姑娘嫁妆钱，救济寡妇，收养孤儿，他就像那地方的监护人。他谢绝了授给他的勋章，他被任命为市长。一个刑满释放的苦役犯知道这个人从前判过刑的隐私，便揭发了他，并让人把他抓起来，然后乘机来到巴黎拉斐特银行——这是出纳员本人向我提供的情况——模仿签字，冒名取走了马德兰先生的五十多万法郎的存款。窃取马德兰先生钱财的苦役犯，正是冉阿让。至于另一件事实，您也没有什么可向我提供的。冉阿让杀了警察沙威；他是用手枪把人打死的。我敢对您说这话，当时我在场。”

德纳第瞥了马吕斯一眼，那神气就像一个战败的人又抓住胜利的机会，转眼间把丧失的地盘夺回来。而且，他又立刻恢复笑脸，但是像下级对上级那样，得意的神情有所节制，德纳第只对马吕斯说了一句：

“男爵先生，咱们走入歧途了。”

他要强调这句话，特意将饰物链抡了一圈。

“什么？”马吕斯又说道，“您想反驳吗？这可是事实。”

“这是幻象。我有幸得到男爵先生的信任，就有责任指出这一点。首要的是真相和正义。我不愿意看见不公正地指控别人。男爵先生，冉阿让根本没有窃取马德兰先生的钱财，冉阿让也根本没有杀害沙威。”

“岂有此理！怎么这么说呢？”

“这么说有两个原因。”

"哪两个？说吧。"

"第一，他没有劫夺马德兰先生，因为，冉阿让本人就是马德兰先生。"

"您说什么吗？"

"第二，他并没有杀害沙威，因为，杀死沙威的人，正是沙威自己。"

"您要说什么？"

"我要说，沙威是自杀的。"

"拿出证据！拿出证据！"马吕斯怒不可遏地嚷道。

德纳第又一字一顿说了一遍，就像朗诵十二音节的古诗："警—察—沙—威—被—发—现—溺—死—在—兑—换—所—桥——一—条—船—下。"

"拿出证据来！"

德纳第从外套大兜里掏出一个灰色大信封，里面好像装有一些折叠成大小不等的纸张。

"我也有材料。"他平静地说道。

他又补充说道：

"男爵先生，为了您的利益，我深入调查了我那位冉阿让。我说冉阿让和马德兰是同一个人，还说沙威除了他自己，没有别的杀害他的人，我这样说，全有证据。不是手写的证据，手写的材料是可疑的，是为了帮忙特意定的，我这证据是印刷品。"

德纳第边说边从信封里掏出两份破旧发黄、有刺鼻的烟草味的报纸。其中一份显得更旧，折纹全断裂，还往下掉碎片儿。

"两件事实，两个证据。"德纳第说着，就把两份打开的报纸递给马吕斯。

这两份报纸读者都知道。一份更旧的，是1823年7月25日的《白旗报》，我们在本书第三卷第148页[①]看到的报道，证实了马德兰先生和冉阿让是同一个人。另一份是1832年6月15日的《公报》，上面登了沙威自杀的消息，还援引了沙威向警察署长所作的口头汇报，说他在麻厂街街垒里被俘，只是多亏一个暴动者的宽宏大量才保住命，那人把他押出去执刑，并没有瞄准他的头，而是朝天开了一枪。

马吕斯看了报。事情很明显，日期确切，证据也确凿无疑，这两份报纸印出来，并不是特意为了证明德纳第的说法；而且，《公报》上所刊登的消息，又是警察总署官方提供的。马吕斯不能怀疑。那个出纳员所提供的情况是假的，他本人也弄错了。冉阿让赫然变得高大起来，高出云端。马吕斯禁不住欢叫一声：

“这么说来，这个不幸者是个令人敬佩的人！这笔财富的的确确是属于他的！他就是马德兰，是一方的保护人！他就是冉阿让，是沙威的救命恩人！他是个英雄！一个圣徒！”

“他既不是圣徒，也不是英雄！”德纳第说道，“他是杀人凶手，是盗贼！”

他讲话带点权威的语气了，还补充一句：“咱们得冷静下来。”

盗贼、杀人凶手这些字眼，马吕斯以为消失了，不料又卷土重来，好似一盆冷水浇在他头上。

“怎么又来啦！”他说道。

“躲不开，”德纳第又说道，“冉阿让没有劫夺马德兰，但照样还是盗贼；他没有杀害沙威，但照样还是杀人凶手。”

“您是不是指四十年前那件可悲的偷窃案？”马吕斯问道，“就从您这报纸也能看出，他一生痛悔，克己利人，修德赎罪了。”

“我说杀人和抢劫，男爵先生；我再重复一遍，我指的是近来

---

① 这里指本书初版的页数。事见第二部第二卷第一章“24601号变成9430号”。

的事。我要向您透露的情况，绝对没人知道，也从未听说过。也许您能发现，冉阿让以高明的手段赠给男爵夫人财产的来源；我说手段高明，就是因为他通过这样的赠款，就钻进一个高贵的家庭里来享福，享受抢来的钱，隐藏起自己的罪恶，隐姓埋名，为自己建起一个家庭，这种做法不能算太笨拙。”

“我本可以在这里打断您的话，”马吕斯指出，“不过，您还是讲下去吧。”

“男爵先生，我全告诉您，酬劳多少全凭您赏赐了。这个秘密可值大量黄金呢。您会问我：‘为什么你不去找冉阿让？’这原因很简单，我知道他放弃了这笔钱财，转交给您了，我觉得这事策划得很巧妙，可是他一个铜子也没有了。我去找他，也只能看到一双空手，然而，我前往若雅需要旅费，找他还不如找您，他一无所有，而您什么都有了。我有点儿累，请允许我坐一坐。”

马吕斯坐下，并示意他也坐下。

德纳第坐到一张软垫椅子上，拿起那两份报纸，又装回信封里，同时用指甲敲着《白旗报》，小声咕哝道：“这一份，我可是费了九牛二虎之力才弄到手。”接着，他往椅背上一靠，跷起二郎腿，这种姿势正是说话把握十足的人所特有的，然后才进入正题，一本正经又字字加重语气地说道：

“男爵先生，大约一年前，1832年6月6日，在暴动的那天，在巴黎大阴沟里，就是在残废军人院桥和耶拿桥之间，大阴沟在塞纳河的出口处，有那么一个人。”

马吕斯突然把椅子往德纳第这边靠了靠。德纳第注意到这个动作，于是他慢条斯理，就像一个能言善辩的人抓住对方，并感到对方听着他的话时的悸动：

“这个人不得不躲藏起来，但不是政治原因，他把阴沟当作住所，并且还有一把门钥匙。我再说一遍，那天是6月6日，大约晚上8点钟，这人听见阴沟里有响动，他十分诧异，便蜷缩在角落里窥伺。听似脚步声，黑暗中有人朝他这边走来。怪事，这阴沟里除了他，另外还有一个人。阴沟出水口的铁栅门离此不远，他借着从门口射进来的一点亮光，看见来人背着东西，弯着腰往前走。弯腰走路那人从前是苦役犯，他肩头背的是一具死尸。一个不折不扣的现行杀人犯。至于抢劫，那是不言而喻的，谁也不会无故行凶。那个苦役犯要将尸体投进河里。有一点需要说明：那苦役犯是从阴沟远处来的，肯定遇到了可怕的泥坑，才来到这铁栅门口，因此，他本可以将尸体丢进泥坑里，可是第二天，工人疏通阴沟，就可能在泥坑里发现遇害者，凶手不愿意发生这种情况，宁肯背着重负趟过泥坑，他一定卖了死力气，冒了极大的生命危险；至今我也不明白，他是怎么从那里活着出来的。”

马吕斯的椅子又靠近一点儿。德纳第趁机长出了一口气，又继续说道：

“男爵先生，一条阴沟可不是演武场，那里什么都缺，连地方都缺。两个人在里面，就得狭路相逢。这情况果然发生了。住户和过路人虽不情愿，还是不得不彼此问好。过路人对住户说：‘你瞧，我背着东西，总得出去，你有钥匙，给我用一用。’这个苦役犯力大无比，可不敢拒绝他。不过，拿钥匙的人讨价还价，只为了拖延时间；他察看死者，但是看不清楚，只能看出那是个青年，穿戴讲究，像个富人，满脸是血，面目模糊了。他一边谈话，一边设法撕下死者外衣的一块后摆，而没有让凶手觉察。一个物证，您明白吧，用这可以重新抓住线索，证明凶手有罪。他将那个物证揣进兜里，然后打开铁栅门，放出那人及其背上的重负，又关上门就逃开了，不想进一步牵连到这个案件中，尤其不想在凶手往河里扔尸体时成为目击者。现在您应当明白了，背死尸的人，正是冉阿让，而有钥匙的人，此刻正在同您谈话，撕下来的那片衣襟……”

德纳第说完这番话，便用双手的拇指和食指，从衣兜里掏出布满暗斑的黑呢布片，举到眼睛一般高。

马吕斯站起身，他脸色苍白，几乎停住呼吸，一言不发，眼睛盯住黑呢布片，一步步退至墙根，右手伸到身后，摸索墙壁，寻找壁炉旁边柜橱锁眼上插的钥匙，摸到钥匙便打开柜橱门，不用看就伸进手臂，而他惊愕的目光始终不离德纳第抖开的布片。

这时，德纳第继续说：

“男爵先生，我有充分理由认为，那个遇害的青年人是个外国阔佬，携带巨款，被冉阿让诱入圈套。”

“那青年就是我，衣裳就在这里！”马吕斯嚷道，把一件血迹斑斑的黑色旧衣服扔到地板上。

接着，他一把夺过德纳第手里举着的布片，蹲下来，将布片拼在衣摆的缺口上，裂缝儿完全吻合，正好拼成一件完整衣服。

德纳第呆若木鸡，他心中暗道：“这下我赔了老本儿。”

马吕斯站起来，他浑身颤抖，既汗颜无地，又喜形于色。

他气愤地走向德纳第，同时伸手摸衣兜儿，抓出一把五百和一千法郎的票子，握成拳头举到他面前，几乎碰到他的脸：

“你这无耻的家伙！你说谎，诽谤，无恶不作。你来诬告这个人，反而为他洗脱罪名；你要陷害他，反而赞扬了他。你才是盗贼！你才是凶手！我见过你，德纳第·容德雷特，就在济贫院环城大道的那间破屋里。关于你，我所了解的情况，足以把你打发到苦役场，甚至更远的地方，如果我愿意的话。这是一千法郎，拿着，你这恶棍！”

他说着，就把一千法郎的钞票掷给德纳第。

“哼！容德雷特，德纳第，你这狗东西！这回让你好好受一次教训，出卖机密的旧货贩子，兜售秘事的奸商，专门搜寻黑暗东西的家伙，无耻之徒！拿着这一千五百法郎，从这儿滚出去！滑铁卢保了你。”

“滑铁卢！”德纳第咕哝一声，他将五百和一千法郎揣进兜里。

“对，杀人凶手！你在那儿救了一位上校的命……”

“是一位将军。”德纳第说着，又扬起头来。

“一位上校！”马吕斯又怒气冲冲地说，“若是一位将军，我一个铜子儿也不给。你来这里，专门血口喷人！告诉你，什么罪行你都犯过。滚！滚得远远的！但愿你能幸福，这是我的全部希望。哼！魔鬼！这儿还有三千法郎，全拿着。明天你就动身，带你女儿去美洲，其实你老婆死了，可恶的骗子！我要监视你启程，强盗！到那时，我再给你两万法郎，滚到别的地方找死去吧！”

“男爵先生，”德纳第一躬到地，说道，“一生感谢不尽。”

德纳第告辞出来，心中莫名其妙，身子受这金钱的甜美压力，头顶受这钞票的轰击，他真是又惊又喜。

他真像遭了雷击，晕头转向，但也心甘情愿，如果头上有个避雷针，他反倒深感遗憾了。

还是马上把这人的事情交代完毕。上述事件发生之后两天，在马吕斯的安排下，他更名改姓，揣上到纽约兑现的两万法郎的汇票，带着阿兹玛启程到美洲去了。德纳第这个失意的资产者道德沦丧是不可救药的。他从欧洲到美洲，还依然故我。同一个恶人打交道，好事往往办成坏事。德纳第用马吕斯这笔钱去贩卖黑奴了。

等德纳第一走，马吕斯就跑到花园，见珂赛特还在散步。

“珂赛特！珂赛特！”他喊道，“来！快来！一道出去。巴斯克，叫一辆马车！珂赛特，来呀，噢！上帝啊！是他救了我的命！

一分钟也不要耽误，快戴上你的头巾。”

珂赛特以为他疯了，但还是顺从了。

他喘不过气来，用手捂住心口，要抑制心跳。他大步走来走去，抱住珂赛特亲吻：“噢！珂赛特！我真是个不仁不义的人！”他说道。

马吕斯万分激动，他恍惚看见，冉阿让变成无比高大的悲苦形象。一种前所未闻的美德在他眼前显现，至高无上而又十分温和，高大中又透出谦卑。这名苦役犯圣化为基督了。马吕斯被这奇迹弄得眼花缭乱，他说不准看见了什么，只知道非常伟大。

不大工夫，出租马车来到门前。

马吕斯扶珂赛特上了车，自己也跟着跳上去。

“车夫，”马吕斯说道，“武人街7号。”

马车出发了。

“啊！太叫人高兴啦！”珂赛特说道，“我都不敢向你提这事儿了。我们去看望让先生。”

“是你父亲，珂赛特！他比以往任何时候都更应该是你的父亲。珂赛特，我猜想出来了。你对我说，你根本没有收到我派伽弗洛什给你送的那封信。信肯定落到他手中了。他去街垒就是为了救我。他既然发愿要修成天使，也就顺便救了别人，他救了沙威。他把我从深渊里拖出来交给你。他背着我走过可怕的阴沟。噢！我是个忘恩负义的小人。珂赛特，他保护了你，然后又保护了我。想想看，那阴沟有一段可怖的洼地，有上百条命都可能淹死在泥水中，珂赛特，他却把我背过去了。当时我昏迷不醒，既看不见，也听不见，一点也不知道自己处于什么危险境地。我们去接他，接回来和我们住在一起，他愿意不愿意，也不能再离开我们了。但愿他在家里！但愿我们能找到他！从今往后，我要终生敬重他。对，事情就应该这样，明白吗，珂赛特？伽弗洛什把信交到他手里了。全都弄清楚了。你明白了吧！”

珂赛特一句也没听明白。

“你说得对。”珂赛特对他说。

这工夫，马车继续行驶。

五　黑夜后面有光明

冉阿让听见有人敲门，就转过头去。

“进来。”他声音微弱地说道。

房门打开了，珂赛特和马吕斯出现在门口。

珂赛特冲进屋。

马吕斯站在门口，身子靠着门框。

“珂赛特！”冉阿让叫了一声，他从椅子上直起身，颤抖着张开双臂，只见他神情惶恐，脸色惨白，样子可怖，但是那目光却充满无限的喜悦。

珂赛特因激动而透不过气来，她倒在冉阿让的怀里。

“父亲！”她叫了一声。

冉阿让心慌意乱，结结巴巴地说：

“珂赛特！是她！是您，夫人！是你呀！上帝啊！”

他被珂赛特紧紧抱住，高声说道：

“是你呀！你来啦！你原谅我啦！”

马吕斯垂下眼睑，防止眼泪流下来，他上前一步，嘴唇因强忍哭泣而抽动，只是轻轻叫了一声：

“我的父亲！”

“您也同样，原谅我啦！”冉阿让说道。

马吕斯一句话也说不出来，冉阿让则补充一句：

“谢谢。”

珂赛特拉下披肩，连同帽子扔到床上。

“这东西碍事。”她说道。

她坐到老人的膝上，以娇憨的动作将他的白发分开，亲吻他的额头。

冉阿让精神恍惚，任由她摆布。

珂赛特加倍亲昵爱抚，就好像要替马吕斯还债，但她只是模模糊糊明白一点儿。

冉阿让讷讷说道：

“人多傻呀！我还以为再也见不到她了呢。您想想看，彭迈西先生，就在你们进楼的时候，我还在想：完了。这就是她的小衣裙，我真是个不幸的人，再也见不到珂赛特了。我这样想的时候，你们正上楼梯。我有多愚蠢！人就是这么愚蠢！考虑问题不想着慈悲的上帝。慈悲的上帝说：你以为别人都把你抛弃了，傻瓜！不会的，不会的，事情不会是这样。喏，这里有位可怜的老人需要天使。天使就来了，又见到自己的珂赛特，又见到自己的小珂赛特！噢！这段时间我真痛苦啊！”

他说不下去了，停了半晌才继续说道：

“我真的需要隔段时间看看珂赛特。一颗心，总得有点寄托。然而，当时我又感到我是多余的人。我找理由说服自己：他们并不需要你，还是待在你的角落里吧，谁也没有权利总赖着不走。啊！感谢上帝，我又见到她的面啦！珂赛特，你丈夫很漂亮，你知道吗？嘿！你这绣花领子很美，好极了，我喜欢这种花案。是你丈夫挑选的，对吗？还有，你应当多预备几条开司米围巾。彭迈西先生，请让我称她‘你’吧，这不会有多久了。”

珂赛特接口说：

“您就这样丢下我们，也太狠心啦！您究竟去哪儿啦？为什么走这么久？从前您每次出门顶多三四天。我打发妮科莱特来问，回去总是这句话：他不在，您是什么时候回来的？为什么不告诉我们呢？您知道您变化很大吗？噢！讨厌的父亲！他生了病，还不让我们知道！喏，马吕斯，摸摸他的手，有多凉啊！”

“你们总算来啦！彭迈西先生，你原谅我啦！”冉阿让重复道。

马吕斯又听见冉阿让这样说，心中汹涌的话语便找到个出口，奔泻出来：

“珂赛特，你听见了吗？他到了这种程度！还要我原谅他。珂赛特，你知道他是怎么对待我的吗？他救了我的命。不仅如此，他还把你给了我。他救了我之后，把你给了我之后，珂赛特，他又是怎么处理自己的呢？他牺牲了自己。他就是这样的人。而对我这样一个知恩不报的人，忘恩负义的人，无情的人，有罪的人，他还要说：谢谢！珂赛特，我一辈子匍匐在这人脚下，也报答不完。那街垒、那阴沟、那熔炉、那污泥坑，他全闯过去了，为了我，也为了你，珂赛特！他背着我，通过所有那些绝地，他冒着生命危险，将死神从我身边推开。所有勇敢、所有美德、所有英雄精神、所有圣洁，他无不具备！珂赛特，这个人，就是天使！”

“嘘！嘘！”冉阿让悄声说，“为什么要提这些呢？”

“可是您呢！”马吕斯怀着敬重的心情生气地说，“为什么您不提这些呢？这也是您的过错。您救了人家的命，却瞒着人家！您尤其不应该借口揭露自己，就大肆诽谤自己。这太过分啦！”

“我讲了真话。”冉阿让回答。

“不对，”马吕斯又说道，“要讲真话，就得讲全部真话，而您没有做到。您就是马德兰先生，为什么没有讲呢？您救了沙威，为什么没有讲呢？您也是我的救命恩人，为什么没有讲呢？”

“就因为我同您想到一处。当时我认为您有道理。我确实应该离开。您若是知道了阴沟这件事，就肯定要把我留在你们身边；因此我应当缄口不言。我若是讲出来，就全妨碍了。”

“妨碍什么！妨碍谁？”马吕斯反驳道，“难道您还想留在这里吗？我们要把您带走。噢！上帝啊！真想不到，我还是偶然得知这些情况的！我们要把您带走。您是我们家的一员。您是她的父亲，也是我的。在这破屋里，您一天也不能多待。不要以为明天您还会在这里。”

“明天，”冉阿让说道，“我不会在这里，但是也不会在你们那里。”

“您这话是什么意思？”马吕斯问道，“告诉您，我们不允许您再去旅行，不让您再离开我们。您是我们的人，我们绝不放您走。”

“这回呀，可是说到做到，”珂赛特帮腔说，“我们雇的车就在楼下。我要把您劫走，必要的话，我就动用武力。”

她笑着张开手臂，做出要抱起老人的动作。

“家里一直给您留着房间，”她继续说道，“您哪儿知道，现在花园有多美！杜鹃非常喜欢来到园里。小径都铺上了河沙，沙中有紫色小贝壳。您能吃到我的草莓，那是我浇水侍弄的。再也没有什么夫人，再也没有什么让先生了，我们生活在共和国，大家都以‘你’相称，对吧，马吕斯？生活的规则改变了。您可不知道，父亲，我有过一件伤心事：一只红喉鸟在墙洞做了窝，不料被一只凶狠的猫吃掉了。我那可怜的美丽红喉小鸟，还把头伸在窗口望着我！我为它流了不少泪，真想杀了那只猫！不过，现在谁也不哭了，大家都欢笑，大家都幸福。您同我们一道回家。外祖父该有多高兴啊！花园里给您留一小块地，由您管理，看您的草莓是否跟我的长得一样好。还有，我事事都依从您，还有，您得好好听我的话。”

冉阿让听而不闻。他只听见她美妙的声音，却未听出她这番话的意思；只见他眼里慢慢漾出一大颗泪珠，那正是灵魂的幽暗珍珠。他喃喃说道：

“事实证明，上帝是仁慈的，她这不来了。”

“父亲！”珂赛特叫他。

冉阿让继续说：

“一点不错，在一起生活该有多好。树上落满了鸟儿。我可以和珂赛特去散步。活在世上，相互问好，在园子里相互召唤，这有多甜美啊。一早起来就能见面。我们每人侍弄一块园地。她摘了草莓给我吃，我也让她折我的玫瑰花。这该有多美呀。只不过……”

他顿了顿，又轻声说道：

“真可惜。”

泪珠没有滚落，又吸收回去，冉阿让代之以微笑。

珂赛特握住老人的双手。

“上帝啊！”她惊问道，“您的手更凉了，您病了吗？您不舒服吗？”

“我吗？没有病，”冉阿让回答，“我感觉很好。只不过……”

他又停下了。

“只不过什么？”

“等一会儿我就死了。”

珂赛特和马吕斯都猛然一抖。

“死了！”马吕斯惊叫。

“对呀，但是这不算什么。”冉阿让说道。

他喘了口气，笑了笑，又说道：

“珂赛特，刚才你对我说话，接着说，再说点儿，看来，你的小红喉鸟儿死了，说话呀，让我听听你的声音！”

马吕斯惊呆了，怔怔地望着老人。

珂赛特凄惨地叫了一声：

“父亲！我的父亲！您要活下去，您一定要活着。我要您活下去，明白吗？”

冉阿让抬起头，以崇拜的目光望着她：

“哦，对，禁止我死吧。谁知道呢？也许我会听从。你们到来时，我正要死去；人一来就把我叫住。我觉得我又活过来了。”

“您充满活力和生机，”马吕斯高声说，“难道您想象人就能这样死去吗？您有过忧伤，今后不会再有了。是我请求您原谅，还要跪下请求！您要活下去，和我们一起生活，要活很久。我们这就接您回去。从今以后，我们两个在世上只有一个念头：您的幸福！”

“您明白了吧，”珂赛特泪流满面，又说道，“马吕斯说您不会死的。”

冉阿让微笑着继续说：

“彭迈西先生，您接我回去，难道就能改变我的身份吗？不能。上帝所想的，同您和我一样，不会改变想法；我最好还是离去。一死了之，也不失为一种妥善的解决办法。我们需要什么，上帝比我们更清楚。现在你们幸福了，彭迈西先生有了珂赛特，青春同清晨结合了，现在，我的孩子，你们周围有了香花和黄莺，你们的生活，好似阳光下赏心悦目的草坪，你们的灵魂充满天堂的喜悦，现在，我没有什么用处了，应当死去，毫无疑问，这一切都安排得很好。喏，大家要理智一些，现在已无可挽回了，我感到自己彻底完了。一小时前，我昏过去一阵。还有，昨天晚上，我喝完了那一罐水。珂赛特，你丈夫真好！你跟着他比跟着我强多了。”

房门吱咯一声打开，医生走进来。

“早安，别了，大夫，”冉阿让说道，“这两个就是我可怜的孩子。”

马吕斯走到医生面前，只说了一声“先生？……”但那声调足以表达一个问题。

医生以眼色示意，代替回答。

“不能因为讨厌这种事，”冉阿让说道，“就有理由对上帝不公正了。”

大家默默无言，每人的心情都十分沉重。

冉阿让转向珂赛特，开始凝视她，仿佛要带往永生永世。他已深深坠入黑暗中，但是还能出神地凝望珂赛特，苍白的老脸映出她那温柔面孔的光彩。坟墓也可能显露惊奇之色。

大夫给他诊脉。

“哦！原来他是想念你们啊！”他望着珂赛特和马吕斯，轻声说道。

他又对着马吕斯的耳朵，小声补充说：

“太迟了。”

冉阿让几乎目不转睛地望着珂赛特，也沉静地审视一下马吕斯和大夫，只听他嘴里极轻微地说出这样一句话：

“死不算什么，最惨的是不能活了。”

他忽然站起身。体力再现往往是临终的信号。他推开要搀扶他的马吕斯和医生，稳步走向墙壁，摘下挂在墙上的耶稣受难小铜像，返回来又坐下，动作灵活，就像完全健康的人。他把受难像放到桌上，高声说道：

“这就是伟大的殉难者。”

继而，他胸脯塌陷，头摇晃起来，仿佛醉醺醺地要进坟墓，那双手放在膝上，指甲抠进布裤里。

珂赛特扶住他的双肩，泣不成声，想同他说话又说不出来，声音伴随着悲凄的口水和泪水，只听她念叨中有这样两句话：

“父亲！不要离开我们。我们又见到您，怎么能又马上失去您呢？”

可以说，垂危状态犹如蛇行，折来折去，接近坟墓，又返回生命。在命赴黄泉的路上也要摸索。

冉阿让昏昏沉沉了一阵，重又打起精神，他摇了摇额头，仿佛要抖掉幽冥，差不多又完全清醒了。他拉过珂赛特的袖口吻了一下。

“他缓过来啦！大夫，他缓过来啦！”马吕斯嚷道。

“你们两个都是好人，”冉阿让说道，“我这就告诉你们，是什么事儿令我痛苦。令我痛苦的是，彭迈西先生，您不肯动用那笔钱。那笔钱确实是您妻子的。孩子们，我来向你们解释，可以说正是为了这一点，我很高兴能见到你们。墨玉产自英国，白玉产自挪威。事情全写在这张纸上了，到时候你们看一看。在手镯工艺上，我发明了金属搭扣，取代焊接的金属扣环。这样既美观，质量又好，成本又低。你们明白这能大量赚钱。因此，珂赛特的财富确是属于她的。我把这些具体情况告诉你们，就是要让你们放心。”

看门的女人上楼来，扒开门缝儿往里瞧。大夫让她走开，却未能阻止那个热心的老太婆走之前向垂危的人嚷了一句：

“您需要神父吗？”

“我有了一个。”冉阿让回答。

他说着，手指往脑袋上方指了指，就好像他看见那里有个人。

那位主教大概真的来给他做临终圣事。

珂赛特轻轻地往他后腰垫了个枕头。

冉阿让又说道：

“彭迈西先生，我恳求您，不必担心。那六十万法郎确是珂赛特的。如果你们不享用，那么我这一辈子就白过啦！我们非常成功地制造出玻璃墨玉，同所谓的柏林首饰竞争。比方说现在，就不能同德国的黑玻璃抗衡。一罗有一千二百粒打光的珠子，成本只有三法郎。”

我们在所爱的人要去世的时候，目光就死死盯着，想把人留住。马吕斯握着珂赛特的手，站在垂危的人面前，两个悲痛欲绝而浑身颤抖，惊惶得说不出话来。

冉阿让渐渐衰竭，越来越弱，越来越接近昏天黑地。他的气息时断时续，喉中发生咕噜咕噜的阻断之声。他的手臂移动艰难，双脚一点动不了，而随着四肢麻木，躯干也越发委顿，灵魂的全部庄严往上升，在他额头展现。未知世界的光亮，在他的眸子里已隐然可见了。

他的脸渐呈灰白色，同时笑容可掬；脸上有了别的东西，生命却不存在了。他的气息逐渐微弱，眼睛逐渐张大。这是一具尸体，但令人感到长出翅膀了。

他招手让珂赛特靠近，又让马吕斯靠近；显然这是最后时刻的最后一分钟。现在，他对他们说话的声音极其微弱，仿佛来自远处，中间隔了一道高墙。

“你过来，两个都过来。

“我非常爱你们。哦！这样死了也瞑目！你也一样，你爱我，我的珂赛特。我完全清楚，对你这老人，你一直是有感情的，刚才给后腰放靠垫，就多么体贴啊！你会哭一哭，对吧？但是也别太伤心。我不愿意你真的难过。我的孩子，你们应当多多享乐。我还忘记对你们说了，不用扣针的搭扣，这项工艺最赚钱了。十二打的成本只有十法郎，却能卖六十法郎。这确实是一桩好买卖。因此，彭迈西先生，赚了六十万法郎你不要奇怪。这是正路来的钱。你们享用这笔财产，可以心安理得。自己应当有一辆车，隔三差五定个包厢去看看戏，做几身漂亮的舞会服装，我的珂赛特，举行盛宴招待你们的朋友，日子要过得非常快活。刚才我给珂赛特写了封信，等一会儿会看到的。壁炉台上的两支烛台，我就留给珂赛特。烛台是白银的，但对我来说是黄金，是钻石的。蜡烛插上去就变成圣烛了。我不知道把烛台送给我的那一位，在天上对我是否满意。我已经尽力而为了。我的孩子，你们不要忘记我是个穷苦人，随便找个角落埋了我就是了，只放一块石板当标志。这是我的遗愿，石板上不要刻名字。珂赛特能去看望几次，会让我高兴的。您也如此，彭迈西先生。我应当向您承认，我并不是一直对您有好感，在此请求您原谅。现在对我来说，她和您，已经合为一体。我非常感谢您。我觉得出来，您使珂赛特幸福了。要知道，彭迈西先生，她这美丽粉红的脸蛋儿，就是我的快乐；一发现她脸色有点苍白，我心里就忧伤。在五屉柜里有一张五百法郎的票子，我没有动用。那是要给穷人的。珂赛特，你的小衣裙放在床上，你看见了吧？你还认得吧？算来，也只有十年的光景。时间过得多快呀！那时我们有多幸福。已经结束了。孩子们，不要哭，我走不多远。从那儿我会看见你们的。等天黑的时候，你们只要望一望，就会看到我在微笑。珂赛特，你还记得蒙菲郿吗？你走在树林里，非常害怕。我抓住水桶的梁儿，你还记得吗？那是我头一回接触你可怜的小手，冰凉冰凉的！噢！小姐，您的双手，那时候冻得红红的，现在这么白了。还有那个大布娃娃！你还记得吧？你叫她卡特琳。你后悔没有把她带进修女院！我的温柔的天使，你常常逗我笑！下雨的时候，你就把草茎放进水沟，看着漂走。有一天，我给你买了一把柳条拍子、一个黄蓝绿三色羽毛球。这事儿你忘了。你小时候真调皮！特别爱玩；你将樱桃塞进耳朵里。都是过去的事了。一个人带着他的孩子经过的森林、散步的林荫路、藏身的修道院、各种游戏、童年的开心笑脸，这些全进入黑暗中了。我原还以为这些是属于我的呢。我的想法愚蠢就表现在这里。德纳第那家人非常恶毒。应当原谅他们。珂赛特，时候到了，我该把你母亲的名字告诉你了。她叫芳汀。牢牢记住这名字：芳汀。你每次提到这名字，就应当跪下。她受尽了磨难。她非常爱你。她的不幸同你的幸福成正比。这是上帝的安排。上帝在天上，他看得见我们所有人，该在他的大星球上做什么，他也胸有成竹。我要走了，我的孩子，你们要永远相爱。世上除了相爱，没有什么别的东西。你们时而想想在这里死去的可怜老人。我的珂赛特啊！这段时间我没有见你，心都碎了，真的，这不是我的过错；我一直走到你那条街的拐角，看见我走过的人，一定觉得我是个怪人，我就像个疯子，有一次出门连帽子也不戴。我的孩子，我看不大清楚了。我还有话要说，不过，算了吧。稍微想念我一点儿，你们是上天保佑的人。不知道我怎么了，我看见光明，再靠近些。我幸福地死去。我最亲爱的，你们的头伸过来，让我把手放在上面。”

珂赛特和马吕斯不知所措，双双跪下，掩啼哽咽，每人都贴着冉阿让的一只手。可是，这双可敬的手不再动弹了。

在两支烛光中，他仰面躺倒，苍白的脸望着上天，任由珂赛特和马吕斯频频吻他的手：他死了。

黑夜沉沉，没有一点星光。肯定有一个展开双翼的大天使，站在黑暗中等待这颗灵魂。

六　荒草掩蔽雨冲洗

在拉雪兹神父公墓这座墓城里，远离豪华区，远离那些向永恒展示死亡丑态的所有怪异坟墓，在普通区一个荒僻的角落，沿一道老墙走去，到一棵爬了牵牛花蔓的高大紫杉树下，就会看到荒草和青苔之间有一块石板。这块石板也不例外，受到岁月的侵蚀，斑斑剥痕，覆盖着霉绿苔藓和鸟粪。雨水使它发绿，空气把它染黑。它不靠近任何路径，周围草高容易湿鞋，因此没人愿意走近。太阳露点面的时候，蜥蜴却来光顾。四周野燕麦在风中沙沙作响。春天时节，莺儿在树上鸣唱。

这块石板光秃秃的。当初石匠只考虑凿一块墓石，长宽够盖住一个人的就行了。

石板上没有刻名字。

不过，在许多年前，不知谁用铅笔在上面写了四句诗，但是经雨水冲刷，尘土掩蔽，如今字迹大概已经消失了。四句诗复录如下：

他活着，尽管命运离奇多磨难；
他安息，只因失去天使才合眼。
生来死去，是人生自然的规律；
昼去夜来，也同样是这种道理。

（全文完）

第一辑书目

家	地心游记	海底两万里
诗　经	我的大学	格列佛游记
呐　喊	城南旧事	培根随笔集
童　年	朝花夕拾	巴黎圣母院
复　活	呼兰河传	绿山墙的安妮
子　夜	骆驼祥子	鲁滨逊漂流记
边　城	呼啸山庄	居里夫人自传
论　语	雾都孤儿	爱丽丝漫游奇境
史　记	漂亮朋友	中华上下五千年
昆虫记	瓦尔登湖	欧也妮·葛朗台
名人传	安妮日记	汤姆叔叔的小屋
简·爱	伊索寓言	莎士比亚戏剧集
在人间	百万英镑	钢铁是怎样炼成的
山海经	好兵帅克	格兰特船长的儿女
小王子	老人与海	汤姆·索亚历险记
双城记	猎人笔记	假如给我三天光明
高老头	林家铺子	古希腊神话与传说
红楼梦	繁星·春水	契诃夫短篇小说精选
水浒传	一千零一夜	莫泊桑短篇小说精选
西游记	三个火枪手	欧·亨利短篇小说精选
三国演义	泰戈尔诗选	人类群星闪耀时
爱的教育	傲慢与偏见	草原上的小木屋